ETHAN CROSS

Die Stimme der Rache

Weitere Titel des Autors:

Shepherd-Reihe
Ich bin die Nacht
Ich bin die Angst
Ich bin der Schmerz
Ich bin der Zorn
Ich bin der Hass
Ich bin die Rache

Ackerman & Shirazi
Die Stimme des Zorns

Titel auch als Hörbuch erhältlich

Über den Autor:

Ethan Cross ist das Pseudonym eines amerikanischen Thriller-Autors. Er hat die Welt fiktiver Serienkiller um ein besonderes Exemplar bereichert: Francis Ackerman jr. Der gnadenlose Serienkiller erfreut sich seitdem großer Beliebtheit: Jeder Band der sechsbändigen »Shepherd«-Reihe stand wochenlang auf der »SPIEGEL«-Bestsellerliste. Der Autor lebt mit seiner Frau und drei Kindern in Illinois.

ETHAN CROSS

DIE STIMME DER RACHE

THRILLER

Aus dem Amerikanischen von
Dietmar Schmidt

lübbe

Dieser Titel ist auch als Hörbuch und E-Book erschienen

FSC
www.fsc.org
MIX
Papier aus verantwortungsvollen Quellen
FSC® C014496

Vollständige Taschenbuchausgabe

Deutsche Erstausgabe

Titel der amerikanischen Originalausgabe: »The Black Rose«
Published in agreement with the author,
c/o BAROR INTERNATIONAL, INC., Armonk, New York, U.S.A.

Textredaktion: Wolfgang Neuhaus, Oberhausen
Titelillustration: © Hein Nouwens/shutterstock
Umschlaggestaltung: Massimo Peter-Bille
Satz: hanseatenSatz-bremen, Bremen
Gesetzt aus der Adobe Caslon
Druck und Verarbeitung: GGP Media GmbH, Pößneck
Printed in Germany
ISBN 978-3-404-18315-9

2 4 5 3 1

Sie finden uns im Internet unter
www.luebbe.de
Bitte beachten Sie auch: www.lesejury.de

ERSTER TEIL

Virginia

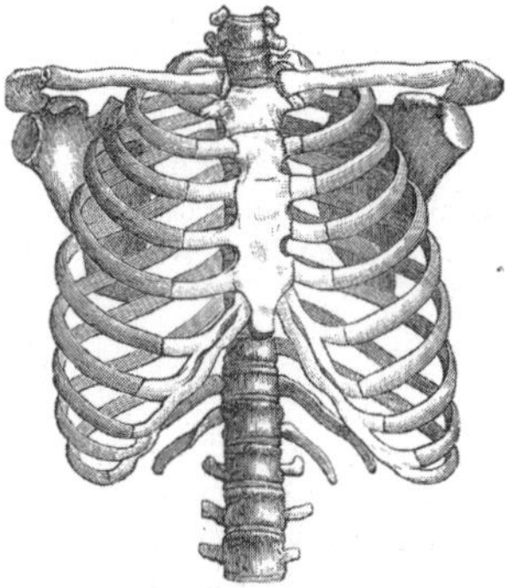

1

Zwischen den Weidenbäumen des kleinen Wäldchens draußen vor dem alten Farmhaus konnte US Marshal Shawna Hadfield ihn nicht sehen, aber sie wusste, dass er dort war. Dass er beobachtete und auf eine Gelegenheit lauerte, auch sie, Shawna, zu töten, wie zuvor die drei Kollegen aus ihrem Team. Und ihr war klar, dass ihre Chance, mit dem Leben davonzukommen, verschwindend gering war. Schließlich wusste sie, mit wem sie es zu tun hatte – mit dem Black Rose Killer, einem mörderischen Psychopathen.

Das Markenzeichen dieses Verrückten war, die von ihm entführten jungen Frauen als Sklavinnen zu halten. Er brandmarkte seine Opfer an der ebenso intimen wie empfindlichen Innenseite des Oberschenkels mit einem Tattoo, das eine schwarze Rose zeigte, die aus einem Yin-Yang-Symbol herauswuchs. Nach einiger Zeit ließ »Black Rose«, wie er von den Cops auch genannt wurde, seine Opfer frei, wenngleich verbunden mit der Ankündigung, sie schon bald wieder holen zu kommen; er lasse ihnen nur Zeit, ihre Angelegenheiten zu ordnen und sich auf den Tag seiner Rückkehr vorzubereiten – ein Tag, der eher früher als später käme, falls sie sich mit den Cops in Verbindung setzten.

Black Rose hatte diese Drohung bisher jedes Mal wahrgemacht. Wie ein Schatten in der Nacht hatte er sieben seiner Opfer ein zweites Mal heimgesucht. Die Cops waren sicher, dass diese sieben Frauen nicht mehr lebten, auch wenn nur die Leichen zweier Opfer entdeckt worden waren. Doch von den anderen abermals Entführten hatte man nie wieder etwas gehört, sodass die Ermittler auch sie für tot hielten.

November McAllister, die junge Frau, für deren Schutz Shawna Hadfield verantwortlich zeichnete, war in den zurückliegenden sechs Monaten vom Zeugenschutzprogramm betreut worden. November gehörte zu den wenigen Opfern, die beschlossen hatten, gegen Black Rose aufzubegehren. Sie war zur Polizei gegangen und umgehend unter Personenschutz gestellt worden. Seitdem waren Shawna und ihr Team vom US Marshals Service für Novembers Schutz verantwortlich.

Nun aber gab es dieses Team nicht mehr. Black Rose hatte sich einen nach dem anderen geholt.

Ohne den Blick vom Wintergarten auf der Rückseite des Farmhauses zu nehmen, versuchte Shawna ein weiteres Mal, den letzten Überlebenden ihrer Mannschaft über Funk zu erreichen. »Jenkins? Melden Sie sich, verdammt!«

Totenstille.

Spätestens jetzt wusste Shawna, dass auch Jenkins nicht mehr lebte. Der Black Rose Killer hatte ihr Team vernichtet, einen nach dem anderen.

Bis auf sie, Shawna.

Angespannt ließ sie den Blick schweifen. Das Haus war eine Ruine – ein baufälliger Kasten mit Obergeschoss und einer Vorderveranda, deren rostiges Blechdach von zerbröckelnden pseudorömischen Säulen getragen wurde. In den Zimmern verrotteten die Tapeten, und der feuchte Putz fiel von den Wänden. Überall roch es nach Schimmel und Verwesung. Dennoch hatten FBI und Marshals Service diese Ruine als Treffpunkt ausgewählt, an dem November McAllister aus der Obhut der Marshals an das Bureau überstellt werden sollte – ein Unterfangen, das Black Rose auf brutale Weise zunichtegemacht hatte.

Und nun saßen Shawna und ihre Schutzbefohlene hier fest. Shawna konnte weder die Leitstelle erreichen, noch hatte sie eine Mobilfunkverbindung. Möglicherweise benutzte Black Rose einen Störsender.

Shawna und November hatten sich in die dunkelste Ecke des Wintergartens verkrochen und hielten ängstlich nach dem Killer Ausschau. Doch Shawna ahnte schon jetzt, dass sie ihn erst sehen würden, wenn es zu spät war. Diese Bestie hatte im Voraus gewusst, dass die Marshals und das FBI sich hier treffen würden, um Novembers Austausch vorzunehmen, und hatte ihnen eine Falle gestellt. So war es schon bei früheren Zusammentreffen zwischen Black Rose und der Polizei gewesen. Einmal hatte er ein ganzes Ermittlerteam ausgeschaltet, das eines seiner Opfer beschützt hatte; in drei anderen Fällen waren die jungen Frauen in vermeintlich sicherer Schutzhaft gewesen. Jedes Mal war Black Rose wie ein Ungeheuer aus der Hölle über sie gekommen, hatte die Beschützer getötet und seine Beute mit sich gerissen. Die Leichen der meisten Opfer waren nie gefunden worden, was zu Spekulationen Anlass gab, dass die Frauen noch lebten und von Black Rose an einem unbekannten Ort gefangen gehalten wurden. Aber das wusste niemand.

Novembers Stimme riss Shawna aus ihren Gedanken. »Was machen wir jetzt?«

Shawnas rechte Hand umklammerte ihre Glock 40, während sie die Schatten absuchte. Dann schaute sie November an und hob einen Finger vor die Lippen. November sah wie ein kleines, verängstigtes Mädchen aus. Sie war Anfang zwanzig, aber so zart und zierlich, dass sie ein Teenager hätte sein können.

November bemerkte Shawnas Blick. »Wir können doch nicht untätig hier sitzen und darauf warten, dass er kommt und uns umbringt«, jammerte sie. »Ich gehe nicht zu diesem Irren zurück! Eher sterbe ich!«

Shawna legte der jungen Frau eine Hand auf die Schulter. »Der Kerl legt tödliche Fallen. Vermutlich hat er Haus und Grundstück vermint. Wenn wir fliehen, ist es unser sicherer Tod. Er will, dass wir überstürzt losrennen, uns in seinem Netz fangen und jämmerlich krepieren.«

Auf Novembers Gesicht spiegelte sich Panik. Dünn und blass, war sie das genaue Gegenteil von Shawna, einer kräftigen, sportlichen Schwarzen Mitte dreißig. November schüttelte Shawnas Hand ab. »Ihr habt gesagt, ihr könnt mich beschützen«, flüsterte sie. »Geben Sie mir eine Waffe. Ich töte ihn selbst.«

»Reden Sie keinen Unsinn«, sagte Shawna streng. »Lassen Sie mich nachdenken. Wir finden einen Weg.«

Doch Shawnas Optimismus war nur gespielt. Sie wusste selbst nicht, was sie als Nächstes tun sollten. Zu den Autos durchbrechen? Versuchen, durch den Wald zum Highway zu gelangen? Oder einfach die Stellung halten und auf Unterstützung warten?

Die Entscheidung wurde Shawna abgenommen, als sie den Rauch sah, der unter der Küchentür hervordrang. Sie sprang auf, huschte die wenigen Schritte zum Gebäude und spähte ins Innere. Im Wohnzimmer leckten grelle Flammen die Wände hoch. Shawna fluchte lautlos. Black Rose hatte das Feuer gelegt, kein Zweifel. Auf diese Weise zwang er sie, nach hinten aus dem Haus zu fliehen – genau in seine Arme. Bestimmt lauerte er ihnen im Dunkeln auf.

Shawna kehrte zu ihrer Schutzbefohlenen zurück.

»Wir müssen hier weg!«, jammerte November, die die Flammen ebenfalls gesehen hatte. »Wir müssen zu den Wagen!«

»Jenkins war auch zu den Wagen unterwegs«, erwiderte Shawna und wartete, bis ihr Schützling begriffen hatte, was sie unausgesprochen ließ: Jenkins war tot. Dennoch, November hatte recht. Sie mussten den Ausbruch versuchen, sonst steckten sie in einer Flammenhölle fest.

Shawna holte tief Luft, machte erneut kehrt, trat die Hintertür der Veranda auf und winkte November, ihr in die Dunkelheit des Weidenwäldchens zu folgen.

2

Nadia Shirazi war in Sullivan's Island aufgewachsen, einer kleinen Vorstadt von Charleston, South Carolina, stammte aber aus dem Iran. Als sie mit dreizehn Jahren in die Vereinigten Staaten gekommen war, hätte sie sich nicht träumen lassen, einmal für das FBI zu arbeiten. Das junge Mädchen hatte damals bereits sein Leben vorausgeplant. Es war vorgesehen, dass Nadia für die Softwarefirma ihres Vaters arbeitete, die Advanced Innovation Manufacturing. Schließlich schrieb Nadia Computerprogramme, seit sie sieben war; die Mathematik schien ihr im Blut zu liegen. Sie würde einen netten Muslim heiraten und fünf Kinder zur Welt bringen, drei Jungen und zwei Mädchen, am liebsten Zwillinge. Ruhig und glücklich sollte ihr Leben sein.

Dann aber war jener schreckliche Tag gekommen, der alle Pläne Nadias zunichtemachte. Sie war von einer Bestie überfallen und missbraucht worden, und nichts war mehr gewesen wie zuvor. Nadia hatte Jahre damit verbracht, auf die Chance hinzuarbeiten, den Vergewaltiger zu fassen. Der Gedanke, vielleicht mit den Schrecken der Vergangenheit aufräumen zu können, verlieh ihr Kraft.

Bevor sie Ackermans Partnerin geworden war, hatte Nadia bei der Abteilung für Computerkriminalität der New Yorker Außenstelle des FBI gearbeitet, weil sie dort ihre technische Begabung am besten einsetzen konnte. Doch den eigentlichen Grund, weshalb sie ins Bureau eingetreten war, hatte sie nie aus den Augen verloren: die Hoffnung, eines Tages den Black Rose Killer zur Strecke zu bringen – das Monster, das ihr die Träume gestohlen hatte.

Und jetzt schien es, als könnte sie es tatsächlich schaffen. Endlich war Nadia Shirazi ihrem persönlichen Schreckgespenst auf der Fährte; endlich bekam sie die Chance, sich von dem Albtraum zu befreien, der ihr bisheriges Erwachsenenleben überschattet hatte.

Nadia war bewusst, dass sie diesen Erfolg nicht allein ihren Fähigkeiten zu verdanken hatte. Es lag auch nicht daran, dass sie die Macht des FBI im Rücken wusste. Nein, es lag einzig und allein an ihrem Partner, einem der gefährlichsten Männer, die es in den USA jemals gegeben hatte: Francis Ackerman junior, der einstige Serienkiller, eine Legende, wenn auch von der düsteren Sorte. Niemand wusste, wie viele Menschen Ackerman auf dem Gewissen hatte, wahrscheinlich nicht einmal er selbst. Vor wenigen Jahren hatte er auf verschlungenen Pfaden die Seiten gewechselt, um unter dem Decknamen Franklin Stine für das FBI zu arbeiten. Aber das war eine lange Geschichte.

Anfangs hatte Nadia panische Angst vor Ackerman gehabt. Doch bald schon entdeckte sie an dem Mann, der sämtlichen Polizeibehörden der Vereinigten Staaten als das personifizierte Böse galt, gänzlich unerwartete Seiten. Und auch wenn Ackerman ihr nach wie vor ein Rätsel war, eines wusste Nadia mit Gewissheit: Francis Ackerman alias Franklin Stine hatte sich mit aller Konsequenz auf die Seite des Guten geschlagen. In der kurzen Zeit, die Nadia ihn kannte, war es ihm gelungen, Tausende von Menschen vor einem Terroranschlag im Herzen der USA zu bewahren. Vermutlich hatte Ackerman unter dem Strich sehr viel mehr Leben gerettet als beendet.

Nadia arbeitete erst seit wenigen Wochen mit Francis Ackerman zusammen; daher hatte sie an den anfänglichen Diskussionen, ob man jemanden wie ihn für die amerikanische Regierung arbeiten lassen könne, nicht teilgenommen, zumal ihr viele Details noch immer ein Rätsel waren. Und wenngleich Nadia mittlerweile ein gewisses Maß an Vertrauen zu Ackerman entwickelt hatte, war sie froh, dass man ihm eine Sprengladung implantiert hatte, die mit einem GPS-Sender versehen war, um ihn notfalls zu liquidieren – obwohl Nadia diesem Mann zutraute, sogar mit diesem Handicap fertigzuwerden. Francis Ackerman war unberechenbar und nicht mit normalen Maßstäben zu messen. Er war intellektuell und physisch zu Dingen fähig, die sich der Reichweite des Normalbürgers weit entzogen.

Es kam Nadia so vor, als läge ihr erster gemeinsamer Einsatz schon Jahre zurück. Mehr als einmal hatte sie sich gefragt, ob dieser Eindruck eine Nebenwirkung der Zusammenarbeit mit Ackerman sei. Er war so entschlossen, so furchtlos und impulsiv, dass alle anderen Mühe hatten, mit ihm Schritt zu halten. Auf jeden Fall war Nadia durch die Zusammenarbeit mit Ackerman gereift – in einem Maße, das sie erst noch ergründen musste.

Nun saß sie mit ihrem neuen Partner an einem hässlichen lila Picknicktisch neben einem Imbisswagen, an dem ein Schild »Earl's All Beef Dogs« anpries.

Ackerman trug eine schwarze Armeehose und ein langärmeliges schwarzes Drifit-Hemd, das eng genug saß, um seinen muskulösen, wenn auch entsetzlich vernarbten Körper zu betonen. Die einzigen glatten Hautpartien, die er zeigte, waren Hände und Gesicht. Nadia wusste, dass der Rest seines Körpers eine Straßenkarte aus Leid und Qualen war, die sich in sein Fleisch gegraben hatten, sodass ihrer beider Vorgesetzter beim FBI, Deputy Director Samuel Carter, Ackerman angewiesen hatte, die Narben bedeckt zu halten. Ackermans Gesicht hingegen war bis auf einige kleine Spuren straff und jugendlich. Er lächelte oft, auch dann, wenn es nicht angebracht war, sah blendend aus und konnte sehr charmant sein.

Erneut versuchte Nadia ihn dazu zu bewegen, einen der angepriesenen Hotdogs zu essen. »Kommen Sie schon, Frank. Versuchen Sie mal den Chili Cheese Dog.«

Ackerman beäugte den Hotdog. »Also, ich weiß nicht. Lassen Sie uns hoffen, dass Ihr Leckerbissen nicht gestern noch gebellt und mit dem Schwanz gewedelt hat.«

»Frank, bitte.« Sie hielt ihm den Hotdog hin.

»Vielleicht hat es gewiehert und ist über eine Weide galoppiert.«

»Lassen Sie den Unsinn, Frank. Nur einen Bissen. Na los.«

Ackerman blickte ihr in die Augen. »Das Zeug schmeckt, ich weiß, aber man kann nicht *sehen*, was drin ist. Da bleibe ich lieber die Biotonne, die ich bin.«

»Hotdogs sind aus Rindfleisch, Frank.«

»Ganz sicher?« Ackerman zog eine Braue hoch.

»Von glücklichen Kühen«, fügte Nadia hinzu.

Ackerman lachte. »Zum Schluss waren die Kühe wohl nicht mehr so glücklich.«

Nadia biss in den Hotdog und verzog das Gesicht zu einem übertriebenen Ausdruck des Genusses, als wäre das Fleisch so köstlich wie ein Filet Mignon. »Sie ahnen nicht, was Sie verpassen.«

»Das glaube ich aber doch. Als ich noch ein Junge war, hat mein Alter mich in einen Käfig gesperrt, wenn er mal nicht an mir herumexperimentiert hat. Manchmal warf er mir einen kalten, faden, halb verdorbenen Hotdog als Tagesration durchs Zellengitter. Seitdem stehe ich nicht mehr auf die Dinger.«

Nadia blickte ihn mitfühlend an. Sie kannte die Horrorgeschichten aus Ackermans Vergangenheit, als sein Vater, das verrückte Genie, ihn zu dem gemacht hatte, der er war. »Ich kenne diese Geschichten. Deshalb verstehe ich, warum Sie keine Hotdogs mögen. Verzeihen Sie mir die dummen Scherze.«

Ackerman blickte auf seinen Gemüseteller. »Na ja, ich hab immerhin diese Blümchenkiller-Schlachtplatte«, murmelte er und spießte eine Gurke auf. »Es geht doch nichts über eine frische Gartensalami.«

Nadia wusste, dass Ackerman hin und wieder Fleisch aß, vorzugsweise Steak. Er bezeichnete sich zwar als Ovo-Lacto-Vegetarier, betonte aber immer wieder, auf Mörderjagd benötige er das zusätzliche Protein, das nur ein Steak liefern könne. Und privat, außerhalb der Jagd, hatte Nadia ihn kaum kennengelernt.

Als sie den letzten Bissen ihres Hotdogs verschlungen hatte, wechselte sie das Thema. »Wie war eigentlich das Essen mit Lianas Großmutter?« Liana Nakai, eine hübsche junge Polizistin bei der Navajo Nation Police, war Ackermans Freundin. Ihre Großmutter, die Matriarchin der indianischen Familie, hatte ein Auge auf Ackerman geworfen, als Liana die beiden einander vorgestellt hatte.

Ackerman biss von der Gurke ab, bevor er antwortete. »Es war ein Debakel. Anfangs mochte sie mich ja noch, aber als sie dann erfuhr, wen sie *wirklich* vor sich hatte, wollte sich mich am liebsten an den Marterpfahl stellen. Mann, war die wütend. Sitting Bull war ein Chorknabe dagegen.«

»Und was hat Liana dazu gesagt?«

»Nichts. Sie hat nur gelacht.«

Nadia blickte ihn an. »Eins zu null für Großmama Nakai, was?«

Ackerman zuckte mit den Schultern. »Oma bekam es mit der Angst. Wer kann es ihr verübeln? Wenn ich eine Enkelin hätte, würde ich auch nicht wollen, dass sie eine Beziehung mit einem Typen wie mir hat.«

Nadia schwieg. Der Gedanke, eine Tochter zu haben, die mit einem Mann ging, der zu Dingen fähig war wie Francis Ackerman, ließ sie schaudern. Mochte Francis noch so nett und faszinierend sein – er war ein Ungeheuer. Zumindest war er es gewesen.

»Zumal ich einen der größten Arbeitgeber in ihrem Tal eliminiert und damit den wirtschaftlichen Zusammenbruch im Indianerreservat herbeigeführt habe«, fuhr Ackerman fort. »Ich nehme aber an, dass irgendein Geschäftsmann die Schafherden der Navajos übernehmen wird. Dann bekommen die wenigen, die ihre Begegnung mit mir unbeschadet überstanden haben, wieder Jobs.«

»Sehen Sie?«, sagte Nadia. »Das kommt dabei herum.«

Ackerman blickte sie an. »Was?«

»Durch so ein Gerede landen Sie auf der schwarzen Liste von Eltern und Großmüttern. Ständig beschreiben Sie Situationen, in denen Sie wie eine Naturkatastrophe über andere Menschen kommen.«

»Wie eine Heuschreckenplage, was? Apropos, haben Sie mal Heuschrecken probiert? Oder Käfer? Schnecken?«

»Also wirklich, Frank, das ist kein Gesprächsthema beim Abendessen«, erwiderte Nadia. »Erzählen Sie mir lieber, wie es mit Großmutter Nakai weitergegangen ist.«

»Ich habe mich ihr gegenüber zurückgehalten. Nichts als Respekt und Unterordnung – ganz zu schweigen davon, dass ich ihr und einem Haufen anderer Leute wenige Stunden zuvor das Leben gerettet hatte. Allein das hätte ein paar Eisschichten zum Schmelzen bringen müssen.«

»Mag sein, aber Sie sind ein sehr … außergewöhnlicher Mann. Sie würden diese Reaktion vermutlich besser verstehen, wenn Sie selbst Kinder hätten.«

Ackermans Miene verdüsterte sich von einer Sekunde zur anderen, als wäre plötzlich etwas Finsteres zwischen ihnen beiden. »Ich hatte mal ein Kind«, sagte er leise.

Nadia musterte ihn überrascht. »Das wusste ich noch gar nicht.«

»Einen Jungen. Itzal und ich wussten es dank der Ultraschallaufnahmen von ihrer Gebärmutter.«

»Itzal?«

Ein seltsamer Ausdruck erschien in Ackermans graublauen Augen. »Meine große Liebe damals. Sie war unfassbar schön. Auf Maya bedeutet ihr Name so viel wie ›Regenbogengöttin‹.«

»Was ist aus dem Jungen geworden?«

»Ich bekam nie die Gelegenheit, ihn kennenzulernen. Er ist schon lange tot.«

Nadia zwang sich zum Reden, obwohl ihr die Worte im Hals steckenbleiben wollten. »Tut mir leid, Frank, das habe ich nicht gewusst. War es eine Fehlgeburt?«

Der Ausdruck, der in Ackermans Gesicht erschien, ließ Nadia diese Frage sofort bereuen. »Nein. Itzals Stiefvater war *Sargento* bei der mexikanischen Polizei und hatte in ihrem Dorf das Sagen. Als ich dahinterkam, dass er Itzal seit Jahren nächtliche Besuche abstattete, schwor ich, ihn zu töten. Doch Itzal rang mir das Versprechen ab, sein Leben zu schonen. Wir sind zusammen geflohen. Aber er hat uns gefunden …« Ackerman verstummte.

»Was geschah dann?«, fragte Nadia, der das Herz plötzlich bis zum Hals schlug.

»Ich habe mein Versprechen gehalten und den Kerl verschont – was an ein Wunder grenzt, denn damals war ich ein ganz anderer. Ich habe aus dem nichtigsten Anlass getötet.«

Nadia lief es eiskalt über den Rücken. »Also ist der Mann noch auf freiem Fuß?«

»Auf freiem Fuß? Nun ja, so würde ich es nicht ausdrücken.«

»Wie meinen Sie das?«

»Seit unserer Begegnung hat er keine Füße mehr. Aber er lebt noch, soviel ich weiß … das, was von ihm übrig ist. Mein lieber alter Dad hat mir ein intensives Rachebedürfnis eingeimpft, wissen Sie.« Ackerman schaute in den dunkler werdenden Himmel, als suchte er in den Wolken nach den richtigen Worten. »Ich ließ den Kerl am Leben, habe ihm aber so viel genommen, dass es kein Leben mehr für ihn war. Wenigstens konnte er sich seit unserer Begegnung nicht mehr an jungen Frauen vergreifen. Aber es ist besser, nicht näher darauf einzugehen, denn es war eine ziemlich krasse Erfahrung für den Bastard. Ich habe ihn gerade noch rechtzeitig über die Grenze gebracht und dafür gesorgt, dass er in ärztliche Behandlung kommt, nachdem er seine Strafe erhalten hatte.«

»Verstehe«, sagte Nadia und schauderte erneut. Sie wollte sich gar nicht vorstellen, was Ackerman mit dem Kerl angestellt hatte. »Ich glaube, Sie müssen es nicht näher erläutern … im Unterschied zu mir.«

Ackerman schaute sie an. »Wie meinen Sie das?«

»Nun ja, *ich* musste Ihnen eine obszöne Menge an Einzelheiten aus meiner Vergangenheit anvertrauen. Aber Sie brauchen mir diesen Gefallen nicht zu erwidern.«

Ackerman biss von der Gurke ab. »Gut. Das Gestern ist tot, das Morgen nicht garantiert. Konzentrieren wir uns lieber auf die Entscheidungen von heute.«

In diesem Moment summte sein Handy. Als er auf das Display blickte, furchte er die Stirn.

»Was ist?«, fragte Nadia.

»Ein Notruf von Carter.«

Ackerman wählte auf seinem FBI-Handy eine Nummer aus dem Gedächtnis. Nadia wusste, dass er das Mobiltelefon nur widerstrebend nutzte. Vermutlich konnte Ackerman jede Maschine bedienen, die Menschen je geschaffen hatten, aber wann immer möglich, verzichtete er darauf – vermutlich aufgrund einer zwanghaften Rebellion gegen alles, was »normale« Menschen taten.

»Ich bin's«, sagte Ackerman und lauschte. Offenbar übermittelte ihm jemand Informationen, die Nadia nicht mithören konnte, aber mit jeder Sekunde wurde Ackermans Blick härter, und seine Kiefermuskeln traten hervor. Schließlich sagte er nur: »Wir sind unterwegs.«

»Black Rose?«, fragte Nadia leise.

»Ja.« Ackerman schaute sie an. »Erinnern Sie sich an die Idee, die ich in dem Zusammenhang hatte? Einen Vorschlag, gegen den Sie vehement Einspruch erhoben haben?«

»Welcher Vorschlag?«

»Ein Black-Rose-Opfer, das im Zeugenschutz war, in unseren Gewahrsam zu überstellen.«

Mit kaum hörbarer Stimme erwiderte Nadia: »Das haben Sie doch wohl nicht getan, oder?«

»Doch. Die Überstellung sollte morgen stattfinden. Ich wollte Ihnen nach unserem kleinen Festmahl hier vorschlagen, uns den Ort anzuschauen, den ich ausgesucht habe, aber unsere Freunde vom Marshals Service sind offenbar heute schon dort aufgetaucht.«

»Fahren wir hin?«

»Ja. Geben Sie mir die Schlüssel.«

»Die Schlüssel?« Nadia musterte ihn verwirrt. Sie wusste,

dass er keinen Führerschein besaß, und hatte die schlimmsten Befürchtungen, was seinen Fahrstil anging.

»Keine Bange, man stirbt nur einmal. Na los, wir müssen schnellstens dort sein.«

Nadia reichte ihm die Autoschlüssel. »Wieso die Eile?«

»Das Team vom Marshals Service meldet sich nicht mehr.«

»Wieso nicht?«

»Weil Black Rose schon dort ist, nehme ich an.«

3

Schon als ihr der Auftrag übertragen worden war, hatte Shawna Hadfield ein ungutes Gefühl gehabt. Keine zwei Jahre zuvor waren dem Black Rose Killer fünf FBI-Agenten zum Opfer gefallen; der Psychopath hatte eines seiner Opfer zurückgeholt, das unter dem Schutz genau des Teams stand, das nach ihm fahndete. Die Morde und das darauffolgende Verschwinden des Killers und seines Opfers hatten Black Rose, einem damals noch lokalen Phänomen, landesweite Aufmerksamkeit beschert und aus dem Mann eine urbane Legende gemacht.

Und wen schickten die hohen Tiere, um eine Zeugin aus der sicheren Obhut der US Marshals an ausgerechnet die Behörde zu überstellen, die beim ersten Mal Mist gebaut hatte? Natürlich schickten sie jemand Entbehrliches. Jemanden wie Shawna Hadfield.

Nachdem Shawna offiziell einen Strafantrag gegen Senior Inspector Sebastian Knox eingereicht hatte, bekam sie immer mehr Aufgaben, die niemand haben wollte. Seitdem versuchte dieser Kerl, ihr Leben zu ruinieren. Hölle, sogar sein Name und sein Rang klangen großspurig. Knox hatte einen Flüchtigen bei der Festnahme rassistisch beleidigt und sie, Shawna, hinterher drohend angestarrt. Die Botschaft aus dem Altherrennetzwerk war deutlich gewesen: *Eine wie dich wollen wir nicht dabeihaben.* Shawna hatte Beschwerde eingereicht, und danach war ihre Karriere in die Abwärtsspirale gegangen.

Wenn sie überlebte, würde sie den Marshals Service wegen dieses Fiaskos verklagen. Man hatte ihr diesen Auftrag vermutlich nur übertragen, um sie zum Schweigen zu bringen. Wenn sie davonkam, würde sie einen Anwalt einschalten und jede Summe, die sie erhielt, mit den Familien ihrer drei getöteten Kollegen teilen.

Aber dazu musste sie erst einmal diese Nacht überleben. Falls sie starb, mussten ihre Familie und die der anderen Opfer an die Öffentlichkeit gehen, um wenigstens ein bisschen Geld aus den geizigen Regierungsbürokraten herauszuquetschen.

Shawna schob diese Gedanken beiseite. Sie hatte nicht die Absicht, heute zu sterben.

Sie bewegte sich geduckt und hielt sich in den Schatten, während sie die Pistole von einem möglichen Ziel zum nächsten schwenkte. Der erste ihrer vier Kollegen war ausgefallen, als er im Dunkeln die äußere Grenze des Schutzbereichs abgeschritten war. Doch Shawna wusste nicht, wo der Black Rose Killer ihn erwischt hatte und was ihm zugestoßen war. Die beiden anderen waren auf der gegenüberliegenden Seite des Grundstücks an der Scheune postiert gewesen, vor der sie ihre Fahrzeuge geparkt hatten.

Die alte Farm hatte zwei Zufahrten, eine vorn, eine hinten. Die hintere führte zu einem stark befahrenen Highway, die vordere erreichte man über einen Kiesweg. Diese Aufteilung machte es möglich, sich bewusst dabei beobachten zu lassen, wenn man auf der einen Seite hineinging, um sich dann ungesehen auf der anderen hinauszuschleichen; dies war einer der Gründe, weshalb der Marshals Service und das FBI sich für diesen Übergabeort entschieden hatten. Doch Shawna war es in diesem Moment gleichgültig, in welche Richtung sie flüchteten, solange sie nur davonkamen.

In der Mitte teilte ein großer Teich das Grundstück und trennte das Haus von der Scheune. Die beiden Hälften waren durch einen schmalen Feldweg verbunden, der für zwei Fahrzeuge nicht breit genug war. Ein Nachtlicht am Farmhaus sorgte für ausreichende Beleuchtung, aber der größere, alte Teil der Farm war in Schatten getaucht. Eine anderthalb Meter hohe Steinmauer, von Moos und Efeu bedeckt, begrenzte den Weg nach Norden, ein Holzzaun und eine Baumreihe nach Süden. Als Shawna und die anderen bei Tageslicht hier angekommen waren, hatte dies alles idyllisch, ja malerisch ausgesehen, aber jetzt sah Shawna, wie exponiert sie waren, wenn sie den Feldweg überquerten. Er war ein Nadelöhr, ein Gefahrenpunkt auf ihrer Flucht. Denn genau dort würde der Black Rose Killer sie angreifen, davon war Shawna überzeugt.

Am liebsten hätte sie sich im Farmhaus verschanzt und auf Verstärkung gewartet. Andererseits hatte das FBI-Team genau das versucht, und die Agenten hatten für ihren Einsatz mit dem Leben bezahlt.

Wozu auf Verstärkung warten, wenn man der Verstärkung entgegenfahren kann, sagte sich Shawna. *Wenn wir es bis zum Wagen schaffen, haben wir eine Chance.*

Sie versuchte, Zuversicht auszustrahlen, als sie sich November zuwandte. »Bleiben Sie nahe bei mir, und halten Sie den Kopf unten, dann schaffen wir's. Wir folgen dem Zaun auf der rechten Seite.«

November nickte bloß.

Die beiden Frauen hatten die Hälfte des überwucherten Fahrwegs hinter sich gelassen, als Shawna etwas im Gesicht spürte, das sich wie ein Spinnennetz anfühlte. Als sie es wegwischte, strichen ihre Finger über irgendetwas Hartes, Festes. Shawna zuckte zusammen, denn sie rechnete damit, eine große Spinne auf ihrer Brust zu entdecken. Stattdessen sah sie etwas, das wie eine Schnur aus Metall aussah.

Augenblicklich erkannte sie, dass es kein Spinnennetz war. Jemand hatte ihr eine Schlinge aus scharfem dünnem Draht über den Kopf geworfen.

In Panik richtete Shawna die Pistole auf die Baumreihe. Black Rose musste ganz in der Nähe sein, sonst hätte sie die Schlinge schon beim Näherkommen bemerkt. Jemand musste sie ihr übergestreift haben – genau im richtigen Augenblick, wie bei dem Angelspiel mit den Plastikfischen, die Magnete in ihren sich öffnenden und schließenden Mäulern hatten.

Shawna hatte diesen Gedanken noch nicht zu Ende geführt, als sie auch schon von den Beinen gerissen wurde. Sie hörte das Surren eines kleinen Motors, der die Schnur nach oben zog, an der sie hing. Panisch umkrampfte Shawnas Hand die Waffe, obwohl alles in ihr danach schrie, nach ihrer Kehle zu greifen und an dem Draht zu zerren, der ihr die Luft abschnürte. Hilflos wurde sie höher gezogen, während der Draht in ihren Hals schnitt. Mit letzter Kraft umklammerte Shawna die Glock, um auf den Angreifer zu feuern, aber da war niemand.

Sie ließ ihre Waffe fallen, griff sich verzweifelt an den Hals und versuchte sich zu befreien, während sie immer höher gezogen wurde.

In dem verzweifelten Bemühen, das Gewicht von Shawnas Hals zu nehmen, drückte November die Beine der Frau hoch und versuchte zu helfen, doch Shawna wusste, es war sinnlos. Ihr konnte niemand mehr helfen.

Mit glasigen Augen blickte sie zu der jungen Frau hinunter, deren Leben ihr anvertraut war, und stieß röchelnd hervor: »*Mach, dass du wegkommst!*«

4

Francis Ackerman trat das Gaspedal durch, aber dem Motor fehlte die Durchzugskraft. Der Wagen war ein Chevy Cruze – ein vernünftiges Auto, was Sicherheit und Treibstoffverbrauch anging, nur eignete es sich nicht für Verfolgungsjagden, wenn man einen Serienmörder und Vergewaltiger vom Kaliber eines Black Rose fassen wollte.

Ackerman jagte den Cruze auf den Vordereingang des Treffpunkts zu und bog auf den Kiesweg ab, ohne zu bremsen. Nadia hatte eine Hand an der Tür, die andere am Armaturenbrett. Ihr Gesicht war bleich und angespannt, und ihr schöner Teint, der Ackerman sonst immer an den Sand an den Ostküstenstränden erinnerte, ließ nun mehr an die weißen Gestade von Cancún denken.

Ackerman spürte, dass die Reifen über den lockeren Kies schlitterten und der Wagen auszubrechen drohte, bremste aber nicht ab. Nadia riss die Augen auf; jeder Muskel war in Erwartung des Aufpralls gespannt. Schlitternd, mit aufheulendem Motor, schoss der Wagen in die Zufahrt hinein. Sekunden später sahen sie das zweistöckige Farmhaus auf einer leichten Erhebung links von ihnen. Ein langer Feldweg wand sich auf das Gebäude zu, gesäumt von überwucherten Feldern. Ackerman hatte diesen Ort wegen seiner einzigartigen Anlage ausgesucht; auch deshalb, weil das Gebäude durch den kürzlichen Tod seines Besitzers verfügbar geworden war.

Nun stand das Haus in hellen Flammen. Fetter Rauch stieg zum schwarzen Himmel empor.

»Was ist hier los?«, stieß Nadia hervor.

Ackerman hielt dreißig Meter vom Gebäude entfernt und schob den Automatikhebel auf Parken.

Nadia, die bleich und zitternd neben ihm saß, sagte vorwurfsvoll: »Sie verdammter Kerl.«

»So schlecht fand ich meine Fahrweise gar nicht.«

»Ich rede nicht von Ihrer Fahrweise. Ich rede davon, dass Sie hinter meinem Rücken angeordnet haben, November McAllister in unsere Obhut zu überstellen. Das alles hier hätte nicht sein müssen! Als ich mich bereit erklärt hatte, diesen Fall mit Ihnen zu bearbeiten, haben Sie mir zugestanden, dass es *mein* Fall ist. Verdammt, Frank, dieser Fall ist mein Leben! Für Sie ist er bloß eine Akte, nur ein Killer mehr, den Sie jagen, für mich aber ist er alles, worauf ich hingearbeitet habe. Wir wissen ja noch nicht einmal, wie Black Rose das erste FBI-Team gefunden und getötet hat. Es könnte eine undichte Stelle geben.«

»*Ich* habe diese Örtlichkeit ausgewählt«, sagte Ackerman, »und Carter hat alles arrangiert. Black Rose kann den Treffpunkt auf keinen Fall vom FBI erfahren haben. Und bevor wir übereilte Schlüsse ziehen, sollten wir uns lieber anschauen, was hier abgeht. Vielleicht gibt es eine ganz harmlose Erklärung für das alles.«

»Einen harmlose Erklärung? Das glauben Sie doch selbst nicht, sonst wären Sie nicht wie ein Henker gefahren.«

Ackerman zuckte die Achseln. »Finden wir's heraus,

Agentin Shirazi.« Er griff sich ins Kreuz, umfasste den Knochengriff seines Bowiemessers und zog die Klinge aus der Scheide. »An die Arbeit. Für Wut und Enttäuschung ist Zeit genug, wenn wir den Drachen erschlagen und die holde Maid gerettet haben.«

Nadia zückte die Pistole, schwang sich aus dem Wagen und knallte die Tür hinter sich zu. Ihre Nasenflügel bebten.

Als sie sich dem brennenden Farmhaus näherten, ließ Ackerman den Blick schweifen, über den stillen Teich und die dunklen Schemen mehrerer Gebäude in der Ferne hinweg. Im zuckenden Licht der Flammen entdeckte er etwas Merkwürdiges. Er kniff die Augen zusammen, spähte in das diffuse Licht der Nacht, bis die Schatten sich teilten. Dann endlich sah er, was seine Aufmerksamkeit erregt hatte: Es war der Umriss eines Menschen, der an einer Schlinge hing. Die Füße der Gestalt zuckten noch.

Ohne ein Wort zu Nadia rannte Ackerman los und sprintete zu der zappelnden Gestalt, die offenbar in eine der Fallen des Black Rose Killers geraten war. Ackerman wusste, dass der Mann gern solche Fallen stellte. Er verzog das Gesicht. Sie mussten also damit rechnen, dass hier weitere tückische Fallen lauerten, die vielleicht sogar eigens für ihn und Nadia gedacht waren. Gut möglich, dass der Killer sie in genau diesem Moment beobachtete. Die gequälte Kreatur, die da am Baum hing, war möglicherweise ein Köder, und Black Rose lauerte irgendwo in den Schatten, um zuzuschlagen, sobald sie dem Opfer zu Hilfe kamen.

Soll mir recht sein, dachte Ackerman. *Dann bist du fällig, Hurensohn.*

Hinter sich hörte er Nadias Schritte, doch er war viel schneller als sie – zu Ackermans Erleichterung, denn auf diese Weise entging Nadia den bösen Überraschungen, die er Killer womöglich für sie beide vorbereitet hatte.

Ackerman erreichte den Fahrweg, der zu der baumelnden Gestalt führte. Links trennte ihn eine Steinmauer von dem Teich, rechts zog sich ein Holzzaun entlang. Erst jetzt konnte Ackerman erkennen, dass es eine Frau in einem Kostüm war, die dort an einem dünnen, fast unsichtbaren Stahlseil baumelte.

Als er fünf Schritte von der Frau entfernt war, stieß Ackerman sich in vollem Lauf ab und sprang. Mit dem Bowiemesser schlug er nach dem Draht hoch über dem Kopf der Frau und durchtrennte ihn mit einem Hieb. Kaum war sein rechter Fuß auf dem Boden, warf er sich herum, schnellte vor und fing die stürzende Frau mit beiden Armen auf. Behutsam bettete er sie auf Erde und Kies, fuhr mit der Messerspitze vorsichtig unter den Draht, der sich in ihren Hals gegraben hatte, und lockerte ihn. Der Draht war dünn und scharf, sodass er tief in ihre Haut gedrungen war, doch Venen und Arterien schienen nicht verletzt zu sein.

Nadia kam heran, blieb keuchend neben Ackerman stehen und gab ihm mit vorgehaltener Waffe Deckung. Aufmerksam behielt sie die Umgebung im Auge, während Ackerman sich darauf konzentrierte, die Frau zu versorgen, die er für einen der Deputy Marshals hielt, mit denen das FBI sich hier treffen wollte. Sie atmete nicht, und Ackerman begann mit einer Herzdruckmassage. Er wusste, dass er sie ins Leben zurückholen konnte. Aber das wiederum bedeutete, dass er nicht die Chance bekam, den Angreifer zu verfolgen.

Ackerman blickte aus der Hocke auf und schaute Nadia an. »Er ist noch hier.«

Nadia nickte bloß, rannte plötzlich los und folgte dem Weg zur Scheune.

»Halt!«, rief Ackerman. »Bleiben Sie!«

Seine Partnerin dachte gar nicht daran.

Ackerman fluchte in sich hinein. Er hätte Nadia am liebsten zurückgeholt, musste sich aber noch um die Frau kümmern. »Achten Sie auf Fallen«, rief er Nadia nach. »Kein Risiko! Wenn es sein muss, schießen Sie.«

Nadia, mit dem Rücken zu ihm, sagte etwas Unverständliches. Es war offenbar nicht für seine Ohren bestimmt, doch Ackerman verstand es trotzdem. »Mit größtem Vergnügen«, hatte Nadia gemurmelt.

5

Nadia Shirazi nahm drei tiefe Atemzüge, dann brach sie durch die kleine Tür der Scheune neben dem Schiebetor, das geöffnet werden musste, damit Fahrzeuge hindurchkonnten. Als sie tiefer in die Scheune vordrang, stieg ihr ein Geruch in die Nase, der ihr vertraut war und doch anders als in der Erinnerung. Stallgeruch. Als Kind hatte sie Pferde geliebt; sie waren die liebste Zuflucht für die kleine Nadia gewesen. In dieser Scheune aber roch es, als hätte jemand die Stallungen verrammelt, während Heu und Pferde noch darin waren, und nun war alles verrottet und verfault. Es waren die Gerüche von Staub, Schimmel und Verwesung.

Langsam bewegte Nadia sich durch das schummrige Innere der Scheune, an deren Wänden das rötliche Licht der Flammen flackerte. Sie hielt die Glock schussbereit vor sich, die Arme leicht angewinkelt, den Blick am Visier, angespannt, wachsam, auf jeden Angreifer gefasst. In hinteren Teil der Scheune, in einer Insel aus künstlichem Licht, standen zwei Fahrzeuge, ein Suburban und eine Crown-Victoria-Limousine älteren Baujahrs. Und genau dort, zwischen den beiden Fahrzeugen, sah Nadia einen dunklen Schemen. Sofort richtete sie die Waffe auf die reglose Gestalt. Es schien ein Mensch zu sein, der unter einer dicken Decke lag, die Beine leicht angezogen. Auf die Entfernung war nicht zu erkennen, ob es sich um einen Mann oder eine Frau handelte.

Dieser Teil der Scheune wurde durch eine einzelne nackte Glühbirne erhellt, die man mit einer Zugkette einschaltete. Sie wiegte sich im Nachtwind träge hin und her, sodass Licht und Schatten in stetem Rhythmus über die verdeckte Gestalt huschten; man hätte glauben können, im Einklang mit dem Licht eine alte Standuhr ticken zu hören.

Mit langsamen, fast lautlosen Schritten bewegte Nadia sich auf die Gestalt zu. Sie bezweifelte keine Sekunde, dass sie es mit einer Falle zu tun hatte, denn genau damit musste sie hier rechnen. Black Rose gab die Karten, und er betrog immer.

Die Gestalt unter der Decke gab keinen Laut von sich. Nadia konnte nicht einmal sicher sein, dass es ein Mensch war; die leichten Bewegungen, die sie zu bemerken glaubte, konnten auf das Spiel von Licht und Schatten zurückzuführen sein. Schließlich löste Nadia den Blick von der verdeckten Gestalt, schaute in die schummrigen Ecken und versuchte, unter die beiden Fahrzeuge zu spähen, um sicherzugehen, dass der Killer nicht von dort angriff. Doch sie sah nichts und niemanden, was auf eine weitere Falle hindeutete.

Was sollte sie tun? Einfach hingehen und die Decke von der Gestalt ziehen? Schließlich konnte es einer der Agenten oder Marshals sein. Oder legte der Killer es darauf an, dass sie genau das tat? Verbarg sich unter der Decke irgendein tödlicher Mechanismus?

Nadia beschloss, nicht näher heranzugehen als unbedingt nötig. Sie löste ein Reservemagazin von der linken Hüfte und warf es zielsicher genau an die Stelle, wo sich der Kopf der Gestalt befinden musste.

»Verdammt!«, rief eine Frauenstimme.

Nadia zuckte vor Schreck zusammen. »November McAllister?«, fragte sie leise. »Sind Sie das? Hat *er* Sie hierher ...«

Nadias Stimme riss ab, als irgendetwas sie mit Wucht im Nacken traf, etwas Hartes, Schweres, das aus dem Halbdunkel der Scheune herangeflogen kam. Schmerz schoss durch ihren Körper, doch sie blieb bei Bewusstsein und stolperte auf die verhüllte Gestalt zu, die sich zwar als November McAllister, zugleich aber auch als Ablenkung entpuppt hatte. Schwindel und Übelkeit erfassten Nadia; sie spürte kalten Schweiß auf der erhitzten Haut.

Langsam, mit vorgehaltener Waffe, drehte sie sich um. Sie war so schwach, dass die Pistole in ihrer Hand eine Tonne zu wiegen schien.

Obwohl sie auf alles gefasst war, zuckte sie heftig zusammen, als sie sich einem schwarz gekleideten Mann gegenübersah, der sein Gesicht mit einer dunklen Skimaske verdeckt hatte. Nur seine braunen Augen waren zu sehen und funkelten im Dämmerlicht.

Der Arm des Mannes schnellte vor. Mit der linken Hand umfasste er Nadias Handgelenk und drehte es mit einem heftigen, brutalen Ruck. Schmerz schoss Nadias Arm hinauf. Ehe sie reagieren konnte, drückte der Mann ihr die Mündung einer schallgedämpften Pistole ins Gesicht.

Für einen Moment wurde Nadia schwarz vor Augen. Verzweifelt versuchte sie, sich auf den Mann hinter dem Lauf der Waffe zu konzentrieren und ihm in die Augen zu schauen. Sie flehte nicht, jammerte nicht, sagte kein Wort. Sie wusste, dass ihr Leben in der Hand des Fremden lag.

Der Zeigefinger des Mannes ruhte am Abzug. Er brauchte nur abzudrücken, und alles war vorüber.

Als der Black Rose Killer Nadias Gesicht betrachtete, veränderte sich der Ausdruck seiner braunen Augen. Er beugte sich vor. Verwirrung lag in seiner Stimme, als er fragte: »Du? Was tust du hier? Du solltest nicht hier sein, Nadi.«

Nadia wurde schlecht. Die Bestie redete, als wären sie alte Bekannte. Obendrein hatte er ihren Namen wie »Noddy« ausgesprochen – ein Kosename, den nur Nadias Vater je benutzt hatte.

Doch Nadia erkannte die Stimme nicht wieder. Bei ihrer ersten Begegnung vor vielen Jahren hatte Black Rose kein Wort gesagt, hatte ihr nur schreckliche Dinge angetan. Jetzt aber redete er, als wären sie Freunde, Vertraute, ja, ein Liebespaar. Es verursachte Nadia Übelkeit, als sie an die kranken Fantasien dachte, die dieses Monster an ihrem Körper ausgelebt hatte. Sie versuchte, die Finger so fest um die Glock zu legen, dass sie die Waffe auf ihren Peiniger richten konnte, doch sie brachte die nötige Kraft nicht auf.

Nach einer weiteren Sekunde der Verwirrung verfinsterte sich der Blick des Mannes. Wut loderte in seinen Augen. Er holte aus und drosch Nadia den Lauf der Pistole an den Kopf.

Nadia schrie, taumelte. Sie konnte nicht mehr atmen, sich nicht mehr bewegen, als sie hilflos in undurchdringlicher Schwärze versank.

Frank, war ihr letzter klarer Gedanke. *Frank* …

Dann war da nur noch Dunkelheit.

6

Ackerman verabreichte der bewusstlosen Frau Herzmassage und Mund-zu-Mund-Beatmung, bis sie keuchend nach Luft schnappte. Ihre Lider flatterten, doch sie erlangte das Bewusstsein nicht wieder. Vielleicht war sie zu lange ohne Sauerstoff gewesen und hatte irreversible Hirnschäden davongetragen.

Ackerman atmete durch und schaute zu dem Teich, auf dessen Oberfläche der Mond, der zwischen den Wolken hervorgekommen war, silbrige Wellenmuster warf. Das Licht aus der Scheune, die Flammen vom Haus, der sanfte Schein des Mondes und der düstere Nachthimmel mischten sich auf eine Weise, dass es Ackerman an alte Gemälde erinnerte, auf denen die Apokalypse dargestellt war.

Nadia war mittlerweile zu lange fort, wurde Ackerman bewusst. Was immer sich in der Scheune abgespielt hatte, jetzt ließ sich nichts mehr daran ändern.

Ackerman stand auf, lauschte auf Stimmen oder Geräusche. Dann setzte er sich in Richtung Scheune in Bewegung.

In diesem Moment hörte er einen schweren Motor aufbrüllen. Der Lärm kam nicht aus der Scheune, sondern drang hinter dem Gebäude hervor.

Black Rose, schoss es Ackerman durch den Kopf. *Die Schweinebacke will sich absetzen.*

Demnach gab es zwei mögliche Erklärungen, was Nadias Schicksal betraf, und keine von beiden gefiel Ackerman: Entweder, Nadia war tot, oder der Killer hatte sie in seiner Gewalt.

In diesem Augenblick leuchteten Scheinwerfer auf. Ein

Fahrzeug jagte um die Scheune herum. Der Fahrer beschleunigte rücksichtslos. Der Wagen holperte über das unebene Gelände und wirbelte Grassoden und Steine auf.

Da ist der Mistkerl ja auch schon.

Wahrscheinlich hatte Black Rose sein einstiges Opfer Nadia wiedererkannt, hatte es zusammen mit November McAllister ins Fahrzeug gezerrt und versuchte nun, die beiden Frauen zu entführen.

Dann geschah etwas Unerwartetes. Ackerman beobachtete, wie der Wagen sich dem Farmhaus näherte, statt den zu erwartenden Fluchtweg zum Highway einzuschlagen. Vielleicht hatte Black Rose beschlossen, der Frau, die er an dem Drahtseil aufgehängt hatte, den Rest zu geben – als kleine Show für seine unfreiwilligen Fahrgäste. Er konnte ja nicht wissen, dass die Frau nun in Ackermans Obhut war.

Ackerman bewegte die Bewusstlose nur ungern, doch ihm blieb keine Wahl, wenn er der Gefahr aus dem Weg gehen wolle, dass der Wagen die hilflose Frau überrollte. Er trug sie an den Rand des Fahrwegs und bettete sie vor den alten Holzzaun. Dann wandte er sich dem Gegner zu.

Am Kühlergrill und der Anordnung der Scheinwerfer erkannte er, dass es sich um eine Limousine von Typ Chrysler 300 handelte. Der V8-Motor grollte im Leerlauf, lauernd, abwartend, während das gelbe Licht der Scheinwerfer in die Dunkelheit stach. Plötzlich heulte der schwere Motor auf, und der Wagen schoss auf Ackerman zu.

Ackerman erkannte im Bruchteil einer Sekunde, dass er dem Fahrzeug nicht mehr ausweichen konnte. Seine einzige Möglichkeit war, über den Wagen hinwegzusetzen. Wenn alles gut ging, konnte er zu seinem Chevy sprinten und die Verfolgung aufnehmen. Der Chrysler war schwerer und stärker als der Cruze, doch Ackerman war sicher, dennoch eine Möglichkeit zu finden, das schwerere Fahrzeug von der

Straße zu drängen. Niemand verstand sich besser auf solche Aktionen als er.

Ackerman starrte in die dunkel getönten Fenster des Chryslers, der sich ihm rasend schnell näherte, doch von außen war nur der verschwommene Umriss eines Mannes hinter dem Lenkrad zu erkennen.

Dann war der Chrysler heran.

Ackerman stieß sich ab, wich geschickt der Stoßstange aus, die ihn um ein Haar aufgeschlitzt hätte, landete auf der Motorhaube und setzte zum zweiten Sprung an, der ihn über das Fahrzeug hinwegtragen sollte, als etwas Unerwartetes geschah: Der Chrysler schoss nach rechts davon. Statt auf dem Dach landete Ackermans rechter Fuß auf der Windschutzscheibe – ein Fehler in seiner Berechnung, der ihn teuer zu stehen kommen sollte. Er sah, wie sein Spiegelbild über das dunkle Glas der Scheibe huschte und spürte, wie sein Bein die Kraft der Seitwärtsbewegung auffing und der Schwung ihn in die Höhe riss. Im letzten Sekundenbruchteil warf er sich mit aller Kraft nach vorn, flog über das Heck des Wagens hinweg und schlug schwer auf die Fahrbahn. Benommen lag er inmitten einer Wolke aus Staub und emporgewirbelten Steinen und beobachtete, wie die Hecklichter des Chryslers davonrasten, nachdem es dem Fahrer irgendwie gelungen war, den Wagen wieder in die Spur zu bringen. Die Rücklichter sahen aus wie die Augen eines Dämons, der zurück in die Hölle jagte, aus der er gekommen war.

Ein unbarmherziger Wille zwang Ackerman, sich hochzustemmen und den sinnlosen Versuch zu machen, die Verfolgung aufzunehmen. Er biss die Zähne zusammen, drängte Benommenheit und Schwäche zurück. Doch sein Körper verlor den Kampf.

Bewusstlos stürzte Francis Ackerman in den Staub der Straße.

7

Vier Tage später

Nach langen, sorgenvollen Tagen und Nächten, die er an Nadias Krankenhausbett gewacht hatte, kehrte Ackerman vorübergehend in sein Büro zurück, das ihm zugleich als provisorische Wohnung diente. Die meiste Zeit war Nadia nicht ansprechbar gewesen, sodass Ackerman nichts anderes hatte tun können, als zu warten – eine erzwungene, nervtötende Untätigkeit, die ihn beinahe in den Wahnsinn getrieben hätte. Hinzu kam die Ungewissheit, ob Nadias Gehirn dauerhaft geschädigt war. Was das betraf, waren die Ärzte unsicher; zu Fragen nach den Verletzungen Nadias und deren möglichen Auswirkungen äußerten sie sich nur sehr vage.

Ackermans Büro lag an einem Korridor mit einem Fußboden aus nacktem Beton. Kabelbäume, sanitäre Leitungen und Plastikrohre, allesamt unverkleidet, zogen sich unter der Decke hin – ein Muster, das Ackerman an die Adern an der Kehle einer riesigen Kreatur erinnerte. Doch hier war seine Zuflucht. Die Büros in diesem Gebäudeteil waren nur halb fertig und wurden vor allem zur Lagerung alter Akten genutzt. Der Korridor selbst befand sich im untersten Kellergeschoss eines unauffälligen Bürohauses in der Nähe von Quantico, Virginia, Sitz der FBI-Akademie und der Behavioral Analysis Unit, kurz BAU, der berühmten Verhaltensanalyseabteilung des FBI.

Ackerman genügte diese eher schlichte Umgebung. Das jährliche Gehalt, das die Regierung ihm für seine Dienste zu zahlen sich verpflichtet fühlte, rührte er kaum an. Auf die meisten Anschaffungen verzichtete er, weil er nicht sicher war, ob er überhaupt Eigentum besitzen wollte. Er hatte ein paar Souvenirs von seinen Reisen zurückbehalten, darunter Waffen, die er als Trophäen betrachtete und die er weiterhin nützlich fand, und vor allem Theodore, seinen kleinen Hund, den er aber nicht als Besitz betrachtete, sondern als vierbeinigen Kumpel.

Ackerman fand es unendlich vergnüglich, im Keller seiner früheren Widersacher vom FBI zu wohnen und zu arbeiten. Die Folterungen, die sein Vater an ihm vorgenommen hatte, waren durchgehend mit Videoaufnahmen dokumentiert, und die Männer und Frauen, die in den Etagen über Ackerman arbeiteten, jagten Serienmörder und Terroristen und erstellten Profile für alle anderen Arten von Straftätern. Deshalb wusste Ackerman genau, dass fast alle seinen Fall und seine Psychologie gründlich studiert hatten. Allerdings war seines Wissens nur einem einzigen dieser Leute bekannt, dass Francis Ackerman jr. das Monster war, das im Keller der BAU hauste.

Den Zugang zu seinem Refugium bildete eine Stahltür, neben der auf einem Namensschild »F. Stine« stand. Der Name war ein kleiner Scherz Ackermans, auf den Deputy Director Carter sich eingelassen hatte. Auf seinen Reisen hatte Ackerman viele Spitznamen getragen: Mann ohne Furcht, Boogeyman, *El Diablo* und zahlreiche andere. Doch aufgrund der Experimente, die sein Vater an ihm vorgenommen hatte, erschienen ihm Vergleiche mit Frankenstein und dem Geschöpf des wahnsinnigen Arztes naheliegend. Deshalb hatte sich »Franklin Stine« als neuer Deckname angeboten.

An dem kleinen Tastenfeld entriegelte Ackerman die Tür mit einem sechzehnstelligen Zahlencode und vergewisserte sich, dass die unscheinbaren Objekte, die er am Türrahmen platziert hatte, um ihn auf ein unerlaubtes Eindringen hinzuweisen, noch an Ort und Stelle waren. Der Raum maß gut dreieinhalb mal zwölf Meter; der hintere Teil enthielt ein komplett eingerichtetes Badezimmer einschließlich einer Dusche – Carters neuestes Zugeständnis, nachdem Ackerman sich geweigert hatte, die Wohnung zu nutzen, die das FBI ihm zur Verfügung stellte. Diesen Raum hier und seinen Job, mehr brauchte er nicht.

Bis auf Theodore.

Als Ackerman die Tür öffnete, erwartete er, von seinem Shih Tzu begrüßt zu werden, aber der kleine Hund lauerte nicht ungeduldig auf seine Ankunft, wie sonst immer; diesmal war er nirgendwo zu sehen. »Special Agent Theodore!«, rief Ackerman. »Wo steckst du? Der Boss ist da!«

Eine Sekunde später kam der kleine schwarzweiße Hund aus den Schatten und äugte kurz zu ihm hoch – mit einem teils vorwurfsvollen, teils verächtlichen Ausdruck, wie es Ackerman schien. Dann drehte der Shih Tzu sich um und tippelte zu seinem orthopädischen Hundebett neben Ackermans japanischem Tisch zurück, wo er sich hinwarf und seinem Herrchen das Hinterteil entgegenstreckte.

»Was ist los, Mann?« Ackerman legte die Hände an die Hüften und zog eine Braue hoch. »Ich habe harte Tage hinter mir. Sei mal ein bisschen nett.«

Theodore reagierte nicht.

»Soll ich dir was von Nadia erzählen?«

Theodore rührte sich immer noch nicht.

»Sie liegt im Krankenhaus.«

Der kleine Hund spitzte tatsächlich die Ohren.

»Und jetzt kommt das Schlimmste«, fuhr Ackerman fort. »Nadia ist womöglich der jüngste Eintrag auf der Liste von Opfern der Männer aus der Familie Ackerman.«

Theodore antwortete mit einem fiependen Laut.

Ackerman starrte ihn an. »Mehr hast du nicht zu sagen, du getunte Katze?«

Der kleine Hund ignorierte ihn.

»Du willst ein Freund sein?«, schimpfte Ackerman. »Wenn das nicht besser wird, muss ich unsere Männer-WG aufkündigen. Na, was sagt du jetzt?«

Theodore döste vor sich hin.

»Ignorant.« Seufzend wandte Ackerman sich seinen Aufgaben zu. Zuerst legte er seine Waffen in einen speziellen Kasten, der auf einem schwarzen Tisch stand, der aus dem naturwissenschaftlichen Labor einer Highschool stammte. Der Waffenkasten war ursprünglich ein Gitarrenkasten gewesen, den Ackerman mit Taschen und Halterungen für sein »Handwerkszeug« ausgestattet hatte, darunter das Bowiemesser mit dem Knochengriff, seine Spezial-Armbanduhr mit dem Würgedraht, der mit der Krone herausgezogen werden konnte, und die sechs Wurfmesser, die in einer maßgefertigten Klett-Tasche seiner Armeehose steckten. Statt die Messer in den Kasten zu legen, warf er sie blitzschnell nacheinander auf eine Zielscheibe am anderen Ende des Raumes. Flirrend flogen sie durch die Luft und fuhren mit lautem Pochen ins Holz.

In diesem Moment spürte Ackerman einen kleinen Körper am rechten Bein. Theodore war von seinem orthopädischen Bett herübergekommen und schaute schwanzwedelnd zu ihm hoch. Ackerman bückte sich, nahm ihn hoch und hielt ihn in den Armen. Während er Theodore Bauch und Ohren kraulte, drückte dieser sein kleines Gesicht in Ackermans Hand.

»Okay, jetzt mal ernsthaft«, sagte Ackerman. »Ich habe wichtige Arbeit, und Nadia geht es nicht gut. Aber Consuela wird sich um dich kümmern, wenn ich weg bin, also kannst du die Nummer der gekränkten Diva lassen, okay?«

Wenn Ackerman unterwegs war, kümmerte sich Carters Hausdame Consuela um Theodore. Natürlich hatte Carter ihr weisgemacht, Ackerman sei nur einer seiner vielen Agenten – ein Mann, der häufig unterwegs sein müsse. Consuela war Witwe und hielt zu Hause nur einen Goldfisch, deshalb vergötterte sie Theodore.

Theodore leckte Ackerman das Gesicht.

»Schon in Ordnung, Kumpel. Hauptsache, du frisst nicht Consuelas Goldfisch.« Er setzte den kleinen Hund mit einem beruhigenden Tätscheln wieder auf die vier Pfoten. »Und jetzt auf zum gemeinsamen Training!«

Als Theodore das Wort »Training« hörte, flitzte er davon.

Ackerman lachte. »Faulpelz.«

Er zog sich bis auf die Boxershorts aus, trat in den freien Teil des Raumes und drückte sich nach ein paar Dutzend Liegestützen in den Handstand hoch. Während er versuchte, eine kerzengerade Haltung beizubehalten, begann er mit Schulterdrücken, ohne den Handstand aufzugeben. Ackerman mochte Übungen wie diese. Man konnte sie überall ausführen und brauchte nur das eigene Körpergewicht, keine Geräte oder Hanteln. Es waren Übungen, die verschiedene Muskelgruppen beanspruchten und dafür sorgten, dass die Physis in Bestzustand blieb, was in letzter Zeit allerdings zunehmend schwieriger für ihn wurde. Nicht nur aus Zeitmangel, sondern auch wegen seines Alters und der wachsenden Anzahl von Kampfnarben. Als Ackerman sein Training mit Liegestützen fortsetzte, schmerzte seine Hand an der Stelle, an der sie bei seinem letzten Fall von einer Schwertklinge durchbohrt worden war.

Ein Glück, dass mir Schmerzen nichts ausmachen, ging es ihm durch den Kopf. Auch das hatte er seinem Vater und dessen Experimenten zu verdanken. Ackerman war es gewohnt, mit Schmerzen Höchstleistungen zu erbringen.

Meist genoss er sie sogar und fühlte sich von ihnen angespornt – ein Erbe der unmenschlichen Versuche seines Erzeugers, genauso wie seine fantastische Reaktionsschnelligkeit, seine Ausdauer und seine Kraft.

Wieder dachte er an Nadia. Ihr ging es bei Weitem nicht so gut wie ihm. Ackerman konnte nur hoffen, dass sie aus dem Koma erwachte, ohne dauerhafte Schäden davongetragen zu haben. Am liebsten hätte er am Bett seiner Partnerin gewacht, bis sie das Bewusstsein wiedererlangte – eine Einsicht, die ihn überraschte und dazu brachte, sein bisher gutes, doch eher unterkühltes persönliches Verhältnis zu Nadia zu überdenken.

Die ganze Situation mit Nadia, besonders ihre schwere Schädelverletzung, weckte in Ackerman Besorgnis und ein seltsames Gefühl der Leere, als wäre ihm ein Teil seines Innern genommen worden, dessen Verlust er nun ständig spürte. Genauso hatte er sich gefühlt, nachdem Maggie ums Leben gekommen war, die Verlobte seines Bruders, die Ackerman stets als »kleine Schwester« betrachtet hatte. Maggie hatte einen berüchtigten Serienmörder, den Taker, mit in den Tod genommen und sich dabei für Ackerman geopfert.

Er wurde aus seinen Gedanken gerissen, als er die blinkenden Lichter an der gegenüberliegenden Wand bemerkte, die von Bewegungsmeldern draußen auf dem Gang aktiviert wurden. Jemand näherte sich seinem Büro. Ackerman beendete sein Training, wischte sich mit einem Tuch den Schweiß ab, ging zur Stahltür und öffnete.

Er sah sich einem Mann gegenüber, der in jeder Hand eine Pistole hielt.

8

Congressman David Crane betrachtete die Gesichter der vier Männer am Tisch. Drei von ihnen waren seine engsten Freunde und Kollegen, Kongressabgeordnete wie er selbst. Der vierte war sein erwachsener Sohn Ezra. Als David Crane von einem Gesicht zum anderen blickte, tat er sich beinahe selbst leid, dass er einer solch traurigen Brut von Schlangen gegenübersaß und nicht Menschen, die er mochte.

Das Innere des Restaurants war einem französischen Château nachempfunden. Die Wände bestanden aus alten Natursteinen, Stuck und freiliegenden geschwärzten Balken, Hunderte von Jahren alt. Das Licht war gedämpft, und es roch nach Weintrauben und frischem Brot. Das Restaurant gehörte zu den neuesten und exklusivsten in Charleston, South Carolina, und war ständig ausgebucht. Doch ein Mann in David Cranes Position brauchte nie auf einen Tisch zu warten, schon gar nicht in seiner Heimatstadt.

Cranes Familie hieß ursprünglich Jewdokimenko und war zwei Generationen zuvor aus der Ukraine in die USA eingewandert, wo sie erfolgreich Fuß gefasst hatte. Congressman David Crane war das beste Beispiel für die steilen Karrieren der meisten Jewdokimenkos.

Links von David saß ein Mann mit schwarzem Haar und buschigem Schnurrbart, der über beide Seiten seines Mundes ragte und vom zurückweichenden Kinn und dem runden Kopf ablenkte. Beim Anblick dieses haarigen Gesichts musste Crane stets an Toto denken, den kleinen Hund aus dem *Zauberer von Oz*.

Neben Toto saß ein Bär von einem Mann. Sein struppiges rotbraunes Haar und der Bart waren grau gesprenkelt. Die schlaffen Hängebacken ließen den Kopf des Mannes klein und sein Gesicht primitiv, beinahe grobschlächtig wirken, aber er war überaus intelligent. Allerdings fehlten ihm Durchsetzungskraft und der Mut zu wirklich großen Entscheidungen, deshalb nannte David Crane ihn im Stillen den Feigen Löwen.

Der dritte Mann war der Kongressabgeordnete mit den wenigsten Amtsjahren, siebzehn an der Zahl, während David Crane dreiunddreißig auf dem Buckel hatte, die beiden anderen mehr als zwanzig. Crane bezeichnete ihn im Stillen als die Vogelscheuche. Er war ein italienischstämmiger Bursche, klein und aufbrausend, der immer wieder jemanden brauchte, der ihn zügelte, damit er nicht übers Ziel hinausschoss.

Die Rolle des Zauberers gebührte selbstverständlich keinem anderem als David Crane. In ihrer kleinen Gruppe war er es, der alles in Schwung gebracht hatte und von Anfang an die Strippen zog. Ihre Allianz hatte viele Stürme überstanden. Sie alle waren geachtete, mächtige Männer geworden.

Doch der weitaus gefährlichste von ihnen war der junge Mann rechts von David Crane, sein Sohn Ezra. Schon früh hatte David den Jungen als Psychopathen durchschaut, hatte aber nichts dagegen unternommen – im Gegenteil. Er hatte sich Ezras Grausamkeit und dessen unbestreitbare Talente zunutze gemacht und ihm den Grundsatz eingeimpft, dass ein Mann ohne Gewissen auf der Welt fast alles erreiche könne.

Ezra hatte sich dieses Motto zu Herzen genommen.

»Kommen wir zum Geschäftlichen«, sagte David nun, nippte an seinem Brandy und blickte zu seinem Sohn. »Wie weit sind wir mit dem Beschuldigten, Ezra?«

Ezra aß einen Bissen gegrillte Hähnchenbrust. »Der Plan, den ich mit ihm diskutiert hatte, ist noch in Arbeit.

Ich treffe mich morgen mit dem Gentleman. Danach wird er kein Problem mehr für uns darstellen.«

»Glauben Sie wirklich, es ist so einfach? Ich bin mir nicht sicher, ob ein einziges Treffen genügt«, meinte der Feige Löwe. »Er ist eine harte Nuss.«

Ein verächtliches Grinsen legte sich auf Ezras Gesicht. »Gentlemen, ihr bezahlt mich dafür, dass ich solche Dinge in Ordnung bringe, und ich habe viel Übung bei der Erfüllung eurer Aufträge. Vertraut mir. Ein Treffen wird genügen, und die Sache ist aus der Welt.«

»Wenn Sie meinen.« Der Feige Löwe machte sich wieder über das Kalbfleisch mit Parmesan her. David Crane hasste es, diesem fetten Kerl beim Essen zuzusehen. Ihm drehte sich dabei der Magen um. Kauend, mit vollem Mund, fügte der Feige Löwe hinzu: »Ich hoffe, Sie haben recht, Ezra. Jeder von uns will, dass dieser Bursche verschwindet.«

Ezra musterte ihn kalt. »Ich weiß. Ich werde dafür sorgen« Er grinste. »Und ich werde es genießen.«

Stille breitete sich am Tisch aus. Sie alle wussten, was Ezra damit meinte, denn sie alle kannten seinen Ruf völliger Gewissenlosigkeit und hemmungsloser Grausamkeit. Ezra war ein Psychopath, der sich am Schmerz seiner Opfer weidete und ihre Qualen so lange ausdehnte, wie es nur ging. Es gab keinen gefährlicheren Mann als Ezra Crane, davon waren sie alle fest überzeugt.

»Was hast du mit ihm vor?«, fragte David.

Als er seinen Sohn anblickte und den Ausdruck abartiger Vorfreude in dessen Augen sah, lief ihm ein kalter Schauder über den Rücken.

»Soll ich es dir wirklich sagen?«, fragte Ezra grinsend. »Ich fürchte, das ist kein Thema fürs Abendessen.«

Nicht zum ersten Mal fragte sich Crane, ob die Welt ein besserer Ort wäre, wenn er Ezra in der Wiege erstickt hätte.

9

Ackerman erkannte die beiden großkalibrigen Waffen, die auf ihn gerichtet waren. Die in der rechten Hand des Mannes war ein Revolver .44 Magnum; er hatte einem mörderischen Sektenführer im Großraum Chicago gehört, der als »Prophet« bekannt gewesen war. Die Waffe in der linken Hand des Mannes war ein Taurus Judge. Dieses spezielle Modell war silbern, mit goldenen Gravuren beschlagen, und hatte einen vergoldeten Hahn und Abzug. Die Waffe konnte .410er-Schrotpatronen oder .45 Long Colt verschießen. Einst hatte sie Francis Ackerman gehört.

Der Mann mit den Pistolen sagte: »Pfoten hoch, Partner.«

Ackerman verzog das Gesicht. »Sie sind heute mal wieder ein ausgesprochener Scherzkeks, Samuel. Aber die Kanonen machen sich ganz gut an einem Bürohengst wie Ihnen, das muss ich sagen. Kommen Sie rein.« Er machte auf dem Absatz kehrt, ging zu dem Labortisch, zog ein Handtuch darunter hervor und rieb sich den Schweiß ab.

FBI Deputy Director Samuel Carter folgte ihm ins Büro und legte die Pistolen auf den Waffenkasten. »Ich hatte erwartet, dass Sie mehr Freude zeigen. Die Waffen sind eine Art Geschenk von ganz oben.«

»Tatsache? Womit habe ich diese Ehre verdient?«

»Wegen der guten Arbeit, die Sie in New Mexico geleistet haben.«

Ackerman schüttelte den Kopf. »Was ich in New Mexico getan habe, zeigt eher, dass ich keine Schusswaffe benötige.« Er sah dem Deputy Director fest in die Augen. »Ich hatte damals im Zuge der Ermittlungen zwei Menschen getötet, Samuel, weil ich unfähig war, die Dämonen in meinen Innern im Zaun zu halten.«

»Ich verstehe Sie nicht. Die Begleitumstände wurden untersucht und als gerechtfertigt beurteilt.«

»Ihre bürokratischen Bestimmungen sind mir egal, Samuel. Ich habe einen Eid abgelegt. Ich habe geschworen, nie mehr zu töten.«

»Sie haben bei dem Einsatz erheblich mehr Menschen gerettet, als geschädigt wurden. Wolf und Hirte sind nun mal nicht das Gleiche, Frank. Einer versucht, Schaden anzurichten, der andere kämpft darum, Schaden abzuwenden.«

»Ich bin kein Hirte. War ich nie. Ich werde immer ein Wolf sein.«

»Ich weiß. Und nur damit keine Zweifel aufkommen, Frank – manchmal ist ein Wolf genau das, was wir brauchen. Ich habe mein Leben lang die Rolle des Hirten gespielt. Im Augenblick aber brauche ich einen Mann wie Sie auf der Straße, der einer Fährte nachschnüffelt. November McAllister wurde uns vor der Nase weggeschnappt. Der Irre, der das getan hat, hat die Frau als Geisel behalten und sich ins Dunkel der Nacht davongestohlen. Wir müssen ihm auf der Spur bleiben. Sie und Agentin Shirazi …«

»Nadia ist nicht in der Verfassung, irgendwohin zu gehen.«

»Das weiß ich. Und ich verstehe, dass Sie Nadia an Ihrer Seite wollen, aber die Spur kühlt immer mehr ab.«

Ackerman wechselte das Thema, indem er auf seinen halbnackten Körper deutete. »Soll ich mir etwas anziehen? Ist das für Sie ein Problem?«

»Wieso sollte es ein Problem sein?«, fragte Carter verwirrt.

»Meine Narben.«

»Ach so.« Carter schüttelte den Kopf. »Für mich ist das kein Thema, solange es kein Thema für Sie ist.«

»Gut.« Ackerman nickte und ging zum Waffenkasten. »Übrigens, Samuel – eine Tat als gerechtfertigt zu erklären, wie Sie es eben getan haben, heißt noch lange nicht, dass sie gerechtfertig *ist*. Wenn man einen Schwur bricht, sollte man nicht versuchen, sein Verhalten zu rechtfertigen. Man sollte das alte Versprechen mit neuem Nachdruck bekräftigen.«

»Wovon reden Sie, Frank?«

Ackerman legte die großkalibrigen Pistolen in den Kasten und nahm zwei schwarze Zylinder heraus, die bequem in seine Fäuste passten. Als er die Arme nach unten schwang, zuckten zwei Teleskop-Schlagstöcke aus den Zylindern – verheerende Waffen, die Ackerman beim ersten Zusammentreffen mit seiner derzeitigen Freundin benutzt hatte, Liana Nakai vom Navajo Nation Police Department. »Von jetzt an werden diese Dinger hier die einzigen Vernichtungswerkzeuge sein, die ich trage.«

Carter zog eine Braue hoch. »Sie nehmen nicht mal Ihr Bowiemesser mit?«

Ackerman schaute stirnrunzelnd zum Waffenkasten. »Nun ja, rasieren muss ich mich natürlich …«

Carter war klug genug, nicht mit Ackerman zu streiten, nachdem dieser sich entschieden hatte. »Ich respektiere Ihren Entschluss, aber manchmal werden Sie Waffen brauchen, die mehr Reichweite und Power haben. Wie wäre es, wenn wir ein nichttödliches Geschoss für Ihren Judge-Revolver finden? Gummi-Schrotgeschosse werden auch in .410er Hülsen produziert. Ich kann Ihnen das beste Equipment auf dem Markt besorgen. Und wo wir schon dabei sind – ich kann Ihnen auch bessere Teleskop-Schlagstöcke beschaffen.«

Ackerman blickte ihn an. »Wäre nicht übel, Samuel.«

»Ich kümmere mich darum.« Carter ließ den Blick schweifen. »Wo steckt Theodore?«

»Oh, der macht seinen Schönheitsschlaf.« Er schaute Carter prüfend ins Gesicht. »Sollten Sie auch mal versuchen.«

»Sehr witzig, Frank. Jedenfalls, was an der Farm geschehen ist, hat uns gezeigt, dass unsere bisherige Annahme falsch ist, wir könnten eine undichte Stelle beim FBI haben. Nur wir allein wussten, dass November McAllister in unsere Obhut überstellt werden sollte. Leider wirft das Fragen auf, was die Marshals angeht. Ich habe erfahren, dass der US Marshals Service einen Sonderermittler schickt. Sein Name ist Senior Inspector Sebastian Knox. Meine Quellen besagen, dass er sehr ... nun ja, beharrlich ist. Die Marshals schicken ihn jedes Mal, um aufzuräumen, wenn das Kind in den Brunnen gefallen ist. Ich nehme an, er möchte Sie und Nadia sprechen. Falls es dazu kommt, mauern Sie einfach. Sagen Sie, Sie seien Sonderberater des FBI.«

»Sonderberater des FBI? Wow«, spöttelte Ackerman. »Dann werde ich wohl bald ins Weiße Haus eingeladen, zum Dinner mit dem Präsidenten und der First Lady.«

»Lassen Sie den Quatsch, Frank. Verweisen Sie diesen Knox notfalls direkt an mich. Was mich daran erinnert ...«

Carter griff in die Tasche seines Maßanzugs und nahm eine lederne Brieftasche heraus, die er Ackerman reichte. Darin befand sich ein FBI-Ausweis mit seinem Decknamen und seinem Foto sowie dem Titel *Special Consultant.*

»Mein Vater hatte unrecht.« Ackerman lächelte. »Ich hab's doch noch zu etwas gebracht im Leben. Schau her, Dad! Sonderberater des FBI! Das war immer schon mein Traum.« Er schaute sich nach seinem Hund um. »Hey, Theodore, guck mal! Da wirst du neidisch, was?«

Carter seufzte. »Wollen Sie den Ausweis, oder wollen Sie ihn nicht, Sie Witzbold?«

Ackerman schmunzelte. »Bleibt mir eine Wahl?«

In diesem Augenblick summte sein Telefon auf dem schwarzen Labortisch. Er eilte dorthin, denn er hatte die ganze Zeit unruhig auf eine Nachricht gewartet, die jetzt vielleicht kam. Nachdem er den Hörer abgehoben und kurz zugehört hatte, wurde sein Lächeln so breit, dass Carter die Stirn runzelte.

Ackerman schaute ihn an. »Nadia zeigt Lebenszeichen. Die Ärzte glauben, dass sie bald aus dem Koma erwacht. Ich weiß nicht, wie es Ihnen geht, aber ich möchte dabei sein, wenn sie zu sich kommt.«

10

Nadia durchwanderte die Welt der Träume, bis sie einen Ort erreichte, den sie nur zu gut kannte. Es war ein Ort des Grauens, den sie in ihren Albträumen oft erblickt hatte. Den Ort, an dem ihr die Unschuld geraubt worden war. Es war die Strandpromenade von Myrtle Beach.

Anfangs war »Promenade« kein unheilvoller Begriff für Nadia gewesen. Im Gegenteil, als Teenager war sie nirgendwo lieber gewesen als am Meer und hatte jedem Ausflug dorthin entgegengefiebert. Die Erinnerungen, die mit der Promenade von Myrtle Beach verknüpft waren, sollten eigentlich mit einem der schönsten Tage ihres Lebens zu tun haben, aber das Schicksal hatte es ganz anders gemeint. Nadias Freundin Keri hatte sie und ein anderes Mädchen, Ursula, zu dem Ausflug eingeladen. Ursula wurde von allen nur »Sully« genannt, weil sie ihren richtigen Namen nicht leiden konnte.

Keri und Sully trugen über den Bikinis Daisy Duke T-Shirts, die ihren flachen Bauch frei ließen. Nadia erinnerte sich, damals etwas ähnlich Freizügiges getragen zu haben, doch sie wusste nicht mehr, was es gewesen war, zu sehr verwirrte und ängstigte sie ihr Traum.

Oder ist es gar kein Traum?, fragte sie sich, als sie immer tiefer in der gespenstischen Illusion versank, die sich in ihrem Kopf abspielte. Sämtliche Konturen verschwammen, wie es oft in Träumen geschieht, bis Nadia nicht mehr erkennen konnte, ob dies alles zum ersten Mal geschah oder ob sie es schon einmal durchlebt hatte.

Die Promenade war ein einziges Gewimmel aus Besuchern, über denen die Gerüche eines Volksfests hingen, die von den Brat- und Fischständen, den Süßigkeitenbuden und Biertischen aufstiegen. Dazu gab es die üblichen Läden, wie man sie in jeder Touristenfalle fand: Boutiquen, die Flipflops und T-Shirts verkauften, und sogar einen Andenkenladen namens Gay Dolphin, in dem es die merkwürdigsten Geschenke gab, die man normalerweise nur im Urlaub oder im Zustand der Trunkenheit kaufen würde. Am Ende der Promenade befanden sich mehrere Fischrestaurants sowie Lokale, in denen man Erdbeer-Daiquiris, Piña coladas und dergleichen bekam. Bands spielten aktuelle Poprockhits, Elvis-Imitatoren wackelten mit den Hüften, und Strandschnorrer versuchten, den Touristen ein paar Dollars abzuschwatzen.

Doch in Nadias Erinnerungen stach etwa ganz anderes hervor. Ihre Gedanken waren auf ein einziges Ziel gerichtet: einen Laden im Zentrum der Promenade. Auf einem Schild über dem Eingang stand *Boardwalk Ink Tattoos and Piercings*.

Nadia war erst siebzehn und brauchte die Erlaubnis eines Elternteils, sich ein Tattoo oder ein Piercing stechen zu lassen, doch sie hatte ihren gefälschten Führerschein dabei, den sie erst seit Kurzem besaß und aus dem hervorging, dass sie einundzwanzig war. Das Tattoo wäre gewissermaßen die Generalprobe für ihr neues Leben und den neuen Ausweis, um zu checken, ob sie eine Chance hätte, damit am Abend in einen Club zu kommen. Keri und Sully hatten sich für diesen Anlass aus der gleichen Quelle ebenfalls gefälschte Führerscheine beschafft.

Es wäre nicht Nadias erstes Tattoo, aber das erste, das ihr Vater würde sehen können. Das andere stammte aus einem schmierigen Schuppen in Charleston, wo Nadia einem Kerl fünfzig Mäuse extra bezahlt hatte, damit er sich gar nicht erst Gedanken über das Alter seiner Kundin machte; schließlich war sie damals erst sechzehn gewesen, ging aber als Achtzehnjährige durch. Der Kerl hatte das Geld kassiert und geschwiegen.

Das Tattoo befand sich an einer Stelle, die Nadias Vater niemals zu Gesicht bekäme – an der Innenseite ihres Oberschenkels, dicht an ihrem Schritt. Nadia hatte das Tattoo selbst entworfen, ein Yin-Yang-Symbol mit einer schwarzen Rose, die daraus hervorwuchs, während die Wurzeln nach beiden Seiten wucherten. Der dunkle Teil des Yin-Yang-Symbols stand für ihren Vater, die strenge, achtunggebietende Gestalt in ihrem Leben. Der andere, helle Teil stand für ihre Mutter, die sie nur aus Erzählungen ihres Vaters kannte, weshalb sie Nadia wie eine Märchenprinzessin erschien, ein Wesen des Lichts, perfekt in jeder Hinsicht. Nadia selbst war die schwarze Rose, die aus der Saat von Licht und Dunkelheit herauswuchs und zwischen beiden das Gleichgewicht bewahrte. Manchmal wünschte sich Nadia, sie hätte damals den Mut besessen, das Tattoo an einer Stelle stechen zu lassen, wo ihr Vater es sehen konnte.

Doch heute war der Tag gekommen, an dem sie sich diesen Wunsch erfüllen würde. Heute würde sie ihr zweites Tattoo bekommen – aufs Handgelenk, wo es ihrem Vater nicht entgehen konnte. Nadia nahm an, dass es gewaltigen Ärger geben würde, aber das war ihr egal. Es wurde Zeit, dass sie ihre eigene Identität fand. Dass sie endlich erwachsen wurde. Dass sie zur Frau wurde.

Ja, schwor sie sich. Wenn sie heute Abend in einem der Clubs den richtigen Typen fand und sich die Gelegenheit bot, würde sie sich dem Augenblick ergeben und ihre Jungfräulichkeit verlieren. Sie wollte endlich das Gefühl loswerden, dass ihr Leben von anderen bestimmt wurde. Sie war bereit, ihr Schicksal selbst in die Hand zu nehmen.

Keri und Sully untergehakt, schlenderte Nadia bis ins Zentrum der Promenade, wo das Tattoostudio auf sie wartete. Sie hatte vorab telefonisch einen Termin gemacht, und der Tätowierer stand für sie bereit. Nach einem Beratungsgespräch führte er Nadia in einen Raum, der sie an eine Zahnarztpraxis erinnerte. Der einzige Unterschied war, dass die Poster an den Wänden erheblich interessantere, auf jeden Fall exotischere Leute zeigten. Die meisten davon trugen Leder, Lack und Eisenketten.

Nadia setzte sich in den Sessel und blätterte in einer Zeitschrift namens *Rebel Ink*, als sie wartete. Der Tätowierer blieb einige Zeit fort; Nadia nahm an, dass er eine Schablone nach der Zeichnung herstellte, die sie ihm gegeben hatte, damit er sie als Vorlage auf ihre Haut legen konnte. Deshalb machte sie sich keine großen Gedanken darüber, wo der Typ so lange steckte.

Das änderte sich schlagartig, als ein Mann mit Beanie-Mütze und Mund-Nasen-Schutz einen Karren durch die Tür schob. Er war größer als der Tätowierer. Sein Assistent? Jemand, der im Büro arbeitete? Nadia wusste es nicht, doch der Mann war ihr unheimlich, denn als er hereinkam, trafen sich ihre Blicke, und Nadia sah ein seltsames Verlangen, ja, Gier in seinen Augen. Diese Augen waren von dem dunkelsten Braun, das Nadia je gesehen hatte, von der gleichen Farbe wie die Möbel im Arbeitszimmer ihres Vaters, aber wegen der Mütze und der Maske konnte sie nicht viel mehr von dem Mann erkennen. Sogar seine Hände waren bedeckt; sie steckten in Einmalhandschuhen. In der Rechten hielt er etwas, das nach einem feuchten Lappen aussah.

Das alles war ziemlich seltsam, doch Nadia dachte nicht weiter über diese Beobachtungen nach. Sie versuchte, den Mann zu ignorieren, der den Blick anscheinend nicht von ihr nehmen konnte. Sie wandte sich wieder der Zeitschrift zu und hoffte insgeheim, dass der Typ seine Arbeit bald erledigt hätte und verschwand.

Sie bemerkte nicht, dass er sich ihr langsam näherte.

Sah nicht das lüsterne Funkeln in seinen braunen Augen.

Und dann war er bei ihr und drückte ihr den feuchten Lappen aufs Gesicht.

Ein widerlicher, süßlicher Gestank raubte ihr dem Atem und ließ sie schwindeln. Die Welt um sie her verschwamm. Der Fremde drängte sich gegen sie. Seine Kraft war überwältigend, und sein Gewicht schien sie zu zerquetschen, als er sie in den Sessel drückte. Die Augen schienen Nadia aus den Höhlen zu quellen, und ihr Herz pochte so heftig, dass es wehtat. Sie versuchte zu schreien, bekam aber keinen Laut hervor.

Noch nie hatte Nadia solche Angst gehabt, in ihrem ganzen bisherigen Leben nicht. Noch nie hatte sie sich so schrecklich gefühlt, so gedemütigt, so beschmutzt. Und der Schrecken kam nicht nur von außen, er schien sich in ihrem Innern aufzustauen und ihren Körper auseinanderzureißen. Es hatte nichts mehr mit dem zu tun, was sie fühlte und was der Mann mit ihr anstellte – es war zu einem Teil von ihr selbst geworden. *Er* war zu einem Teil von ihr selbst geworden. Nadia war verschmolzen mit der Angst, mit dem Schmerz, dem Grauen. Ihr Leben ging zu Ende. Sie würde sterben, und sie konnte nicht mehr auseinanderhalten, wo die dunklen Träume endeten und wo die Welt begann, die sie kannte.

Alles drehte sich, auch jetzt wieder, Jahre später, im Krankenhausbett. Nadia stand kurz davor, das Bewusstsein zu verlieren, ganz so, wie es an jenem schicksalhaften Tag tatsächlich geschehen war.

Diesmal aber kam es nicht so weit. Diesmal erschien ein vertrautes Gesicht neben dem Mann mit der Beanie-Mütze und dem Mund-Nasen-Schutz.

Francis Ackerman.

Aber das konnte nicht sein! Sie hatte ihn erst Jahre später kennengelernt. Er konnte unmöglich hier sein.

Augenzwinkernd nahm Ackerman den Kopf des Mannes zwischen die Hände, drehte ihn mit einem Ruck und brach dem Kerl das Genick. Dann beugte er sich über sie und fragte mit einem Lächeln: »Nadia, sind Sie bei uns? Sie müssen aufwachen.«

11

November McAllister hatte immer schon davon geträumt, Haute-Couture-Model zu werden. Als kleines Mädchen war sie durchs Haus gegangen, hatte dabei Bücher auf dem

Kopf balanciert und versucht, die perfekte Haltung zu finden. Mit zwölf Jahren war ihr Traum von einer Modelkarriere fast schon zur Besessenheit geworden. Jeder freie Fleck an ihren Zimmerwänden war mit Seiten aus der *Vogue* und der *Glamour* zugepflastert. November legte Gewichts- und Größentabellen an, führte strenge Diät, behielt die Aktivitäten sämtlicher großen Model-Agenturen im Auge und verfolgte die Auftritte der bekanntesten Models auf den großen Fashion Weeks in Paris und London, Mailand und New York.

Es gab eine Reihe von Möglichkeiten, als Model zu arbeiten, wie November wusste. Da war zunächst das regionale Werbemodeling, bei dem man für Modegeschäfte arbeitete, auf Automessen, für Läden in den Einkaufszentren und dergleichen. Es brachte jedoch die Gefahr mit sich, dass man auf den nächsten Möchtegern-Hugh-Hefner, einen windigen Agenten oder jemand noch Schlimmeren hereinfiel. Dann gab es das Werbemodeling auf landesweiter Ebene. Die Models bewarben Haushaltsgeräte, Ladenketten, Getränke, Lebensmittel und Restaurants und zierten Werbebroschüren und die Seiten von Zeitschriften wie *Good Housekeeping*. Novembers Ehrgeiz aber galt dem Laufsteg, speziell der Haute Couture. Diese Models schritten für die Fashiondesigner der großen Labels über die Runways und schmückten die Titelbilder der renommierten Modezeitschriften. Sie waren die berühmtesten und gefragtesten Werbebotschafter für teure, glamouröse Produkte wie Kleidung und Schuhe, Schmuck und teure Parfums.

Doch die Anforderungen für Haute-Couture-Models waren streng. Sie mussten groß und sehr schlank sein, denn nur an einem Model mit der passenden Figur konnten die Couturiers ihre Kreationen richtig zur Geltung bringen. Zum Glück war November mit allem gesegnet, was ein erfolgreiches Model brauchte. Sie war hochgewachsen, schlank und sehr hübsch mit ihrem ovalen Gesicht, den hohen Jochbeinen und den schön geschwungenen Lippen. Sie hatte dunkles Haar und dunkle Augen und verstand sich darauf, verführerische Blicke in die Kamera zu werfen. Was das anging, hatte sie Glück – anders als viele andere Mädchen, die davon träumten, Model zu werden, die strengen körperlichen Anforderungen aber nicht erfüllten.

Mit achtzehn Jahren war November gerade dabei gewesen, sich eine Karriere aufzubauen, hatte ihre ersten Laufsteg-Jobs hinter sich und hatte, wie es üblich war, für die großen Agenturen Polaroids ohne Make-up aufgenommen – Fotos, die ihre Attribute in aller Natürlichkeit zeigten. Sie war auf dem Weg nach oben, als das Schicksal sie im Stich ließ und der Black Rose Killer in ihr Leben eindrang und sie entführte. Er hatte November alles genommen – ihre Jugend, ihr Träume, ihre Karriere.

In der ersten Zeit danach hatte sie sich nicht einmal vorstellen können, wieder in die Öffentlichkeit zu gehen und schon gar nicht, sich Fremden zu präsentieren oder gar blanke Haut zu zeigen – beides ein Muss für eine junge Frau, die auf die Titelbilder der großen Fashion-Magazine wollte. Obwohl der Marshal Service sie ins Zeugenschutzprogramm aufgenommen hatte, war November sich nicht sicher, welche Zeugenaussage sie machen konnte, wenn der Verrückte gefasst wurde – falls er gefasst wurde. Allmählich glaubte sie an den Hype und den Ruf der Unbesiegbarkeit, der diesen Psychopathen umgab.

Und jetzt war November in der gleichen Hölle wieder aufgewacht, von der sie geglaubt hatte, ihr entkommen zu sein. Dabei war ihre Hoffung, den Irren nie wiederzusehen, durch den Umstand bekräftigt worden, dass er bei ihrer ersten Begegnung stets eine Maske getragen und ihr niemals gestattet hatte, sein Gesicht zu sehen oder etwas über ihn zu erfahren. November wusste allerdings, dass er in der Vergangenheit Frauen ein zweites Mal heimgesucht hatte – und genauso war es nun bei ihr.

Als November zu sich kam, fand sie sich in einem kleinen Raum mit Stahlwänden wieder, der vielleicht vier oder fünf Meter im Geviert maß und eine Matratze und einen Stuhl enthielt. Aber dieser Teil des Raums war gar nicht für sie bestimmt. Ihr Bereich war ein Tierkäfig in einer Ecke mit einem herausziehbaren Trog, in den sie ihre Notdurft verrichten musste. Wie schon bei ihrer ersten Entführung war Black Rose auch diesmal sehr umsichtig: Der Käfig war mit der Wand verschraubt und ausbruchsicher.

Panik und Verzweiflung überfielen November, als sie begriff, dass sie wieder auf dem Stahlgitterboden des Käfigs lag, so wie damals. Sie kam sich vor wie jemand, der aus der Hölle entkommen war, nur um dann aufzuwachen und festzustellen, dass die glückliche Flucht bloß ein Traum gewesen war. Tränen liefen ihr über die Wangen, als sie daran dachte, was dieses Scheusal wieder alles mit ihr anstellen würde. Sie wusste, seine abartige Fantasie kannte keine Grenzen.

Dann aber regte sich tief in ihrem Innern ein Rest von Widerstand. Ein Fünkchen Hoffnung erschien in der endlosen Dunkelheit. Sie war dieser Hölle schon einmal entkommen. Vielleicht gelang es ihr erneut.

Zögernd ließ November den Blick schweifen. In anderen Zellen mit anderen Käfigen wie ihrem, ganz in der Nähe, saßen noch mehr Mädchen, das wusste sie, aber die Wände waren gepolstert und schallisoliert, und sie hörte nichts von außerhalb ihrer eigenen Zelle. Sie vermutete, dass es umgekehrt genauso war und nichts und niemand draußen es hören konnte, wenn sie schrie.

Und wie bei ihrer ersten Gefangenschaft brannte auch

diesmal das Licht. Furcht überkam November. Beim ersten Mal hatte sie es tröstlich und beruhigend gefunden, nie im Dunkeln zu sein, doch bald schon hatte das ständige Licht sie schier in den Wahnsinn getrieben. Sie hatte ihren Peiniger angefleht, es auszuschalten. Der Irre hatte ihr daraufhin Elektroschocks mit einem Viehstock verpasst.

November erinnerte sich nicht, wie sie von der Farm zum Versteck des Black Rose Killers gekommen war. Sie wusste nur, dass er sie mit einer Flüssigkeit besprüht hatte, die stechend roch, aber süßlich schmeckte. Die widerliche Substanz hatte ihr auf der Stelle das Bewusstsein geraubt.

Nur mit Mühe unterdrückte November einen Schrei, als sie sah, wie sich die Zellentür öffnete und ein Mann eintrat. Diesmal war er nicht maskiert. Doch anstelle der Maske das Gesicht des Psychopathen zu sehen hatte nichts Beruhigendes.

Es war eine abscheuliche, furchteinflößende Fratze.

12

Dreimal hatten Nadias Lider geflattert. Jedes Mal schien es, als würde sie endlich aus dem Traum erwachen, sich aufsetzen und die Arme recken. Doch nichts geschah. Immer wieder schwebte sie zurück in die unbekannte Welt, von der ihre wachen Gedanken verschlungen worden waren.

Ackerman fragte sich, welche Welt das sein mochte. Dank seines bestialischen Vaters hatte er viel Erfahrung in solchen Dingen. Er hatte Welten durchreist, die sich nicht einmal die krankhafteste Fantasie auszumalen vermochte, endlose Räume des Grauens, kälter und schwärzer als die Weiten des Alls.

Samuel Carter war kurz zum Telefonieren in den Flur gegangen. Nun spürte Ackerman, der mit geschlossenen Augen dalag, wie der FBI-Boss zurück ins Zimmer kam und sich auf die andere Seite von Nadias Bett setzte.

Niemand wusste besser als Ackerman, dass Carter ein vielbeschäftigter Mann war, der Dutzende anderer Teams leitete. Umso mehr beeindruckte es Ackerman, dass der Deputy Director stundenlang am Bett einer verletzten Agentin saß, statt sich um den Einsatz seiner Teams zu kümmern. Mit Autoritäten hatte Ackerman stets Probleme gehabt. Carter gehörte zu den wenigen Männern, die er respektierte.

»Kommen Sie doch zu mir, Frank«, holte Carters Stimme ihn aus seinen Gedanken.

Ackerman öffnete die Augen, richtete sich auf und setzte sich auf den Stuhl rechts von Nadias Bett, Samuel Carter gegenüber.

Carter nippte an einem Kaffeebecher. »Ich habe Ihnen Wasser mitgebracht. Schön kalt. Hier.« Er reichte Ackerman eine Plastikflasche.

Mit einem Nicken nahm Ackerman die Flasche entgegen und trank einen Schluck. Er setzte gerade zu einer Bemerkung an, als es geschah.

Nadia stöhnte leise. Ihr Lider flatterten heftiger als zuvor, und ihre Lippen bewegten sich, als sie irgendetwas Unverständliches murmelte, ehe sie endlich ins Bewusstsein zurückfand. Sie schlug die Augen auf. Verwirrt schaute sie nach links, nach rechts. Dann entdeckte sie Ackerman, der sie voller Freude und Erleichterung beobachtete.

»Willkommen zurück«, sagte er.

Ein Ausdruck der Erleichterung erschien auf Nadias Gesicht. »Ich hatte gerade von Ihnen geträumt.«

Ackerman lächelte und blickte Carter an. »Haben Sie gehört, Sam? Endlich mal eine Frau, die von mir träumt.«

»Fragt sich nur, um welche Art von Träumen es sich handelt«, spöttelte Carter.

»Ich habe Sie vermisst, Nadia«, sagte Ackerman.

Die Nebel vor Nadias Augen lichteten sich endgültig. Sie richtete den Blick fest auf Ackerman. Leise fragte sie: »Ist das wahr?«

»Ja«, antwortete er ernst.

»Was ist mit dem Black Rose Killer? Haben Sie ihn erwischt?«

Ackerman strich sich die Haare zur Seite, sodass Nadia die vernähte Stirnwunde unterhalb des Haaransatzes sehen konnte. »Nein. Stattdessen das hier. Er hätte mich beinahe über den Haufen gefahren.«

»Was ist mit November?«

»Er hat sie mitgenommen.«

Für einen Moment schloss Nadia die Augen. »Was ist sonst noch passiert?«

»Ich konnte einen der US Marshals retten, die November beschützt haben. Eine Frau. Bei den anderen sind wir leider zu spät gekommen.«

Nadia biss die Zähne zusammen. Ihre Lippen zuckten, und Tränen liefen ihr über die Wangen. Sie schaute in die Ferne und schüttelte langsam den Kopf. »Wir waren so nahe dran«, flüsterte sie. »Das Schlimmste aber ist, wir haben das Mädchen im Stich gelassen.« Sie schaute zu Ackerman. »Ich hatte Ihnen doch gesagt, Sie sollen November nicht in die Sache hineinziehen. Sie haben sich gegen meine Wünsche gestellt.«

Ackerman zog ein betretenes Gesicht. »Ich weiß. Aber

sie war unsere beste Verbindung zu Black Rose. Die Tatsache, dass er sich November geholt hat, beweist das. Und hätten die Marshals nicht die Übergabe vermasselt, sähe alles ganz anders aus.«

Nadia schwieg, einen Ausdruck von Schmerz auf dem ebenmäßigen Gesicht. Dann schaute sie zu Ackerman. »Ich habe in seine Augen geschaut, Frank«, sagte sie mit einer Stimme, die vor Grauen bebte. »Sie sind dunkelbraun. Er schien überrascht zu sein, mich zu sehen. Ich … ich kann nicht beschreiben, wie er mich angeschaut hat, aber es lag irgendwie … Intimität darin. Er hat mich angeschaut wie ein Geliebter, zugleich aber auch so, als wäre ich fehl am Platze, als hätte ich nicht dort sein dürfen. Als wäre ich seine Ehefrau, die er dabei überrascht hat, wie sie ihn betrügt.« Sie schaute zur Decke. Wieder kamen ihr Tränen. »Warum hat er mich nicht getötet? Oder mich zusammen mit November entführt?«

»Das weiß ich nicht«, sagte Ackerman, »aber es ist eine Frage, die wir beantworten müssen.«

Carter stand von seinem Stuhl auf. »Okay, Leute. Genug zu dem Fall. Ich rufe die Schwester. Sie haben jetzt an Wichtigeres zu denken, Nadia. Vor allem, dass die Ärzte Ihnen den Kopf wieder richtig aufschrauben.«

13

Der Mann, der Novembers Zelle betreten hatte, kam an ihren winzigen Hundekäfig, tippte einen Code ins Schloss und zog die Tür auf. November hätte nun hinauskriechen und in die eigentliche Zelle gelangen können, doch sie rührte sich nicht.

Der Mann zog sich den Stuhl heran, nahm Platz und winkte ihr, sich ihm gegenüber auf die Matratze zu hocken. Er trug eine Jeans, ein schwarzes Button-down-Hemd und schwarze Schuhe. November war vollkommen nackt; sie bedeckte ihre Scham und ihre Brüste mit Händen und Armen und blieb, wo sie war.

»Geh rüber in die Zelle.«

November schüttelte heftig den Kopf.

Der Mann lachte rau. »Mach schon. Kein Grund, so zugeknöpft zu sein, meine Süße. Wir werden uns beide sehr genau kennenlernen. Innerlich wie äußerlich.«

November hasste den Käfig, aber mit diesem Scheusal in der Zelle zu sein wäre tausendmal schlimmer. Doch sie wusste, was geschehen würde, wenn sie sich widersetzte. Wie bei ihrer ersten Entführung würde er ihr mit einem Viehstock Elektroschocks versetzen. November erinnerte sich, dass er damals eine seltsame Maske getragen hatte, die vollkommen weiß war, aber die Umrisse eines Dämonengesichts gezeigt hatte, wenn er atmete. Ähnliches hatte sie bei Halloweenkostümen gesehen; sie hätte diese Wirkung also als Taschenspielertrick abtun können. Dennoch hatte die Maske ihren Zweck erfüllt: Die Fratzen waren November immer wieder in ihre Albträume gefolgt.

Das Gesicht, das der Angreifer diesmal zeigte, war weniger unangenehm, aber noch immer beunruhigend, wenn nicht sogar furchteinflößend. Er war durchaus attraktiv, hatte aber ein bisschen was von einem Nerd in einem Großraumbüro. Trotzdem – wäre sie ihm auf der Straße begegnet, hätte sie gesagt, dass er ganz gut aussehe.

»Komm da raus«, befahl er.

November, von Panik und Ekel erfüllt, rührte sich noch immer nicht. Sie hatte sich geschworen, eher zu sterben, als zuzulassen, dass er sie erneut zu seiner Sklavin machte.

»Komm endlich. Du weißt doch, was sonst passiert. Ich hole den Stock. Vielleicht noch viel Schlimmeres.«

Mit gewaltiger Anstrengung kroch November auf Händen und Knien aus dem Käfig. Kurz fragte sie sich, ob sie ihn verletzen könnte, wenn sie ihn jetzt anfiel. Doch selbst wenn sie es tat – sie säße mit dem Scheusal in diesem Raum hier fest.

Doch als November flüchtig zur Tür schaute, fiel ihr auf, dass sie nicht geschlossen war. Sie stand fünf Zentimeter weit offen. Wenn sie den Wahnsinnigen niederschlug, ihn für ein paar Sekunden benommen machte, konnte sie vielleicht hinaushechten und ihn einschließen …

Sie richtete sich zu voller Größe auf, atmete mehrmals tief ein und aus und ertrug seine gierigen Blicke, die über ihren nackten Körper schweiften. In dem Moment, als er den Mund öffnete, um etwas zu sagen, stürzte sie sich auf ihn, attackierte ihn mit Knien und Ellbogen und versuchte, einen Wirkungstreffer zu landen oder den Verrückten wenigstens mitsamt dem Stuhl umzuwerfen.

Nichts davon geschah. Mit Leichtigkeit packte er sie bei den Armen und schleuderte sie auf die Matratze.

»Ich steh drauf, wenn meine Mädchen Feuer haben. Aber übertreib es nicht. Du solltest dich geschmeichelt fühlen. Ich habe dich zu meiner Braut erwählt.«

November drückte ihr Gesicht auf die Matratze, weinte, schrie, von Grauen geschüttelt. Verzweifelt rief sie: »Eher sterbe ich!«

»Erst, wenn ich genug von dir habe. Aber bis es so weit ist, dienst du meinem Vergnügen. Hier in diesem Land des Reichtums und Überflusses kann man wie ein König leben, wenn man es klug anstellt. Du wirst von nun an meine Königin sein. Ich bin in unbekanntes Gebiet vorgestoßen wie ein König aus der Antike und habe Krieg geführt. Du bist die Beute, die ich mit nach Hause bringe. Bis ein anderer König an der Spitze seines Heeres kommt und den Kampf mit mir aufnimmt, um dich zu befreien, gehörst du mir.«

»Ich bringe dich um, du Irrer!«, kreischte November.

»Na, na. So etwas sagt man aber nicht zu seinem Verlobten. Ich erweise dir eine große Ehre. Kennst du die Geschichte der Helena von Troja? Sie war die schönste Frau der Welt, verheiratet mit König Menelaus von Sparta. Doch Prinz Paris von Troja eroberte ihr Herz und machte sie zu seiner Gemahlin. Darüber entbrannte der Trojanische Krieg. Du bist meine Helena. Und mir ist es egal, ob man jenseits der Grenzen meines Königreichs meine Taten für barbarisch hält und Krieg gegen mich führen will. Und weißt du, weshalb es mir egal ist?«

Sie wusste, dass es besser war, nicht zu antworten, und schüttelte verneinend den Kopf.

Er grinste. In seinen Augen loderte das Feuer der Hölle. November sah den Wahnsinn in den dunklen Abgründen seiner Pupillen, Zorn und Gier und Lust und jedes schreckliche und abstoßende Gefühl, das man sich nur vorstellen konnte. »Weil ich unbesiegbar bin«, sagte er. »Und jetzt komm, knie dich vor mich.«

Sie rührte sich nicht.

»Komm her.«

Sie blieb reglos liegen.

»Wird's bald, Miststück!«

November McAllister, eine schöne junge Frau, die davon geträumt hatte, Topmodel und Liebling der Fashionwelt zu werden, vergrub das Gesicht in der schmutzigen Matratze und weinte.

Ihr Peiniger sprang auf, schrie sie an, beschimpfte sie, trat sie, aber sie spürte es kaum, so lähmend waren Verzweiflung und Hoffungslosigkeit. Sie hoffte beinahe, dass er ihren Körper genauso tötete, wie er ihre Seele zerstört hatte.

14

Ackerman ließ den Blick durch das Krankenhaus schweifen. Nadia lag noch immer auf der Intensivstation hinter der spiegelnden Glastür. Die Schwesternstation befand sich ganz in der Nähe, in der Nabe eines fiktiven Rades, um die die kleinen, zellenartigen Krankenzimmer speichenartig angeordnet waren. Alles hier war darauf angelegt, Behagen zu wecken. Die Wände waren in gedämpften Grün- und Magentatönen gehalten und durch Streifen mit imitierter Holzmaserung abgesetzt.

Wenn Ackerman selbst gezwungen war, Zeit in einem Krankenhaus zu verbringen, was aber kaum einmal vorkam, zog er eine weiße, antiseptische Umgebung vor – wie einen Reinraum zur Herstellung von Mikrochips oder das Untersuchungslabor in einem außerirdischen Raumschiff. In einer solchen Umgebung fühlte er sich jedes Mal außerhalb der Realität, wo medizinische Wunder geschehen und Ärzte Heilung herbeibeschwören können wie die Zauberer und Schamanen versunkener Epochen. Es war anders als in der tristen Wirklichkeit, in der überarbeitete Ärzte jeden Tag Vermutungen anstellten, die das Leben und das Wohlergehen der ihnen Anvertrauten dramatisch beeinflussen konnten, zum Guten wie zum Schlechten.

Ackerman saß auf einem der grünen Krankenhaussessel an Nadias Bett. Sie war noch immer mit Schläuchen und Geräten verbunden und trug ein Krankenhaushemd, war aber wach. Wenn ihr Zustand stabil blieb, würde sie bald in ein normales Krankenzimmer verlegt – ein weiterer Schritt in Richtung des Zieles, sie demnächst wieder in den Einsatz zu schicken.

Durch die Glastür der Intensivstation bemerkte Ackerman einen Mann in einem schlecht sitzenden Anzug, der mit einer Krankenschwester sprach. Dann drehte der Fremde sich um und kam in Richtung von Nadias Zimmer. Er ging vorgebeugt, als zöge ihn sein überdimensionaler Riechkolben nach vorn.

»Stellen Sie sich tot«, sagte Ackerman.

Nadia starrte ihn an. »Wie bitte?«

»Ich glaube, wir bekommen Gesellschaft. Vom Aussehen dieser Kaulquappe her würde ich sagen, dass wir es mit Senior Inspector Sebastian Knox zu tun haben, vor dem Carter mich gewarnt hat. Ich werde ihm sagen, dass Sie Ruhe brauchen, okay?«

Nadia nickte und ließ den Kopf ins Kissen sinken, während Ackerman sich vorbeugte und die Hände faltete, als bete er.

Knox trug einen Anzug, der ihm eine Nummer zu groß war und aussah, als käme er geradewegs aus der Altkleidersammlung. Er drückte auf den großen silbernen Knopf neben der Tür, die sich automatisch öffnete. Ackerman hatte den Mann aus dem Augenwinkel beobachtet, konzentrierte sich nun aber darauf, den Anschein zu erwecken, tief in Sorgen oder ins Gebet versunken zu sein. Von dem Mann, der das Krankenzimmer betrat, hatte er alles gesehen, was er sehen musste. Knox erschien Ackerman kränklich und langweilig, wäre da nicht das Feuer in seinen Augen gewesen, das auf Kampfgeist und einen wachen Verstand hindeutete.

Ackerman gönnte ihm keinen Blick.

Knox wartete einen Moment am Fußende des Bettes, ehe er sagte: »Entschuldigung, Mister …«

Ackerman sah nicht auf, auch dann nicht, als der Neuankömmling sich wiederholte. Erst beim dritten Versuch schaute Ackerman ihm in die Augen. »Kann ich helfen?«

Knox nickte. »Ich hab da was.«

»Dann sollen Sie zum Arzt gehen«, sagte Ackerman.

Der Mann zückte einen Dienstausweis des US Marshals Service und stellte sich vor. Sein Dialekt ließ erkennen, dass er aus Louisiana kam. »Mein Name ist Sebastian Knox.«

»Dafür kann ich doch nichts«, erwiderte Ackerman.

»Hören Sie, ich bin Senior Inspector des US Marshals Service …«

»Gratuliere«, sagte Ackerman. »Und was wollen Sie?«

»Ich muss Ihnen und Ihrer Partnerin ein paar Fragen über den Vorfall auf der Farm stellen.« Während er sprach, steckte Knox den Ausweis ein und nahm einen Notizblock in einer Lederhülle aus der Tasche, als wollte er sich gleich in die Befragung stürzen.

»Nichts zu machen«, sagte Ackerman. »Meine Partnerin ist nicht in der Verfassung, mit jemandem zu sprechen.«

»Und was tun *Sie* dann hier?«

»Ich halte Gebetswache.«

»Gebetswache?«

»Nun ja, man kann nie wissen, wie es kommt.«

»Sie meinen, die Frau könnte …?«

»Sicher. Sie liegt aber nicht mehr im Koma, falls Sie darauf anspielen. Und nun muss ich Sie bitten, das Zimmer zu verlassen. Sie können Ihre Fragen an Deputy Director Samuel Carter beim FBI richten. Möchten Sie seine E-Mail-Adresse?«

Knox reckte die Schultern, als wollte er sich kampfbereit machen. Die Muskeln an seinem Kiefer traten hervor. »Der Marshals Service hat noch nie einen Zeugen verloren, solange die Regeln befolgt wurden. Sie aber haben die Regeln gebrochen, und eine junge Frau, die unter unserem Schutz stand, wurde entführt und wird vermisst. Ich bin hier, um herauszufinden, was schiefgegangen ist. Ich habe volles Verständnis, wenn Ihre Partnerin nicht in der Verfassung ist, befragt zu werden, Sie aber, Mister, wirken ziemlich gesund. Wenn Sie sich ein paar Minuten von Ihren himmlischen Freunden losreißen könnten, machen wir vielleicht den einen oder anderen Fortschritt.«

Ackerman zog eine Braue hoch. »Shawna hatte recht. Keine Minute ist verstrichen, und schon haben Sie mich und meine religiösen Überzeugungen beleidigt.«

»Shawna?«

»Shawna Hadfield. Erinnern Sie sich an die Frau? Sie ist ebenfalls ein Opfer.«

»Natürlich erinnere ich mich.«

»Shawna hatte Sie mit einer Vielzahl farbiger Ausdrücke bedacht.«

»Ach? Und welche?«

»Womit soll ich anfangen …? Bigott, rassistisch, dumm, hässlich …«

»Unfassbar!«, stieß Knox hervor.

»Und maßlos untertrieben«, sagte Ackerman.

Knox schüttelte den Kopf. »Shawna ist eine fehlgeleitete Frau.«

Ackerman schob den Stuhl beiseite und erhob sich zu voller Größe, sodass er den Inspector um Haupteslänge überragte. »Ich bin neugierig. Woher wussten Sie, dass Miss Shirazi aus dem Koma erwacht ist? Haben Sie jemanden im Krankenhaus bestochen – wie einer von diesen Anwälten, die auf Schadensersatzklagen scharf sind?«

Knox lief rot an. »Na hören Sie mal! Ich bin ein Mann, der seinen Job tut. Für den Marshals Service bedeutet die ganze Affäre einen Schlag ins Gesicht. Einer unserer Schützlinge wurde entführt, und ich bin entschlossen, Miss McAllister zu retten. Und was Sie angeht ... Ich glaube, *Ihr* Job ist es, den Mann zu fassen, der sie entführt hat, und uns zu helfen, unsere Zeugin in Sicherheit zu bringen. Wir können in dieser Sache entweder zusammen- oder gegeneinanderarbeiten – ich werde so oder so herausfinden, was November McAllister zugestoßen ist! Und wenn es jemanden gibt, der den Schlamassel verursacht hat, wird er dafür zur Verantwortung gezogen.«

Wieder zog Ackerman die Braue hoch. »Drohen Sie mir, Senior Inspector?«

»Sie sind Special Consultant, nicht wahr? Was genau soll das heißen? Was macht Sie so speziell?«

»Ich verfüge über einzigartige persönliche Einblicke in diesen Tätertyp, seine Gedankenmuster und das, was er an schrecklichen Dingen tut.«

Knox lachte auf. »Aus eigener Erfahrung, wie? Sie waren wohl selbst mal ein Killer, Sie Witzbold?«

»Könnte man sagen. Soll ich es Ihnen beweisen? Soll ich Sie binnen einer Sekunde hinauf zu meinen himmlischen Freunden schicken, von denen Sie eben gesprochen haben?

Ich fürchte allerdings, dass Sie nach Ihrem Ableben in die Gegenrichtung entschweben.«

Der ahnungslose Knox kicherte. »Sehr witzig.«

»Und welchen Eigenschaften verdanken Sie den Rang eines Senior Inspectors?«, fragte Ackerman.

»Mein Boss hat ihn mir verliehen.«

»Dann ist Ihr Boss wohl eine ziemliche Flachzange, was?«

»Ich muss doch sehr bitten!«

»*Mein* Boss hat mir jedenfalls versichert, dass ich mich heute nicht mit degenerierten Idioten abgeben muss, und trotzdem höre ich mir Ihr Gesabber an.«

»Passen Sie auf, was Sie sagen!«

»Sonst?«, fragte Ackerman.

Knox klappte seinen Notizblock zu und steckte ihn zurück in die Brusttasche seines Anzugjacketts. »Also gut, Mister, dann eben ein andermal. Aber täuschen Sie sich nicht, ich werde tief graben und jede dunkle Ecke ausleuchten, soweit es den Fall betrifft. Jedes Skelett im Schrank, jeder verpfuschte Einsatz kommt ans Licht.«

Ackerman lächelte. »Das gibt 'ne Menge Spaß, jede Wette. Gehen Sie jetzt aus eigenem Antrieb, oder muss ich Sie rauswerfen?«

Knox hob die Hände, machte kehrt und verließ das Zimmer. Ackerman blickte ihm nach, bis er außer Sicht war, dann schaute er zum Bett.

Nadia stellte sich nicht mehr schlafend. »Das ist gar nicht gut, Frank. Sie dürfen auf keinen Fall riskieren, dass der Kerl in Ihrer Vergangenheit herumschnüffelt. Sie sollten zu Carter gehen und ihm davon erzählen.«

»Wegen diesem Alpaka? Ich habe keine Angst vor einem Mann, der Sebastian heißt.«

»Das habe ich gemerkt. Trotzdem sollten Sie sich vor ihm hüten.«

Ackerman dachte darüber nach. Als er Nadia in ihrem geschwächten Zustand betrachtete, inmitten der Schläuche und Krankenhausmonitore, kam ihm eine Idee. »Sie könnten recht haben«, sagte er. »Ich sollte mit unserem geschätzten Boss mal ein paar Takte reden.«

15

Der Black Rose Killer hörte nur deshalb auf, November zu beschimpfen und zu quälen, weil er einen Anruf auf dem Handy erhielt, das er aus der linken Vordertasche seiner Jeans zog. Er zerrte die junge Frau an den Haaren zurück in den engen Hundekäfig und stieß sie zu Boden, ehe er das Gespräch entgegennahm und den Raum verließ.

Als sie endlich Ruhe vor ihm hatte, kämpfte November um Fassung. Ihr Gesicht zuckte, und sie versuchte, ihre Tränen zurückzuhalten. Es brachte ja nichts, wenn sie weinte und jammerte. Sie bemühte sich, den Käfig zu ignorieren und nicht darauf zu achten, wie hart und kalt der Stahl sich auf ihrer nackten Haut anfühlte. Zugleich versuchte sie, jeden Gedanken an den Trog unter ihrem Käfig zu verdrängen. Vor allem aber wehrte sie sich gegen den Gedanken, was dieser Irre mit ihr anstellen würde, wenn er wiederkam.

Wenn sie doch nur sein Handy in die Finger bekäme, nur für einen Moment! Vielleicht gelang es ihr ja irgendwie, ihn für ein paar Sekunden außer Gefecht zu setzen, ihn vielleicht sogar bewusstlos zu schlagen und das Handy an sich zu bringen. Dann könnte sie den Notruf wählen, und der Albtraum hätte ein Ende.

Aber das war leichter gesagt als getan. Er war größer, schneller und stärker als sie, von seiner Rücksichtslosigkeit und Grausamkeit ganz zu schweigen. Und selbst wenn sie es schaffte, aus dem Käfig zu entkommen und in den Zellenraum zu gelangen – es gab dort nichts, was sie als Waffe benutzen konnte.

Als sie hörte, wie das Tastenfeld der Tür piepte, zuckte sie zusammen und zog sich hastig in die hinterste Ecke des Käfigs zurück. Sie kam sich vor wie ein gehetztes Tier, das vor seinem Jäger flüchtete. Was hatte der Wahnsinnige jetzt wieder vor?

Als Black Rose in den Raum trat, erschrak November. Er war jetzt ebenfalls nackt und trug wieder die Maske mit dem sich ständig verändernden Gesicht. In der Rechten hielt er sein Handy.

Kurz blieb er im Türrahmen stehen und ließ den Blick schweifen. Er war kein unattraktiver Mann und hätte vom Äußeren her keine Schwierigkeiten gehabt, eine Frau zu finden, die sich für ihn interessierte. Er war muskulös und durchtrainiert und achtete sichtlich auf seinen Körper. Auf unerklärliche Weise kam er November größer und beeindruckender vor als vor wenigen Augenblicken, beinahe so, als hätte er sich physisch verändert, indem er die Maske überzog.

Er ließ die Zellentür offen, kam zu November und tippte die Geheimzahl ein, die das Schloss ihres winzigen Käfigs öffnete. Dann blickte er sie an und zeigte auf die offene Tür. »Geh.« Sogar seine Stimme klang anders – tiefer, bedrohlicher. Als er Novembers Zögern bemerkte, drohte er: »Zwing mich nicht, den Viehstock zu holen.«

Widerstrebend kroch November auf Händen und Knien

wie ein Hund aus dem Käfig, richtete sich dann auf und ging aus der Zelle, zitternd vor Scham und animalischer Furcht. Was hatte dieser Psychopath jetzt wieder ausgeheckt?

November gelangte auf einen Gang mit vier Türen, die ihrer Zellentür glichen – alle waren aus Stahl und durch elektronische Schlösser mit Tastenfeldern gesichert. Nach ein paar Metern weitete sich der Gang und führte in einen größeren Raum. Wieder stockte November, doch Black Rose befahl ihr mit einer herrischen Handbewegung, dem Gang zu folgen. Langsam, mit zögernden Schritten, betrat November den größeren Raum. Das Licht wirkte hart und künstlich; offenbar befanden sie sich in einem Keller.

In dem großen Raum standen nur ein paar Stühle, ein Tisch und ein Waschbecken. Den Boden in der Mitte bedeckte eine große Plastikplane, auf der drei andere Frauen knieten.

»Na los, meine Hübsche, such dir einen Platz neben deinen Mitsklavinnen«, sagte Black Rose. Er schaute auf die Frauen. »Begrüßt unsere süße November, Ladys.«

Keine der Frauen hob den Blick oder sprach auch nur ein Wort.

»Ich sagte, ihr sollt November willkommen heißen!«

Die drei Frauen wandten sich ihr zu und sagten wie aus einem Munde: »Willkommen.«

Als November vortrat, nackt, wie sie war, und bei den anderen niederkniete, kam es ihr vor, als würde sie durch einen Albtraum schweben.

Black Rose deutete nacheinander auf die drei knienden Frauen: eine vollbusige Schwarze, eine zierliche Asiatin und eine junge Blondine, die genauso groß und schlank waren wie November und ähnliche Modelmaße vorweisen konnten.

Black Rose zeigte nacheinander auf jede der Frauen und

nannte ihren jeweiligen Namen. »Das sind Grace, Kirstin und Leta.«

Nackt schritt er vor ihnen auf und ab. Erst jetzt fiel November auf, dass er mit der linken Faust irgendeinen kleinen, länglichen Gegenstand umschloss. Eine neuerliche Woge der Furcht erfasste November. Sie kannte die Spielchen dieses Wahnsinnigen.

»Als ich beschlossen habe, November in unsere Familie aufzunehmen, sah ich mich mit einem Dilemma konfrontiert«, erklärte er. »Wie ihr wisst, gibt es vier Zimmer. Und wie ihr alle schon einmal erleben durftet, halte ich einen dieser Räume gern für neue Gäste frei. Jetzt aber habe ich vier Sklavinnen und nur drei Zimmer. Nun, meine Schönen, ich habe mir lange überlegt, wie wir mit dieser Situation am besten umgehen, und war auf eine Lösung gekommen, die uns allen gefallen hätte. Aber dann …«

Er verstummte und warf den Gegenstand, den er hielt, vor die Frauen auf das Plastik. November sah, dass es sich um eine simple Zahnbürste in fluoreszierender Farbe handelte. Doch als sie genauer hinschaute, bemerkte sie, dass der Griff zu einer Spitze geschliffen war.

»Aber dann entdeckte ich das hier, und mir wurde klar, dass ihr alle es verdient, an der Entscheidung beteiligt zu werden. Eine von euch ist des Verrats schuldig. Eine von euch hatte offenbar die Absicht, mit dieser lächerlichen Waffe auf mich loszugehen. Was sagt ihr dazu?«

Die Frauen schwiegen, kauerten mit gesenktem Kopf da.

»Was ist? Warum sagt ihr nichts? Ich weiß, wer es war.« Er schaute eine nach der anderen an. »Na los, schnapp dir das Ding, jetzt hast du deine Chance. Da liegt deine Waffe. Ich habe mir erlaubt, sie noch spitzer zu schleifen, damit du *wirklich* etwas damit ausrichten kannst. Komm schon, heb sie auf. Greif mich an. Töte mich, wenn du kannst.«

Keine der vier Frauen rührte auch nur einen Muskel. In der lastenden Stille starrte November auf die lächerliche Waffe. Hatte man mit dem Ding überhaupt eine Chance, den Irren zu verletzen oder gar zu töten?

»Du solltest lieber reden«, fuhr er fort, ohne den Blick auf eine bestimmte Frau zu richten. »Ich weiß nämlich schon, dass du es warst, die diesen Dolch gefertigt hat. Na los, versuch es. Du hast sowieso nichts mehr zu verlieren. Ich könnte mir vorstellen, dass du schneller stirbst, wenn du mich angreifst. Und sterben wirst du so oder so.«

Keine Reaktion. Die Frauen rührten sich nicht, kauerten schicksalergeben vor ihrem Peiniger.

Bis auf November.

Noch immer überlegte sie fieberhaft, ob sie versuchen sollte, sich auf die Waffe zu stürzen und Black Rose zu attackieren. Sie war dem provisorischen Dolch am nächsten. Sobald dieser Psycho auf sie zukam, konnte sie das Ding packen, ihn angreifen und auf sein Gesicht zielen, oder den Hals, die Brust. Ein schneller, gut gezielter Stich reichte womöglich, um ihn außer Gefecht zu setzen. Noch besser war es, sie attackierte seine ungeschützte Kehle.

Ihr Blick wanderte über seinen nackten Körper, und ihr kam eine andere Idee. Vielleicht sollte sie auf seinen Unterleib zielen, falls sie die Waffe schnell genug in die Hand bekam. Oder versuchen, ihm den nackten Oberschenkel aufzuschlitzen, genau an der Stelle, wo er ihnen allen die schwarze Rose eintätowiert hatte. Vielleicht schaffte sie es sogar, die Oberschenkelarterie zu treffen. Dann lief der Verrückte Gefahr, zu verbluten, und er könnte nichts dagegen tun …

Versuch es.

November spannte jeden Muskel an, machte sich bereit, aufzuspringen und die Waffe von der Plastikplane zu raffen, wenn der richtige Augenblick gekommen war.

»Ich bin enttäuscht von euch«, sagte Black Rose, der nichts von alledem mitbekommen zu haben schien. Wieder ließ er den Blick über die vier Frauen schweifen, ehe er sich November zuwandte. »Weißt du, weshalb es wichtig ist, dass wir alle nackt sind, meine Schöne? Es hat nichts mit Sex zu tun. Es geht vielmehr darum, dass es hier keine Geheimnisse gibt. Ich bin euer Herr, euer König, und ihr werdet nichts vor mir verborgen halten.«

Du verdammter Irrer, schoss es November durch den Kopf.

Dann handelte sie wild und entschlossen.

16

Ackerman entdeckte Carter in einem der zahlreichen Warteräume des Krankenhauses. Der Deputy Director stand an einer Kaffeemaschine und studierte die Gebrauchsanleitung. Er drückte einen Knopf, aber nichts geschah. »Blödes Ding«, schimpfte er.

»Probleme, Samuel?«

»Ich krieg die dämliche Kaffeemaschine nicht ans Laufen.«

»Geben Sie dem Ding eins auf die Nuss. Damit löst man die meisten Probleme.«

»Eher nicht. Ich glaube, das wissen sogar Sie. Was macht unser Mädchen?«

»Wir hatten einen unerwarteten Besucher«, sagte Ackerman. »Der Typ sah aus wie vom Sperrmüll.«

»Lassen Sie mich raten: Senior Inspector Knox.«

Ackerman nickte. »Ja, so hieß der Schweinepriester. Eine echte Spaßbremse.«

»Ich hatte gerade einen Anruf aus meinem Vorzimmer. Ihr Schweinepriester hat verlangt, mich so bald wie möglich zu sprechen. Offenbar war er ziemlich grob zu meiner Sekretärin.«

»Was für ein Sackgesicht. Dabei hatte ich mir sogar überlegt, ob wir uns in dieser Sache nicht mit dem Marshals Service zusammentun sollten. Sie kennen den Spruch: Halte deine Freunde nahe bei dir, aber deine Feinde noch näher.«

»Das ist eine ausgesprochen schlechte Idee«, sagte Carter.

Ackerman musterte ihn fragend. »Wieso? Nadia wird noch ein paar Tage im Bett bleiben müssen.«

»Ich denke, wir sollten Ihnen Knox so weit vom Leib halten, wie es nur geht. Er sucht nach einem Sündenbock für das, was passiert ist. Knox ist egal, wer es ist, Hauptsache, es ist kein US Marshal.«

»Ich hatte den Eindruck, dass es ihm vor allem um November McAllister geht, und sie zu befreien ist schließlich auch unser Ziel. Die Kräfte zu vereinigen, statt gegeneinander zu arbeiten, wäre sinnvoll.«

Carter versuchte es wieder am Kaffeeautomaten. Diesmal schlug er zweimal auf die Taste. Nichts geschah. Unwirsch wandte er sich Ackerman zu. »Es stimmt, was Sie sagen. Es bietet sich an, mit den Marshals zusammenzuarbeiten statt gegen sie. Nadia würde es nicht gefallen, bei diesem Fall auf der Reservebank zu sitzen, aber uns bleibt wohl keine andere Wahl. Ich kümmere mich darum. Wo wollen Sie in der Zwischenzeit anfangen?«

»Ich habe zwei Spuren, denen ich nachgehen muss. Beide in Charleston.«

»Nadias Heimatstadt? Das wird ihr noch weniger schmecken. Ich bin mir nicht sicher, was zwischen ihr und ihrem Vater vorgefallen ist, aber ich weiß, dass es ziemlich unschön war. Sie redet nicht darüber. Auch nicht von Benny Pace, diesem Stalker, der es auf sie abgesehen hatte.«

»Ich werde mit ihr sprechen, bevor ich aufbreche.«

Carter hob eine Braue. »Aber sachte, Frank. Nadia muss sich erholen. Halten Sie sie auf dem Laufenden, aber verraten Sie ihr nicht allzu viel.«

»Ich tue mein Bestes«, sagte Ackerman.

Als er sich abwandte, um zurück zu Nadias Zimmer zu gehen, rief Carter ihn zurück. »Noch etwas. Im Zentrallager steht eine Harley-Davidson Softail. Ihr Bruder hat mich gebeten, ihm die Maschine nach Texas zu schicken, aber er hätte sicher nichts dagegen, wenn Sie sich das Motorrad ausleihen. Ich weiß, dass Sie ein Fahrzeug suchen, da käme die Harley doch gerade recht, oder?«

»Schon, wenn nicht Theodore wäre.«

Carter blickte ihn verwirrt an. »Was hat Theodore mit einem Motorrad zu tun?«

»Wie soll ich ihn auf einer Harley transportieren? Ich müsste einen Beiwagen anschaffen oder so was.«

Carter lachte leise. »Das wäre ein Bild, was?«

Ackerman schmunzelte. »Vor allem, wenn ich Theodore ein Lederoutfit besorgen würde.«

Carter schmunzelte. »Ich sehe richtig vor mir, wie Sie mit Ihrer kleinen Bordsteinratte im Beiwagen durch die Gegend brettern.«

»Bordsteinratte? Lassen Sie ihn das ja nicht hören, sonst braucht das FBI bald einen neuen Boss. Theodore kann furchtbar gewalttätig werden, wenn er in seiner Eitelkeit gekränkt wird.«

Carter seufzte, griff in die Tasche, nahm einen Schlüsselbund hervor und warf ihn Ackerman zu. »Sie können die

Harley ja immer dann benutzen, wenn Sie den Hund nicht dabeihaben. Ich will mich wirklich nicht darum kümmern müssen, das schwere Ding zu verschicken.«

Ackerman fischte den Schlüssel aus der Luft.

»Der Code für die Lagereinrichtung und die Adresse stehen auf dem Schlüsselanhänger«, fügte Carter hinzu.

Ackerman erinnerte sich an das letzte Mal, als er das Motorrad gesehen hatte. »Es war eher Maggies Bike als das meines Bruders«, sagte er traurig.

»Maggie? Tatsache? Ein ziemlich großes Bike für eine Frau«, meinte Carter.

Ackerman lächelte. »Sie kam mit so gut wie allem zurecht, sogar mit mir. Nadia erinnert mich an sie, deshalb mache ich mir Sorgen, dass sie Maggies Fehler wiederholt. Sie hat sich damals geopfert, um ihren persönlichen Dämon zu vernichten, wie Sie wissen. Nadia folgt dem gleichen Weg. Ich bin es leid, Menschen zu mögen und sie dann zu verlieren. Vielleicht sollten wir Nadia ganz von diesem Fall abziehen.«

»Das kann ich ihr nicht antun.« Carter blickte Ackerman fest in die Augen. »Wo wir gerade dabei sind … haben Sie ein bisschen Zeit?«

»Klar. Wieso?«

»Ich möchte Ihnen verdeutlichen, weshalb die Sache mit Nadia mir so wichtig ist.« Er zog zwei Stühle an einen der runden Tische im Warteraum. »Nehmen Sie Platz, Frank.«

Ackermans Neugier war geweckt. Er setzte sich dem Deputy Director gegenüber.

»Habe ich Ihnen je von meiner Frau erzählt?«

»Selten.«

»Sie hätten sie gemocht, Frank. Für mich war sie die ganze Welt. Wunderschön, gutherzig, voller Humor und zugleich so halsstarrig wie ein alter Maulesel. Aber sie sah die Welt aus einem Blickwinkel, wie ich es nie konnte. Sie war Anwältin, doch ihre wahre Leidenschaft galt der Kunst. Zweimal im Jahr stellte sie ein Gemälde fertig, das wir dann im Rahmen einer Dinnerparty präsentiert haben. Sie war sehr talentiert.«

»Was hat sie gemalt?«

»Was immer ihr Herz berührte. Manchmal waren es Landschaften, manchmal eine Frau, der sie im Park begegnet war, oder ein Obdachloser, den sie auf der Straße gesehen hatte. Sie hat versucht, die Stimmung des Augenblicks einzufangen. Manchmal waren es nur Farben, manchmal nur Formen, aber was es auch gewesen ist, ihre Gemälde waren ein Spiegel ihrer Seele. Man konnte spüren, dass etwas vom Wesen ihrer Schöpferin auf der Leinwand nachhallte. Wie Zauberei.«

»Hatte sie eine eigene Galerie?«, fragte Ackerman.

»Nein, sie hat ihre Bilder vernichtet.«

»Das ist nicht Ihr Ernst«, stieß Ackerman hervor.

»Leider doch. Sie schuf wunderschöne Gemälde, in die sie ihr Herz einfließen ließ, nur um sie dann zu zerstören. Am Ende jeder Dinnerparty rief sie alle Gäste zu ihrem neuesten Gemälde und steckte es in Brand.«

Ackerman sagte nichts, wartete auf irgendeine Erklärung. Carter musste ihm seinen Unglauben angesehen haben, denn er sagte: »Verrückt, nicht wahr? Ich habe Jahre gebraucht, bis ich es endlich begriffen hatte. Ich habe immer versucht, meine Frau zu bewegen, ihre Gemälde zu verkaufen. Ich dachte, vielleicht glaubt sie nicht genug an sich, hält sich nicht für talentiert genug, hat Angst, sich Kritikern zu stellen. Einmal schnappte ich mir ein Bild, das sie früher fertig hatte, und schickte es an eine Galerie. Mehrere Sammler waren interessiert, aber als meine Frau es herausfand, zwang sie mich, das Gemälde zurückzuholen, um es auf der nächsten Party zu verbrennen wie alle anderen.«

Bei der Erinnerung an eine verlorene Liebe wurden

Carters Augen feucht. »Viele Leute haben bei den Dinnerpartys geweint«, fuhr er fort, »wenn die Gemälde in Flammen aufgingen. Die viele Arbeit, die Liebe, die darin steckte. Die Gemälde waren ein Stück ihres Lebens und ihrer Seele … alles zu Asche verbrannt. Mir brach es jedes Mal schier das Herz. Ich fragte sie nach dem Grund, natürlich, aber sie sagte immer nur, nichts währt ewig. Am Ende aber brachte ich sie dazu, es mir zu erklären.«

»Und?«, fragte Ackerman. »Was hat sie geantwortet?«

»Dass es gar nicht um die Gemälde gehe. Sie seien nur Gegenstände … Dinge, die sie zu ihrer Freude erschaffe, die aber nur flüchtig seien. Es gehe vielmehr um die Partys, die Happenings, weil sie Ereignisse seien, die keiner unserer Freunde je vergessen werde. Ich glaube, es war tatsächlich so. Bei den Happenings rückten die Leute näher zusammen. Ich erinnere mich an Gelegenheiten, bei denen Gäste wegen irgendwelcher Banalitäten zerstritten waren. Nach der Vernichtung der Gemälde schienen sie vergessen zu haben, um was es bei ihrem Streit ging. Sie hatten erlebt, wie schnell Schönes vergehen kann und wie nichtig ein Streit um Lappalien ist. Genau darauf kam es meiner Frau an – die Leute zusammenzubringen, um ihnen die Flüchtigkeit von Schönheit vor Augen zu führen, damit sie erkennen, worauf es wirklich ankommt. Die Bilder waren gewissermaßen ein Opfer, ihre Vernichtung ein Ritual.«

Ackerman legte dem älteren Mann eine Hand auf die Schulter. »Sie scheint eine außergewöhnliche Frau gewesen zu sein, Carter. So wie meine kleine Schwester. Ich vermisse Maggie jeden Tag. Sie war mir unendlich wichtig. Leider habe ich das erst erkannt, als sie tot war. Sie war einer der wenigen Menschen, die wussten, wer ich bin, ohne sich vor mir zu fürchten. Deshalb werde ich nicht zulassen, dass Nadia ihr Leben wegen ihrer Rache wegwirft.«

Carter erwiderte: »Jeder von uns macht Fehler. Manchmal ist es nicht weiter tragisch, manchmal aber kommen diese Fehler einen teuer zu stehen. Nadia ist von dem Wunsch getrieben, Black Rose zu vernichten. Niemand wird sie davon abhalten können, dem Tod in den Rachen zu springen, wenn sie dadurch ihr Ziel erreicht. Wenn Sie sie schützen wollen, Frank, dann fangen Sie den Kerl, damit Nadia gar nicht erst in Gefahr gerät, ihr Leben für die Rache wegzuwerfen.«

Ackerman nickte und umfasste die Motorradschlüssel. »Richten Sie Consuela meine besten Grüße an ihren Goldfisch aus. Sagen Sie ihr, sie soll sich ein paar Tage um Theodore kümmern. Ich habe einen Job zu erledigen.«

17

November hatte alles durchgeplant. Als Erstes würde sie den provisorischen Dolch von der Plastikplane an sich reißen, die dort vermutlich lag, um das Blut aufzufangen, das gleich fließen sollte. Dann würde sie geradewegs auf ihren Peiniger zurennen und auf dessen Kehle zielen, um sich im letzten Moment zu ducken und nach seinem Schritt zu stechen in der Hoffnung, die Oberschenkelarterie zu treffen. Und selbst wenn sie die Schlagader verfehlte, gab es in dieser Körperzone noch genügend andere wirkungsvolle Ziele.

Ja, so machst du's. November nickte bekräftigend.

Wenn sie ihn richtig traf, hätte er keine Chance. Lag der Irre erst am Boden, würde sie sich das Handy schnappen, von dem sie wusste, dass er es im Keller mit sich trug, und den Notruf wählen. Sie würde jeden anwählen, der ihr und den anderen Frauen helfen konnte, aus der Hölle zu entkommen, in die dieser Wahnsinnige sie alle verschleppt hatte.

So war der Plan.

Die Wirklichkeit aber sah vollkommen anders aus.

Zwar gelang es November, den primitiven Dolch an sich zu raffen und auf Black Rose loszugehen, doch sie kam gar nicht erst dazu, einen Stich gegen seinen Hals vorzutäuschen oder ihren Angriff auf irgendeine Weise erfolgreich abzuschließen. Sie hatten seinen Reichweitenvorteil und seine schnelle Reaktion nicht berücksichtigt. Black Rose machte einen raschen Schritt nach hinten, packte November an der Kehle, entriss ihr den Dolch und zischte sie an: »Miststück!«

Er drückte so lange zu, bis November schwarz vor Augen wurde. Erst im letzten Moment stieß er sie zurück. Sie versuchte, trotz ihrer Benommenheit den Sturz zu verhindern, doch sie schlug so hart auf den Boden, dass es ihr den Atem raubte. Back Rose sprang vor, setzte einen Fuß auf ihre Brust und beugte sich zu ihr hinunter, den provisorischen Dolch in der Hand.

Mühsam hob November den Kopf. »Na los! Bring mich um!«, stieß sie schluchzend hervor. »Lieber sterbe ich, als deine Sklavin zu sein, du irrer Bastard!«

Black Rose blickte auf ihre langen Beine und den schlanken Körper und lachte. Es war kein Lachen, das jemand ausstieß, wenn er nervös war oder versuchte, ein anderes Gefühl zu überdecken. Es war das Lachen eines Menschen, der sich eine missglückte Komödie anschaut. »Du bist sehr schön. Und dein Mut gefüllt mir. Ich mag hübsche Frauen mit Temperament, besonders, wenn sie jung und knackig sind wie du. Das ist wichtig für die Spiele, die wir machen werden.«

Die Spiele?, fragte November sich voller Furcht. *Was hat der Psycho vor?*

Er packte ihr grob ins Haar, riss sie vom Boden hoch und zerrte sie zurück zwischen die anderen. Dann schlenderte er mit gemächlichen Schritten die Reihe der knienden Frauen ab und musterte eine nach der anderen mit kaltem Blick. »Und jetzt hört gut zu, ihr Schlampen. Für euch gibt es keine Hoffnung, weder im Leben noch im Tod. Ihr seid meine Dienerinnen, bis ich euch von dieser Aufgabe befreie. Sobald dieser Augenblick kommt, ist für euch alle Hoffnung verloren. Dann stürze ich euch in die Abgründe der Finsternis, in die schwarze Unendlichkeit. Ihr werdet einsam und allein sein, während ihr immer tiefer in das Nichts sinkt. Glaubt mir – ich weiß, wie das ist. Als ich ein Junge war, bin ich auf diese Weise schon einmal gestorben. Mein Vater war ein harter, gnadenloser Mann. Nicht, dass er mich jemals geschlagen hätte, aber wenn ich mir etwas zuschulden kommen ließ, sperrte er mich in das Bad in unserem Haus, in das kein Tageslicht gelangte. Er setzte mich in die alte Wanne mit den Klauenfüßen, zog den Duschvorhang zu und befahl mir, dort zu bleiben, bis er mich abholte. Ich flehte ihn um Gnade an, rief ihm zu, dass ich mich vor der Finsternis fürchte, doch er sagte jedes Mal, dass im Dunkeln nur die Ungeheuer lauerten, die ich mitgebracht hätte. Und soll ich euch etwas sagen? Er hatte recht. Ich hatte ein ganzes Heer fürchterlicher Bestien mitgebracht, die in der Finsternis auf mich warteten.«

November hörte ihn kaum. Sie rang nach Atem; der harte Aufprall hatte die Luft aus ihrer Lunge getrieben.

»Ich bekam einen Panikanfall, sprang auf und rutschte in der Wanne aus. Dabei schlug ich mir so schlimm den Kopf an, dass sie mich im Krankenhaus ins Leben zurückholen mussten. In der kurzen Zeit, als ich klinisch tot war, habe ich genug über den Tod gelernt, um zu wissen, dass ihr nicht dorthin wollt. Selbst hier als meine Schoßtiere zu leben ist besser als der Wahnsinn, der euch erwartet, wenn ihr in der Dunkelheit versinkt.«

Die kleine Asiatin, Kirstin, ergriff das Wort. »Du weißt, dass ich es war. Wenn du mich umbringen willst, dann tu's endlich. Erspar mir dein Gefasel!«

Zur Antwort trat er ihr gegen den Hinterkopf, und sie stürzte nach vorn.

»Allein schon, dass du eine Waffe gegen mich richten wolltest, zeigt, dass du noch Kampfgeist besitzt, Kirstin«, sagte Black Rose. »Damit machst du mir die Entscheidung einfacher. Denn wie gesagt, eine von euch muss gehen.«

Ohne jede Warnung stieß er der letzten Frau in der Reihe, der vollbusigen Schwarzen namens Grace, den Dolch in den Hals. November wandte hastig den Blick ab, um das Blutbad nicht mit ansehen zu müssen.

Noch während Grace ihren Hals umklammerte, stieß Black Rose sie auf die Plane und wickelte die zappelnde Frau darin ein. Sie wehrte sich, krallte am Plastik, starrte die anderen Frauen hilfesuchend an, doch selbst wenn eine Chance bestanden hätte, Black Rose zu überwältigen – Grace war nicht mehr zu retten. Die Wunde war zu tief.

Der Killer kam zu November, beugte sich zu ihr nieder, drückte ihr eine Hand auf die nackte rechte Brust und sagte: »Du hast gesehen, was mit Grace passiert ist. Aber sie war ohnehin nichts mehr wert, weißt du. Sie war zu einer leeren Hülle geworden und uninteressant für mich.« Er blickte von einer zur anderen. »Lasst euch das eine Lehre sein. Macht immer fröhlich mit bei allem, was ich von euch verlange. Und verliert nie die Hoffnung, klammert euch vielmehr daran.« Er lachte spöttisch auf. »Vielleicht kommt ja irgendwann ein strahlender Ritter aus einem anderen Königreich, nimmt den Kampf mit mir auf und befreit euch. Das Leben ist lebenswerter, wenn es noch einen Funken Hoffnung gibt, nicht wahr? Bei Grace war dieser Funke leider erloschen.«

In diesem Moment vibrierte sein Handy. Er richtete sich zu voller Größe auf und schaute auf die Anruferkennung. Ein seltsamer Ausdruck erschien auf seinem Gesicht. Er starrte die drei Frauen an. »Keinen Mucks! Sonst schneide ich euch ganz langsam die Kehle durch, kapiert?« Ohne die Frauen auch nur eine Sekunde aus den Augen zu lassen, nahm er den Anruf entgegen. »Ja, Vater?«

November verstand nicht, was der Mann am anderen Ende sagte, beobachtete aber, wie der Ausdruck auf dem Gesicht des Wahnsinnigen immer gereizter wurde, je länger das Gespräch dauerte.

»Ich habe dir doch gesagt, dass ich heute noch gehe!«, stieß er hervor. »Der Anwalt hat den Termin vorgezogen. Ich brauche ihn, damit ich reinkomme … nein, du brauchst dir keine Gedanken zu machen. Ich habe alles im Griff … ja, genauso, wie ich in der Vergangenheit alles unter Kontrolle hatte. Warum gibst du mir nie das Lob, das ich verdiene? Nie bin ich dir gut genug!«

Als der Mann am anderen Ende sprach, schrie November, so laut sie konnte: »Helfen Sie uns! Bitte! Ihr Sohn hält uns gefangen!« Kirstin schloss sich ihr mit einem schrillen Schrei an. November war sicher, dass sie laut genug waren, um von dem Anrufer gehört zu werden.

Black Rose stellte das Handy stumm und funkelte November an. Mit drei schnellen Schritten war er bei ihr und schlug ihr mitten in Gesicht. Dann hob er die Stummschaltung auf und sagte: »Was für ein Geschrei? Nein, nein, mach dir keine Gedanken. Ich erklär's dir später. Es ist nichts. Am besten, ich erzähle es dir morgen beim Mittagessen. Bis dann.«

Trotz ihrer Schmerzen hielt November den Kopf hoch erhoben, während die anderen Frauen in Tränen ausgebrochen waren. Aus ihren Blicken sprach namenloses Entsetzen. Offenbar rechneten sie mit dem Schlimmsten, mit irgendeiner furchtbaren Strafaktion.

Black Rose beugte sich zu November hinunter und sagte in einem Tonfall, als spräche er mit einem kleinen Kind: »Du ahnst nicht, was du getan hast. Offenbar können manche Menschen der Dunkelheit, die nach ihnen ruft, nicht widerstehen, sodass sie dem Tod in die geöffneten Arme laufen.« Er schüttelte den Kopf. »Ich fürchte, meine arme Miss November, du wirst eher früher als später Futter für den *Wurm* sein.«

18

Tagebuch von David Crane

Meine liebste Catherine, ich vermisse Dich so sehr. Jeden Tag denke ich daran, wie viel leichter alles wäre, würdest Du noch immer unter uns weilen. Ich tue mein Bestes, um unseren Ezra aufzuziehen, das Kind unserer Liebe, aber ich fürchte, ich eigne mich für solche Aufgaben nur schlecht. Ich gebe mir alle Mühe, Ezra zu einem Jungen zu formen, der Deines Andenkens würdig ist, doch allzu gut gelingt mir das nicht. Ich muss aber gleich hinzufügen, dass der Junge kein normales Kind ist. Er ist schwierig – auf eine Art, die ich nur als furchteinflößend und pervers bezeichnen kann. Wie Du aus meinen früheren Einträgen weißt, verbringen wir ein paar Wochen im Jahr auf der Hill House Plantation, die Du immer so geliebt hast. Ich erfreue mich dort jedes Mal an den schmetterlingsförmigen Gärten, die Du angelegt hast und in denen ich Trost und Frieden finde, denn ich spüre dort Deine Gegenwart. Du warst das einzig Gute in meinem Leben. Ich hatte stets die Hoffnung, dass dieses Gute eine ähnlich wundervolle Beziehung zu unserem Sohn hervorbringen würde, doch ich befürchte, er ist zu solchen Bindungen nicht fähig.

Als ich heute in den Schmetterlingsgärten spaziert bin und über meine bevorstehende Rede vor dem Repräsentantenhaus nachgedacht habe, hörte ich den schrecklichsten und verstörendsten Laut, der je an mein Ohr gedrungen ist. Er klang wie der Schrei eines Mädchens in Todesqualen. Das Geräusch kam von fern und war gedämpft, zugleich aber so grell und schrill, dass ich ihm zu dem alten Cotton-Gin-Haus folgen konnte. Das Gebäude beherbergt noch immer die Baumwollentkörnungsmaschine, von der es seinen Namen hat, ist aber so baufällig geworden, dass wir es schließen und absperren mussten, damit sich kein Arbeiter darin verletzt. Die Schreie kamen aus dem Obergeschoss. Ich musste Bretter wegschlagen, um hineinzukommen. Ich habe versucht, so leise wie möglich zu sein, auch wenn ich überzeugt war, dass nicht viel von mir zu hören sein könne, denn das Geschrei der armen Seele, die dort oben die offenbar grausamsten Schmerzen ihres Lebens erduldete, übertönte alles.

Bis zu diesem Moment war mir nie in den Sinn gekommen, dass Ezra daran beteiligt sein könne. Obwohl ich ihn bei zahlreichen Gelegenheiten als grausam erlebt hatte, betrachtete ich ihn nie als Gefahr für sich oder andere. Aber was ich heute mit ansehen musste, ließ mir das Blut in den Adern gefrieren.

Ich stieg also hinauf ins Obergeschoss und entdeckte die Quelle der Schreie. Als ich in den Raum kam, wandte Ezra mir den Rücken zu. Auf dem Boden sah ich ein kleines Lamm. Woher es kam, weiß ich nicht zu sagen. Es gibt in der Nähe Schafzüchter, aber ich muss erst noch herausfinden, ob das Tier sich verirrt hatte oder ob Ezra es in der Nacht gerissen hatte wie ein Wolf, der sich anschleicht, wenn der Hirte nicht hinsieht. Ich muss es wissen, denn es ist von großer Bedeutung. Hatte Ezra das alles geplant? Hatte er das Lamm mit Vorbedacht gestohlen oder war es ein Opfer, das sich ihm zufällig angeboten hatte?

Wie dem auch sei, er hatte das Lamm am Boden festgebunden. Er schnitt es mit einem Messer und verursachte ihm solche Schmerzen, dass es schrie. Das allein ist schon verstörend genug, doch was unser achtjähriger Sohn mit der anderen Hand tat, bereitet mir noch größere Sorgen: Während Ezra das Tier quälte, befriedigte er sich selbst.

So ungern ich es Dir gegenüber zugebe, Liebling, aber ich war drauf und dran, mich auf Ezra zu stürzen. Am Boden lag eine verrostete Eisenstange, und einen Augenblick lang dachte ich daran, sie unserem Sohn in den Hinterkopf zu stoßen. Er war von seinem Tun so sehr gebannt, dass er meine Anwesenheit niemals bemerkt hätte. Aber ich hätte es nicht fertiggebracht. Es gäbe zu viele Fragen, und Ezra ist das Einzige von Dir, was noch lebt.

Ich hob die Stange trotzdem auf, trat vor, stieß den Jungen beiseite und beendete die Qualen des armen Lamms. Doch wie ich bereits sagte, mein Liebling: Ich bin ein eher unwissender Mensch und schlecht zum Vater geeignet.

Denn welcher Mann tötet das Lamm und lässt dem Wolf freien Lauf?

19

Senior Inspector Sebastian Knox hatte ein dunkles Geheimnis. Es hatte zur Folge, das er sich jedes Mal, wenn er seinen Dienstausweis vorzeigte, wie ein Hochstapler vorkam. Schon bei seiner Einstellung durch den Marshals Service war es nicht mit rechten Dingen zugegangen. Nur durch Betteln, Bestechen und Betrügen hatte Knox die körperlichen Leistungstests bestanden und die Ausbildung hinter sich gebracht.

Die Gründe für seine körperlichen Defizite waren tragischer Natur. Seine Eltern hatten ihn vernachlässigt, als er ein kleiner Junge war, sodass er eine schwere Lungenschädigung davongetragen hatte. Ein gesunder Mensch, erklärten die Ärzte, nutze selbst bei körperlicher Belastung nur siebzig Prozent seiner gesamten Lungenkapazität, doch bei Knox' betrage diese Kapazität weniger als die Hälfte dessen, was für ein gesundes Kind normal sei, und mit zunehmendem Alter werde es sich weiter verschlimmern.

Doch als Knox in späteren Jahren die Karriereleiter beim Marshals Service aufstieg, hatte er immer wieder eine Möglichkeit gefunden, die Ausbilder mit seiner traurigen Geschichte zu rühren oder sie zu bestechen, wenn er den sportlichen Teil der Prüfungen nicht bewältigte. Zugleich aber zeigte sich während dieser Zeit immer deutlicher sein Talent, schwierige Fälle zum Abschluss zu bringen, sodass es die Chefetage bald nicht mehr interessierte, ob Knox die körperlichen Anforderungen erfüllte oder nicht.

Trotzdem bemühte er sich ständig, die Leistungsfähigkeit seiner Lunge zu verbessern. Zusätzlich zu den verschiedenen Medikamenten und Therapien, die ihm die Ärzte verordneten, machte er zweimal am Tag Atemübungen. Doch das beste Mittel, die Lunge zu stärken, waren nun einmal körperliche Aktivitäten. Sport konnte die Lungenkapazität um fünf bis fünfzehn Prozent steigern, und Knox brauchte jeden einzelnen Prozentpunkt. Deshalb beschloss er an diesem Tag, nachdem er sich die endlosen Treppen bis ins oberste Stockwerk des Krankenhauses in Virginia hatte hinaufschleppen müssen, die Treppen nach einer Pause an einem der Krankenhaustische auch wieder hinunterzusteigen.

Obwohl er nach Atem ringen musste, während ihm das Herz bis zum Hals schlug, war Knox stolz darauf, nicht den Lift genommen zu haben. Er hatte die Hälfte des Abstiegs geschafft, als sein Handy klingelte. Er schaute auf die Anrufernummer, erkannte sie aber nicht. Stirnrunzelnd nahm das Gespräch an.

»Hier Knox.«

Die Stimme am anderen Ende antwortete: »Hier ist Franklin Stine, FBI. Sie erinnern sich an mich, nehme ich an. Vor ein paar Minuten sind Sie bei mir ins Zimmer geplatzt und haben sich ziemlich unhöflich benommen. Aber Schwamm drüber. Hören Sie, Knox, ich habe mir durch den Kopf gehen lassen, was Sie gesagt haben, und ich stimme Ihnen zu. Wir sollten zusammenarbeiten, nicht gegeneinander. Ich habe einen wichtigen Einsatz im Zusammenhang mit einem aktuellen Fall und hätte Sie gern dabei. Ich möchte, dass Sie mich begleiten.«

Knox hatte mit dem Jahren zu verbergen gelernt, wenn er außer Atem war; es war ihm beinahe zur zweiten Natur geworden. »Wieso der Sinneswandel?«, wollte er nun wissen.

»Ich würde nicht sagen, dass der Sinn der Aktion sich gewandelt hat, Knox. Es geht immer noch darum, November McAllister zu retten und einen Mörder hinter Gitter zu bringen.«

»Hört sich gut an«, erwiderte Knox. »Aber wenn wir zusammenarbeiten sollen, verlange ich völlige Offenheit von Ihnen.«

Stine, der FBI-Sonderberater, lachte. »Ich glaube nicht, dass Sie alle meine Geheimnisse ertragen könnten. Soweit es jedoch den Fall betrifft, teile ich gern alles mit Ihnen, was ich bisher weiß.«

»Dann sagen Sie mir, wohin es bei Ihrem Einsatz geht.«

»Nach Charleston. Die Einzelheiten folgen bald. Rufen Sie mich nicht an. Ich melde mich bei Ihnen.«

»Aber …«

Stine legte auf.

Knox schaute auf das Display und verzog unwillig das Gesicht. Der Mistkerl hatte ihn einfach weggedrückt. Kopfschüttelnd murmelte er: »Worauf habe ich mich da nur eingelassen.«

20

Für seinen Besuch im Al-Cannon-Gefängnis in Charleston, South Carolina, hatte Ezra Crane einen falschen Bart und eine Nasenprothese angelegt. Das triste Gelände und die nicht minder trostlosen weißen Gebäude des Untersuchungsgefängnisses erinnerten ihn eher an riesige Lagerhallen als an einen Knast, in dem mehr als zweitausend Häftlinge in den unterschiedlichen Stadien des Strafverfolgungsprozesses einsaßen.

Der Anwalt, den Ezra Crane begleitete, vertrat einen

Mann, dem Menschenhandel und sexuelle Ausbeutung in Dutzenden von Fällen vorgeworfen wurde. Der Anwalt war teuer und exklusiv; er arbeitete auch für Ezras Vater und dessen kleine *Zauberer-von-Oz*-Runde.

Was den Angeklagten betraf, einen Mann namens Winston Eberschall, gehörte er trotz des Vorwurfs sexueller Ausbeutung nicht zu der Sorte, die ihr Geld mit Massagesalons oder Bordellen verdienten. Eberschall zählte vielmehr zu denen, die den Appetit der Mächtigen und Superreichen befriedigten, indem sie ihnen finanzielle Ratschläge erteilten, wobei sie zwangsläufig Einblicke in die Vermögensverhältnisse ihrer Kunden bekamen und auch manches Private erfuhren. Das wiederum hatte zur Folge, dass Winston Eberschall sterben musste, bevor er vor Gericht gezerrt werden und dort seine Geheimnisse preisgeben konnte. Natürlich machten Eberschalls superreiche Ex-Klienten sich nicht selbst die Hände schmutzig – sie schickten einen Experten, der diese Dreckarbeit erledigte, in diesem Fall den hauseigenen Psychopathen Ezra Crane.

Ezra wollte nicht erkannt werden. Deshalb hatte er sich verkleidet und suchte Eberschall in der Maske eines Anwaltskollegen auf. Dieser Umstand hatte zur Folge, dass ihr Treffen unter die anwaltliche Schweigepflicht fiel und in einem Raum stattfand, in dem es keine Lauschgeräte gab.

Ezra und der andere, echte Anwalt passierten unbehelligt den Metalldetektor und wurden durchsucht, ehe ein Wärter sie durch mehrere Sicherheitstüren in einen Konferenzraum mit einem langen grauen Resopaltisch führte, um den herum Ledersessel standen. Auf einem dieser Sessel saß Winston Eberschall. Ezra, der ihm schon mehrmals begegnet war, erkannte ihn auf den ersten Blick.

Er und der Anwalt setzten sich ihrem Mandanten gegenüber an den Tisch, worauf der Wärter den Konferenzraum verließ und hinter sich die Tür schloss. Obwohl der Raum vom Rest des Gefängnisses abgeschottet war, nahm Ezra dennoch den Gestank der zweitausend verschwitzten, ängstlichen, verzweifelten Menschen wahr, die hier einsaßen, denn dieser Gestank drang Winston Eberschall aus jeder Pore.

Ezra Crane musterte den Häftling. Bei früheren Begegnungen war Eberschall stets selbstsicher, fast arrogant aufgetreten. Jetzt huschte sein Blick nervös über die Tischplatte, und er atmete unregelmäßig. Ezra konnte sehen, dass die Botschaft, die er Eberschall am Abend zuvor geschickt hatte, auf ganzer Linie angekommen war. Mit dieser Botschaft hatte er den Boden für seinen heutigen Besuch bereitet.

Anfangs richtete Ezra kein einziges Wort an Eberschall. Stattdessen ging der Anwalt irgendwelche Dokumente durch, was Eberschall interessiert beobachtete, ohne Ezra, dem Begleiter des Staranwalts, Aufmerksamkeit zu schenken. Dann aber beugte Ezra sich vor und teilte dem Anwalt mit, dieser müsse für längere Zeit den Waschraum aufsuchen, während er sich mit Mr. Eberschall unterhalte. Natürlich hatte der Anwalt im Vorfeld davon gewusst und leistete der Aufforderung Folge, ohne Einwände zu erheben.

Als der Rechtsverdreher fort war, starrte Eberschall Ezra an, und diesmal schaute er genauer hin. »Moment mal … sind *Sie* das, Ezra Crane?«, fragte er schließlich. »Sie sehen so anders aus.«

»Kein Wunder, ich trage eine Verkleidung. Niemand soll erkennen, dass ich es bin, der Sie an Ihrem letzten Tag auf Erden aufgesucht hat.«

»Meinem letzten Tag auf Erden?«, fragte Eberschall. »Was soll das heißen?«

Ezra lächelte. »Ich nehme an, Sie haben gestern Abend meine Nachricht erhalten. Die beiden großen Afroamerikaner, die Sie aufgesucht haben …?«

Eberschall senkte den Blick auf den Tisch. »Das waren Sie?« Ezra sah förmlich, wie sich im Kopf des Mannes die Rädchen drehten, als ihm nun die volle Bedeutung seiner Situation klar wurde. »Ich würde niemals Ihren Vater oder jemand anderen belasten«, versicherte er.

»Ich wünschte, wir könnten Ihnen glauben, Winston, aber ich habe Sie studiert. Sie sind ein klassisches Beispiel für einen Fall von NPS – narzisstische Persönlichkeitsstörung. Sie interessieren sich nur für sich selbst. Deshalb würden Sie die erste Gelegenheit beim Schopf packen, um die eigene Haut zu retten – leugnen Sie es gar nicht erst. Nur ist es leider inakzeptabel, und das wiederum bedeutet, dass ich Sie aus der Gleichung kürzen muss.«

Eberschall zitterte vor Angst und Wut. »Aus der Gleichung kürzen? Was soll das? Halten Sie sich für besser, als ich es bin, Ezra? Ich weiß alles über Sie. Über die Dinge, die Sie getan haben, und Ihre Vorlieben! Ich weiß genug, um mir darüber im Klaren zu sein, dass Sie genau so ein verdammter Halunke sind wie ich. Also kommen Sie mir hier bloß nicht mit Ihrer Küchenpsychologie. Außerdem bin ich bald wieder auf freiem Fuß. Wie Sie sicher wissen, sieht mein Anwalt gute Chancen auf einen Freispruch.«

Ezra schüttelte den Kopf. »Das ist sehr optimistisch, mein Freund. Und selbst wenn Sie freigesprochen würden – der Schaden ist bereits angerichtet. Geheimnisse sind enthüllt, Skelette aus dunklen Kellern gezerrt und ins Licht geworfen. Und Sie vergessen völlig, dass zwischen Ihnen und mir ein eklatanter Unterschied besteht: *Sie* hat man erwischt. Und dieser bedauerliche Fehler hat einen Preis, den Sie nun bezahlen müssen.«

Gehässig erwiderte Eberschall: »Richten Sie Ihrem Vater aus, er soll zur Hölle fahren.«

Ezra lehnte sich lächelnd zurück. »Ich möchte Ihnen erklären, was geschehen wird, Winston. Wir haben in diesem Knast mehrere Wärter in der Tasche. Auch einige Häftlinge. Auf die eine oder andere Weise werden Sie die Verhandlung nicht erleben. Wie genau es geschieht, ist Ihnen überlassen. Wir würden es vorziehen, wenn die Sache sauber und auffällig abläuft, indem Sie sich aufhängen, sobald Sie wieder in Ihrer Zelle sind. Die Bettlaken sind schon für Sie vorbereitet. Niemand wird zusehen oder sich einmischen. Sie müssen nur den Kopf in die Schlinge stecken und sich fallen lassen – es geht schnell und verhältnismäßig schmerzlos. Wenn Sie sich nicht wehren, dämmern Sie nach einem Moment des Unbehagens ein. Die Alternative ist, dass die Männer, die Sie gestern Abend kennengelernt haben, Sie immer wieder besuchen kommen. Danach werde ich sie anweisen, Ihnen die Genitalien abzuschneiden und sie Ihnen ins Maul zu stopfen.«

Eberschalls Gesicht verlor alle Farbe.

»Danach wird man Sie erneut vor die gleiche Wahl stellen wie jetzt. Sollte diese Behandlung Ihnen nicht ausreichen, wird man Sie bei einem fingierten Gefangenenaufstand niederstechen oder anderweitig verstümmeln. Auf welche Weise auch immer – Sie erleben Ihre Verhandlung nicht.«

Eberschall plusterte sich auf. »Ach, wirklich? Soll ich Ihnen mal etwa sagen, Sie Spinner? Ich hätte nie auch nur einen von Ihnen verraten, aber nachdem Sie mir mit diesem Einschüchterungsscheiß gekommen sind, tue ich es vielleicht doch und gehe ins Zeugenschutzprogramm.«

Ezra nahm ein paar Fotos aus dem Aktenkoffer, den er mit sich trug, und legte sie Eberschall vor. Die Fotos zeigten Eberschalls Frau, ihre drei gemeinsamen Kinder, seine Schwester, die Familie seiner Schwester, seinen älteren Bruder und seine Eltern. »Wenn Sie die richtige Entscheidung treffen«, sagte Ezra, »muss keiner dieser Menschen mit Ihnen sterben. Aber wenn Sie sich uns widersetzen, arbeite ich die Liste ab, bis ich zu jemandem komme, für den Sie echte Gefühle haben – vermutlich nicht das gleiche Maß an Zuneigung wie für sich selbst, aber vielleicht doch ein Mindestmaß an Mitgefühl. Ich gebe Ihnen die Chance, sanft und friedlich von dieser Welt zu scheiden, ohne weitere Folgen für Sie oder Ihre Angehörigen. Sie dürfen sogar einen Abschiedsbrief schreiben, vorausgesetzt, Sie sagen darin nur den Personen Lebewohl, die Sie hier auf Erden zurücklassen.«

Eberschalls Blick ruhte eine Zeit lang auf den Fotos, dann sah er zur Decke, Tränen in den Augen.

Ezra wartete und ließ dem Mann Zeit, das Angebot zu überdenken. Nach ein paar zähen Sekunden sagte der Untersuchungshäftling: »Also gut, ich tue es. Aber ich möchte sicherstellen, dass meine Frau und meine Kinder finanziell versorgt sind. Und damit meine ich einen siebenstelligen Betrag. Das sind meine Bedingungen.«

Ezra fragte sich kurz, ob er darauf antworten solle, dass Eberschall keine Bedingungen zu stellen habe; dann aber begriff er, dass er dem Mann das Blaue vom Himmel versprechen konnte. Hatte Eberschall sich erst umgebracht, hatte Ezra keinen Grund mehr, seine Versprechungen zu halten. Ihre Übereinkunft war schließlich kein rechtlich bindender Vertrag. Im Grunde war sie nur ein Witz. »Ich gebe Ihnen mein Wort«, sagte Ezra. »Für Ihre Familie wird gesorgt, aber das Angebot ist einmalig. Sollten Sie kalte Füße bekommen und nicht das Richtige tun, werden die nächsten Tage für Sie die Hölle auf Erden – und mit der Hölle kenne ich mich aus, Mr. Eberschall. Sie würden mich anbetteln, Ihnen ein neues Angebot zu machen.«

Eberschall sah ihm in die Augen. »Sie sind ein kranker Drecksack, Crane. Eines Tages werden Sie ernten, was Sie gesät haben.«

Ezra stand auf, schloss den Aktenkoffer und lächelte Winston Eberschall an. »Kann schon sein. Aber das werden *Sie* nicht mehr erleben.«

21

Man hatte Nadia von der Intensivstation in ein normales Krankenzimmer verlegt. Ackerman gefiel die Veränderung – zum einen, weil sie die Besuche vereinfachte, zum anderen, weil er sich nun auf dem rosa und grün bezogenen Sofa vor dem einzigen Fenster des Raumes ausstrecken konnte.

Mit verschränkten Armen und geschlossenen Augen lag er auf dem Rücken, irgendwo zwischen Schlaf und Wachen, als er hörte, wie das Bettzeug leise raschelte, als Nadia sich leicht aufrichtete. Sie war wach, und er konnte deutlich spüren, dass sie ihn anschaute.

»Wie geht's?«, fragte er.

Er hörte, wie sie zusammenzuckte, und bemerkte das Staunen in ihrer Stimme, als sie fragte: »Wie machen Sie das?«

»Wenn man genügend Zeit in der Dunkelheit verbringt, werden alle Sinne geschärft. Man lernt, auch die leisesten Geräusche im akustischen Hintergrund zu erkennen.«

»Ich werde wohl nie schlau aus Ihnen, Frank.«

Ackerman schlug die Augen auf und sah, wie Nadia den Kopf schüttelte und dann mit einiger Mühe die Platte des Tisches herauszog, auf der ihr Laptop stand. Ohne Ackerman weiter zu beachten, fuhr sie das Gerät hoch, richtete sich im Bett auf und beugte sich über die Tastatur, sichtlich froh, wieder in ihrem natürlichen Umfeld arbeiten zu können, der Welt der Computer.

Interessiert beobachtete Ackerman, wie sie in ihre virtuelle Welt eintauchte, ein glückliches Lächeln auf dem Gesicht.

»Sie lächeln so selig«, sagte Ackerman. »Ein Last-Minute-Angebot entdeckt?«

»Quatsch. Ich überprüfe eine Theorie. Als ich hier lag, habe ich keine Schäfchen gezählt oder mir College-Football angesehen – ich habe über den Fall nachgedacht.«

»Sehr lobenswert. Und zu welchem Ergebnis sind Sie gekommen?«

»Immer langsam.« Nadia warf ihm einen Blick zu. »Träumen Sie doch einfach weiter von Ihren blutrünstigen Mongolenhorden oder was immer Sie tun, um zu entspannen. Ich sage Ihnen Bescheid, wenn ich etwas habe.«

Ackerman zog eine Braue hoch und beobachtete, wie ihre Finger über die Tastatur huschten. In diesem Moment geschah es. Er zuckte heftig zusammen, als aus einer Zimmerecke eine wohlbekannte Stimme erklang. *Die Kleine ist scharf, was?*

Ackerman schaute nur flüchtig in die dunkle Ecke und blickte dann wieder zu Nadia. Er wollte das Trugbild seines Vaters, der zuletzt als Thomas White bekannt gewesen war, nach Möglichkeit missachten. Die gespenstische Version Whites trug eine schwarze Anzughose, ein rotes Button-down-Hemd und eine schwarze Krawatte. Bei einem normalen Mann hätte diese Kombination durchaus modisch ausgesehen. Bei Thomas White sah sie aus, als stammte sie aus dem Kleiderschrank Satans.

Schau dir nur an, wie sie die Lippen bewegt und wie ihre hübschen Augen über den Bildschirm wandern, fuhr White fort. *Sie ist sehr attraktiv, wenn sie auf der Jagd ist, nicht wahr, mein Junge? Was ist? Warum sagst du nichts? Ich spüre doch, dass du sie haben willst. Warum nimmst du sie dir nicht?*

Ackerman stemmte sich gegen die hypnotische Wirkung der Stimme, kämpfte gegen die Anwesenheit des Ungeheuers an, richtete seine Gedanken beinahe verzweifelt auf andere Dinge und versuchte, nicht zu antworten, nicht einmal in Gedanken, denn das Trugbild seines Vaters existierte zwar nur in seinem Kopf, wie er wusste, doch White hörte jede Antwort seines Sohnes, selbst wenn dieser sie nicht laut aussprach.

Wie mir zu Ohren gekommen ist, geht es nach Charleston. Whites durchaus angenehme Stimme war überheblich, beinahe herablassend, wie jedes Mal, als wäre das, was er von sich gab, wichtiger als alles, was jemand anders sagen oder denken könnte. *Auch wir haben schon Zeit in Charleston verbracht, weißt du noch? In Charleston wolltest du dich mit diesem Priester anfreunden.* White kicherte. *Tja, danach hatte ich beschlossen, dass deine Konditionierung noch nicht weit genug war, wie du weißt. Dass ich dich physisch modifizieren und Veränderungen an deinem Gehirn vornehmen muss, um die erwünschten Resultate zu erhalten. Wie du ja am besten weißt, war dem Experiment ein nur teilweiser Erfolg beschieden. Aber du kannst beruhigt sein, meine Arbeit geht weiter.*

Ackerman ignorierte ihn, konzentrierte sich stattdessen darauf, die Tastenanschläge und Trackpadklicks zu zählen, die Nadia brauchte, um zu erreichen, was immer sie vorhatte.

White trat näher zu ihm und ließ sich auf einen Stuhl neben der Couch sinken. *Du versuchst es wieder mit mentalem Dementi, habe ich recht? Warum? Da drüben sitzt die Süße. Niemand ist hier. Bedien dich. Es wird ihr gefallen.*

»Hau ab, du verdammter Mistkerl«, flüsterte Ackerman und hätte sich im gleichen Augenblick am liebsten geohrfeigt.

Nadia blinzelte zu ihm herüber. »Was?«

»Ach, nichts. Selbstgespräche.«

Doch Nadia war bereits wieder in ihrer digitalen Welt versunken und dachte gar nicht erst darüber nach, wie seltsam Ackermans Antwort gewesen war.

Thomas White, dessen geisterhafte Gestalt neben seinem Sohn waberte, lächelte.

Wirst du unserem Kätzchen von deinen früheren Streifzügen durch ihre Heimatstadt erzählen? Meinst du nicht auch, dass sie dich mit anderen Augen sehen wird, wenn sie erst weiß, was für ein kranker Freak du bist?

In Gedanken entgegnete Ackerman: *Das weiß sie längst.*

Sein geisterhafter Vater schüttelte den Kopf. *Sie kann unmöglich alles wissen. Niemand kennt dich wirklich, nicht einmal du selbst.*

Ein gespenstisches Kichern war zu vernehmen, dann verschwand Whites Phantom in den Schatten.

Ackerman atmete unwillkürlich auf.

In diesem Moment stieß Nadia einen leisen Freudenschrei aus und hielt mit dem Tippen inne. Ihr Blick wanderte das Display auf und ab.

»Was ist so interessant?«, fragte Ackerman.

»Ich habe herausgefunden, wie der Verrückte den jungen Frauen nachspürt«, sagte Nadia.

22

Ackerman saß auf der Krankenzimmercouch, die Ellbogen auf die Knie gestützt, und beobachtete, wie Nadia immer tiefer in das digitale Kaninchenloch vordrang, auf das sie gestoßen war.

»Können Sie mir wenigstens Andeutungen machen, was Sie da tun?«

Sie hielt kurz inne und schaute ihn mit hochgezogener Augenbraue an. »Sie halten die Leute doch gern im Ungewissen. Tja, das wollte ich auch mal versuchen.«

Ackerman verdrehte die Augen. »Gut, dass Geduld zu meinen Tugenden zählt. Ich kann warten.«

Von der Tür her fragte jemand: »Worauf?«

Samuel Carter hielt eine Tasse Kaffee in der Hand, von der Dampf aufstieg. Offenbar hatte er den Vorrat der Krankenschwestern entdeckt.

Nadia schaute zu ihm. »Ich glaube, Sir, ich habe etwas gefunden. Ich muss es noch überprüfen und ein bisschen in den Logdateien graben, um absolut sicher zu sein, aber …«

»Geben Sie mir einfach den aktuellen Stand, Agentin Shirazi.«

»Ja, Sir. Ich habe mir den Kopf darüber zerbrochen, wie der Black Rose Killer stets über den Aufenthalt seiner Opfer informiert zu sein scheint, und ich habe an das Tattoo gedacht. Was, wenn er es nicht nur als Brandzeichen betrachtet?«

»Sondern?«

»Vielleicht benutzte er es auch dazu, eine Injektionswunde zu verdecken.«

Carter runzelte die Stirn. »Wie meinen Sie das?«

»Wir sind immer davon ausgegangen, dass es eine undichte Stelle gibt – entweder eine reale Person oder eine digitale Schwachstelle. Jedenfalls konnte Black Rose seine Opfer sogar dann noch finden, wenn sie im Zeugenschutz waren. Was, wenn er ihnen einen Peilsender injiziert hat? Vielleicht sogar einen, der nur in seltenen, aber regelmäßigen Abständen GPS-Koordinaten sendet? Deshalb habe ich mir die Frage gestellt, wie so etwas überhaupt funktionieren könnte. Die offensichtliche Erklärung lautet, dass der Peilsender sich im Huckepackverfahren an Handysignale anheftet. Also habe ich die Logs aller Mobilfunkmasten überprüft, die diese Farm in Virginia umgeben.«

Carter blies in seinen Kaffeebecher. »Und wie genau ist Ihnen das gelungen?«

Nadia errötete leicht. »Ich habe mich eingehackt, Sir. Ich dachte, wenn wir etwas finden, könnten wir uns hinterher immer noch einen Durchsuchungsbeschluss besorgen. Ich werde auf jeden Fall meine Spuren verwischen, sobald ich wieder rausgehe.«

»Ich bitte darum. Fahren Sie fort.«

»In den Logdateien des nächststehenden Funkmastes fand ich zwei auffällige Geräteeinträge.«

Ackerman fragte: »Wollen Sie damit sagen, Sie können seine Geräte orten? Könnten wir November McAllister finden, indem wir sein eigenes System benutzen?«

Nadia schüttelte den Kopf. »Wohl kaum. Er muss sie abgeschaltet haben. Trotzdem haben wir etwas, dem wir nachgehen können. Vielleicht finden wir andere Mobilfunkmasten, in die er eingedrungen ist, und können aktiv nach seinen Signalen suchen.«

»Haben Sie denn schon eine Vorstellung, was für Geräte das waren?«, fragte Carter. »Welche Modelle? Hersteller? Dann könnten wir herausbekommen, wer sie gekauft hat.«

»Daran habe ich auch schon gedacht.«

»Und?«

»Ich hatte danach gesucht, Sir, als Sie eben hereinkamen. Die Information könnte irgendwo in den Logs versteckt sein, und wenn wir andere gekaperte Masten finden, erhalten wir möglicherweise weitere Daten.«

»Gute Arbeit.« Carter setzte die Kaffeetasse auf einen Beistelltisch ab und zückte sein Mobiltelefon. »Schicken Sie mir alles, was Sie herausgefunden haben. Ich lasse ein Technikerteam nach weiteren Masten suchen. Wir müssten welche finden, sobald wir wissen, auf welcher Route die US Marshals zur Farm gekommen sind und in welcher Richtung Black Rose sich abgesetzt hat. Dann könnten wir ihm vielleicht sogar zu seiner Basis folgen, als hätte er eine Fährte aus Brotkrumen gelegt.« Er nickte Nadia zu. »Sehr gut, Agentin Shirazi.«

Sie lächelte. »Danke, Sir.«

Carter wandte sich ab, während er eine Nummer in sein Handy tippte, und verließ das Zimmer.

Nadia arbeitete wieder so konzentriert an der Tastatur, dass sie gar nicht bemerkte, wie Ackerman sich auf einen Stuhl setzte, der näher an ihrem Bett stand.

»Nadia«, sagte er.

Sie zuckte zusammen und blickte ihn an.

»Ich muss etwas mit Ihnen besprechen.«

»Kann das nicht ein bisschen warten? Ich wollte gerade …«

»Ich hätte es gern erledigt. Die Geschichte meiner kleinen Schwester Maggie kennen Sie ja zum Teil. Ihr ganzes Leben wurde von einem Serienmörder überschattet, den man den Taker nannte. Am Ende hat Maggie sich geopfert, um diesen Mann mit in den Tod zu reißen und mich zu retten. Und bevor auch Sie einen Weg einschlagen, der so enden könnte, möchte ich Ihnen etwas sagen: Ich werde Black Rose nicht für Sie töten. Ein solcher Mann bin ich nicht mehr. Und vor allem werde ich nicht zulassen, dass Sie sich opfern, um dieses Monster aufzuhalten.«

Nadia nickte. »Also gut. Ich hätte auch nie von Ihnen erwartet, dass Sie diese Bestie für mich umbringen. Aber wenn der Augenblick gekommen ist, dann hoffe ich, dass Sie sich mir nicht in den Weg stellen.«

Ackerman hob den Blick zur Zimmerdecke und schüttelte den Kopf. »Ich selbst, Nadia, habe sehr oft Rache genommen. Ich habe Blut vergossen. Ich habe noch immer die Schreie derjenigen in den Ohren, die mir Unrecht zugefügt hatten. Doch in all dem Blut und Schmerz habe ich nie etwas gefunden, das Erfüllung oder gar Erlösung auch nur nahekommt. Nach den Jahren in Mexiko habe ich eine Zeit lang in Charleston gelebt, Nadia, Ihrer Heimatstadt. Ich kam in die USA zurück und spürte einen Mann auf, der mir Unrecht angetan hatte, als ich noch ein Kind war. Er war Priester in einer Gemeinde in Charleston.«

»Was ist aus ihm geworden?«

»Er ist tot. Und er starb auf schreckliche Weise. Ich hätte andere Wege beschreiten können, habe es aber nicht getan, weil ich mich hinreißen ließ. Das war dumm, Nadia. Ich muss noch heute dafür bezahlen«, er wies auf seine Brust, »tief hier drin. Machen Sie nicht den gleichen Fehler.«

23

Charleston, Louisiana, viele Jahre zuvor

Die Gräueltaten seines Vaters erfüllten den jungen Francis Ackerman junior mit Entsetzen und stellten ihn immer wieder vor unlösbare Rätsel, denn seinen unberechenbaren Dad zu fragen, wagte er nicht. Es waren furchtbare, menschenverachtende Taten; deshalb kam es dem Jungen besonders seltsam, ja zynisch vor, dass sein Vater regelmäßig den Gottesdienst in der örtlichen katholischen Kirche besuchte, wobei er stets Wert darauf legte, von seinem Sohn begleitet zu werden: Eine Stütze der Gemeinde wie Francis' Vater musste wenigstens nach außen hin die Illusion schaffen, ein guter Christenmensch zu sein, der auch den eigenen Sohn nach christlichen Werten erzog. Also saßen sie jeden Sonntag andächtig in einer der Kirchenbänke und hörten dem Priester zu. Dabei wusste Francis junior aus eigener qualvoller Erfahrung, dass sein Vater ein Ungeheuer war.

Dem jungen Francis kam oft der beängstigende Gedanke, sein Vater könne sich plötzlich auf die Kanzel des Gotteshauses stellen und predigen. Vermutlich konnte er die ganze Gemeinde dazu bringen, nach Hause zu gehen und erst die eigenen Kinder und dann sich selbst umzubringen. Francis Ackerman senior besaß eine charismatische Ausstrahlung; er hätte eine Sekte gründen und eine Schar ergebener Jünger um sich sammeln können. Es wäre eine Gemeinschaft aus Fanatikern geworden, die alles übertroffen hätte, wovon man je in den Nachrichten gehört oder in den Zeitungen gelesen hatte. Eines Tages, da war sich der junge Francis sicher, hätte Dad seinen Anhängern befohlen, irgendein tödliches Gebräu zu trinken, damit sie durch die Gnade eines Gottes erlöst würden, den Francis Ackerman senior selbst sich ausgedacht hatte. Danach würde er sich von ihrem Geld ein schönes Leben machen – voller Befriedigung darüber, dass er seine Anhänger als die unwissenden Schafe, die sie waren, in den Tod geführt hatte.

Im Alter von neun Jahren wurde Francis junior gefragt, ob er Messdiener werden wolle. Obwohl seinem Vater die Vorstellung keineswegs gefiel, weil er befürchtete, jemand könnte die Nase zu tief in seine privaten und sehr delikaten Angelegenheiten stecken, gestattete er dem Jungen schließlich, diese Verantwortung zu übernehmen. Dabei ging es dem Senior hauptsächlich darum, sein eigenes Ansehen und seinen Ruf als frommer Christ innerhalb der Gemeinde zu vergrößern.

Sein Sohn, Francis junior, war in der Gemeinde gut gelitten. Alle mochten den hochgewachsenen, charmanten jungen Mann. Die Qual in seinen Augen schienen die Leute zu übersehen – bis auf Francis senior, der sich voller Stolz und Genugtuung an den Qualen seines Sohnes ergötzte, weil er wusste, dass der einzige Gott, den Francis junior fürchtete, kein himmlischer Vater war, sondern der Mann, der ihn gezeugt hatte. Zweifellos hatte der Junge mehr von Francis senior vererbt bekommen als nur physische Merkmale. Er wusste es noch nicht, aber auch die Fähigkeit seines Vaters, Menschen für sich einzunehmen und gleichzeitig zu täuschen, war auf ihn übergegangen.

Zu dieser Zeit seines Lebens glaubte der junge Francis noch daran, dass eine höhere Macht ihn vor seinem Erzeuger retten könne. Als er seine Zeit als Messdiener begann, glaubte er zuversichtlich, der Himmel habe jemanden geschickt, um ihn aus seiner persönlichen Hölle in ein gelobtes

Land zu führen, wo er vor den Nachstellungen seines Peinigers sicher sei. Er war überzeugt davon, sein Retter sei ihm in Gestalt des Gemeindepriesters gesandt worden, der sich mit ihm angefreundet hatte. Frank hatte keine Freunde, verbarg jedoch sein tiefes Verlangen nach der Nähe zu anderen Menschen, die sein Vater ihm verweigerte.

Der Priester war ein Mann Mitte dreißig mit sandbraunem Haar und freundlichen Augen, der jeden einlud, ihn in der örtlichen katholischen Kirche, in der er die Gottesdienste feierte, zu besuchen. Er war ein sanfter Mann, der nie die Stimme erhob, und er schenkte dem jungen Francis jenes mitfühlende Ohr, das ihm so lange gefehlt hatte. Sie sprachen nie über Dinge von Bedeutung, aber das spielte keine Rolle. Ihre Gespräche füllten eine Leere in Francis' Innerem, die stets Teil seines jungen Lebens gewesen war. Immer häufiger stellte er sich vor, wie der junge Priester ihn vor seinem Vater rettete. Er malte sich aus, wie der Geistliche ihn mitnahm in eine andere Welt, wie er ihn als eigenen Sohn aufzog und ihm jene Liebe schenkte, die er so verzweifelt begehrte. Denn trotz aller Bemühungen seines Vaters, das Gegenteil zu bewirken, war Francis' Seele nicht schwarz vor Hass. Noch immer war er imstande, andere zu lieben.

Für den Priester war ihre Beziehung vermutlich nicht sehr bedeutsam; jeder Außenstehende hätte sie nur als oberflächliche Bekanntschaft betrachtet. Für Francis junior aber war es eine so innige Freundschaft, wie er sie nie gekannt hatte – ein tieferes Verhältnis als alle, die er danach für lange Zeit kennenlernen sollte. Francis liebte den jungen Priester auf die gleiche Weise, wie er seinen Bruder liebte. Was für den Priester nur eine flüchtige Bekanntschaft bedeutete, war für den Jungen der Mittelpunkt der Welt, die einzige Freude in seiner tristen Existenz und die einzige Zuflucht vor der

Hölle, in der er lebte. Der Priester war wie ein Licht, das in dem dunklen, kalten Kerker leuchtete, in dem Francis sein bisheriges Leben verbracht hatte.

Genau das war der Grund, weshalb der Junge eines verhängnisvollen Tages beschloss, sein Inneres offenzulegen und dem Priester die Qualen zu offenbaren, die er dem wahnsinnigen Genie seines Vaters verdankte.

Francis junior wartete geduldig neben der Tür zum Büro des Priesters. Obwohl er sich bemühte, die Beherrschung zu wahren, zitterte er wie ein Blatt im Wind. Er wagte nicht, sich vorzustellen, was sein Vater ihm antun würde, wenn er erfuhr, was sein Sohn an diesem Tag vorhatte. Auf der anderen Seite spielte es keine Rolle mehr, was sein Vater mit ihm anstellen würde; einen weiteren Tag im Haus dieses Verrückten würde er ohnehin nicht überleben.

Francis *musste* etwas ändern, musste sich widersetzen und die Ketten der Angst sprengen, die ihn so viele Jahre lang gefesselt hatten. Dann würde auch seiner Mutter und den vielen anderen Opfern ein wenig Gerechtigkeit zuteil, und endlich würde der Schleier der Täuschung heruntergerissen, hinter dem sein Vater sich verbarg. Alle Welt würde das schwarze, seelenlose Gespenst erblicken, das hinter der Fassade des beliebtesten Bürgers der kleinen Stadt lauerte.

Bald darauf erschien der Priester. Er sah Francis dessen Angst und Unruhe an, bat ihn besorgt in sein Büro und schloss die Tür. Als er Francis fragte, was los sei, brachen die Dämme. Der Junge vertraute ihm alles an, was ihn bedrückte. Er erzählte ihm von den Opfern seines Vater, die im weitläufigen Keller des Hauses ein grausames Ende gefunden hatten, und berichtete von den schrecklichen Dingen, die sein Dad auch ihm antat. Er breitete all den Schrecken in grässlichen Details vor dem entsetzten Priester aus, der geschockt dasaß und versuchte, die auf ihn einstürmende

Flut des Grauens zu bewältigen. Francis' Worte verschlugen ihm die Sprache.

Seltsamerweise aber schien er nicht gänzlich erfassen zu können, was Francis ihm anvertraute. Und was noch schlimmer war: Er konnte sich nicht zu entschlossenen Schritten durchringen. Francis sah die Zweifel und Fragen in den Augen des Priesters.

Was kann ich tun?, stand in diesen Augen zu lesen. *Was* soll *ich tun?*

Damals wusste Francis noch nichts von den inneren Qualen des jungen Geistlichen und kannte nicht den Grund für dessen Zögern. Er wusste noch nicht, dass sein Schicksal unlösbar mit den Taten eines anderen Jungen namens Albert Riley verknüpft war. Francis sollte die Wahrheit erst Jahre später erfahren.

Albert war ein dreizehnjähriger Messdiener an einer anderen Gemeinde ganz in der Nähe. Und ähnlich wie Francis hatte Albert sich an den Priester gewandt und behauptet, sein Vater habe sich an ihm vergangen. In Alberts Fall hatte der Priester nicht gezögert und umgehend die Behörden verständigt, die den Jungen in Obhut nahmen, während der Vater von der Polizei verhaftet wurde.

Alles wäre gut gewesen, hätte der Priester nicht am Ende erfahren, dass der Junge ihn belogen hatte. Albert Riley hatte seinen Vater nur deshalb bezichtigt, weil er sich ungerecht behandelt fühlte und seine Eltern bestrafen wollte. Bei den Ermittlungen stellte sich heraus, dass die Vorwürfe des Jungen völlig haltlos waren. Am Ende gab Albert offen zu, sich seine Behauptungen aus den Fingern gesogen zu haben.

Doch der Schaden war angerichtet. Die Vorwürfe gegen Alberts Vater wurden zwar fallen gelassen, aber nachdem das Wort »Kinderschänder« erst ausgesprochen war, blieb es an dem Mann haften. Der Verdacht, der wie eine düstere Wolke über ihm schwebte, verschwand nie mehr. Immer gab es jemanden, der trotz gegenteiliger Beweise überzeugt war, dass Riley ein Pädophiler und zu Unrecht davongekommen sei.

Riley wurde misstrauisch beäugt, wenn er die Straße entlangging. Mütter nahmen ihre Kinder an die Hand, wenn sie ihn nur sahen. Passanten wichen ihm aus. Trotz seiner Unschuld war Alberts Vater als Kinderschänder gebrandmarkt, verlor seinen Job und sah sich am Ende gezwungen, die Stadt in Schimpf und Schande zu verlassen und wegzuziehen, um dem Makel zu entgehen, mit dem der eigene Sohn ihn befleckt hatte.

Der Priester war überzeugt, zu einem Teil für das Leid verantwortlich zu sein, das die Rileys erdulden mussten. Damals hatte er sich geschworen, nie wieder vorschnell und nur eines Vorwurfs wegen zu handeln, ohne dass es klare Beweise gab. Deshalb zögerte er, Francis zu helfen.

Auf diese Weise beeinflusste die Tat eines lügenhaften Jungen namens Albert Riley unmittelbar den Lauf von Francis Ackermans Leben – wie der berühmte Schmetterling, der in Japan mit den Flügeln schlägt und einen Sturm heraufbeschwört, der Los Angeles trifft. Rileys Lügen hatten vernichtende Wirkung auf das Leben Francis Ackermans. Hätte der Priester ihm damals geholfen, wäre Francis wohl nie zu dem berüchtigten Killer geworden, der Kriminalgeschichte geschrieben hatte. Er wäre den zahllosen Menschen, die er auf dem Gewissen hatte, womöglich nie begegnet.

Damals jedoch, bei jener schicksalhaften Begegnung, kauerte der junge Francis angespannt auf der Kante eines weichen roten Ledersessels im Büro des Priesters, nachdem er die letzten verstörenden Details seines Schreckensberichts vorgebracht hatte. Atemlos saß er da, suchte im Gesicht des Priesters nach einer Reaktion und betete im Stillen, dass der Mann, der schockiert seine Blicke erwiderte, die Tür jener Gefängniszelle aufschloss, die Francis' Zuhause war, solange er denken konnte.

Dem Priester war seine Ratlosigkeit deutlich anzusehen. Verzweifelt überlegte er, was er tun sollte, ohne den gleichen Fehler zu begehen wie bei dem Lügner Albert Riley. Schließlich sagte er zu Francis: »Warte draußen, ja? Ich muss nachdenken, was zu tun ist.«

Francis war enttäuscht. War das alles? Die einzige Reaktion, zu der dieser Priester fähig war? Jedenfalls war es nicht die Antwort, die Francis sich in seinen Träumen ersehnt hatte, keine Brücke zur Freiheit und in ein neues, besseres Leben.

Verzweifelt wartete Francis auf die Antwort des Priesters und klammerte sich an den letzten Rest von Zuversicht. Der Mann konnte ihn doch unmöglich im Stich lassen bei all den Schrecken, von denen er nun wusste!

Doch Francis' Hoffnungen, dass der Priester sich als sein Retter erwies, starben endgütig, als der Mann aus seinem kleinen Büro zurückkam und Francis informierte, dass er dessen Vater angerufen habe. Ackerman senior sei unterwegs hierher, um mit ihm, dem Priester, über Francis' Behauptungen zu sprechen.

Für Francis brach eine Welt zusammen. Er konnte es nicht fassen. Panik überfiel ihn, als ihm klar wurde, dass er weiterhin hilflos seinem wahnsinnigen Vater ausgeliefert sein würde, dessen größter Ehrgeiz es war, den eigenen Sohn in ein mörderisches Monster zu verwandeln.

In diesem Moment erlosch der letzte Funke der Hoffnung, der in Francis' Innerem gebrannt hatte, und es blieb nichts als schwarze Leere, so kalt wie das All. In diese Leere ergoss sich eine Flut dunkler Emotionen, Hass und Zorn und Erbarmungslosigkeit. Es war eine Düsternis, die sich in den Monaten darauf immer mehr ausbreitete, bis die Seele des jungen Francis Ackerman selbst zur Finsternis geworden war.

Plötzlich fiel Francis das Atmen schwer. Ihm war, als stürze er durch eine endlose düstere Leere, die viel mehr war als nur die Abwesenheit von Wärme und Licht. Es war ein kaltes Universum, welches das Licht selbst verzehrte – eine Nacht, die bis in Ewigkeit keine Hoffnung auf einen Sonnenaufgang bot. Francis Ackerman junior hatte Angst, eine unbeschreibliche, alles durchdringende Angst, kalt und lähmend, die jede Faser seines Seins erfasste.

Francis kannte die Furcht besser als jeder andere, doch er konnte sich nicht ansatzweise vorstellen, mit welchen neuen Schrecken sein Vater ihn nun, in den Feuern seines Zornes, bekannt machen würde.

In diesem Moment starb etwas in ihm.

»Francis?«, hörte er die bange Stimme des Priesters wie aus weiter Ferne. »Was ist mit dir?«

Wie in Trance richtete Francis Ackerman junior den Blick auf ihn. Plötzlich grinste er, stand auf und bewegte sich langsam auf ihn zu.

Der Priester schrie. Nackte Panik lag in seiner Stimme.

In den Augen Francis Ackermans loderten die Flammen der Hölle.

24

Ezra Crane hatte an alles gedacht. Der Wagen stammte aus einer Kleinstadt in North Carolina, die Nummernschilder von einem Fahrzeug ähnlichen Modells und Fabrikats. Er hatte Graces Leiche im Auto verstaut und in einem Secondhandladen ein Hochzeitskleid gekauft, das er bar bezahlte. Im gleichen Laden hatte er außerdem eine Daunenjacke für sich selbst erworben. Die Absatzerhöhungen für seine Schuhe, die ihn in Situationen, in denen es sinnvoll für ihn war, fünf Zentimeter größer machten, besaß er schon länger. Obendrein trug er den Bart und die Nase, die er bereits im Untersuchungsgefängnis benutzt hatte, als er Eberschall zum Selbstmord zwang. Zum guten Schluss würde er sich eine schwarze Skimaske überziehen.

Nachdem er Graces Leichnam gesäubert und angekleidet hatte, lud Ezra die Tote in den gestohlenen Wagen und fuhr zu ihrem Ziel: auf den Washington Square an der Ecke Meeting und Broad Street, eine geschichtsträchtige Stätte im historischen Viertel von Charleston, gleich hinter dem Rathaus. Der Park war 1881 umbenannt worden, um George Washingtons ersten und einzigen Besuchs in Charleston zu gedenken. Offenbar hatte der Präsident einem der Honoratioren von Charleston gegenüber erklärt, er habe noch nie mit so vielen schönen Frauen getanzt wie bei den Festivitäten, mit denen man ihn in der blühenden Stadt in South Carolina begrüßt hatte. Martha Washington hörte, wie eine Anekdote besagt, von der Begeisterung ihres Gatten und sorgte dafür, dass er Charleston kein zweites Mal besuchte.

Das allerdings war nicht die historische Anekdote, die Ezra heute Nacht neu zu inszenieren gedachte. Der Washington Square war auch berühmt dafür, dass dort öffentliche Hinrichtungen stattgefunden hatten. Hier war eine der berühmtesten Serienmörderinnen aller Zeiten, Lavinia Fisher, für ihre Verbrechen gehängt worden. Lavinia war Besitzerin des Six Mile Inn gewesen und für den Tod vieler Reisender verantwortlich, die sie und ihre Komplizen von der Bürde der eigenen Existenz und ihrer irdischen Besitztümer befreit hatten. Wie die Legende behauptete, wurde Lavinia in ihrem Hochzeitskleid gehängt, während sie bis zuletzt darum flehte, dass jemand sie heiratete und vor dem Galgen rettete, denn der Richter hatte ein damals gültiges Gesetz umgangen, das untersagte, eine verheiratete Frau durch Erhängen hinzurichten. Der clevere Richter hatte zuerst Lavinias Komplizen und Ehemann John Fisher aufknüpfen lassen, wodurch Lavinia zur Witwe geworden war, sodass sie am Halse aufgehängt werden durfte, bis sie tot war.

Ezra hatte entschieden, dass es Zeit sei für ein anderes Spiel. Er war es müde, Frauen zu willenlosen Werkzeugen zu machen, die er nach Lust und Laune beherrschen und benutzen konnte. Er sehnte sich nach einem stärkeren Nervenkitzel. Zum Beispiel, indem er eine Verbindung zu den Cops aufbaute, die nach ihm fahndeten.

Es war halb drei in der Nacht, und die Straßen waren leer, als Ezra am Washington Square hielt und seinen ausgeklügelten Plan in die Tat umsetzte. Er ging auf die andere Seite des Fahrzeugs und hob Graces Leiche vom Beifahrersitz, was ihm dank seiner Körperkraft keine Mühe machte. Er trug sie zu einer Stelle, wo ein kräftiger Baumast weit über eine schattige Rasenfläche ragte.

Die Metallschnur hatte er Grace bereits um den Hals gelegt. Am anderen Ende befand sich eine Unterlegscheibe, die er am Boden befestigen konnte, sobald er fertig war, und die der Schnur ausreichend Gewicht verlieh, um sie über den Ast werfen zu können. Nachdem er das erledigt hatte, stellte er den Fuß auf die Schnur, zog Grace in die Höhe und befestigte die Unterlegscheibe mit einer großen Schlüsselschraube, die er mit einem Impulsschrauber festzog, zwischen zwei Ziegeln des Gehwegs.

Das Ganze dauerte weniger als zwei Minuten.

Ezra warf einen letzten Blick aus dem Seitenfenster auf Grace, die sanft hin und her pendelte. Ihr Hochzeitskleid wogte im leichten Wind.

Zufrieden fuhr Ezra davon und verschwand in der Nacht, ohne dass jemand etwas bemerkt hatte. Für den unwahrscheinlichen Fall, dass es doch Zeugen gab, trug er eine schallgedämpfte Neun-Millimeter-Pistole in seiner Jacke. Später würde er den Wagen in Brand setzen und dafür sorgen, dass keine Spuren blieben, die zu ihm führen konnten. Dann endlich würde er die lästige Verkleidung ablegen und wieder ein Gespenst sein, lautlos und gewichtslos, ein Schemen, das sich in die Nacht hinein- aus ihr herausbewegen konnte, wann immer es wollte. Das war Teil seiner Legende. Und Ezra Crane konnte beinahe spüren, wie diese Legende immer wundervoller und fantastischer wurde.

25

Nachdem er einer ebenso schockierten wie faszinierten Nadia seine Geschichte über den Priester erzählt hatte, entschuldigte sich Ackerman, um sich auf die Reise am folgenden Tag vorzubereiten. Er kehrte in sein Büro zurück, packte seine Sachen, setzte Theodore mithilfe eines Uber-Fahrers bei Consuela ab und holte die Harley-Davidson Softail aus dem Zentrallager. Eine frische Batterie und einen Kanister Benzin brachte er mit. Zum Glück waren die Reifen nicht so platt, dass er sich ihretwegen Gedanken machen musste, und er konnte unterwegs an einer Tankstelle halten, sie aufpumpen und den Kraftstoff auffüllen.

US Marshal Knox hatte er bereits kontaktiert und ihn wissen lassen, dass sie beide um halb vier morgens aufbrechen würden. Als Treffpunkt nannte Ackerman ihm eine Stelle nicht weit vom Highway entfernt. Den Grund für die frühe Abreise hatte Ackerman ihm jedoch verschwiegen: Der Vorhersage zufolge würde es tagsüber regnen, und er wollte mit der Harley von Virginia nach South Carolina fahren. Pech für Knox, dass er, Ackerman, während der siebenstündigen Fahrt nicht mit ihm im Auto sitzen würde. Er wusste, dass der Senior Inspector ihn liebend gern ausgehorcht hätte.

Als Ackerman wieder im Krankenhaus eintraf, war es halb drei. Es überraschte ihn nicht, Nadia wieder am Computer vorzufinden. Er zog sich einen Stuhl heran. »Was Neues?«

Nadia schaute zu ihm und musterte sein Gesicht. »Die Beule an Ihrer Stirn sieht übel aus.«

»Nur ein Kratzer.«

»Sie wurden von einem Auto angefahren.«

»Ich bin eher von dem Auto abgeprallt.«

Nadia wandte sich wieder ihrer Beschäftigung zu. »Aber Sie mögen ja den Schmerz, also fühlt es sich für Sie wahrscheinlich toll an.«

Ackerman streckte die Hand aus, schloss den Deckel des Laptops und schaute ihr in die Augen. »Wir müssen reden, Nadia. In zwei Stunden breche ich nach Charleston auf.«

Nadia lief rot an und richtete den Blick auf den zusammengeklappten Laptop. Schließlich sagte sie: »Die Antwort ist immer noch nein. Ich will meinen Vater nicht in die Sache hineinziehen, bevor es wirklich erforderlich ist.«

»Und ich sage Ihnen, dass es schneller erforderlich sein wird, als Sie glauben. Als wir den Hinweis auf ein mögliches Leck innerhalb des FBI bekamen, war das eine Ermittlungsrichtung, die wir einschlagen konnten. Ich habe auch vor, diesen Benny Pace aufzusuchen – den Typen, der Sie auf dem College gestalkt hat. Vielleicht ist er unser Killer, wer kann das sagen. Aber wenn wir auf diese Weise nicht weiterkommen, muss ich mit Ihrem Vater reden. Wie Sie sicher schon selbst überlegt haben, könnte Black Rose Sie zum ersten Mal bemerkt haben, als Sie Ihren Vater in seiner Firma besuchten.«

»Das wissen wir aber nicht. Genauso gut ist denkbar, dass er mich an diesem Tag am Strand gesehen und beschlossen hat, mich …« Ihre Stimme verebbte.

»Wahrscheinlicher ist«, widersprach Ackerman, »dass er Sie eine Zeit lang aus der Entfernung beobachtet hat, was bedeutet, dass er zu Ihrem Umfeld gehörte, auf welche Weise auch immer. Dass der Kosename ›Nadi‹ gefallen ist, den Ihr Vater Ihnen gegeben hatte, mit dem Sie aber auch dieser Irre in der Scheune angesprochen hat, deutet darauf hin, dass Ihr Vater zumindest am Rande in das alles verwickelt ist.«

»Nicht unbedingt.« Nadia schüttelte den Kopf. »Ich könnte ihn falsch verstanden haben, oder er hat sich diesen Kosenamen selbst ausgedacht. So furchtbar originell ist er ja nicht gerade, und …«

Ackerman hob eine Hand, und Nadia verstummte. »Falls Sie glauben, Nadia, Sie könnten mich davon abbringen, irren Sie sich. Hier stehen Menschenleben auf dem Spiel. Um ehrlich zu sein, bin ich ein ziemlich kläglicher Ermittler. Mein Bruder war der Cop in unserem Team. Ich verstehe mich besser auf die eher grobe Vorgehensweise. Ich bin nicht clever genug, um mir eine andere Möglichkeit auszudenken, an Ihren Vater heranzukommen.«

Nadia schluckte. »Ich weiß, aber vielleicht haben Sie ja Glück bei Benny, oder es ergibt sich etwas anderes.«

»Warum wollen Sie nicht, dass wir mit Ihrem Vater reden? Was ist zwischen Ihnen beiden vorgefallen?«

Nadia schaute zur Seite und biss die Zähne zusammen. Ackerman sah, wie ihr Tränen in die Augen traten.

»Sagen Sie es mir«, bat er sie.

»Seit dem Tag nach meiner Vergewaltigung durch den Black Rose Killer habe ich nicht mehr mit Dad gesprochen«, antwortete Nadia. »Ich wollte der Polizei helfen, diese Bestie zu fassen, aber Vater hat mir untersagt, mich den Ermittlern zur Verfügung zu stellen. Er meinte, Gott habe mich für mein Verhalten bestraft. Wenn ich mich wie eine Hure benähme, sagte er, würden mich die Leute auch wie eine Hure behandeln. Mit siebzehn ging ich von zu Hause weg und zog bei meiner Freundin und deren Mutter ein. Seitdem habe ich nicht mehr mit Dad gesprochen. Mir gefällt der Gedanke, dass ich aus seinem Gesichtskreis verschwunden bin, Frank. Es beruhigt mich. Ich will nichts mehr mit den Dingen von damals zu tun haben. Aber wenn Sie zu meinem Vater gehen, wird er wieder an mich denken und sich an alles erinnern, was damals gewesen ist und wie sehr ich ihn als Tochter enttäuscht habe.«

Ackerman bedeckte ihre Hände mit seiner Linken. »Niemand sollte so etwas durchmachen müssen wie Sie. Ein Vater sollte sein Kind schützen. Es ist bitter, was damals geschehen ist, aber wenn wir Black Rose fassen wollen, Nadia, geht das vermutlich nur über Ihre Vergangenheit, und da stehen Ihr Vater und seine Firma oben auf der Liste.«

Nadia rannen Tränen über die Wangen. »Ich weiß.« Sie blickte ihn an. »Denken Sie je über das nach, was *Ihr* Vater Ihnen angetan hat? Was für ein schreckliches Los *Sie* gezogen haben?«

»Früher schon, heute nicht mehr. Wenn wir zu viel an die Vergangenheit denken, zieht sie uns runter. Böse Erinnerungen sind wie Steine, und wenn wir sie festhalten, können wir nicht schwimmen und den Kopf über Wasser halten. Ich habe schreckliche Dinge getan, und mir sind schreckliche Dinge angetan worden. Aber das hat mich zu dem gemacht, der ich bin. Mein Vater hat mich auf diesen Weg gebracht – ein Weg, dem ich immer weiter gefolgt bin, weil es der einzige war, den ich kannte. Ich habe nie damit gerechnet, dass ich so lange lebe. Ich habe nie erwartet, alt zu werden, normal zu sein, eine Familie zu haben … Dinge zu tun und zu erleben, die mir etwas bedeuten. Ich habe damit gerechnet, mein Leben lang ein Killer zu sein, bis jemand mich stoppt. Aber dann habe ich es irgendwie geschafft, mich zu ändern und den Weg zurück ins Licht zu finden. Doch manches, was ich zerbrochen habe, kann nie mehr zusammengefügt werden. Was ich getan habe, wird mich für den Rest meines Lebens begleiten. Oft sehe ich die Gesichter der Menschen vor mir, die ich ermordet habe, höre ihre Schreie, spüre ihr Angst. Und was ich auch tue, ich werde nie etwas daran ändern können. Die Schatten meiner eigenen Vergangenheit werden mich immer verfolgen.«

Nadia schauderte. »Das ist furchtbar, Frank. Wie kämpfen Sie dagegen an? Wie können Sie das überstehen?«

»Ich denke nicht daran, was war – nur an die Aufgaben, die mir übertragen werden. Und derzeit lautet diese Aufgabe, junge Frauen zu retten und Black Rose zur Rechenschaft zu ziehen. Aber das bedeutet auch, ihn nach Möglichkeit lebend zu fassen.«

»Ich weiß, dass Sie sich geändert haben, Frank«, sagte Nadia. »Ich weiß, dass Sie versuchen, anders zu sein. Aber vielleicht könnten Sie noch ein einziges Mal eine Ausnahme machen und der alte Francis Ackerman sein … für mich.«

Ackerman schüttelte den Kopf. »Tut mir leid, aber das kann ich nicht. Ich kann solchen Wünschen nicht nachgeben. Nicht einmal für eine Sekunde. Es wäre viel zu gefährlich. Denn die Geister, die man ruft, wird man in manchen Fällen nicht mehr los.«

»Und wenn ich Sie bitte, Frank? Nur wenn dieses Ungeheuer tot ist, kann es wieder gut für mich werden.«

Ackerman stand auf. »Das stimmt nicht. Tod führt nur zu mehr Tod. Ich melde mich ich bei Ihnen, sobald wir in Charleston sind.«

Er ging, ohne zurückzublicken.

ZWEITER TEIL

Charleston

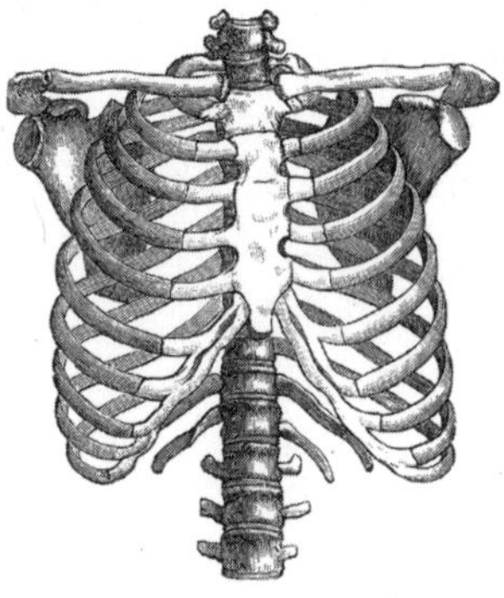

26

Senior Inspector Sebastian Knox vom US Marshals Service wickelte ein zweites Erdbeerkaugummi aus dem Papier und steckte es sich in den Mund. Während er das Aroma auf seiner Zunge zergehen ließ, schaute er auf die Armbanduhr. Es war 3:47 Uhr. Franklin Stine, der FBI-Sonderberater, hatte ihn für 3:30 Uhr hierherbestellt – eine Tankstelle direkt am Highway. Stine hatte keine Erklärung dafür genannt, aber Knox hoffte, dass er einen verdammt guten Grund hatte.

Während er in der Nachtkühle auf der Motorhaube seines Wagens saß, erinnerte ihn der Geruch der Zapfsäulen an zu Hause. Damals hatte er auf der Tankstelle seiner Eltern gearbeitet. Der Gedanke an zu Hause ließ ihn schneller kauen, und das Kaugummi verlor rasch seinen Erdbeergeschmack und wurde fad. Knox verzog das Gesicht. Im Grunde hasste er die verdammten Kaugummis. Damit angefangen hatte er erst nach der Beerdigung seiner Mutter. Seine Mom hatte Kaugummi geliebt. Knox hasste das Zeug vor allem deshalb, weil seine Mom es ihm ständig angeboten hatte.

Jahre später, auf ihrer Beerdigung, hatte er an ihrem offenen Sarg gestanden, als ihn mit einem Mal ein eigenartiges Gefühl überkam, das nichts mit Schmerz zu hatte. Knox' Beziehung zu seiner Mom war immer schwierig gewesen, doch er hatte sie geliebt. Und daran hatte sich kaum etwas geändert, auch wenn Knox sie für einige seiner gegenwärtigen Probleme verantwortlich machte. Jedenfalls hatte ihn am Sarg seiner Mom ein plötzliches Verlangen nach Kaugummi überfallen. Zuerst hatte er es auf die Trauer zurückgeführt und sich gesagt, dass nichts falsch daran sei, wenn er das Andenken seiner Mutter auf diese Weise ehrte, aber das Verlangen war gewachsen und zur Obsession geworden, sodass er sich gefragt hatte, ob damals am offenen Sarg irgendetwas vom Geist seiner Mom auf ihn übergegangen war, ihm nun anhaftete und sich von ihm ernährte wie ein Parasit, ihn unterdrückte und leersaugte. Der Gedanke war völliger Unsinn, das wusste Knox, doch er war beunruhigend.

Seufzend nahm er die beiden Kaugummistücke, auf denen er kaute, aus dem Mund, umhüllte sie mit dem Papier und warf sie in den Abfalleimer an einer Zapfsäule. Als er zum Wagen zurückwollte, hielt direkt vor ihm eine Harley-Davidson. Das Bike hatte eine schmale Frontverkleidung; der Tank war mit weißen Ghost Flames lackiert. Die Maschine sah aus, als gehöre sie einem Biker, der außerhalb des Gesetzes stand; sie war aufgemotzt, ohne auf irgendeinen Nutzen zu achten. Es war eine abgespeckte Version der Harley Softail, der sogar die Satteltasche fehlte.

Der Fahrer trug einen silbermetallic lackierten Helm. Ein schwarzes Halstuch mit weißen Paisley-Schnörkeln bedeckte sein Gesicht. Der Rest seines Körpers steckte in Ledersachen, von den Chaps bis hin zur Motorradjacke. Der Biker stellte die Maschine ab und zog das Halstuch herunter.

Franklin Stines Gesicht kam zum Vorschein.

»Müssen Sie noch pinkeln, bevor wir uns auf den Weg machen?«, fragte er.

Knox zeigte auf die Harley. »Ich verstehe nicht … Wollen Sie das Ding etwa hier stehen lassen?«

»Nein, wieso? Ich fahre nicht mit dem Wagen nach Charleston, ich fahre mit dem Bike. Ich halte es für besser, wenn dort jeder vor uns sein eigenes Fahrzeug hat. Deshalb müssen wir ja so früh aufbrechen, okay? Am späten Vormittag soll es regnen, und ich will vor dem Unwetter in der Stadt sein.«

»Zu schade«, erwiderte Knox. »Ich dachte, wir fahren zusammen. Dann hätten wir uns unterwegs ein bisschen besser kennenlernen können. Schließlich wollen wir zusammenarbeiten. Wir hätten über den Fall reden können und über Ihre Verwicklung darin.«

»Ich bin nicht in den Fall verwickelt. Ich bin nur ein Beobachter von Lüge und Wahrheit. Zumindest war ich das, bis Black Rose mich auf der Farm mit einem Chrysler 300 angefahren hat. Also, ich fahre mit der Harley.«

»Wie Sie wollen.« Knox zuckte mit den Schultern, suchte nach den richtigen Worten, obwohl er zuvor darüber nachgedacht hatte, was er Stine sagen sollte. Konfrontationen lagen Knox nicht – in Anbetracht seines Berufs eine schlechte Eigenschaft –, doch er wich ihnen auch nicht aus. »Ich habe versucht, ein bisschen über Sie und Ihren Hintergrund herauszufinden«, fuhr er schließlich fort. »Die üblichen Checks. Ich habe sogar meinen Vorgesetzten gebeten, sich bei Samuel Carter über Sie zu informieren, aber Ihre Akten und alles, was Sie je getan haben, ist als ›Geht-dich-nichts-an‹ eingestuft. Wie kommt das?«

Stine lächelte. »Ich versuche, die Bibel zu beherzigen und zu vergessen, was hinter mir liegt, um nur noch auf das Ziel vor mir zu schauen. Apropos Ziel, können wir uns jetzt endlich auf die Socken machen?«

Knox biss die Zähne zusammen. »Okay. Reden wir, wenn wir in Charleston sind. Sind Sie sicher, dass Sie den ganzen Weg auf diesem Monster fahren wollen? Das sind rollende Todesfallen. Ich habe gesehen, was von Leuten übrig bleibt, wenn sie mit dem Bike einen Unfall bauen.«

Stine wies auf den Highway und den bereits zu dieser

frühen Stunde lebhaften Verkehr, der an ihnen vorübertoste. »Weshalb sollte ich mir Gedanken machen? Das Leben ist zerbrechlich. Binnen eines Lidschlags kann einem alles weggenommen werden. Es ist leicht, sich ein Gefühl falscher Sicherheit zuzulegen, Knox. Ich lasse mich lieber auf die Zerbrechlichkeit des Lebens ein und genieße es hier und jetzt in seiner ganzen majestätischen Schönheit.« Er grinste. »Ich hoffe, Ihnen gefällt die Fahrt im Auto. Wir sehen uns in Charleston.«

Damit ließ Stine den Motor der Maschine wieder an, zog das Halstuch hoch, fuhr bis zur Ausfahrt der Tankstelle und jagte mit wummerndem Motor los.

Mürrisch ging Knox zu seinem Wagen. »Das hast du clever gemacht, du Blödmann«, schimpfte er auf sich selbst »Du musstest ja unbedingt hingehen und dem Kerl sagen, dass ihr zusammenarbeiten solltet. Wirklich genial. Du schaffst es immer wieder, dich reinzureiten.«

Als er sich hinter das Lenkrad setzte, nahm er das Päckchen Erdbeere-Bubblicious aus der Tasche und schob sich zwei Stück auf einmal in den Mund.

27

Ezra Crane wohnte in einer schicken Vorstadt Charlestons am anderen Flussufer. Das Haus war nicht übermäßig groß oder extravagant, doch es war hübsch und besaß eine Veranda, die das gesamte Gebäude umschloss. Natürlich war es nichts im Vergleich zu den palastartigen Herrensitzen, in denen sein Vater wohnte, doch Ezras Grundstück maß 25.000 Quadratmeter und verschaffte ihm ein gewisses Maß an Abgeschiedenheit, obwohl er nahe an einem städtischen Zentrum lebte. Niemals empfing er zu Hause Gäste. Er lud keine Freunde ein und hatte nie Besuch. Er gab keine Cocktailpartys und veranstaltete keine Pokerabende oder Zuschauerrunden im Wohnzimmer beim Football oder Baseball. Das Haus gehörte ihm, niemandem sonst. Es war sein kleines Königreich.

Als Ezra in die Einfahrt bog, beleuchteten die Scheinwerfer seines BMW i8 Roadster einen silbernen Bentley Mulsanne Speed, der vor dem Garagentor stand. Der Anblick der Limousine erfüllte Ezra mit Widerwillen – nicht nur wegen seiner Verachtung für den Besitzer des Luxusschlittens, sondern auch, weil der Bentley mehr als doppelt so viel gekostet hatte wie sein eigener Wagen.

Auf der anderen Seite war noch Platz, also umfuhr Ezra den Bentley, stellte den BMW in der Garage ab und machte sich auf die Suche nach dem ungebetenen Gast. Zwar aß er mit seinem Vater und dessen Geschäftspartnern öfters zu Abend, aber nie bei sich zu Hause, und niemals hätte er seinen Vater zu sich gebeten. Nun aber schien es, als hätte David Crane beschlossen, bei seinem Sohn vorbeizuschauen – und das um fünf Uhr morgens, was darauf hindeutete, dass es sich um keinen Höflichkeitsbesuch handelte.

Ezra fand seinen Vater auf der Veranda hinter dem Haus. Er saß in einem der beiden Schaukelstühle, die mehr dem schönen Schein dienten als der Bequemlichkeit, obwohl Ezra hin und wieder gern auf der Veranda saß und den Sonnenuntergang beobachtete, während er seine glorreichen Pläne schmiedete und zurechtschliff.

Ezra sagte nichts, als er sich seinem Erzeuger näherte. Sein Vater ließ sich nicht anmerken, dass er ihn bemerkt hatte, doch er wusste genau, dass sein Sprössling da war. David Crane blickte in die Schatten der Hemlocktannen und Virginia-Eichen auf dem hinteren Teil von Ezras Grundstück, das hinter den Bäumen in Marschland überging.

Ohne den Kopf zu drehen und seinen Sohn anzuschauen, sagte David: »Setz dich zu mir, Ezra.«

Ezra gehorchte und nahm auf dem anderen Schaukelstuhl Platz. »Welchem Umstand verdanke ich das Vergnügen, Dad?«, fragte er. »Bist du gekommen, um mir zu gratulieren? Ich habe gehört, dass die gefährliche Situation mit deinem Untersuchungshäftling sich von selbst geklärt hat.«

»Ja, aber das ist nicht der Grund meines Kommens. Ich fürchte, ich bin auf eine neue Bedrohung aufmerksam geworden, die das Potenzial hat, alles zu zerstören, wofür ich mein Leben lang gearbeitet habe.«

»Was immer diese Bedrohung ist«, sagte Ezra, »wir kümmern uns darum. *Ich* kümmere mich darum. Wie immer.«

David Crane verstand sich bestens darauf, seine Gefühle zu verbergen; diese Fähigkeit war entscheidend für sein jahrelanges Überleben im US-Kongress gewesen. Ezra jedoch, der ihm vermutlich näher war als irgendjemand sonst, kannte die kleinen verräterischen Zeichen bei seinem Vater. Er sah das kaum merkliche Zucken der Kiefermuskeln und das leichte Beben der Nasenflügel; beides deutete darauf hin, dass sein Vater versuchte, seine Wut zu verbergen. Dennoch sagte der alte Mann nichts, während er neben sich griff und eine braune Aktenmappe zum Vorschein brachte, die er Ezra reichte.

Ezra öffnete die Mappe und entdeckte eine Reihe gedruckter Fotos. Einige zeigten ihn bei seinem Job auf der Farm in Virginia, wo er das Team vom US Marshals Service ausgeschaltet hatte. Auf anderen Bildern war zu sehen, wie er November McAllister kidnappte. Wieder andere Fotos, aus der gleichen Nacht, zeigten ihn, wie er Graces Leiche beseitigte.

Ezra klappte die Mappe zu und legte sie auf den kleinen Tisch zwischen ihm und David. Seine Gedanken schweiften zu der schallgedämpften Neun-Millimeter-Pistole in seinem Schulterholster. Er dachte nicht zum ersten Mal daran, seinen Vater zu töten, wäre David Crane nicht viel mehr für ihn gewesen als nur ein Elternteil. Er war obendrein ein Wohltäter, ein Schutzschirm.

Ezra ließ das ungute Schweigen anhalten. Falls er sich mit David messen musste, was Geduld und Willensstärke anging, würde er mühelos gewinnen.

Schließlich sagte David: »Was würdest du vorschlagen, als mein persönlicher Müllmann? Wie soll ich dieses Problem aus der Welt schaffen?«

Ezra ließ sich nicht provozieren. »Sag mir lieber, dass du nicht irgendeinen armen Privatschnüffler mit hineingezogen hast.«

»Natürlich nicht. Ich habe dich von Sergei beschatten lassen, denn ich hatte den Verdacht, dass du deine alten Gewohnheiten wieder aufgenommen hast.« Sergei Wassilik war ein berüchtigter ukrainischer Mafioso und langjähriger geheimer Freund der Familie. Die Väter Davids und Sergeis waren alte Freunde; David kannte Sergei, seit er ein Kind war. Sergei wiederum kannte Ezra seit dessen Geburt.

»Weißt du, was sie mit mir machen, wenn du jemals erwischt wirst?«, fragte David. »Ich wäre erledigt. Ich würde alles verlieren. Die Haie würden das Blut im Wasser wittern und mich bei lebendigem Leib fressen. Ich dachte, wir hätten solchen Dingen ein Ende gemacht.«

Ezra blickte seinem Vater in die Augen. »Macht bedeutet, sich niemals entschuldigen zu müssen. Das hast du mir beigebracht.«

»Was stimmt nicht mit dir, verdammt? Du könntest jedes Mädchen haben, das du willst. Warum musst du losziehen und so etwas tun? Besorg dir ein hübsches Callgirl, oder geh zu einer Prostituierten. Niemand wird mich kreuzigen, wenn herauskommt, dass du ein Hurenbock bist. Aber wenn alle Welt erfährt, dass du ein Vergewaltiger und Serienmörder bist, bin ich am Ende.«

Sein Vater hatte die Maske fallen lassen. Die Ader an der Stirn des alten Mannes trat deutlich hervor, wie immer in solchen Augenblicken. Ezra beobachtete es mit Freude. Es war faszinierend, wie Physiologie und Mimik seines Vaters sich änderten, während er seine Tirade vom Stapel ließ. Ezra hoffte, dass der Alte einen Herzschlag erlitt, aber so viel Glück konnte man wohl nicht verlangen. Seine Gedanken wanderten wieder zu der Pistole unter seinem Arm. Wie einfach es wäre. Die Waffe ziehen und *plop, plop*. Ende und aus für David Crane. Der alte Mann hielt sich für mächtig, hatte aber keine Ahnung, was wahre Macht bedeutete. Dennoch, vorerst brauchte Ezra seinen Vater und dessen Schutz.

David Crane redete und redete, doch Ezra hatte das Interesse verloren und hörte kaum noch zu. Schließlich sagte David: »Vor ein paar Monaten bist du zu mir gekommen und hast gesagt, du wärst bereit, in meine Fußstapfen zu treten. Glaubst du etwa, du könntest es vor der Welt verheimlichen, wenn du für ein öffentliches Amt kandidierst? Ich hatte tatsächlich darüber nachgedacht, dich in die Politik zu bringen – in der nächsten Amtszeit wird ein Sitz im vierten Distrikt frei. Wir wollten dich als Kandidaten empfehlen. Aber da wird nichts draus. Du bist ungeeignet, in meine Fußstapfen zu treten. Du musst dir helfen lassen, Ezra. Oder glaubst du vielleicht, du könntest deinen kleinen privaten Tempel für das Shirazi-Mädchen verborgen halten? Du brauchst psychiatrische Hilfe. Du bist außer Kontrolle, Ezra.«

Ezra lächelte kalt. »Ich versichere dir, Vater, dass ich alles im Griff habe. Du brauchst dir um nichts Sorgen zu machen. Nächste Woche um die gleiche Zeit wird es keine Probleme mehr geben. Die Mädchen werden verschwunden sein, und der Black Rose Killer ist tot.«

28

Ackerman stoppte auf halber Strecke, um sich frisch zu machen und etwas zu trinken. Knox in seinem schwarzen Chevy Impala hatte sich den ganzen Weg lang dicht an ihn gehängt, obwohl Ackerman mit hundertfünfzig Sachen fuhr, um ein wenig von der Verspätung wettzumachen. Zum Glück blieb der Regen aus, und der Wind war erträglich, doch in der Richtung, in die sie unterwegs waren, sahen die Wolken düster und bedrohlich aus.

Als Ackerman vom Bike stieg, um sich frisch zu machen, hielt Knox nicht weit von ihm und winkte ihn zu sich. Er erklärte, er habe über Mobilfunk den leitenden Ermittler für den Fall in Charleston angerufen, wo die ersten beiden Opfer des Black Rose Killers im Schlamm des Marschlands aufgefunden worden waren. »Der Mann heißt Michelangelo Peretti. Leider kann er uns frühestens heute Nachmittag treffen. An einem Baum auf dem Washington Square wurde eine erhängte Frau gefunden. Sie trug ein Hochzeitskleid. Peretti sagt, es sei Mord gewesen. Jemand muss die arme Frau den Ast hochgezogen haben.«

»Hat er gesagt, ob ein Seil oder ein Kabel benutzt wurde?«

»Nein. Einzelheiten hat er keine verraten.«

Ackerman überdachte diese neue Entwicklung, war sich aber nicht sicher, was er zu diesem Zeitpunkt dazu sagen sollte. Es klang nach der Tat eines Serienmörders, aber der Mann, den sie jagten, hatte sich in der Vergangenheit noch nie so verhalten. Andererseits war die Entwicklung eines Killers ständig im Wandel; sein Appetit änderte sich, und er suchte nach anderen Möglichkeiten, das dunkle Verlangen zu stillen, das jeden wachen Moment seiner Existenz beherrschte, wie Ackerman aus eigener Erfahrung wusste.

»Danke für die Info.« Ackerman nickte Knox zu. »Lassen Sie uns jetzt erst einmal sehen, ob wir den ersten Verdächtigen ausschließen können. Der Mann, mit dem wir sprechen müssen, wohnt westlich von Charleston und arbeitet zu Hause. Ich wette, der Typ ist unvorbereitet, wenn wir ihm einen Besuch abstatten.«

Nachdem er den Waschraum aufgesucht hatte, verdrückte Ackerman sich in den hinteren Teil des MotoMarts, um ungestört zu sein. Als er eine ruhige Ecke gefunden hatte, rief er Nadia übers Handy im Krankenhaus an.

»Wir haben etwas mehr als die halbe Strecke hinter uns«, sagte er. »Der Detective in Charleston ist heute Vormittag beschäftigt, deshalb besuchen wir als Erstes Mr. Pace.«

»Benny Pace?«, fragte Nadia alarmiert.

»Ja. Deshalb möchte ich gern wissen, was für ein Gefühl Sie bei ihm haben, Nadia. Bei der Vorlage von Beweismaterial sind Sie immer zurückhaltend gewesen, aber ich muss wissen, was Sie wirklich denken, bevor ich Pace gegenübertrete.«

Am anderen Ende herrschte für einen Moment Stille; dann antwortete Nadia mit der gleichen Phrase, die sie immer benutzte, wenn ihr diese Frage gestellt wurde. »Zeitlich passt es. Außerdem ist er selbstständig und arbeitet zu Hause, also kann er sich die Zeit selbst einteilen.«

Ackerman seufzte. »Nennen Sie mir einen Prozentwert, für wie wahrscheinlich Sie es halten, dass Pace unser Mann ist.«

Nadia zögerte. »Vielleicht dreißig Prozent.«

»Das ist nicht gerade viel.«

»Ich weiß.«

»Ihr Vater ...«, sagte Ackerman an.

»Falls Sie meinen Vater aufsuchen, sagen Sie ihm nichts darüber, dass ich in den Fall verwickelt bin. Gehen Sie auf ihn zu, als ermittelten Sie wegen jemand anderem. Tun Sie einfach so, als wäre ich eine der jungen Frauen, die nicht überlebt haben. Ich möchte nicht, dass er auch nur an mich denkt.«

»In Ordnung. Ich werde Sie informieren, wie es mit Benny Pace gelaufen ist.« Nadia setzte zu einer Antwort an, doch Ackerman schnitt ihr das Wort ab. »Ich melde mich bei Ihnen, sobald wir bei ihm waren.«

29

Charleston lag zwischen den Flüssen Ashley und Cooper auf einer Halbinsel am Atlantischen Ozean. An der Südspitze, nicht weit von der Auffahrt zu dem Highway, auf dem sie zu Benny Pace gelangten, ragten hohe Wohn- und Hotelgebäude auf. Dort befand sich auch das Präsidium des Charleston Police Department. Das Gebäude bestand aus braunem Sandstein und ähnelte mehr einem Hotel als einem Polizeipräsidium. Hier sollten sie später Detective Peretti treffen; deshalb beschloss Ackerman, die Harley am Präsidium unterzustellen und den Rest des Weges mit seinem neuen Gefährten Sebastian Knox zurückzulegen.

Ackerman fand einen ruhigen Platz für das Bike, stieg zu Knox in den Wagen und nannte ihm die Adresse, die sie als Erstes anfahren mussten. Während er es sich auf dem Beifahrersitz des schwarzen Chevrolet Impala bequem machte, fügte er hinzu: »Ich nehme an, Sie möchten wissen, wer der Mann ist, den wir als Erstes aufsuchen.«

Knox schaltete und beschleunigte ein wenig schneller, als nötig war. Hörbar erbost, dass er so lange im Dunkeln gehalten worden war, entgegnete er: »Wenn Sie mich ins Bild setzen könnten, wäre das supernett.«

»Es handelt sich um Benny Pace. Bevor wir zu ihm fahren, sollen Sie wissen, dass meine Partnerin Nadia Shirazi eines der ersten Opfer des Black Rose Killers gewesen ist. Zumindest gehen wir davon aus.«

Stirnrunzelnd lenkte Knox den Impala auf den Highway, der ins Marschland südlich von Charleston führte. »Nadia Shirazi? Ihr Name taucht in keiner Akte auf.«

»Weil das Verbrechen niemals angezeigt wurde. Ihr Vater hat es nicht erlaubt. Wir halten es für möglich, dass Nadia das erste Opfer Black Roses gewesen ist. Das Objekt seiner Begierde, das er seitdem bei jeder neuen Entführung und jedem Mord vor sich sieht. Das Tattoo mit der schwarzen Rose stammt tatsächlich von Nadia. Sie trug es schon, bevor der Killer sich angewöhnte, seine Opfer zu brandmarken. Nadia war seine … sagen wir, Inspiration.«

Knox umfasste das Lenkrad und schwieg, schien die neue Information zu verarbeiten.

»Er hat Nadia überfallen, als sie siebzehn war. Nicht sehr viel später beging er seinen ersten Mord.«

»Ein verdammter Interessenkonflikt für jemanden, der an diesem Fall mitarbeitet wie Miss Shirazi«, sagte Knox.

»Ja. Aber wir wären dumm, wenn wir Nadias Expertise ablehnen würden. Sie hat diesen Fall sozusagen gelebt und geatmet, bevor sie überhaupt zum FBI kam. Unsere beste Spur zu Black Rose besteht darin, herauszufinden, wie seine und Nadias Wege sich in der Vergangenheit gekreuzt haben. Bevor er Nadia entführt hat, hat er sie begehrt, und um etwas begehren zu können, muss man es erst einmal sehen. Er hat ihr damals regelrecht nachgestellt. Und da er wohl noch jung und unerfahren war, hat er dabei möglicherweise Fehler begangen.«

»Warum holt er sie sich nicht wieder zurück, so wie all die anderen? Warum greift er sich Nadia nicht in der Nacht? Warum hat er sie in der Scheune nicht getötet oder entführt? Die Gelegenheit hatte er zweifellos. Zwei zum Preis von einer. Er hätte November McAllister gehabt und seine ursprüngliche Angebetete als Bonus noch dazu.«

Ackerman zuckte mit den Schultern. »Das sind alles gute Fragen, auf die wir Antworten finden müssen.«

»Und wer ist dieser Benny Pace? Wie passt er ins Bild?«

»Nadia hat hier das College besucht, an der Charleston Southern University. Während ihres Studiums schloss sie sich einer Studentinnenvereinigung an und wohnte im Verbindungshaus.«

»Ein Partygirl?«, fragte Knox.

»Wohl kaum. Sie sagt, es war eher eine akademische Verbindung.«

»So war das aber nicht, als *ich* aufs College ging«, erwiderte Knox. »Was haben wir die Sau rausgelassen!«

Ackerman wollte sich keinen nostalgischen Schwärmereien über die Collegezeit des Senior Inspectors aussetzen und fuhr fort: »Wie dem auch sei, als sie dort wohnte, trat ein Mann in ihr Leben, bei dem schnell klar wurde, dass er sie vergötterte. Jeden Tag kam er am Verbindungshaus vorbei. Ihr Studium verdiente sich Nadia, indem sie in einer Pizzeria arbeitete, also fuhr er auch dort immer wieder vorbei. Manchmal mehrmals am Tag, nur um einen Blick auf sie zu erhaschen. Das hatte ihr natürlich Angst eingejagt, besonders bei ihrer Vorgeschichte. Aber sie konnte nichts unternehmen, denn der Mann tat nichts Illegales. Dann allerdings fand eine ihrer Verbindungsschwestern versteckte Kameras in den Duschräumen. Die Polizei konnte die Geräte bis zum Käufer zurückverfolgen, einem gewissen Benny Pace, der sich als Nadias Stalker erwies. Pace wurde zu drei Jahren Haft verurteilt und saß davon eines ab, bis er wegen guter Führung entlassen wurde.«

»Bei einer solchen Vorgeschichte frage ich mich nur eins: Wenn Nadia sowieso an dem Fall arbeitete, weshalb hat sie sich den Kerl nicht schon längst vorgeknöpft?«

»Oh, das hat sie. Sie nahm sich zwei Wochen Urlaub und beschattete Pace in der Hoffnung, etwas zu entdecken, das sie gegen ihn verwenden konnte, irgendeinen Beweis für eine Straftat, aber sie hat ihre Zeit verschwendet.«

»Dann hat sie gar nicht offiziell an dem Fall gearbeitet, sondern alles auf eigene Faust gemacht?«

»Ja. Und genau das ist der Grund, weshalb nichts über Nadia in den Akten steht. Weil in der Vergangenheit wiederholt Schutzteams überfallen wurden, machten wir uns Sorgen, dass es beim FBI eine undichte Stelle geben könnte.«

Knox schnaubte. »Gut möglich.«

Ackerman überlegte, Knox von den Trackern zu erzählen, die Nadia entdeckt hatte, fand aber, dass er während dieser Fahrt schon mitteilsam genug gewesen war. Außerdem würden sie in etwa fünf Minuten bei Benny Pace eintreffen.

Sie folgten einem idyllischen Highway, über den sich ein Blätterdach spannte, das von alten Virginia-Eichen und Kriechwacholder stammte. Immer wieder überquerten sie auf Brücken kleine Geländestreifen aus Sumpfgras und Wasser. Knox versuchte noch immer, Ackerman Informationen zu entlocken, doch er antwortete nur ausweichend, bis sie vor einem verwitterten zweistöckigen Haus mit breiter Fassade hielten. Ackerman fühlte sich durch die scheunenartige Form und die Fenster, die wie Augen auf der Fassade saßen, an das Haus aus *Amityville Horror* erinnert. Der Garten war verwildert, die Geräteschuppen wirkten baufällig. Ackerman nahm an, dass Benny Pace kein Freiluftmensch war und keinen Werkzeugschuppen brauchte.

Bevor er aus dem Wagen stieg, sah er Knox in die Augen. »Übrigens sollte ich Ihnen wohl sagen, dass ich mit unkonventionellen Methoden arbeite, wenn es nicht anders geht.«

»Tatsache? Dabei kommen Sie einem so nullachtfünfzehn vor.«

»Keine schlechte Tarnung für einen Mann, der mehr Leute umgebracht hat, als in Ihrem glorreichen Marshals Office arbeiten, was?«, erwiderte Ackerman.

Knox lachte. »Sie sind ein Scherzkeks. Haben Sie überhaupt schon mal eine Leiche gesehen?«

Manchmal ist Unwissenheit ein Segen, ging es Ackerman durch den Kopf. »Ziehen Sie einfach mit, Knox, und kommen Sie mir nicht in die Quere, wenn ich ein bisschen eigenwillig werde.«

30

Ackerman klopfte an Benny Paces Haustür. Die Klingel hatte er bereits gedrückt, ohne dass jemand reagiert hätte.

Er klopfte erneut, nachdrücklicher. Immer noch nichts.

»Hat er uns erwartet?«, fragte Knox.

»Natürlich nicht. Ich wollte ihn überrumpeln.« Ackerman holte eine kleine Vorrichtung mit einem Saugnapf aus der Jackentasche und setzte sie auf die Glasscheibe eines Fensters. Aus einer anderen Tasche brachte er zwei Ohrhörer zum Vorschein, setzte sie ein und rief eine App auf seinem Smartphone auf. In dem Saugnapf steckte ein starkes Parabolmikrofon, das seine Daten ans Handy sendete. Die Software filterte das mechanische Brummen von Klimaanlagen, Heizungen und dergleichen heraus und suchte gezielt nach den Frequenzen von Stimmen und anderen menschlichen Lautäußerungen.

»Nettes Spielzeug«, sagte Knox, doch Ackerman ignorierte ihn. Stattdessen lauschte er den unverkennbaren Geräuschen im Innern des Hauses, die offenbar aus einem Pornofilm stammten: Stöhnen, Keuchen, leise Schreie.

»Aber hallo!«, sagte er grinsend.

Knox runzelte die Stirn. »Was ist? Was hören Sie?«

»Ich weiß jetzt, warum niemand an die Tür kommt«, sagte Ackerman trocken. »Wer immer da drin ist, zieht sich einen XXX-Film rein und ist offenbar voll bei der Sache.«

»Sie meinen, er …«

»Ja. Ich nehme an, unser hormongeflashter Mr. Pace verfolgt den Sexfilm mit vollem Körpereinsatz. Ist nicht zu überhören.«

Knox meinte verlegen: »Dann ist es wohl besser, wir kommen später wieder.«

»Nein. Diesen Pace mit heruntergelassener Hose zu ertappen ist genau das, worauf ich gehofft habe.« Aus einer anderen Jackentasche zückte Ackerman eine Lockaid-Picking-Pistole und schob sie ins Schloss der Haustür.

Knox furchte die Stirn. »Was tun Sie da? Solche Dinger zum Schlösseröffnen dürfen nur mit einem Durchsuchungsbeschluss benutzt werden.«

»Keine Bange.« Ackerman entriegelte das Zylinderschloss und öffnete die Tür. »Die hier habe ich illegal erworben. Kann nicht zurückverfolgt werden.«

»Da bin ich ja beruhigt«, murmelte Knox.

Ackerman trat durch den Eingang. »Mr. Pace?«, rief er. »FBI. Ihre Haustür stand sperrangelweit offen. Ist alles in Ordnung?«

Die unverkennbaren Geräusche im Nachbarzimmer verstummten.

»Stören wir Sie bei … irgendwas? Brauchen Sie Hilfe?«, fragte Ackerman unschuldig.

Er hörte, wie Stoff raschelte, ein Gürtel klirrte und ein Reißverschluss eilig hochgezogen wurde. Dann streckte ein Mann den Kopf in den Flur.

»FBI?«, fragte der Mann mit hochrotem Gesicht. »Sie belieben zu scherzen.«

»Keineswegs.« Ackerman lächelte ihn an. »Ich nehme an, Sie sind Benny Pace.«

»Der bin ich. Was wollen Sie?«

»Wir haben ein paar Fragen.«

»Können Sie sich ausweisen?«

Ackerman und Knox zeigten ihm ihre Dienstausweise.

Pace starrte darauf. »Okay«, murmelte er.

»Wo können wir reden?«, fragte Ackerman.

»Kommen Sie mit«, sagte Pace mürrisch.

Er führte sie in ein Zimmer mit Holzvertäfelung und einer Tapete aus den Siebzigerjahren. In alten Vitrinen standen kleine Clownsfiguren. Es waren alle möglichen Arten von Clowns: hässliche Clowns, niedliche Clowns, lachende Clowns, traurige Clowns, Clowns, die Löwen durch brennende Reifen springen ließen, Clowns, die durch die Manege wankten.

»Setzen Sie sich«, forderte Pace sie auf.

Im Wohnzimmer standen zwei Sofas mit Blumenmuster, ein Lesesessel mit ausgebleichtem orangefarbenem Bezug und mehrere Couch- und Beistelltische. Jeden Couchtisch zierte ein Tafelaufsatz auf einem gehäkelten Zierdeckchen. Auch das Dekor schien aus den Siebzigern zu stammen, war aber von bester Qualität. Ackerman fielen die Fotos auf, darunter eines, das einen jungen Benny Pace mit mehreren gleichaltrigen Freunden zeigte, mit denen zusammen er auf einem alten Motorrad saß, einer Honda, sowie ein Bild von einem älteren Paar, das in die Kamera lächelte. Offenbar hatte Pace das Haus von den Großeltern geerbt und niemals aufgehübscht, zumindest nicht die Teile des Gebäudes, die er, nach der dicken Staubschicht zu urteilen, selten betrat. Offensichtlich hatte er kaum Gäste, falls überhaupt.

Pace war fast einen Meter neunzig groß, ging aber gebeugt, sodass er kleiner aussah. Er hatte sandblondes Haar, das durch Verfettung und nicht durch Stylinggel nach allen Seiten abstand. Tattoos zierten seine Arme; die Motive zeigten vor allem Videospiel- und Fantasyfiguren von Mario bis hin zu einem großen roten Drachen, der sich auf Paces Bizeps und unter dem T-Shirt räkelte. Auf dem Shirt stand: *Mein einziger Sport ist Biertransport.* Er hatte eine Zahnlücke und roch nach Marihuana und Schweiß.

Mit noch immer gerötetem Gesicht setzte er sich in den

Lesesessel, die Unterarme auf die Knie gestützt. »Sie haben hoffentlich einen guten Grund, mich zu nachtschlafender Zeit zu stören.«

Knox runzelte die Stirn. »Es ist halb elf am Vormittag, Mr. Pace.«

Benny Pace sah ihn erschrocken an und zog das Handy aus der Tasche, um nach der Zeit zu sehen. Er verzog das Gesicht. »Meine Güte, dann habe ich wohl unabsichtlich eine Nachtschicht eingelegt. Ich musste ein paar Codeupdates in der Sandbox laufen lassen, bevor ich die Site starte, an der ich arbeite.«

»Ich dachte schon, Sie hätten sich einen Film angeschaut«, sagte Ackerman.

Pace wurde rot. »Welchen Film?«

»Einen Thriller vielleicht. Das Stöhnen der Lämmer. Der Sperminator. Schwanz der Vampire. Etwas in der Richtung.«

Pace wechselte die Farbe. »Hören Sie, ich …«

Ackerman hob die Hand. »Schon okay. Nicht jeder steht auf Heimatfilme. Wir müssen reden, Mr. Pace.«

Pace verzog einen Mundwinkel. »Von mir aus. Aber ich brauche jetzt erst mal einen Drink. Sie auch?«

»Nein, danke. Im Dienst bin ich Aquaholiker.«

»Ein Mineralwasser?«

»Gern.« Ackerman nickte. »Man gönnt sich ja sonst nichts.«

Benny stand auf und ging in eine Richtung, in der Ackerman die Küche des Hauses vermutete. Sobald er aus dem Zimmer war, neigte Ackerman den Kopf zu Knox. »Ist Ihnen im Flur die Tür mit dem Vorhängeschloss aufgefallen?«

Knox betrachtete misstrauisch die Clowns im Raum. Mit leichtem Schaudern antwortete er: »Unheimlich, was? Sieht mir definitiv nach dem Haus eines Serienmörders aus. Diese Dinger verfolgen einen mit Blicken.«

»Vergessen Sie die Clowns, Mr. Knox. Haben Sie die Tür mit dem Vorhängeschloss gesehen?«

»Ja.«

Ackerman zog die Lockaid-Pistole aus der Tasche und warf sie Knox zu. »Ich fange mit der Vernehmung an. Sie gehen ins Bad. Öffnen Sie diese Tür und finden Sie heraus, was dahinter ist. Ich habe ein Fenster in der Grundmauer gesehen. Vielleicht gibt es einen Keller.«

Ackerman hörte, wie Pace in den Schränken nach Gläsern suchte.

Knox schüttelte den Kopf. »Nein, das mache ich nicht. Nicht mit einem illegalen Hilfsmittel.«

»Okay, Sie Held.« Ackerman seufzte. »Sie reden mit unserem Filmfreak, und ich gehe in den Flur.«

»Kommt nicht infrage. Halten Sie sich an die Vorschriften. Stellen Sie Ihre Fragen.«

»Verdammt, Knox! Hinter dieser Tür könnte November McAllister auf uns warten …«

Mit zusammengebissenen Zähnen erwiderte Knox: »Oder der Waffenschrank von diesem Kerl. Schließlich sind wir in South Carolina. Vielleicht bewahrt er darin die Flinte auf, mit der er die Alligatoren erschießt, wenn sie auf seinen Rasen kommen.«

»Ja, sicher«, sagte Ackerman und verdrehte die Augen. »Oder die grünen Männchen vom Mars, falls sie hier zufällig landen sollten.«

Knox starrte ihn an. »Wollen Sie mich veräppeln?«

»Die amerikanische Alligator-Population ist kein annähernd so großes Problem, wie Sie vielleicht denken, Knox«, sagte Ackerman. »Ich glaube, in dieser Gegend gibt es ohnehin nur Brackwasser. Da sind vielleicht Frösche drin, aber keine Alligatoren.«

»So, glauben Sie?« Knox schnaubte verächtlich. »Spielt

eh keine Rolle. Etwas Illegales kommt für mich nicht infrage.«

»Sie haben doch gesagt, dass Sie bereit sind, November McAllister um jeden Preis zu befreien.«

»Wir können vieles tun und trotzdem im Rahmen des Gesetzes bleiben!«, rief Knox.

Ackerman hörte den Wasserhahn in der Küche; dann fiel klirrend Eis in ein Glas. Einen Augenblick später kam Benny Pace mit dem Mineralwasser zurück ins Zimmer, reichte Ackerman und Knox die Gläser, nahm einen großen Schluck von seinem Drink und stellte das Glas auf einen Untersetzer auf dem Couchtisch zwischen ihnen.

»Und jetzt zur Sache«, sagte er. »Was zum Teufel wollen Sie?«

31

Ackerman schwieg, während er sein Mineralwasser trank und die Miniaturclowns betrachtete, die sie wie eine Streitmacht aus *Gullivers Reisen* umgaben, bereit, die Riesen zu umschlingen und an den Boden zu fesseln.

»Mein Partner interessiert sich sehr für Ihre nette Sammlung von Clownsfiguren«, sagte Ackerman schließlich. »Gestatten Sie mir eine Frage: Haben Sie eine Figur des berühmten Clowns namens Pogo?«

Benny runzelte die Stirn. »Pogo? Nicht dass ich wüsste. Die Dinger haben meiner Großmutter gehört. Ich habe sie und das Haus von ihr geerbt.«

»Pogo war das Alter Ego eines Serienmörders namens John Wayne Gacy.« Ackerman sah ihm in die Augen. »Haben Sie jemals einen Menschen getötet, Mr. Pace?«

Benny Pace schien von der Frage überrascht zu sein. »Natürlich nicht! Verdammt, was wollen Sie von mir? Ich hab nichts verbrochen.«

»Können Sie uns sagen, wo Sie Donnerstagabend gewesen sind?«

»Ich war die ganze Zeit hier. Die meiste Zeit war ich online und habe mit ein paar Freunden *World of Warcraft* gespielt.«

»Das fällt mir schwer zu glauben«, sagte Ackerman.

»Ich wurde bestimmt irgendwo geloggt, dass ich gespielt habe, und ich kann Ihnen die Benutzernamen der Leute geben, mit denen ich online war.«

»Nein, ich meinte, dass Sie Freunde haben.«

»He, Mann, ich habe meine Zeit abgesessen, klar? Sie können hier nicht reinplatzen und mich schikanieren. Ich habe einen Fehler gemacht, als ich jung war, und ich habe dafür bezahlt. Sie haben kein Recht …«

Ackerman schnitt ihm das Wort ab. »Ich habe jedes Recht, Pace. Und die sogenannten Fehler, die Sie als junger Mann begangen haben, sind für den Fall, in dem wir ermitteln, von großer Bedeutung. Gerade eben habe ich John Wayne Gacy erwähnt …«

»Ja, und?«

»Vor Kurzem hat ein siebzig Jahre alter Mann ausgesagt, er sei als Junge eines der ersten Missbrauchsopfer Gacys gewesen und um Haaresbreite der Ermordung entgangen. Offenbar war der Mann zehn Jahre alt, als er mit seiner Mutter eine Ferienanlage in Wisconsin besucht hat und dort von einem Teenager missbraucht wurde, auf den die Beschreibung von Gacy passt. Gacy zwang den Jungen, Tiere zu verstümmeln, und vergewaltigte ihn. Danach drohte er ihm, ihn in den See zu werfen und zu ertränken, wenn er auch nur ein Sterbenswörtchen verriet. Hätte jemand schon damals die mörderischen Neigungen Gacys erkannt und unterbunden, könnten mindestens dreiunddreißig Opfer noch leben. Mein Kollege und ich jagen einen Täter vom gleichen Kaliber. Er ist als Black Rose Killer bekannt.«

»Ich sagte doch schon, dass ich nie jemanden getötet habe. Ich könnte keinem Menschen etwas antun!«

»Wir sind hier«, sagte Ackerman, »weil Sie und Black Rose ein gemeinsames Opfer haben.«

»Was reden Sie denn da?«, fuhr Pace auf.

»Haben Sie während Ihrer Collegezeit Nadia Shirazi gestalkt?«

Der Ausdruck von Widerwillen, der in Paces Gesicht erschien, als Nadias Name fiel, ähnelte kein bisschen jener zärtlichen, liebevollen Miene, die Black Rose Nadias Worten zufolge bei ihrer Begegnung in der Scheune gezeigt hatte. Andererseits bestand die Möglichkeit, dass Pace sich verstellte. Ackerman fiel obendrein auf, dass Paces Augen braun waren, ganz wie Nadia es vom Black Rose Killer behauptet hatte; allerdings Paces Augen waren nicht so lebhaft wie in Nadias Schilderung. Ackerman war ratlos. Was sollte er von diesem Kerl halten?

Er lächelte. »Ich hätte auch nicht erwartet, dass Sie einfach gestehen, obwohl es uns natürlich sehr gelegen käme.«

»Brauche ich einen Anwalt?«, fragte Pace.

Ackerman winkte ab. »Nein. Mein Kollege hier hält Sie zwar in allen Punkten für schuldig, aber ich bezweifle, dass Sie den Mumm und die nötige Intelligenz für eine solche Tat haben.«

»Ich muss hier nicht sitzen und mir das gefallen lassen! Wenn Sie keine Fragen mehr haben, verschwinden Sie endlich! Ich habe einen schwarzen Gürtel in Karate. Ich schlage euch beide zu Klump, ehe ihr auch nur …«

»Bevor Sie mich zusammenschlagen«, fiel Ackerman ihm ins Wort, »würde ich gern einen Blick in Ihren Keller werfen.«

»Ich hab's satt!« Pace sprang wutentbrannt auf, mit der offenkundigen Absicht, sich auf die beiden Männer zu stürzen. »Ich werde dir zeigen, was …«

Ackerman schoss so blitzschnell über den Couchtisch, dass seine Bewegungen verschwammen. Er packte Pace beim Genick, zog ihn mit seinem ganzen Gewicht vor und knallte seinen Schädel gegen die Couchtischplatte. Es krachte wie ein Gewehrschuss durchs ganze Haus.

Paces Körper erschlaffte.

»So viel zum Thema schwarzer Gürtel«, murmelte Ackerman.

Knox sprang auf, wich von der Couch zurück und starrte Ackerman mit einer Mischung aus Fassungslosigkeit und Bewunderung an. »Wie … wie haben Sie das denn gemacht? Was zum Teufel tun Sie überhaupt? Sie können doch nicht einfach …«

»Das Gespräch führte zu nichts«, fiel Ackerman ihm ins Wort. »Vor allem habe ich gehört, wie sich im Keller von unserem Karate-Tiger irgendwas bewegt. Kommen Sie, sehen wir nach.«

32

Ezra Crane suchte einen Spielzeugladen. Weil es sich dabei nicht um die Sorte Geschäft handelte, die er aufzusuchen pflegte, ließ er sich von einer App auf seinem Smartphone zur nächsten Spielzeughandlung führen. Er fand eine, die auf seinem Heimweg lag, den »Super Awesome Fun Store«. Zwar bezweifelte er, dass er dort supertollen Spaß finden würde, wie der Name versprach, und auch die Fantasie des Betreibers beeindruckte ihn nicht gerade, aber er war zuversichtlich, dass er dort finden konnte, was er brauchte.

Minivans und Familienkutschen reihten sich auf dem Parkplatz vor dem Geschäft. Crane parkte neben einem SUV mit einem Aufkleber im Fenster, auf dem stand: *Früher war ich mal cool.*

Die beiden Türflügel des Geschäfts fuhren zischend vor ihm auseinander, und als er hineinging, kündigte ein Glockenschlag ihn an. Er erinnerte sich noch an eine Zeit, als das Gebäude ein Kaufhaus beherbergt hatte, eine Filiale der vielen Ketten, die seither Insolvenz angemeldet oder das Geschäft ganz aufgegeben hatten. Die Decke lag dadurch sehr hoch, und die Spielzeughandlung nutzte die lichte Höhe, indem sie Flugzeugmodelle und Figuren aus den diversen Spielzeuglinien aufhängte. Crane war erstaunt, dass ein Geschäft wie dieses in der heutigen Zeit überleben konnte. Er hatte eher mit einem Laden gerechnet, der von einem Seniorenehepaar betrieben wurde, statt einem regionalen Toys-»R«-Us-Ableger, aber in beidem konnte er bekommen, was er suchte.

Er streifte durch die Gänge und sah sich die Spielzeuge für

Jungen um die zehn Jahre an. Zu seiner Überraschung stellte er fest, dass es viele Produktlinien, die er aus seiner Kindheit kannte, noch immer gab: *G. I. Joe, Star Wars, Teenage Mutant Ninja Turtles, Masters of the Universe* und *Transformers*. Alle waren noch im Handel. Natürlich gab es auch andere, die sich an derzeit populäre Filme und Fernsehserien anlehnten, aber zu einem großen Teil erkannte er die Figuren und Marken, Helden und Schurken seiner Kindertage wieder. Er hatte sich durchaus mit Spielzeug beschäftigt, aber vermutlich weniger als der durchschnittliche Junge seines Alters. Andere Betätigungen waren sein Zeitvertreib gewesen.

Als er in den Gängen nicht fand, wonach er suchte, ging er zur Kasse. Sie befand sich an einem kreisrunden Tisch neben den Eingangstüren. Drei Frauen bemannten die Station. Im Laden herrschte nicht viel Betrieb – vermutlich, weil es noch früh und hier ohnehin nie allzu viel los war. Er konnte unter den drei Frauen auswählen. Eine war stämmig, die andere älteren Semesters, die Dritte aber war ein wunderschöner Dynamo mit strahlend blauen Augen – allerdings nicht die typische junge Lady, auf die er es abgesehen hätte, denn sie war klein und hatte ein zu nichtssagendes Gesicht. Dank der Mode, die Frauen heutzutage trugen, fiel es ihm sehr leicht, sie sich anhand der Rundungen, die durch ihre zwei Nummern zu kleine Kleidung deutlich erkennbar waren, nackt vorzustellen. Keine von ihnen besaß den Körper eines Models und konnte mit der Perfektion einer November McAllister auch nur entfernt konkurrieren; dennoch hatte der kleine Dynamo etwas an sich, das Ezra anzog. Sie lächelte ihn an und zeigte makellose weiße Zähne, als sie fragte: »Wie kann ich Ihnen helfen, Sir?«

Ihre Sprechweise hatte einen Südstaaten-Beiklang, Georgia vielleicht. Das gefiel ihm. Ein Pfirsich aus dem Peach State hatte den Weg nach Norden gefunden.

»Ich suche nach einem Geschenk für meinen Sohn«, sagte er. »Er ist zehn.«

»Nun, Sir«, begann sie, »in der Abteilung da vorn sollten Sie …«

»Hören Sie«, unterbrach er sie mitten im Satz, denn sie zeigte in die Richtung, aus der er kam. »Ich suche nicht nach irgendwas x-Beliebigem. Ich möchte etwas, das jeder zehnjährige Junge sich wünscht. Das Spielzeug, mit dem mein Sohn der König des Spielplatzes wird. Können Sie mir da Tipps geben?«

Die junge Frau lachte. »Sie müssen ein richtig guter Daddy sein, wenn Sie so was für Ihren Jungen suchen.«

Er bedachte sie mit einem Millionen-Dollar-Lächeln. »Ich tue mein Bestes.«

»Nun ja, was ich Ihnen empfehlen kann, hängt davon ab, wie viel Sie für ein Videospiel ausgeben wollen.«

»Oh, ich hätte mich klarer ausdrücken sollen. Nichts, was mit Videospielen zu tun hat. Ich erlaube meinen Kindern keine Videospiele.«

Sie schien aufrichtig geschockt zu sein. »Nein? Das ist heutzutage selten. Haben Sie erzieherisches Spielzeug im Auge?«

»Nicht unbedingt, aber es könnte in Betracht kommen, wenn Sie meinen, dass mein Junge wirklich davon profitiert.«

Mit geröteten Wangen und einem kleinen Lächeln wandte sich die junge Frau – auf dem Namensschild, das Ezra jetzt erst bemerkte, stand *Melody* – einer ihrer Kolleginnen zu. »Amanda, ich helfe dem Kunden, ja?«

Die anderen Frauen, die gelangweilt wirkten, nickten nur und starrten weiter ins Leere. Melody kam vor die Theke und sagte: »Bitte folgen Sie mir, Sir. Ich glaube, ich habe genau das Richtige für einen fürsorglichen Vater wie Sie.«

Melody trug enge Jeans und ein Oberhemd mit dem Logo des Geschäfts. Sie führte Ezra an den Transformers und Ninja Turtles vorbei zu einer Stelle mit etlichen hochwertigeren Lernspielzeugen. Eines davon war eine teddybärähnliche Figur, die Ezra merkwürdig vertraut vorkam. Auf dem Karton stand *Daniel Tiger Best Friend Edition*. Melody reichte ihm das Spielzeug. »Sie erinnern sich bestimmt an Mr. Rogers aus dem Fernsehen, als Sie noch ein Kind waren.«

»Ich glaub schon. Ich weiß zwar nicht mehr, ob ich die Sendung je gesehen habe, aber ich erinnere mich an ihn.«

»Nun, das hier ist eine Puppe, die auf Figuren basiert, die er geschaffen hat. Heute gibt es eine ganz andere Fernsehsendung, ein Cartoon, aber wie auch immer, diese Puppe ist mit Ratschlägen und Sprüchen von Fred Rogers programmiert. Ihr Junge wird sich gut mit ihr unterhalten können. Er kann ihr seine Sorgen anvertrauen und bekommt eine mitfühlende und positive Antwort.«

Ezra lächelte. »Danke für Ihre Hilfe, Melody. Das ist genau das, was ich suche.« Er war sich zwar überhaupt nicht sicher, ob diese Sorte Spielzeug den sozialen Status eines Jungen vergrößerte, aber ein guter Vater würde so etwas kaufen. Und genau das versuchte er zu sein: ein guter Vater für sein Kind.

Ezra folgte Melody zurück zur Kasse und bezahlte die sprechende Bester-Freund-Puppe. Er hielt es für keine herausragende Idee, sein Kind den Ratschlägen einer leblosen Elektronik anzuvertrauen, aber er wusste ohnehin nur wenig darüber, was der Rest der Bevölkerung tat, dachte oder empfand.

Melody flirtete lebhaft mit ihm, während sie seine Kreditkarte einlas, um sie ihm dann mitsamt der Quittung zurückzugeben. Zuerst überlegte Ezra, ob er sie um ihre Telefonnummer bitten sollte, dann zog er in Erwägung, sie nach ihrer Schicht abzufangen und als Gast in sein Königreich zu bringen. Doch als er sie mit kritischen Blicken von oben bis unten betrachtete, erkannte er, dass sie nur eine flüchtige Ablenkung wäre. Er fragte sich, wie lange er fähig sein würde, am Altar ihrer Schönheit zu opfern, bevor sie ihn langweilte, und dann müsste er sie entsorgen.

Er nahm die Quittung, dankte ihr augenzwinkernd und ließ Spielzeuggeschäft und Melody hinter sich zurück. Die Süße ahnte nicht einmal, wie nahe sie dem Tod gewesen war.

Ezra setzte sich hinter das Lenkrad seines BMW, stellte die Tasche mit dem Geschenk auf den Beifahrersitz und hoffte, dass seinem Jungen das Geschenk gefallen würde.

33

Ackerman näherte sich der rätselhaften Tür mit dem Vorhängeschloss, die ihm vorhin schon aufgefallen war. »Eine Außentür«, stellte er fest.

»Das ist hochinteressant«, spöttelte Knox. »Aber können wir uns beeilen, bevor Ihr Opfer aufwacht?«

Mit der Lockaid-Pistole öffnete Ackerman das Vorhängeschloss und zog die Tür auf. Nackte Kellerstufen führten hinunter in die Finsternis. Knox hielt seine Dienstwaffe in der Hand und zog eine kleine Taschenlampe aus dem Gürtel.

»Möchten Sie vorangehen?«, fragte Ackerman.

»Nichts da, das ist Ihre Show. Und nur dass Sie es wissen – das landet alles in meinem Bericht. Ich beabsichtige, das FBI zu einer internen Ermittlung aufzufordern.«

Ackerman verdrehte die Augen und betrat die Treppe.

Was potenzielle Angreifer und plötzliche Attacken aus dem Dunkeln betraf, waren Treppen die schlimmsten Albträume jedes Cops, und Treppen wie diese waren besonders problematisch. Wer im Keller lauerte, sah sie zuerst, und bei nackten Holzstufen wie diesen wäre es für einen Angreifer nur zu einfach, ihnen hinter den Stufen aufzulauern und durch die Ritzen zu feuern. Ackerman wusste es aus Erfahrung, weil er selbst diese Taktik schon mehrfach mit sehr guten Resultaten angewendet hatte. In diesem Fall allerdings war die einzige Person, die ihn und Knox im Keller erwarten konnte, eine entführte junge Frau, sodass Ackermans Befürchtungen sich in Grenzen hielten. Rasch und zuversichtlich stieg er die Stufen hinunter. Er verzichtete darauf, seine Waffen einsatzbereit zu halten, weil er in Anbetracht der räumlichen Enge sicher war, dass er jeden Widerstand, auf den sie im Keller möglicherweise stießen, ohne Waffe abwehren konnte.

Der Keller war unverputzt, ein Ort des kalten Steins, feucht und schummrig, erfüllt vom Geruch nach Schimmel und etwas Ähnlichem … Fäkalien und einem Hauch von Verfall und Vernachlässigung.

Neben der untersten Treppenstufe fand Ackerman einen Schalter, der eine nackte Glühbirne unter der Deckenmitte aufstrahlen ließ. Es gab ein paar Verschläge aus Sperrholz, doch es waren hauptsächlich alte Möbel, die das Zimmer ausfüllten, das vor ihnen aus der Dunkelheit gerissen wurde: Sofas, Kommoden, Kleiderschränke.

Als Ackerman in den Kellerraum vordrang, nahm er den Geruch von Tieren wahr, beinahe so, als befände er sich in einer Scheune. Auf einer Kommode standen mehrere Tupperdosen mit Käse und Crackern. Es war totenstill.

Knox folgte Ackerman und sicherte nach hinten. Plötzlich raschelte es hinter einer Sperrholzwand in einer entfernten Kellerecke.

Knox bewegte sich langsam darauf zu, um nachzusehen. Ackerman blieb zurück und sicherte.

Augenblicke später kam Knox wieder zurück. »Nur alter Plunder. Ich kapiere das nicht. Was soll das alles, und weshalb sperrt er es ab?«

In diesem Moment erklang wieder das Rascheln.

»Verdammt, was ist das?«, stieß Knox hervor.

Ackerman grinste. »Ich möchte etwas klarstellen. Wenn Sie eines dieser Geschöpfe zertreten, zertrete ich Sie.«

»Wovon reden Sie? Welche Geschöpfe?«

Statt eine Antwort zu geben, ging Ackerman zu der alten Kommode, ergriff zwei Tupperdosen und schüttete deren Inhalt auf den Boden. Sekunden später kamen einige von Benny Paces Haustieren aus den Schatten ins schummrige Licht. Ackerman öffnete eine alte Packung Cracker, zerbrach sie und warf sie auf den Boden. Die Tiere schienen aus den Kommoden und Sofas zu strömen, aus allen verborgenen Winkeln des Raumes: Ratten. Sie huschten auf Knox und Ackerman zu. Knox wich entsetzt zurück; es waren keine Hausratten, sondern die großen, fetten Tiere, wie man sie in der Kanalisation und den U-Bahn-Tunneln New Yorks fand.

Doch sie wirkten wenig bedrohlich. Furchtlos stürzten sie sich auf die Crackerstücke, machten aber keine Anstalten, Menschen anzugreifen, während Ackerman niederkniete und sie beobachtete. Er stellte sich Benny Pace in diesem Keller vor, wie er die Tiere fütterte und sich um sie kümmerte. Ihm kam ein Verdacht. Um seine Theorie zu überprüfen, zerbrach er weitere Cracker und streute sich die Krümel auf die Schultern. Sekunden später huschten vier oder fünf Ratten seinen Rücken hinauf und fraßen ihm von den Achseln.

Knox hatte sich mit vorgehaltener Pistole in eine Ecke zurückgezogen, als wären die Ratten eine bewaffnete Bedrohung. Mit bleichem Gesicht beobachtete er, wie Ackerman sich die Tiere vorsichtig von den Schultern hob, um sie auf den Boden zu setzen. Dann warf er der Meute den Rest vom Inhalt der Tupperdosen vor. Gierig fraßen und schlangen die Ratten vor den Augen der beiden Männer. Schließlich richtete Ackerman sich auf und schaute zu seinem Partner. »Beruhigen Sie sich, Senior Inspector. Wir haben nur Bennys Haustiere entdeckt.«

»Ich habe schon einige üble Sachen gesehen«, sagte Knox mit belegter Stimme, »aber das hier schlägt alles. Sie müssen sich dekontaminieren lassen. Diese Viecher sind Seuchenüberträger.«

Ackerman hob den Blick zur Decke. »Ja, es ist bekannt, dass sie den Schwarzen Tod verbreitet haben, aber ich bezweifle, dass in dieser Gegend zurzeit ein Pestschiff ankert, deshalb nehme ich an, dass wir außer Gefahr sind.«

»Da wäre ich mir nicht so sicher«, entgegnete Knox. »Sie müssen sich immer noch um den Bewusstlosen oben im Haus kümmern, der Sie vermutlich wegen polizeilicher Brutalität anzeigen wird.«

Ackerman lächelte. »Erstens bin ich nicht bei der Polizei, also wäre es einfach nur Brutalität. Außerdem bezweifle ich, dass unser Freund da oben Anzeige erstatten wird. Sehen wir uns den Rest des Hauses an, dann wecken wir ihn und besprechen alles Weitere.«

»Sie scheinen die Tat dem Wort vorzuziehen.«

»Oh, ich liebe das Wort. Aber wir suchen eine vermisste junge Frau und einen Mörder. Die kürzeste Verbindung zwischen zwei Punkten ist eine Gerade, und in diesem

Moment ziehe ich eine Gerade zum Black Rose Killer. Ich werde jedes Hindernis, das diese gerade Linie stört, aus dem Weg räumen.«

34

Ackerman hatte schon vor Beginn der Ermittlungen entschieden, dass er versuchen würde, Nadia so weit mit einzubeziehen, wie ihr geschwächter Zustand es erlaubte. Seine Hoffnung war, dass sie sich auf diese Weise am Fall beteiligt fühlte und auch während der Zeit im Krankenhaus ihr Bestes gab. Er wusste, Nadias Schmerzen rührten nicht nur von ihren Verletzungen her; am meisten machte es ihr zu schaffen, dass Black Rose ihr um Haaresbreite durch die Finger geschlüpft war. Ackerman wusste, dass dieser Gedanke sie mehr quälte als alle körperlichen Schmerzen.

In Anbetracht dessen hatte er Nadia kontaktiert, als er sich dem Problem gegenübersah, den Inhalt von Benny Paces Festplatten zu überprüfen. Nadia hatte ihm einen USB-Stick mitgegeben, der ein Fernzugriffsprogramm installierte. Dadurch war es ihr möglich, von ihrem Krankenhauszimmer aus digital auf den Harddisks herumzuschnüffeln. Ackerman schob den Stick in den USB-Port. Als das Programm installiert war, benachrichtigte er Nadia mit einer SMS, dass sie »drin« sei.

Knox sah ihm über die Schulter. »Das alles ist hochgradig illegal. Nichts davon können wir verwenden, wenn wir den Kerl vor Gericht bringen.«

»Der gute Benny ist nicht unser Mann«, entgegnete Ackerman. »Und selbst wenn er es wäre – wir sehen uns nur ein wenig um. Außerdem ist Benny ein Widerling, der Spannervideos von Nadia und ihren Verbindungsschwestern aufgenommen hat. Da ist es doch verständlich, dass Nadia sich überzeugen möchte, ob er weiteres anstößiges Bildmaterial besitzt, das er vor den Behörden versteckt.«

»Was immer Sie sagen. Und was kommt als Nächstes? Sollen wir nicht erst mal einen Rettungswagen für Mr. Pace rufen?«

»Benny braucht keinen Rettungswagen. Aber bevor wir ihn wecken, möchte ich gern in den Tiefkühlschrank schauen.«

»Wenn Sie sich eine Pizza aufbacken oder sein Essen stehlen wollen, spreche ich ein Machtwort.«

»Meine Überlegungen gehen in zwei Richtungen, Knox. Erstens bewahren Serienmörder oft Trophäen in ihren Kühlschränken auf, und zweitens sollten wir Benny einen Eisbeutel reichen, wenn wir ihn wecken.«

Ackerman stand auf, ging in die Küche und tat, was er angekündigt hatte: Er sah sich um. In der Küche herrschte Chaos, aber es war nicht allzu schmutzig. In der Spüle standen etliche benutzte Teller, und auf der Anrichte lagen Krümel und andere Essensreste, doch Ackerman sah nichts, was bei einem normalen Menschen Ekel erregt hätte. Es war einfach nur die Küche eines schlampigen Junggesellen.

Der Kühlschrank war weiß und, seinem Design nach zu urteilen wenigstens zehn Jahre alt. Ackerman öffnete das Gefrierfach und besah sich den Inhalt. Er fand keine Körperteile etwaiger Opfer, aber immerhin einen Sack gefrorene Erbsen für die Beule an Bennys Kopf.

In der Küche fiel ihm ein Paar Stiefel auf, das neben der Hintertür stand und mit rötlichem Lehm verkrustet war. Er nahm sich vor, einen Blick auf das Grundstück zu werfen, um zu sehen, ob es so zusammenpasste, wie er vermutete.

Nach einem letzten Rundblick machte Ackerman sich auf den Rückweg ins Wohnzimmer und zu Benny Pace. Er hatte sich vorher schon überzeugt, dass der Mann noch atmete, und ihn dort liegenlassen, wo er hingerutscht war, nachdem sein Kopf Bekanntschaft mit dem Couchtisch geschlossen hatte. Nun sah er Knox an. »Helfen Sie mir, ihn auf die Beine zu bringen.«

Knox protestierte nicht mit Worten, aber der Blick, mit dem er Ackerman fixierte, hätte töten können. Während Ackerman Pace unter die Achseln griff, packte Knox ihn bei den Füßen. Gemeinsam legten sie den Bewusstlosen auf die Couch. Ackerman drückte ihm die gefrorenen Erbsen auf die Beule und tätschelte ihm die Wangen. Sekunden später flatterten Paces Lider; dann öffnete er die Augen. Sichtlich verwirrt, fragte er mit matter Stimme: »Was … was ist passiert?«

»Sie hatten einen Aussetzer, Mr. Pace. Sie sind ohnmächtig geworden. Ich habe noch versucht, Sie aufzufangen, aber Sie sind auf den Couchtisch gestürzt, haben sich den Kopf angeschlagen und das Bewusstsein verloren.«

»Irgendwie habe ich das anders in Erinnerung …«, murmelte Benny und rieb sich die Schläfen.

»Ich versichere Ihnen, genau so hat es sich abgespielt. Stimmt's, Knox?«

Pace wandte sich mit fragender Miene Knox zu.

»Ja, Sie sind unglücklich gestürzt«, sagte der Marshal. »Sie sollten besser einen Arzt aufsuchen und sich checken lassen.«

Pace erwiderte müde: »Nein. Ich muss einfach nur ins Bett. Sind wir jetzt fertig?«

»Nur noch eine Frage«, sagte Ackerman. »Bei Ihrem

Prozess haben Sie gestanden, Nadia Shirazi drei Monate lang gestalkt zu haben. Sie behauptet, die Sache hätte sich fast ein Jahr lang hingezogen, aber Sie müssen die Frau ja irgendwo zum ersten Mal gesehen haben, wo sie Ihnen aufgefallen ist, bevor Sie eine Art Besessenheit entwickelt haben. Wo war das?«

»Kann ich nicht sagen. Seitdem ist viel Zeit vergangen. Ich erinnere mich nicht mehr.«

»Wirklich nicht? An eine Frau, die Sie über ein Jahr lang verfolgt haben und wegen der Sie Straftaten begehen, die Sie ins Gefängnis bringen können? Ich glaube, Sie wissen ganz genau, wo Sie Nadia Shirazi das erste Mal begegnet sind. Also, raus damit.«

Benny schienen Ackermans Worte für einen Moment aus dem Gleichgewicht zu bringen. Er wandte den Blick ab und sagte: »Wir hatten im ersten Jahr eine gemeinsame Vorlesung. Ich glaube, es war Einführung in die Biologie oder so etwas.«

Ackerman bedrängte ihn nicht weiter. Er wusste auch so, dass Pace ihn belogen hatte.

»Warum lügen Sie mich an, Pace?«, fragt er. »Warum sagen Sie nicht die Wahrheit?«

»Die Wahrheit?« Pace lachte auf. »Welche Wahrheit? Das Miststück hat die ganze Sache maßlos übertrieben! Das Flittchen ist den ganzen Aufwand gar nicht wert.«

Ackermans Hände zuckten. Er spürte, wie der Dämon in seinem Innern sich regte und der altbekannte Zorn ihn erfasste, den er nur mit Mühe zu kontrollieren vermochte. Er hatte Menschen für weit geringere Kränkungen getötet. Er wusste, wie leicht es wäre, Benny umzubringen. Er kannte tausend Möglichkeit, den Kerl binnen Sekunden ins Jenseits zu befördern. Die Menschen ahnten gar nicht, wie zerbrechlich ihr Körper war.

Nun mach schon! Wie aus weiter Ferne hörte Ackerman die Stimme von Thomas White, der ihm ins Ohr kreischte, Benny Pace die Kehle zu zerfetzen. *Was ist los mit dir? So kenne ich dich gar nicht. Mach ihn kalt!*

Statt zu gehorchen, stand Ackerman auf und sagte knapp: »Das war dann alles, Mr. Pace. Schönen Tag noch.«

35

Als sie die Stufen vor Paces Haus zu ihrem Wagen hinunterstiegen, fluchte Knox leise vor sich hin und zog sein Handy aus der Tasche. »So geht das nicht weiter mit Ihnen«, stieß er hervor »Ich muss dringend telefonieren. Warten Sie im Auto auf mich.«

Ackerman nickte bloß, setzte sich auf den bequemen Beifahrersitz des Impala und wählte Nadias Nummer. Sie nahm beim ersten Klingeln ab. »Wie sieht's aus?«, fragte er. »Haben Sie auf Bennys Computer etwas gefunden?«

»Ja. Offenbar macht er Webdesign. Es waren ein paar grenzwertige Sachen darunter, die fürs Dark Web bestimmt sein könnten, aber nichts offen Illegales.«

Ackerman dachte an die Ratten in Bennys Keller. Wie kamen sie dorthin? Waren es wilde Viecher, die Benny angelockt hatte, um sie auf irgendeine Weise einzusetzen? Oder hatten die Ahnen dieser Tiere vor ein paar Generationen während eines Hurrikans in Bennys Kellerräumen Zuflucht gesucht? Wie auch immer, sie schienen sich vor Menschen nicht zu fürchten. Ackerman stellte sich Benny vor, wie er die Tiere fütterte und sich dabei fühlte wie der König der Ratten. Klar, es gab Leute, die sich eine ganze Rattenkolonie zu Freunden und Vertrauten machten, aber Benny Pace? Nein, er war kein Mann, der Verbrechen beging wie der Black Rose Killer. Er hatte nicht das Format. Benny war vergleichsweise harmlos. Er war Loser, sein Leben ein Fiasko. Black Rose hingegen war ein Meister des Chaos.

»Ich glaube nicht, dass Pace unser Mann ist, Nadia«, sagte er ins Handy.

»Ich fürchte, Sie haben recht«, pflichtete Nadia ihm bei. »Na ja, es war ein Schuss ins Blaue. Alles, was ich von diesem Kerl sehen konnte, hat mir verraten, dass er nicht der ist, nach dem wir suchen.«

»Trotzdem, wir mussten auf Nummer sicher gehen.« Ackerman schaute zu Knox, der auf dem Gehsteig stand und aufgeregt mit jemandem telefonierte. »Ich fürchte, unsere Kollegen vom Marshals Service gehören nicht mehr zu meinem Fanclub. Meine Ermittlungs- und Vernehmungsmethoden gefallen ihnen nicht besonders. Sagen Sie Carter, dass er mit einem Anruf von Mr. Knox' Vorgesetzten rechnen muss. Vielleicht hatte Carter ja recht. Vielleicht bin ich nicht imstande, eine Ermittlung zu führen, ohne ich selbst zu sein und das zu tun, was ich am besten kann: Chaos anzurichten.«

Am anderen Ende entgegnete Nadia: »Das sollen Sie ihm lieber selbst sagen.«

»Wahrscheinlich haben Sie recht.« Ackerman wechselte das Thema. »Wie lange müssen Sie noch im Krankenhaus bleiben?«

»Die Ärzte wollen mich noch einen oder zwei Tage hierbehalten. Anschließend soll ich ein paar Wochen Genesungsurlaub nehmen, stellen Sie sich vor.«

»Sie scheinen nicht glücklich darüber zu sein.«

»Ich werde noch verrückt! Ich bin kurz davor, eine Krankenschwester k. o. zu schlagen, ihr die Klamotten vom Körper zu reißen und abzuhauen. Ich sollte bei Ihnen sein, Frank. Wenn ich dabei wäre, könnte ich vielleicht aus der Welt schaffen, was zwischen Knox und Ihnen vorgefallen ist. Sie brauchen jemanden, der die Wogen glättet und zwischen Ihnen und normalen Menschen wie Knox vermittelt.«

Ackerman lachte. »Danke für das Kompliment.« Er sah, wie Knox zum Wagen kam. »Ich rufe Sie wieder an.«

Bevor er auch nur den roten Knopf gedrückt hatte, der den Anruf beendete, ließ Knox sich hinter das Lenkrad fallen. »Ich habe gerade mit Detective Peretti gesprochen«, sagte er. »Offenbar war bei der Frauenleiche, die heute Morgen am Washington Square gefunden wurde, eine schwarze Rose auf die Innenseite des Oberschenkels tätowiert.«

Ackerman horchte auf. »Okay, fahren wir zum Schauplatz des Verbrechens. Hoffentlich haben die zuständigen Cops ihn noch nicht freigegeben oder vollständig kontaminiert.«

Knox legte den Gang ein und fuhr los. »Übrigens, ich habe meine Vorgesetzten über Ihr illegales und gewalttätiges Vorgehen informiert. Wir werden einen Strafantrag stellen.«

»Ihr Marshals habt es wohl mit Strafanträgen. Soviel ich weiß, steht noch einer von Shawna Hadfield gegen Sie aus, Knox.«

»Das ist ganz etwas anderes. Die Sache ist hoffnungslos aufgeblasen.«

»Shawna behauptet, Sie hätten einen Verdächtigen rassistisch beleidigt.«

»Der Kerl hätte mir beinahe den Bauch aufgeschlitzt! Ich habe den Angriff nur knapp überlebt, verdammt! Aber okay, ich *habe* den Typen beleidigt.«

»Und wie soll es nun weitergehen?«

»Sobald wir am Tatort sind, übernehme ich. Sie folgen von jetzt an meinen Anweisungen. Ist das klar?«

Ackerman lächelte. »Von mir aus. Ich bin sowieso ein mieser Ermittler. Sie können mir ja zeigen, wie man es richtig macht.«

36

Ezra Crane parkte seinen BMW i8 Roadster in der Garage seines Hauses und nahm die Tasche mit dem Daniel-Tiger-Spielzeug vom Beifahrersitz. Er betrat das Haus durch die Küche mit ihren deckenhohen Schränken aus dunklem Mahagoni und den Arbeitsflächen aus Granit. Die Schuhe ließ er neben der Tür stehen. Mit leisen Schritten durchquerte er das geräumige Wohnzimmer mit der Kathedralendecke, die sich zu einer Galerie erhob, an die sich die Kinderzimmer anschlossen.

Der Außenwelt erschien das Haus mehr als ausreichend für den Junggesellen Ezra Crane, aber in Wirklichkeit war es nicht sein alleiniges Zuhause. Es war das Zuhause seiner Familie. Für seine drei Jungen, die beiden Mädchen, seine geliebte Frau Nadia und ihn.

Ezra öffnete die erste Tür, an die er gelangte. Das Zimmer dahinter gehörte seinem mittleren Sohn David – nach dem Großvater benannt, was, wie Ezra zugeben musste, eine List war, um die Zuneigung des alten Mannes zu erlangen, auch wenn David Crane gar nichts von seinem Enkel wusste. Oder vielleicht wusste er jetzt von ihm, nachdem er in Ezras Abwesenheit das Haus durchsucht hatte.

Ezra betrat das Zimmer, das typisch für einen zehnjährigen Jungen eingerichtet war. Die Regale an den Wänden quollen über vor Spielzeugen – alles von *Star Wars* über *Transformers* bis hin zu Legos. Geschenke, die Ezra seinem Sohn gekauft hatte.

Er setzte sich auf das Bett mit der *Star-Wars*-Tagesdecke. Es war perfekt glatt, weil niemand je dort schlief. Eine Zeit lang betrachtete Ezra die Regale und die vielen schönen Dinge, die er seinem Jungen geschenkt hatte. Dann wandte er sich dem Nachttisch zu, auf dem Fotos von ihm und seiner Familie standen. Ezra hatte einen Webdesigner beauftragt, die Bilder zu erstellen. Sie zeigten die drei Jungen, die beiden Mädchen und die Eltern bei den Aktivitäten einer normalen amerikanischen Familie: bei Besuchen in Vergnügungsparks, am Strand, bei Wanderungen durch die Natur, bei Abschlussfeiern, Schulaufführungen und Thanksgiving-Festessen.

Einen Moment lang saß Ezra da, während die Plastiktüte von seinen Händen baumelte. Die Unterarme auf den Knien, beugte er sich zur Bettkante vor. Als er von einem Foto zum anderen blickte, überfiel ihn jene schmerzliche Sehnsucht, die er in Augenblicken wie diesem immer wieder verspürte. Zum tausendsten Mal fragte er sich, wie es sein mochte, normal zu sein. Er sehnte sich nach der ruhigen, schlichten Existenz, die ihm vergönnt gewesen wäre, wäre er mit einem anderen Gehirn geboren worden. Er trauerte um das Leben, das ihm entgangen war, um die Familie, die er nie bekommen konnte.

Aber vielleicht gab es Hoffnung. Vielleicht konnte er seinen Traum ja doch noch Wirklichkeit werden lassen. Noch gab es eine Chance. Ezras Hoffnungen waren in dem Augenblick wieder aufgeflammt, als er Nadia in der Scheune erblickt hatte. Allein ihre physische Gegenwart hatte genügt, um ihn zu erinnern, dass sie keine Ausgeburt seiner

Fantasie war. Sie war nicht erfunden, kein bloßes Wunschbild. Es gab sie *wirklich*, und er konnte sie nach wie vor in Besitz nehmen.

Ezra räumte im Regal einen Platz für das Spielzeug frei und packte es aus. Laut sagte er: »Ich glaube, das wird dir gefallen, mein Sohn.«

Er schaltete den Stofftiger ein.

»Ich bin Daniel«, quäkte die Spielzeugstimme. »Willst du mein Freund sein?«

Ezra lachte. »Nein. Verpiss dich.«

»Hattest du einen schönen Tag?«, fragte Daniel.

»Soll ich dir davon erzählen?«, fragte Ezra den Plüschtiger.

»Ich hab dich lieb.«

Ezra lächelte. »Tja, mein Vater hasst mich. Und ich verletze gern andere Menschen … und Tiere. Auch Stofftiere.«

Das Plüschtier quäkte: »Du bist so lieb. Kuschel mich.«

Ezra zog ein finsteres Gesicht. »Was für ein Schrott.« Er streckte die Hand aus und schaltete den Tiger ab.

Dann nahm er sein Handy und rief Sergei Wassilik an.

Sergei nahm beim zweiten Klingeln ab. »Ah, mein Freund Ezra.«

»Ich wünschte, ich hätte dir die Geschichte niemals erzählt.«

Sergei lachte. »Ich nehme an, dir gefielen die Bilder, die Fedir für deinen Vater aufgenommen hat?«

»Ja. Sie waren perfekt für meine Zwecke.«

»Ich verstehe immer noch nicht, weshalb du solch ein Spiel mit deinem Vater treibst.«

»Überlass das Denken mir, Sergei. Ich kann es besser.«

»Sei vorsichtig. Ich bin nicht irgendein Schläger von der nächsten Straßenecke.«

»Ich weiß, mein Freund. Ich wollte damit nur sagen, dass

gewisse … Entwicklungen im Gang sind, die dich allerdings nicht betreffen. Ist dein Freund Fedir noch am Tatort?«

»Ja, er macht so viele Fotos, wie er nur kann.«

»Hast ihm eingeschärft, diskret zu sein? Ich will nicht allzu viel Aufmerksamkeit erregen, und es ist bekannt, dass die Polizei die Schaulustigen filmt und die Aufnahmen später analysiert.«

»Er hat sich auf der anderen Straßenseite postiert. Keine Sorge. Fedir ist der Beste. Er wird wie ein Schatten sein. Ein Schatten bei Mitternacht auf der dunklen Seite des Mondes.«

Ezra schaute genervt zur Decke. »Das würde ich ihm auch raten. Sobald Fedir dir die Fotos geschickt hat, findest du alles heraus, was sich über die Ermittler herausfinden lässt, kapiert?«

»Ich müsste ein paar Gefallen bei meinen Informanten in den Behörden einfordern. Es wäre einfacher, wenn wir die Beziehungen deines Vaters nutzen könnten.«

»Ich will nicht, dass er da reingezogen wird. Schaffst du es, oder schaffst du es nicht?«

»Betrachte es als erledigt, mein Freund. In wenigen Stunden wissen wir alles über diese Leute.«

37

Ackerman sah, dass Knox' Knöchel weiß hervortraten, als der Marshal das Lenkrad umklammerte und sich auf die Straßen von Charleston konzentrierte. Offenbar war er noch immer aufgebracht über Ackermans eigenwillige Ermittlungsmethoden. Immer wieder öffnete er den Mund, um etwas zu sagen, schüttelte dann aber den Kopf und schwieg, sodass der größte Teil der Fahrt in die Innenstadt der Südstaatenmetropole still verlief.

Ackerman blickte auf die Läden, die vor den Fenstern vorüberzogen und allmählich Kolonialbauten wichen, als sie in den historischen Distrikt Charlestons gelangten. Dieses Viertel umfasste den Großteil der Innenstadt und beherbergte eine beispiellose Ansammlung von Gebäuden aus dem 18. und 19. Jahrhundert, darunter viele einzigartige Charlestoner »Single Houses« – malerische kleine Wohnhäuser, die wie Südstaatenvillen anmuten.

Schließlich ergriff Knox das Wort. »Peretti hat uns einen Beobachtungsposten zwei Blocks vom Tatort entfernt besorgt. Und denken Sie dran – diesmal rede ich.«

»Wenn es unbedingt sein muss.«

Knox navigierte durch die Innenstadt, bis sie den Ort erreichten, von dem Peretti gesprochen hatte. Dort wurden sie von einem untersetzten, rotbärtigen Mann mit kantigem Gesicht erwartet. Trotz seines Titels und seiner Körperfülle hatte Detective Peretti ein Babygesicht und konnte kaum älter sein als dreißig. Doch als sie näher kamen, bemerkte Ackerman, dass der Detective trotz seines jugendlichen Aussehens Falten um Mund und Augen hatte, die von bitteren Erfahrungen und einem weit höheren Alter kündeten.

»Detective Michelangelo Peretti«, stellte er sich vor. »Aber jeder nennt mich Turtle. Wegen des Namens, wissen Sie.«

»Turtle?« Ackerman zog die Brauen zusammen. »Ich verstehe nicht ganz, Detective. Was hat Ihr Namen mit einer Amphibie zu tun?«

»Na, Michelangelo. Wie die Schildkröte.«

»Sie meinen den Renaissancemaler?«

»Den auch. Aber ich spreche vom Teenage Mutant Ninja Turtle. Sie wissen schon, *Turtles on a Half Shell.* Turtle Power.«

»Nun ja, das sagt mir jetzt nichts.« Ackerman versuchte, eine ausdruckslose Miene beizubehalten. »Aber lieber eine Filmschildkröte als eine Suppenschildkröte, nicht wahr?«

Der Detective errötete und zeigte in die Straße. »Ist auch nicht weiter wichtig. Da lang zum Tatort.«

Knox trat vor Ackerman, ging neben dem Detective her und machte auf Big Boss, als sie der Straße folgten.

»Danke, dass Sie uns über den Fall informieren, Detective Peretti«, sagte er.

Peretti nickte. »Wir brauchen jede Hilfe, die wir kriegen können, falls der Kerl weitere Morde plant.«

»Auf jeden Fall hat er weitere Opfer in seiner Gewalt. Er hat vor Kurzem eine junge Frau namens November McAllister gekidnappt.«

Peretti schüttelte den Kopf. »Verdammt, ich hoffe, wir finden sie nicht morgen auch als Leiche an irgendeiner Straßenecke.« Zwei Dutzend Schritte weiter blieb Peretti kurz stehen und wies auf die umstehenden Gebäude. »Das hier ist ziemlich berühmt. Es nennt sich ›Four Corners of the Law‹. Das Rathaus steht für das städtische Gesetz, das State Haus für das Gesetz des Bundesstaates South Carolina und das Federal Post Office für das US-Bundesgesetz. Die St. Michael's Church schließlich steht für das Gesetz Gottes.«

»Sehr beeindruckend. Klingt nach einer Stelle, von der man sich fernhalten sollte«, kommentierte Knox. »Was können Sie uns über das Opfer sagen?«

Peretti antwortete: »Eine siebenundzwanzigjährige Afroamerikanerin. Wir warten noch auf die endgültige Identifizierung, aber wenn wir in die Liste der Entführungsopfer des

Black Rose Killers schauen, können wir davon ausgehen, dass es sich bei der Ermordeten um Grace Hightower handelt.«

»Grace Hightower? Sie wird schon über zwei Jahre vermisst«, sagte Ackerman. »Sie meinen, dass dieser Irre sie mehr als zwei Jahre lang festgehalten und mit ihr getan hat, was immer er seinen Opfern antut? Und dann beschließt er, sie umzubringen und hier im Park aufzuknüpfen?«

»Sieht ganz danach aus«, meinte Turtle achselzuckend.

»Warum ausgerechnet jetzt?«

Die Frage hing in die Luft, ohne dass jemand eine Antwort wusste.

Ein paar Schritte weiter mussten sich die drei Männer an einer Traube neugieriger Zuschauer vorbeidrücken. Sie duckten sich unter dem Absperrband hindurch und wurden von einem Cop auf den Washington Square geführt, wo die ermordete junge Frau im Schatten einer Replik des Washington Monuments, die mitten im Park stand, an einem Baum aufgehängt worden war. Jetzt allerdings baumelte nur noch die leere Schlinge am Ast.

Knox warf »Turtle« Peretti einen fragenden Blick zu.

»Die Rettungskräfte haben die Leiche bereits abgenommen«, erklärte der Detective. »Heute Morgen um fünf hat ein Jogger sie gefunden und die Polizei verständigt. Unsere Leute haben mit ihren Body-Cams umfangreiche Aufzeichnungen angefertigt, nachdem sie hier eingetroffen waren.« Peretti nahm ein iPad zur Hand und rief die Aufnahme des ersten Beamten vor Ort auf. Das Video zeigte, wie er zu einer Frau eilte, die im Hochzeitskleid von einem Ast baumelte. Peretti hielt das Video an und ließ es in Einzelbildern weiterlaufen, die einen besseren Blick auf die Tote gewährten und darauf, wie die Leiche positioniert war.

Knox studierte das Video, ließ es zurücklaufen und schaute es sich erneut an. Ackerman, der ihm über die Schulter blickte, hatte schon beim ersten Durchgang genug gesehen. Er richtete seine Aufmerksamkeit auf die Schlinge und die Vorrichtung, mit der die Schnur am Boden befestigt war – eine simple Metallplatte mit einer dicken Schlüsselschraube. Als er den Sechskantkopf der Schraube genauer betrachtete, sah er einige Kratzer. Er zückte das Handy, machte ein Foto von der Schraube und sendete das Bild an Nadia mit der Nachricht: *Vom Tatort in Charleston. Ermitteln Sie die Herkunft der Schraube.*

Als Ackerman zu den beiden anderen Ermittlern zurückkehrte, fragte Knox gerade: »Was ist mit Kameras zur Verkehrsüberwachung und Geländesicherung in der Umgegend?«

Peretti tippte auf den Bildschirm und rief Bilder von einer Überwachungskamera auf, die den Park zeigten. Knox und Ackerman betrachteten die Aufnahmen von allen Seiten. »Er trägt eine Daunenjacke«, meinte Ackerman. »Wahrscheinlich ist alles, was er auf diesen Bildern trägt oder bei sich hat, größer als in natura.«

Peretti sah ihn stirnrunzelnd an. »Was wollen Sie damit sagen?«

»Man kann sein äußeres Erscheinungsbild leichter verschleiern, indem man etwas hinzufügt, als dass man versucht, etwas wegzunehmen. Mit Polstern beispielsweise kann man den Eindruck erwecken, schwerer zu sein, als man ist. Auch das Gesicht kann man auf diese Weise ziemlich drastisch verändern. Und Schuheinlagen lassen einen größer wirken.«

Peretti nickte. »Okay, behalten wir das im Hinterkopf, wenn wir die übrigen Kameras in der Umgebung checken. Wir hoffen, dass wir ein Bild von ihm am Steuer eines Wagens finden. Vielleicht können wir dann zurückverfolgen, woher er kam. Möglicherweise finden wir sogar ein Foto, auf dem er die Skimaske noch nicht trägt.«

»Wo ist die Leiche jetzt?«, fragte Knox.

»Im Leichenschauhaus. Bei einer ersten Untersuchung hat der Gerichtsmediziner das Tattoo mit der schwarzen Rose entdeckt.«

Knox stellte weitere Fragen und besprach mit Peretti den bisherigen Ermittlungsstand, während Ackerman sich auf die Gesichter in der Zuschauermenge konzentrierte. Mörder kehrten oft an den Schauplatz ihres Verbrechens zurück, um die ermittelnden Beamten aus der Ferne zu beobachten. Für einige war es nur eine Frage der Rückversicherung, was die Ahnungslosigkeit der Ermittler betraf, für andere hingegen war es wichtig, ihr Verbrechen noch einmal zu durchleben und die Ekstase zu verlängern.

Als Ackerman den Blick über die Gesichter schweifen ließ, fiel ihm niemand auf, der irgendwie hervorgestochen wäre. Niemand passte zu dem Profil oder kam ihm sonst irgendwie ungewöhnlich vor. Ackerman sah allerdings einen merkwürdigen Lichtblitz, der aus einem der Nachbargebäude kam. Zuerst hielt er ihn für eine flüchtige Sonnenspiegelung auf einem Fenster, doch ein näherer Blick verriet ihm, dass auf der Feuerleiter des Hauses auf der anderen Straßenseite ein Mann mit einer Kamera stand.

Ackerman versuchte den Eindruck zu erwecken, er hätte den Fotografen nicht bemerkt, als er zu Knox und Peretti zurückschlenderte. Er unterbrach den Marshal mitten im Satz. »Gegenüber ist ein Mann, der über die Straße hinweg Fotos von uns macht. Ich werde ein Spielchen mit ihm spielen, okay? Bitte lassen Sie Ihre Streifenwagen zu einem weiten Netz ausschwärmen, damit wir den Typen einfangen können, falls er sich aus dem Staub machen will.«

»Moment mal«, sagte Knox. »Was für ein Kerl mit Kamera? Was haben Sie vor?«

Ackerman lächelte. »Ich möchte nur kurz Hallo sagen.«

38

Ackerman verspürte schon längere Zeit das heftige Verlangen, irgendetwas zu zerschmettern oder seinen aufgestauten Frust sonst wie loszuwerden, und endlich hatte er ein Ziel. Mit schnellen Schritten ging er zu dem Gehsteig, der den Washington Square umgrenzte, suchte den Blick des Fotografen und winkte, wobei er übers ganze Gesicht grinste. »He, Buddy! Warte, ich bin gleich bei dir!«

Der Fotograf kapierte sofort. Er warf die Kamera in einen Rucksack und eilte in Panik die Feuerleiter hinunter.

Ackerman hörte, wie Knox ihm von hinten etwas zurief, aber er ignorierte den Mann vom US Marshals Service und sprintete über die Straße. Begleitet vom Hupen und Schimpfen wütender Fahrer schlängelte er sich durch den dichten Verkehr, ohne auch den Blick von dem Mann zu nehmen, der geschickt und rasch die Feuerleiter hinunterkletterte und sich dann zu Boden fallen ließ.

Ackerman erreichte die Gasse, als der Fotograf sich bereits deren Ende näherte, ließ sich davon aber nicht beeindrucken. Im Gegenteil, genau darauf hatte er sich gefreut – auf eine Gelegenheit, das zu tun, was er am besten konnte. Er war wie eine Lenkrakete, die ein Ziel brauchte. Ihm lag es nicht, im Dunkeln zu tappen und die Rätsel eines Verrückten zu entwirren. Er stellte lieber selbst die Spielregeln auf.

Statt sich wie bisher zu zügeln, ließ er das Monstrum, das in ihm schlummerte, von der Kette. Warum nicht ein bisschen Spaß mit diesem Penner haben? Warum nicht der Löwe sein, der das Lamm reißt? Doch rasch verdrängte er diesen Gedanken. Er wusste, wie gefährlich es werden konnte, wenn er seinen dunklen Kräften freien Lauf ließ.

Ackerman steigerte sein Tempo, zückte einen der Teleskopschlagstöcke aus dem Schnellziehholster an seinem Gürtel und hielt die Waffe in der rechten Hand. Die Schritte beider Männer hallten auf dem Pflaster, als sie durch die dunstige Gasse rannten, in der es nach Staub, Müll und Fischabfällen roch.

Mit kreischenden Reifen näherten sich Polizeifahrzeuge, was Ackerman dazu antrieb, sein Tempo noch mehr zu beschleunigen. Er selbst wollte es sein, der sich den Kerl schnappte. Rasch verringerte er die Distanz, bis er den Wurf riskieren konnte. Er ließ das Handgelenk nach unten zucken, sodass der Schlagstock ausfuhr, holte aus und schleuderte den Teleskopstab auf seinen Gegner. Der Stock wirbelte durch die Luft, schlug gegen die rennenden Beine des Mannes und schleuderte ihn zu Boden.

Ackerman zog die Taurus Judge aus dem Schulterholster, das er unter der Jacke trug, und richtete sie auf den am Boden liegenden Mann, der ihn ängstlich beäugte. Wie Ackerman erst jetzt bemerkte, trug der Mann ein Flanellhemd, dessen hochgekrempelte Ärmel Tattoos offenbarten, die seine Unterarme bedeckten.

»Keine Bewegung«, befahl Ackerman. »Hände unten lassen.«

In diesem Moment stürmten vom anderen Ende der Gasse die ersten Cops heran.

»Ich bin hier!«, rief der Fotograf. »Helfen Sie mir! Der Kerl ist irre!«

Die Cops kamen näher und halfen dem Fotografen auf, hielten aber ebenfalls die Waffen auf ihn gerichtet. Endlich schlossen auch Knox und Peretti zu Ackerman auf. Knox, weiß im Gesicht, rang nach Atem; Peretti schwitzte am ganzen Körper. Keuchend fragte Knox: »Was zum Teufel machen Sie?«

»Der Typ hat den Schauplatz des Verbrechens fotografiert«, sagte Ackerman.

Der Fotograf griff nach der Brusttasche seines Hemdes. »Ich ziehe ein Blatt Papier heraus, okay?«, verkündete er. »Nicht schießen.« Als er das Schriftstück in der Hand hielt, wandte er sich Ackerman zu. »Ich habe ein paar Fragen an Sie, Mister, denn ich brauche Informationen, um meine verfassungsmäßigen Rechte durchzusetzen. Als Erstes möchte ich Ihre Namen, die Ihrer Vorgesetzten und die zugehörigen Dienstnummern. Und welchen rechtlichen Grund haben Sie überhaupt, mich meiner Freiheit zu berauben? Und noch was: Falls Sie die Herausgabe meiner Kamera oder meines Mobiltelefons verlangen – vergessen Sie's. Es gibt keine Rechtsgrundlage.«

Ackerman riss ihm den Zettel aus der Hand und überflog ihn.

Deine Rechte als Fotograf, stand da. *Wie du dich wehren kannst, wenn du bei der Arbeit behindert wirst.*

Ackerman reichte Knox das Blatt Papier und fragte: »Ist das ein Witz?«

»Ich fürchte nein. Der Mann durfte knipsen, was er geknipst hat.«

»Ich werde Sie wegen Belästigung anzeigen!«, rief der Fotograf. »Ich habe ganz harmlose Fotos gemacht! Sie haben kein Recht, mich daran zu hindern und meine Freiheit einzuschränken. Ich werde jetzt gehen. Und Sie können damit rechnen, von meinem Anwalt zu hören.«

Ackerman schäumte innerlich. Er überlegte sich tausend Möglichkeiten, den Kerl fertigzumachen. Es waren sehr unschöne Dinge, die ihm durch Kopf schossen, doch er bezwang seine Wut. Schließlich zog er sein Handy aus der Tasche und rief die Kamera-App auf. Er war in mehr als genug Gefängnissen gewesen, um einige der Tattoos auf den Armen des Fotografen als Symbole einer Gang oder des organisierten Verbrechens zu erkennen.

Mit schnellen Schritten trat er an den Mann heran. Noch während der Fotograf ängstlich zurückwich, legte Ackerman ihm den Arm um die Schultern, zog ihn mit einem Ruck zu sich und grinste in die Kamera.

»Cheese«, sagte er und schoss ein Foto von ihnen beiden.

»He, Mann!«, protestierte der Fotograf. »Das dürfen Sie nicht!«

Ackerman lächelte ihn an. »Ist nur ein Selfie für meine Facebook-Seite.«

39

Ackerman hatte sich auf eine Bank gesetzt und beobachtete die Jogger und Hundehalter, die den Washington Square überquerten. Das Ende des Platzes mit seiner Bank lag dem Tatort gegenüber und war nicht abgesperrt. Ackerman empfand einen Mangel an Zuversicht, der seinem ganzen Wesen zuwiderlief. Ihm kam es vor, als bewirkte er mehr Schaden als Gutes, und darüber hatte er Nadia informiert – auch, damit sie ihm versicherte, er habe nichts Falsches getan. Doch sie war wütend geworden und hatte ihm sein Verhalten dem Fotografen gegenüber zum Vorwurf gemacht. Aber die Tattoos auf dem »Selfie«, das er ihr geschickt hatte, wollte sie auf jeden Fall überprüfen.

Ackerman schloss die Augen und atmete die schwachen Düfte der Natur, die sich mit den Gerüchen der Straße vermischten, begleitet vom Geräusch der Motoren und dem Abgasgestank.

Detective Peretti hatte den Fotografen auf die Seite genommen und darauf bestanden, dass Knox und Ackerman sich entfernten. Ackerman hoffte jedoch, dass Detective Peretti den zwielichtigen Kamerajockey wenigstens bitten würde, sich auszuweisen, bevor er ihn gehen ließ. Knox war zum Tatort zurückgekehrt, und Ackerman hatte sich die stille Bank am anderen Ende des Parks gesucht.

Nun sah er, wie Knox näher kam. Überraschend zeigte er nicht die übliche Miene nachtragender Enttäuschung. Stattdessen wirkte der US Marshal, der noch immer außer Atem zu sein schien, ungewohnt ernst und sachlich. Er setzte sich neben Ackerman auf die Bank und beobachtete einen Augenblick lang das Kommen und Gehen.

»Man hat dem Fotografen ausgeredet, Sie anzuzeigen«, sagte er.

»Da bin ich ja beruhigt. Hat man wenigstens seinen Namen erfahren?«

»Ja.« Der Marshal reichte ihm einen Zettel.

Ackerman las ihn laut vor. »Fedir Dobryibechir.« Er lachte leise. »Na los, Knox. Sagen Sie das dreimal schnell hintereinander, und ich gebe einen aus.«

Knox atmete aus, öffnete den Kragen seines Hemds und holte mehrmals tief Luft.

»Was ist?«, fragte Ackerman. »Schlecht in Form?«

Knox nickte. »Mir geht's beschissen.« Er lehnte sich zurück und schwieg einige Sekunden. »Meine Eltern waren Christliche Wissenschaftler«, sagte er dann. »Ich weiß nicht, ob Sie diese Quasireligion kennen – für mich ist das eine Sekte. Dort gilt es als Mangel an Glauben, wenn jemand einen Arzt aufsucht. Stattdessen soll man jedes körperliche Leiden wegbeten, weil die Wirklichkeit nur eine Projektion unseres Geistes sei oder so etwas. Als Junge hatte ich eine schlimme Lungenentzündung. Meine Familie erhielt den Rat, mich nicht in Behandlung zu geben, sondern Tag und Nacht an meiner Seite zu beten. Ich wäre beinahe gestorben, als mein Vater endlich zur Vernunft kam und mich in die Notaufnahme brachte. Die Infektion ließ sich behandeln, aber der Schaden war angerichtet. Seitdem bin ich kurzatmig.«

»Tut mir leid«, sagte Ackerman. »Ich habe aus meiner Jugend zwar keine vernarbten Lungenflügel zurückbehalten, aber ich wurde als Junge einer Atemfolter unterzogen. Wissen Sie, was das ist?«

»Atemfolter?« Knox schüttelte den Kopf. »Keine Ahnung.«

»Mein Alter wusste genau, wie viel Luft in einen Sarg passt, und hatte ausgerechnet, wie lange ich darin überlebe. Er zerrte mich zum Friedhof, grub einen frisch Verstorbenen aus und legte mich an dessen Stelle in den Sarg. Dann vergrub er mich, nachdem er mir gesagt hatte, mich erst zu befreien, wenn ich seinen Berechnungen nach tot sei – es sein denn, ich könne meinen Herzschlag verlangsamen und Sauerstoff sparen, indem ich so wenig wie möglich atme. Ich lag stundenlang allein in völliger Finsternis, unter zwei Meter Erde und vom Geruch eines Toten umschlossen, aber ich hab's überlebt.«

Als Ackerman geendet hatte, schaut er zu Knox. Der Marshal war blass geworden, seine Augen weit aufgerissen. »Das ist ein, Witz, oder?«

»Leider nein.« Ackerman spürte das Vibrieren seines Handys am Oberschenkel. »Wenn man vom Teufel spricht.« Er schaute aufs Display. Er war eine Textnachricht von Nadia.

Schraube zu AIM zurückverfolgt. Rufen Sie mich baldmöglichst an.

Knox beugte sich zu ihm und las mit. »Was ist AIM?«

»Die Firma von Nadias Vater.«

»Hört sich an, als müssten wir ihm und seiner Firma einen Besuch abstatten.«

»Sehe ich auch so.« Ackerman nickte. »Um noch einmal auf den Fotografen zurückzukommen … der Mann kam mir vor wie jemand, der einen Auftrag erledigt, ein Freiberufler möglicherweise. Vielleicht hat unser Killer ihn beauftragt, die Fotos vom Tatort zu schießen, damit er sich die Nachwehen seiner Taten ansehen kann, ohne Gefahr zu laufen, dass man ihn festnimmt. Das wiederum deutet auf Geld und Einfluss beim Auftraggeber hin. Und dieser Aufraggeber kennt offenbar irgendwelche halbseidenen Typen wie diesen Fotografen, die solche Job übernehmen.«

»Interessante Theorie«, meinte Knox.

»Und da ist noch etwas. In Benny Paces Haus ist mir aufgefallen, dass ein voll unterkellertes Haus in dieser Gegend ziemlich ungewöhnlich ist. Sämtliche Entführungsopfer des Black Rose Killers gaben nach ihrer Freilassung an, das Gefühl gehabt zu haben, unter der Erde gewesen zu sein, was immer sie damit gemeint haben. Wir sollten die Wohngebiete der Vermögenden rings um Charleston auf voll unterkellerte Häuser abklopfen und die Ergebnisse mit Verbindungen zur Firma AIM abgleichen.«

Knox runzelte die Stirn. »Ziemlich weit hergeholt, Stine, aber …«

»Aber?«

»Mir fällt auch nichts Besseres ein.«

Ackerman stand auf und machte sich auf den Rückweg zum Tatort. »Gehen wir's an.«

40

»Na, wo wollen wir denn hin?«

Nadia hielt mit dem Zuschnüren ihres Schuhs inne. Sie lehnte an ihrem Krankenhausbett, trug aber nicht mehr den Patientenkittel, sondern Straßenkleidung. Carter war den ganzen Tag in seinem Büro gewesen – etwas anderes war nicht zu erwarten, immerhin war er ein FBI Deputy Director –, und dass er nun hier war, überraschte Nadia.

Er hielt eine große Plastiktasche hoch. »Ich habe hier Ihre Kleidung und alles andere. Wie kommen Sie an die Sachen?«

»Ackerman hat sie mir zusammen mit dem Laptop hergebracht.«

»Die Ärzte haben Sie also entlassen?«

Nadia zögerte, beschloss dann aber, ihm zumindest einen Teil der Wahrheit zu sagen. »Die Schwellung, die mir Schwierigkeiten gemacht hat, ist unter Kontrolle. Ich bin wieder auf dem Damm.«

Carter runzelte die Stirn und nahm einen Schluck aus seinem Starbucks-Becher. Nadia war schon aufgefallen, dass er mehr Kaffee trank als ein Reporter kurz vor dem Abgabetermin seines Artikels. »Das bedeutet aber nicht, dass Sie schon wieder dienstfähig sind«, meinte er. »Und wieso sollte Ackerman Ihnen zusätzliche Kleidung bringen? Haben Sie vor, das Krankenhaus gegen den ärztlichen Rat zu verlassen?«

Nadia kam sich vor wie auf der Highschool, als die Direktorin sie beim Rauchen auf der Toilette ertappt hatte. »Nein, Sir. Ich habe nur vorausgedacht. Ich weiß, dass Sie sehr beschäftigt sind, und ich wollte einen Uber in Ihr Büro nehmen und meine Sachen abholen.«

»Und was dann? Ich nehme an, Ihnen wurde Bettruhe verordnet.«

Nadia fühlte sich plötzlich nicht wohl in ihrer Haut. Sie hatte Carter nicht aufsuchen wollen, bevor sie die Reise nach Charleston antrat. Wie immer betrachtete Carter sie mit gleichen Teilen väterlicher Besorgnis und väterlicher Missbilligung. Sie war nicht hundertprozentig ehrlich zu ihm, und er wusste es.

»Sind mein Dienstausweis und meine Waffe in dieser Tasche?«, fragte sie.

Carters Stirnrunzeln vertiefte sich, und er schüttelte den Kopf. »Ich habe sie im Büro gelassen, weil ich davon ausging, dass Sie beides nicht brauchen, solange Sie das Bett hüten. Was wollen Sie mit Ihrem Dienstausweis? Ihnen ist doch wohl klar, dass ich Ihnen befehlen könnte, sich aus den Ermittlungen herauszuhalten. Und wenn Sie sich daran nicht hielten, könnte ich Sie wegen Behinderung der Ermittlungen festnehmen lassen.«

»Ja, Sir. Dessen bin ich mir bewusst.«

»Oder wollen Sie behaupten, die Ärzte hätten Sie wieder diensttauglich geschrieben?«

»Nein, Sir. Sie wollen, dass ich eine Reha mache, bevor ich wieder in den Einsatz gehe.«

»Und Sie widersprechen der medizinischen Fachmeinung der Ärzte?«

Nadia schloss die Augen und rang um Fassung. Sie stand Carter mittlerweile ziemlich nahe, und wenn sie die Wortgefechte hörte, die er und Ackerman sich lieferten, konnte sie leicht vergessen, dass er in Wahrheit einer ihrer höchsten Vorgesetzten war, der ihre Karriere mit einem Fingerschnipsen beenden konnte. »Tut mir leid, hinter Ihrem Rücken vorzugehen, aber Frank braucht mich, Sir. Er benötigt jemanden, der zwischen ihm und dem Rest der Welt vermittelt. Er kommt nicht ohne jemanden aus, der ihn davon abhält ...« Sie stockte.

»Ackerman zu sein?«, fragte Carter.

»Nun ja.« Nadia zögerte. »Er hat bereits zwei Personen angegriffen und wurde mit Strafanzeigen bedroht. Dabei ist er erst seit ein paar Stunden unterwegs.«

Carter seufzte. »Darüber bin ich mir im Klaren. Ich hatte ein hitziges Gespräch mit Knox' Vorgesetztem. Aber keine Bange, Frank erhält den Spielraum, den er braucht, um den Fall zu lösen.«

»Bei allem Respekt, Sir, aber was er braucht, das bin ich. Jemanden, der mit der zuständigen Polizei redet und sich mit Knox und dessen Vorgesetzten auseinandersetzt. Ich muss nach Charleston, sonst legt Knox spätestens Ende der Woche Frank die Handschellen an.«

Carter murmelte etwas Unverständliches und warf die Plastiktasche auf Nadias Bett. Einen langen Augenblick starrte er sie an, während er einen weiteren Schluck aus seinem Kaffeebecher nahm. »Sie beide scheinen gut zusammenzuarbeiten«, sagte er schließlich. »Frank mag Sie, und er mag nicht viele Menschen. Ich sorge mich um ihn, wissen Sie. Als ich ihn damals ins FBI übernahm, habe ich meinen Vorgesetzten versprochen, ihn anzuleiten. Ich nehme an, das ist mit der Zeit zu meiner Spezialität geworden. Ich habe im Lauf der Jahre etlichen Menschen wie Frank geholfen, obwohl ... mit Frank ist niemand zu vergleichen. Jedenfalls, ich erkenne das volle Potenzial solcher außergewöhnlichen Leute und versuche es zu nutzen.«

»Und wie stellen Sie das an?«

»Indem ich mehr bin als nur ihr Boss. Indem ich ihr Freund bin und versuche, sie in die Strukturen und Abläufe bei einer großen Behörde wie dem FBI einzufügen.«

Den Blick zu Boden gerichtet, sagte Nadia: »Sie waren ein großartiger Boss für …«

»Ich bin nicht auf Komplimente aus, Agentin Shirazi. Ich sorge mich um Frank. Er hat im Moment viel am Hals, schlägt sich mit Problemen herum, von denen wir die meisten gar nicht kennen, und versucht sich darüber klar zu werden, wer er eigentlich ist – über das hinaus, was er getan hat. In der Vergangenheit war sein Bruder immer für ihn da. Marcus Williams hat überhaupt erst bewirkt, dass Frank den Weg aus der Finsternis gefunden hat. Ich nehme an, dass er glaubt, er könne seine Familie beschützen, indem er sie aus seinem Leben heraushält.« Er stockte kurz. »Manchmal frage ich mich, ob er sich für verflucht hält und fürchtet, diesen Fluch an jeden weiterzugeben, der ihm etwas bedeutet oder dem er vertraut.«

»Habe ich Ihre Einwilligung, nach Charleston zu fahren, Sir?«, drängte Nadia.

Carter zögerte. »Ihre Glock ist in der Tasche«, sagte er schließlich. »Ich möchte, dass Sie Ihre Waffe anlegen, Agentin Shirazi, und mir zeigen, wie Sie ziehen. Und Sie sollten schnell ziehen.«

»Bei allem Respekt, aber was soll das, Sir?«

»Halten Sie einfach den Mund und tun Sie, was ich Ihnen sage, bevor ich es mir anders überlege.«

Nadia legte Gürtel und Hüftholster an. Sie überprüfte die Waffe, obwohl sie wusste, dass das Magazin nicht geladen war. In solchen Situationen hielt sie immer auf Sicherheit. Nachdem sie die Bereitschaftsstellung eingenommen hatte, zog sie und richtete die Waffe auf den Deputy Director. Wegen der großen Nähe hielt sie die Ellbogen angewinkelt. Sie zielte auf Carters Brust, wobei sie den Zeigefinger auf dem Abzugsbügel hielt. »Peng!«, rief sie, riss die Waffe hoch, zielte auf Carters Kopf und rief erneut: »Peng!« Dann schob sie die Glock zurück ins Holster und wiederholte das Ganze viermal. Jedes Mal zog sie die Waffe flüssig und schnell. Als sie fertig war, fragte sie: »Zufrieden?«

Carter erwiderte zunächst nichts. Stattdessen schob er die Plastiktasche auf dem Bett beiseite, nahm Platz und klopfte auffordernd neben sich auf das Laken. Widerstrebend ließ Nadia sich auf der Kante des Krankenbetts nieder.

Carter trank wieder einen Schluck Kaffee und sagte: »Mein kleiner Bruder war früher ein erstklassiger Sprinter. Er war schnell wie ein geölter Blitz. Mit dem richtigen Training wäre er zu einem der schnellsten Hundertmeterläufer der Welt geworden. Seine Zeiten war so gut, dass er für die Olympiade nominiert wurde. Wie es schien, war er für große Dinge bestimmt. Er trainierte härter als jeder, den ich je erlebt habe, sieht man von Frank ab. Dann verletzte er sich an der Achillessehne. Er ging in Therapie, und die Ärzte sagten ihm, er brauche Dehn- und Belastungsübungen und dergleichen. Vor allem aber brauche er Zeit, um sich zu erholen. Mir kommt es so vor, als hätten wir heute nie genug Zeit, um uns von einer emotionalen oder körperlichen Verletzung zu erholen – und dann erwischt uns schon die nächste.«

Bevor sie sich zurückhalten konnte, sagte Nadia: »Solange Black Rose noch lebt, werde ich nicht gesund.«

Carter seufzte. »Dann werden Sie überhaupt nicht mehr gesund. Mein Bruder hat die Ärzte ignoriert, und am Ende war es um seine Achillesferse so schlimm bestellt, dass er immer noch hinkte, als er ein paar Jahre später starb. Aber es war nicht die Verletzung, die ihm seine Träume stahl und seine Probleme verursachte. Den Traum, Olympionike zu sein, hat er sich selbst mit seiner Weigerung gestohlen, seine Grenzen zu erkennen, und mit seiner ungeduldigen Rücksichtslosigkeit sich selbst gegenüber.« Er blickte Nadia an. »Wenn Sie weiterhin dem Weg folgen, auf dem Sie sind, muss ich mir Sorgen machen, dass dieser Fall Ihnen einen Preis abverlangen könnte, der sogar noch höher ist.«

»Ich *muss* es tun, Sir. Das wissen Sie. Und ich bin stark genug, damit fertigzuwerden.«

Carter sah sie von der Seite an. »Wenn Sie nach Charleston gehen, dann nur in unterstützender Funktion, damit das klar ist. Sie sind dort, um Ackerman bei den Ermittlungen zu helfen und zwischen ihm und den zuständigen Behörden zu vermitteln. Sie treten keine Türen ein, und Sie begleiten ihn nicht auf seinen Eskapaden. Sie gehören zwar noch zum Team, Agentin Shirazi, aber Sie sitzen auf der Ersatzbank. Ist das klar?«

»Was, wenn Frank Rückendeckung braucht?«

»Dann schicken Sie Senior Inspector Knox mit ihm los, aber Sie selbst werden sich aus dem Getümmel heraushalten. Haben wir eine Abmachung, Agentin Shirazi?«

Nadia sah keine andere Möglichkeit. »Selbstverständlich, Sir«, antwortete sie. »Ich werde Sie nicht enttäuschen. Aber ich sollte mich jetzt auf den Weg machen. Bis Charleston ist es eine weite Fahrt.«

Carter lächelte. »Eigentlich hatte ich daran gedacht, Sie in einer Gulfstream mitzunehmen.«

»Nicht nötig, Sir. Ich hätte ein schlechtes Gewissen.«

Er winkte ab. »Unsinn. Bald ist der November zu Ende, und es sind noch Mittel vom Etat übrig. Wenn ich das Geld nicht ausgebe, streichen die Bürohengste es mir für nächstes Jahr. Außerdem bekomme ich auf diese Weise die Gelegenheit, Ihnen ein paar meiner Geschichten zu erzählen und ein wenig von der Weisheit des Alters an Sie weiterzugeben.«

Nadia bedachte Carter mit einem wehmütigen Lächeln und überlegte, wie viel schöner ihr Leben hätte sein können, wenn sie einen Mann wie ihn zum Vater gehabt hätte.

41

Am Himmel stand eine helle Nachmittagssonne, als Senior Inspector Knox den Wagen zu ihrem nächsten Ziel lenkte. Die Computerexperten des Charleston Police Department hatten schnell und gründlich die Querverbindungen hergestellt und sämtliche AIM-Angestellten ermittelt, die zum fraglichen Zeitraum in der Firma beschäftigt gewesen waren und dazu in einem Haus wohnten, das voll unterkellert war. Knox hatte mit einer langen Liste gerechnet, die sie weiter eingrenzen mussten, doch zu seiner Überraschung nannte das CPD ihnen nur sechs Personen, die den Kriterien entsprachen.

Knox war es nur recht. Er und Franklin Stine hatten die ersten beiden Verdächtigen auf der Liste bereits überprüft und befanden sich nun auf dem Weg zum dritten. Knox setzte sich die Sonnenbrille auf. Die Sonne war trotz ihrer Helligkeit trügerisch. Im Grunde war es überhaupt nicht kalt, um die fünfzehn Grad, aber der Wind schnitt wie ein eisiges Messer. Obwohl er sein Jackett trug, fror Knox und sorgte sich, er könne sich erkälten. Der Gedanke an eine Atemwegsentzündung war für ihn mehr als nur unerfreulich.

Knox hatte in den letzten Minuten einem Gespräch zwischen Stine und Samuel Carter zugehört; wenngleich er nicht alles verstand, konnte kein Zweifel daran bestehen, dass Stine mit der Situation alles andere als zufrieden war. Als wollte er seine Argumente unterstreichen, sagte Stine nun in sein Handy: »Ich halte das für eine außerordentlich schlechte Idee, Sir.« Er schwieg kurz und sagte: »Ja, verstehe. Ja, wir werden dort sein.«

Stine legte auf, und eine Zeit lang waren das Summen der Fahrbahn unter ihren Reifen und das Zischen vorüberfahrender Wagen aus der Gegenrichtung die einzigen Geräusche im Chevy Impala. Schließlich aber siegte Knox' Neugier, und er fragte: »Was ist diese schlechte Idee, Stine? Und wohin müssen wir?«

Stine hielt den Blick nach vorn gerichtet. »Die Antwort auf beide Fragen lautet, dass wir Nadia Shirazi in etwa zwei Stunden von einem Privatflugplatz abholen werden. Unmittelbar darauf haben wir eine Verabredung mit der Firmenspitze von AIM.«

»Und Sie halten es für eine schlechte Idee, dass Ihre Partnerin so kurz nach ihrer Verletzung wieder in den Einsatz geht?«

»Sie will es nicht anders.«

Knox zuckte mit den Schultern. »Sie wären überrascht, wie sehr Menschen sich über ihre Grenzen treiben können. Offenbar haben die Ärzte sie dienstfähig geschrieben.«

»Ich bin mir nicht sicher, ob es Nadia interessiert, was die Ärzte sagen. Ich hatte gehofft, diesen Fall gelöst zu haben, bevor sie wieder auf den Beinen ist.«

Knox wickelte einen zweiten Streifen Erdbeerkaugummi aus, steckte ihn sich in den Mund und fragte: »Und der Black Rose Killer ist sozusagen Nadias Dämon?«

»Einer davon. Manchmal ist nichts schwerer, als seine Dämonen zu töten, ohne selbst dabei getötet zu werden.«

Wieder herrschte einen Moment lang Schweigen. Dann fragte Knox: »Und was ist mit Ihnen? Haben Sie alle Ihre Dämonen getötet?«

Franklin Stine starrte ihn an. »Meine Dämonen sind nicht von der Art, dass ein normaler Mann sie töten könnte, Knox. Sie sind von der Sorte, bei denen man nur um göttlichen Schutz beten kann.«

Fox lachte leise. »Tja, für mich wäre das ein Problem, denn ich glaube weder an Gebete noch an göttlichen Schutz.«

»Tatsächlich?«, erwiderte Stine. »Ich fände es schade, wenn die Christlichen Wissenschaftler, unter denen Sie aufgewachsen sind, Sie davon abhielten, nach der universellen Wahrheit zu suchen. Aber ich weiß – die Christliche Wissenschaft ist trotz ihres Namens weder besonders christlich noch besonders wissenschaftlich. Ihre Glaubensstruktur basiert auf Verzerrungen der Heiligen Schrift.«

»Das ist wirklich kein Thema, das ich erörtern möchte.«

»Schon gut. Offenbar wollen Sie, dass Ihre persönlichen Angelegenheiten persönlich bleiben. Ich habe nichts dagegen, geht mir nämlich genauso.«

»Umso besser«, sagte Knox.

Den Rest des Weges legten sie schweigend zurück. Knox geriet ins Grübeln. Hätte er Stine vielleicht doch mehr über seine Vergangenheit anvertrauen sollen? Womöglich hätte der Mann sich dann mehr geöffnet. Und Knox war neugierig auf Stine; dieser Bursche stellte ihn immer wieder vor Rätsel.

Wer war dieser Franklin Stine?

Knox verfluchte sich, die Gelegenheit verpasst zu haben, mehr über seinen mysteriösen neuen Partner zu erfahren.

42

Ezra Crane stand auf dem Parkplatz des Super Awesome Fun Store und beobachtete die Angestellten durch die großen Schaufensterscheiben. Er sollte nicht hier sein. Er hatte

Wichtigeres zu tun, aber seit er Melody erblickt hatte, saß sie ihm wie ein Stachel im Fleisch – eine juckende Stelle, die er nicht kratzen konnte. Der Umstände wegen konnte er nicht bei November McAllister sein, und der beiden anderen Mädchen in seinem Harem war er überdrüssig geworden.

Melody entsprach zwar nicht ganz den Standards für ein Black-Rose-Opfer, und schon gar nicht weckte sie in ihm die Lust, sie für einen längeren Zeitraum bei sich zu behalten; dennoch bekam Ezra sie nicht mehr aus dem Kopf.

Nun ja, dachte er grinsend. *Manchmal hat man Appetit auf Filet Mignon, und manchmal genügt ein Cheeseburger.*

Er musste allerdings vorsichtiger werden und seine Methoden ändern, wenn er wirklich dem Weg zu folgen gedachte, den sein Vater ihm ebnen wollte und der ins Repräsentantenhaus führte. Was das anging, war Ezra zu Opfern bereit. Er wollte liebend gern in die Fußstapfen seines alten Herrn treten und ihn eines Tages überflügeln, Gouverneur werden, vielleicht sogar Präsident. Aber das alles war Zukunftsmusik.

Ezra hatte weder Melodys Tagesablauf ausgekundschaftet noch all die anderen Dinge in Erfahrung gebracht, die er normalerweise überprüfte. Dennoch, er musste eine Methode entwickeln, um weiterhin zu jagen und zu töten, während er zugleich seine politische Laufbahn verfolgte. Er konnte ein Mädchen die Nacht über haben und sich ihrer gleich anschließend entledigen. Der Schlüssel bestand darin, dass die Opfer allein waren – und sei es nur für einen Moment.

Am Nachmittag war Ezra, nachdem er eine Kleinigkeit für seinen Vater erledigt hatte, bei Sergei vorbeigefahren und hatte einen schwarzen Lieferwagen abgeholt, der auf eine von Sergeis legalen Firmen zugelassen war, in diesem

Fall ein Steinbruch nördlich von Charleston, eine wichtige Einkommensquelle für Sergeis Organisation. Allerdings war der Gewinn nichts im Vergleich zu den Profiten, die sie mit der Nebenbeschäftigung erzielten, die Ezra und Sergei gemeinsam ins Leben gerufen hatten. Der *Wurm* hatte sich als Goldgrube erwiesen und Sergei die Möglichkeit verschafft, sein Geschäftsfeld auszudehnen. Ezra versorgte der Wurm mit den Mitteln für seine Wahlkampagne. Seinem Vater gegenüber behauptete er natürlich, das Geld stamme aus klugen Investitionen.

Das alles war Teil der Ansprache gewesen, die Ezra seinem Vater vor ein paar Wochen gehalten hatte. Thema war gewesen, dass er bereit sei, auf die nächste Stufe zu steigen und seinen Platz am Tisch einzunehmen. Der Alte hatte ihm aus der Hand gefressen, denn genau das hatte David Crane sich immer von seinem Sohn erhofft.

Ezra hatte sich bislang damit zufriedengegeben, hinter den Kulissen die Fäden zu ziehen. Er genoss seine Arbeit, aber mittlerweile langweilte sie ihn auch. Er suchte nach anderen Quellen der Befriedigung, mit denen er die Lücken in seinem Innern füllen konnte.

Sex und Macht, dachte Ezra. Sex war eine wunderbare Ablenkung, und Macht erfüllte ihn mit einem überwältigenden Hochgefühl. Deshalb war er entschlossen, sich von beidem mehr zu beschaffen. Doch woran es Ezra stets gemangelt hatte, war Liebe. Ob es möglich war, dass er bei Nadia wahre Liebe fand? Wie oft hatte er über Seelenverwandtschaften nachgedacht. Viele Leute glaubten, dass man einen Gefährten finden müsse, der einen erfüllt, einen vollständig macht. Einen Menschen, der die andere Hälfte des eigenen Ichs ist und dessen Seele mit der eigenen verschmilzt, um etwas Vollständiges und Wundervolles zu erschaffen.

Ezra wusste, seine Seelengefährtin war Nadia. Er hatte

es gespürt, als er zum ersten Mal ihren Anblick genießen durfte, und er hatte es erneut empfunden, als er sie in dem Tattoostudio vergewaltigt hatte. Auch wenn sie damals bewusstlos gewesen war und nichts empfinden konnte – Ezra hatte ihrer beider Seelenverwandtschaft gespürt. Ob Nadia sein Inneres ausfüllen und ihn zu einem normaleren Menschen machen konnte? Vielleicht war das schon alles, was ihm fehlte: eine Frau, die ihn anleitete, die ihn zufriedenstellte, ohne dass er auf seine dunklen Triebe zurückgreifen musste. Vielleicht konnte Nadia seine Seele retten – falls er so etwas besaß.

Allerdings war Ezra sich keineswegs sicher, ob er auch nur ein Wort von alldem glauben konnte. Doch es sollte ihm recht sein, wenn es ein Schicksal oder eine Bestimmung gab, die ihn und Nadia zusammenbrachte. Denn davon hatte er immer geträumt. Für diese Gelegenheit hätte er alles geopfert.

Das Spielzeuggeschäft öffnete um neun und schloss um siebzehn Uhr, Ezras Ansicht nach seltsame Zeiten. Wäre es sein Geschäft gewesen, hätte er den Laden erst um neunzehn Uhr geschlossen, damit die Leute Gelegenheit hatten, nach Feierabend bei ihm zu kaufen. Ezra hatte sich oft vorgestellt, als Berater für große Ladenketten zu arbeiten – als ein Mann, dem nichts entgeht, was im Unternehmen falsch läuft, und der den Eigentümern hilft, alles loszuwerden, was sie an totem Gewicht mitschleppen, einschließlich problematischer Angestellter. Vielleicht konnte er eine solche Laufbahn einschlagen, wenn seine Präsidentschaftskandidatur scheiterte. Dann könnte er sogar Tourneen machen, auf denen er motivierende Reden vor Tausenden begeisterter Zuhörer hielt. Ezra lachte in sich hinein. Noch mehr Zukunftsmusik.

Durch die Schaufenster beobachtete er Melody. Es war

inzwischen fünf nach fünf. Die Türen waren verschlossen, der letzte Kunde wurde hinausgelassen. Wenn Ezra Glück hatte, kam Melody als letzte Angestellte aus dem Geschäft. Vielleicht musste die jüngste Mitarbeiterin den Laden abschließen. Wenn das der Fall war, würde er Melody gleich hier und jetzt entführen.

Mit jedem Augenblick wuchsen seine Erregung und seine Vorfreude. Er dachte an die schmutzigen Dinge, die er mit Melody tun würde, die Qualen, die er ihr zufügen, und die Lust, die er aus ihrem Körper pressen würde. Während er sie beobachtete, dachte er: *Melody, Melody, welch süßes Lied wirst du mir singen?*

Seine Gedanken wandten sich praktischeren Fragen zu. Wenn das hier zu seiner neuen Arbeitsweise werden sollte, musste alles so glatt wie ein Uhrwerk laufen. Die Beseitigung der Leichen hatte er bereits mit Sergei besprochen. Grundsätzlich war es am besten, wenn keine Leiche existierte, weil es dann auch keinen Beweis für ein Verbrechen gab. Sergei nutzte oft den Steinbruch zur Entsorgung von Leichen, die in seinen Besitz gelangten. Der Vorgang war simpel: Im Steinbruch gab es einen Abschnitt, der nicht mehr benutzt wurde. Dort befand sich ein künstlicher Teich – klein, aber mehr als dreißig Meter tief. Sergei hatte Ezra gesagt, er bräuchte nur an diesen Teich zu fahren, wo stets ein kleines Ruderboot an der Pier läge. Dort angekommen, nahm man sich die Leiche vor, schnitt die Brust auf und entfernte die Lungenflügel; die Lunge war das Organ, das eine Leiche wieder an die Oberfläche steigen ließ. Die Höhlung füllte man mit Steinen, ruderte die Leiche in die Mitte des Sees und warf sie ins Wasser. Sie versank binnen Sekunden, und niemand sah sie je wieder.

Ezra hatte diese Entsorgungsmethode schon mehrmals angewendet und fand sie überaus befriedigend. Die

Anstrengung bei der Entfernung der Lunge erinnerte ihn an die Jagd, als nähme er eine erlegte Beute aus. Wenn das Messer in den Körper eindrang, hatte es etwas Urtümliches, Sexuelles, von dem er gar nicht genug bekommen konnte.

Der andere wichtige Aspekt, den Ezra zu berücksichtigen hatte, war die Entführung an sich. Der richtige Moment war entscheidend. Und der Ort: Er musste dort zuschlagen, wo es abgeschieden war. Kein Zeuge durfte die Polizei verständigen; weder Ezras Beschreibung noch die seines Fahrzeugs durften jemals bekannt werden. Überwachungskameras waren vernachlässigbar. Erst vor wenigen Stunden hatte Ezra ein paar Häuserblocks entfernt die Nummernschilder ausgetauscht, damit sein Lieferwagen nicht mit dem Steinbruch in Verbindung gebracht werden konnte – und falls doch, war Ezra insofern auf der sicheren Seite, als es sich um ein Fahrzeug handelte, das jeden Abend auf dem Büroparkplatz abgestellt wurde. Dass es irgendwann gestohlen wurde, um für illegale Zwecke benutzt zu werden, war bedauerlich, aber mit Ezra konnte man das Fahrzeug nicht in Verbindung bringen.

Auch darüber, wie das Opfer überwältigt werden sollte, hatte Ezra lange und sorgfältig nachgedacht. Er schaute auf den Beifahrersitz und die Waffe, die er zu diesem Zweck ausgewählt hatte. Erst kürzlich hatte er sie über eine der Firmen seines Vaters erhalten, die Advanced Innovations Manufacturing, kurz AIM – ein Unternehmen, das zahlreiche kleine, fiese Hightechprodukte für die US-Regierung herstellte. Seinem Vater verliehen diese Waffen das Gefühl, ein Patriot zu sein, obwohl seine Produkte genauso sadistisch waren wie manche Dinge, mit denen Ezra sich beschäftigte.

Ezra blickte auf den Beifahrersitz. Bei der Waffe seiner Wahl handelte es sich um eine Schallschockerpistole, die kürzlich bei AIM entwickelt worden war. Der Prototyp erinnerte an die Radarpistole eines Polizisten, war aber kleiner und leichter, wodurch sie mühelos versteckt getragen werden konnte. Es war eine nichttödliche Waffe, die Schallwellen niedriger Frequenz benutzte; die Resonanzschwingungen riefen Schwindel, Lähmungen, Orientierungsverlust und Übelkeit hervor. Die Schallwaffe hatte zwei Feuermodi: einen für den Einsatz gegen Einzelziele sowie einen für Streuschüsse, wobei die lähmenden Schallwellen in einem Einhundertvierzig-Grad-Kegel nach vorn abgegeben wurden. Die Intensität ließ sich auf einer Skala von eins bis zehn regulieren, sodass man bei niedrigen Stufen beginnen und die Qualen des Opfer dann immer weiter steigern konnte. Diese Funktion war besonders bei Folterungen praktisch.

Früher hatte Ezra Chloroform bevorzugt, das er dem Opfer ins Gesicht sprühte. Es machte die Entführte für mehrere Stunden bewusstlos. Wenn er die Mädchen zu sich nach Hause holte, um sie seinem Harem hinzuzufügen, war dieser Begleitumstand von Vorteil. Aber wenn er sich mit einem Opfer an nur einem einzigen Abend vergnügen wollte, um es anschließend zu entsorgen, sollte es wach sein, schreien können, Schmerz empfinden und sich fürchten können, sonst machte es Ezra keinen Spaß. Es brachte nichts, wenn eine Entführte noch Stunden nach der Entführung bewusstlos war. Und hier kam die Schallwaffe ins Spiel. Ezra hatte sie bereits wirksam an den US Marshals auf der Farm ausprobiert. Bei Melody wollte er Stufe acht versuchen, was der Süßen vermutlich furchtbare Schmerzen bereiten würde; sie würde schreien, betteln, ihn anflehen. Bei dem bloßen Gedanken daran spürte Ezra, wie seine Erregung weiter wuchs, während er sich den Anblick von Melodys nacktem Körper ausmalte und sich fragte, wie die Berührung ihrer warmen Haut sich anfühlte, wie sie duftete …

Er hatte einige Zeit gebraucht, um sich darüber klar zu

werden, weshalb er so sehr von diesem Mädchen fasziniert war, aber wenn er jetzt zurückdachte – es lag sicher auch daran, dass sie an jenem Tag Zimtgebäck gegessen hatte. Sie hatte intensiv nach Zimt gerochen, und Ezra liebte den Duft. Er hoffte, dass er Melody noch immer anhaftete. Die bloße Vorstellung heizte seinen Wunsch, sie an diesem Abend zu nehmen, umso mehr an. Er wollte nicht mehr warten. Er wollte nicht später wiederkommen. Sie war Junkfood, ein Mitternachtssnack. Das Wundervolle daran war, dass man nicht warten musste; man bekam die Befriedigung auf der Stelle.

Nein, Ezra wollte nicht warten, bis er irgendwann das Lied der süßen Melody zu hören bekam. Er wollte, dass sie sofort für ihn sang.

Er beobachtete, wie eine andere Kassiererin das Gebäude verließ und sich ins Auto setzte. Dabei vergewisserte er sich, dass er tief genug im Sitz des Lieferwagens kauerte, um von der Frau nicht entdeckt zu werden. Dass der Lieferwagen abseits parkte und ein älteres, dunkel lackiertes Fahrzeug war, ließ ihn mit der Umgebung verschmelzen.

Die Kassiererin schenkte dem Fahrzeug keinen Blick, als sie zum Auto ging. Wenn Ezras Annahme, dass nur eine der Verkäuferinnen den Laden abschloss, korrekt war, hatte seine Chance, die eben noch eins zu zwei gestanden hatte, sich nun auf eins zu eins erhöht.

Seine Erregung wuchs weiter und wurde schier übermächtig, bis er nicht mehr sicher war, ob er sich beherrschen konnte. Er überlegte sogar, beide Frauen zu nehmen, aber das konnte sich als schwierig erweisen. Er müsste die Schallwaffe auf Streuschuss umstellen, was die Wirkung verringern würde. Seine Zielperson wäre mit Sicherheit desorientiert und bewegungsunfähig, aber er würde nicht sicher sein können, ob beide auch das Bewusstsein verloren.

Aber er kam auch so zurecht, davon war er überzeugt. Allerdings war es ein Risiko, das er nicht eingehen sollte, wo er doch so kurz davorstand, seine bisherige Identität als Black Rose Killer aufzugeben – einen Spitznamen samt dazugehöriger Legende, die er nur ungern hinter sich zurückließ.

Er beobachtete durch das Schaufenster, wie die andere Kassiererin sich mit der Kasse beschäftigte und dann ihre Handtasche nahm. Seine Erregung wuchs bis zu einem Punkt, an dem er eine deutliche Veränderung seines Atems, seiner Körperwärme und seiner Herzfrequenz bemerkte. Er zitterte; Schweißperlen erschienen auf seiner Stirn.

In diesem Moment vibrierte sein Handy. Ezra biss die Zähne zusammen, um nicht lauthals zu fluchen, als er es hervorzog und auf dem Display den Anrufer las: *Congressman David Crane.*

Er knirschte mit den Zähnen und nahm das Gespräch entgegen. »Hi, Dad. Hör mal, ich bin gerade sehr beschäftigt. Kann ich dich …«

»Halt den Mund und hör zu«, fiel David Crane ihm ins Wort. »Mach, dass du so schnell wie möglich in mein Büro bei AIM kommst.«

»Hat das nicht ein bisschen Zeit? Ich …«

»Es hat keine Sekunde Zeit! Du lässt alles stehen und liegen und kommst hierher. Es ist ein Notfall. Mehr will ich am Telefon nicht sagen.«

Ezra zögerte. »Nun ja, ich …«

In diesem Augenblick beobachtete er, wie die andere Kassiererin den Spielzeugladen verließ. Melody schloss allein ab.

Voller Gier beobachtete Ezra die junge Frau, sah aber keine andere Möglichkeit, als einzulenken. »Ich bin unterwegs, Vater.«

David Crane sagte nichts, als er auflegte. Ezra steckte das Handy wieder in die Tasche, bitter enttäuscht, dass sein Rendezvous mit Melody an diesem Abend nicht zustande kommen würde. So wunderbar sich alles entwickelt hatte, es sollte wohl nicht sein.

Als Ezra den ersten Gang einlegte und vom Parkplatz fuhr, sah er ein letztes Mal zu Melody. Sie würde niemals erfahren, wie knapp sie an diesem Abend der Vergewaltigung, Verstümmelung und Ermordung entgangen war.

43

Ackerman stand im Kontrollturm eines kleinen Flugplatzes nördlich von Charleston. Das Dekor war seit den Achtzigerjahren nicht modernisiert worden, wirkte aber durchaus zeitgemäß. Allerdings roch es intensiv nach chinesischem Essen zum Mitnehmen, das offen auf einem der Schreibtische stand – irgendein Eiernudelgericht, das kalt geworden war und dessen säuerliche Ausdünstungen Ackerman nun in die Nase stiegen.

Kurz schweiften seine Gedanken zu den Horrorjahren bei seinem Vater zurück. Damals gab es Zeiten, in denen er tagelang überhaupt keine sensorischen Reize wahrgenommen hatte – normalerweise ein Todesurteil für jeden Menschen. Er hatte sich damals nach dem Geruch von Blumen gesehnt, oder von Abfall, egal was, nach einem Lichtschimmer, nach Geräuschen, sogar nach Lärm – nach irgendeiner Wahrnehmung gleich welcher Art, die ihn erkennen ließ, dass seine Sinne noch funktionierten. Er wollte gar nicht daran denken, dass November McAllister jetzt ein ähnliches Schicksal erdulden musste und Nadia erneut dieser Gefahr ausgesetzt war.

Durch eine große Glasscheibe beobachtete er, wie der Gulfstream-Jet auf der Landebahn aufsetzte – ein gekonntes Manöver eines tüchtigen Piloten. Flüchtig fragte sich Ackerman, was das FBI dem Piloten bezahlte und ob es mit dem Gehalt vergleichbar war, das der Mann im Privatsektor erzielen konnte. Vermutlich nicht. Es war eine Schande, welchen Hungerlohn die USA ihren Beschäftigten zahlten – einschließlich denen beim Militär und der Polizei, die häufig das eigene Leben in Gefahr brachten.

Ackerman hatte die Lederjacke abgelegt und offenbarte das langärmelige schwarze Dri-Fit-Shirt, das Schulterholster mit der Judge-Pistole und das Bowiemesser mit dem Knochengriff, das er auf dem Rücken trug. Sebastian Knox trat neben ihn vor die Scheibe und betrachtete Ackermans Spiegelbild von oben bis unten.

»Was gucken Sie denn so?«, sagte Ackerman mürrisch.

»Verführerischer Aufzug«, sagte Knox grinsend. Er hatte schon lange auf eine Gelegenheit gewartet, Stine eins auszuwischen. Der Kerl hatte was auf dem Kasten; trotzdem konnte Knox ihn nicht ausstehen. »Haben Sie das Shirt von einem Erotikversand?«

Ackerman schwieg und beobachtete, wie das Flugzeug die Gangway ausfuhr und Samuel Carter aus der Maschine stieg, gefolgt von Nadia. Erst dann wandte er sich Knox zu und fragte: »Wieso? Wollen Sie mich anbaggern?«

Knox' Gesicht lief rot an.

»Keine Chance, Kumpel«, sagte Ackerman. »Ich stehe nicht auf Rassisten. Schon gar nicht, wenn sie Sebastian heißen.«

»Jetzt reicht's!« Knox verlor die Beherrschung und ging auf Ackerman los. »Du gehst mir von Anfang an auf die Nerven. Ich hab die Schnauze voll!«

Knox war US Marshal, ein harter, kampferprobter Mann. Er hätte es mit fast jedem Gegner aufnehmen können, nur nicht mit Francis Ackerman. Als Knox heran war, schlug er ansatzlos eine rechte Gerade nach Ackermans Schläfe, aber der Schlag ging weit ins Leere – Ackerman war bereits zur Seite geglitten, als er bei Knox den Ansatz der Bewegung bemerkt hatte.

»Daneben«, sagte er. »Komm, versuch's noch mal.«

»Verdammt!«, brüllte Knox frustriert und fuhr herum, um aus der Deckung zuzuschlagen – ein Schlag wie ein Huftritt. Er war schnell, aber längst nicht schnell genug.

Ackermans rechte Hand zuckte vor. Er packte den Kopf des Gegners und knallte ihn aus der Bewegung heraus gegen die dicke Glasscheibe – nicht zu brutal, nicht zu kräftig, aber genug, dass Knox daran erinnert wurde, wer von ihnen beiden das Alphatier war. Es dröhnte laut, und Knox stöhnte dumpf und taumelte. Ohne dem benommenen Gegner noch einen Blick zu gönnen, ließ Ackerman ihn stehen und schlenderte zu der Tür, durch die Nadia und Carter hereinkommen würden.

Hinter ihm fluchte Knox leise und rieb sich die Stirn. Ackerman sah ihn über die Schulter hinweg an und sagte: »Versuchen Sie, in Gegenwart einer Dame nicht so vulgär zu sein.«

Knox starrte ihn an. Auf seinem Gesicht spiegelten sich Zorn und Fassungslosigkeit, aber auch Respekt. »Wer zum Teufel sind Sie?«, flüsterte er. »Wer sind Sie?«

In diesem Moment kam Nadia mit einem Rollkoffer und einem Rucksack ins Gebäude. In ihrem grauen Hosenanzug und der hellvioletten Bluse sah sie umwerfend aus. Normalerweise bevorzugte sie legerere Garderobe. Ackerman fiel auf, dass sie angezogen war, als müsste sie vor einen Untersuchungsausschuss treten. Er bot ihr an, ihr beim Gepäck zu helfen. Nadia lehnte ab, überraschte ihn aber mit einer flüchtigen Umarmung. Als ihre Lippen nahe an seinem Ohr waren, flüsterte sie: »Schön, Sie wiederzusehen.«

Ackerman nickte. »Ich bin froh, dass Sie wieder da sind. Ich hoffe nur, es ist nicht zu früh.«

Carter antwortete für sie: »Agentin Shirazi ist lediglich in unterstützender Funktion hier, Frank, vergessen Sie das nicht. Und sie hat versprochen, sich allein darauf zu beschränken. Achten Sie darauf, dass sie sich daran hält.«

Ackerman zuckte mit den Achseln. »Bürden Sie das nicht mir auf. Alles Mögliche kann passieren, und das wissen Sie.«

Carter lächelte, doch in seinem Blick lag keine Fröhlichkeit. »Es ist Ihr Job, dafür zu sorgen, dass alles sich zu unseren Gunsten auswirkt.«

Knox kam heran. Er rieb sich die Stirn und wirkte ein wenig neben der Spur. Carter wandte sich ihm zu und reichte ihm die Hand. »Schön, Sie endlich kennenzulernen.«

Knox verschwendete keine Zeit. »Ganz meinerseits. Ich wollte mit Ihnen über Ihren Mitarbeiter und sein Verhalten sprechen. Ich habe mich bereits mit meinem Vorgesetzten in Verbindung gesetzt und ihn gebeten, Sie zu infor…«

Carter hob Schweigen gebietend die Hand. »Wenn ich es richtig verstehe, erstatten weder Pace noch der Fotograf eine Anzeige gegen Mr. Stine. Nur von Ihnen liegt ein Strafantrag gegen ihn vor, Senior Inspector. Worauf gründet er sich?«

Knox war rot angelaufen. Mit bebenden Nasenflügeln sagte er: »Wenn Sie glauben, dass ich tatenlos zusehe, wie einer Ihrer Leute sein Amt missbraucht, kennen Sie mich schlecht. Ich bin kein …«

Wieder schnitt Carter dem Marshal das Wort ab. »Ich weiß alles, was ich wissen muss, Inspector Knox. Ich habe ausführlich mit Ihrem Vorgesetzten über Sie gesprochen. Man sollte doch meinen, dass ein Mann wie Sie, für den so viele Sonderregelungen getroffen wurden, das Konzept mildernder Umstände versteht. Mr. Stine ist Berater des FBI. Agentin Shirazi steht ihm als Bevollmächtigte des Bureaus zur Seite, damit sie ihn gegebenenfalls ein wenig bremst, denn Mr. Stine ist für seine eigenwilligen Ermittlungsmethoden bekannt. Aber täuschen Sie sich nicht, er macht einen fabelhaften Job und genießt mein vollstes Vertrauen. Deshalb«, Carter reichte ihm eine Visitenkarte, »besteht keine Notwendigkeit, sich weiterhin bei Ihrem Vorgesetzten zu beschweren, Senior Inspector. Sie können sich direkt an mich wenden. Dann kann ich Ihnen persönlich sagen, wann Sie die Klappe halten sollen, und wir umgehen den Mittelsmann.«

Knox entriss Carter die Karte. Er biss die Zähne so fest zusammen, dass die Adern an seinem Hals dick hervortraten, machte auf dem Absatz kehrt und stapfte zum Wagen.

Als er verschwunden war, schaute Carter zu Ackerman hinüber.

»Wieso hat er denn Blut an der Stirn?«, fragte er misstrauisch. »Sie haben ihn doch nicht etwa …«

»Ich fürchte ja, Sir. Der Kerl ist die reinste Evolutionsbremse. Er wollte …«

Carter unterbrach ihn mitten im Satz. »Halten Sie den Mund, Frank. Sie müssen sich zusammenreißen und nach den Regeln vorgehen. Ich erwarte von Ihnen ab sofort vorbildliches Verhalten, solange Knox in der Nähe ist. Geben Sie ihm keinen Grund, Sie zu verdächtigen oder eine Fehde mit Ihnen anzufangen. Arbeiten Sie mit ihm zusammen. Und wenn Sie ein paar Köpfe zusammenknallen müssen, dann nehmen Sie Knox nicht mit.«

Ackerman nickte knapp. »Verstanden.«

»Hatten Sie Glück mit Ihrer Liste von Häusern mit ausgebauten Kellern?«

Ackerman schüttelte den Kopf. »Nein. Knox und ich haben drei überprüft. Detective Peretti hat die anderen übernommen. Nichts Verdächtiges. Die meisten Leute ließen uns problemlos ins Haus und erlaubten uns, dass wir uns umsehen. Nur eine ältere Dame weigerte sich. Sie behauptete, dass wir ihre Bürgerrechte verletzen und einen Durchsuchungsbeschluss bräuchten.« Er schmunzelte. »Es stellte sich heraus, dass Oma in ihrem Keller Cannabis anbaut. Offenbar eine Überlebende der Hippie-Generation, die sich gern mal einen Joint reinzieht.« Er schaute von Carter zu Nadia. »Haben Sie schon etwas über die Tattoos dieses Fotografen herausgefunden?«

Nadia griff in ihren Rucksack und reichte Ackerman einen Aktendeckel. »Der angebliche Fotograf heißt Fedir Dobryibechir. Aber das wissen Sie ja schon von Knox. Er arbeitet für einen ukrainischen Mafiaboss namens Sergei Wassilik. Fedir ist einer von seinen Vollstreckern.«

Ackerman öffnete die Akte und schaute auf den Inhalt.

»Wassilik ist in eine ganze Reihe illegaler Machenschaften verwickelt, von Glücksspiel bis zu Schutzgelderpressung«, fuhr Nadia währenddessen fort. »Im Rauschgifthandel hat er keine große Bedeutung, aber bei allen anderen illegalen Geschäften in Charleston gehört ihm ein Stück vom Kuchen.«

Ackerman nickte. »Gefällt mir, wohin sich das alles entwickelt. Hört sich so an, als müsste ich einen kleinen Plausch mit Mr. Wassilik führen und ergründen, wie sein Interesse an unserem Fall aussieht. Und vor allem, weshalb er diesen Dobrydingsbums losgeschickt hat, um uns und den Tatort zu fotografieren.«

»Tun Sie das, Frank«, warf Carter ein. »Sagen Sie Hallo, aber versuchen Sie, keinen Krieg mit der ukrainischen Mafia von Zaun zu brechen, wenn Sie es irgendwie vermeiden können.«

»Wie Sie wissen, Samuel, gehöre ich inzwischen zur Nicht-Töten-Fraktion, und in Kriegen werden viele Menschen getötet.«

Carter zog ein finsteres Gesicht, sagte aber nur: »Okay, ich überlasse alles Weitere euch jungen Leuten.«

»Sie bleiben nicht hier?«, fragte Ackerman.

»Wie Sie wissen, habe ich noch andere Aufgaben, Frank. Die Sache ist bei Ihnen beiden in den besten Händen.«

Nadia dankte Carter für den Flug und verabschiedete sich.

Als sie mit Ackerman zum Auto ging, sagte sie: »Übrigens habe ich auf Benny Paces Computer eine versteckte Partition gefunden.«

»Hängt es mit dem Black Rose Killer zusammen?«

»Leider nicht. Es dreht sich um Webdesign, offenbar für das Dark Web bestimmt. Ein paar hochgradig illegale Dinge, so viel steht fest, aber allem Anschein nach nichts, was mit dem Fall zu tun hat. Und da das Material nicht bei einer legalen Durchsuchung gefunden wurde, können wir ohnehin nicht viel gegen Pace unternehmen.«

Ackerman dachte kurz nach. »Vielleicht könnten wir Ihre Freunde bei der Cyberkriminalität in New York darauf aufmerksam machen.«

»Gute Idee«, entgegnete Nadia und erschauderte leicht. »Wäre nicht schlecht, wenn Benny Pace von der Straße wäre, auch wenn er nicht Black Rose ist.«

44

Vor dem Meeting bei AIM gab es noch ein wenig Zeit totzuschlagen, was Ackerman gerade recht kam; er wollte vorher ohnehin noch etwas erledigen. Er hatte die Akten über den angeblichen Fotografen am Tatort analysiert, der für den ukrainischen Mafioso Wassilik arbeitete. Die Akten verzeichneten obendrein eine ganze Reihe legaler Geschäfte, die Wassilik betrieb, hauptsächlich als Fassaden für seine illegalen Aktivitäten. Er besaß Tankstellen, Fastfoodketten und Restaurants. Besonders interessant fand Ackerman, dass er nur zwei Etablissements besaß, die als Bars bezeichnet wurden – was erstaunlich war, denn gemeinhin waren Bars geeignete Fassaden für Aktivitäten außerhalb des Gesetzes: Bosse des organisierten Verbrechens konnten sich dort mit ihren Handlangern treffen, Kuriere konnten illegale Sendungen abholen und abgeben und vieles mehr.

Ackerman beschloss, Wassilik eine Botschaft zu schicken, ohne die offiziellen Kanäle zu benutzen. Er wollte ein privates Treffen. Wie Carter gesagt hatte: Köpfe einschlagen war eine Betätigung, der man am besten am dunklen Rand der Gesellschaft nachging.

Mit den Gedanken ganz bei der Botschaft, die er Wassilik schicken wollte, bat Ackerman den noch immer eingeschnappten Knox, ihn am Polizeipräsidium abzusetzen – angeblich, damit er seine Harley abholen könne, bevor sie weitermachten. Doch Nadia bemerkte, dass Ackerman den Marshal lediglich kaltstellen wollte.

Ackerman ließ sich Zeit, als er sich für die Abfahrt mit dem Bike bereitmachte, und wartete, bis Knox verschwunden war. Als er fertig war, schickte er Nadia eine SMS: *Habe noch etwas zu erledigen. Wir treffen uns im Hotel.*

Von den beiden Bars, die Wassilik gehörten, schien die nähere ein wenig abseits der ausgetretenen Wege zu liegen. Ackerman gab die Adresse ins Navi ein und ließ das Gerät in der Halterung an der Lenkstange der Harley einschnappen. Zwanzig Minuten später hielt er vor einem Ziegelgebäude, an dem ein Schild verriet: *Eingang zur Bar in der Gasse.* Die Gasse erwies sich als gepflasterter Gehweg, der von kleinen Bäumen gesäumt wurde – eine durchaus ansprechende Umgebung. Als Ackerman die Bar betrat, erlebte er eine weitere Überraschung. Er hatte damit gerechnet, eine Kaschemme vorzufinden, in deren Hinterzimmern die dunklen Geschäfte Wassiliks getätigt wurden. Doch was er vorfand, war ein durchaus elegantes Etablissement. Innen war die Bar in dunklem Stein gehalten; die Theke bestand aus geschnitztem Mahagoni, und der Fußboden war unebenem Kopfsteinpflaster nachgebildet. Auf den Regalen hinter dem Tresen reihte sich eine beeindruckende Zusammenstellung alkoholischer Getränke aus aller Welt.

Trotz ihres eleganten Dekors war die Bar nicht allzu groß und hatte kaum Gäste. An der hinteren Wand befanden sich fünf Nischen, von denen nur eine besetzt war. Ein großer Mann im Anzug saß zurückgelehnt da, einen Fuß auf dem Sitz ihm gegenüber. Er hatte ein Kartenspiel vor sich ausgebreitet.

Als Ackerman die Bar betrat, blickte der Keeper auf. Er schien erstaunt zu sein, ein neues Gesicht zu sehen. Außer Ackerman waren nur der Barmann, ein Gast auf einem Thekenhocker und der hünenhafte Solitaire-Spieler anwesend. Ackerman nahm Platz, legte den Rucksack auf den Hocker neben sich und bestellte ein Sodawasser. Der

Barkeeper musterte den neuen Gast noch immer mit seltsamem Blick, kümmerte sich aber stumm um den Drink. Der andere Mann am anderen Ende der Theke klopfte zweimal mit der Faust auf den Tresen und rief mit einem merkwürdigen Blick auf Ackerman dem Barkeeper zu: »Ich komme später wieder, Sonny.«

Sonny, der Keeper, nickte und kehrte mit Ackermans Getränk zurück. »Sind Sie zufällig vorbeigekommen und haben das Schild gesehen, Sir?«, erkundigte er sich.

»Nein. Um ehrlich zu sein, ich bin hier, um dem Eigentümer etwas auszurichten.«

Sonny nahm ein Handtuch und wischte den Tresen ab, wo der andere Mann bis eben gesessen hatte. »Ich bin ihm noch nie begegnet, ob Sie's glauben oder nicht.«

»Was ist mit dem Manager?«

»Der bin zurzeit ich.«

»Sie sind Geschäftsführer dieses Lokals, sind dem Eigentümer aber noch nie begegnet?«, fragte Ackerman. »Sachen gibt's.«

»Ich bin nur einer der Manager. Mein Boss ist der Chefmanager. Er hat mich eingestellt. Ich bin sicher, er kennt den Eigentümer.«

»Dann würde ich gern mit diesem Chefmanager sprechen«, sagte Ackerman.

»Tut mir leid, Sir, aber der wohnt in Myrtle Beach. Ich fürchte, er ist erst übermorgen wieder hier. Aber wenn Sie mir Ihre Nachricht dalassen, sorge ich dafür, dass sie weitergeleitet wird.«

Ackerman nahm einen tiefen Schluck aus seinem Glas. »So eine Nachricht ist das nicht. Was ist mit den Türen da drüben? Wie es aussieht, geht es dort weiter. Ist da hinten jemand, der mir weiterhelfen kann?«

Kaum sprach Ackerman von den Hinterzimmern, als der

große Mann in der Sitznische die Ohren spitzte und sich aufsetzte.

»Ich fürchte nein, Sir«, sagte der Barkeeper. »Da hinten sind nur Räume für Angestellte. Sie können da nicht rein.«

Aus dem Augenwinkel sah Ackerman, dass der hünenhafte Mann in der Sitznische aufstand. Er war ein wahrer Riese.

»Machen Sie mich nicht wütend, Sonny«, fuhr Ackerman fort. »Ich mag es nicht, wenn man mir sagt, was ich tun darf und was nicht. Dann tue ich einfach das Gegenteil.«

Mit tiefer Stimme fragte der große Mann, der nun direkt hinter Ackerman stand: »Gibt's ein Problem, Sonny?«

»Ich glaube nicht«, antwortete der Barkeeper und richtete den Blick auf Ackerman. »Sie wollten gerade gehen, Sir, nicht wahr?«

Ackerman trank sein Sodawasser aus. »Nee. Ich gehe erst, wenn ich meine Nachricht an Sergei Wassilik übergeben habe, den Eigentümer dieses Lokals.«

»Mr. Wassilik ist sehr beschäftigt«, sagte der Hüne von hinten. »Sie müssen in seinem Büro anrufen und sich einen Termin geben lassen, genau wie jeder andere.«

»Aber ich bin nicht wie jeder andere, und warten kann die Sache nicht. Wassilik muss sich heute Abend mit mir treffen. Es ist dringend.«

»Wenn Sie mir Ihre Nachricht geben, leite ich sie weiter. Mehr kann ich nicht tun, Freundchen.«

Ackerman stand auf und trat einen halben Meter von dem riesigen Mann zurück. Der Hüne überragte die Zwei-Meter-Marke und war dabei so stämmig und wuchtig wie ein Footballverteidiger. »Wie nennt man Sie her?«, fragte Ackerman. »King Kong?«

»Nein, Giftzwerg.«

»Gift … *zwerg?*«

»Ja. Der Name geht darauf zurück, dass ich vier Brüder habe, und ich bin der kleinste von allen.«

»Heilige Scheiße.« Ackerman musterte den Koloss von oben bis unten. »Sie sind der *Kleinste*?«

Der Hüne kam einen Schritt näher. »Gibst du mir jetzt die Nachricht, Kumpel? Ich hab nicht ewig Zeit.«

Ackerman zuckte mit den Schultern. »Das könnte ich, aber ich finde, dass in diesem Fall die Übergabe von entscheidender Bedeutung ist. Wer ist sonst noch da hinten?«

»Das geht dich einen Scheiß an. Weißt du was, Freundchen? Ich hab die Schnauze voll von dir. Wird Zeit, dass du dich vom Acker machst.«

Ackerman schüttelte den Kopf. »Nichts da, Buddy. Ich muss dafür sorgen, dass Wassilik mich laut und deutlich hört, aber das geht offenbar nicht, ohne dass ich dir wehtun muss. Ist nichts Persönliches, rein geschäftlich. Ich hoffe, du verstehst das.«

Giftzwerg lachte und schaute Sonny belustigt an. »Was für ein Brothirn!« Er starrte auf Ackerman. »Freundchen«, sagte er drohend, »wenn wir kämpfen, ist die Sache nach zwei Schlägen vorbei. Du schlägst mich, dann schlag ich dich – und aus die Maus. Dann bist du im Arsch.«

»Im Arsch!« Sonny, der hinter der Theke stand, lachte kichernd.

Schweren Herzens beschloss Ackerman, kurzen Prozess zu machen. Er hätte die Fähigkeiten des Riesen gern ausgetestet, aber ihm fehlte die Zeit. Ohne Vorwarnung verlagerte er sein Gewicht auf den linken Fuß und trat mit rechts zu. Sein Kampfstiefel traf Giftzwerg am Knie, das knirschend nachgab und nach hinten einknickte. Gleichzeitig hämmerte Ackerman ihm die Faust an die Schläfe. Der Riese stürzte um wie ein Baum. Es schepperte und klirrte, als er auf dem Boden aufschlug, dann kehrte Stille ein. Das alles hatte keine drei Sekunden gedauert.

Ackerman ging an die Theke zurück, zog die Taurus Judge und legte die Pistole auf den Mahagonitresen. Er schaute Sonny an, der die Hände gehoben hatte und am ganzen Körper zitterte.

»Also, noch einmal. Wie viele sind da hinten?«, fragte Ackerman.

»Hören Sie, Sir, da ist niemand ...«, antwortete Sonny und schluckte.

»Verarsch mich nicht. Ein Bodyguard braucht einen Body, den er beschützt. Wer ist da noch? Doch nicht etwa Giftzwergs zwei Tonnen schwere Brüder?«

»Nur Mr. Wassilik und Mr. Dexheimer.«

»Dexheimer? Klingt nicht gerade ukrainisch. Arbeitet er für Wassilik?«

»Das weiß ich nicht, Sir, ehrlich nicht. Ich bin kein ... Ich bin nur Barkeeper. Ich serviere den Leuten Drinks. Mit den Geschäften dieser Leute habe ich nichts zu tun.«

Ackerman spannte den Hahn der Pistole, und die schwere Trommel der Waffe, halb Revolver, halb Schrotflinte, drehte sich auf der Theke. Das Holz verstärkte das Klicken. Das Geräusch machte den meisten Leuten eine Gänsehaut, wie Ackerman wusste. Er schaute zu Sonny. »Komm schon. Du weißt mehr, als du zugibst. Diesen Dexheimer hast du doch bestimmt schon mal gesehen.«

»Ich ... okay, ja, ich habe ihn kommen und gehen sehen.«

»Wie sieht er aus?«

»Rundlich, würde ich sagen. Vollschlank. Glatze. Brille.«

»Ein belesener Mensch? Oder ein Gorilla wie unser bewusstloser Flugzeugträger da auf dem Boden?«

»Er sieht ... nun ja, wie ein Nerd aus«, antwortete Sonny.

»Und er hat hier sein Büro?«

Sonny nickte.

Ackerman dachte über die Auskünfte nach. Es machte durchaus Sinn, dass ein Mann wie Dexheimer sein Büro in einem Lokal wie diesem eingerichtet hatte. Mehr Glück, Wassiliks Buchhalter bei der Arbeit anzutreffen, konnte sich Ackerman nicht erhoffen. Auf der anderen Seite …

Ackerman blieb nicht die Zeit, alle Möglichkeiten zu durchdenken, denn in diesem Moment flog die Tür zum Hinterzimmer auf, und ein weiterer riesenhafter Mann in einem Anzug trat hindurch, eine Maschinenpistole in der Hand.

45

Eine Sekunde bevor der Riese mit der MP erschien, hatte Ackerman das leise Quietschen wahrgenommen, als die Tür mit der Aufschrift *Nur für Angestellte* aufschwang. Seine Taurus Judge lag bereits gespannt und schussbereit auf der Theke, also riss er die Waffe hoch und richtete sie in Brusthöhe auf die Tür.

Der Mann, der herauskam, war fast so groß wie Giftzwerg. Ackerman zögerte nicht. Er drückte ab und begrüßte seinen Gegner mit einer Schrotladung aus Gummigeschossen. Die Projektile trafen den Mann mit der MP genau vor die breite Brust und schleuderten ihn durch die Tür zurück.

Ackerman wusste im Voraus, dass Sonny versuchen würde, die Gelegenheit zu nutzen. Tatsächlich sah er, dass der Barkeeper sich nach irgendetwas unter dem Tresen bückte. Also feuerte er eine Gummischrotpatrone auf Sonny ab, die ihn gegen die Rückwand der Bar schleuderte, wobei etliche Flaschen zu Bruch gingen.

Ackerman griff sich seinen Rucksack vom benachbarten Barhocker und nahm seine Atemschutzmaske und vier Nebelgranaten heraus. Die Maske war auf dem neuesten Stand der Technik – eine Vollmaske wie bei der Feuerwehr, allerdings ohne Pressluftflasche. Eine kleine Kamera an der Seite nahm digitale Wärmebilder auf und zeigte die Ergebnisse auf einem Display innen auf der Sichtscheibe. Die Technik nannte sich *Sight,* eine Bezeichnung, bei der Ackerman mehr an Wahrsagerei als an Wärmebilder dachte, aber jeder nach seinem Geschmack. Die Maske erlaubte es Feuerwehrleuten, im Rauch Opfer zu finden, die in den Trümmern eines brennenden Hauses eingeschlossen waren. Wie die Maske waren auch die Nebelgranaten technisch vom Fortschrittlichsten, was Carter ihm beschaffen konnte. Statt die typische Dosenform zu besitzen, sahen sie wie Eishockeypucks aus und wurden durch einen Schalter an der Oberseite aktiviert. Ackerman besaß mehrere Nebelladungen, dazu Flashbangs, Blend-Schock-Granaten.

Er legte den Judge auf die Theke und sah zur offenen Tür. Schüsse aus wenigstens zwei Richtungen veranlassten ihn, in Deckung zu gehen. Mit geschickten Griffen aktivierte er die vier Nebelgranaten und warf sie nacheinander in den Gang. Er vermutete, dass sich hinter der Tür ein Besprechungsraum befand, dazu vielleicht ein Waschraum und einige Büros.

Während dichter Nebel den Gang und die Räume füllte, hörte Ackerman weitere Schüsse, die aber hastig und unkontrolliert, beinahe verzweifelt klangen. Sie kamen von links neben dem Flur. Von der anderen Seite hörte er eine wilde Stimme: »Lass das, Idiot! Du hättest mich fast getroffen.«

»Ich kann nichts sehen!«

Ackerman nickte stumm. Er war von der Wirksamkeit der Nebelgranaten beeindruckt. Der Gang, der die verschiedenen Räume verband, war so dicht mit Rauch gefüllt, dass seine Gegner höchstens einen halben Meter weit sehen konnten. Ackerman hingegen sah alles.

Er setzte die Infrarotmaske auf und fuhr seine Aluminium-Schlagstöcke aus, die er in beiden Fäusten hielt. Er war bereit, in die Schlacht zu ziehen. Als er den Gang erreichte, duckte er sich tief und huschte voran, so leise er konnte. Jetzt war er in seinem Metier.

Sein erstes Ziel erschien in einem Türrahmen rechts von ihm. Der Mann leuchtete für Ackerman so hell wie ein Weihnachtsbaum, strahlend rot und gelb. Nur dass dieser Weihnachtsbaum mit einer Glock bewaffnet war. Ackerman hieb dem Mann den rechten Stock auf den Unterarm, während er den linken von unten gegen das Handgelenk drosch. Ein lautes Knacken war zu hören, gefolgt von einem gellenden Schrei. Ackerman riss den rechten Arm hoch und schlug dem Mann eine trockene Gerade mitten ins Gesicht. Der Angreifer wurde von den Füßen gehoben und flog steif wie ein Stock nach hinten in das Büro, aus dem er gekommen war.

Ein zweiter Mann hatte die Kampfgeräusche gehört und stürzte sich nun mit einem wilden Schrei auf Ackerman. Der Angreifer hatte seine Maschinenpistole zur Seite geworfen und ein Messer gezückt. Seine Augen funkelten irre, als er attackierte. Ackerman nutzte die überlegene Reichweite seiner Stöcke, um sie ihm von beiden Seiten an den Kopf zu schlagen. Der Messerheld verdrehte die Augen und sank auf die Knie. Ackerman gab ihm mit einem Ellbogencheck den Rest.

Er achtete darauf, die Schlagstöcke nicht mit voller Kraft

einzusetzen. Er wollte die Gegner lediglich kampfunfähig machen, nicht töten, denn die Stöcke, richtig eingesetzt, konnten fürchterliche Waffen sein, erst recht in den Händen eines Mannes wie Francis Ackerman.

Er huschte von Tür zu Tür und suchte nach weiteren Bodyguards, aber die ersten drei Zimmer waren leer. Auf dem Flur entdeckte er einen letzten Mann, kleiner als die anderen. Der Mann sprintete zu einer geschlossenen Tür am anderen Ende des Flurs. Ackerman schnellte hoch und schleuderte den rechten Schlagstock. Laut surrend wirbelte er durch die Luft, traf den Mann im Rücken und warf ihn zu Boden.

Während der Nebel sich allmählich auflöste, machte Ackerman sich daran, die fünf Männer zu fesseln, die er niedergestreckt hatte. Keiner von ihnen entsprach der Beschreibung, die Sonny ihm von Dexheimer gegeben hatte. Nacheinander drückte er den Männern sein Knie ins Kreuz und legte ihnen Plastikhandschellen an. Das Ganze dauerte nur wenige Sekunden; Ackerman hatte die Handgriffe oft geübt, und Übung machte den Meister. Als er fertig war, ging er ans Ende des Korridors zu der Tür, die das Ziel des letzten Bodyguards gewesen war. Er nahm an, dass es sich um Dexheimers Büro handelte.

Ackerman stellte sich Dexheimer als streberhaften Typen vor, der seine Laufbahn als Buchprüfer begonnen und sich zum Mafia-Buchhalter hochgearbeitet hatte. Sicher, der Mann konnte bewaffnet sein, aber falls dem so war, würde er vermutlich kaum mit seiner Waffe umgehen können.

Ackerman klopfte zweimal an die Tür und rief: »Ihre Bodyguards sind außer Gefecht. Wie wär's, wenn wir ein bisschen plaudern?«

Ein Zippofeuerzeug, ein Geschenk seines Bruders, das ein Pik-As auf der Seite zeigte, gehörte zu den Gegenständen, die Ackerman stets mit sich führte. In seinem Wunderrucksack steckten außerdem mehrere Einwegfeuerzeuge aus Plastik, bei denen er den Metallschutz entfernt hatte – für Gelegenheiten wie diese. Er nahm eins der Feuerzeuge in die Hand, wickelte ein Gummiband darum, das den Drücker unten hielt, sodass fortlaufend Gas ausströmte, zündete es an, drehte es auf den Kopf und befestigte es mit Klebeband an Dexheimers Tür.

Erst jetzt antwortete eine Stimme auf der anderen Seite der Tür. »Kommen Sie herein, aber langsam. Ich bin bewaffnet.«

Anders als Ackerman erwartet hatte, war Dexheimers Stimme vollkommen ruhig. Er schob die Schlagstöcke zusammen und steckte sie in die Schnellzugholster, bevor er die Tür öffnete. Kaum stand er auf der Schwelle, sah er, dass er mit seiner Einschätzung des Mafia-Buchhalters richtig gelegen hatte. Der bebrillte Mann hinter dem Schreibtisch wirkte belesen und intelligent. Ein Kranz grauer Haare zierte seinen ansonsten kahlen Schädel. Sein Körper war plump, beinahe unförmig – ein wenig sah er aus wie Humpty Dumpty. Der Mann wich von Ackermans Erwartungen allerdings insofern ab, als er keine Angst zu haben schien. Er kauerte nicht verängstigt hinter seinem Schreibtisch, eine kleinkalibrige Pistole in der zitternden Hand. Nein, Dexheimer hatte offensichtlich gewartet, hatte vielleicht schon Verstärkung gerufen und dafür gesorgt, dass er vorbereitet war, sollten seine Leute überrannt werden. Der rundliche Mann schien nicht die geringste Angst zu haben – auch nicht vor dem hart aussehenden Unbekannten, der sein Territorium gestürmt hatte. Humpty Dumpty wirkte beinahe belustigt.

In der rechten Hand hielt er eine Pistole, einen Colt 1911 Kaliber .45. Er hielt die Waffe genau auf Ackerman gerichtet, und seine Hand war vollkommen ruhig.

46

Tagebuch von David Crane

Meine liebste Catherine, ich habe dieses Tagebuch begonnen, um Dein Andenken wachzuhalten und mir selbst das Gefühl zu geben, ich könnte über den Tod hinaus mit Dir in Kontakt bleiben, aber ich fürchte, es hat sich zu einer Chronik meines Versagens in der Vaterrolle entwickelt.

Diese Woche war Ezra vom Unterricht ausgeschlossen. Man wollte ihn eigentlich ganz von der Schule verweisen, aber ich habe ein wenig von meiner Magie gewirkt, um das zu verhindern. Wie es scheint, hatten die Kinder Baseball gespielt, und ein anderer Junge hatte sich über Ezra lustig gemacht und ihn auf derbe Weise beleidigt (wie Du ja weißt, finden die anderen Kinder Ezra ziemlich seltsam). Ezra ging zu ihm und schlug ihm den Baseballschläger mit voller Kraft gegen das Knie. Nach Auskunft des Rektors benötigt der Junge eine komplizierte Operation und kann vielleicht nie mehr richtig gehen.

Dieser Vorfall steht nicht für sich allein. Er gehört zu einem Muster, das mir Angst macht. Ezra ist ein kleiner zäher Kerl, doch er überschreitet Grenzen, die er weder als Junge noch später, als erwachsener Mann, überschreiten darf und sollte.

Deshalb habe ich beschlossen, dass Ezra während seines Ausschlusses vom Unterricht etwas lernen soll. Zu diesem Zweck habe ich Schritte unternommen, die Du möglicherweise nicht gutheißen wirst. Wie Du Dich sicher erinnerst, gibt es hier in Charleston einen Mann namens Sergei Wassilik, den wir etliche Male bei Wohltätigkeitsveranstaltungen getroffen haben. Wassilik ist ein wichtiger Geldgeber meiner

Wahlkampagne. Er ist außerdem – seinen Worten zufolge – ein entfernter Cousin von mir aus der Alten Welt, weshalb er eine gewisse persönliche Nähe zu mir empfindet. Ich weiß, Du bist erschrocken darüber, dass man solch einem Mann gestattet, in unseren Kreisen zu verkehren. Aber wenn ein Gedeck bei einer Benefizveranstaltung zwanzigtausend Dollar kostet, und Wassilik blättert das Geld lässig hin, interessiert es den Veranstalter nicht sonderlich, woher es kommt.

Ich weiß, es hätte Dir das Herz gebrochen, wärst Du noch am Leben, aber ich habe Ezra heute zu Sergei gebracht. Ich habe ihm gesagt, dass Ezra ein schwieriger Junge ist. Dass er grausam ist und es genießt, anderen Lebewesen Schmerzen zuzufügen. Aber Sergei grinste nur und sagte: »Keine Sorge, Mr. Crane. Ich glaube, da habe ich genau das Richtige für Ihren Sohn.«

Ich kann mir vorstellen, welches Gesicht Du jetzt gezogen hättest, wärst Du noch bei mir. Du weißt, was ich von Psychiatern und der ganzen psychologischen Disziplin halte, und ich glaube nicht, dass unserem Sohn mit einer Therapie zu helfen wäre.

Ich fürchte, irgendetwas in ihm ist kaputt und kann nie mehr repariert werden.

47

Der Firmensitz von Advanced Innovations Manufacturing bestand aus mehreren Flachbauten im Stil von Lagerhäusern, in denen Forschung und Erprobung betrieben wurden. Ein weiteres, fünfstöckiges Gebäude beherbergte die Büros der Ingenieure und Entwickler sowie die Verwaltung. Von außen wirkte das Hauptgebäude wie ein architektonisches Experiment. Es war braun und silbern und wies eckige Vorsprünge auf, die unregelmäßig aus dem Bauwerk ragten; auf einer Seite gab es mehrere überdachte Veranden. Bäume und Sträucher umschlossen das Gebäude und verliehen ihm harmonische Ausgewogenheit.

Ezra Crane fand es immer wieder seltsam, dass eine Firma, die Waffen entwickelte, so viel Wert auf Ästhetik legte. Er kannte das ganze Gebäude. Die unteren vier Etagen zeigten die übliche Verwaltungsatmosphäre mit Großraumbüros und verglasten Zimmern an den Außenwänden. Die Büros der leitenden Angestellten waren anders. Sie hatten etwas vom viktorianischen Kolonialstil – viel Marmor, weiße Zierleisten an Decken und Böden, Kassettendecken und schwarzes Leder. Das Design besaß den Südstaatencharme einer Villa aus South Carolina aus der Zeit vor dem Bürgerkrieg. Im obersten Stock schließlich gab es einen eigenen Empfang; links davon lagen die Büros von David Crane und Omar Shirazi, dazwischen befand sich ein großer Konferenzsaal. Der andere Teil der obersten Etage beherbergte die Büros der zwölf leitenden Angestellten, die hier arbeiteten. Natürlich war David Cranes Büro das größte im ganzen Gebäude, obwohl er dort nur wenig Zeit verbrachte und noch weniger für die Firma arbeitete.

Davids Sekretärin, eine Schwarze um die fünfzig mit Afro-Frisur, blickte Ezra lächelnd entgegen. Es war ein gezwungenes Lächeln, denn wie immer schüchterte der seltsame junge Mann sie ein. Er strahlte etwas Grausames, Unberechenbares aus, das ihr Angst einflößte. Sie bat ihn, in Davids Büro zu warten.

Ezra hauchte ihr einen Kuss zu, wobei er sich eine Praline von ihrem Schreibtisch nahm, und betrat das Allerheiligste seines Vaters. Die Wände des Büros hingen voller Urkunden; auf Regalen reihten sich Pokale und Trophäen von Golfturnieren, die David gewonnen hatte. Eine kleine Bildergalerie begann mit einem Foto von David mit Präsident Ronald Reagan. Auf dem nächsten Bild war er mit George H. W. Bush zu sehen, gefolgt von einem Foto mit Bill Clinton – so ging es weiter bis zum derzeitigen Präsidenten. David hätte aus politischer Sicht zwar nicht jeden dieser Männer unterstützt, zeigte sich aber stets beeindruckt: Wer die Gastfreundschaft eines US-Präsidenten in Anspruch nehmen konnte, hatte es geschafft in diesem Land.

Das nächste Foto in der Reihe zeigte Ezras Mutter. Sie hatte wunderschöne rotbraune Haare. Auf dem Foto leuchtete die Sonne auf ihrer Frisur, in die Schmuck geflochten war, was ihr das Aussehen einer Wikingerfürstin verlieh. Das letzte Foto zeigte David und seinen einzigen Sohn. Ezra war auf der Fotografie ungefähr dreizehn. Er erinnerte sich lebhaft, dass er sich nicht fotografieren lassen wollte, und das zeigte sich deutlich in seinem Gesicht. Damals hatte er noch lernen müssen, dass man mit Honig mehr Fliegen fängt als mit Essig. Es zählte nicht, wie man wirklich war, wichtig war nur, wie man sich dem Rest der Welt präsentierte.

Als Ezra sich von den Fotos abwandte, öffnete sich die Seitentür des Büros, die zum Konferenzraum des Vorstands führte, und David kam herein. Hinter seinem Vater sah Ezra ein halbes Dutzend Männer am Besprechungstisch. Einer davon war Omar Shirazi. Zwei andere kannte Ezra aus dem Vorstand von AIM; ein weiterer war der Anwalt, der ihn am Tag zuvor ins Untersuchungsgefängnis begleitet hatte.

David Crane schloss die Tür hinter sich, schaute seinen Sohn kurz an, verzog vor Abscheu den Mund und ging zu dem Barschrank an der Ostwand des Büros. Dabei sagte er: »Da ist er ja, der Mann der Stunde.«

Ezra wusste, dass es besser war, den Mund zu halten, wenn sein Vater sich so aufführte; also trat er näher, ohne ein Wort zu sagen, und wappnete sich für den Vortrag, den David ihm halten würde.

David schenkte sich einen Brandy ein. »Wir sind zu einer Notsitzung hier, um uns auf den Besuch von Bundesermittlern vorzubereiten. Ein Deputy Director des FBI hat angerufen und auf ein Gespräch mit dem Vorstand noch heute Abend gedrängt.«

Ezra runzelte die Stirn. Damit hatte er nun wirklich nicht gerechnet. Was konnte das FBI hierhergeführt haben?

Sein Vater wandte sich ihm zu und nippte an seinem Brandy. Er bot seinem Sohn nichts zu trinken an; stattdessen schloss er wortlos die Türen des Barschranks. Erst dann schien er Ezras Blick zu bemerken. »Oh, tut mir leid«, sagt er. »Möchtest du etwas trinken?«

Ezra nickte.

»Tja, Pech gehabt«, sagte David. »Was du willst, ist mir scheißegal.«

Ezra starrte seinen Vater schweigend an.

David ging ans Fenster und schaute hinaus in den Abend. Nachdenklich ließ er den Blick über die Bäume und einen der vielen Zuläufe des Cooper River schweifen. Nach einem weiteren Schluck Brandy sagte er: »Offenbar haben diese Ermittler eine Verbindung zwischen dem Black Rose Killer und AIM gefunden.«

Ezra ging rasch seine Erinnerungen durch. Worin konnte diese Verbindung bestehen? Für ihn war es lebenswichtig, den Schaden zu begrenzen. Er dachte an die Schallwaffe, die er gegen Melody hatte einsetzen wollen. Bei den US Marshals auf der Farm in Virginia hatte er sie benutzt, aber nur auf niedriger Stufe, gerade ausreichend, um die Gegner zu desorientieren, während er sich ihnen genähert hatte, um dann zuzuschlagen. Von der Beschallung konnten keine gerichtsmedizinisch verwertbaren Spuren zurückgeblieben sein, und zu AIM zurückverfolgen ließen sie sich schon gar nicht. Ezra hatte auch keine Fahrzeuge benutzt, die AIM gehörten. Und nichts von dem, was er auf der Farm eingesetzt hatte, von den Drahtschnüren bis hin zu den elektronischen Geräten, stammte von AIM, sondern aus anonymen Quellen.

Dann aber fielen ihm der Washington Square und Grace ein, wie sie im weißen Hochzeitskleid im Wind baumelte, während der Stoff sich langsam rot von ihrem Blut färbte. In diesem Moment wusste er es: Er hatte einen Fehler begangen. Die Schraube, mit der er Graces Strang am Boden befestigt hatte, stammte von einem schnell montierbaren Dreibein für ein Raketensystem, das AIM entwickelt hatte. Diese Information – dazu die Tatsache, dass die Ermittler vermutlich Nadias Vergangenheit unter die Lupe nahmen, die sie mit der Firma ihres Vaters in Verbindung brachte – dürfte dem FBI genügt haben, um seine Aufmerksamkeit auf AIM zu richten.

Davids Stimme riss Ezra aus seinen Gedanken. »Also, was hast du mir zu sagen? Wie tief sitzen wir deinetwegen im Dreck?«

Ezra hob lächelnd die Hände, ein Zeichen der Kapitulation. »Kein Grund zur Sorge. Denen geht es nur um eine dämliche Schraube und die Verbindung zu Nadia. Es gibt kein konkretes Beweismaterial, das Black Rose mit AIM in Zusammenhang bringt. Die Schraube stammt von einem Produkt der Firma, das ist alles.«

David Crane schaute zur geschlossenen Tür des Konferenzraums. »Die Ermittler sind offenbar anderer Meinung«, sagte er leise. »Sie vermuten, dass es mehr gibt als eine oberflächliche Verbindung. Die Cops haben heute die Keller von vier AIM-Mitarbeitern überprüft. Und wer weiß, bei wie vielen Ehemaligen sie herumgeschnüffelt haben.«

»Ich bin kein Angestellter von AIM. Die einzige Verbindung, die ich zur Firma habe, geht über dich.«

Sein Vater trank das Glas leer. »Wann beseitigst du endlich die Mädchen?«

Ezra trat einen Schritt auf ihn zu. »Keine Sorge, Dad. Alles wird genau so ablaufen, wie ich es geplant habe. Du musst mir vertrauen. In einer Woche ist das alles vorbei. Dann ist Gras über die Sache gewachsen. Dann ist es Schnee von gestern.«

David deutete mit dem Finger und dem Glas auf Ezra. »Das will ich für dich hoffen. Wehe, es gibt noch eine andere Verbindung zur Firma als diese verdammte Schraube! Und jetzt sieh zu, dass du von hier verschwindest. Halte so großen Abstand zu AIM, wie du kannst. Am besten, du verlässt Charleston. Geh auf die Plantage, bis alles vorbei ist.«

»Du weißt doch, das geht nicht. Ich muss vorher meine Angelegenheiten hier in Ordnung bringen.«

»Na gut, aber mach, dass du *hier* wegkommst. Dieser Deputy Director will sämtliche Vorstandsmitglieder von AIM hier haben, wenn das FBI auftaucht, nur Omar Shirazi nicht.«

Auch damit hatte Ezra nicht gerechnet. »Wieso?«

»Wie es scheint, gehört Omars Tochter zu den Ermittlern, die den Fall bearbeiten, und sie hat darum gebeten, dass er nicht anwesend ist.«

Das war eine interessante Wendung. Ezras letzte Information über Nadia hatte besagt, dass sie noch immer in Virginia im Krankenhaus liege. Er hatte nicht die leiseste Ahnung gehabt, dass sie sich in South Carolina aufhielt und wieder seine Spur verfolgte. Er merkte, wie ihm die Röte in die Wange stieg und ein warmes Prickeln über sein Rückgrat lief bei dem Gedanken, sie wiederzusehen, bei ihr zu sein, sie zu riechen, zu spüren …

Bevor Ezra sich zurückhalten konnte, sagte er: »Ich will an der Sitzung teilnehmen.«

»Das kommt überhaupt nicht infrage. Hast du den Verstand verloren? Dich verbindet nichts mit AIM, und das soll auch so bleiben. Ich will nicht, dass man dich in der Nähe der Firma sieht. Ist das klar? Und jetzt verschwinde. Und noch etwas: Wenn es auf dich oder mich hinausläuft, entscheide ich mich auf jeden Fall für mich.«

Ezra überlegte fieberhaft. Wie konnte er dafür sorgen, dass er Nadia über den Weg lief? Als ihm die rettende Idee kam, lächelte er. »Wie viel väterliche Liebe du wieder zeigst, Dad.«

»Geh mir aus den Augen«, sagte David kalt und wandte sich wieder zum Fenster um, genau wie Ezra es sich erhofft hatte.

Das war die Chance, auf die er gewartet hatte. Rasch legte er sein Handy auf den Schreibtisch seines Vaters – so, dass es nicht schon auf den ersten Blick zu sehen war. Dann machte er kehrt und verließ das Büro auf dem gleichen Weg, den er gekommen war. Sobald er wusste, dass Nadia im Gebäude war, würde er anrufen und herkommen, um sein Handy zu holen. Und dabei würde er Nadia begegnen.

Nadia.

Er wusste, dass es dumm war, was er tat. Er sollte das tun, was David ihm befahl. Er sollte gehen und versuchen, den Schaden zu begrenzen. Aber die Vorstellung, Nadia zu sehen, ließ ihn unvernünftig werden.

Es wird schon gut gehen, sagte er sich. *Du kannst alles ha-*

ben – die Frau, deine Karriere. Du bist Ezra Crane. Du hast immer wieder bewiesen, dass nichts und niemand dich aufhalten kann.

Wieso sollte er nicht Eindruck bei seinem Mädchen machen und zugleich mit Mord davonkommen?

48

Trotz der Waffe, die der Mafia-Buchhalter auf ihn richtete, ließ Ackerman den Blick gelassen durch das Büro schweifen. Es war von der eher schlichten Sorte. Auf dem Schreibtisch lagen Papierstapel, Aktenordner und verschiedene Büroartikel; daneben stand ein Laptop, mit einem großen schwenkbaren Display verbunden. An den Wänden hingen Fotos, die aber nur Angelausflüge, Bergpanoramen und Sonnenuntergänge zeigten, keinerlei Familie.

»Nennen Sie mir einen guten Grund, Sie nicht auf der Stelle niederzuschießen«, sagte Dexheimer.

»Ich kann Ihnen sogar mehrere nennen. Erstens würden Sie sich damit gründlich den Tag verderben. Ein anderer, der Sie vermutlich eher überzeugt, ist der, dass meine Gehaltsschecks vom FBI ausgestellt werden.«

»FBI-Agenten demolieren keine Bars, schlagen die Mitarbeiter zusammen und greifen gesetzestreue Bürger an.«

Ackerman lachte leise. »Gesetzestreue Bürger sitzen normalerweise nicht in dunklen Hinterzimmern, bewacht von Gorillas mit Maschinenpistolen.«

»Für wen arbeiten Sie?«

Ackerman ließ sich auf einen Stuhl vor Dexheimers Schreibtisch fallen. »Ich sagte doch schon, für das FBI.«

»Wer hat Sie hergeschickt? Die Kolumbianer?«

»Ich bin aus eigenem Antrieb hier. Niemand hat mich auf Sie gehetzt. Vielmehr sind Sie und Ihre Organisation in *meine* Welt gestolpert.«

»Und deshalb haben Sie beschlossen, herzukommen und meine Männer zusammenzuschlagen?«

»Keine Bange, die sind alle wohlauf … einigermaßen. Nur Mr. Giftzwerg hat es ein bisschen schlimmer erwischt. Er wird Ihnen einige Zeit nicht zur Verfügung stehen. Ich hoffe, Sie bieten Ihren Beschäftigten eine brauchbare Krankenversicherung.«

»Reden Sie keinen Unsinn. Sie haben meine Leute mit Kugeln durchsiebt!«

»So gern ich das in früheren Zeiten getan hätte – diesmal habe ich Gummigeschosse und meine Schlagstöcke benutzt. War aber auch ganz lustig.«

»Sie sind ein toter Mann«, sagte Dexheimer.

Ackerman zog ein gequältes Gesicht. »Das haben mir schon viele prophezeit, und alle haben sich geirrt. Aber der Versuch ist aller Ehren wert.«

»Wieso sind Sie hier?«, fragte Dexheimer mit kalter Stimme. »Antworten Sie. Das ist Ihre letzte Chance, bevor ich Ihnen den Kopf wegschieße.«

»Und ich gebe Ihnen eine letzte Chance, sich Schmerz zu ersparen, wie Sie ihn sich nicht einmal vorstellen können. Nehmen Sie die Waffe runter, und lassen Sie uns reden.«

Dexheimers Finger ruhte auf dem Abzug des Colts. Der Hahn der Waffe war gespannt. Nur einen Millimeter weiter, und Francis Ackerman wäre ein toter Mann. Aus seiner sitzenden Position und mit dem Schreibtisch zwischen ihnen beiden würde er kaum ein Chance haben, den Mafiabuchhalter zu überrumpeln, bevor dieser abdrücken konnte. Und die seltsame Gleichgültigkeit in Dexheimers Gesicht ließ Ackerman erkennen, dass der Schuss in Schwarze treffen würde.

Daraus wird nichts, Humpty Dumpty.

Ackerman wusste, dass ihm vielleicht zwanzig Sekunden blieben, bis das Feuerzeug an der Tür explodierte. Das Gummiband, von dem der Daumenregler des Ventils heruntergedrückt wurde, würde sich entzünden und zerreißen, aber bis dahin war der Regler bereits festgeschmolzen.

Er grinste Dexheimer an. *Das wird dir nicht gefallen, Dicker.*

Dexheimer war ein abgebrühter Hund, aber wenn seine Bürotür unter der Gewalt einer kleinen Explosion erbebte, würde er seine Waffe instinktiv in diese Richtung schwenken.

Drei … zwei … eins …, zählte Ackerman in Gedanken.

Sekunden später dröhnte es vor der Tür zu Dexheimers Büro. Glas klirrte, Putz rieselte von der Decke, Staub wölkte. Erschrocken starrte Dexheimer zur Tür.

Ackerman zögerte nicht. Er schwang den Schlagstock, den er in der rechten Hand verborgen hatte, fuhr ihn aus und hieb nach Dexheimers Colt. Er traf Handgelenk und Waffe gleichzeitig. Die Pistole flog durchs Zimmer. Ackerman hielt in der Bewegung inne und drosch Dexheimer den Einsatzstock ins Gesicht. In letzter Sekunde dämpfte er den Hieb, ließ ihn aber dennoch mit großzügig bemessener Wucht an der Schläfe des Buchhalters landen.

Als Humpty Dumpty die Hände an den Kopf riss, glitt Ackerman um den Schreibtisch herum und trat Dexheimer gegen die Brust. Im Schreibtischsessel sitzend, rollte er zurück und krachte gegen die Rückwand des Büros.

Dexheimer starrte Ackerman finster an. In seinen Augen

loderten Hass und Zorn. Ackerman schwang den Schlagstock aus dem Handgelenk, ließ ihn drohend durch die Luft sirren. »Ich hatte Ihnen Gelegenheit gegeben, auf zivilisierte Weise zu reden, aber Sie lassen mir keine Wahl.«

»Was wollen Sie?«, fragte Dexheimer.

»Ein Mann namens Fedir Dingsbums hat heute Morgen Fotos von einem unserer Tatorte gemacht.«

»Sie meinen Fedir Dobribechir?«

»Ein echter Zungenbrecher, was? Ich gehe davon aus, dass er auf Anweisung Ihres Big Boss Wassilik handelte, denn ich bezweifle, dass ein Mitglied Ihrer Organisation auf eigene Rechnung Aufträge annimmt. Ich muss wissen, wer diesen Fedir angeheuert hat, die Fotos zu schießen.«

Gepresst erwiderte Dexheimer: »Ich habe nichts damit zu tun.«

»Ach, wirklich? Ich bin eigentlich nur hergekommen, um Ihrem Arbeitgeber eine Nachricht zu übermitteln, aber als ich Godzilla draußen in der Bar gesehen habe, wusste ich, dass einer der Bosse hier sein muss. Tja, hier bin ich. Und ich werde Sie jetzt als Druckmittel einsetzen, um die Informationen zu erhalten, die ich brauche. Ihr Arbeitgeber wird seinen Kunden sicher nicht freiwillig preisgeben. Er muss dazu gezwungen werden. Und da kommen Sie ins Spiel.«

»Ich werde Ihnen gar nichts sagen! Sie können mir nichts antun, was Sergei nicht auch tun würde, nur tausendmal schlimmer als Sie!«

Ackerman lächelte. »Sie überschätzen die Fantasie Ihres Arbeitgebers. Und Sie haben keinen blassen Schimmer, wie verdorben ich sein kann. Womit waren Sie beschäftigt, als Sie den Lärm draußen in der Bar gehört haben? Ich weiß, dass Sie sich Ihre Pistole gegrapscht und sich bereitgemacht haben, aber Sie haben garantiert noch andere Maßnahmen eingeleitet, stimmt's?«

Dexheimer gab keine Antwort. Ackerman ließ den Teleskopstock durch die Luft zischen. Der eiförmige Mann kreischte: »Schon gut, schon gut! Ich habe unsere Dokumente gesichert und mich aus meinem Laptop ausgeloggt!«

Ackerman zog eine Braue hoch. »Das Ding auf Ihrem schmuddeligen Schreibtisch?«

»Er ist nutzlos für Sie. Alles ist verschlüsselt, also kommen Sie gar nicht erst auf dumme Ideen.«

»Ich habe nicht die Absicht, mein Wissen gegen Sie einzusetzen. Sie und Ihr Verein sind mir egal. Ich brauche nur die Information, von der ich gesprochen habe.«

»Ich weiß nichts darüber. Ich kann Ihnen nichts verraten, was ich nicht kenne!«

»Aber Ihr Boss wird es mir sagen.«

»Wenn Sie meinen. Rufen wir ihn an.«

»Ich ziehe es vor, meine Angelegenheiten persönlich zu klären. Wenn ich Zugriff auf Ihren Computer und Ihre Finanzdaten wollte – was müsste ich tun?«

»Sie bräuchten meinen Daumenabdruck und meinen persönlichen Code, den ich Ihnen nicht geben werde.«

»Die Daten werden nirgendwo sonst aufbewahrt?«

»Es gibt Backups. Sie können meinen Laptop an sich nehmen, aber das würde uns nicht bei unseren Geschäften behindern. Sie würden nichts finden, was sich als Druckmittel gegen uns benutzen ließe.«

Ackerman lächelte. »Oh, da unterschätzen Sie aber Ihre Wichtigkeit. Bei dem Aufgebot an Muskelmännern, das ich flachlegen musste, um zu Ihnen zu gelangen, würde ich doch sagen, dass Sie in Wassiliks Organisation eine ziemliche Rolle spielen.«

Der Buchhalter bewahrte eine steinerne Miene. »Ein Schlag wäre es sicher, aber ich bin nicht unersetzlich.«

»Ich glaube, Wassilik würde Sie dennoch für einen wertvollen Aktivposten halten. Außerdem bezweifle ich, ob die Sicherungskopien, von denen Sie sprachen, online aufbewahrt werden, wo ein Hacker oder Bundesbehörden sie finden könnten. Das bringt mich zu der Annahme, dass die Backups Ihrer buchhalterischen Tätigkeit sich auf Festplatten oder USB-Sticks befinden, die Sie in dem Safe dort in der Ecke aufbewahren.« Ackerman wies auf den kleinen Tresor, an dessen Tür sich ein Tastenfeld und ein biometrischer Fingerabdruckleser befanden. »Wenn Wassilik auf seinen Computer und den Safe zugreifen will, braucht er Ihren Daumenabdruck, nicht wahr?«

Dexheimer verzog voll Abscheu das Gesicht. »Das bedeutet dann wohl meine Entführung, was?«

Ackerman verzog das Gesicht. »Da liegt das Problem. Ich bin mit dem Motorrad hier, und einen wie Sie will ich nicht gern auf der Pelle haben, Mr. Dreckseimer.«

»Dexheimer, bitte«, fuhr der Buchhalter auf.

»Sicher, ich könnte einen Freund mit einem Wagen herbestellen, dass der Sie abgreift und in den Kofferraum wirft, aber ich habe noch andere Termine.«

Dexheimer lachte hämisch. »Tja, da sind Sie wohl im Eimer.«

»Nicht unbedingt. Mir ist da etwas anderes in den Sinn gekommen.«

Ackerman ließ die Ankündigung in der Luft hängen.

»Da bin ich aber gespannt.« Dexheimer starrte ihn grinsend an.

»Ich habe eine gute und eine schlechte Neuigkeit«, sagte Ackerman. »Welche zuerst?«

Dexheimer blickte verwirrt drein. »Die schlechte.«

»Die schlechte ist, dass ich Ihnen die Daumen abtrennen muss. Dann werde ich sie in Plastikbeutel legen und eisgekühlt aufbewahren. Auf diese Weise können sie mindestens einen Tag lang wieder angenäht werden, ohne dass es zu einem Funktionsverlust kommt. Es gab sogar Fälle, da ist das Annähen nach vier oder fünf Tagen gelungen. Kommt drauf an, wie gut der Fleischdesigner ist, bei dem Sie sich unters Messer legen.«

Dexheimer war alle Farbe aus dem Gesicht gewichen. »Das kann nicht Ihr Ernst sein. Sie haben den Verstand verloren!«

»Das habe ich schon oft gehört. Vielleicht stimmt es sogar.«

Dexheimer fragte stockend: »Und … die gute Neuigkeit?«

Ackerman griff sich über die Schulter, zückte das Bowiemesser und rammte es in die Schreibtischplatte. Der Knochengriff zitterte, als er das Messer losließ. »Die gute Neuigkeit ist«, sagte er, »dass man kaum etwas spürt, weil die Klinge extrem scharf ist.«

49

Bevor Ackerman von seinem Abstecher zurückkehrte, blieb Nadia genügend Zeit, jede Kombination von Hosenanzug und Bluse auszuprobieren, die ihr zur Verfügung stand. Am Ende entschied sie sich für die, die sie zu Anfang getragen hatte: die lila Bluse mit dem dunkelgrauen Hosenanzug. Sie spürte ein merkwürdiges Flattern im Magen, eher Beklemmung als Erregung. Es war das gleiche Gefühl, das jemand am Tag seiner Gerichtsverhandlung verspürt, wenn der Verteidiger sein Plädoyer hält.

Auf Nadias Bitte hatte Carter darum ersucht, dass Omar Shirazi nicht an dem Meeting teilnahm. Wenn ihr Vater nicht dabei war, hatte sie keinen Grund zur Nervosität, doch sie hegte den Verdacht, dass er ihre Bitte missachten oder eine Möglichkeit finden würde, sich doch noch einzumischen. Sie schalt sich für ihre Nervosität und auch für ihren Wunsch, ihn zu beeindrucken. Obwohl sie keinen Kontakt zu ihrem Vater wünschte, konnte sie nicht verleugnen, dass sie den Verlust ihrer Beziehung spürte und sich insgeheim danach sehnte, die Verbindung zu ihm wiederaufzubauen. Aber nicht an diesem Abend. Wenn das Meeting vorüberging, ohne dass sie Omar Shirazi begegnete, würde Nadia es definitiv als Gewinn verbuchen.

Sie nahmen Route 17 und überquerten die Arthur Ravenel Jr. Bridge, die sie an Patriot's Point vorbeiführte; dort lag der alte Flugzeugträger *USS Yorktown* als Museumsschiff, und dort fuhren auch die Boote los, die Besucher nach Fort Sumter brachten, wo die ersten Schüsse des amerikanischen Bürgerkriegs abgefeuert worden waren. Nadia erinnerte sich an viele Ausflüge zu diesen Zielen, wo sie als Teenagerin allerdings mehr geflirtet als sich weitergebildet hatte. Schließlich folgten sie der vierspurigen Straße durch Mount Pleasant zum Sitz der Advanced Innovations Manufacturing, deren Gelände ebenfalls Erinnerungen bei Nadia weckte. Obwohl sie ihren Vater oft in der Firma besucht hatte, wusste sie nur wenig über das, was AIM tatsächlich tat und wie es ihrem Dad gelungen war, als Multimillionär aus dem Iran auszuwandern.

Im Parkhaus wurden Nadia, Ackerman und Knox in Empfang genommen und zur Vorstandsetage gebracht, die Nadia als seltsamen Ort in Erinnerung hatte, denn der Partner ihres Dads hatte hier alles im Südstaatenkolonialstil gestalten lassen. Nadia hatte immer das Gefühl gehabt, als würde sie gleich einer Gestalt aus *Vom Winde verweht* begegnen oder an einem Dixieland-Ball teilnehmen.

Die Rezeptionistin führte sie zu einer Sitzgruppe, die nach Magnolienblüten roch und von eckigen, unbequemen schwarzen Ledersofas und Couchtischen gebildet wurde, auf denen Ausgaben der Südstaatenillustrierten *Southern Living* und *Garden & Gun* lagen.

Nachdem sie Platz genommen hatten, zupfte Knox an seinem schlecht sitzenden Anzug und meinte: »Schick hier. Was macht Ihr Vater noch gleich?«

»Ich weiß es nicht genau«, antwortete Nadia. »Forschung und Entwicklung für die Regierung, woran die CIA beteiligt ist. Dinge, für die sie einen umbringen müssen, wenn sie es einem erzählen.«

»Apropos Leute umbringen«, warf Ackerman ein, »sollte sich Ihr Vater zeigen und Ihnen Probleme machen, brauchen Sie nur ein Wort zu sagen, und ich mache *ihm* Probleme.«

Sie begegnete seinem Blick und erkannte, dass Ackerman es todernst meinte. Sein Bedürfnis, sie zu beschützen, rief bei ihr ein Gefühl der Wärme hervor, doch sie antwortete: »Ich glaube, das schaffen wir auch anders, Frank. Es wird nicht nötig sein, dass Sie jemanden einschüchtern.«

»Zu schade. Na ja, behalten Sie es auf jeden Fall im Hinterkopf.«

Sie lächelte, nahm sich eine Zeitschrift und blätterte darin, wobei sie durch den Raum schlenderte, während Ackerman und Knox sich unterhielten. Als Nadia vor einem Fenster stehen blieb und hinausschaute, erklang plötzlich die Stimme eines Mannes. »Nadia? Nadia Shirazi? Bist du es wirklich?«

Als Nadia aufschaute, entdeckte sie einen Mann, der ein wenig älter war als sie und einen teuren Anzug trug. Seine

Frisur war makellos, und beim Lächeln zeigte er strahlend weiße Zähne. Er sah wie ein junger, aufstrebender Politiker aus, doch Nadia erkannte ihn nicht, während er offenbar wusste, wer sie war. Sie stand auf, trat von den anderen weg auf ihn zu und reichte ihm die Hand. »Ja, ich bin Nadia Shirazi. Kennen wir uns?«

Sein Lächeln wurde noch strahlender. »Schon okay, wenn du dich nicht erinnerst. Es ist lange her, und wir haben uns beide ziemlich verändert. Ich bin Davids Sohn. Ezra Crane.«

Als sie ihn erneut anschaute, fiel es ihr wieder sein. Natürlich – David Crane, der Partner ihres Vaters! Er und sein Sohn waren bei vielen Dinnerpartys im Haus der Shirazis gewesen. Obwohl Nadia nie viel Zeit mit Ezra verbracht hatte, hatten sie sich einige Male unterhalten, als sie beide noch Teenager waren. Ezra war ein paar Jahre älter als sie und gut aussehend. Nadia musste zugeben, dass sie damals ein bisschen in ihn verliebt gewesen war, auch wenn er zu der schrecklichsten Zeit ihres Leben gehörte und, was noch schlimmer war, äußerlich beinahe dem Profil des Black Rose Killers entsprach. Aber dieser Gedanke war natürlich völliger Unsinn.

Dennoch trat Nadia einen Schritt näher zu ihm und sah ihm in die Augen, gewissermaßen als letzter Test. Sie wusste wenig über den Mann, der sie vergewaltigt hatte, aber sie hatte bei zwei Gelegenheiten deutlich seine Augen gesehen. Mit pochendem Herzen suchte sie Ezras Blick. Als sie in seine Pupillen schaute, empfand sie tiefe Erleichterung.

Was hast du denn erwartet?, schalt sie sich. *Dass Ezra der Vergewaltiger ist? Der Killer? Lächerlich!*

Ezra hatte babyblaue Augen, während die des Black Rose Killers das tiefste Braun gezeigt hatten, das Nadia je gesehen hatte.

»Erkennst du mich nicht mehr?«, riss Ezras Stimme sie aus ihren Gedanken.

Nadia erwiderte sein Lächeln. »Aber natürlich, Ezra. Tut mir leid. Meine Güte, du bist erwachsen geworden, seit wir uns zum letzten Mal gesehen haben. Arbeitest du für AIM?«

»Nein, ich war nur kurz hier, um einen Drink mit meinem Vater zu nehmen, und hatte mein Handy in seinem Büro vergessen.« Er musterte sie von Kopf bis Fuß. »Die kleine Nadia Shirazi. Du bist groß geworden. Ich muss sagen, du siehst umwerfend aus.«

Nadia spürte, wie sie errötete. »Danke.

Er lächelte. »Ist nichts als die Wahrheit.«

»Was machst du beruflich?«

»Ich bin für meinen Vater und einige seiner Freunde aus dem Repräsentantenhaus tätig. Ich kümmere mich um … nun ja, schwierige Aspekte ihrer Arbeit. Und du? Was machst du so? Ich habe mal gehört, du wärst zur Polizei gegangen.«

»Bin ich auch. Tatsächlich bin ich beim FBI.«

»Wow! Alle Achtung, FBI-Agentin Nadia Shirazi.«

»Deshalb bin ich hier. Es ist kein Höflichkeitsbesuch. Ich bin wegen eines Falles hier, in dem wir ermitteln.«

»Das ist ja interessant.« Ezra musterte sie bewundernd. »Tja, da werde ich leider kaum helfen können, denn ich weiß nur wenig darüber, was hier bei AIM vor sich geht. Aber du darfst mich gern jederzeit verhören.«

Wieder ließ er sein Lächeln aufblitzen. Er sah dabei so attraktiv aus, dass Nadia die altbekannten Schmetterlinge im Bauch spürte. Seine Aufmerksamkeiten schmeichelten ihr. Sie wollte ihm gerade antworten, als eine Sekretärin zu ihnen kam und sich an Nadia wandte: »Verzeihung, Miss, aber man erwartet Sie jetzt im Konferenzsaal.«

Nadia dankte ihr und wandte sich noch einmal Ezra zu. »War schön, dich wiederzusehen.«

»Ich habe mich auch gefreut. Wie lange bleibst du in der Stadt, Nadia?«

»Schwer zu sagen. Hängt davon ab, wohin der Fall uns führt.«

Ezra reichte ihr eine Visitenkarte. »Wenn es in deine Pläne passt, würde ich gern mit dir zu Abend essen. Auch knallharte FBI-Agentinnen müssen ab und zu mal etwas zu sich nehmen, oder?«

Sie nahm die Karte an. »Vielleicht. Wir werden sehen.«

Ezra zwinkerte ihr zu. »Vielleicht gefällt mir. Mit vielleicht kann ich leben.«

Ackerman stand auf, um der Sekretärin zu folgen. »Nadia, möchten Sie sich uns anschließen?«

»Ich komme sofort«, antwortete sie über die Schulter und schaute noch einmal in Ezras Augen. »Es war schön, dich wiederzusehen. Vielleicht bekommen wir bald noch einmal die Gelegenheit, uns zu unterhalten. Man weiß ja nie.«

Er nickte. »Wäre mir ein Vergnügen. Vielleicht war es Schicksal, dass ich mein Handy vergessen hatte und wiederkommen musste, sodass ich dir über den Weg laufe. Vielleicht war es ein Wink des Schicksals. Und vielleicht bringt dieses Schicksal uns zusammen.«

Nadia schloss sich ihren Kollegen an. »Ich glaube nicht an das Schicksal, aber wenn mir nach einer Gratismahlzeit ist, rufe ich dich vielleicht an.«

Sie wandte sich ab und folgte der Sekretärin in den Konferenzsaal. Insgeheim fragte sie sich noch immer, ob Ezra Crane nicht vielleicht doch der Black Rose Killer war.

Aber der Gedanke war absurd.

50

Der Tisch im großen Konferenzsaal war aus goldbrauner Eiche. Nadia kam es vor, als wäre er mit Honig getränkt. Sie wusste noch sehr gut, wie sie ihre Hausaufgaben an genau diesem Tisch erledigt hatte, während ihr Vater im Nebenzimmer die Geschäfte seiner Firma leitete. Der Mann, der am Kopf des Tisches saß, weckte weitere Erinnerungen und Gefühle. Einige waren gut, viele waren es nicht.

Der Mann war Omar Shirazi.

Ackerman sagte scharf: »Wir hatten vereinbart, dass Mr. Shirazi nicht an diesem Meeting teilnimmt – aus Respekt vor meiner Partnerin, Agentin Shirazi.«

David Crane erhob sich, trat auf die Gruppe der Ermittler zu und schüttelte jedem die Hand, ehe er sich Nadia zuwandte. »Tut mir leid, meine Liebe. Ich fürchte, ich bin es, der darauf bestehen musste, dass Omar dabei ist. Wenn es mit einem unserer Projekte zusammenhängt, oder falls es um Industriespionage geht, kann nur Omar Ihre Fragen beantworten. Er ist gewissermaßen der Klebstoff, der die Firma zusammenhält.«

Nadia nickte. »Schon gut, David. Es ist in Ordnung.«

Sie nahmen ihre Plätze am Tisch ein, und David stellte sie einander vor, doch Nadia hörte kaum hin. Sie spürte den Blick ihres Vaters auf sich; seine Augen maßen sie von oben bis unten, um festzustellen, wie seine jüngste Tochter sich entwickelt hatte. David stellte derweil den Anwalt der Firma vor, den Leiter des operativen Geschäfts sowie den Finanz- und den Technikvorstand. Schließlich fügte er hinzu: »Und natürlich kennen Sie alle unseren Vorstandsvorsitzenden Omar Shirazi.«

Nadia nahm an, dass es nun Zeit für die Seite der Ermittler war, sich vorzustellen. Außerdem musste jemand erklären, weshalb sie hergekommen waren. Aber genau darüber hatte sie sich noch keine Gedanken gemacht. Ackerman neigte dazu, die Führungsrolle an sich zu reißen, doch als Nadia ihn nun anschaute, bedeutete er ihr mit einem Kopfnicken, selbst das Kommando zu übernehmen. Sie schoss ihm einen Blick zu, dem zu entnehmen war, dass sie ihn am liebsten umgebracht hätte, weil er sie in diese Lage brachte, aber sie erhob sich dennoch. »Wie Sie vermutlich wissen«, begann sie, »bin ich Nadia Shirazi, Agentin des FBI. Dies sind meine Kollegen – Senior Inspector Sebastian Knox vom Marshals Service und mein Partner vom FBI, Franklin Stine. Kommen wir nun zum Grund unseres Besuchs. Leider handelt es sich um nichts so Glamouröses wie Industriespionage oder dergleichen. Es geht vielmehr darum, dass wir Sie um Hilfe bitten müssen, und dies aus zwei Gründen. Wir versuchen einen Serienmörder zu finden, der als Black Rose Killer bekannt ist. Sie haben vielleicht in den Nachrichten gehört, dass er eine junge Frau ermordet und ihre Leiche heute Morgen auf dem Washington Square hier in Charleston zur Schau gestellt hat. Das allerdings ist nur die Spitze des Eisbergs, was die Verbrechen dieses Mannes betrifft.« Sie blickte in die Runde und fuhr dann fort: »Um konkret zu werden: Wir haben am Tatort eine Spezialschraube gefunden, die wir bis zum Hersteller zurückverfolgen konnten. Sie führte uns zu Ihnen.«

Die Versammelten warfen einander verwirrte Blicke zu.

Nadia griff in ihre Aktentasche, holte einen Asservatenbeutel mit der Schraube heraus und reichte sie dem operativen Leiter zur Inspektion. »Sie wird in einem System benutzt, das Sie bei Scharfschützengewehren und an Dreibeinen für Lenkwaffen verwenden.«

Der Mann wandte ein: »Nun ja, diese Produkte sind seit fast einem Jahr auf dem Markt …«

»Können Sie uns sagen, an wen diese Art Schrauben verkauft wurden?«

Der operative Vorstand betrachtete die Schlüsselschraube, als wäre die Antwort ins Metall gestanzt. »Ich bin mir nicht sicher. Ich müsste das weitergeben.«

»Wir wären Ihnen dankbar, wenn sich das schnellstmöglich erledigen ließe.« Wieder ließ Nadia den Blick in die Runde schweifen. »Nun, ich hatte vorhin einen zweiten Grund für unser Kommen angesprochen. Wir haben Grund zu der Annahme, dass der Black Rose Killer seine … sagen wir, Karriere hier in South Carolina begonnen hat. Eines seiner Markenzeichen ist, seine Opfer mit der Tätowierung einer schwarzen Rose zu brandmarken, die aus einem Yin-Yang-Zeichen herauswächst. Ich kenne dieses Symbol sehr genau. Woher, möchten Sie wissen? Nun, ich trage dieses Tattoo selbst. Ich trug es schon vor dem ersten Mord an der gleichen Stelle wie die Opfer. Wie Mr. Crane und mein Vater wissen, wurde ich in Myrtle Beach überfallen, als ich siebzehn war. Wir vermuten, dass der Täter sich zu dem psychopathischen Mörder entwickelt hat, den wir heute als den Black Rose Killer kennen.«

David Crane meldete sich zu Wort. »Und Sie glauben, dass jemand, der während dieser Zeit hier gearbeitet hat, Sie gesehen und sich dermaßen in Sie verguckt haben könnte, dass er Ihnen nach Myrtle Beach gefolgt ist und diesen Überfall auf Sie verübt hat?«

Nadia nickte. »Es ist eine Möglichkeit, die wir überprüfen müssen.«

»Also gut«, sagte David. »Wir stellen Ihnen gern unsere

Mitarbeiterkartei aus dem betreffenden Zeitraum zur Verfügung.« Er nickte dem Technikvorstand zu.

»Haben Sie spezifische Suchparameter oder eine Datenbank zum Abgleich?«, fragte der Mann.

»Ja«, antwortete Nadia. »Es gibt mehrere Variablen, die ich später mit Ihnen besprechen möchte. Wir begrüßen Ihre Hilfsbereitschaft sehr, Gentlemen.«

Zum ersten Mal seit Beginn des Gesprächs ergriff Ackerman das Wort. »Was genau tun Sie hier eigentlich?«, wollte er von David wissen. »Ich meine, was genau produzieren Sie?«

»Wir entwickeln Technologien, um unseren Leuten bei militärischen Einsätzen einen Vorteil gegenüber den Gegnern zu verschaffen«, antwortete Crane ausweichend. »Wir haben Verträge mit dem Verteidigungs- und mit dem Außenministerium.«

Die Ellbogen auf die Tischplatte gestützt, beugte Ackerman sich vor und legte die Finger aneinander. »Ich sollte mich vielleicht etwas gezielter erkundigen, Mr. Crane. Es geht mir vor allem um bestimmte Mitarbeiter.«

»Nur zu, fragen Sie.«

»Ich frage mich, wie Ihr Geschäftspartner, Mr. Omar Shirazi, im Besitz vieler Millionen Dollar aus Iran auswandern konnte – dem Kapital, mit dem diese Firma gegründet wurde.«

Der Anwalt schaltete sich ein. »Diese Informationen unterliegen der Geheimhaltung, Sir. Ich kann nur davon abraten, dieses Thema mit jemandem zu besprechen, der nicht die höchste Ermächtigungsstufe besitzt.«

David Crane verdrehte die Augen. »Das ist doch eine uralte Geschichte.« Er schaute zu Nadia. »Sie wissen vermutlich nichts davon, Nadia, aber Ihr Vater war bereits ein amerikanischer Held, während er noch iranischer Staatsangehöriger gewesen ist. Jahre bevor er in die USA kam, hat er mit seiner Baufirma Geheimanlagen für die CIA errichtet, fast unsichtbar vor den Augen des Feindes. Seine Arbeit im Iran hat vielen Amerikanern das Leben gerettet – nicht nur durch das Netz sicherer Verstecke, das er unterhalten hat. Außerdem hat er unsere Agenten ins Land hinein- und wieder hinausgeschmuggelt. Und nicht zuletzt verdanken wir ihm Erkenntnisse, die mithilfe seiner Geheimanlagen gesammelt wurden. Als Omar in Iran aufflog, musste er mit Ihrem Bruder und Ihren Schwestern aus dem Land fliehen und kam hierher in die USA. Omars Kontaktmann beim Geheimdienst wusste jedoch, dass er der CIA weiterhin nützlich sein konnte. Deshalb stellte er ihn mir vor. Der Rest ist, wie man so sagt, Geschichte. Wir gründeten unsere Firma und entwickeln seither Technik für den Einsatz im Krieg gegen den Terror.«

Nadia war für einen Moment sprachlos. Sie hatte nichts von alldem gewusst. Verunsichert blickte sie in die Runde und versuchte sich darüber klar zu werden, wie sie reagieren sollte. Schließlich schaute sie zu Ackerman, ob er weitere Fragen habe. Er verneinte mit einem leichten Kopfschütteln.

»Nun, Gentlemen«, erklärte Nadia, die sich wieder gefasst hatte, und kam aufs Thema zurück, »wenn Sie uns Zugriff auf Ihre Datenbank gewähren und nachforschen könnten, wem Sie besagte Schlüsselschraube verkauft haben, wären wir Ihnen überaus dankbar. Wie Sie sich denken können, ist die Angelegenheit sehr dringend. Das Leben einer jungen Frau hängt davon ab, und es ist gut möglich, dass der Täter weitere Entführungsopfer gefangen hält, deren Leben ebenfalls bedroht ist.«

Nach kurzem Schweigen im Saal erhob sich David Crane. »Ich verstehe, Agentin Shirazi. Und ich bin froh, dass wir Ihnen helfen können.« Er ließ den Blick in die Runde schweifen. »Gentlemen, geben Sie den Ermittlern alles, was sie benötigen, und beeilen Sie sich.« Er breitete die Arme aus. »Schließlich stehen wir alle auf der gleichen Seite.«

51

Nach dem Meeting sprach Knox mit dem operativen Vorstand des Unternehmens, um sich näher nach der Schraube zu erkundigen, während Nadia den Technikchef aufsuchte, um den Abgleich mit den Personaldaten von AIM zu besprechen. Ihr Vater hatte während des ganzen Meetings kein Wort gesagt. Nun hielt er sich im Hintergrund und sprach leise mit David Crane.

Ackerman näherte sich dem Ausgang, wobei er Omar Shirazi wachsam beobachtete, als wäre er ein Agent des Secret Service, der Nadia vor potenziellen Bedrohungen abschirmte. Nadia, die ihn beobachtete, war stolz und gerührt, dass Frank ihr gegenüber so offensichtlich die Beschützerrolle übernommen hatte.

Der Technikvorstand sicherte ihr zu, ihr eine Anleitung zum Fernzugriff auf die Daten zu schicken. Nadia dankte ihm und ging zu den anderen, um das Meeting zu beenden, als eine allzu vertraute Stimme sie ansprach. »Könnte ich dich kurz sprechen, Nadia?«

Widerwillig wandte sie sich ihrem Vater zu. »Ich bin nicht hier, um mit dir zu reden. Du kannst dir ja wohl denken, weshalb ich kein Gespräch wünsche.«

Omar Shirazi seufzte und schloss für einen Moment die Augen. »Die Halsstarrigkeit hast du von deiner Mutter.«

»Worüber könntest du nach all den Jahren denn noch mit mir reden wollen? Wenn es nichts mit dem Fall zu tun hat, bin ich nicht interessiert.«

»Wenn du mir nur eine Minute geben würdest, Nadia …«

»Gibt es ein Problem?«, fiel Ackerman ihm ins Wort und trat auf Nadia zu. Er ging nicht so weit, dass er sich zwischen sie und ihren Vater stellte, aber sie merkte ihm an, dass er am liebsten genau das getan hätte.

»Schon gut, Frank«, sagte sie. »Ich kann selbst auf mich aufpassen.«

»Du benimmst dich«, sagte ihr Vater, »als wäre ich ein Ungeheuer. Ich weiß nicht, wieso du dir in den Kopf gesetzt hast, dass ich ein so schrecklicher Mann bin, Nadia. Ich bin dein Vater. Ich habe dich aufgezogen. Ich habe dir alles gegeben.«

»Ihr Recht, Nadias Vater zu sein«, warf Ackerman ein, »haben Sie aufgegeben, als Sie Nadia in ihrer schwierigsten Zeit die Unterstützung verweigert haben. Sie machen sich offenbar keine Vorstellung, welche emotionalen Narben Sie bei Ihrer Tochter …«

»Es ist gut, Frank«, sagte Nadia. »Ich komme allein zurecht. Warten Sie bitte an der Tür auf mich. Es dauert nur eine Minute.«

Ackerman befolgte widerstrebend ihren Wunsch, doch im Weggehen bedachte er Omar Shirazi mit einem vernichtenden Blick.

»Offenbar sprichst du zu deinen Freunden nicht allzu gut von mir«, meinte Omar vorwurfsvoll.

»Keine Sorge, Vater. Ich spreche gar nicht über dich. Also, wenn du mir sonst nichts zu sagen hast …«

Omar Shirazi war für seine sechzig Jahre noch immer ein attraktiver Mann, auch wenn sein dunkles Haar nun stärker mit Grau durchsetzt war als in Nadias Erinnerung. Er fuhr sich mit der Hand hindurch und seufzte erneut. »Wie ist es nur so weit mit uns gekommen, Nadia?«

Sie versuchte, ihre Stimme zu dämpfen, als sie erwiderte: »Ich war noch ein junges Mädchen. Ich brauchte den Schutz meines Vaters. Er musste mir versichern, dass alles gut wird. Dass die Welt nicht so düster und kalt ist, wie sie mir vorkam. Aber das hast du nicht getan. Du hast alles tausendmal schlimmer gemacht. Ich habe mich nie so allein gefühlt, mir nie so sehr den Tod gewünscht wie in dem Moment, als du mich angeschaut und mir gesagt hast, dass ich nur bekommen hätte, was ich verdiente.«

Omar Shirazi blickte zu Boden. »Ich habe versucht, dir eine Lektion zu erteilen. Jede Tat hat Folgen. Wenn du dich in eine gefährliche Situation begibst, können dir schlimme Dinge passieren. Gott hat dich für deine Unbesonnenheit bestraft.«

Sie schüttelte den Kopf. »Du begreifst es immer noch nicht, oder?«

»Du redest, als wäre ich dir ein schrecklicher Vater gewesen. Ich habe dir von allem nur das Beste gegeben. Dir hat es im Leben nie an etwas gemangelt. Du hast die besten Schulen besucht und hattest die schönsten Kleider. Ein Koch hat dir das Essen zubereitet, und ein Hausmädchen hat dir die Schulbrote geschmiert. Vielleicht lag es ja daran. Vielleicht habe ich dich zu sehr verwöhnt und eine selbstsüchtige, zickige kleine Prinzessin aus dir gemacht.«

»Selbstsüchtig?«

»Ja. Hast du je an deine Schwestern oder deinen kleinen Bruder gedacht? Als du mich verlassen hast, hast du auch die Bande zu deinen Geschwistern durchtrennt.«

»Ich hätte Kontakt zu ihnen gehalten, aber du hast es verboten!«

»Du selbst hast diese Entscheidung getroffen, nicht ich. Ich habe dich nicht verstoßen. Ich habe nie gesagt, dass du nicht mehr zur Familie gehörst. Diese Wahl hast du selbst getroffen. Deine Schwestern sind älter als du. Sie wissen, wie du warst. Aber Jahangir, dein kleiner Bruder … er hat dich angebetet. Du warst seine beste Freundin. Als du fortgegangen bist, ohne zurückzublicken, hat es ihn zerbrochen. Du hast Schuld an dem, was geschehen ist.«

»Was geschehen ist?« Nadia schnürte es vor Angst die Brust zusammen, und der Saal wirkte mit einem Mal düster und beklemmend. »Was meinst du damit? Was ist mit Jahangir passiert? Geht es ihm gut?«

Ihr Vater schüttelte den Kopf. »Nein. Aber er lebt noch, soviel ich weiß. Ich sehe ihn nur noch, wenn er Geld für seinen nächsten Schuss braucht.«

»Rauschgift?«, fragte sie entsetzt.

»Ja. Er wäre niemals darauf verfallen, wenn du bei ihm gewesen wärst. Er stand immer unter dem Einfluss seiner Freunde, aber auf dich hat er mehr gehört als auf irgendjemanden sonst. Wärst du da gewesen, hätte sein Leben einen ganz anderen Verlauf genommen. Aber du warst nicht da. Weil du selbstsüchtig warst. Und offenbar hat sich nichts daran geändert.«

Sie trat auf ihn zu. Zorn verzerrte ihre ebenmäßigen Züge. »Ich habe mich geändert, Vater. Ich bin nicht mehr das verängstigte junge Mädchen, das dich gebraucht hätte, damit du ihm sagst, dass alles wieder gut wird. Ich brauche überhaupt nichts mehr von dir. Ich brauche niemanden, der irgendetwas für mich wiedergutmacht. So etwas nehme ich jetzt in die eigenen Hände. Ich jage Serienmörder. Ich habe Ungeheuern in Menschengestalt von Angesicht zu

Angesicht gegenübergestanden und bin nicht zurückgewichen.« Herablassend fügte sie hinzu: »Aber darin hatte ich ja Übung, schließlich bin ich unter deinem Dach aufgewachsen.«

Damit wandte sie sich ab und ging davon. Sie konnte nicht sagen, was sie in diesem Moment empfand – Zorn, Enttäuschung, Wut, aber auch einen Hauch von Reue wegen ihrer letzten Bemerkung. Alle diese Gefühle tobten in ihrem Innern und verwirbelten miteinander, bis sie nur noch einen Fuß vor den anderen setzen und wie benommen den Saal verlassen konnte.

52

Nach dem Gespräch mit Nadia fühlte Ezra sich wie aufgedreht. Ein erster Schritt war getan, das Fundament gelegt. Es kam ihm so vor, als wäre ein alter Traum wiedererwacht oder ein Feuer in ihm wiederaufgeflammt – ein Feuer, das die Spinnweben aus Verzweiflung und Hoffnungslosigkeit wegbrannte.

Er winkte der Sekretärin seines Vaters und erklärte ihr, er habe sein Handy vergessen. Wie erhofft, war sein Vater mit den anderen im Konferenzraum beschäftigt und ahnte nichts davon, dass Ezra seine Anweisungen völlig missachtete.

Ezra triumphierte innerlich. Alles lief bestens. Er konnte alles haben, was er wollte, und noch mehr. Rasch durchquerte er das Büro, schnappte sich das Handy vom Schreibtisch, ohne es auch nur anzusehen, und schob es sich in die Tasche. Erst als er nur noch ein paar Schritte vom Aufzug entfernt war, schaute er auf das Display und entdeckte eine Textnachricht von Sergei.

Ruf mich so schnell wie möglich an. Notfall.

Ezra reagierte nicht sofort. Stattdessen verließ er das Gebäude und ging zu seinem BMW Roadster. Draußen kühlte es mittlerweile ab. Der blaue Himmel war verschwunden. Während den ganzen Tag schönes Wetter geherrscht hatte, roch es nun nach Regen. Ein merkwürdiger Druck lag in der feuchten Luft über Charleston.

Kaum saß Ezra im Wagen, wählte er Sergeis Nummer. »Ich bin's«, sagte er, nachdem Sergei sich gemeldet hatte, und fragte ohne Vorrede: »Was für ein Notfall?«

Sergeis Bariton erklang. »Dein Freund beim FBI hat es wohl nicht gern, wenn man ihn fotografiert.«

»Wie meinst du das?«

»Er hat sich Fedir geschnappt, hat ihn ausgequetscht und ist dabei auf mich gekommen. Der Kerl hat eine meiner Bars überfallen, hat meine Leute zu Klump geschlagen und mit Gummigeschossen rumgeballert. Zufällig war es die Bar, in der mein Buchhalter arbeitet. Dein geheimnisvoller Freund hat Dexheimer die Daumen abgeschnitten und will sie gegen die Information eintauschen, wer uns beauftragt hat, die Fotos zu knipsen.«

»Der Kerl hat *was?*«, stieß Ezra hervor.

»Von dem könntest sogar du noch was lernen. Was für ein kranker Mistkerl. Stürmt in eine Bar, hackt jemandem die Daumen ab und bietet sie gegen Informationen zum Tausch an!«

Ezra hielt das Lenkrad mit beiden Händen so fest gepackt, dass die Knöchel weiß hervortraten. Er wusste genau, wer so etwas tun würde. Jemand wie er selbst.

»Was unternehmen wir in der Sache?«, fragte Sergei.

»Lass mich nachdenken.«

»Aber nicht zu lange. Der Typ ist gefährlich.«

Schließlich sagte Ezra: »Okay, ich hab's schon. Kein Problem.«

»Ach nein? Mir kommt es aber wie ein beschissen *riesiges* Problem vor«, erwiderte Sergei. »Und ich glaube, Dexheimer sieht es genauso.«

»Keine Bange. Das alles beschleunigt nur unseren Zeitplan. Was hast du über die Ermittler herausgefunden, besonders über diesen Daumenabschneider?«

»Habe ich dir alles gemailt. Die ersten beiden sind ziemlich durchschnittlich. Ein Detective aus Charleston, der sich vom Streifenbullen hochgearbeitet hat. Ist seit fünfzehn Jahren dabei. Guter Cop und blitzsauber, nach allem, was man so hört. Der zweite ist Senior Inspector beim US Marshals Service. Offenbar einer von der Sorte, die sie schicken, wenn das Kind in den Brunnen gefallen ist, sodass sie jemanden brauchen, der saubermacht und ans Licht bringt, wer für den Schlamassel verantwortlich ist. Seiner Akte zufolge scheint der Typ ziemlich kompetent, aber langweilig zu sein. Aber Nummer drei spielt in einer ganz anderen Liga. Ich habe jede Quelle angezapft, die ich habe, und alles Mögliche versucht, konnte aber kein bisschen über ihn erfahren. Er ist wie ein Gespenst – ein verdammt gefährliches Gespenst. Um an seine Akten heranzukommen, braucht man die höchste Ermächtigungsstufe. Bei seinem Zusammenstoß mit Fedir hat der Kerl ein Stück Papier angefasst, das Fedir noch in Besitz hat. Wir haben die Fingerabdrücke durchlaufen lassen, aber sie tauchen in keiner Datenbank auf, auf die wir Zugriff besitzen. Und wir kommen an fast alles ran, was es gibt.«

»Hört sich an, als wären seine Fingerabdrücke aus den Datenbanken entfernt worden.«

»Ganz bestimmt. Ich weiß nicht, wer der Bursche ist, aber mir scheint, als hätte die Regierung dir einen ganz schlimmen Finger auf den Hals gehetzt.«

Ezra umklammerte noch immer das Lenkrad und biss die Zähne zusammen. »Wer immer der Typ sein mag, morgen um diese Zeit ist er nur noch Futter für den Wurm. Wo triffst du ihn?«

»Ich dachte an das Büro am Steinbruch. Ich bringe eine Truppe von meinen Jungs mit.«

»Sehr gut. Ich werde ebenfalls dort sein. Aber dieser Superman bekommt mich erst zu Gesicht, wenn es zu spät für ihn ist.«

»Immer langsam. Ich habe den ersten Schuss frei. Mit seinem Überfall auf die Bar hat er mich beleidigt und respektlos behandelt.«

»Mir ist es egal, wer ihn zur Strecke bringt, solange wir ihn nur fertigmachen. Und das werden wir. Heute Nacht verlegen wir die Mädchen ins Old City Jail. Bis zum Morgen haben wir die Ermittler auch dort. Unser Termin wurde vorverlegt, sieh es einfach so. Keine Sorge, Sergei, alles wird laufen wie geplant. Mein geheimnisvoller Schatten und jeder, der weiß, dass ich der Black Rose Killer bin, werden bald keine Gefahr mehr für uns sein.«

53

Bei ihrem ersten Besuch im Hotel hatte Nadia einen kleinen Shop neben der Rezeption entdeckt, wo Gäste von Rice Krispies und Zahnbürsten bis hin zu diversen Spirituosen ihren unmittelbaren Bedarf decken konnten, zu exorbitanten Preisen allerdings. Nadia war es egal. Kaum war sie wieder im Hotel, kaufte sie sich mehrere kleine Flaschen Wodka und zwei Diät-7-Ups. In ihrem Zimmer machte sie sich einen Drink und setzte sich an den Computer. Sie musste sich mit den Personalakten und Datenbanken von AIM verbinden, aber vorher wollte sie alles über Ezra Crane herausfinden, was sie in Erfahrung bringen konnte.

Der erste Schritt bestand darin, seinen Führerschein abzurufen und die Augenfarbe zu überprüfen. Danach lud sie sein Strafregister, um festzustellen, ob irgendwelche Verstöße darin verzeichnet waren. Nadia entdeckte, dass seine Augen tatsächlich blau waren und dass er sich kaum mehr als einen Strafzettel für Falschparken hatte zuschulden kommen lassen.

Während sie weiter nachforschte, ging ihr immer wieder das Gespräch mit ihrem Vater durch den Kopf und weckte das Verlangen nach einem weiteren Drink. Es dauerte nicht lange, und sie spürte die Wirkung des Alkohols. Doch sie schenkte sich trotzdem nach, ehe sie tiefer in die digitale Welt eintauchte.

Ezra erschien ihr wie ein Vorzeigebürger. Er zahlte seine Steuern pünktlich, war kein einziges Mal mit dem Gesetz in Konflikt gekommen und arbeitete ehrenamtlich für mehrere lokale Wohltätigkeitsorganisationen. In seinem digitalen

Lebenslauf fand sie sogar Fotos, auf denen er in Suppenküchen schuftete. Nadia schmunzelte. Auch wenn er nicht dabei im Bild festgehalten worden war, wie er alten Damen über die Straße half – es hätte sie nicht gewundert, solche Schnappschüsse zu finden. Sie hegte jedoch den Verdacht, dass Ezras blütenweißes Image mit der politischen Seite seines Lebenslaufes zusammenhing und vor allem Show war. Vielleicht plante er, in die Fußstapfen seines Vaters zu treten, oder er war einfach nur ein netter Mann.

Nadia wollte sich noch einen Drink holen, fiel jedoch rückwärts aufs Bett zurück, als sie aufstand. Sie kicherte. Sie war angeheitert, aber es erschien ihr noch zu früh, um aufzuhören. Die Erlebnisse dieses Tages, allen voran die Begegnung mit Omar Shirazi, machten ihr zu schaffen. Heute Nacht würde sie nur schlafen können, wenn sie sich zuschüttete, davon war sie überzeugt. Und dazu brauchte es nicht mehr viel.

Es war unüblich für Nadia, mehr als einen Drink zu nehmen. Außerdem war sie todmüde. Sie war jetzt schon beschwipst wie selten zuvor. Noch ein oder zwei Gläser, und sie würde einschlafen.

Benebelt kehrte Nadia an ihren Computer zurück und schaute im Postfach nach, ob die E-Mail vom Technikvorstand bei AIM schon eingetroffen war. Zu ihrer Freude hatte der Mann Wort gehalten. Sie griff auf die Personalakten zu und glich sie mit der FBI-Datenbank zu Gewaltverbrechen ab. Doch erneut wurde ihr Blick verschwommen, und sie verlor immer wieder den Faden. Entschlossen versuchte sie, sich zu konzentrieren, aber es ging nicht. Ihre Gedanken schweiften ab. Schließlich sah sie ein, dass es keinen Sinn hatte, weiter am Laptop zu arbeiten.

Erschöpft legte sie sich auf das ungewohnte Hotelzimmerbett. Ihre Gedanken wanderten zu Ezra. Er hatte unverkennbares Interesse an ihr gezeigt, und sie musste zugeben, er sah gut aus. Außerdem schien er eine gute Partie zu sein. Und sie, Nadia, war ihm offenbar nicht gleichgültig. Da gab es nur ein Problem: Ezra bedeutete ihr nichts. Sie hatte kein Verlangen nach diesem Mann. Er war einfach nicht ihr Typ.

Mein Typ, dachte sie. *Oh, da gibt es jemanden. Und genau den rufe ich jetzt an.*

Sie griff nach ihrem Handy, das auf dem Nachttisch lag, und schickte Ackerman eine SMS.

Sind Sie wach?

Geht so, antwortete er.

Können Sie zu mir ins Zimmer kommen, ein bisschen reden?

Klar. Bin in fünf Minuten da.

Nadia stand vom Bett auf. Obwohl sie sich vorkam wie auf Deck eines Kreuzfahrtschiffes bei schwerer See, erreichte sie den Schreibtisch und mischte sich noch einen Drink. Dabei sah sie sich im Spiegel und bemerkte, dass sie noch immer den Hosenanzug und die lila Bluse trug. Beim Meeting war sie von allen am besten angezogen gewesen; die Vorstände der Firma waren nach Büroschluss gekommen und trugen Freizeitkleidung. Und was hatte es ihr gebracht? Sie verzog das Gesicht. Weder ihr Modebewusstsein noch ihr professionelles Auftreten hatten ihren Vater beeindruckt.

Sie stolperte umher, zog den Hosenanzug aus und schlüpfte in ihre Trainingssachen von der FBI Academy. Danach nahm sie einen weiteren tiefen Schluck von ihrem Mixgetränk. Mittlerweile war ihr heiß, und ihr Blick verschwamm immer wieder.

Wow, das Zeug geht ins Blut.

In diesem Moment klopfte es an der Tür.

Frank!

Lächelnd ließ sie ihn herein und zeigte auf das Sofa am

anderen Ende des Zimmers, gleich neben dem Fenster. Beide nahmen Platz, wobei Ackerman sie argwöhnisch beäugte. »Haben Sie was herausgefunden?«, fragte er.

Nadia gab sich alle Mühe, nüchtern zu erscheinen. »In den AIM-Personalakten ist nichts.«

»Was ist mit Ihrem neuen Freund Ezra Crane? Ich weiß, dass Sie ihn überprüft haben, kaum dass Sie hier waren.«

»Was höre ich denn da in Ihrer Stimme?«, fragte sie kichernd. »Ist das etwa Eifersucht?«

Ackerman lachte leise. »Eifersucht ist etwas für Leute mit schwacher Konstitution. Also, was haben Sie herausgefunden? Was ist mit diesem Ezra?«

Nadias Zunge wurde schwer. »Essa isso rein wie fischefallener Schnee.«

Ackerman lachte. »Wie *was?*«

Nadia riss sich zusammen. »Frisch … gefallener … Schnee. Auf dem Papier sieht der Mann aus wie ein Heiliger. Und seine politische Karriere geht steil nach oben. Wer weiß, vielleicht kandidiert er irgendwann für das Amt des Präsidenten.« Sie griff nach dem Glas, das sie auf dem Beistelltisch neben der Couch abgesetzt hatte, und warf es dabei beinahe um. »Auf Ihr Wohl, Mr. President!«

»Sie scheinen heute schon mehr als einmal auf den Präsidenten angestoßen zu haben«, sagte Ackerman. »Oder auf alle fünfundvierzig.«

»Keine Sorge, Dad. Ich habe morgen keinen Kater, ich versprech's.«

Ackerman runzelte die Stirn. So kannte er Nadia gar nicht. »Ich nehme an, das Gespräch mit Ihrem Vater ist nicht besonders gut verlaufen.«

Sie stürzte den Rest des Drinks herunter, bevor sie antwortete. »Darüber möchte ich nicht reden. Sprechen wir von etwas anderem. Reden wir nicht über den Fall und den ganzen Mist. Hängen wir einfach ein bisschen ab, okay? Lassen Sie uns gemeinsam chillen.«

»Wow.« Ackerman hob die Brauen. Er konnte sich des Eindrucks nicht erwahren, dass seine Partnerin einen sitzen hatte. »Na gut. Ich habe ein paar Minuten, bevor ich zu meinem Rendezvous aufbrechen muss.«

Nadia riss die Augen auf. »Rendezvous? Was haben Sie denn vor?«

»Ich dachte, Sie möchten nicht über den Fall sprechen.«

»Das will ich auch nicht.« Sie musterte ihn aus zusammengekniffenen Augen. »Wie läuft es eigentlich zwischen Liana und Ihnen? Ist alles gut? Sie sagten, nach dem Essen mit Lianas indianischer Großmutter war die Lage ziemlich angespannt.«

»Könnte man so sagen. Oma wäre fast Amok gelaufen und auf den Kriegspfad gegangen.«

»Aber?«

»Kein Aber. Nicht sie ist das Problem, sondern die Enkelin.«

»Wieso? Was bedeutet das?«

»Liana und ich sind getrennte Wege gegangen.«

»*Was!*«, stieß Nadia hervor. »Seit wann?«

»Nachdem Sie im Krankenhaus gelandet waren.«

Nadia schlug die Beine unter, beugte sich ein wenig vor und musterte Ackerman voller Interesse. Sie musste sich eingestehen, dass sich Gefühle in ihr regten, von denen sie nichts wissen wollte, die sie aber sehr begrüßte: Freude, dass Ackerman wieder zu haben war, Hoffnung, dass etwas zwischen ihnen beiden laufen könnte, sogar ein Anflug von Erregung, ihn jetzt bei sich im Zimmer zu haben. »Wollen Sie damit sagen, Sie und Liana haben Schluss gemacht?«

Ackerman nickte traurig. »Um ehrlich zu sein, hat Liana die Beziehung beendet.«

»Aber … so plötzlich?«

»Ja. Ich muss gestehen, ich vermisse sie schon jetzt. Sehr sogar.«

»So kenne ich Sie ja gar nicht.«

»So kenne ich mich selbst nicht.« Er lächelte gequält. »Na ja, jetzt geht es mir wie Theodore. Dem ist auch die letzte Freundin durchgebrannt, diese Mops-Tussi.«

»Sie sind unmöglich.«

Er schmunzelte. »Schon möglich.«

»Aber Liana war vernarrt in Sie! Es war immer so süß, Sie zu beobachten … Sie beide.«

»Ich bin mir nicht sicher, ob jemand mich schon mal als süß bezeichnet hat. Vielleicht, als ich noch ein Säugling war. Aber selbst da habe ich meine Zweifel.«

»Aber … wieso?«

Er lachte. »Na ja, mein Alter sagte immer, er hätte mich am liebsten zurück ins Krankenhaus gebracht, als er mich das erste Mal gesehen hat.«

»Nein, ich meine … mit Liana.«

»Was weiß ich.« Ackerman lehnte sich zurück. »Kann sein, dass ich für Beziehungen einfach nicht geschaffen bin.« Er zuckte mit den Schultern. »Vielleicht ist es am besten so.«

»Und was sagt Liana dazu?«

»Wie Sie wissen, hat sie sich an der FBI Academy beworben. Ich hätte mit Carter sprechen und ein Wort für sie einlegen können, hielt es aber für besser, dass sie sich ihren Platz aus eigener Kraft erarbeitet.«

»Und das hat nicht funktioniert?«

»Nicht so richtig. Sie kam einfach nicht von ihrem Navajo-Reservat los. Mit der Folge, dass sie sauer auf sich selbst war … und ein bisschen auch auf mich. Schließlich hätte ich ihr helfen können.«

»Ist sie am psychologischen Test gescheitert?«

Ackerman nickte. »Ja. Aber ich urteile deswegen nicht über sie. Schließlich gibt es keinen Psychologen, der mich als geeignet für Ihr FBI einstufen würde.«

»Es ist nicht *mein* FBI. Es ist *unser* FBI. Sie gehören auch dazu.«

»Vergessen Sie Special Agent Theodore nicht.«

Nadia stand auf und wäre beinahe auf die Couch zurückgefallen, doch es gelang ihr, zu der Kommode zu wanken, auf der die kleinen Wodkaflaschen standen. Sie goss sich einen weiteren Drink ein und nahm einen Schluck.

»Keine gute Idee«, sagte Ackerman.

»Sagen Sie mir nicht, was ich tun soll! Ich bin es leid, dass jeder mir sagt, was ich darf und was nicht.«

Sie schwankte zur Couch zurück, saß eine Weile da und versuchte sich zu erinnern, worüber sie und Frank eigentlich gesprochen hatten.

»Tja«, sagte sie schließlich und nahm noch einen Schluck. »Einen Toast auf unser wundervolles, großartiges, bescheuertes FBI.«

Ackerman lachte. »Ich sollte jetzt wohl gehen, Nadia. Ich muss sowieso noch Vorbereitungen für die Festivitäten der heutigen Nacht treffen. Kommen Sie, ich schaffe Sie ins Bett.«

»Festivitäten? Gehen Sie auf eine Party? Oh, bitte, nehmen Sie mich mit, Frank! Ich liebe Partys!«

»Ich fürchte, das ist eine andere Art von Party, als Sie vermuten. Ich werde meinen Spaß haben, aber für Sie ist das nichts.«

»Sie lassen mich allein?«

»Abschied ist ein süßes Leid, wie man sagt, aber die Pflicht ruft.«

»Okay. Gehen Sie nur. Vielleicht rufe ich Ezra Crane an

und frage ihn, ob *er* mir heute Abend Gesellschaft leisten will.«

Ackerman musterte sie verdutzt. »Ich fürchte, ich kann nicht ganz folgen …«

Nadia rückte näher und legte ihre Beine über seinen Schoß. »Ich bin es leid, immer die Brave zu sein, Frank«, seufzte sie. »Ich würde zu gern ausprobieren, wie es ist, ein böses Mädchen zu sein, das allen Männern den Kopf verdreht.«

Ackerman starrte auf ihre hübschen Beine. »Nun ja, Sie sind auf dem besten Weg.«

»Finden Sie?«

»Definitiv.«

Sie seufzte. »Ach, Frank. Ich wünschte, ich könnte das tun, was ich jetzt am liebsten tun würde.«

»Und woran denken Sie da?«

Sie streichelte ihm über die Brust. »Na, woran schon. Das einzige Mal, als ich Sex hatte, war ich halb besinnungslos.« Sie lachte bitter auf.

»Ist auf dem College denn gar nichts gelaufen?« Ackerman blickte sie an. »Ich meine, hatten Sie nie einen festen Freund?«

»Ich bin ein paarmal mit Jungen ausgegangen, aber sobald wir uns näherkamen, musste ich an die Geschichte im Tattoostudio denken. So ist es seitdem noch jedes Mal gewesen.«

Sie schmiegte den Kopf an Ackermans Brust, und er legte zögernd einen Arm um sie.

»Ich nehme an«, sagte sie leise, »ich habe mich bei keinem meiner Freunde richtig sicher gefühlt. Jetzt ist es anders, ganz anders. Oh, Frank, ich …«

Er räusperte sich. »Ich halte das für keine gute Idee, Nadia. Sie haben getrunken. Außerdem bezweifle ich, dass ich der Richtige bin für das offiziell erste Mal.«

Sie sah ihm in die Augen. »Warum? Hast du Angst, du wärst zu grob zu mir?«

»Könnte hinkommen«, murmelte Ackerman.

Sie drängte sich an ihn. »Du liebe Güte, Frank«, flüsterte sie. »Mann! Wow!«

»Was ist los?«

»Deine Muskeln sind steinhart.«

»Nicht nur meine Muskeln«, murmelte er.

»Du bist so niedlich, Frank.«

Er lachte. »Das hat noch keiner zu mir gesagt.«

»Es stimmt aber.«

Er begegnete ihrem Blick ein paar Sekunden lang. »Ich glaube, ich sollte jetzt wirklich gehen.«

Er wollte aufstehen, doch sie hielt ihn fest.

»Ich dachte immer«, flüsterte sie, »du hättest vor nichts Angst.«

»Vor gewissen Situationen aber schon, Nadia. Deshalb ist es besser, wenn ich verschwinde.«

»Ich weiß, du versuchst jetzt, der gute Junge zu sein, aber kannst du nicht mal der Bad Boy sein? Rau und primitiv?«

Er lachte. »Ich Ackerman, du Nadia, was?«

»Oh, Frank. Nur heute Nacht. Nur für mich.«

»Das Angebot ist überaus verlockend, aber …«

»Aber was?« Ihr Herz pochte wild, als sie ihn an sich drängte und die Berührung seines schlanken Körpers und seiner harten Muskeln genoss.

»Ich habe den Verdacht, dass wir diese Situation morgen anders sehen würden, Nadia.« Sanft löste er sich von ihr und ging zur Tür. »Wenn irgendetwas ist, melden Sie sich, okay?«

Nadia blickte ihm enttäuscht und traurig hinterher. Erfüllt von beinahe schmerzlicher Sehnsucht, beobachtete sie, wie er ihr zuwinkte und die Tür hinter sich schloss. Frustriert blieb sie noch eine Zeit lang auf der Couch liegen. Das Zimmer drehte sich vor ihren Augen. Benommen dachte sie über das nach, was sie gerade getan und gesagt hatte.

Betrunkene sagen die Wahrheit, ging es ihr durch den Kopf. *Du magst ihn, gib es zu. Du magst ihn sehr.*

Wieder blickte sie auf die Tür, durch die der Mann, den sie begehrte, soeben verschwunden war.

»Du dumme Trulla«, murmelte sie dann mit schwerer Zunge. »Jetzt hast du dich zum Affen gemacht.« Schmollend fügte sie hinzu: »Und nicht mal was davon gehabt.«

54

Vor seiner Begegnung mit Nadia hatte Ackerman eine unerwartete SMS erhalten, die seiner Vermutung nach von Sergei Wassilik stammte. Sie enthielt Koordinaten und Zeitpunkt für ein Treffen an diesem Abend. Mit der Karten-App auf seinem Smartphone hatte er sich mit dem vorgeschlagenen Treffpunkt vertraut gemacht und festgestellt, dass es sich um einen Steinbruch handelte, von dem er wusste, dass er Wassilik gehörte. Eindeutig musste er mit einem Hinterhalt rechnen. Wassilik und seine Mafiosi würden mit Sicherheit versuchen, ihn gefangen zu nehmen oder zu töten. Aber diese Gefahren war Ackerman gewohnt. Er liebte sie sogar. Er genoss Herausforderungen.

Ackerman sammelte seinen Wunderrucksack ein und holte die abgetrennten Daumen aus dem Kühlschrank des Hotelzimmers, um sie ihrem angestammten Besitzer zukommen zu lassen, falls er überhaupt diese Gelegenheit bekam. Wassilik würde alles versuchen, ihn, Ackerman, aus dem Weg zu räumen.

Doch viel mehr als der Gedanke an die bevorstehende Begegnung und die Bedrohung durch bewaffnete Mafiaschläger machte Ackerman der kleine Zwischenfall mit der liebebedürftigen Nadia zu schaffen. Er schmunzelte, als er daran zurückdachte. Dabei fragte er sich, ob er überhaupt die richtige Entscheidung getroffen hatte, ihre Avancen abzuweisen. Vielleicht war Nadia gar nicht so betrunken gewesen, wie es den Anschein gehabt hatte. Aber das war Unsinn, und Ackerman wusste es. Nadia hätte es am Morgen bitter bereut, und in diese Lage wollte er sie nicht bringen, um keinen Preis der Welt. Und noch etwas sprach entschieden dagegen, mit Nadia eine Beziehung einzugehen: Liana. Ackerman fühlte sich noch immer sehr zu ihr hingezogen. Gut möglich, dass ihre Liebe irgendwann neu aufflammte. Doch auch Nadia zog ihn an, das musste er sich eingestehen. Wenn er ihren Duft nach Jasmin und Babyatem wahrnahm oder sich dabei ertappte, wie er ihr Lächeln beobachtete oder in ihre Augen schaute, überkamen ihn Gefühle, die weit mehr waren als kollegiale Sympathie.

Ackerman schob diese Gedanken beiseite. Über solche Dinge konnte er sich ein andermal den Kopf zerbrechen. Im Augenblick hatte er sich auf Dringlicheres zu konzentrieren.

Er verließ das Zimmer und ging zur Harley. Die Koordinaten befanden sich in der Karten-App auf seinem Handy. Ackerman startete den Motor, und die V-Twin-Maschine wummerte auf. Er wollte gerade aus der Parktasche zurücksetzen, als ein schwarzer Impala hinter ihm hielt und ihm den Weg versperrte.

Knox stieg aus dem Wagen. Der Senior Inspector hatte

seinen schlecht sitzenden Anzug abgelegt und trug nun ein Polohemd und eine Winterjacke.

»Wohin fahren Sie?«, wollte er wissen.

Ackerman musterte ihn von oben bis unten. »Mein lieber Schwan, Knox! Wollen Sie auf Dressman umsatteln, oder gehen Sie zum Ball der einsamen Herzen?«

»Lassen Sie Ihre dummen Sprüche. Also, wohin wollen Sie?«

»Einen trinken.«

Knox lächelte. »Gute Idee. Das wäre jetzt genau das Richtige. Wie wär's, wenn ich mich Ihnen anschließe?«

»Nun ja, Sie sollten die Dame Ihre Herzens nicht warten lassen, Mr. Knox, bevor die Fassade abblättert.«

Knox lief rot an. »Lassen Sie endlich diesen Unsinn. Wohin wollen Sie wirklich? Als wir angefangen haben, gemeinsam zu ermitteln, haben Sie mir zugesagt, mich im Vorfeld zu informieren. Erinnern Sie sich?«

Ackerman seufzte. »Das war, bevor ich herausfinden musste, was für ein Kameltänzer Sie sind. Vertrauen Sie mir, Knox. Was ich jetzt vorhabe, gehört zu den Dingen, von denen Sie besser nichts erfahren sollten.«

Knox verschränkte die Arme vor der Brust. Ackerman sah dem Marshal an, dass er nicht nachgeben würde. »Ohne mich fahren Sie nirgendwohin!«

In Ackerman loderte Wut auf. Er hatte Wichtigeres zu tun, als sich mit Knox herumzuplagen. Er schwang sich von der Maschine, trat näher und sagte mit leisem Lächeln: »Ich könnte Ihnen in zwei Sekunden die Arme brechen und mir Ihr schickes Auto unter den Nagel reißen.«

Knox lachte auf. »Ach ja? Noch einmal überrumpeln Sie mich nicht, Sie Angeber. Sie lägen schneller auf der Nase, als Sie Piep sagen können. Außerdem könnte ich einen Haftbefehl gegen Sie erwirken. Das Präsidium ist nur ein paar Häuserblocks von hier. Ich bin sicher, die können im Nullkommanichts drei Cops herschicken.«

Ackerman sah keine andere Möglichkeit, als einzulenken. Er seufzte tief, nahm den Rucksack ab und reichte ihn Knox. »Also gut, Quälgeist«, sagte er. »Aber ich fahre. Sie navigieren und kümmern sich um die Daumen.«

»Welche Daumen?« Knox kicherte. »Sind Sie ein so schlechter Fahrer, dass ich unterwegs die Daumen drücken muss?«

Ackerman griff in den Rucksack, holte den Plastikbeutel hervor und schüttelte ihn leicht, damit das Eis sich teilte und Knox die blutigen Gliedmaßen erkennen konnte.

»O Gott!«, rief Knox. »Mein *Gott!* Woher haben Sie das?«

»Definitiv nicht aus der örtlichen Metzgerei. Wobei … man kann nie wissen, was so alles im Schaufenster liegt.«

»Aber … warum? Warum die Daumen?«

»Nun ja, ich hätte ihm auch was anderes abscheiden können, wenn Sie verstehen, was ich meine, aber was hätte ich damit anfangen sollen?«

»Um Gottes willen, wann ist das alles denn passiert?«

»Das war die ›Erledigung‹ von vorhin, Mr. Knox. Wir tauschen diese kleinen Dinger hier gegen ein paar wichtige Infos über unseren Killer.«

»Waren *Sie* das? Haben *Sie* jemandem die Daumen abgehackt?«

»Abge*schnitten*, Mr. Knox.«

»Ist das ein Unterschied?«, kreischte Knox.

»Natürlich. So wie ›gerührt, nicht geschüttelt‹.«

»Sie sind irre! Völlig verrückt!«

Ackerman zwinkerte ihm zu. »Stimmt, aber das bleibt unser kleines Geheimnis, okay?«

55

Von dem Augenblick an, als sie in den Wagen stiegen, stellte Knox Fragen über Fragen. *Wohin fahren wir? Mit wem treffen wir uns? Was haben wir vor? Wem gehören die verdammten Daumen?*

Ackerman wies sämtliche Fragen ab. Er hatte das Gefühl, es sei besser, Knox im Dunkeln zu lassen, bis sie ihrem Ziel näher waren. Immerhin war dem Marshal zuzutrauen, dass er in seine ignoranten Reflexhandlungen zurückfiel und womöglich Verstärkung rief, was Ackerman gar nicht recht gewesen war, jedenfalls noch nicht.

Als sie das Stadtgebiet Charlestons hinter sich ließen und sich dem Steinbruch näherten, wichen die hübschen Vorstadthäuschen verstreut liegenden Farmen, Trailern, baufälligen Hütten und idyllischen Waldstücken. Als Ackerman sah, dass sie nur noch zwei Meilen von ihrem Ziel trennten, beschloss er, Knox zumindest grob einzuweisen, bevor sie sich ins Getümmel stürzten. Aber zuallererst musste er sich selbst vorbereiten.

»Mr. Knox«, sagte er, »wären Sie so freundlich, in meinen Rucksack zu sehen und mir eine Splitterhandgranate zu reichen?«

Knox versetzte die Farbe. »Sie haben *Handgranaten* im Rucksack?«

»Oh, das ist noch gar nichts.«

»In dem Rucksack zwischen meinen *Beinen?*«

»Yep.«

Knox schluckte schwer, griff dann in den Rucksack und zog nach kurzer Suche eine M67-Splitterhandgranate hervor, die Standardausführung der US Army. Er hielt sie Ackerman hin, der sie nahm und sie sich an seinem Schritt in die Hose stopfte.

»Um Himmels willen!«, rief Knox. »Laufen Sie immer mit Handgranaten in der Unterwäsche herum?«

Ackerman kicherte. »Kommt auf die Situation an.«

»Wie bitte?«

»Tut mir leid, den dummen Scherz konnte ich mir nicht verkneifen. Nun ja, manchmal ist es nützlich, Waffen an ungewöhnlichen Orten zu verstecken. Rein zur Vorsicht, versteht sich. Aber ich habe das Gefühl, dass in diesem Fall das Kondomprinzip anwendbar ist.«

»Das *was?*«

»Ich habe lieber eine Handgranate in der Unterwäsche und brauche sie *nicht*, als dass ich eine brauche und nicht *dabeihabe*.«

»Meinen Sie denn nicht, dass diese Typen uns filzen? Wer immer die sind?«

»Neun von zehn Männern, die üblicherweise das Abtasten übernehmen, lassen diese Körperzone aus.«

»Sie sind schon von mehr als zehn Kerlen abgetastet worden?«

Ackerman musterte ihn verwirrt.

»Ich meine, sonst könnten Sie diese Statistik ja gar nicht aufstellen …«, sagte Knox.

»Sie reden wie jemand, der nie etwas in seiner Unterhose versteckt hat.«

»Ich kann aufrichtig sagen, dass ich so etwas tatsächlich noch nie getan habe!«

»Aus Platzmangel?«

Knox schoss einen giftigen Blick auf ihn ab.

»Die Welt ist groß und bunt, Mr. Knox. Sie sollten mehr aus Ihrem Leben herausholen.«

»Handgranaten bringe ich nicht mit Leben in Verbindung. Sie sind eher dafür bekannt, den Tod zu bringen.«

»Aber, aber«, sagte Ackerman. »Nirgendwo lebt man intensiver als an der Schwelle des Todes. Bewegt man sich am Rand der Ewigkeit, offenbaren sich einem so manche Dinge, die einem sonst verborgen blieben.«

»Warum offenbaren *Sie* mir nicht, wieso wir ans Ende der Welt fahren, nur um uns umbringen zu lassen?«

»Sie machen sich zu große Sorgen, Mr. Knox. Ich habe nicht vor, heute Nacht auch nur einen einzigen Todesfall zu provozieren. Ein wenig Verstümmelung oder Entstellung vielleicht, aber niemand soll sterben, wenn es nach Plan geht. Die Leute, die versuchen werden, uns zu töten, gehören übrigens der ukrainischen Mafia an – angeführt von einem Mann namens Sergei Wassilik, der auch der Brötchengeber von Mr. Fedir Dobrydingsbums ist.«

»Der Fotograf?«, fragte Knox. »Der Kerl wollte Sie einsperren lassen, weil Sie ihn angegriffen haben, und sogar die Stadt verklagen! Und was tun Sie? Sie gehen hin und heizen seinem Arbeitgeber ein, im guten alten Chicago-Stil, nur um dann irgendeinem Kerl die Daumen abzuschneiden.«

»Sehr gut zusammengefasst. Unser fotografierender Freund hätte niemals Anzeige erstattet. Das war nur eine Nebelkerze. Er arbeitet für unseren Killer, jede Wette. Warum sonst hätte er den Tatort fotografieren sollen?«

»Vielleicht, weil er ein Freak ist. Es könnte eine Menge Gründe geben. Vielleicht ist er Fetischist. Oder er hatte die Frau gestalkt. Oder er wollte die Fotos an eine Mordporno-Internetseite verkaufen.«

Ackerman zuckte mit den Schultern. »Das werden wir in etwa einer Minute herausfinden. Unser Ziel ist ein Steinbruch, der von Mr. Wassilik höchstpersönlich betrieben wird.«

»Ein Steinbruch? Toll. Klingt nach einem Ort, wo sie Leute hinschaffen, um sie umzubringen und ihre Leichen verschwinden zu lassen.«

Ackerman schwieg.

»Keine schlagfertige Erwiderung zu dem verdammten Steinbruch?«, fragte Knox.

»Nun ja.« Ackerman zuckte mit den Schultern. »Hals- und Steinbruch.«

Im nächsten Moment fuhren sie bereits durch das offene Tor der ausgedehnten Anlage, aber noch hatten sie die Koordinaten der mysteriösen SMS nicht erreicht. Vor sich sahen sie grelles Licht und mehrere riesige Sattelauflieger. Vor dem größten parkten drei Fahrzeuge. Zwei Bodyguards, mit Kalaschnikows bewaffnet, standen davor.

Ackerman hielt so an, dass seine Scheinwerfer den beiden Bewaffneten in die Gesichter strahlten, und schaltete die Automatik auf Parken, ohne den Motor abzustellen. Er stieg aus. Knox folgte ihm, warf Ackerman vorher aber einen wütenden Blick zu. Langsam näherten sie sich den Bodyguards, die die Mündungen der Schnellfeuergewehre auf den Boden gerichtet hielten.

»Stopp. Das ist nahe genug«, sagte einer von ihnen, ein stiernackiger Schlägertyp.

Ackerman und Knox blieben stehen.

»Der Boss wartet drinnen auf euch«, fuhr der Mann fort. »Aber wir müssen euch vorher filzen.«

Als Stiernacken näher kam, breitete Ackerman die Arme aus, zwinkerte ihm zu und sagte: »Sanft, bitte. Es ist das erste Mal für mich.«

Der massige Mann schnaubte abfällig und tastete ihn sorgfältig ab. Ackerman hatte das Schulterholster mit dem Bowiemesser vor ihrer Ankunft abgelegt und im Wagen gelassen; die Faustmesser allerdings hatte er dabei, verborgen in Schnellziehscheiden, die aussahen wie Gürtelschlösser, und in seiner Armbanduhr verborgen schlummerte die Garotte.

Aber da war noch die Handgranate.

Doch der stiernackige Bodyguard widmete Ackermans Schritt keine besondere Aufmerksamkeit, tastete ihn nur oberflächlich ab, um sich zu vergewissern, dass nichts an den Schenkeln festgeschnallt war.

»Okay«, sagte er dann zu seinem Kumpan. »Der Typ ist sauber.«

Als Stiernacken sich sodann Knox vornahm, sagte Ackerman: »Wir haben ein Mitbringsel für Mr. Dexheimer im Wagen.«

Stiernacken starrte ihn an. »Und was soll das sein?«

»Seine Daumen. Sie sind im Wagen und modern vor sich hin nach der langen Fahrt.«

»Du willst mich verarschen.«

»Du solltest sie lieber holen, Mann.«

Stiernacken ließ von Knox ab, stapfte zum Wagen, entdeckte den Plastiktüte, warf einen Blick hinein, riss die Augen auf und flüsterte: »Ach du Scheiße.«

»Was hat er gesagt?«, fragte Knox.

»Wie bei Youtube.« Ackerman grinste. »Daumen hoch.«

Er nahm den Plastikbeutel von Stiernacken entgegen und nickte Knox zu. Flankiert von den Bodyguards, betraten die Männer gemeinsam den Trailer. Ackerman warf Knox einen Blick zu, hob den Beutel und flüsterte: »Immer schön die Daumen drücken.«

»Bleiben Sie mir mit diesem Mist vom Leib.«

Ackerman lachte in sich hinein. Er war froh, dass Knox bei ihm war. Es war gut, jemanden zu haben, der sich an seiner Stelle fürchtete.

56

Im Trailer wurden sie von drei weiteren bis an die Zähne bewaffneten Gegnern erwartet. Ackerman sah ihnen sofort an, dass es sich nicht um tumbe Schläger handelte, sondern um Profikiller. Diese Männer bewegten sich mit der kühlen Effizienz ausgebildeter Söldner. Alle waren stämmig, muskulös und extrem wachsam.

Einer von ihnen, ein Hüne mit raspelkurzen Haaren, trat vor und starrte Ackerman in die Augen. »Arme an die Seiten, Beine auseinander.«

Ackerman lachte. »Ich weiß, ich bin unwiderstehlich, aber du bist nicht mein Typ, Schnuckelchen.«

»Oh, ein Witzbold«, sagte eine tiefe Stimme irgendwo aus den Tiefen des Trailers.

Ackerman drehte den Kopf. Links von ihnen saß in einer kleinen Sitzgruppe aus zwei Ledersofas, einer Zweiercouch und einem Couchtisch ein großer, elegant gekleideter Mann. »Meine besten Leute sind hier mit mir im Wagen«, fuhr der Mann fort. Sein Akzent verriet seine osteuropäische Herkunft. »Leider muss ich Sie noch einmal abtasten lassen. Ich hoffe, es macht Ihnen nichts aus.«

Der Sprecher trug einen grauen Anzug mit weißen Nadelstreifen über einem schwarzen Oberhemd mit schwarzer Krawatte. Er war ein großer Mann, nicht ganz so groß wie Giftzwerg, der Bodyguard aus der Bar, aber Ackerman bemerkte, dass der Unbekannte, den er für Wassilik hielt, Hände wie Ziegelsteine hatte. Es waren die Hände eines Mannes, der einem anderen Menschen mühelos die Finger zerquetschen oder den Hals umdrehen konnte.

Wassilik hatte das Zweiersofa an der hinteren Wand des Trailers eingenommen. Neben ihm saß Dexheimer. Der Mafia-Buchhalter wirkte kleiner und unscheinbarer als zuvor, was nicht nur am Kontrast zu dem massigen Wassilik lag – offenbar hatte der Verlust seiner Daumen Dexheimer zumindest zeitweilig eine neue Sicht auf die Dinge und das Leben vermittelt.

Ackerman hielt den Beutel mit den gefrorenen Daumen von sich weg, während er die Beine spreizte und sich von Raspelhaar abtasten ließ.

Offenbar hatte Dexheimer inzwischen erkannt, was in dem Beutel steckte, denn er riss die Augen auf.

»Die können Sie zurückhaben«, sagte Ackerman. »Ich nehme an, Sie wünschen sich nichts sehnlicher, als sie in die Hände zu bekommen … *an* die Hände, genauer gesagt. Jedenfalls, soweit es mit vier Fingern möglich ist.«

Der Buchhalter schaute Wassilik flehend an. Der Big Boss grinste herablassend, nickte dann aber. Dexheimer bewegte sich eilig zu Ackerman und entriss ihm voller Gier den Beutel, was ohne Daumen nicht so einfach war. Er wurde blass, als er die beiden Gliedmaßen in dem Beutel treiben sah.

»Ihnen bleibt noch ausreichend Zeit, sie wieder annähen zu lassen, ohne dass es Schwierigkeiten geben dürfte«, sagte Ackerman, während der Söldner mit dem Ultrakurzhaarschnitt ihn weiter abtastete. »Ich habe Ähnliches am eigenen Leib erfahren und kann immer noch Klavier spielen. Also, *thumbs up.*«

Dexheimer schienen diese Worte kein großer Trost zu sein. Er bedachte Ackerman mit einem mörderischen Blick, während er hinter ihm zur Tür des Trailers hinausschlich. Ehe sie ins Schloss fiel, hörte Ackerman, wie Dexheimer einen der Gorillas draußen anbrüllte, gefälligst den Wagen vorzufahren. Ackerman vermutete, dass der Buchhalter zum nächsten Krankenhaus wollte. Was bedeutete, dass draußen dann nur noch ein Bodyguard stand.

Raspelhaars Hand erreichte Ackermans Schritt, aber im Gegensatz zu dem Gorilla vor der Tür gehörte dieser Mann zu einem der zehn, die ihren Job entweder allzu ernst nahmen oder kein Problem damit hatten, einem anderen Mann in den Schritt zu greifen. Im nächsten Augenblick hatte der Söldner bemerkt, dass Ackerman irgendetwas zwischen seinen Beinen verbarg. Der Mann richtete sich auf und schaute zu Wassilik. »Er hat was Hartes in der Hose.«

Ackerman lachte. »Das kommt hin und wieder vor.«

»Die Hose aufmachen«, verlangte Wassilik. »Ich will es sehen.«

Ackerman verbiss sich einen weiteren Kommentar. Wortlos griff er in die Hose, zog die Handgranate heraus und reichte sie dem entsetzten Söldner, der sie behutsam an den fassungslosen Wassilik weitergab.

Der Mafiaboss hielt die Handgranate hoch. »Was hatten Sie damit vor?«

Ackerman zuckte mit den Achseln. »Ich wollte hinterher noch auf 'ne Party.«

»Klingt nach einer gefährlichen Party.«

»Alle guten Partys sind gefährlich.«

Wassilik bedeutete einem der Söldner, die Granate an sich zu nehmen. Der Mann verstaute sie in einer Tasche an seiner Panzerweste.

Ein zweiter Söldner hatte inzwischen Knox durchsucht. Dann wurden Ackerman und Knox unsanft zu dem Sofa geschubst, auf dem Wassilik wartete, und auf die Couch gegenüber vom Big Boss gedrückt. Knox stolperte, schlug unsanft mit dem Knie auf den Boden und fluchte laut und unbeherrscht: »Zum Henker mit euch Mafiaaffen!«

Wassilik musterte ihn düster. »Ich war im Knast, guter Mann. Vielleicht sollte ich Ihnen zeigen, was Knackis wirklich lustig finden.«

Knox sah aus, als wollte er unter dem Blick des großen Mafiabosses in der Couch verschwinden.

»Ich möchte mich für dieses Individuum entschuldigen«, sagte Ackerman. »Er ist wie ein Hautausschlag, den man einfach nicht loswird. Kommen wir lieber zum Geschäft. Ihr Angestellter, dieser Fedir Dobrydingsbums, hat Fotos von unserem Tatort gemacht, wie Mr. Daumenlos-Dexheimer Ihnen sicherlich schon zugetragen hat.«

Wassilik starrte ihn an. »Und?«

»Und ich muss wissen, wer Sie bezahlt hat, damit Sie diese Fotos machen ließen.«

Wassilik lehnte sich an die Armstütze seiner Couch und griff nach einer Zigarettenschachtel, die auf dem Tisch lag. Er zog eine Filterlose heraus, zündete sie an und warf das Zippo-Feuerzeug neben die Schachtel auf den Couchtisch. Nach einem tiefen Zug blies er genüsslich den Rauch aus. »Ich muss schon sagen«, meinte er dann. »Sie dringen in meine Welt an, setzen mich herab, greifen mich an, verletzen meinen Freund und meine Angestellten, und jetzt – unbewaffnet und umgeben von Männern, die Sie mit bloßen Händen töten könnten – stellen Sie immer noch Forderungen an mich, obwohl Ihr Überraschungscoup mit der Granate in Rauch aufgegangen ist.«

»Gott sei Dank ist er nicht in die Hose gegangen«, meinte Ackerman.

»Ihnen werden die Scherze schon noch vergehen«, drohte Wassilik.

Diesmal schwieg Ackerman. In vieler Hinsicht war das, was Wassilik sagte, vollkommen richtig. Er fragte sich, ob er womöglich übereilt gehandelt habe. Einen großartigen Plan hatte er nicht gehabt, als er zu Wassilik gefahren war, und nun musste er improvisieren. Es mit so vielen hartgesottenen Söldnern aufzunehmen war ein Risiko, sogar für ihn. Er war schnell, aber so schnell?

Wenn es eine Ablenkung gäbe, irgendetwas, das für einen Moment die Aufmerksamkeit der Söldner fesselte und für Chaos sorgte … dann hätte er, Ackerman, eine größere Chance, mit der Übermacht fertigzuwerden, indem er die Gegner nacheinander ausschaltete, jeweils einen oder zwei. Dummerweise fehlte ihm diese Ablenkung, und er hatte nicht die leiseste Ahnung, wie er dafür sorgen konnte.

Sein Blick fiel auf das Zippo-Feuerzeug, das vor ihm auf dem Tisch lag, und ihm kam eine Idee.

Könnte klappen, ging es ihm durch den Kopf. *Jetzt nur noch das richtige Beiwerk.*

Ackerman nahm den Blick vom Feuerzeug und lächelte Wassilik an. Um Zeit zu gewinnen, sagte er: »Mich oder meinen Kollegen zu verletzen wäre eine außerordentlich schlechte Idee. Ich arbeite für das FBI, und dieser Gentleman«, er wies auf Knox, »für den US Marshals Service. Unsere Leute könnten unseren letzten Aufenthaltsort in Sekundenschnelle anhand unserer Handysignale und des GPS-Senders in unserem Mietwagen ermitteln. Man würde Ihnen eine Menge Fragen stellen, falls wir verschwinden, und sich dann eingehend mit Ihren Geschäften befassen.«

»Ich könnte Sie auf der Stelle töten und Ihre Leichen beseitigen lassen. Man würde Sie in tausend Jahren nicht finden. Das gilt auch für den Wagen. Wenn Ihre Freunde hier auftauchen, finden sie keine Spur von Ihnen und haben nichts gegen mich in der Hand.«

Ackerman schwieg, ließ den Blick schweifen und suchte den Raum nach möglichen Waffen ab. Auf dem Tisch bemerkte er neben der Zigarettenschachtel einen bernsteinfarbenen Aschenbecher, ein perfektes Wurf- oder Schlaginstrument. Von einem alten, laminierten Schreibtisch am anderen Ende des Trailers zog der Duft von Zigaretten, Whisky und frischem Kaffee herüber.

Ackerman beschloss zu handeln.

»Also, ich brauche jetzt erst mal einen Kaffee«, sagte er, stand auf und ging zu der Kaffeemaschine, die er auf einem Tischchen neben dem alten Schreibtisch entdeckt hatte.

Knox beobachtete ihn entsetzt. War sein Partner endgültig verrückt geworden?

Einer der Söldner riss die Waffe hoch und richtete sie auf Ackerman, doch Wassilik rief: »Stopp!«, und bedeutete dem Mann mit einer herrischen Handbewegung, Ackerman in Ruhe zu lassen. Wassilik wähnte sich in Sicherheit: Zwei Söldner standen neben der Couchreihe, bereit, Ackerman zu attackieren, sobald er irgendetwas versuchte. Der dritte Mann hatte neben dem Schreibtisch Stellung bezogen und schaute aus dem Fenster; offenbar behielt er die Umgebung und den draußen postierten Bodyguard im Auge.

Ackerman schob sich an den Söldnern vorbei und nahm zwei Tassen vom Tisch, argwöhnisch beobachtet von den Männern. Beide Tassen füllte er zu etwa drei Vierteln aus der Glaskanne. Eine kleine Plastikbox enthielt bunte Papiertütchen; daneben stand ein extragroßes Glas mit Kaffeeweißer in Pulverform. Ackerman lächelte zufrieden. Er nahm die beiden Tassen mit der einen Hand, den Weißer und die Süßstofftütchen mit der anderen und trug alles zurück zu den Couches. Eine Tasse stellte er vor den Mafiaboss, die andere vor sich. Danach schob er Wassilik Süßstoff und Kaffeeweißer hin.

Der Mafiaboss beäugte ihn verwirrt.

»Ich war mir nicht sicher, wie Sie Ihren Kaffee trinken«, sagte Ackerman.

Wassilik nahm die Tasse. »Schwarz.« Er trank einen Schluck. »Sie haben Nerven, das muss ich schon sagen. Aber Ihnen ist hoffentlich bewusst, dass Sie mit Ihren Gewalttaten gegen meine Leute das Gesetz gebrochen haben? Ich könnte die Polizei rufen und Sie festnehmen lassen.«

»Ach wirklich? Ich glaube, die Cops fänden die automatischen Waffen Ihrer Männer hochinteressant. Haben Sie Sondergenehmigungen? Außerdem sind wir Bundesermittler. Wir bräuchten nur mit den Dienstmarken zu wedeln, und die Sache wäre aus der Welt.«

»Sie stehen nicht über dem Gesetz«, sagte Wassilik herablassend.

»Ich *bin* das Gesetz. Und wenn Sie nicht wollen, dass ich Sie und Ihre Komiker plattmache, sagen Sie mir lieber, wer Sie beauftragt hat, die Fotos vom Tatort anfertigen zu lassen.«

Wassilik lachte schallend. »Tut mir leid, mein Freund. Ich kann Ihnen nicht helfen. Fedir ist ein bisschen … seltsam. Er liebt es, makabre Dinge zu fotografieren. Tja, ich fürchte, Sie haben sich für nichts und wieder nichts den Hintern aufgerissen. Ich habe nicht die kleinste Information für Sie. Niemand hat mich oder Fedir mit irgendetwas beauftragt. Fedir steht auf abartige Motive, das ist alles. Meines Wissens ist das kein Verbrechen.«

Ackerman lächelte. »Sie lügen, Wassilik, und ich will Ihnen sagen, woher ich das weiß. Sind Sie mit Kinesik vertraut? Gesprächsanalyse? Mikroexpressionen?« Er sprach von flüchtigen Gesichtsausdrücken, die meist nur den Bruchteil einer Sekunde lang zu sehen waren – instinktive Reaktionen, die bei allen Menschen gleich sind. Oft verraten sie, was jemand wirklich empfindet, auch wenn die Worte des Betreffenden etwas anderes vermitteln.

»Mikro … *was?*«, fragte Wassilik.

»Mikroexpressionen. Sie verraten Erstaunen, Angst, Abscheu, Wut, Freude, Traurigkeit, Verachtung. Ihre Miene ist leicht zu lesen. Als Sie mir sagten, Sie wüssten nichts von Fotos oder irgendeinem Auftrag, habe ich sofort gesehen, dass Sie lügen. Ich wette, Sie zeigen diesen Ausdruck jedes Mal, wenn ich Sie nach Fotos vom Tatort frage.«

Wassilik breitete die Hände aus. »So beeindruckend das ist, vor Gericht dürfte es kaum Bestand haben.«

Ackerman griff nach dem Kaffeeweißer. Er tat so, als lese er das Etikett, schraubte den Deckel ab und legte ihn beiseite, als wollte er sich eine große Portion Weißer in den Kaffee schütten. Er hielt inne, stellte das offene Glas wieder auf den Tisch, beugte sich vor und suchte Wassiliks Blick. »Wie Sie wissen, habe ich in der Bar die Bekanntschaft Ihres Mitarbeiters Mr. Giftzwerg gemacht. Ist er wirklich der Kleinste in seiner Familie?« Während Ackerman redete, schloss er die Hand um das Zippo, das auf dem Tisch lag.

Wassilik deutete ein Lächeln an. »Ja. Zwei seiner Brüder arbeiten auch für mich.«

»Ach du Schande«, sagte Ackerman. »Und Mutter Giftzwerg kocht für Sie, was?«

Wassilik grinste. »Aber nein. Ich will mir doch nicht den Magen verderben.«

»Ich gebe Ihnen eine letzte Gelegenheit, mir freiwillig zu verraten, was ich erfahren muss. Sie kennen die Identität des Black Rose Killers, nicht wahr? Ich glaube, Sie werden mich in Ihr Geheimnis einweihen.«

Wassilik lachte leise. »Ach ja? Und wenn ich es nicht tue?«

Ackerman lächelte, das Zippo in der Handfläche, bereit, Wassiliks Welt in Brand zu setzen. »Dann muss ich die Information mit Gewalt aus Ihnen herausholen.«

Wassilik lachte wieder, pustete über seinen Kaffee und sagte: »Das möchte ich sehen.«

Ackerman nickte. »Kannst du haben, Kumpel.«

57

Seine Handgranate hatten sie ihm abgenommen, doch Ackerman glich diesen Nachteil mit zwei haushaltsüblichen Gegenständen aus, die innerhalb des Trailers zur Hand waren: Süßstofftütchen und Kaffeeweißer.

Er unterbrach den Blickkontakt zu Wassilik, gab das Feuerzeug aus der linken Hand in die rechte, rückte die Tasse vor sich zurecht, nahm einen Packen Süßstofftütchen, riss sie auf und entleerte sie in den Kaffee. Dann griff er nach dem Kaffeeweißer.

»*Et voilà.*« Ackerman schwenkte den linken Arm in weitem Bogen zu den beiden näherstehenden Söldnern herum und wirbelte das Pulver in die Luft. Die Substanz konnte unter den richtigen Umständen ziemlich explosiv sein. Sobald die Partikel in der Luft verteilt waren, galten dafür die gleichen Gesetze wie bei Staubexplosionen. Allerdings brauchte es dazu eine Zündquelle.

Als Ackerman das brennende Zippo in die Wolke aus weißem Staub schleuderte, verwandelte sich die Luft in eine Feuerlohe. Die Wolke hing direkt über den beiden Söldnern, sodass beide Männer von Flammen eingehüllt wurden. Sie schrien, schlugen sich die Hände vors Gesicht, um sich vor der Hitze zu schützen.

Das Staubfeuer erlosch so schnell, wie es aufgeflammt war. Einem der beiden Söldner war es gelungen, die Flammen zu ersticken, der andere aber schien zu viel Stylinggel benutzt zu haben, denn seine Haare hatten Feuer gefangen. Schreiend versuchte er, die Flammen mit hektischen Bewegungen der Arme zu ersticken, machte aber alles nur noch schlimmer.

Ackerman beobachtete es aus nur dem Augenwinkel, denn im gleichen Moment nahm er den großen bernsteingelben Aschenbecher vom Couchtisch und schleuderte ihn Wassilik an die Schläfe. Der Aschenbecher zerbarst in einem Schauer funkelnder Scherben und warf Sergei nach hinten vom Zweiersofa.

Noch aus der Drehung fuhr Ackerman zu dem rechten Söldner herum, einem massigen Mann mit langem Zopf. Schnell und lautlos wie ein Schatten glitt Ackerman auf ihn zu. Sein Knie traf den noch immer desorientierten Gegner unterhalb des Körperschwerpunkts und riss ihn vom Boden. Ackerman setzte nach, drängte den Zopfträger mit knallharten Dubletten weiter zurück gegen seinen Kumpan, der vorher aus dem Fenster geschaut hatte, nun aber herumgewirbelt war. Doch er zögerte. Er hatte die Maschinenpistole hochgerissen, aber ihm fehlte freies Schussfeld, denn Ackerman nutzte seinen letzten Gegner als lebenden Schutzschild. Der Mann am Fenster wartete eine Zehntelsekunde zu lange. Ackerman rammte dem Zopfträger mit solcher Wucht die Schulter vor die Brust, dass er mit dem Rücken gegen seinen Kumpan am Fenster prallte und ihn nach hinten schleuderte.

Ackerman setzte nach und drängte beide Gegner an die Wand des Büros. Er legte dem Zopfträger die Hand vors Gesicht und rammte dessen Hinterkopf in das Gesicht des Söldners hinter ihm – noch einmal und noch einmal. Dann gab er den Zopfträger frei. Der Mann und sein Kumpan fielen bewusstlos zu Boden.

Als Ackerman einen raschen Blick zu den anderen warf, stellte er fest, dass Knox weder vor Angst erstarrt war noch sich in Deckung geworfen hatte. Er war vom Sofa aufgesprungen und hatte dem Söldner mit den brennenden Haaren die Maschinenpistole entwunden. Offenbar hatte er dann von einem Haken an der Wand eine Arbeitsjacke heruntergerissen und über den brennenden Mann geworfen, um die Flammen zu ersticken. Nun hielt er den halb besinnungslosen Mann und dessen Boss Wassilik mit der MP in Schach.

Als ihre Blicke einander begegneten, zeigte Ackerman ihm den erhobenen Daumen. Aber er wusste, dass es noch nicht überstanden war. Draußen gab es noch einen weiteren Gegner. Und der musste den Lärm gehört haben. Also würde er jeden Moment erscheinen, um nach dem Rechten zu sehen.

Ackermans Blick fiel auf den Eimer mit Werkzeugen, der neben dem Schreibtisch auf dem Boden stand. Kurz entschlossen nahm er einen Hammer heraus, dessen Stiel aus dem Eimer ragte. In diesem Moment flog die Tür des Trailers auf, und der Bodyguard erschien, eine Maschinenpistole im Anschlag. Ackerman warf den Hammer, wie ein Apache seinen Tomahawk schleuderte. Das Wurfgeschoss traf den Mann mit voller Wucht vors Brustbein und trieb ihm die Luft aus der Lunge. Mit zwei, drei gleitenden Schritten war Ackerman bei ihm. Er entwand ihm die Kalaschnikow und rammte ihm den Kolben der Waffe ins Gesicht. Der Mann erschlaffte. Ackerman packte ihn beim Hemd, zog ihn in den Trailer, warf ihn zu den anderen und schloss wieder die Tür.

Knox starrte ihn fassungslos an, sichtlich erstaunt über Ackermans Schnelligkeit und Kampfkraft.

»Sie stehen Wache, Mr. Knox«, wies Ackerman ihn an. »Es wird Zeit, dass Sergei und ich noch einmal miteinander plaudern.«

Bei diesen Worten bückte sich Ackerman und hob den Hammer auf.

»Ich werde nicht untätig zusehen, wenn Sie jemanden misshandeln«, drohte Knox.

Ackerman zog die Brauen hoch. »Dann hätten Sie besser im Hotel bleiben sollen.«

Das Sturmgewehr in der rechten, den Hammer in der linken Hand trat Ackerman zu Wassilik, dessen Gesicht kreidebleich geworden war. Alle Überheblichkeit war von ihm abgefallen; stattdessen starrte er seinen Bezwinger hasserfüllt an.

»Setzen Sie sich, Sergei«, sagte Ackerman. »Lassen Sie uns ein Spielchen machen. Es heißt: Willst du nicht freiwillig gestehen, zermansch ich dir die Zehen.«

Wassilik spuckte in Ackermans Richtung und sagte etwas, das offenbar eine Beleidigung auf Ukrainisch war.

Ackerman lächelte. »Ich hab's zwar nicht verstanden, aber es hörte sich ziemlich schweinisch an.«

»Ich werde nicht zulassen, dass Sie diesen Mann foltern!«, rief Knox noch einmal.

»Oh, Mr. Knox, Sie sagen das, als bräuchte ich Ihre Genehmigung. Aber keine Sorge. Ich werde unseren Freund nicht umbringen. Ich werde einfach jeden einzelnen seiner Zehen zerschmettern, als wären sie …« Ackerman neigte den Kopf, dachte über einen passenden Vergleich nach. »Kirschtomaten.«

Knox starrte Ackerman an, als würde ihm schon bei der Vorstellung schlecht.

»Haben Sie das schon mal gesehen, Knox? Ein interessanter Anblick.«

Knox schluckte.

Ackerman wandte sich Sergei zu. »Also, großer Meister, wie sieht's aus? Wenn Sie nicht reden, gibt's was auf die Zehen. Mir soll es recht sein. Machen Sie es so, wie es Ihnen passt. Ich werde auf jeden Fall meinen Spaß haben. Vielleicht können wir hinterher mit Ihren Fingern weitermachen.«

Wieder rief Wassilik etwas auf Ukrainisch, aber diesmal fiel Ackerman auf, dass der Mafiaboss ihn nicht anschaute. Stattdessen blickte an ihm vorbei auf irgendetwas in der Ecke des Büros.

Ackerman drehte leicht den Kopf, das Sturmgewehr noch immer auf Wassilik gerichtet, den Hammer in der rechten Hand. Aus dem Augenwinkel sah er eine Schranktür in der Rückwand des Trailers. Und diese Tür öffnete sich.

Ackerman rief Knox zu: »Der Schrank!«, während er bereits herumfuhr.

Offenbar gab es einen letzten Bodyguard, gewissermaßen als Trumpfkarte, der nur auf Anweisungen seines Bosses gewartet hatte. Als Ackerman geglaubt hatte, Wassilik beschimpfte ihn, hatte er in Wahrheit dem Bodyguard Befehle erteilt.

Ackerman hatte die Kalaschnikow erst halb zur Schranktür herumgeschwenkt, als er begriff, dass er es nicht schaffen würde. Er war einfach nicht schnell genug, um den Mann zu schlagen, der aus dem Schrank sprang und eine seltsame zylindrische Handkanone auf sie richtete.

Doch der Mann selbst war noch seltsamer. Er trug eine weiße Maske mit schwarzem Dämonengesicht, das sich bewegte, wenn er atmete.

Ackerman wusste sofort, was er vor sich hatte: Es war genau die Art Maske, wie die freigelassenen Opfer des Black Rose Killers sie beschrieben hatten.

Ackerman reagierte mit der ihm eigenen Schnelligkeit. Diesmal aber war er nicht flink genug. Ehe er das Gewehr auf den Unheimlichen richten konnte, hörte er ein lautes Summen in den Ohren. Plötzlich hatte er das Gefühl, als schmelze das Hirn in seinem Schädel. Obwohl er sich mit aller Kraft wehrte, konnte er nichts gegen das Zittern ausrichten, das seinen ganzen Körper erfasste. Er schrie, ohne dass es ihm bewusst war. Ihm blieb keine andere Wahl, als hilflos mit der Welle jener überwältigenden Kraft zu schwimmen, die auf ihn einwirkte.

Bevor er das Bewusstsein verlor, glaubte er, sein Herz müsse platzen. Wie aus weiter Ferne hörte er Knox' schrille Schreie.

Dann gab es nur noch Stille und Dunkelheit.

DRITTER TEIL

Der Wurm

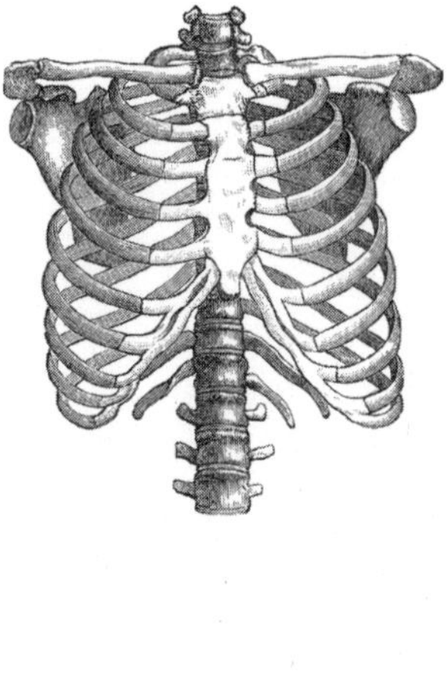

58

Das plötzliche, überwältigende Verlangen, sich zu übergeben, riss Nadia aus unruhigem Schlaf. Die nächste Stunde verbrachte sie damit, die Toilettenschüssel ihres Hotelzimmers zu umarmen und sich und ihre Dummheit zu verfluchen. Sie trank so gut wie nie, deshalb vertrug sie nur wenig. Wie hatte sie nur so dumm sein können.

Als sie sich endlich imstande fühlte, sich halbwegs sicher zu bewegen, zog sie sich von den kalten Fliesen hoch und kehrte ins Zimmer zurück, um ihr Handy zu holen. Sie hatte keine SMS und keine verpassten Anrufe, und es war fast acht Uhr morgens. Ihr kam es vor, als hätte sie kein Auge zugetan, aber sie musste geschlafen haben.

Nadia griff sich an die Stirn und stöhnte tief. Anscheinend hatte man ihr das Gehirn mit einem Strohhalm ausgesaugt, in einen Mixer gegeben, püriert und wieder in den Schädel gespritzt. Die Kopfschmerzen waren schlimmer als alles, was sie je erlebt hatte, und ihre Augäpfel fühlten sich an, als bestünden sie aus Sandpapier. Ihr dämmerte, dass es vermutlich keine gute Idee gewesen war, die Medikamente, die sie wegen ihrer Kopfverletzung einnehmen musste, mit Alkohol zu mischen.

Ihr Vater und seine Vorwürfe hatten sie bis hin zur Selbstzerstörung entnervt. Sie hatte gewusst, was geschehen würde, wenn sie trank – und genau das hatte sie gewollt. Sie hatte sich totales Vergessen gewünscht und bekommen. Zu ihrer Belohnung gehörten nun die schlimmsten Kopfschmerzen aller Zeiten und die Erinnerung an die peinlichste Vorstellung ihres Lebens.

Nachdem sie noch zweimal die Toilette aufgesucht hatte, entschied sie, Ackerman eine Nachricht zu schicken, um das Eis zu brechen.

Ich fühle mich schrecklich, tippte sie in ihr Handy. *Haben Sie in Ihrem Wunderrucksack auch Kopfschmerztabletten?*

Kaum hatte sie auf Senden getippt, ging ihr auf, dass sie gerade einen Mann, der schmerzsüchtig war, gefragt hatte, ob er über Schmerztabletten verfügte, was ihr im Nachhinein als dämliche Frage erschien. Rasch sandte sie eine weitere SMS hinterher.

Vergessen Sie's. Ich kann nicht klar denken. Brauche Kaffee.

Sie ging zu der kleinen Kapselmaschine, die das Hotel zur Verfügung stellte, und brühte sich eine Tasse auf. Eigenartig, Ackerman antwortete nicht. Er reagierte normalerweise sehr schnell und hatte einen extrem leichten Schlaf – wenn er denn schlief. Selbst mitten in der Nacht gab er immer prompte Rückmeldung. Doch als der Kaffee fertig und so weit abgekühlt war, dass Nadia ihn trinken konnte, hatte Ackerman sich noch immer nicht gemeldet.

Sie beschloss, zum Hotelshop zu gehen und sich Schmerztabletten und irgendetwas gegen den Kater zu besorgen, vor allem Ginger Ale und Salzcracker. Sie zog die Schuhe an und wollte gerade zur Tür, als das Zimmertelefon schrillte.

Na endlich!

Beim zweiten Klingeln hob sie ab. »Frank?«

Eine verzerrte Stimme sagte: »Deine Freunde werden bald Futter für den *Wurm* sein. Sie werden furchtbare Qualen erleiden, bevor sie endlich sterben dürfen. Wenigstens sterben sie nicht allein. Zusammen mit deinen Freunden werden meine drei derzeitigen Bräute dem *Wurm* vorgeworfen. Heute ist ein Tag der Schmerzen, der Tränen und der malmenden Kiefer.«

Nadias Hand hielt den Hörer so fest gepackt, dass sie

befürchtete, ihn zu zerbrechen. »Was soll das?«, fragte sie. »Was wollen Sie?«

»Ich will Tod und Chaos. Ich will die Vernichtung der Ordnung. Ich will das Gegenteil all dessen, was ist. Ich will den ultimativen Genuss. Dies wird mein Schwanengesang, Nadi. Es wird mein Meisterwerk der Zerstörung. Ich bin dieser Welt müde geworden. Ich bin bereit, sie niederzubrennen und in die Dunkelheit einzuziehen. Bald wirst du mich dorthin begleiten, Nadi. Aber heute sind es deine Freunde, die den gefräßigen Mäulern in der Schwärze jenseits des Todes begegnen werden. Gegen Mittag beginnen sie ihren Abstieg. Noch könntest du es verhindern – aber nur, wenn du uns findest. Andernfalls sind deine Freunde bei Sonnenuntergang verrottendes Fleisch.«

»Jetzt hör mal zu, du Irrer …«, rief Nadia.

Die Leitung war tot.

Nadia legte auf und ergriff mit zitternden Fingern Notizblock und Kugelschreiber des Hotels, die auf dem Nachttisch bereitlagen. Jedes Wort, jede Wendung, jede Betonung des Gesprächs, an die sie sich erinnern konnte, schrieb sie auf. Nachdem sie sich angekleidet hatte, rief sie erst Ackerman und dann Knox an, ohne dass jemand abnahm. Sie rannte zu den Zimmern der beiden und klopfte genauso ergebnislos an die Türen. Schließlich eilte sie nach unten, verließ das Hotel durch die Lobby und sah sich auf dem Parkplatz um. Knox' Impala war verschwunden, doch Ackermans Motorrad stand noch da. Knox musste Ackerman bei seiner »Erledigung« begleitet haben, an die Nadia sich verschwommen erinnerte, oder Ackerman hatte den Wagen gestohlen.

Zum Glück war das Polizeipräsidium nur wenige Häuserblocks entfernt. Nadia joggte in die Richtung. Zu ihrer Linken befand sich eine Highwayauffahrt, gefolgt von mehreren überwucherten Grundstücken, hinter denen ein Flusslauf schimmerte; rechts reihten sich Apartmentgebäude und kleine Hotels. Einmal musste sie stehen bleiben und sich übergeben, aber das Adrenalin drängte den Kater immer weiter zurück. Sie versuchte, Samuel Carter zu kontaktieren, aber auch der Deputy Director ging nicht ans Telefon. Schließlich erreichte sie seine Sekretärin und erfuhr, dass Carter an einer Besprechung teilnahm, die noch wenigstens zwei Stunden dauerte. Nadia überlegte, ob sie die Sekretärin bitten sollte, in die Sitzung zu platzen, entschied sich aber dagegen. Weshalb sollte Carter ihr glauben? Die Geschichte war viel zu fantastisch.

Schließlich bat Nadia die Sekretärin, Carter auszurichten, sich umgehend bei ihr zu melden; es sei ein Notfall. Im Rennen simste sie ihm einen Lagebericht. Sie fühlte sich schwach und benommen und wäre ein paarmal fast gestolpert und der Länge nach hingeschlagen, schaffte es aber, die Nachricht fertig zu tippen und das Polizeirevier zu erreichen, ohne sich noch einmal zu übergeben oder gar schlappzumachen. Als sie im Gebäude war, wies sie sich bei der Beamtin am Empfang aus, fragte nach Detective Peretti und stellte klar, dass es sich um eine dringende Sache handelte.

Die Polizistin hinter der Scheibe war eine schlanke Schwarze mittleren Alters, die ihre Haare zu einem Dutt zurückgebunden trug. »Detective Peretti ist heute Morgen gar nicht erschienen«, sagte sie zu Nadia. »Aber das ist nichts Ungewöhnliches. Er ist nun mal Detective, also arbeitet er oft bis tief in die Nacht, nimmt sich tagsüber frei, um auszuschlafen, und geht nicht ans Handy.«

»Bitte schicken Sie einen Kollegen zu ihm, der nachsieht, ob alles in Ordnung ist«, drängte Nadia. »Gibt es hier jemanden, mit dem ich sprechen kann? Einen Vorgesetzten?«

»Meine Güte, was ist denn passiert?« Die Frau am Empfang blickte sie stirnrunzelnd an.

»Ich befürchte, dass Detective Peretti und zwei Bundesermittler gekidnappt wurden. Und wenn der Entführer die Wahrheit sagt, bleiben uns nur wenige Stunden, um ihnen das Leben zu retten.«

59

Ackerman erwachte auf einem Bett aus Beton. Er fühlte sich groggy, wie zerschlagen, und sein Schädel pochte. Er setzte sich auf, ließ benommen den Blick schweifen. Wie es aussah, befand er sich in einem halbdunklen Raum – die einzige Lichtquelle bildeten mehrere bogenförmige Fenster, die zum großen Teil von Platten aus durchscheinendem Plexiglas verdeckt wurden.

Ackerman stellte fest, dass er in einem von sechs großen Stahlgitterkäfigen saß. Die Käfige hatten eine quadratische Grundfläche und maßen rund drei Meter Kantenlänge. Drei standen in einer Reihe nebeneinander; gegenüber befanden sich drei weitere, dazwischen verlief ein Laufgang. Gefängnisse mit diesem Aufbau kannte Ackerman bereits. Die Gefangenen wurden in die Käfige gesperrt; dann wurde der Raum selbst ebenfalls abgeschlossen. Selbst wenn es jemandem gelang, aus dem Käfig auszubrechen, hieß das noch lange nicht, dass man auch die Zelle verlassen konnte.

Ackerman ließ weiter den Blick schweifen. Von den alten Ziegelmauern bröckelten Putz und verblasste Farbe ab. Der

Fußboden bestand aus nacktem Beton; die hintere Hälfte des Raumes war aufgerissen und zeigte Anzeichen jüngerer Bautätigkeit. Statt Beton waren dort Stahlträger und ein Gerüst zu sehen, das sich zu den Etagen über und unter dieser Ebene fortsetzte. Es wirkte wie ein altes Bauwerk, das abgestützt werden musste, damit es nicht einstürzte.

Als Ackerman an sich hinuntersah, stellte er fest, dass man ihn entkleidet hatte. Er trug nur ein weißes T-Shirt und weiße Boxershorts. In diesem Moment hörte er ein Geräusch in der Zelle neben sich und schaute hinüber. Natürlich hatte er längst Senior Inspector Knox bemerkt, der dort vor sich hin starrte, ebenfalls nur mit Unterwäsche bekleidet. In der Zelle neben Knox lag Detective Peretti bewusstlos auf dem kahlen Beton. Auch er trug nur Shirt und Shorts. Ackerman hatte sofort einen bösen Verdacht, weshalb der Detective hier war.

In der Zellenreihe gegenüber befanden sich drei junge Frauen – vermutlich die »Bräute« des Black Rose Killers, wie Ackerman annahm. Eine der Frauen war November McAllister. Wie die anderen trug sie einen weißen Slip, dazu ein weißes T-Shirt mit V-Ausschnitt.

Ackerman neigte den Kopf auf die Seite, ließ die Halswirbel knacken und reckte die Schultern und die Arme.

»Sind Sie wach?«, fragte Knox' schläfrige Stimme.

»Geht so. Ich spüre irgendetwas Fremdes in meinem Blutkreislauf. Ich glaube, wir wurden unter Medikamente gesetzt.«

Knox brummte etwas vor sich hin und meinte dann: »Jetzt haben Sie es wirklich geschafft, Mann. Sie mussten ja unbedingt nach eigenen Regeln spielen. Sie mussten das Gesetz in die eigenen Hände nehmen, Türen eintreten, Köpfe zusammenschlagen. Statt die Frauen zu retten, sitzen wir jetzt mit denen im gleichen Boot.«

»Peretti war vorher nicht bei uns, Knox, und doch ist er jetzt hier. Ich kann mir den Grund dafür denken.«

»Und welcher ist das?«

»Was glauben Sie, weshalb der Killer Fotos von uns machen ließ – von Ihnen, Peretti und mir? Dass wir hier enden, gehörte von Anfang an zu seinem Plan. Er hat drei Frauen in seiner Gewalt – und die drei Männer, die versucht haben, sie zu befreien.«

Ackerman schlug die Beine unter, als wollte er meditieren.

»Falls Sie recht haben«, sagte Knox, »was passiert dann als Nächstes?«

Ackerman zuckte mit den Schultern. »Es wird ein Spiel geben. Keine Ahnung, um was es dabei geht, aber ich bin mir sicher, dass die Karten zugunsten des Hauses gemischt sein werden. Machen Sie sich keine Illusionen, Knox. Uns erwarten körperliche Folter und emotionale Manipulation. Seien Sie vorsichtig mit dem, was Sie sagen.« Ackerman deutete auf mehrere Kameras, die auffällig im ganzen Raum montiert waren. »Unser geheimnisvoller Wohltäter beobachtet und belauscht uns.«

Knox fluchte und schlug wütend gegen die Gitterstangen.

»Haben Sie sich schon mit dem Schloss an Ihrem Käfig befasst?«, fragte Ackerman.

Knox schüttelte nur den Kopf, rappelte sich auf und begann eine unruhige Wanderung durch seinen Käfig. Ackerman kroch nach vorn und drückte das Gesicht an die Gitterstäbe, damit er sich das Schloss an der Käfigtür genau ansehen konnte. Falls es mit einem Schlüssel geöffnet wurde, gab es auch eine Möglichkeit, das Schloss zu knacken. War es ein Kombinationsschloss, konnte er das Ohr vielleicht nahe genug heranbringen, um den Mechanismus zu hören.

Zu Ackermans Enttäuschung besaß das Schloss ein Ziffernfeld. Er fuhr mit den Finger über jede einzelne Taste und versuchte zu erspüren, ob es abgegriffene Tasten gab, was darauf hindeuten wurde, dass sie öfter gedrückt wurden als die anderen. Doch er fand nicht einmal Spuren, die ihm verraten hätten, welche Ziffern zur Kombination gehörten. Und selbst wenn er es festgestellt hätte – die möglichen Kombinationen gingen in die Tausende.

Ackerman kehrte an seinen Platz in der Zellenmitte zurück.

»Und?«, fragte Knox.

»Beim Schloss kommen wir nicht weiter, und die Käfige sehen verdammt widerstandsfähig aus.«

Ackerman untersuchte weiter ihre Umgebung, als Peretti sich abrupt aufsetzte. »Was, zum Teufel …«, sagte er mit schwerer Zunge.

»Willkommen auf der Party, Detective«, sagte Knox.

Peretti schaute von Knox zu Ackerman und dann zu den Frauen, ehe er den Blick in die Runde schweifen ließ. »Wo sind wir?«

Ackerman zuckte die Achseln. »Wir wurden entführt und wissen nicht mehr als Sie. Woran erinnern Sie sich als Letztes?«

Der Cop runzelte die Stirn. »Ich lag im Bett und hörte ein Geräusch. Ich ging nachsehen, und dann … auf einmal war dieses Summen in meinem Kopf. Es war grässlich. Ich dachte, mir platzt der Schädel.«

»Hört sich nach der gleichen Waffe an, die er bei uns benutzt hat«, meinte Knox. »Arbeitet offenbar auf Schallbasis. Haben Sie jemanden sehen können?«

Peretti schüttelte verneinend den Kopf. »Was tun wir hier? Ist das der gleiche Täter, der die arme Frau im Park aufgehängt hat?«

»Mit Sicherheit«, antwortete Ackerman. »Der Black Rose Killer, wie die Medien ihn getauft haben. Wir wissen noch nicht, wie er in Wahrheit heißt oder wie er sich selbst nennt, aber ich glaube, wir werden ihn sehr bald kennenlernen.«

Während Peretti und Knox in düsteres Schweigen versanken, setzte Ackerman sich wieder mit untergeschlagenen Beinen hin und dachte über ihre missliche Lage nach. Doch sosehr er sich das Hirn zermarterte, noch fiel ihm nichts ein.

Die drei Frauen schliefen noch, als die Lampen unter der Decke sich plötzlich einschalteten und ein schriller, durchdringender Alarmton durch den Raum gellte. Der Lärm riss die Frauen aus dem Schlaf. Erschreckt fuhren sie hoch. Aus Lautsprechern über ihnen drang eine digital verzerrte Stimme. »Guten Morgen, meine lieben Freunde. Willkommen zum letzten Tag eures erbärmlichen kleinen Lebens. Mein Name ist Black Rose, und ich werde heute euer Zeremonienmeister sein. Genießt die wenige Zeit, die euch noch bleibt. Noch atmet ihr, noch strömt Blut durch eure Adern. Nun, das wird nicht mehr von langer Dauer sein. Ihr seid vom Wurm verschluckt worden. Nun werdet ihr langsam verdaut, während ihr die sechs Segmente des Wurmmagens durchlauft. Ihr werdet Schmerzen erleiden, wie ihr sie nie erlebt habt. Aber keine Sorge, wir haben Vorkehrungen getroffen, dass niemand euch hört, also lasst euren Schreien freien Lauf. Eure erste Prüfung beginnt pünktlich um Mittag, in etwa drei Stunden von nun an. Euch wird die Ehre zuteil, die Letzten zu sein, die vom Großen Wurm in seiner derzeitigen Residenz verschlungen werden – im Old City Jail zu Charleston.«

Das Old City Jail. Ackerman kannte das Gebäude. Es war ein düsteres, abschreckendes Gemäuer, das an eine alte Burg erinnerte, die mitten aus einem Wohngebiet aufragte.

Black Rose fuhr fort: »Es gibt Schätzungen, dass innerhalb dieser Mauern vierzehntausend Menschen gestorben sind, bevor das Old City Jail vor mehr als achtzig Jahren geschlossen wurde. Der schlimmste Killer waren die Krankheiten. Es heißt, der Fußboden hier habe durch die vielen Läuse wie eine Wasserfläche ausgesehen – eine wenig appetitliche Vorstellung, nicht wahr? Und es war hier auf schreckliche Weise überfüllt. Die Häftlinge erleichterten sich auf den Fußboden und schliefen in ihren eigenen Ausscheidungen, zwanzig bis fünfundzwanzig in jeder Zelle. Damals hatten Sträflinge keine Rechte. Sie waren Eigentum der Stadt. Das Gleiche gilt nun für euch, nur dass ihr *mein* Eigentum seid. Ihr seid keine Menschen mehr. Ihr seid nur noch Futter für den Wurm. Macht euch auf den Übergang vom Licht in die ewige Finsternis bereit.«

Peretti verlor die Nerven und begann um Hilfe zu rufen, obwohl ihr Gefängnis schallisoliert war. Auch die Frauen in den Zellen gegenüber verloren die Fassung; sie schrien, bettelten, schluchzten – nur November McAllister nicht. Sie untersuchte ihren Käfig auf Schwachstellen.

Ackerman saß währenddessen ruhig da, wartete ab und hoffte auf das baldige Erscheinen der SWAT-Teams. Kamen sie früh genug, hätte die erste Prüfung, die sie im Bau von Black Roses »Wurm« erwartete, nicht einmal begonnen. Ackerman war zuversichtlich, dass es genau so kommen würde, denn er trug einen Ortungschip und einen winzigen Sprengsatz im Rückgrat, der dazu dienen sollte, ihn zu töten, sollte er »außer Kontrolle« geraten, wie Carter es einmal ausgedrückt hatte. Sobald Nadia sein Verschwinden bemerkte, bräuchte sie nur Carter und das FBI zu verständigen und sich Ackermans genauen Aufenthaltsort geben zu lassen. Dann wäre es für das Charleston Police Department ein Leichtes, in das Old City Jail einzufallen wie wütende Feuerameisen.

Black Rose glaubte, die Oberhand zu haben, doch in Wirklichkeit war er auf der Verliererstraße. Der Fall war so gut wie abgeschlossen, davon war Ackerman überzeugt. Der Black Rose Killer war erledigt, er wusste es nur noch nicht.

Ackerman schloss die Augen und lächelte. Jetzt konnte er sich zurücklehnen und die Show genießen.

60

»Was soll das heißen, der Ortungschip funktioniert nicht?«

Endlich war Nadia zu Carter durchgekommen. Sie hatte seine Sekretärin schließlich doch dazu gebracht, ihn aus der Besprechung zu holen, aber so problemlos, wie sie es sich vorgestellt hatte, war Ackermans Aufenthaltsort nicht zu ermitteln; im Gegenteil, es war unendlich kompliziert geworden.

Carter seufzte. »Bei Ihrem letzten Fall sind Sie beide Mikrowellenstrahlung hoher Intensität ausgesetzt gewesen.«

»Ich dachte, das wäre nicht genug gewesen, um uns zu schaden.«

»Ja, körperlich. Leider sind elektronische Geräte lange nicht so widerstandsfähig. Der Chip, den wir in Ackermans Rückgrat eingesetzt haben, war elektromagnetisch nicht ausreichend abgeschirmt. Die Strahlung hat ihn kurzgeschlossen. Meine Vorgesetzten haben beschlossen, Ackerman nicht darüber in Kenntnis zu setzen, sondern ihn im Glauben zu lassen, dass der Chip funktioniert. Sobald ein Austauschchip mit besserer Abschirmung bereitgestanden hätte, wollten wir den Eingriff wiederholen. Ich habe dafür gestimmt, Ackerman ins Bild zu setzen und ihm gar keinen neuen Chip zu implantieren, aber die hohen Herren hören oft nicht auf mich.«

Nadia war noch beim Charleston Police Department und stellte mit dessen Hilfe den letzten Standort von Ackermans Handy fest. Das Signal stammte von einem Mobilfunkmast in der Nähe eines Steinbruchs, der Sergei Wassilik gehörte. Offensichtlich stand der Ukrainer als Nächster auf ihrer Liste, aber Nadia rechnete nicht damit, dass sie ohne ein Druckmittel etwas aus ihm herausbekam.

Doch Nadia hatte eine neue Verbündete. Sie hatte den Sachverhalt bereits mit einem weiblichen Detective vom Charleston Police Department namens Gloria Umbridge besprochen, die notfalls die gesamten Polizeikräfte der Stadt mobilisieren konnte.

»Ihnen ist schon klar«, sagte sie nun zu Carter, »dass Frank möglicherweise zugelassen hat, gefangen genommen zu werden, weil er davon ausgeht, dass wir ihn aufspüren. Ihm die Information vorzuenthalten hat sein Leben in größte Gefahr gebracht.«

Carter schwieg kurz; dann erwiderte er: »Dessen bin ich mir bewusst, Nadia. Frank gehört zu meinen Leuten, und ich bin für ihn verantwortlich. Ich komme mit der Gulfstream nach Charleston. In ein paar Stunden bin ich dort. Bis dahin sind Sie bei der Suche nach ihm auf sich gestellt.«

Nadia biss die Zähne zusammen, um ihre Antwort auf ein »Jawohl, Sir« zu beschränken.

»Und noch eins – fragen Sie sich nicht, was Ackerman tun würde«, fügte Carter hinzu. »Tun Sie, was Nadia tun würde.«

Sie dachte kurz darüber nach. »In Ordnung, Sir. Wir sehen uns in ein paar Stunden.«

61

Ackerman, Knox, Peretti und die Entführungsopfer stellten einander vor und besprachen ihre Lage. Eine der Frauen, Leta mit Namen, konnte es nicht fassen, dass ihr Albtraum nicht schon Jahre andauerte, wie sie fest geglaubt hatte. Black Rose hielt sie erst seit wenigen Monaten gefangen, doch Leta kam es vor wie eine Ewigkeit.

Während des Gesprächs blieb Ackerman meist still und saß mit untergeschlagenen Beinen auf dem Betonfußboden seiner Zelle. Er beobachtete, studierte und lernte. Vor allem behielt er die verschiedenen Kameras im Auge. Es waren kostspielige Modelle mit erstklassiger Optik, die ferngesteuert werden konnten, sich schwenken und zoomen ließen. Ackerman sah, wie die Objektive vor- und zurückfuhren und sich immer wieder auf die Gefangenen fokussierten, vor allem auf die Frauen. Seltsam war allerdings, dass mehrere Kameras zur gleichen Zeit das Gleiche taten. Ackerman hatte zwei mögliche Erklärungen: Eine besagte, dass sie es mit mehr als einem Gegner zu tun hatten. Bei der anderen biss er vor Wut die Zähne zusammen: Möglicherweise hatte Black Rose die Absicht, ihren Tod ins Dark Web zu stellen. Ackerman hatte so etwas schon erlebt. Er hatte an der Ergreifung eines Killers in San Francisco mitgewirkt, der sich »Gladiator« nannte. Dieser Mann hatte schlagkräftige Gegner zum Kampf herausgefordert und die tödlichen Duelle online gestellt – zur perversen Erheiterung von Leuten, die dafür zu zahlen bereit waren, dass sie anderen Menschen beim Sterben zuschauten.

Im Unterschied zum Black Rose Killer hatte der Gladiator allerdings die eigene Haut aufs Spiel gesetzt und genauso in Lebensgefahr geschwebt wie seine Opfer, was Ackerman Respekt abverlangt hatte. Er bezweifelte, dass Black Rose es wagen würde, sich auch nur einen Fingernagel abzuknicken.

Nach den gegenseitigen Vorstellungen hatten Knox und Peretti in der gemeinsamen Ecke ihrer Käfige die Köpfe zusammengesteckt und verschwörerisch miteinander geflüstert. Die Frauen waren von den Gitterstäben zurückgewichen; sie weinten oder starrten mit leerem Blick in die Ferne, einen grausamen Tod vor Augen.

Während Ackerman ihre Situation überdachte und die Kameras im Auge behielt, wandelte Thomas White, das Phantom seines Vaters, auf dem Laufgang zwischen den Käfigreihen auf und ab.

Wie erbärmlich du bist, höhnte die geisterhafte Erscheinung. *Wie viel Angst du hast. Ich wünschte, ich hätte zu entscheiden, was aus dir werden soll. Ich würde dich abschlachten! Dir steht ein Blutbad bevor, und du wehrst dich nicht? Was immer auf der anderen Seite der Tür wartet, es wird für die meisten von euch der Tod sein. Und du? Du starrst vor dich hin! Willst du nicht wenigstens mit einer der hübschen Miezen deine letzten Stunden verbringen? Was ist los mit dir? Du hattest doch früher keine Hemmungen.*

»Verschwinde«, flüsterte Ackerman.

Diese Leute, die du zur Strecke bringen willst, sind genau wie du. Auch du bist ein Raubtier, so wie sie. Du bist keiner aus der Herde. Und nichts, was du tust, wird das je ändern. Du wirst immer ein Böser sein. Du glaubst, dass du mit dem, was du tust, deine Vergangenheit auslöschen kannst? Dass irgendein Gott dir die Sünden vergibt, die du an seinen Geschöpfen begangen hast? Du bist ein Monster, die schlimmste Bestie von allen. Was du verbrochen hast, lässt sich mit keiner Buße der Welt wiedergut-

machen. Du kannst das Blut derer, die du gefoltert und ermordet hast, niemals abwaschen …

»Lass mich endlich in Ruhe, du Mistkerl.«

White kicherte geisterhaft. Ehe seine schemenhafte Erscheinung verblasste, raunte er: *Wie könnte ich dich in Ruhe lassen? Ich bin in dir, bin dein zweites Ich.*

Ackerman erhob sich. »Hört mal zu, Leute.«

Knox, Peretti und die Frauen drehten ihm den Kopf zu.

»Es wird Zeit, dass wir den Tatsachen ins Auge sehen«, fuhr Ackerman fort. »Was immer uns erwartet, es wird zum Vorteil dieses Irren manipuliert sein. Ich weiß nicht, ob überhaupt vorgesehen ist, dass wir das Spiel gewinnen oder die Qualen überleben, die er für uns vorgesehen hat. Aber er will auf jeden Fall erreichen, dass wir uns entzweien, in Streit geraten, einander hassen. Er will uns zerbrechen und dann genüsslich töten. Er beobachtet und belauscht uns. Und wir haben Zuschauer«, Ackerman wies auf die Kameras, »die dafür bezahlen, uns beim Sterben zuzusehen. Alles, was hier geschieht, wird gegen Bezahlung ins Dark Web gestreamt. Aber ich kenne eine solche Situation, und es gibt immer eine Chance.«

»Wie meinen Sie das – Sie kennen die Situation?«, fragte Leta. »Waren Sie schon einmal hier?«

Er schaute ihr in die Augen. »Als ich ein Junge war, tat mein Vater mir unaussprechliche Dinge an. Ich war allein und hilflos seiner Willkür ausgesetzt, aber ich bin damit fertiggeworden. Mir ist klar, dass das kein Zuspruch für euch ist, aber ich will unsere Situation nicht schönreden. Aber wir sechs sind keine Konkurrenten oder gar Feinde. Wir sind für die Dauer der gemeinsamen Bedrohung ein Team. Also müssen wir zusammenhalten und als Team arbeiten, wenn auch nur einer von uns Hoffnung haben will, lebend hier rauszukommen.«

Die Frau, die am weitesten von ihm entfernt war, Kirstin mit Namen, begann zu schluchzen und jammerte immer wieder: »Das ist die Hölle, die Hölle …«

Ackerman fiel ihr ins Wort. »Das ist nicht die Hölle. Es kann schlimmer für uns werden, bevor die Lage sich bessert, das gebe ich zu, aber wir sind nicht verloren, solange wir auf unsere Kraft vertrauen.«

»Ich habe aber keine Kraft mehr«, flüsterte Leta.

Ackerman sah ihr in die Augen. »Wenn ihr schon nicht an euch selbst glaubt«, sagte er, »solltet ihr auf eine höhere Macht vertrauen – nennen wir sie Gott, die Güte, das Licht. Niemand ist so weit vom Licht entfernt, dass er nicht erreicht werden könnte.«

»Vielen Dank, Hochwürden«, spottete Knox. »Aber noch braucht hier keiner die letzte Ölung.«

»Eine höhere Macht?«, meldete Leta sich zu Wort. »Eben sagten Sie doch, Sie wären als Junge eingesperrt und misshandelt worden. Wie können Sie einem Gott vertrauen, der zulässt, dass man uns entführt und in einen Käfig steckt, in dem wir vor Angst den Verstand verlieren?«

Ackerman schaute sie an. »Ich will nicht vorgeben, die Antwort darauf zu kennen, Leta, aber eines weiß ich, und das ist die Wahrheit. Als ich als kleiner Junge über Monate hinweg gefangen und so verzweifelt war, wie ein Mensch nur sein kann, war jemand bei mir. Nennen Sie es einen guten Geist, einen Engel oder Gott. Selbst wenn das Universum kalt, endlos und gleichgültig sein sollte, ist das kein Grund, mit den Händen in der Tasche untätig danebenzustehen, weil man sowieso nichts ändern kann, oder Ungeheuern wie diesem hier nachzugeben. Egal was uns bevorsteht – ich werde tun, was ich kann, um uns alle zu beschützen.«

62

Detective Gloria Umbridge vom Charleston PD unterstützte Nadia und konnte notfalls die gesamte Schlagkraft der Polizei mobilisieren. Umbridge war eine hellhäutige Schwarze mit dem Anflug eines britischen Akzents. Mit flackerndem Blaulicht und heulender Sirene jagte sie ihren Dodge Charger durch den Verkehr auf der Route 17.

Neben ihr saß eine sichtlich angespannte Nadia. Sergei Wassilik hatten sie bereits in einem seiner Restaurants in der Innenstadt aufgesucht. »Ja, Ihr Freund, dieser Stine, hat mich schikaniert«, hatte er sich beschwert. »Er hat um die Unterredung gebeten, der ich großzügig zugestimmt habe. Wir sprachen über Fedir Dobryibechir, einen meiner Angestellten. Fedir hat gestern Morgen Ihren Tatort fotografiert, was sein gutes Recht ist, wie ich hinzufügen möchte, aber ich weiß, dass der Mann ziemlich widerwärtig sein kann. Ich kann Ihnen nur sagen, was ich Ihren Freunden schon mitgeteilt habe. Fedir ist angeblich ein Perverser, ein Fetischist. Na, von mir aus. Solange sich das nicht auf seine Arbeit auswirkt …«

Nadia hatte nur zu gut gewusst, dass Wassilik log, doch ohne irgendein Druckmittel konnte sie nichts daran ändern, daher hatte sie sich der nächsten Person auf ihrer Liste zugewandt, ihrem alten Bekannten und einstigen Bewunderer Ezra Crane. Obwohl Ezra auf dem Papier blitzsauber erschien, hatte Nadia ihre Zweifel, dass er ihr in der Firma zufällig über den Weg gelaufen war. Vielleicht war sie zu misstrauisch, aber sie hatte die Akten auf dem Präsidium eingesehen und entdeckt, dass Ezra Crane ein unterkellertes Haus besaß, das abgeschieden auf einem großen Grundstück stand – sehr viel Platz, um Leichen zu vergraben.

Unterwegs hatte Nadia die Nummer angerufen, die Ezra ihr gegeben hatte, und ihn sofort am Apparat gehabt. Sie hatte ihn gebeten, sich mit ihr und Detective Umbridge in seinem Haus zu treffen. Ezra sagte sofort zu und ließ sie wissen, dass er bereits an Ort und Stelle sei. Das Gespräch lag erst wenige Minuten zurück; sie mussten also in Kürze am Ziel sein. Nadia hatte mit Absicht in letzter Minute angerufen, damit Ezra keine Zeit blieb, Beweismaterial zu vernichten.

»Wenn er sich weigert, uns in seinen Keller zu lassen, haben wir ein Problem«, meinte Gloria Umbridge. »Wir haben zu wenig in der Hand, um einen Durchsuchungsbeschluss zu bekommen, und der Kerl ist in Charleston politisch gut vernetzt. Wir müssen vorsichtig sein.«

»Ich weiß. Wir stellen ihm nur ein paar Fragen, dann lassen wir es gut sein«, entgegnete Nadia. »Es sei denn, seine Antworten gefallen mir nicht.«

»Und was wollen Sie in den Fall tun?«

Darauf hatte Nadia keine Antwort. Sie wechselte das Thema. »Haben Sie jemals von etwas gehört, das ›der Wurm‹ genannt wird?«

»Nein. Wieso fragen Sie?«

»Es geht um eine Bemerkung, die der Black Rose Killer mir gegenüber gemacht hat. ›Ihre Freunde werden Futter für den Wurm.‹«

Umbridge riss die Augen auf. »Das ist ja abscheulich.«

»Ich habe mehrmals überlegt, ob er nicht ›Würmer‹ gesagt hatte und damit nur ausdrücken wollte, dass er seine Gefangenen töten will, oder ob mehr dahintersteckt, ob der Begriff ›Wurm‹ irgendeine tiefere Bedeutung besitzt. Aber wie er es aussprach, klang es nach einem Eigennamen.«

»Ein Eigenname?«, fragte Umbridge verwirrt.

Nadia nickte. »Ich weiß, es hört sich verrückt an.«

»Okay, ich werde mich umhören«, versprach Umbridge. »Vielleicht haben wir Glück.«

Nadia meinte spöttisch: »Das wäre mal eine nette Abwechslung.«

Ezra besaß ein schmuckes Haus – ein zweistöckiges weißes Gebäude im Kolonialstil mit umlaufender Veranda. Er begrüßte die Frauen in Khakihose und einem eleganten Sweater über einem Button-down-Hemd. Ezra sah aus, als wollte er zum Country Club. Mit einem strahlenden Lächeln wandte er sich an Nadia. »Ich habe mich sehr über deinen Anruf gefreut, hätte aber nicht damit gerechnet, dass du mit mir über deine Ermittlungen sprechen willst. Ich wüsste auch gar nicht, wie ich dir dabei helfen könnte. Aber okay – ich bin bereit, fast alles zu tun, um in deiner Nähe zu sein.«

Dann reichte er Umbridge die Hand. »Freut mich sehr, Detective. Es kommt nicht oft vor, dass das Charleston Police Department mir einen Besuch abstattet.«

»Wenn es ein Besuch bleibt«, erwiderte Umbridge vielsagend.

Nadia trat vor. »Danke, dass du dich so kurzfristig mit uns treffen kannst, Ezra. Wie du sicher gehört hast, sind wir dabei, Verdächtige auszuschließen, die Verbindungen zu AIM haben – besonders Leute, die ein voll unterkellertes Haus besitzen.«

Ezra nickte. »Ja. Und da du nun weißt, dass ich eine Verbindung zur Firma habe – und obendrein ein Haus mit einem großen Kellergeschoss –, hältst du es offenbar für angebracht, hier alles unter die Lupe zu nehmen.«

»Du hast es auf den Punkt gebracht.«

Ezra zuckte mit den Schultern; er schien sich wegen einer

Durchsuchung keine Sorgen zu machen. Stattdessen winkte er die Frauen herein und sagte: »Ihr werdet enttäuscht sein. Aber von mir aus – schaut nach.«

63

Knox glaubte Stine kein Wort. Er war kein religiöser Mann. Der Glaube an eine höhere Macht war für ihn bloß eine Krücke für jene, die sich ihrer Sterblichkeit nicht stellen wollten. Dennoch schwieg er, während Stine weiter auf die Frauen einredete. Wenn er ihnen ein bisschen Trost und Kraft schenkte für das, was ihnen bevorstand – umso besser.

Peretti und Knox saßen in angrenzenden Ecken ihrer Zellen, sodass sie miteinander flüstern konnten. Die Männer unterhielten sich über Belanglosigkeiten; keiner von beiden glaubte mehr ernsthaft daran, jemals aus dieser Gruft zu entkommen.

Peretti, der Ackerman schon die ganze Zeit aufmerksam beobachtete, wisperte plötzlich: »Eins kann ich Ihnen sagen, Knox – diese verdammten Narben erkenne ich. Und ist Ihnen schon aufgefallen, wie schnell und geschmeidig der Mann sich bewegt?«

Peretti hatte schon eher versucht, Knox auf die Narben anzusprechen, die jeden Quadratzentimeter von Franklin Stines Unterarmen bedeckten und sich daran hochrankten, bis sie unter dem weißen T-Shirt verschwanden, doch beide Männer waren bis jetzt immer wieder abgelenkt worden.

»Ja, die Narben«, murmelte Knox. »Der Kerl hat offensichtlich Schlimmes hinter sich. Vielleicht sind die Narben Erinnerungen an diese Abscheulichkeiten, die sein Vater ihm angeblich angetan hat. Der muss ja völlig irre gewesen sein.«

»Ganz sicher. Aber haben Sie auch eine Erklärung für Stines Schnelligkeit?«

»Ich weiß, was Sie meinen«, erwiderte Knox und zuckte die Achseln. »Ich hab's gesehen. Es ist unheimlich. Keine Ahnung, wo der Bursche das gelernt hat. Aber er hat mir mehr als einmal eine Heidenangst eingejagt, das können Sie mir glauben. Er strahlt irgendwas aus, das mir unheimlich ist.«

»Soll ich Ihnen mal ein Geheimnis anvertrauen?«, raunte Peretti. »Ich könnte mir denken, wer er in Wirklichkeit ist.«

»In Wirklichkeit? Wieso?« Knox war verwirrt. »Der Mann ist Franklin Stine, FBI-Sonderberater.«

»Vielleicht sollte ich besser sagen: Ich weiß, wer der Kerl *gewesen* ist.«

Knox runzelte die Stirn. »Wie meinen Sie das? Raus mit der Sprache, Peretti. Wir haben keine Zeit zu verlieren.«

Peretti sah zu Stine hinüber, um sich zu vergewissern, dass der Mann beschäftigt war; dann drückte er das Gesicht an die Gitterstäbe und murmelte: »Ich bin mir ziemlich sicher, der Kerl ist Francis Ackerman junior.«

Knox unterdrückte ein lautes Auflachen. »Erstens«, sagte er, »ist Ackerman tot. Zweitens, ich glaube nicht, dass er und das FBI besonders gut miteinander auskommen würden. Drittens …«

Peretti schüttelte den Kopf und fiel Knox ins Wort. »Als ich noch Streife ging, kam Ackerman durch Charleston und hat hier einen Priester ermordet. Er war noch sehr jung. Er hat den Priester gefesselt und zu Tode gefoltert. Aber das ist viele Jahre her. Wie dem auch sei – es heißt, dass Ackerman ein Meister der Tarnung ist und das Aussehen von jedem x-Beliebigen annehmen kann. Dazu diese furchtbaren Narben, seine Fähigkeiten im Zweikampf und im Umgang mit Waffen, seine Schnelligkeit, seine Körperbeherrschung. Glauben Sie mir, Knox. Dieser Mann ist kein normaler FBI-Agent, in tausend Jahren nicht!«

Knox war nachdenklich geworden. Er wusste schon länger, dass mit Franklin Stine etwas nicht stimmte, ganz und gar nicht stimmte, und dass dieser rätselhafte Mann ein Geheimnis mit sich herumtrug. Aber dass er Francis Ackerman jr. sein sollte, wollte Knox einfach nicht in den Kopf. »Sie reden wie ein Verschwörungsfanatiker«, meinte er.

Peretti beobachtete Stine, der im Schneidersitz in seiner Zelle saß, aus zusammengekniffenen Augen. »Das ist Francis Ackerman«, flüsterte er, »jede Wette.«

Knox schwieg einen Augenblick; dann blickte er Peretti ins Gesicht. »Ich kenne Stine nicht besonders gut, aber eines kann ich Ihnen sagen: Ob er nun Ackerman ist oder nicht – er ist ein zäher Hund. Wenn es heute hart auf hart kommt, werden wir froh sein, dass er auf unserer Seite steht.«

»*Falls* er auf unserer Seite steht«, entgegnete Peretti.

64

Ezra Cranes Haus war erstaunlich gut eingerichtet und sehr geräumig für das Zuhause eines Junggesellen. Nadia vermutete, dass er einen Innenarchitekten beauftragt hatte. Die Küche hatte Arbeitsflächen aus Granit, einen Fliesenboden und hohe dunkle Schränke. Sie öffnete sich zu einem Wohnzimmer mit hoher Decke und einer Galerie mit Zimmertüren, die wohl zu Schlafräumen führten.

Die Kellertür befand sich gleich neben der Küche. Ezra öffnete und schaltete das Licht auf der Treppe ein, die in dunkle Tiefen führte. »Ladys first«, sagte er.

Nadia blickte in die Düsternis des Kellers. Die Treppenstufen waren kahl. Eine kleine nackte Glühbirne beleuchtete rissige Betonböden. »Du zuerst«, sagte sie. »Ich muss darauf bestehen.«

Ezra schenkte ihr ein wissendes Lächeln und zwinkerte ihr zu. »Alter vor Schönheit, verstehe«, sagte er und stieg vor den Frauen die Stufen hinunter.

Nadia und Gloria Umbridge folgten ihm. Es war schummrig und beängstigend still. Sollte er etwas Böses im Sinn haben, wäre jetzt der günstigste Moment, die Falle zuschnappen zu lassen. Nadia bereute es beinahe schon, Ezra vorgeschickt zu haben. Wenn er nun eine Waffe am unteren Ende der Stufen bereitgelegt hatte, die er nur zur Treppe hochzuschwenken brauchte, um sie und Umbridge zu erledigen? Doch Ezra tat nichts dergleichen. Er trat von der letzten Stufe und ging zu einer Schalttafel an der Wand, wo er sämtliche Lampen im Untergeschoss einschaltete.

Die beiden Frauen erreichten das untere Ende der Treppe und ließen den Blick schweifen. Der gesamte Keller war noch im Rohbau und nicht unterteilt; in regelmäßigen Abständen waren Deckenstützen zu sehen. An einer Wand stand ein großes Regal voller Tüten; auf einer Plattform knapp über dem Bodenniveau waren Gewichte, Fitnessgeräte und ein alter Pingpong-Tisch untergebracht. Doch hier gab es weder Gefängniszellen noch entführte Frauen, noch sonst irgendetwas Verdächtiges.

»Wie du siehst, Nadia, habe ich nichts zu verbergen«,

sagte Ezra, »aber ihr dürft euch gern jeden Spalt und jeden Winkel anschauen.«

Umbridge und Nadia schnüffelten eine Weile herum, entdeckten aber nichts, was ihren Verdacht erregt hätte. Nach etwa zehn Minuten brachen sie die Suche ab und stiegen gemeinsam mit Ezra wieder die Treppe hoch.

Oben angekommen, ging Nadia ins Wohnzimmer und blickte zu den Schlafzimmern im Obergeschoss hoch. Seltsamerweise überlief sie dabei ein eisiger Schauder, obwohl sie aus den Berichten der entführten Frauen wusste, dass die Opfer in einem unterirdischen Verlies gefangen gehalten wurden.

»Kann ich den Damen etwas zu trinken anbieten?«, riss Ezras Stimme sie aus ihren Gedanken.

»Nein, danke«, antwortete Nadia. »Wir müssen weiter. Du hast ein wirklich hübsches Haus, Ezra. Viel Haus für nur einen Mann.«

Er lächelte und zeigte seine strahlend weißen Zähne. »Als ich es gekauft habe, träumte ich noch davon, das alles hier mit Kindern und einer Frau zu teilen. Leider habe ich den richtigen Partner noch nicht gefunden. Du weißt ja selbst, wie das ist.«

Während er sprach, hielt er mit seinen intensiv blauen Augen Nadias Blick gefangen.

»Ja, das weiß ich«, murmelte sie.

Ezra lächelte.

Nadia wandte sich an Umbridge. »Wir müssen los«, sagte sie und ging zur Tür.

Als sie auf die Veranda vor dem Haus traten, meinte Ezra: »Die Einladung zum Abendessen ist noch nicht vom Tisch.«

Nadia spürte, wie sie errötete. »Mal sehen. Man weiß nie, was die nächsten Tage bringen.«

65

Nadia stand vor einer riesigen Glasscheibe und blickte auf die Landebahn, auf der ihre Maschine am Vortag aufgesetzt hatte. Carter würde bald eintreffen. Sie hoffte, dass er irgendeine Idee hatte, eine Eingebung, die sie zu Ackerman und den anderen führte, aber ihre Hoffnung schwand. Sie waren ihren Freunden keinen Schritt näher gekommen. Detective Gloria Umbridge schritt im hinteren Teil der Halle auf und ab und sprach lebhaft in ihr Handy. Nadia wusste, dass das gesamte Charleston Police Department auf jeden Busch klopfte, um Glorias vermissten Kollegen aufzuspüren, aber sie bezweifelte, dass sie etwas finden würden. Ihnen fehlte schlichtweg die Zeit, und der Mörder hatte keine noch so winzige Spur hinterlassen.

Während Nadia beobachtete, wie die Gulfstream aus dem blauen Himmel herabschwebte und sanft auf der Landebahn aufsetzte, spürte sie, wie ihr Tränen über die Wangen liefen. »Es tut mir leid, Frank«, flüsterte sie so leise, dass nur sie es hörte. »Es tut mir leid, das alles so gekommen ist …«

Sie dachte an ihren Vater, der mit Sicherheit über die Unterredung am Vorabend brütete. Nadia wusste, sie hatte ihm einen Gedanken eingegeben, der ihn vermutlich nicht mehr losließ, als sie erwähnt hatte, dass einer seiner Angestellten sie in der Firma gesehen und sich in den Kopf gesetzt haben könnte, sie zu verfolgen und zu überfallen. Wahrscheinlich fragte Omar sich jetzt ständig, ob er das alles irgendwie hätte verhindern können.

Kurz entschlossen zückte Nadia ihr Handy, wählte die

Firma ihres Vaters und ließ sich mit seinem Büro verbinden. Omars Sekretärin ging an den Apparat. Nadia bat, zu ihrem Vater durchgestellt zu werden.

Omars Stimme klang erfreut. »Nadia! Ich bin froh, dass du anrufst. Ich habe nachgedacht über das, was du gestern Abend gesagt hast, und ich muss gestehen, ich habe Gewissensbisse. Ich hätte das alles möglicherweise verhindern können, hätte ich nicht immerzu an meine Karriere und das Unternehmen gedacht. Bitte, verzeih mir.«

Nadia setzte sich. »Es gibt keinen Grund, sich Vorwürfe zu machen, Vater«, erwiderte sie. »Außerdem kannst du mir immer noch helfen.«

Omars Stimme klang plötzlich hellwach. »Und wie?«

»Erinnerst du dich an jemanden aus der Zeit, als ich noch zur Highschool ging und öfters zu dir in die Firma kam? An einen Mitarbeiter, der mir vielleicht ein bisschen zu viel Aufmerksamkeit geschenkt hat? Der sich an seine Kolleginnen herangemacht hat? Ich habe kaum noch Erinnerungen an diese Zeit.«

»Seltsam, dass du fragst. Ich habe heute ständig daran gedacht. Ja, da gab es ein paar Leute. An einen kann ich mich ganz besonders erinnern. Er hieß Edward Tossi, ein hervorragender Ingenieur. Er gehörte zu meinen Abteilungsleitern. Jedes Mal, wenn du im Konferenzsaal warst und Hausaufgaben gemacht oder gelesen hast, fand er irgendeinen Vorwand, um zu dir hereinzukommen und dir Hallo zu sagen. Hin und wieder hat er dir sogar bei den Arbeiten geholfen. Ich habe ihn zwar nie dabei ertappt, dass er dir Schultern massiert oder dich angefasst hätte, aber mir hat nie gefallen, wie er dich anschaute.«

Nadia notierte sich den Namen. »Arbeitet er noch für dich?«

»Nein, ist kurz nach dir aus der Firma verschwunden.«

»Kannst du mir seine Personalakte schicken?«

»Aber sicher.«

»Danke, Vater. Ich weiß das wirklich zu schätzen. Dein Hinweis könnte uns weiterbringen, und wir brauchen momentan alle Hilfe, die wir kriegen können.«

»Hast du um Hilfe gebetet?«, fragte Omar.

»Ich habe lange nicht mehr gebetet, Vater«, flüsterte sie.

»Das stimmt mich traurig.«

»Tja, es scheint mein Spezialgebiet zu sein, dich zu enttäuschen.«

»Du warst nie eine Enttäuschung für mich, Nadia. Ich war immer stolz auf dich. Du warst meine Prinzessin.«

»Seltsam, das hast du mir nie gezeigt. Du hast uns alle behandelt, als wären wir dir eine Last.«

»Das kannst du so nicht sagen, Nadia«, erwiderte Omar. »Hör zu, ich möchte nicht mit dir streiten. Ich hatte gehofft, du kommst vorbei, wenn du deine Untersuchung abgeschlossen hast, und isst mit mir zu Abend. Vielleicht kann ich deinen Bruder und deine Schwestern dazuholen. Ich weiß, dass sie dich gern wiedersehen würden. Wie wär's?«

Damit hatte Nadia am wenigsten gerechnet. Sie hatte nicht das kleinste Zugeständnis von ihrem Vater erwartet, schon gar keine Einladung.

»Nun ja, ich … ich …«, stammelte sie.

»Bitte«, drängte Omar. »Ich weiß, ich habe dir unrecht getan. Ich weiß, dass du wütend auf mich bist, aber ich möchte gern die Gelegenheit bekommen, unser Zerwürfnis aus der Welt zu schaffen. Du wirst immer meine Tochter sein, ganz gleich, was geschieht.«

Tränen traten ihr in die Augen. »Ich kann mich im Moment nicht damit befassen. Ich überlege es mir nach Abschluss der Ermittlungen. Ich melde mich bei dir.«

»Ich verlasse mich darauf.«

»Danke für deine Hilfe, Vater. Wir reden bald.« Nadia beendete das Gespräch und starrte einen Augenblick lang ungläubig auf ihr Handy.

Detective Umbridge hatte inzwischen ihr Telefonat beendet. Nun kam sie zu Nadia und unterbrach den Sturm der Gedanken in deren Kopf, als sie sagte: »Ich glaube, ich habe einen Hinweis.«

Nadia wischte sich die Augen ab und stand auf. »Was haben Sie erfahren?«

»Ein Kollege aus dem Sittendezernat berichtet von einem Obdachlosen, der bei ihm schon seit Monaten anzeigen will, dass ein riesiger Wurm seine Freunde verspeist.«

»Wie bitte?« Nadia schauderte.

»Ganz schöne irre, was?« Gloria Umbridge verzog das Gesicht. »Meine Kollege sagt, der Mann ist nicht bei Verstand, deshalb hat er sich nichts weiter dabei gedacht. Allerdings gab es Meldungen aus mehreren Unterkünften, dass Obdachlose verschwinden. Auch ein paar Mädels vom Straßenstrich werden vermisst.«

Nadia dachte einen Augenblick darüber nach. »Wo können wir diesen Obdachlosen finden? Hat Ihr Kollege eine Idee?«

»Er sagt, in einem Waldstück an einer der Auffahrten zur Interstate 26 ist eine Zeltstadt. Dort finden wir ihn am ehesten. Entweder dort oder im One80 Place, einer Unterkunft für Obdachlose.«

Nadia legte Umbridge eine Hand auf die Schulter. »Danke. Das alles hört sich ziemlich verrückt an, aber wenigstens können wir etwas tun.«

Umbridge kaute auf der Unterlippe und fragte mit leiser Stimme: »Wir werden die anderen trotzdem nicht rechtzeitig finden, was meinen Sie?«

Nadia gab sich einen Ruck. »Ich weiß es so wenig wie Sie, Gloria, aber das kann nicht bedeuten, dass wir unsere Versuche aufgeben.«

66

Ackerman richtete seine Aufmerksamkeit von den Kameras auf den rückwärtigen Teil des Raumes, der eingerissen und mit Stahlträgern und -gerüsten verstärkt worden war. Sie schienen in die Tiefe zu führen, vermutlich bis in den Keller des Gebäudes. Charleston hatte Erdbeben und Hurrikane überstanden, und viele historische Gebäude brauchten bauliche Verstärkungen, um gegen die Naturgewalten bestehen zu können. Ackerman vermutete, dass diese Reparaturmaßnahme Folge eines Erbebens war. Die große Burg aus Ziegelstein und Beton aus dem 19. Jahrhundert wäre aufgrund des Gewichts der Mauern und Zwischenböden von Erdbeben besonders schwer betroffen.

Bei diesem Gedanken kam Ackerman eine interessante Idee; dazu musste er allerdings den Käfig verlassen. Dabei hatte er eigentlich mit ihrer aller Rettung gerechnet, sodass keiner von ihnen würde erleben müssen, wie es im Bauch des rätselhaften »Wurmes« aussah. Mittlerweile war Ackerman klar, dass sie vergebens auf SWAT-Teams warten würden, die durch Türen und Fenster eindrangen und sie alle in Sicherheit schafften. Ackerman konnte nicht genau sagen, was der Grund dafür war. Vielleicht störte das Gebäude das Signal, das von seinem implantierten Chip ausgestrahlt wurde. Aber selbst dann hätte Carter seinen Aufenthaltsort ermitteln können, einen Punkt nahe am Old City Jail.

Ackerman hatte keine Ahnung, weshalb das nicht der Fall war. Es spielte jetzt auch keine Rolle mehr. Er müsste die Karten ausspielen, die er in der Hand hielt, so wie immer. Durch sinnlose Grübeleien, was schiefgegangen sein könnte, war nichts zu gewinnen. Man musste die Schläge des Schicksals hinnehmen, wie sie kamen, und den richtigen Augenblick abwarten, um zurückzuschlagen.

Wieder erklang über ihnen der Alarmton, und die künstlich verzerrte Stimme verkündete: »Ich hoffe, ihr alle habt euch körperlich und seelisch darauf vorbereitet, in die Dunkelheit einzugehen. Die erste Prüfung wird bald beginnen. Doch bevor wir anfangen, möchte ich, dass ihr alle zu einer der Kameras hochschaut. Na los, sucht euch eine aus und winkt mir zu.«

Die Stimme verstummte. Keiner von ihnen winkte.

»Das war keine Bitte«, fuhr die Stimme gereizt fort. »Winkt, oder es wird Folgen haben.«

Sie wählten alle eine Kamera und winkten kurz. Selbst Ackerman gehorchte notgedrungen; jetzt war noch nicht der Augenblick, um zurückzuschlagen.

»Sehr schön«, fuhr die Stimme höhnisch fort. »Ihr werdet jetzt, in diesem Augenblick, von Zuschauern überall auf der Welt beobachtet. Der Wurm ist eine interaktive Morderlebniswelt, die wir einer wohlhabenden Kundschaft im Dark Web präsentieren. Durch den Wurm sind unsere Kunden in der Lage, sich ihre düstersten Wünsche zu erfüllen, und dies aus der Bequemlichkeit und Sicherheit ihrer eigenen Zuflucht. Es ist das Allerneueste auf dem Gebiet des Home Entertainment: Mord auf Abruf.«

Die Stimme verstummte für einen Moment. Ackerman

konnte die sensationslüsternen Blicke der Zuschauer deutlich auf der Haut spüren.

»Der Wurm hat sechs Segmente«, fuhr die Stimme dann fort. »Alle, bis auf das erste Segment, sind von Kunden gesponsert. Sie können ein Segment erwerben und an dessen Design mitarbeiten. Damit das Ganze mit mehr Spaß verbunden ist, erweitern wir das alles um eine Spielkomponente, an der sämtliche zahlenden Zuschauer sich beteiligen können. Ihr seht, unsere Kunden und ihr Geld werden letzten Endes darüber entscheiden, wer von euch stirbt, wann, und auf welche Weise. Aber dazu kommen wir noch, wenn es so weit ist. Jetzt steht erst einmal die Tür zum ersten Segment offen.«

Ackerman hörte ein Klicken, als ein elektronisch gesteuerter Mechanismus in der Tür eine Reihe von Riegeln löste.

»Der erste Raum dient lediglich dazu, dass ihr euch die Füße vertretet und euch vorbereitet«, fuhr die Stimme fort. »Wir nennen ihn den ›Raum des Bundes‹, weil ihr euch dort mit dem baldigen Sterben abfinden und einen Bund mit der Welt schließen könnt – einen Pakt, der euch einen schnellen Tod gewährt. In der Mitte dieses Raumes steht ein Tisch. Auf diesem Tisch steht eine Schale. Außerdem liegen dort ein paar Gegenstände bereit, die ihr brauchen werdet. Die Schale ist mit einem Verschlussmechanismus verbunden, der es euch erlaubt, ins zweite Segment zu gelangen. Und wie stellt ihr das an? Ich will es euch sagen: Der Durchschnittsmensch hat sechs Liter Blut. Diese sechs Liter Blut sind der Preis, den ihr zahlen müsst, um eure Reise fortsetzen zu können. Ihr müsst die Schale mit sechs Litern Blut füllen, dann wird die Tür sich öffnen.«

»Und wenn wir dein beschissenes Spiel nicht mitmachen?«, brüllte Knox. »Wenn wir hier einfach sitzen bleiben und nicht ins nächste Segment gehen?«

Höllenlärm brach aus den Lautsprechern. Ackerman erkannte das gleiche Geräusch, das ihn am Abend zuvor betäubt hatte – eine Art Schallwaffe. Unwillkürlich riss er die Hände an den Kopf, als könnte er auf diese Weise den höllischen Ansturm verhindern, der ihm das Gefühl vermittelte, sein Schädel würde explodieren.

Im nächsten Moment verstummte das schrille Geräusch, und die Stimme des Verrückten erklang wieder. »Verweigert ihr den Gehorsam, sehe ich mich gezwungen, persönlich zu erscheinen und euch eigenhändig ins nächste Segment zu befördern. Für solche Widersetzlichkeit ist natürlich ein Preis zu entrichten. Ich denke, wir beginnen damit, dass wir einem von euch ein Ohr oder die Nase abschneiden. Weitere Aufsässigkeiten werden zunehmend strenger geahndet. Ist das eine ausreichende Motivation, Mr. Knox?«

Knox nickte mit verzerrtem Gesicht. »Ja, ja, schon gut. Ich hab verstanden.«

Ackerman erkannte zu seiner Verwunderung, dass ihm Knox, der ihm anfangs so unsympathisch erschienen war, immer mehr ans Herz wuchs. Zudem hatte Knox mit seinem kleinen Ausbruch gleich zwei Informationen ans Licht gebracht. Der Black Rose Killer konnte sie sehen und hören zugleich, und er reagierte auf ihre Fragen. Diese Beobachtung bewies, dass die Stimme, die sie hörten, nicht aus der Konserve kam, sondern einer lebenden Person gehörte, die live dabei war.

»Und lasst euch nicht allzu viel Zeit, die Schale im Raum des Bundes mit eurem Blut zu füllen«, fuhr die Stimme fort. »Zeit zu schinden hat, genauso wie Ungehorsam, äußerst unerfreuliche Folgen chirurgischer Natur, wobei wir auf eine Narkose leider verzichten müssen. Gut denn! In wenigen Sekunden werden sich die Schlösser eurer Zellen öffnen, und ihr dürft den Raum des Bundes betreten. Ein guter Rat noch: Akzeptiert euer Schicksal und stellt euch jeder Prüfung, die euch auferlegt wird. Gegen eure Bestimmung anzukämpfen macht euren Tod umso schmerzhafter.«

Sekunden später klickten die Schlösser unter den Tastenfeldern, offenbar durch Funksteuerung betätigt, und entriegelten sich. Die sechs Gefangenen erhoben sich langsam und widerstrebend und öffneten die Käfige.

Ackermans Käfig stand am dichtesten an der Rückwand mit dem Gerüst, was ihm sehr gelegen kam bei dem, was er vorhatte. Zuerst aber leistete er Black Roses Anweisungen so artig Folge wie die anderen. Er machte bewusst zögernde Schritte und öffnete den Käfig, gab sich gehorsam und ging langsam auf das erste Segment des Wurmes zu. In Wahrheit hatte er ganz andere Pläne. Er hatte nicht die Absicht, sich diesem Geisteskranken zu unterwerfen und an dessen verrückten Spielchen teilzunehmen.

Da bist du auf dem falschen Dampfer, Schwachkopf.

Ackerman handelte wild und entschlossen. Er fuhr auf dem Absatz herum, machte zwei lange Schritte, warf sich an die Gerüststreben, packte eine davon und rutschte an ihr hinunter. Er sah, dass das Gerüst über drei Stockwerke reichte, schwang sich aber rechtzeitig auf das mittlere Geschoss, die Etage gleich unter ihm. Er vermutete, dass im unbenutzten Teil des Gebäudes keine Lautsprecher hingen, sodass er vor der Wirkung der Schallwaffe weitgehend abgeschirmt war.

Er eilte über den Betonfußboden. Der saalgroße Raum, in dem er sich nun befand, sah genauso aus wie im Geschoss darüber, nur die Käfige fehlten. Alles war voller Staub, Gerümpel lag herum. Ackermans Gedanken waren indes ganz auf die Tür gerichtet. Als er sie erreichte, stellte er fest, dass sie verschlossen war. Er fluchte lautlos und rannte zum Gerüst zurück. Halb rutschend, halb kletternd gelangte er in das unterste Stockwerk.

Der Raum sah aus wie der Saal darüber, doch Ackerman hoffte, an der Tür mehr Glück zu haben. Er brauchte nur ins Freie zu gelangen, dann konnte er seine Möglichkeiten voll ausspielen das Blatt gegen die Entführer wenden. Ohne die Regeln und Vorteile, die ihre »Spiele« ihnen verschafften, wären Black Rose und seine unbekannten Helfer hier im »Wurm« leichte Beute.

Als Ackerman die Tür erreichte, stellte er zu seiner Enttäuschung fest, dass auch sie verschlossen war. Er betrachtete den Raum auf dem untersten Stockwerk noch einen Moment lang, prüfte die Fenster und suchte nach irgendetwas, das er möglicherweise übersehen hatte, konnte aber nichts entdecken. Wieder fluchte er stumm. Bisher hatte er nichts weiter geschafft, als aus einer Zelle in eine andere zu gelangen.

Zwei Stockwerke über ihm hallte die Stimme des Black Rose Killers durch die Öffnungen in der Konstruktion, in denen das Gerüst emporragte. »Ich schlage vor, du kletterst so schnell wieder hoch, wie du runtergerutscht bist, Franklin Stine oder wie du heißt. Wenn du meine Geduld noch länger strapazierst, stirbt eine der Frauen hier und jetzt.«

67

Als Ackerman wieder hinauf ins Anfangsgeschoss geklettert war, befanden sich die anderen schon im nächsten Raum. Kaum hatte er sich zu ihnen gesellt, schloss sich die Stahltür der Zelle, in der sie aufgewacht waren. Der neue

Raum – das erste Segment – war Teil des zentralen Korridors auf diesem Geschoss des Gefängnisses. Links war eine Tür mit Stahlplatten verrammelt. Der Fußboden bestand aus Beton, die Wände ebenfalls. Es roch muffig nach unbenutzten Räumen. Ein Ende war von einer Reihe Stahlgitterstangen abgesperrt, die festgeschweißt worden waren. Das andere Ende, das nach Süden führte, wenn Ackermans innerer Kompass richtiglag, bestand aus einer neu gebauten Ziegelmauer mit einer weiteren schweren Stahltür, genau wie Black Rose es beschrieben hatte. Mitten im Betonkorridor stand ein Tisch, ein schlichtes Möbel aus Holz, wie man es auf einem Flohmarkt finden konnte. Auf dem Tisch stand eine große Metallschale auf einer Waage mit Digitalanzeige. Daneben lagen ein großes Messer, Sekundenkleber, Verbandmaterial, antiseptische Feuchttücher und Leukoplast.

Ackerman bemerkte die gleichen Kameras wie in der ersten Zelle, schwenk- und zoombar. Heutzutage wollte jeder seine Mordvideos in HD, wie es schien. Körnige, unscharfe Snuff-Filme waren Relikte der Vergangenheit. In der Decke sah er mehrere Lautsprecher. Die Veranstalter dieses Spektakels bereiteten ihre Mordräume garantiert sorgfältig vor, und das war erst der Anfang. Wider Willen musste er Black Rose und seine Komplizen für ihr Auge fürs Detail und für die Leidenschaft bewundern, die sie für die Kunst des Mordes aufbrachten. Schließlich war es bei ihm selbst vor ein paar Jahren nicht anders gewesen. Und genau das war möglicherweise seine größte Chance.

Als Ackerman an den Tisch kam, sagte Knox: »Da sind Sie ja wieder. Das war echt beeindruckend. Sie sind das Gerüst runtergeflitzt wie ein Klammeraffe.«

Ackerman zuckte mit den Schultern. »Den Versuch war es wert.« Er schaute auf die Gegenstände, die auf dem Tisch lagen. »Hier also sehen wir, was wir zu tun haben, ob es uns gefällt oder nicht.«

Knox hob die Hand, um ihn aufzuhalten. »Immer schön langsam, eins wollen wir mal klarstellen. Dass Ihr Daddy Sie als Kind eingesperrt hat, heißt noch lange nicht, dass Sie hier der Boss sind. Passen Sie mal auf, Kumpel, ich …«

Ackerman wusste, dass ihm keine Wahl blieb – nicht in einer Situation wie dieser. Er musste ein für alle Mal klarstellen, dass in diesem Labyrinth nur einer das Sagen haben konnte. Seine Faust schnellte vor und traf Knox' Kehle – nicht annähernd fest genug, um den Adamsapfel einzudrücken, sodass der Mann erstickt wäre, aber fest genug, dass der Marshal ein paar Sekunden lang weder sprechen noch atmen konnte.

Knox taumelte zurück, umfasste seine Kehle, hustete und keuchte.

»Ich möchte etwas klarstellen, Ladys und Gentlemen«, fuhr Ackerman fort. »Wir haben keine Zeit für irgendwelche Abstimmungen oder lange Diskussionen – was mir leidtut. Dienstgrad und Stellung spielen auch keine Rolle – was mir überhaupt nicht leidtut. Sie können mir folgen, und wir versuchen, lebend aus der Sache rauszukommen. oder wir trennen uns und gehen eigene Wege, und dann sterben wir alle. Also, was ich vorhin sagen wollte: Wir brauchen sechs Liter Blut. Die Rechnung ist einfach. Wir sind zu sechst. Jeder spendet einen Liter.«

Die zierliche Asiatin namens Kirstin fragte: »Können wir denn so viel Blut verlieren und weitermachen?«

»Ja«, antwortete Ackerman. »Solange bei jedem von uns die Nadel oberhalb von sechzig Prozent bleibt. Damit will ich nicht sagen, dass es keine Auswirkungen hat, wenn man sich dieser Grenze nähert, aber sterben werden Sie davon nicht. Sobald man allerdings unter diese Marke fällt, laufen im Körper Prozesse ab, die gar nicht gut für einen sind.«

Knox war wieder zu Atem gekommen und starrte Ackerman über den Tisch hinweg düster an, aber vorerst schwieg der Senior Inspector.

Ackerman nahm das Messer. »Wenn niemand anders die Ehre des Vortritts beansprucht, fange ich an.« Er hielt das Messer in der rechten Hand und zog einen langen tiefen Schnitt über die Außenseite des linken Unterarms. Er sorgte dafür, dass die Wunde tief genug war, um gut zu bluten, übertrieb es aber nicht. Einen Liter musste er spenden, nicht weniger, aber auch nicht mehr.

Ackerman betrachtete das Blut, das von seinem Arm in die Schale tropfte, und schaute dann die anderen fünf am Tisch an. Alle waren aschfahl geworden, sichtlich entsetzt darüber, wie gleichgültig er sich ins Fleisch geschnitten hatte. Knox schien besonders betroffen. Der Marshal kämpfte offensichtlich gegen einen Übelkeitsanfall. Die blonde Frau namens Leta wich zurück. »Das ist ja grässlich! Das bringe ich niemals über mich!«

»Ich weiß«, sagte Ackerman, »dass ihr eine Aversion habt, geschnitten zu werden und andere zu schneiden. Wenn es euch hilft, werde ich es übernehmen.«

Er drehte den Unterarm, ballte und öffnete die Faust, damit das Blut weiter aus der Wunde strömte.

November, die ebenfalls kreidebleich geworden war, fragte leise. »Warum tun Sie das? Was haben Sie davon?«

Ackerman sah ihr in die Augen. »Das ist eine lange und schlimme Geschichte, die nicht auf Sie und die anderen übertragbar ist. Es ist eine Geschichte, die sich in meiner Kindheit ereignet hat … eine sehr düstere Geschichte zwischen einem Vater und einem Sohn. Eine Geschichte von Missbrauch, Folter und verbotenen Eingriffen in die Natur des Menschen. Eine Geschichte über die Befriedigung dunkler Sehnsüchte und primitiver Instinkte. Es ging um Dinge, die Sie sich nicht einmal vorstellen können.«

»Mein Gott …«, flüsterte Peretti.

Ackerman blickte ihn an. »Es war nicht Gott, es war mein Vater.«

»Aber … welchen Sinn könnte es haben, das dieser Irre unser Blut will?«, fragte November.

Ackerman schaute auf das digitale Display der Waage unter der Schale. Sie rechnete das Gewicht in Volumen um und zeigte gut einen halben Liter an. Er ließ den Blick von einem zum anderen schweifen. »Ich vermute, dass es zwei Zwecken dient. Erstens, um uns zu schwächen und Schmerzen zu bereiten, damit unsere Kräfte erlahmen. Zweitens erfassen unsere Peiniger auf diese Weise, wer von uns schwach und wer stark ist, wer schreit und weint und wer flucht und kämpft. Sie studieren uns, um zu erfahren, wie sie die größtmögliche Befriedigung aus uns herausholen können.«

Alle schwiegen betroffen und beobachteten, wie das Blut in die Schale tropfte. Die Anzeige erreichte die 1,0. Ackerman ließ noch ein wenig Blut fließen. Dann reinigte er die Wunde mit einem Feuchttuch, verschloss sie mit Sekundenkleber und verband sie mit Mull und Leukoplast, das neben der Schale bereitlag. Als er fertig war, fragte er in die Runde: »Wer ist der Nächste?«

Knox, dessen Gesicht noch immer wächsern war und dessen Hände zitterten, gab sich einen Ruck und trat vor. »Ich.«

68

November McAllister liefen Tränen über die Wangen, als die letzten Tropfen ihres Blutes in die Schale fielen. Ackerman hielt ihren Arm fest und übte Druck aus, um ihre Schmerzen zu lindern. Ihre Tränen schmerzten ihn. Alle hatten Tränen vergossen, als sie bluteten, bis auf ihn. Aber nun war es geschafft. Das Digitaldisplay zeigte 6,0, und die Apparatur piepte viermal hintereinander.

Ackerman hatte sich darangemacht, Novembers Wunde zu reinigen und zu verbinden, als er das elektrische Summen und Klicken hörte, mit dem das ferngesteuerte Schloss der Tür entriegelt wurde.

Sie hatten Zugang zum zweiten Segment.

Nachdem Ackerman den letzten Leukoplaststreifen auf Novembers Verband geklebt hatte, schob er das verbliebene Verbandsmaterial zusammen und steckte sich mit der Schnelligkeit eines geübten Taschendiebs das Messer hinten in die Boxershorts. Dann trat er vor, blickte in die Runde und sagte: »Bleibt alle hinter mir. Wir wissen nicht, was uns erwartet.«

Als Erster trat Ackerman in den nächsten Raum, der größer war als der, aus dem sie kamen. Das zweite Segment gehörte ebenfalls zu dem Korridor, der zwischen den Zellen verlief; an seinem Ende schloss sich ein weiterer Block an, dessen Zellen halbmondförmig angeordnet waren. Offenbar war das Gebäude in diesem Bereich außen gerundet. Zur Linken stand eine weitere Ziegelmauer jüngeren Datums mit einer Stahltür. Vermutlich ging es dort zum nächsten Segment.

Ackerman blickte sich um. Welchen Weg sie zuerst gehen sollten, war offensichtlich, denn im Halbmondblock waren die Zellentüren bis auf eine verrammelt. Ackerman ging voran; Knox und die anderen folgten ihm. Die Zelle, die er betrat, war kleiner als die anderen. In Zellen wie dieser waren die Häftlinge eingepfercht worden wie die Ölsardinen und gezwungen gewesen, ihre Notdurft dort zu verrichten, wo sie schliefen. In der Mitte des Raumes hing eine Kette von der Decke, die in einem Paar Handschellen endete. Dahinter stand ein Apparat, der Ackerman an eine Baseball-Wurfmaschine erinnerte, nur dass er keine Bälle schleuderte. Stattdessen war an einem biegsamen Metallstab eine neunschwänzige Katze befestigt.

Als alle im Raum standen, erklang wieder die Stimme aus dem Lautsprecher unter der Decke: »Dieses Segment nennen wir passenderweise den ›Fleischklopfer‹. Ich möchte besonders auf den Apparat hinweisen, der vor euch steht und mit der neunschwänzigen Katze ausgestattet ist, einer Peitsche mit neun geknoteten Tauenden aus Baumwollschnur. Sie ist dazu bestimmt, die Haut aufplatzen zu lassen und extreme Schmerzen zu verursachen. In früheren Zeiten war sie sehr beliebt. Mann nannte sie ›Des Kommandanten Tochter‹, und sie diente dazu, die Opfer zu einer Aussage zu zwingen. Auch die Häftlinge im Old City Jail wurden mit der neunschwänzigen Katze bestraft. Man fesselte sie an eine Vorrichtung, die als ›Kran‹ bezeichnet wurde. Wie ihr seht, verwenden wir unsere eigene Konstruktion und haben die Rolle des Vollstreckers automatisiert.«

Die Stimme hielt kurz inne und fuhr dann mit dem Beiklang hämischer Freude fort: »Nun wollt ihr sicher wissen, was ihr tun müsst, um ins nächste Segment zu gelangen. Tja, das wird ziemlich schmerzhaft. Ihr müsst euch achtzehn Hiebe mit der neunschwänzigen Katze verpassen lassen. Sobald eine oder einer von euch angekettet ist, wird die Maschine die Streiche automatisch verabreichen, in einem vorgegebenen Rhythmus. Sobald die Person ihren Anteil an Hieben erhalten hat, muss sie rasch befreit werden, bevor der nächste Hieb erfolgt. Sind alle achtzehn Streiche verabreicht, öffnet sich die nächste Tür, und ihr dürft tiefer in den Schlund des Wurmes vordringen.«

Ackerman bemerkte einen Tisch an einer Seitenwand und ging hinüber, um ihn sich anzusehen. Auf der Tischplatte lag die größte Flasche Sekundenkleber, die er je gesehen hatte, dazu mehrere große Verbandtücher, Leukoplast und weitere antiseptische Feuchttücher zur Wundreinigung.

Kirstin flüsterte: »Bringen wir es hinter uns. Achtzehn Hiebe. Wir sind sechs. Das sind drei Schläge für jeden. Das können wir überstehen.«

Ackerman schüttelte den Kopf. »Sie und die anderen Frauen haben schon zu viel Blut verloren. Ein Liter bedeutet einen größeren Prozentsatz vom Gesamtvolumen als bei uns Männern. Darüber hinaus sind Sie von der Gefangenschaft ohnehin geschwächt. Ich nehme Ihre Hiebe auf mich. Zwölf stehe ich durch. Knox übernimmt drei, Peretti ebenfalls.«

»Das können wir nicht zulassen«, sagte November.

Zur Antwort zog Ackerman sein weißes T-Shirt aus und offenbarte seinen muskelbepackten, schrecklich vernarbten Oberkörper. Die anderen wichen entsetzt zurück, zu schauderhaft war der Anblick. An Ackermans Oberkörper gab es buchstäblich keinen Quadratzentimeter, der nicht auf irgendeine Weise verunstaltet war.

»O Gott«, flüsterte November, Tränen in den Augen. »So viel Schmerz …«

Ackerman lächelte sie an. »Sie sehen, das ist nicht mein erstes Rodeo. Der Schmerz und ich sind alte Freunde.« Er lachte auf. »Ich glaube sogar, er hat mehr Angst vor mir als ich vor ihm.« Er hielt einen Verband hoch. »Außerdem sollen wir hier nicht getötet werden. Im Augenblick wollen sie uns nur kennenlernen. Aber ich gönne diesen perversen Gaffern nicht die Befriedigung, mit anzusehen, wie Sie und die anderen Frauen noch mehr Schmerz erdulden.«

Knox schritt kopfschüttelnd an einer Seite hin und her. »Ich bin Ihrer Meinung, was den Schutz der Frauen betrifft, aber wir Männer teilen die Last gleichmäßig.«

Leta warf ein: »Nein, das wollen wir nicht. Wir schaffen das.«

Knox verdrehte die Augen. »Machen Sie keine Sache daraus. Wir wollen hier nicht sexistisch sein, aber Frank hat recht. Er, Peretti und ich – jeder von uns lässt sich sechs Hiebe verpassen.«

Ackerman trat an die Kette mit den Handschellen. »Wie wäre es mit einem Kompromiss? Ich nehme zehn, ihr beide je vier.«

Knox trat zu Ackerman, um ihm zu helfen, die Schellen um die Handgelenke zu legen. »Schauen wir doch erst mal, wie Ihnen die ersten sechs bekommen.«

»Sparen Sie sich Ihren Mut für unsere nächste Aufgabe«, entgegnete Ackerman. »Wenn ich mich nicht um den Blutverlust sorgen müsste, würde ich alle achtzehn Hiebe auf mich nehmen.« Er verzichtete darauf, den anderen zu sagen, dass er den Schmerz sogar genoss.

Als Knox ihm die Hände gefesselt hatte, schüttelte er den Kopf und meinte leise: »Sie sind abartig, Mr. Ackerman.«

Ackerman lächelte. »Vergessen Sie nicht, dass das unser kleines Geheimnis bleibt.«

69

Das Obdachlosenasyl lag auf dem Weg zur Zeltstadt an der Interstate, also fuhren Umbridge, Nadia und Carter zuerst dort vorbei. Umbridges Kontakt im Sittendezernat konnte ihnen nur den Spitznamen »Gunny« nennen, mehr wusste er nicht über den betreffenden Obdachlosen. Nadia hoffte, dass Gunny sich als bessere Spur erwies, als sie befürchtete. Ihr kam es vor wie ein fruchtloses Unterfangen, und davon hatte sie genug.

Umbridges Dodge Charger sah von außen aus wie ein normales Auto, war innen aber wie ein Streifenwagen ausgestattet – einschließlich Computer, der sich per Funk mit sämtlichen Datenbanken der Polizei verbinden konnte. Auf dem Weg zum Asyl schwenkte Nadia das Gerät zu sich herum zum Beifahrersitz und suchte nach dem Mann, den ihr Vater während des Telefonats erwähnt hatte – Edward Tossi. Drei Anrufe später wusste Nadia, dass Tossi zurzeit in Minnesota wegen Unzucht mit Minderjährigen einsaß. Ihr Vater hatte den Mann richtig eingeschätzt: Tossi *war* ein widerlicher Typ, nur war er nicht der widerliche Typ, nach dem sie suchte.

Jeder Cop in Charleston suchte denselben Mann wie Nadia, Umbridge und Carter. Die anderen Beamten bellten zwar andere Bäume an, aber alle waren vereint in dem koordinierten Versuch, bei der Rettung der Vermissten zu helfen. Es *musste* weitere Hinweise geben. Nadia hatte allerdings Zweifel, dass diese Hinweise zum Ziel führten – und falls doch, dann mit ziemlicher Sicherheit erst, wenn Ackerman, Knox und die anderen bereits tot waren.

Auch wenn sie es niemals laut ausgesprochen hätte, ein Teil von Nadia hoffte, dass der Killer die Morde hinauszögerte, auch wenn dies im Endeffekt bedeutete, darauf zu hoffen, dass ihre Freunde und Kollegen gefoltert wurden, damit die Cops mehr Zeit hatten, ihnen das Leben zu retten. Es war ein paradoxer Gedanke in einer paradoxen Situation.

Das Obdachlosenheim, das One80 Place genannt wurde, war ein neues Gebäude mit rotem Blechdach, eleganter Auffahrt und einer Lobby aus Glas. Nadia erschien es mehr wie ein gutes Hotel, doch Umbridge versicherte ihr, dass One80 Place Mahlzeiten anbot, Schlafplätze und umfassende Programme, um den Teufelskreis der Obdachlosigkeit zu durchbrechen und den Bewohnern Unabhängigkeit zu vermitteln. Umbridge half hier von Zeit zu Zeit aus.

An der Tür wurden sie von einer kleinen rothaarigen Frau mit Brille empfangen. Sie wankte beim Gehen, als hätte sie eine geschädigte Hüfte. Die Frau kam auf Umbridge zu und umarmte den weiblichen Detective herzlich. Nachdem Umbridge ihr Carter und Nadia vorgestellt hatte, sagte die Frau: »Bitte, kommen Sie herein.«

»Wir möchten ja nicht gleich mit der Tür ins Haus fallen, Ma'am«, erwiderte Carter, »aber die Zeit drängt, und wir …«

Die Frau mit den roten Haaren hob die Hand. »Detective Umbridge hat mir die Situation bereits erklärt, als sie angerufen hatte. Ich habe mich inzwischen umgehört. Federico war früher öfters hier bei uns. Er kam ein paarmal in der Woche zum Essen.«

»Federico?«, fragte Nadia.

»Ja. Der Mann, den Sie Gunny nennen. Er heißt mit vollem Namen Federico Elizondo. Ich habe ihn allerdings eine

Weile nicht mehr gesehen. Ich habe mir sogar schon Sorgen gemacht, dass er auch einer von den Vermissten sein könnte, deren Anzahl in letzter Zeit ja immer mehr steigt.«

Carter fragte: »Die Anzahl steigt? Wie meinen Sie das, Ma'am? Dass Obdachlose spurlos verschwinden?«

Die Rothaarige zuckte mit den Schultern. »Das Leben als Obdachloser ist gefährlich, und ständig verschwinden Menschen. Zumindest informieren sie uns nicht, wohin sie gehen. Sie kommen einfach nicht wieder, aber manche tauchen nach ein, zwei Jahren wieder auf. Viele von ihnen haben bei einem Freund gewohnt, einem Mann oder einer Frau. Andere aber bleiben für immer fort. Es scheint tatsächlich so zu sein, dass hier bei uns ein größerer Prozentsatz an Obdachlosen verschwindet als anderswo. Wir haben bei den Bekannten, Freunden und Familien dieser Verschwundenen nachgefragt – keiner hat jemals wieder von ihnen gehört. Ich will ehrlich sein, hier haben viele Angst.«

»Haben Sie das alles denn nicht der Polizei gemeldet?«, fragte Carter verwirrt.

»Oh doch.« Die Frau zuckte mit den Schultern. »Aber wir haben ja kaum Daten, die den Ermittlern irgendetwas in die Hand geben. Kaum mehr als die Namen. Zumindest sagt die Polizei uns das immer wieder.«

Nadia sah Umbridge an, dass ihr nicht gefiel, was sie hörte, und dass sie herausfinden würde, wer die Befürchtungen der Frau abgewiegelt hatte. »Und dieser Gunny ist unter den Personen, die verschwunden sind?«, wollte Umbridge wissen.

Wieder zuckte die Rothaarige die Achseln. »Mit Sicherheit kann ich es nicht sagen, aber nach allem, was ich gehört habe, hat Gunny sich sozusagen mit der Wirklichkeit überworfen und sucht die Einsamkeit. Ich weiß nicht, wo er ist, aber es heißt, Gunnys bester Freund würde wissen, wo er zu finden ist. Er heißt Herman. Sie finden ihn in der Zeltstadt an der I-26.«

70

Ackerman saß auf dem kalten Beton, versuchte zu Atem zu kommen und wartete darauf, dass das Schwindelgefühl nachließ. Die neunschwänzige Katze hatte tiefe Striemen hinterlassen und weiteren Blutverlust verursacht, wo die Knotenschnüre sich verfangen und ihm die Haut aufgerissen hatten. Zum Glück hatten sie alles, was nötig war, um die Blutungen zu stillen. Nun schaute er hilflos zu, wie Peretti mit zusammengebissenen Zähnen den letzten Hieb über sich ergehen ließ. Der Mann hielt sich tapfer, konnte aber kaum noch auf den Beinen stehen, als Leta und November ihn losbanden und seine Wunden versorgten, so gut es ging.

Ackerman, der sich selten so hilflos gefühlt hatte, ließ den Blick durch den Raum schweifen. Er dachte an die unzähligen Menschen, die hier auf qualvolle Weise gestorben waren, und die zahllosen Gespenster, die das Gebäude bevölkern mussten. Die Sträflinge waren damals regelrecht in die Zellen gestopft worden, sodass die meisten an den unmenschlichen Haftbedingungen zugrunde gegangen waren. Es war ein Ort des Grauens.

Knox saß ebenfalls auf dem Beton, nur zwei, drei Meter von Ackerman entfernt. Es ging ihm besorgniserregend schlecht. Schweiß lief ihm über den Körper und vermischte sich mit seinem Blut, und er kam einfach nicht zu Atem. Mühsam drehte er den Kopf in Ackermans Richtung und fragte keuchend: »Haben Sie überhaupt einen Plan?«

Ackerman richtete sich auf. »Wir nehmen die Schläge so lange hin, bis wir sie erwidern können. Wir haben keine Wahl.«

»Und wenn wir nicht lange genug leben?«

»In diesem Stadium, Mr. Knox, weiß ich leider auch nicht, was wir tun können, außer uns den Herausforderungen zu stellen, nach Möglichkeiten Ausschau zu halten, das Blatt zu wenden, und darauf zu hoffen, dass Nadia uns findet.«

»Wir können uns nicht darauf verlassen, dass irgendjemand uns hilft. Wir sind auf uns allein gestellt. Dieser Irre scheint an alles gedacht zu haben. Ich habe keinen einzigen Schwachpunkt entdeckt, den wir ausnutzen könnten. Ich fürchte, wir gehen hier alle zugrunde, Frank.«

Ackerman schaute Knox in die Augen. Der Mann stieg in seiner Achtung immer mehr. Schließlich reichte er dem Marshal die Hand, um ihn hochzuziehen, und sagte: »Abwarten, mein Freund. Das ist noch nicht raus.«

»Ihr Wort in Gottes Ohr«, murmelte Knox, den Blick in die Ferne gerichtet.

Im hinteren Teil des Raumes, wo der Tisch mit dem Verbandsmaterial stand, richtete Peretti sich auf und sagte mühsam: »Kommt, Leute, gehen wir weiter. Es hat keinen Sinn, hier herumzusitzen und sich die Wunden zu lecken.« Er war erschreckend blass. Seine Augen und sein Gesicht waren übersät mit Blutungen, wo ihm vor Schmerz und Anspannung die Äderchen geplatzt waren.

Geschlossen kehrten sie in den Korridor zurück und bewegten sich zur Stahltür. Wieder übernahm Ackerman die

Führung, um die anderen abzuschirmen, so gut er konnte. Als er an die Stahltür kam, stellte er fest, dass sie noch immer versperrt war. Er blickte zur Decke, schaute in eine der Kameras, breitete die Arme aus und sagte mit zusammengebissenen Zähnen: »Ihr habt euer Pfund Fleisch. Wir sind bereit für das nächste Segment.«

Die Antwort bestand in einem alles durchdringenden Ansturm eines schrillen, überlauten Geräuschs, das aus den Lautsprechern drang – die gleiche Schallwaffe wie zuvor. Ackerman hörte das Summen in seinem Kopf, gefolgt von einem furchtbaren Druck, als würde sein Schädel bersten. Doch statt gegen den wütenden Ansturm der Schwingungen anzukämpfen, setzte er sich bewusst den Torturen aus und ließ seinen Körper erschlaffen, während er sich am Boden wand. Wenn er sich nicht gegen diese Attacke wehrte, sondern nachgab, hatten die Schwingungen vielleicht keine so verheerende Wirkung.

Doch seine Hoffungen erfüllten sich nicht. Ackerman musste sich dem Angriff genauso rasch geschlagen geben wie zuvor. Nach wenigen Augenblicken hatte er das Bewusstsein verloren.

71

Erneut erwachte Ackerman auf hartem, nacktem Beton. Er stemmte sich in eine Sitzhaltung hoch und versuchte trotz seiner Benommenheit, die Umgebung in sich aufzunehmen. Wie lange er besinnungslos gewesen war, wusste er nicht. Es konnten Minuten gewesen sein, aber auch Stunden.

Nachdem sein Sehvermögen wiederhergestellt war, ließ Ackerman den Blick schweifen und erkannte, dass er und die anderen sich erneut in einer großen offenen Zelle mit Ziegelmauern und Stahltüren an beiden Enden befanden. Wieder war es ein Raum aus dem Old City Jail. Es gab drei Käfige, die denen glichen, in denen sie aufgewacht waren. Diese drei Käfige allerdings standen anderthalb Meter auseinander, und jeder beherbergte eine der Frauen. Ihre Hände waren mit Schellen an eine Kette gefesselt, die durch die Decke des Käfigs und über eine Reihe von Rollen und anderen Mechanismen lief, bis sie in drei großen Hebeln aus Stahl endeten, die direkt vor Ackerman, Knox und Peretti standen.

Und noch etwas fiel Ackerman auf – etwas sehr Beängstigendes: Die drei Frauen standen auf einer Falltür; ihre Füße waren genauso angekettet wie ihre Hände. Die zweite Kette verschwand in einem dunklen Abgrund unter der Falltür. Ackerman hatte keine Ahnung, wozu diese Vorrichtung dienen sollte, doch er wusste schon jetzt, dass ihm der Zweck dieser Apparatur nicht gefallen würde – ganz und gar nicht. Denn diesmal waren die Folgen offenbar sehr viel schlimmer als ein paar Striemen auf dem Rücken.

Wieder hallte die verzerrte Stimme aus den Deckenlautsprechern. »Dieses Bauwerk ist verflucht. Wie ich euch schon sagte, sind hier Tausende von Menschen verreckt, als sie in Haft waren, aber noch weitaus mehr Opfer liegen hier begraben, denn das Zuchthaus wurde auf einem alten Armeefriedhof errichtet. Bereits im Unabhängigkeitskrieg tötete eine Pulverexplosion genau an dieser Stelle zweihundert Briten. Ja, dies ist ein Ort des Todes! Spürt ihr nicht auch, wie dünn hier der Schleier zwischen der Diesseits- und der

Jenseitswelt ist? Ich nehme an, deshalb hat das Old City Jail in den vergangenen siebzig Jahren leer gestanden. Angeblich will man hier Büros errichten, aber ich kann mir nicht vorstellen, dass es jemanden gibt, der jeden Tag stundenlang am Schreibtisch sitzen will mit dem Gefühl, inmitten von Toten zu sein. Über diesen Ort kursieren Spukgeschichten. Es gab hier sogar Gespenstertouren. Die schlimmsten Verbrecher waren im oberen Teil des Gebäudes untergebracht. Im Mount Rascal, dem Berg der Bösen, saßen einige der berüchtigtsten Psychopathen jener Zeit ein, darunter Lavinia Fisher, der erste weibliche Serienkiller Amerikas, die hier vor genau zweihundert Jahren gehängt wurde. Es heißt, ihr Gespenst spukt noch heute durch die Gänge. Angeblich hat es schon Besucher attackiert. Ich glaube aber nicht, dass ihr euch zu diesen Geistern gesellt. Ich glaube vielmehr, dass ihr an einen Ort des Wahnsinns und der Verzweiflung gelangt, wenn ihr sterbt.«

Während Black Rose von Tod und Dunkelheit faselte, betrachtete Ackerman den Hebel vor sich. Er schien mit den Ketten verbunden zu sein, die über die mechanische Vorrichtung zu Novembers Händen liefen. Knox' Hebel war mit Letas Ketten verbunden, Perettis Hebel mit Kirstin.

»Im Unterschied zu dem Gebäude aus alter Zeit, wo alles schlimmer wurde, je höher man kam«, fuhr der Verrückte fort, »wird es diesmal umso schlimmer, je tiefer man kommt, denn in der Tiefe lauert der Wurm. Die Anlage dieses Gebäudes macht es erforderlich, dass eure Prüfungen im ersten Stock stattfinden, doch ich kann euch versichern, dass es sich bei diesem Gebäude um eine interaktive Erlebniswelt des Schreckens handelt. Die neue digitale Morderlebniswelt, und ich habe sie ersonnen! Aber kommen wir jetzt erst einmal zu eurer nächsten Prüfung. Wir nennen die Apparatur den ›Fleischwolf‹ – ein passender Name, wie ihr alle noch feststellen werdet. Sie wurde von einem unserer VIP-Kunden ersonnen und gehört zu meinen absoluten Lieblingen.«

Ackerman blickte zu Knox und Peretti hinüber und rief ihnen zu: »Macht euch bereit, den verdammten Hebel zu ziehen. Und haltet ihn mit aller Kraft fest!«

Die verzerrte Stimme fuhr fort: »Ich will euch verraten, wie diese nette Maschine funktioniert. Wie ihr seht, gibt sie den Herren der Schöpfung die Möglichkeit, die Damen zu halten, die an ihren jeweiligen Hebeln hängen. Sobald der Alarm ertönt, empfehle ich den Gentlemen dringend, die Ladys schnellstens von den Falltüren zu heben. Ich glaube, ihr alle könnt euch vorstellen, was sich darunter verbirgt: das gierige, zuckenden Maul des Todes! Aber damit dieses Maul nicht leer ausgeht, bekommt es einen Leckerbissen – genau wie unsere Zuschauer zu Hause. Wie das vonstattengehen soll? Nun, die Ketten, die von den Füßen der Ladys zu den Falltüren laufen, sind mit einem hydraulischen Zugsystem verbunden. Unsere Zuschauer sind in der Lage, die Füße jeder Dame mit zusätzlichem Zuggewicht zu beschweren. Das geht so lange, bis wir eine Verliererin haben, die auf der Stelle verwurstet wird.« Er lachte schrill. »Euch dabei zu beobachten, wie ihr euch vergebens abrackert, wird überaus unterhaltsam für mich und die Zuschauer sein.«

»Das kommt dich noch teuer zu stehen, du Hurensohn«, flüsterte Ackerman zwischen zusammengebissenen Zähnen.

Der Alarmton erklang, und die verzerrte Stimme rief fröhlich: »Auf geht's, Gentlemen. Hievt eure Damen hoch!«

Ackerman riss den Hebel zurück und hob November McAllister mühelos von der Falltür, bis sie unter der Decke des Käfigs hing. Obwohl er den Hebel so weit zu sich herangezogen hatte, wie er konnte, schwebte ihr Körper nur einen Meter über der Falltür.

Ganz wie Black Rose angekündigt hatte, glitten die Falltüren Sekunden später zur Seite und offenbarten rotierende Metallklingen, die aussahen, als stammten sie aus der Wurstmaschine einer Fleischfabrik. Geriet eine der Frauen auch nur in Reichweite dieser Klingen, würde sie binnen kürzester Zeit buchstäblich zu Hackfleisch verarbeitet.

Und wie die Apparatur aufgebaut war, würde das Opfer mit den Füßen zuerst in die Maschine geraten.

72

Tagebuch von David Crane

Meine liebste Catherine!

Aus Ezra ist ein kluger, anziehender junger Mann geworden, der gelernt hat, mit anderen zu kommunizieren – in einem Maße, wie ich es niemals für möglich gehalten hätte.

Und genau da liegt das Problem.

Zusammen mit seinen Fähigkeiten, mit Menschen umzugehen und seinen Charme spielen zu lassen, hat Ezra auch gelernt, wie man andere manipuliert und zu Werkzeugen macht, die den eigenen Zwecken dienen.

Eines dieser Opfer ist ein Junge, den Ezra seit gut einem halben Jahr immer wieder mit nach Hause bringt. Ezra nennt ihn »Saucy« – der Spitzname des Jungen. Ich glaube, er heißt Benny Pace, aber ich kann mich nicht genau erinnern, obwohl ich den Namen öfters gehört habe. Aber das spielt ja auch keine

Rolle. Ich weiß aus meiner eigenen Jugend, wie schnell die Kids sich einen Spitznamen oder eine Beleidigung einfallen lassen.

Wie dem auch sei, Saucy ist zu einer Art ständigem Begleiter Ezras geworden. Wenn unser Junge einen Komplizen benötigt, ist Saucy offenbar immer zur Stelle – eine persönliche Nähe zwischen den beiden, die ich von vornherein an gefördert hatte. Anfangs war ich erfreut zu sehen, wie unser Junge aufblühte und Freunde gewann, mittlerweile aber … ach, ich möchte gar nicht davon sprechen.

Erst heute habe ich wieder einen Anruf vom Schuldirektor erhalten – wegen Ezra. Ich bin also zur Schule gefahren, um mit dem Mann zu sprechen. Zu meinem Erstaunen wollte er Ezra nicht vom Unterricht ausschließen oder ihn der Schule verweisen oder sonst wie bestrafen. Warum nicht? Es gab keinen Beweis, dass unser Sohn etwas Schlimmes getan hatte! Sein Freund Benny Pace allerdings, dieser Saucy, hat aus einem Versteck im Umkleideraum der Mädchen heimlich Fotos gemacht. Der Volleyballtrainer hat ihn dabei ertappt, und nun muss Saucy mit harten Konsequenzen rechnen.

Als er zur Rede gestellt wurde, behauptete er, die Tat ganz allein begangen zu haben. Der Direktor jedoch glaubt, dass Ezra ihn angestiftet hat und dass unser Junge der Kopf hinter der ganzen Sache ist. Er scheint sogar zu glauben, dass Ezra solche Dinge schon seit geraumer Weile tut und die Fotos auf dem Schulhof an andere Jungen verkauft. Ich muss gestehen, dass es Ezra ähnlich sähe, würde er versuchen, von den animalischen Trieben anderer zu profitieren …

Jedenfalls, obwohl es keinerlei Beweis gibt, wollte der Schulleiter mich über die Angelegenheit informieren. Er bat mich, mit Ezra über sein Verhalten zu sprechen in der Hoffnung, dass es dem Jungen Angst einflößt, wenn er die Folgen seines Tuns sieht und erkennt, dass die Schulleitung darüber im Bilde ist. Ich weiß es natürlich besser. Ezra würde durch diese Information lernen, gewiss, aber er würde sein Wissen anwenden, um seine Taten in Zukunft besser zu verbergen.

Bis vor Kurzem noch hatte ich den Eindruck, dass Ezra allmählich erwachsen wird. Ich hegte sogar die Hoffnung, er könne eines Tages ein weitgehend normales Leben führen.

Mittlerweile aber bin ich davon überzeugt, dass alle Bemühungen, den Jungen in die Gesellschaft zu integrieren, ihn nur gelehrt haben, sich zu verstellen und andere zu täuschen. Soll ich Dir die Wahrheit sagen?

Ezra ist wie ein reißender Wolf, der sich in das Gewand eines Schafes kleidet.

73

»Neue digitale Morderlebniswelt«, hatte der Black Rose Killer sein Kabinett des Schreckens genannt.

Als ehemaliger Serienmörder alter Schule sah Francis Ackerman die Sache vollkommen anders. Nach seinem damaligen Verständnis sollte jeder, der einen anderen ins Jenseits befördern wollte, sich verdammt noch mal von seinem fetten Hintern erheben und die Tat mit eigenen Händen ausführen. Mord war etwas Persönliches, meist voller Emotionen, voller Leidenschaft, voller Hass, Gier oder Liebe, auch wenn die Tat sich unbestreitbar zerstörerisch auswirkte. In seinem alten Leben hatte Francis Ackerman junior es oft genug erlebt. Auf diesem Gebiet war er einer der Besten gewesen – was einer der Gründe dafür war, dass er noch lebte und dass das FBI ihn nun einsetzte, um Psychopathen wie Black Rose zur Strecke zu bringen, die mit herkömmlichen polizeilichen Mitteln und Methoden kaum zu besiegen waren.

Dass jemand zu Hause saß und für das Vorrecht bezahlte, entscheiden zu dürfen, ob ein anderer Mensch lebte oder starb, indem er eine Schaltfläche anklickte, widerte Ackerman in höchstem Maße an. Die Vorstellung stand im eklatanten Widerspruch zu allem, was sein Vater ihm von klein auf beigebracht hatte; es war eine Verhöhnung all dessen, was den alten Francis Ackerman junior ausmachte.

Und Frank Stine, Francis' neue Version – der Mann, der Killer jagte, wie er selbst einer gewesen war und der alles Leben ehrte, ja, als heilig betrachtete –, dieser Mann verabscheute Black Rose und den rätselhaften »Wurm« sogar noch mehr.

Ackerman war sich nicht sicher, wie lange er, Knox und Peretti die drei Frauen nun schon über dem Rachen des Todes hielten, aber er hatte gespürt, dass plötzlich mehr Gewicht an dem Hebel zerrte, mit dem er November McAllister vor einem schrecklichen Tod bewahrte. Offenbar hatten die Online-Zuschauer zutreffend vermutet, dass er der stärkste der drei Männer war. Dann aber war das Interesse der Gaffer umgeschwenkt. Nach den anfänglichen Gewichtssteigerungen hatte Ackerman kaum noch zusätzlichen Zug wahrgenommen. Der Internet-Abschaum konzentrierte sich stattdessen auf Peretti, der offenbar als schwächstes Glied betrachtet wurde. Das Interesse hatte eine Zeit lang zwischen Peretti und Knox gewechselt; nun aber fiel die Hauptlast eindeutig auf Detective Perettis Schultern.

Nur noch ein halber Meter trennte Kirstin von den rotierenden Klingen.

Ackerman war von Peretti beeindruckt. Der große Mann

hielt den Hebel unverrückbar fest und ließ nicht zu, dass die Kette auch nur einen Zentimeter weiterlief. Irgendwann aber würde er der Zugkraft nichts mehr entgegensetzen können. Ackerman sah, wie er schwankte, wie die Muskeln und Sehnen an seinen Armen deutlich hervortraten.

Unvermittelt schrie der Detective auf, als irgendein Gaffer noch mehr Gewicht auflegte. Die Anstrengung, mit der Peretti den Hebel hielt, wurde übermächtig. Schweiß glänzte auf seiner entblößten Haut. Trotzdem ließ er nicht zu, dass die Kette weiterlief, an deren Ende Kirstin über den tödlichen wirbelnden Klingen schwebte.

Ackerman spürte, wie auch sein Hebel stärker zerrte, doch er hielt ihn eisern fest und schaute zu November hoch, die über dem Abgrund baumelte. Ihr hübsches Gesicht war vor Todesangst verzerrt, und der Blick aus ihren fiebrigen Augen haftete an den mahlenden Klingen unter ihren Füßen.

Mit einem rauen Flüstern sagte Ackerman: »Keine Bange, Sie werden es nicht sein. Was aus den anderen wird, habe ich nicht in der Hand, aber Sie werden nicht sterben.«

Ackerman löste den Blickkontakt zu November, denn Peretti stöhnte und ächzte nun immer lauter. Er war puterrot im Gesicht und zitterte am ganzen Körper, weigerte sich aber noch immer, den Hebel loszulassen. Leise murmelte er Worte vor sich hin, die Ackerman nicht verstand.

Im nächsten Moment schrie Knox auf. Offenbar hatten mehrere Gaffer gleichzeitig zusätzliches Gewicht an Letas Ketten hängen lassen. Sie rutschte einen halben Meter ab, bevor Knox sie stoppen konnte. Seine Arme zitterten, und die Muskeln an seinem Hals traten dick hervor wie Schlangen, die sich um seine Kehle wanden.

Ackerman fühlte sich hilflos wie noch nie. Er wusste, viel länger würden weder Peretti noch Knox durchhalten, doch er konnte ihnen nicht helfen, hatte keine Möglichkeit, das Blatt zu wenden. Er brauchte jedes Quäntchen seiner Kraft und Konzentration, um zu verhindern, dass es November war, die in den sicheren Tod gerissen wurde. Sein Hass auf Black Rose wurde schier übermächtig. Er knirschte vor Wut mit den Zähnen. In seinen dunklen Jahren hätte er an dieser Bestie ein Exempel statuiert. Er hätte Black Rose auf noch schrecklichere Weise ermordet, als er es nun mit ihnen vorhatte.

Ackerman wurde aus seinen Gedanken gerissen, als Knox einen Hustenanfall bekam.

»Festhalten, Knox!«, brüllte er. »Ziehen Sie an dem verdammten Ding, so fest Sie können!«

Doch er sah, dass der Marshal an einen Punkt geriet, an dem er nicht mehr atmen konnte. Knox' Gesicht lief blau an. Seine Augen quollen hervor, und er schüttelte sich am ganzen Körper. Trotzdem stemmte er die Füße auf den Boden, und seine Arme zogen den Hebel zurück. Er fletschte die Zähne, schien jeden Muskel anzuspannen, hustete, keuchte, kämpfte mit allem, was er hatte.

Plötzlich trat ein seltsam friedlicher Ausdruck in sein Gesicht. Seine Lider schlossen sich, und er brach völlig entkräftet zusammen.

»Nein!«, brüllte Ackerman.

Doch er konnte nichts tun. Kaum hielt Knox sie nicht mehr oben, fiel Leta in das stählerne Mahlwerk. Ackerman hatte erwartet, dass der Fleischwolf sie ohne Knox' Widerstand augenblicklich einzog, aber das war nicht der Fall. Der Vorgang lief so langsam ab, dass Leta entsetzliche Qualen litt, bevor sie starb. Ackerman hatte die Todesschreie vieler Menschen gehört und ihre Zuckungen beobachtet, kannte Pein und Agonie jeder Art, aber die Schreie schieren Entsetzens, die er von Leta hörte, überstiegen alles.

Ackerman hatte gehofft, dass es Knox erspart blieb, die Folgen seiner Schwäche mitzuerleben, doch der Marshal erlangte das Bewusstsein in dem Moment wieder, als Leta zerhackt wurde.

Als es vorbei war und die kreisende Bewegung der Klingen endete, schloss die Falltür sich wieder. Ackerman und Peretti hielten die Frauen noch einige Sekunden in der Luft, um sicherzugehen, dass sie nicht getäuscht wurden, dann nickten sie einander zu und senkten November und Kirstin auf den Boden ihrer Käfige.

Dort, wo nur Augenblicke zuvor Leta auf so schreckliche Weise gestorben war, herrschte nun gespenstische Stille. Es war so ruhig geworden, dass Ackerman nur noch sein angestrengtes Atmen hörte, überlagert vom Husten und Schluchzen des armen Knox. Niemand sprach ein Wort. Alle starrten fassungslos auf den hellroten Fleck auf dem Boden – das Einzige, was verriet, dass sie in diesem Spiel des Wahnsinns soeben die erste Gefährtin verloren hatten.

Ackerman fluchte und schrie vor Wut, als Sekunden später wieder das Kreischen aus den Deckenlautsprechern drang und ihnen allen das Bewusstsein raubte.

74

Die Zeltstadt war farbenfroher, als Nadia erwartet hatte. Aus der Ferne sah sie beinahe wie ein kleiner Zirkus aus. Die Zelte, in allen Formen und Größen, waren bunt durchmischt. Einige boten zwei oder drei Leuten Platz, in andere passte nur mit Mühe eine Einzelperson. Alles in allem duckten sich rund dreißig Zelte in den Schutz der Highwaybrücke. Zwischen den Behausungen lag alles Mögliche verstreut – Plastiktüten und anderer Müll, rostige Fahrräder, Einkaufswagen, Blechfässer, in denen vermutlich Feuer entfacht wurde, Eimer, über deren Zweck Nadia gar nicht erst nachdenken wollte, schmutzige Töpfe und Pfannen und Essensreste aller Art, bis hin zu japanischen Ramen-Nudeln.

Einige Leute wuselten zwischen den Zelten hin und her oder saßen auf Gartenstühlen aus Plastik und unterhielten sich. Doch als die Bewohner der Zeltstadt bemerkten, dass Fremde sich näherten, traten die meisten den Rückzug in ihre Behausungen an.

Bei einigen jedoch überwog die Neugierde, und sie blieben im Freien, um die Neuankömmlinge zu beobachten. Eine von ihnen, eine alte Frau mit lockigen grauen Haaren, die einen grauen Sweater über einer Bluse trug, war offenbar zur Sprecherin des Obdachlosenlagers ernannt worden, denn sie trat den Neuankömmlingen entgegen, die teure Anzüge trugen und vermutlich für irgendeine Behörde arbeiteten. Nadia hielt die Frau für über siebzig. Sie hatte ein gutmütiges, runzliges Gesicht und lächelte die Fremden freundlich an. »Kann ich Ihnen helfen?«

Detective Umbridge ergriff das Wort. »Ich hoffe es, Ma'am. Wir suchen einen Mann namens Federico Elizondo. Kennen Sie ihn?«

Die alte Frau runzelte die Stirn. »Elizondo? Nie gehört.«

»Man nennt ihn auch Gunny«, sagte Umbridge.

Die großmütterliche Frau dachte nach. Nadia bemerkte einen seltsamen Ausdruck der Abwesenheit in ihren Augen, als wäre sie verwirrt oder mit der Frage überfordert. Schließlich sagte die alte Frau: »Ach ja, sicher, Gunny. Der ist schon lange nicht mehr hier gewesen. Früher hat er mal bei uns gewohnt, aber das ist eine Ewigkeit her.«

»Wir haben gehört, dass Gunny hier einen Freund namens Herman hat, der auch ›Sugar Man‹ genannt wird«, meldete Nadia sich zu Wort. »Wissen Sie, wo wir den finden können?«

»Herman?« Die Frau horchte auf. »Ja, der ist hier. Sein Zelt ist das große gleich da drüben.«

Aus dem Zelt hörte Nadia die Stimme eines Mannes: »Du verräterische alte Hexe! Du hast mich an die Bullen verpfiffen!«

Die Grauhaarige entgegnete: »Hier sind Leute, die dir ein paar Fragen stellen wollen, Herman.« Ihr Tonfall erinnerte an den einer Mutter, die nach ihrem Kind ruft und ihm sagt, das Essen stehe auf dem Tisch.

Nadia und die anderen näherten sich Hermans Zelt. Es war rot und grau und bot mehreren Personen Platz, sodass es in dieser Umgebung wie eine Villa in einem tristen Häuserblock wirkte. Der Reißverschluss wurde geöffnet, und ein großer Schwarzer trat heraus. Er trug einen Poncho und einen Cowboyhut über einer Jeans, dazu ein zerschlissenes altes T-Shirt. Poncho und Hut erinnerten an die Kleidungsstücke, die Clint Eastwood in *Für eine Handvoll Dollar* trug. Doch anders als Eastwood trug Herman unter seinem Hut eine Afrofrisur.

»Ich hab nichts angestellt, Leute«, waren seine ersten Worte.

»Wir sind auch nicht Ihretwegen hier«, entgegnete Umbridge. »Wir suchen Gunny – Federico Elizondo. Uns wurde gesagt, dass Sie wissen, wo wir ihn finden.«

Herman verschränkte die Arme vor der Brust. »Gunny? Nie von ihm gehört. Klingt mir sehr nach einem Mann, der nicht gefunden werden will.«

Nadia bemerkte, dass der Mann nervös blinzelte und sich andauernd die Arme kratzte – ob es von Drogenmissbrauch oder einer mentalen Störung herrührte, konnte sie nicht sagen. »Herman«, sagte sie, »wir müssen Gunny unbedingt finden. Ihm wird nichts vorgeworfen. Es geht um etwas, das Gunny zur Anzeige gebracht hat. Er hat einem Polizisten aus Charleston gesagt, dass Obdachlose entführt und einem riesigen Wurm zum Fraß vorgeworfen werden.«

Als der Wurm erwähnt wurde, schüttelte sich Herman am ganzen Körper und riss vor panischer Angst die Augen auf. »He, Mann, Gunny will nich von 'nem Wurm gefressen werden. Ich auch nicht. Ich hab nichts damit zu tun, Mann. Ich halt mich da total raus. Gunny will nicht singen, stimmt's? Tja, Mann, ich auch nicht. Nichts zu machen.«

Nadia suchte Hermans Blick und sagte in ruhigem Tonfall: »Ich habe einen Freund, Herman, einen engen Freund, der jetzt, in diesem Augenblick, in großer Gefahr schwebt. Ich glaube, dass jemand ihn diesem Wurm vorwerfen will. Deshalb muss ich herausfinden, wo mein Freund ist. Wenn Gunny etwas darüber weiß, kann er uns helfen, der Sache ein Ende zu bereiten. Dann brauchen Sie vor dem Wurm keine Angst mehr zu haben, Herman. Dann ist der Wurm so gut wie tot.«

Herman begegnete ihrem Blick mit zuckenden Lidern. »Wenn Sie dem Wurm begegnen, sind *Sie* es, die abkratzt.«

Carter trat vor und hielt ihm drei Banknoten hin. »Sie bekommen dreihundert Dollar, wenn Sie uns sagen, wo Gunny ist. Das ist ein einmaliges Angebot. In drei Sekunden mache ich es jedem hier im Camp. Sie sind garantiert nicht der Einzige, der weiß, wo Gunny sich versteckt.«

Hermans Blick zuckte zwischen Carters Gesicht und den drei Hundertdollarscheinen hin und her. Schließlich sagte er: »Okay. Aber ich muss Ihnen 'ne Karte zeichnen.«

75

Als Ackerman aus der Bewusstlosigkeit erwachte, saß er in einem hohem Holzstuhl und konnte kaum mehr als die Finger und Zehen bewegen. Aus den Lautsprechern über ihm hallte noch immer der Alarmton, der jedes Mal Black Roses Stimme ankündigte. Er konnte also nicht bewusstlos gewesen sein. Benommen schaute er sich um. Als sein Blick sich klärte, erlebte er die nächste böse Überraschung.

Die überlebenden Gefangenen waren auf elektrischen Stühlen festgeschnallt.

Die verzerrte Stimme schallte durch den Raum. »Willkommen zurück im Land der Lebenden, Ladys und Gentlemen. Genießt eure Zeit hier, solange ihr noch könnt. Ihr seid nun im vierten Segment eurer Reise durch den Wurm angelangt. Der Name dieses Raums lautet ›Der heiße Stuhl‹. Bevor ich näher darauf eingehe, würde ich gern ein bisschen über die Geschichte des elektrischen Stuhles erzählen. Wusstet ihr, dass es im Grunde Habgier war, die dazu führte, dass der elektrische Stuhl einst das wichtigste Hinrichtungsinstrument unseres Landes war? Wie konnte jemand von einem elektrischen Stuhl profitieren, werdet ihr fragen. Schließlich verbraucht man bei Hinrichtungen nicht so viel Strom, dass es für die Elektrizitätswerke interessant gewesen wäre. Nun, wieder einmal steckt der gute alte Thomas Alva Edison dahinter. Er fand einen Weg, mithilfe von Hinrichtungen seinen Erzfeind zu attackieren und damit Geld zu verdienen. Ihr müsst wissen – als der elektrische Stuhl aufkam, vermarkteten Edison und sein Rivale George Westinghouse konkurrierende Produkte. Edison hatte den

Gleichstrom, Westinghouse den Wechselstrom, der auf den brillanten Nikola Tesla zurückgeht. Heute ist allgemein anerkannt, dass Wechselstrom überlegen ist und vermutlich die Elektrizitätskriege gewonnen hätte. Edison jedoch war schlau. Er wusste, dass es auf Marketing und Marktmanipulation ankam. Wenn er bei der Öffentlichkeit Besorgnis wecken konnte, was die Sicherheit von Wechselstrom betraf, hätte sein Produkt, der Gleichstrom, eine Chance. Und so kam es. Am Ende überstanden beide Technologien den kleinen Krieg. Edison erreichte dies unter anderem dadurch, dass er half, den elektrischen Stuhl zu bauen, auf dem im Staat New York der erste Delinquent hingerichtet wurde. Edison war zwar ein Gegner der Todesstrafe, aber er war überzeugt, dass seine Methode wenigstens ein bisschen humaner sei.«

Ackerman hörte Black Roses Vortrag nur mit einem Ohr zu. Über dieses Thema hatte er schon vor Jahren gelesen, als Junge. Sein Vater hatte dafür gesorgt, dass sein Sohn versiert war, was Folter, Hinrichtung und Kriegführung betraf. Dennoch war Ackerman dankbar für die Pause, erhielt er auf diese Weise doch Zeit zum Nachdenken. Ihm war klar, dass sie alle nur überleben konnten, wenn er sie aus dieser Situation befreite. Dazu aber musste er eine Schwachstelle entdecken, um das Spiel dieses Wahnsinnigen auf den Kopf zu stellen.

Tatsächlich hatte Ackerman einen Schwachpunkt erkannt. Das gesamte System des Wurms beruhte auf der Schallwaffentechnik, über die Black Rose verfügte. Wenn Ackerman eine Möglichkeit fand, den Ansturm der Schallwellen so zu dämpfen, dass er bei Bewusstsein blieb, konnte er Besinnungslosigkeit vortäuschen und zuschlagen, sobald der Killer erschien, um sie von einer Station seines irrsinnigen Spiels zur nächsten zu bringen.

Die Stimme fuhr fort: »Auf Edisons elektrischem Stuhl starb unter anderem ein Mann namens William Kemmler, der im Rausch seine Ehefrau getötet hatte. Die Apparatur war allerdings noch ungetestet, und die Hinrichtung wurde verpatzt. Kemmler wurde unter Spannung gesetzt und für tot erklärt, der elektrische Stuhl abgestellt. Dann aber setzte die Atmung des Delinquenten wieder ein. Der Scharfrichter und die behördlichen Zeugen wussten nicht, was sie tun sollten. Schließlich erhöhten sie die Spannung und legten den Schalter wieder um. Diesmal ließen sie den Delinquenten fast acht Minuten unter Strom. Wie ihr seht, kann ich euch keinen raschen Tod versprechen.«

Ackerman hörte dem Geschwafel gar nicht mehr zu. Stattdessen dachte er fieberhaft darüber nach, wie er verhindern konnte, dass die Schallwellen ihn erreichten. Er vermutete, dass die Waffe vor allem mit Infraschall arbeitete – Tönen einer Frequenz unterhalb von zwanzig Hertz, die für Menschen unhörbar waren. Traf das zu, hörte er gar nicht den Schall, der die Bewusstlosigkeit verursachte, nur die Resonanzen und Oberschwingungen innerhalb seiner Organe. Die Infraschallwellen schüttelten ihre Opfer im wahrsten Sinne des Wortes durch, bis die Bewusstlosigkeit einsetzte.

»Seltsamerweise wird angeführt«, fuhr Black Rose fort, »dass der elektrische Stuhl humaner sei als die Methode, die heute in den meisten US-Bundesstaaten angewandt wird, die tödliche Injektion in drei Schritten. Zuerst wird ein Betäubungsmittel verabreicht. Dann werden die nächsten beiden Wirkstoffe injiziert. Warum ich das erzähle? Weil es später noch wichtig für euch wird. Die erste Substanz, die gespritzt wird, ist ein Muskelrelaxans, das den Delinquenten völlig bewegungslos macht. Die zweite ist ein Herzgift von hoher Wirksamkeit und Schmerzhaftigkeit: Kaliumchlorid. Medizinische Experten haben angeführt, dass für den Fall, dass der Hinzurichtende nicht ordnungsgemäß betäubt wird, diese Exekutionsmethode sich für ihn anfühlt, als würde er zuerst lebendig begraben und dann bei lebendigem Leib verbrannt. Zudem habe die Giftspritze zu weit mehr verpfuschten Hinrichtungen geführt als der elektrische Stuhl.«

Ackerman zermarterte sich noch immer das Gehirn nach einer Möglichkeit, den Infraschall zu dämpfen. Er wusste, dass Glas Infrarotwellen aufhielt, wie sie von Wärmesensoren und Bewegungsmeldern genutzt wurden. Ihm war jedoch nichts bekannt, was die Ausbreitung von niederfrequenten Schallwellen vollkommen stoppte. Wie konnte er sich gegen einen unsichtbaren Angreifer wehren, der Wände durchdrang, Fußböden, Polster und Dämmung jeder Art?

Die Stimme von der Decke fuhr fort: »Weshalb ich euch das alles erzähle? Weil bisher nicht ausreichend experimentiert wurde, um die richtige Kombination von Spannung, Stromstärke und anderen Parametern zu finden. Heute Abend, Ladys und Gentlemen, geht ihr in die Geschichte ein, weil wir in unserer schönen Morderlebniswelt den Zuschauern die Gelegenheit bieten, die Einstellungen des elektrischen Stuhls zu perfektionieren. Unsere Fans zu Hause können gegen Bezahlung die Spannung, Stromstärke und Dauer des Stromflusses bestimmen. Sie können überdies aussuchen, wer das Vergnügen eines Elektroschocks bekommen soll. Und je mehr von unseren werten Zuschauern zahlen, desto höher dürfen sie jeden dieser Werte festlegen.«

Ackerman biss die Zähne zusammen und zerrte an seinen Fesseln. Systematisch prüfte er sie auf Schwachstellen. Normalerweise konnte er sich aus fast allen Handfesseln befreien, weil das Narbengewebe auf seinen Unterarmen bewirkte, dass seine Handgelenke fast den gleichen Umfang besaßen wie seine Hände. In diesem Fall aber waren alle fünfzehn Zentimeter Fesseln angebracht, die auch die winzigste Bewegung verhinderten. Doch wenn er nicht schleunigst von diesem verdammten Stuhl herunterkam, starb wieder einer von ihnen.

In seinem Kopf hörte er Thomas Whites Stimme. *Du kannst sie nicht beschützen. Du bis zu schwach. Du bist schon immer nichts weiter gewesen als eine ängstliche kleine Missgeburt. Ich habe versucht, aus dir etwas zu formen, das des Namens Ackerman würdig ist, und du warst auf einem guten Weg, warst der gefährlichste Killer der Welt, aber letztendlich hast du dich als Enttäuschung erwiesen, du Memme, du elender Versager.*

Ackerman wollte schreien. Er fühlte sich hilflos und schwach. Die Chance, sich selbst und seine Mitgefangenen zu retten, wurde verschwindend gering. Er hatte sich früher schon in ähnlichen Situationen befunden, und noch jedes Mal war es ihm gelungen, das Blatt zu wenden. In diesem Fall jedoch hielt Black Rose die Karten seines teuflischen Spiels zu fest in der Hand.

Der Killer fuhr fort: »Es wird nicht die Spannung sein, die euch tötet, sondern die Stromstärke. Ein Elektroschock zwischen ein- und zweihundert Milliampere wirkt tödlich. Dieser tödliche Bereich wird für die ersten zehn Minuten des Spieles unzugänglich bleiben. Ich persönlich hoffe allerdings, dass es in die Verlängerung geht. Und nun lasst uns sehen, wen die Mitspieler zu Hause als Erstes auf dem Heißen Stuhl haben wollen.«

76

Wie es schien, hatte Gunny Elizondo beschlossen, lieber in den Wäldern im Tiefland um Charleston zu leben als auf den Straßen einer Stadt, in der Riesenwürmer Menschen verspeisten.

Sein Lagerplatz befand sich ungefähr zweieinhalb Meilen von der Zeltstadt entfernt, in der sie Herman kennengelernt hatten. Herman, der Cowboy mit dem Afro, hatte Nadia nicht allzu viel Vertrauen eingeflößt, und seine Antwort auf ihre Frage, wie sie Gunnys Lager erkennen würden, hatte gelautet: »Wenn Sie dicht genug dran sind, findet er Sie.«

Nadia gab das Tempo vor, ließ die anderen mehrmals hinter sich zurück und musste warten, dass sie wieder zu ihr aufschlossen. Sie trieb der Gedanke an, dass Ackerman in diesem Augenblick erheblich mehr erleiden musste als Blasen und umgeknickte Fußgelenke. Auf allen Seiten umwucherten sie Kriechwacholder und Virginia-Eichen, aber das Unterholz war nicht allzu dicht und das Terrain verhältnismäßig leicht zu durchqueren.

Nadia hatte auf ihrem Handy die Navi-App geöffnet, verfolgte ihre Fortschritte und versuchte, Hermans Karte anzuwenden, auf der Landmarken wie »hohle Eiche« und »Felsen, der wie ein Büffel aussieht« eingetragen waren. Immer wieder kämpfte sie gegen das Verlangen, auf die Knie zu sinken und zu schreien. Sie erinnerte sich an eine Angewohnheit in ihrer Jugend, als sie noch das College besucht hatte und vom Studium frustriert war: Sie hatte das Gesicht im Kissen vergraben und ihre Probleme hineingeschrien, In diesem Moment hätte sie das gern wiederholt. Sie befand sich mitten im Nirgendwo und verfolgte eine kaum sichtbare Fährte, die vermutlich nirgendwohin führte. Aber es war ihre einzige Spur, und ihr zu folgen war immer noch besser, als die Hände in den Schoß zu legen.

Nadia überquerte eine Anhöhe und entdeckte eine von Hermans Landmarken. Erstaunt erkannte sie, dass der verwitterte Felsen tatsächlich an einen Büffel erinnerte, beinahe so, als hätte jemand damit begonnen, ihn aus dem Stein zu schlagen, das Vorhaben aber aufgegeben, bevor die Skulptur fertig war.

Nadia blieb stehen und wartete auf die anderen. Die kurze Verschnaufpause kam ihr gerade recht.

Umbridge erreichte sie als Erste, Carter kam gleich hinterher. Der Deputy Director blieb stehen und lehnte sich kurz an den Kopf des Büffels. »Als ich sagte, ich bin gern im Feldeinsatz, habe ich das so nicht gemeint.«

Lächelnd entgegnete Nadia: »Sie dachten mehr an den Teil, wo Sie aufkreuzen, den Übeltäter verhaften, eine Pressekonferenz geben und sich auf den Titelseiten loben lassen?«

Carter zwinkerte ihr zu. »Tja, so was lässt sich schwer überbieten. Jetzt fühlen sich meine Beine an, als hätte mir jemand Säure in die Gelenke gespritzt.«

Nadia wies auf den Wald unmittelbar vor ihnen. »Wir müssten gleich da sein. Herman sagte, dass Gunny in dieser Gegend kampiert. Er wechselt jeden Tag den Lagerplatz, deshalb können wir nicht wissen, wo genau wir ihn finden. Ich würde sagen, wenn wir uns aufteilen, durch den Wald streifen und seinen Namen rufen, stoßen wir früher oder später auf ihn.«

Carter rang noch immer nach Atem. »Hört sich gut an. Könnte mein Suchbereich bitte der kleinste sein?«

»Sie nehmen die Mitte, Sir«, entschied Nadia. »Umbridge, Sie gehen nach links. Ich übernehme den rechten Rand.«

Umbridge nickte. »Okay.«

»Dann los.«

Lautstark schlugen sie sich durch die Büsche in der Absicht, so viel Lärm zu machen wie möglich, und riefen dabei »Gunny!« und »Elizondo!« Bald kam es Nadia vor, als wäre sie schon eine Stunde unterwegs, doch als sie auf die Uhr blickte, waren erst wenige Minuten vergangen. Sie blieb stehen, um sich zu orientieren und festzustellen, wie weit sie von den anderen entfernt war. Sie hatte bisher versucht, gleichen Abstand zu wahren, doch als sie nun auf die Stimmen ihrer Begleiter lauschte, hörte sie nur die Geräusche der Natur.

Nadia wusste nicht genau, wann die Stimmen der anderen verstummt waren. Sie verwünschte sich selbst. Sie war zu sehr in Gedanken versunken gewesen, hatte an Ackerman gedacht und sich gefragt, welchen Ermittlungsweg sie gehen sollten, wenn die Suche nach Gunny sich als Sackgasse erwies. Sie rief nach Carter, dann nach Umbridge, erhielt aber keine Antwort.

Hatte sie sich unbeabsichtigt zu schnell bewegt und die anderen zu weit hinter sich gelassen? Nadia drehte sich um und ging zurück in die Richtung, aus der sie gekommen war – in einem Winkel, auf dem sie Carters und Umbridges Suchabschnitte kreuzen musste. Sie rief weiterhin nach ihnen, doch der Wald schwieg.

77

Ackerman spürte die Elektrizität bis in die Knochen. Unter Strom gesetzt wurde er nicht zum ersten Mal. Sein Vater hatte Versuche gemacht, bei denen er die Herzfrequenz seines Sohnes gemessen hatte, während ein Gerät, das immer stärkere Elektroschocks austeilte, die Werte überwachte, aber dieses Mal war es etwas anderes. Ackerman senior hatte mit den Schocks lediglich Schmerzen hervorrufen wollen. Diese Schocks hingegen sollten ihn töten. Und was am schlimmsten war: Von den fünf Gefangenen des Killers erhielt er, Ackerman, vermutlich die mildeste Belastung. Knox stand kurz vor einem völligen Zusammenbruch und kämpfte jedes Mal um Atem, wenn die Elektroschocks für ein paar Sekunden aussetzten. Kirstins Blick war in die Ferne gerichtet, ihre Miene vollkommen leer, und ihr Kinn hing schlaff herab, als hätten die Stromstöße und die Angst ihr den Verstand geraubt. November schrie und weinte; verzweifelt flehte sie die Zuschauer zu Hause an, das Bombardement einzustellen. Peretti dagegen gab sich erstaunlicherweise ganz seiner Wut hin. Jedes Schimpfwort, das ihm bekannt war, warf er den Internettrollen an den Kopf, die für ihre perverse Befriedigung zahlten, anderen bei ihren Qualen zuzuschauen.

Ackerman wusste, dass Eile geboten war. Einer von ihnen würde tot sein, wenn diese Tortur endete – vielleicht mehr als einer, weil es schlimme Verletzungen geben konnte, die zum Tod führten. Nur, was konnte er tun? Er war zur völligen Bewegungslosigkeit verdammt. Zwar riefen die Elektroschocks schmerzhafte Konvulsionen hervor, doch die Fesseln hielten – der Beweis, dass er sich nicht befreien konnte, ganz gleich, wie sehr er sich anstrengte.

Ackerman versuchte sich in Erinnerung zu rufen, wann er sich zum letzten Mal so hilflos gefühlt hatte, aber seit er der Gewalt seines irren Vaters entkommen war, hatte er keine vergleichbare Situation erlebt. Wenn sein Mindesthaltbarkeitsdatum abgelaufen sein sollte – gut. Er war für die Reise ins nächste Leben bereit. Er wollte ohnehin nicht alt werden und eines natürlichen Todes sterben. Er wollte nicht in den Ruhestand. Er wollte nicht spüren, wie der Zahn der Zeit an ihm nagte. Er hätte ohnehin nie geglaubt, dass er sein jetziges Alter erreichen würde.

Und nun stürmte all der Schrecken, den er in seinem Leben durchgemacht hatte – die Knochenbrüche und Messerstiche, Verbrennungen und Schusswunden – auf ihn ein. Er hatte immer gehofft, von der Hand eines der Psychopathen zu sterben, die er jagte – Killer, wie er selbst einer gewesen war –, und Black Rose hatte sich als würdiger Gegner erwiesen. Nun hatte er den Kampf gewonnen, und Ackerman hatte keine Probleme damit, seine Niederlage einzugestehen.

Schwierigkeiten bereitete ihm nur, dass diese Niederlage den Tod seiner Gefährten bedeutete. Wenn er schon sterben musste, wollte er im Tod zumindest die anderen retten.

Lass dir etwas einfallen, trieb er sich an. *Lass nicht zu, dass die anderen bei lebendigem Leib gegrillt werden.*

Kurz dachte er daran, an die Zuschauer zu appellieren. Er wusste, dass ihre Befriedigung wie ein Drogenrausch war, der nach einiger Zeit verblasste, sodass man allein war in Stille und Leere. Sein eigener Vater hatte ihn mit Drogen verschiedenster Art vollgepumpt, um deren Wirkung auf Körper und Geist zu untersuchen. Manche hatten sich ihm buchstäblich ins Hirn gebrannt, andere hatten einen Teil seines Ich verschlungen. Ackerman hatte jede Verderbtheit erlebt und war durch einen Nebel aus Blut, Schmerz und Tod gewandelt. Angst entzog sich seinem Verständnis. Falls man im Jenseits tatsächlich erntete, was man auf Erden gesät hatte, standen ihm und seinem Vater ewige Folterqualen bevor, doch Ackerman fürchtete das Urteil nicht.

Das galt allerdings nicht für die anderen.

Aber wie würden die Dark-Web-Zuschauer auf einen Appell an ihr Gewissen reagieren? Würden Sie aufhören, für Stromstöße und andere Folterungen zu bezahlen? Vielleicht dann, wenn er versuchte, aus Black Roses Opfern mehr zu machen als Figuren auf einen Monitor irgendwo auf der Welt. Er musste den Opfern ein Gesicht geben, einen Namen, eine Geschichte. Er musste sie real werden lassen, zu Menschen aus Fleisch und Blut, so wie das FBI und die Polizeibehörden es versuchten, meist mithilfe von Profilern.

Ackerman schaute zur Seite auf den Stuhl, der am weitesten von ihm entfernt war. Da saß Kirstin. Er versuchte, sich ihre Akte ins Gedächtnis zu rufen. Sie gehörte zu den Black-Rose-Opfern, die zum zweiten Mal entführt worden waren. Kirstin hatte Balletttänzerin werden wollen und an der Julliard School studiert. Sie hatte drei Brüder und eine Schwester, alle jünger als sie. Der Vater litt unter Parkinson, sodass Kirstin während der Highschoolzeit dazuverdienen musste, um die Familie über die Runden zu bringen.

Würde das die Herzen der Gaffer rühren? Wohl kaum.

Ackerman schaute zur nächsten Person in der Reihe, der schönen November McAllister mit ihrer Modelfigur, die von einer Karriere in der Welt der High Fashion träumte. Dann kam Knox, gefolgt von »Turtle« Peretti – beides Männer, die den Kopf hinhielten, damit andere ruhig schlafen konnten.

Versuch es, sagte sich Ackerman. *Und wenn du dich zum Trottel machst, was soll's?*

»Wie kann man so gewissenlos sein!«, rief er, so laut er konnte. »Ist euch denn nicht klar, was ihr tut? Das hier ist kein Computerspiel. Schaut in eure Herzen! Denkt an eure Eltern, Geschwister, Freunde, und dann seht auf uns. Ihr bezahlt für unser Leid, unseren Tod. Stellt euch vor, ihr würdet es denen antun, die euch etwas bedeuten. Wollt ihr das wirklich? Boykottiert dieses beschissene Spiel! Alarmiert …«

Ein greller Blitz explodierte vor Ackermans Augen, als ihn der furchtbarste Elektroschock seines Lebens durchfuhr. Entweder waren die Internettrolle seiner Predigt müde geworden, oder sie hatten ihn in den Schreien und dem Schluchzen, das den Betonraum erfüllte, gar nicht gehört.

78

Nadia hatte die Glock 19 gezogen und hielt sie schussbereit, als sie durch das Unterholz brach und nach Carter und Umbridge rief. Sie war nie gern in der Natur gewesen, und dieses kleine Abenteuer würde sie ganz sicher nicht umstimmen. Die Stadt konnte einen Menschen genauso schnell und spurlos verschlucken wie die Wildnis, wie das Beispiel ihrer beiden Begleiter zu beweisen schien.

Nadia wollte gerade den Rückweg zum Büffelfelsen antreten, um dort die Suche neu aufzunehmen, als sie endlich eine Antwort auf ihre Rufe hörte.

»Hierher!« Gloria Umbridges Stimme.

Nadia bewegte sich in die Richtung und fragte sich, weshalb Umbridge nicht schon vorher geantwortet hatte. Sie schien gar nicht so weit entfernt zu sein, doch hier draußen nahm der Schall womöglich andere Wege.

Als Nadia eine massige Virginia-Eiche umging, sah sie mit einem Mal, weshalb Umbridge nicht früher geantwortet hatte. Sie kniete am Boden. Klebeband bedeckte ihren Mund; Hände und Füße waren mit Kabelbindern gefesselt. Links an der Stirn war eine große Schwellung zu sehen.

Nadias Reaktion hätte normalerweise darin bestanden, zu Umbridge zu eilen und ihr zu helfen, aber sie wusste, dass ihr eine Falle gestellt wurde. Vermutlich steckte Gunny dahinter. Er hatte Umbridge gezwungen, nach ihr, Nadia, zu rufen, und sie dann mit dem Klebeband geknebelt. Wären sie in einem Film, wäre nun der Moment, in dem der Killer genau in ihrem Rücken auftauchte.

Nadia schwenkte die schussbereite Pistole von links nach rechts, um sicherzugehen, dass sich kein Angreifer näherte.

Links an ihrem Gürtel trug sie ein Klappmesser. Die Glock in der rechten Hand, zückte sie das Messer und näherte sich Umbridge. Wieder schaute sie in alle Richtungen; dann bückte sie sich, um die Fesseln des Detectives zu zerschneiden.

Nadia war erst bei den Kabelbindern an Umbridges Füßen, als sie den kalten Stahl einer Klinge an der Kehle spürte.

Der Mann, der das Messer hielt, flüsterte ihr ins Ohr: »Langsam aufstehen. Waffe und Messer fallen lassen. Ich will deine leeren Hände sehen.«

Nadia legte Pistole und Messer behutsam auf den Boden und hob beide Hände, wobei sie sich langsam zu voller Größe aufrichtete.

Der Mann, der ihr das Messer an die Kehle hielt, musste Gunny Elizondo sein.

»Ihr habt offenbar gehört, dass ich versuche, die Leute zu

warnen, sonst wärt ihr nicht den ganzen Weg gekommen, um mich zu holen, stimmt's?«, sagte Gunny. »Aber wenn ihr gedacht habt, ihr könntet mich hier leicht und locker einkassieren, habt ihr euch geirrt, Missy. Euer Wyrm kann meinetwegen Dreck fressen.«

»Wir sind nicht die, für die Sie uns halten, Mr. Elizondo. Ich bin vom FBI, und meine Kollegin ist Detective beim Charleston Police Department.«

»Na, ihr würdet mir ja auch nicht einfach sagen: ›Klar, wir sind hier, um dich zu holen und irgend so einem verdammten Drachen vorzuwerfen.‹ Schon gar nicht, wenn ich dir ein Messer an die Kehle halte, also kannst du dir den Atem sparen. Ich werde …«

Nadia war sich nicht sicher, weshalb Gunny Elizondo plötzlich verstummte, bis das Messer sich von ihrer Kehle hob, genauso wie die Hand, mit der Gunny sie an der linken Schulter gepackt hatte. Sie drehte sich um und sah Carter, der seine Waffe auf Elizondos Hinterkopf gerichtet hatte. »Und jetzt bete«, sagte er zu Gunny, »dass du nicht mal einen Kratzer an ihrer Kehle hinterlassen hast, Junge.«

»Oder was?«, fragte Gunny.

Carter fesselte den Mann mit seinen eigenen Kabelbindern. »Oder ich schlag dich zu Brei.«

Nadia hob Pistole und Messer auf und befreite Detective Umbridge. Das Klebeband zog sich die Polizistin selbst vom Mund.

Kaum war Umbridge frei, ging sie zu Gunny und ohrfeigte ihn. »Sie durchgedrehter Hurensohn«, flüsterte sie, »Sie haben mir eine Heidenangst eingejagt.«

Einen Gefangenen zu schlagen, der sich gefesselt in Gewahrsam befand, verstieß gegen fast jede Regel, es sei denn bei Ackerman oder der CIA, doch Nadia entschied sich, nichts zu sagen. Außerdem war es nur ein Schlag mit der flachen Hand, und formal betrachtet waren Gunny noch nicht seine Rechte verlesen worden, und er trug noch keine Handschellen.

Gunny kniete mit gesenktem Kopf da. Nadia ging zu ihm und hockte sich vor ihm nieder. Der Mann trug abgewetzte Tarnkleidung und einen Feldhut mit weicher Krempe, wie Scharfschützen ihn trugen. Seine ausgeprägten Jochbeine und das kräftige Kinn verrieten seine hispanische Herkunft. Er war ein gut aussehender Bursche, wäre er nicht so abgerissen gewesen.

»Wir sind gekommen, um in Ruhe mit Ihnen zu reden, Mr. Elizondo, aber jetzt sitzen Sie tief in der Tinte«, sagte sie. »Sie haben eine Polizistin und eine Bundesagentin angegriffen.«

»Ich hab noch keinen Dienstausweis gesehen«, sagte Gunny.

Nadia verdrehte die Augen und zückte ihre FBI-Marke. Gunny starrte darauf – ein bisschen zu lange, wie Nadia schien – und sagte schließlich: »Okay.«

Nadia klappte das Etui zu und steckte es zurück in die Tasche.

Gunny verzog angeekelt den Mund. »Ich hatte schon immer den Verdacht, dass die Regierung mit drinsteckt. Wer sonst könnte eins von diesen großen Monstern aus Europa einschmuggeln?«

»*Was* aus Europa einschmuggeln?«, fragte Carter.

»Das wissen Sie verdammt genau! Den Wyrm. Einen Drachen, einen Lindwurm, einen Basilisken, eine Hydra, einen Wyvern. Eine geflügelte Schlange. Einen Wyrm. W-Y-R-M. Ganz egal, wie Sie es nennen wollen. Ein riesiges Echsen-Drachen-Miestviech!«

Nadia rieb sich den Nasenrücken. Ihre letzte Hoffnung verflüchtigte sich. Gunny Elizondo hatte sich irgendein

Hirngespinst zusammengebraut und seinen Irrsinn wie eine ansteckende Krankheit in der Obdachlosenszene verbreitet. Aber trotzdem, eines musste sie erfahren.

»Nur damit das klar ist … Sie glauben, dass irgendjemand Obdachlose kidnappt?«

»Und Prostituierte«, fügte Gunny hinzu. »Und andere Leute auch, ganz sicher. Jeden, der nicht vermisst wird.«

»Und dieser Jemand entführt die Leute, um sie einem … Drachen zum Fraß vorzuwerfen?«

Gunny senkte die Stimme und sah die anderen beiden an, als hätte er zwar irgendeine Gemeinsamkeit mit Nadia entdeckt, traue den anderen aber nicht über den Weg. »Ich glaube, es ist ein uralter Orden, eine Bruderschaft, in der die Mitgliedschaft vom Vater an den Sohn weitergegeben wird. Der Orden muss den Wyrm beschützen, was immer dieses Vieh sein mag. Ich kann nicht mit Sicherheit sagen, dass es ein Drache ist, ich weiß aber, dass es da irgendetwas gibt … irgendein Monster, das von diesen Leuten gefüttert wird. Und es ist verdammt hungrig, denn sehr viele, die ich gekannt habe, sind spurlos verschwunden.«

»Und warum glauben Sie, dass die verschwundenen Personen einem Tier zum Fraß vorgeworfen werden?«

»Weil ich es gehört habe. Eines Abends war ich auf der Meeting Street, hinter diesem Restaurant. Es war schon spät. Die Leute werfen da normalerweise gutes Zeug weg, und sie wissen, dass wir kommen und es nehmen. Es ist irgendwelches Zeugs, das sie nicht gebrauchen können. Jedenfalls, ich war da mit meiner Freundin Irene. Wir hatten eine Abmachung, dass wir uns jeden Abend darin abwechseln, in den Container zu steigen und rauszuwerfen, was wir an Essbarem finden. Ich war an der Reihe, also sprang ich rein. Und während ich herumwühle, höre ich Reifen quietschen. Ich denke, es sind Cops, also halte ich den Kopf unten, aber dann höre ich, wie zwei Typen aussteigen und sich Irene greifen. Ich schiele raus, gerade lange genug, um die Kerle zu sehen. Einer hatte die Ärmel hochgekrempelt. Auf seinen Armen waren Tattoos, auf die er stolz zu sein schien. Er sah aus wie einer aus 'ner Gang, deshalb passte er gar nicht zu dem anderen Macker, ein normal aussehender Weißer. Sandblonde Haare hat er gehabt. Ich habe nur ein paarmal für eine Sekunde oder so über den Deckel gelinst. Die Typen fuhren einen schwarzen Van. Sie sprühten Irene was ins Gesicht ... irgendeinen chemisch riechenden Mist. Irene wurde bewusstlos, und die Typen redeten miteinander. Einer sagt: ›So gestunken hat noch keiner.‹ Der andere meinte: ›Die sind alle nur Futter für den Wyrm, und dem Wyrm ist es egal, ob sie nach Dreck oder nach Rosen duften, wenn er sie verschlingt.‹ Ich kann die beiden Typen noch lachen hören, als sie Irene fortschafften.« Ein Ausdruck der Trauer erschien in seinen Augen. »Ich frage mich noch heute, ob ich nicht vielleicht doch etwas hätte unternehmen sollen. Deshalb versuche ich es jetzt. Ich habe versucht, die Leute zu warnen, und habe die Polizei verständigt, aber einem alten Obdachlosen hört ja keiner zu.«

Nadias Gedanken überschlugen sich, als sie die Puzzleteile zusammensetzte. Vielleicht hatte sich die Suche nach Gunny ja doch gelohnt.

Mit zitternder Stimme fragte sie: »Haben Sie eine Ahnung, wo diese Bruderschaft ihren Wyrm versteckt hält?«

79

Während Ackerman auf dem elektrischen Stuhl saß und ihm das Gebrüll seiner Gefährten in den Ohren gellte, malte er sich aus, womit er dem Mann, der diesen Wahnsinn steuerte, ähnliche Schreie entlocken würde. Und nicht nur ihm, sondern jedem, der sich eingeloggt und mit elektronischem Geld gezahlt hatte, um an dem großen Spaß teilzunehmen. Jeder, der sich diesen Stream anschaute, machte sich mitschuldig.

Ackerman zerrte in hilfloser Wut an den Fesseln. Er spürte, wie die Blutgier aus alten Zeiten in ihm hochkochte. Wenn er an die vielen Möglichkeiten dachte, diesen kleinen Kojoten zu zeigen, wie ein echter Wolf aussah … Für diese Waschlappen war alles nur ein großer Spaß, bis ein *wahrer* Killer auftauchte und einen von ihnen dazwischennahm, ihm Arme und Beine, Zunge und Augen entfernte – spätestens dann war Schluss mit lustig. In seinen dunklen Jahren hatte Francis Ackerman seinen Dämonen freien Lauf gelassen, hatte sich von den Fesseln der Moral und des Gewissens befreit und war zu einer Killermaschine geworden, wie die Welt sie nie zuvor gesehen hatte. Damals wäre es ein Leichtes für ihn gewesen, jeden Einzelnen auf der Teilnehmerliste dieses perversen Spielchens aufzuspüren und zur Rechenschaft zu ziehen, selbst wenn der Betreffende sich am entferntesten Winkel dieses Planeten versteckt hätte.

Aber der neue Francis Ackerman war anders. Der neue Francis glaubte an Vergebung und Läuterung und daran, dass es besser sei, die andere Wange hinzuhalten. Doch je länger er nun den gequälten Schreien der Gefährten lauschte, desto mehr erschien es ihm, als würde ein weiterer Toter auf seiner Sündenliste keinen großen Unterschied machen. Und ihm fiel niemand ein, den er mit größerem Vergnügen getötet hätte als Black Rose. Ackerman selbst hatte in seiner Vergangenheit Dinge getan, die genauso boshaft waren wie die Taten diesen Irren, sogar noch viel schlimmer. Aber es ging hier nicht darum, über Black Rose zu urteilen oder ihre verbrecherischen Leistungen gegeneinander aufzurechnen; es ging darum, diesen Psychopathen zu stoppen.

Und zwar schnell.

Der Alarmton erklang, und die künstliche Stimme drang wieder aus den Lautsprechern. »Liebe Freunde, liebe Fans, wir legen nun eine einminütige Pause ein, in der unsere Akteure zu Atem kommen und ihren Frieden mit jedwedem Hokuspokus schließen können, an den sie möglicherweise glauben. Sobald die Minute verstrichen ist, stehen tödliche Stromstöße zum Verkauf. Wer also Interesse daran hat, eine unserer Kandidatinnen oder einen der Gentlemen ins Jenseits zu befördern, kann an einer Auktion teilnehmen und sich das Recht ersteigern, die bejammernswerte Figur seiner Wahl von seinem Sessel aus zu eliminieren. Auf Ihren Displays finden Sie weitere Informationen und die entsprechenden Schaltflächen zur Gebotsabgabe. Auf ins Vergnügen!«

Im Betonraum war es totenstill. Alle zählten stumm die Sekunden oder warteten ergeben auf das Unvermeidliche. Niemand sprach. Sie waren ohne Hoffnung, zu Tode erschöpft, dem Jenseits nahe. Und einer von ihnen würde in wenigen Augenblicken diese Schwelle überschreiten.

Die letzten Sekunden zählte Black Rose laut herunter wie einen Countdown, dann wurden die Leitungen wieder freigeschaltet. Ackerman wusste, dass nun die Auktion lief – ein Bieterkrieg um das Vorrecht, einem von ihnen den tödlichen Elektroschock verabreichen zu dürfen.

Dann war es so weit. Ein Tusch ertönte. Jemand hatte sich das Recht ersteigert, über das Dark-Web-Portal den Tod einen Mitmenschen zu bewirken.

Diesmal traf es Kirstin.

Ackerman wunderte es nicht. Sie hatte zuvor schon die meisten Stromschläge erdulden müssen. Irgendein kranker Gaffer dort draußen im Reich des Digitalen schien es zu genießen, wenn die junge Frau sich in Schmerzen wand. Und nun hatte er sich das Privileg ersteigert, ihr buchstäblich den Todesstoß zu versetzen – vermutlich für sehr viel Geld.

Ackerman verschloss sein Inneres vor Kirstins Schreien, als die Stromstöße ihren Körper zucken ließen zur Ergötzung einer perversen Zuschauerhorde. Stattdessen konzentrierte er sich darauf, die Sekunden zu zählen, bis es endlich vorbei war. Einige Schocks erhielt auch er selbst noch, doch sie waren bloß Ablenkungen vom endlosen Warten auf Kirstins Erlösung.

Dann endlich war es vorbei.

Was für eine kranke Welt, schoss es Ackerman durch den Kopf.

Es war sein letzter bewusster Gedanke, bevor erneut die Schallwaffe einsetzte und das Vibrieren in seinem Schädel begann. Diesmal wehrte Ackerman sich nicht. Stattdessen klammerte er sich mit dem letzten verlöschenden Funken seines Willens an die Hoffnung, dass das nächste Segment die Runde war, in der er endlich zurückschlagen konnte.

Alles in ihm schrie nach Rache.

80

Ackerman erwachte von dem nachklingenden Alarmton, den er mittlerweile aus tiefster Seele verabscheute, und schlug die Augen auf. Er fand sich in einem weiteren Betonraum wieder, ein wenig kleiner als die anderen, aber ähnlich aufgebaut. Zu seiner Bestürzung sah er, dass Black Rose ihn und die drei anderen Überlebenden erneut zur Bewegungslosigkeit verdammt hatte. Diesmal waren sie fachmännisch an Tragen festgeschnallt, die aufrecht mitten im Raum standen.

Ackerman versuchte mit aller verbliebenen Kraft, sich zu bewegen und die Trage zum Schwanken zu bringen, doch sie schien fest am Boden verschraubt zu sein. Oder war er von den Qualen schon zu erschöpft, um noch irgendetwas bewirken zu können? Er wusste es nicht. Was immer der Grund war – er konnte keinen Finger rühren. Schon wieder waren sie hilflos der Willkür einer Legion grausamer Verrückter ausgesetzt.

Die anderen waren ebenfalls wach. Ihnen ging es sehr viel schlechter als Ackerman. Peretti und November wirkten völlig apathisch und starrten aus leeren Augen ins Nichts. Knox rang noch immer nach Atem und war leichenblass, gab sich aber nicht geschlagen, wie Ackerman an dem trotzigen Funkeln in den Augen des Marshals erkannte. Der Mann rang ihm immer größeren Respekt ab.

Welch eine Teufelei hatte Black Rose sich diesmal für sie einfallen lassen?

Ihre Körper waren mit dünnen, durchsichtigen Schläuchen verbunden, die in Infusionsnadeln endeten – eine im

Schritt, eine im rechten Arm, eine im linken. Die Schläuche führten zu einer Maschine an der Wand. Darüber befand sich eine Reihe nummerierter Glasampullen, die mit farblosen Flüssigkeiten gefüllt waren. Ackerman konnte nur vermuten, was die Ampullen enthielten; herausfinden würden sie es früh genug.

Wie auf ein Stichwort erklang der Alarmton; dann meldete sich die verzerrte Stimme von der Decke. »Willkommen in ›Was darf es sein‹, dem fünften Segment des Wurms. Ihr seid nun im untersten Stockwerk, wo ihr in wenigen Augenblicken die Zukunft organisierter Hinrichtung und Folter erleben werdet. Die bevorstehende Morderlebniswelt ist vielleicht diejenige, die Wissenschaftler mit ihrer kühlen und methodischen Art als humanstes unserer Spielchen bezeichnen würden. Ich bin mir allerdings keineswegs sicher, ob unsere Teilnehmer nach unserer kleinen Demonstration der gleichen Meinung sein werden. Der Spaß wird ablaufen wie folgt: Unsere Kandidaten sind mit einer Infusionsmaschine verbunden, die wir selbst entwickelt haben. Auf dieser Maschine stehen fünfzig Ampullen. Eine davon enthält einen ganz besonderen Cocktail, den zu merken ich euch in einem vorherigen Segment gebeten habe, wenn ihr gut aufgepasst habt. Ich spreche selbstverständlich von Kaliumchlorid. Die Fachleute sind sich einig, dass Kaliumchlorid sich ohne geeignete Betäubung anfühlt wie flüssiges Feuer in den Adern, das sich brennend den Weg zum Herzen bahnt. Während das geschieht, zuckt der Körper unkontrollierbar, was daran liegt, dass die Kaliumionen den Muskeln das Zeichen geben, sich zusammenzuziehen. Sobald sie das Herz erreichen, stören sie das empfindliche Gleichgewicht zwischen Natrium- und Kaliumionen, die den Pulsschlag aufrechterhalten, was eine bedauerliche Konsequenz hat: Das Herz bleibt stehen.«

Der unerschütterliche Knox war der Erste, der ihren Peiniger wüste Schimpfwörter an den Kopf warf. Dann schloss sich ihm Peretti an, kurz darauf auch November. So gut Ackerman die anderen verstehen konnte – er war entsetzt. Solch ein Verhalten war selbst unter den gegebenen Umständen dumm.

Black Rose wartete, bis die Tirade abgeflaut war, und fuhr ungerührt fort: »Jetzt kommt der Clou: Nur eine einzige dieser Ampullen enthält Kaliumchlorid! Was ist dann in den anderen, werdet ihr euch jetzt fragen, liebe Fans. Heißt das, den Teilnehmern passiert nichts, bis sie die tödliche Infusion erhalten? Keine Bange, so laufen die Dinge hier im Wurm nicht. Im Gegenteil, jetzt wird es richtig spannend! Denn die anderen Ampullen enthalten eine Lösung, die von Geheimdiensten zur pharmakologischen Folter verwendet wird: Pentothal. Diese Substanz ist in letzter Zeit unter Beschuss geraten, weil ihre Verwendung als ethisch fragwürdig gilt, denn wenn man sie in den Blutkreislauf bringt, fühlt es sich für den Betroffenen an, als liefe ihm flüssige Lava durch die Adern. Im Gegensatz zu Kaliumchlorid bringt Pentothal allerdings nicht das Herz zum Stillstand. Es bereitet nur den intensivsten Schmerz, den man sich vorstellen kann, und lässt einen dann halbwegs unversehrt zurück. Sobald unseren Teilnehmern diese Schlange aus flüssiger Lava durch den Körper kriecht, werden sie das Gefühl haben, bei lebendigem Leib zu verbrennen. Sie wissen aber nicht, ob sie diese Tortur überleben, oder ob ihr Herz stehenbleibt.« Er lachte auf. »Da muss man sich doch glatt fragen, ob die Infusion von Kaliumchlorid nicht eine Erlösung bedeutet.«

Ackerman schloss die Augen und sah auf sein Leben zurück, das vor allem aus Düsternis und Schmerz bestanden hatte. Eine Hölle auf Erden, bereitet vom eigenen Vater. Doch Francis hatte nie aufgegeben, nicht einmal in jenen

Sekunden, in denen er den sicheren Tod vor Augen gehabt hatte. Noch jedes Mal hatte er eine Möglichkeit gefunden, das Blatt zu wenden. Diesmal aber schien er auf ganzer Linie geschlagen und der Gnade des Black Rose Killers ausgeliefert zu sein.

Er war mit fünf anderen Menschen hergekommen – Gefährten, die zu schützen er geschworen hatte. Nur drei davon lebten noch. Ackerman gab sich keinen Illusionen hin. Diesmal war er der Besiegte. Er konnte nichts mehr tun, um sich und die anderen vor Schaden zu bewahren. Zum ersten Mal im Leben fügte Francis Ackerman junior sich in sein Schicksal.

»Man spielt das Spiel«, fuhr die Stimme von der Decke fort, »indem zufällig eine Ampulle ausgewählt wird. Ihr, liebe Fans zu Hause, bietet dann um das Recht, darüber zu bestimmen, wem und in welcher Dosierung der Inhalt dieser Ampulle verabreicht wird. Für den unglückseligen Fall, dass schon die erste ausgewählte Ampulle das tödliche Kaliumchlorid enthält, machen wir weiter und injizieren allen anderen eine Dosis Pentothal, damit jeder in den Genuss der Erfahrung kommt. Für die Fans zu Hause ist die Dosierung der Punkt, an dem der Spaß beginnt. Euch wird eine Vielzahl an Optionen angeboten, auf die ihr bieten könnt, darunter, ob die Dosis tödlich ist und wie lange der Schmerz anhalten soll. Auf euren Bildschirmen findet ihr die nötigen Informationen. Aber jetzt wollen wir ohne weitere Vorrede mit dem Spiel ›Was darf's sein?‹ beginnen!«

81

Ackermans Muskeln waren angespannt von dem glühenden Schmerz, der in seinem Arm begann und sich wie brennendes Öl im Körper ausbreitete. Doch die unkontrollierbaren Muskelzuckungen, die Kaliumchlorid auslöste, blieben aus. Folglich hatte man ihm Pentothal injiziert.

Ackerman stöhnte nicht, schrie nicht, jammerte nicht. Er versuchte, ruhig zu bleiben und den Freaks an dem Monitoren nichts zu bieten, woran sie sich ergötzen konnten. Es fiel ihm ziemlich leicht; er hatte schon ganz andere Schmerzen erlebt. Stattdessen zog er sich in sein Inneres zurück, in den Palast seines Gedächtnisses, wie er es nannte.

Und dort, im Ballsaal, sah er Black Rose, der ihn erwartete – besser gesagt, die mentale Projektion des Killers. Das also war der Mann, der ihn geschlagen, der ihn übertölpelt hatte. Ein Psychopath, noch ziemlich jung, der sich gleichwohl in die tiefsten Abgründe der Grausamkeit und Verdorbenheit versenken konnte. Zugleich war er ein Planer, Ränkeschmied und Manipulator. Ein Experte, wenn es darum ging, andere Menschen zu benutzen, um die eigenen Ziele zu erreichen. Er mochte den Luxus, kostbare Dinge. Er kam unverkennbar aus Kreisen, die mit Reichtum und Macht gesegnet waren. Vielleicht war er der Sohn eines einflussreichen Geschäftsmanns oder Politikers. Möglicherweise war er …

Die schrillen Schreie einer Frau rissen Ackerman aus seinen Gedanken. Panik erfasste ihn. November McAllister? Hatte seine selbst erwählte Schutzbefohlene das Kaliumchlorid verabreicht bekommen?

Doch nach kurzer Zeit verstummten die Schreie, und Ackerman hörte das Schluchzen der jungen Frau. Erleichtert fragte er sich, wie viel die anderen, die nicht so gestählt waren wie er selbst, überhaupt noch ertragen konnten. Wie viel Schmerz konnten sie noch erdulden, bevor Geist und Körper kapitulierten? Dass Knox seiner Lungenkrankheit wegen angeschlagen war, wusste Ackerman bereits, und »Turtle« Peretti war übergewichtig. Auf der Kandidatenliste für einen Herzanfall war er die Nummer eins.

Aber die Frauen standen offenbar ganz oben auf der Wunschliste der perversen Zuschauer. Ackerman begriff allerdings nicht, weshalb die Fans sich nicht von Anfang an auf November eingeschossen hatten. Sie stach heraus, war von den dreien die attraktivste. Aber die Frage war müßig. Leta und Kirstin lebten nicht mehr.

In diesem Moment begann das Bieten der Fans um die nächste Dosis Pentothal.

Die Wahl der Zuschauer fiel auf Knox.

Knox riss die Augen auf, als die Dosis potenziellen Todes sich durch den Schlauch schlängelte und in sein Bein gelangte. Mit furchtbarer Gewalt stemmte er sich gegen die Trage und knirschte mit den Zähnen. Dann entspannte sich sein Körper, doch im nächsten Moment traten seine Augen aus den Höhlen, und sein Gesicht lief blau an. Keuchend holte er Luft und fing wieder an, pfeifend zu atmen. Offenbar hatte Knox soeben die bisher stärkste Dosis Pentothal erhalten.

Black Rose kündigte die nächste Ampulle an, und das Bieten begann erneut.

Die Wahl fiel auf Peretti.

Gnädigerweise ging diesmal alles ganz schnell.

Nachdem er gellend aufgeschrien und wild gezuckt hatte, fielen Detective Michelangelo Perettis Augen zu, und sein Körper erschlaffte. Ganz still lag er da, einen friedlichen Ausdruck auf dem Gesicht.

Über die Lautsprecher verkündete Black Rose: »Wie es scheint, haben wir in dieser Runde einen Überraschungssieger! Glückwunsch an alle, die auf das Ableben von Mr. Peretti gesetzt haben. Aber keine Sorge, Freunde. Drei Teilnehmer sind noch übrig, und der ›Fetisch‹ steht noch aus, das absolute Highlight unserer Veranstaltung. Also bleibt dran, Fans des Wurms. Unser nächstens Segment ist besonders dramatisch, denn diesmal gibt es keine Überlebenden. Ja, Freunde, ihr habt richtig gehört. Das ist die Runde, in der alle Kandidaten zur Hölle fahren!«

82

Detective Umbridge hatte Blaulicht und Sirene eingeschaltet und fuhr so waghalsig, dass Nadia schlecht wurde. Die kleine Frau mit den lockigen Haaren und dem britischen Akzent fuhr ihr trotzdem nicht schnell genug. Obwohl sie auf dem Beifahrersitz saß, bemerkte Nadia, wie sie immer wieder den Fuß auf das Bodenblech drückte, weil sie nichts weiter wollte als höheres Tempo.

Gunny hatte ihnen tatsächlich eine Information gegeben, die eine Wende im Fall bedeuten konnte. Der halb verrückte Obdachlose, der glaubte, er kämpfe gegen einen Drachen und eine uralte verschworene Bruderschaft, die ein Monster beschützte, hatte das Nummernschild des schwarzen Vans erkannt, mit dem seine Freundin Irene entführt worden war.

Voller Panik hatte er bei seinen Freunden und Leidensgefährten Alarm geschlagen – ein dichtes Netz aus Menschen, die an den Rand der Gesellschaft gedrängt worden waren und sich von Tag zu Tag mühsam durchschlagen mussten.

Der Lieferwagen war in einem heruntergekommenen Wohngebiet gesehen worden, und die Person, die ihn entdeckt hatte, war dem Wagen zum Old City Jail gefolgt. Dort hatte Gunnys Freund mitten in der Nacht die beschriebenen beiden Männer beobachtet, wie sie die burgartige Gebäuderuine des Old City Jail betraten.

Als die Umgebung sich veränderte und die tristen Wohnblocks hübschen Einfamilienhäusern wichen, schaltete Umbridge Sirene und Blaulicht ab. »Wir sind bald da. Ich werde die Straße hinunter parken, und wir nähern uns zu Fuß. Aber das ist nur ein Erkundungsvorstoß, okay? Wir gehen hoch und sehen uns um. Falls wir irgendwas Verdächtiges entdecken, rufen wir die Kavallerie. Abgemacht?«

Nadia und Carter bejahten.

Als sie näher kamen, sah Nadia, dass der Fortschritt das alte, festungsartige Gebäude, das in einem Wohngebiet völlig fehl am Platz wirkte, immer mehr in den Hintergrund gedrängt hatte. Es wirkte wie ein Fremdkörper, wie ein düsteres Relikt aus ferner Vergangenheit. Hinter der Burg erstreckte sich ein großer Parkplatz; das Gebäude selbst grenzte direkt an die Straße. Auf der anderen Straßenseite sah Nadia Reihenhäuser mit gemeinsamen Gärten an der Vorderfront, auf denen Kinder spielten. Das ganze Viertel hatte sich immer dichter an das alte Zuchthaus herangeschoben; es erinnerte Nadia an Städte, die ihre Schulen durch Zusammenlegungen oder Wirtschaftskrisen verloren hatten. In solchen Orten standen viele größere Gebäude ungenutzt herum und verfielen nach und nach, bis sie so baufällig waren, dass eine Instandsetzung sich nicht mehr lohnte. Es schien ein Merkmal der heutigen Zeit zu sein, Geschichte zu ignorieren und das Alte abzureißen, um Platz für das Neue zu schaffen.

Nadia wandte sich an die anderen. »Sie beobachten die Vorderseite, okay? Ich gehe nach hinten.«

»Seien Sie vorsichtig, und greifen Sie niemanden allein an«, sagte Carter. »Das ist ein Befehl, Agentin Shirazi.«

»Jawohl, Sir.«

Nadia umging das Gebäude auf der Westseite. Der Parkplatz hinter dem alten Zuchthaus bestand aus Schotter und trennte die Rückseite von den Gärten der Wohnhäuser. Auf einer Seite waren Sträucher, in deren Deckung Nadia sich hielt. Sie hatte die Waffe gezogen und bewegte sich schnell und geduckt, wobei sie das Gebäude und den Parkplatz im Auge behielt. Die Rückseite des Zuchthauses war gerundet und hatte hohe Fenster wie ein alter Herrensitz oder eine Kirche. Auf dem Dach ragten Zinnen auf, die aussahen, als hätten Verteidiger in früheren Zeiten Pfeile zwischen ihnen hindurchgeschossen.

Als Nadia den gerundeten Teil des Gemäuers hinter sich gebracht hatte und dem Zaun an der Ostgrenze des Parkplatzes folgte, entdeckte sie einen schwarzen Lieferwagen wie den, den Gunny Elizondo beschrieben hatte.

Sie sind hier!

Nadia fasste Hoffnung. Ihr Herz schlug schneller, und das Blut rauschte ihr in den Schläfen. Sie hatten sie gefunden! Ackerman war vermutlich in dem Gebäude vor ihr, ebenso der Black Rose Killer. Sie waren ganz dicht dran …

Unruhe erfasste Nadia. Die Zeit schien mit einem Mal schneller abzulaufen.

Vermassel es jetzt nicht, beschwor sie sich. Jetzt bloß nicht vor lauter Hast irgendeinen Fehler begehen. Das konnte alles zunichtemachen.

Nadias Plan war, das Gebäude ganz zu umrunden, um dann wieder zu Carter und Umbridge zu stoßen und mit ihnen zu besprechen, wie es weitergehen sollte. Doch als sie die Hälfte des Weges zur Ostseite zurückgelegt hatte, sah sie sich jenem Mann von Angesicht zu Angesicht gegenüber, den sie als Fedir Dobryibechir kannte – der angeblich Perverse, der Fotos vom Tatort geschossen hatte und für den Mafiaboss Sergei Wassilik arbeitete. Nadia erkannte ihn an den Tattoos auf seinen Armen; sie hatte für Ackerman sein Polizeifoto herausgesucht.

Fedir trug ein Button-down-Shirt mit dunklem Paisleymuster. Er schien zu frieren, denn er hatte sich die Arme um die Schultern geschlungen. Eine Zigarette hing ihm aus dem Mundwinkel.

Als urplötzlich Nadia vor ihm erschien, riss er die Augen auf. Sie sah die Panik auf seinem Gesicht. Langsam senkte er die Arme, und sein Mund öffnete sich, sodass die Zigarette zu Boden fiel.

»FBI«, sagte Nadia. »Keine Bewegung. Sie sind festgenommen.«

In Fedirs Augen spiegelte sich nacktes Entsetzen. Für einen Moment schien er keinen klaren Gedanken mehr fassen zu können. Dann glitt seine Hand zur Seite.

Nadia las seine Gedanken. »Lassen Sie das!«

Fedir griff zur Waffe, warf sich nach hinten und versuchte, aus der Bewegung heraus auf Nadia zu feuern, obwohl er kaum eine Chance hatte, aus ihrem Schussfeld zu gelangen.

Nadia drückte ab. Ihre erste Kugel traf ihn in die Schulter, konnte ihn aber nicht aufhalten. Fedir riss die Waffe hoch.

Nadia blieb keine Zeit, sorgfältig zu zielen. Sie schoss ihm in die Brust.

Fedir wurde nach hinten geschleudert, drückte aber noch ab. Das Projektil schlug irgendwo hoch oben in die Mauer des alten Jail. Dann wurde es totenstill. Fedor rührte sich nicht mehr. Die Waffe rutschte ihm aus den schlaffen Fingern.

Entsetzt schlug Nadia die Hand vor den Mund. Übelkeit erfasste sie bei dem Gedanken, dass sie soeben einen Menschen erschossen hatte. Sicher, ihr war keine Wahl geblieben, doch dieser Gedanke verschaffte ihrem aufgewühlten Innern nur wenig Linderung.

Zögernd trat sie auf den Toten zu, blickte auf ihn hinunter. Nein, er war es nicht. Er konnte unmöglich der Black Rose Killer sein, der Vergewaltiger, der ihr, Nadia, das Leben verdüstert hatte. Fedir war unverkennbar einer der beiden Männer, die Gunny Elizondo beschrieben hatte, aber er hatte weder den Teint noch die Augen des Black Rose Killers. Fedir mochte ein Perverser sein – der Gesuchte war er nicht. Wer immer Nadia damals vergewaltigt hatte, wer immer das Verbrechergenie war, das hinter allem steckte – diese Bestie lebte noch und war auf freiem Fuß. Nadia vermutete, dass es sich bei dem Mann, den sie suchte, um jenen Weißen mit den sandblonden Haaren handelte, den Gunny beschrieben hatte.

Das Herz schlug ihr bis zum Hals, als sie sich suchend umschaute, um festzustellen, woher Fedir gekommen war. In vielleicht zwanzig Schritt Entfernung entdeckte sie eine Tür mit einem offenen Vorhängeschloss.

Kurz fragte sie sich, ob sie darauf warten sollte, dass Carter und Umbridge zu ihr stießen, aber sie hatte gerade in direkter Nähe zum Gebäude drei Schüsse abgegeben. Black Rose musste die Schüsse mit ziemlicher Sicherheit gehört haben – und wer konnte sagen, was er nun mit seinen Geiseln anstellte.

Nein, sie konnte nicht warten. Sie durfte diesem Irren keine Gelegenheit geben, Frank und die anderen noch schlimmer zu verletzen, als er es vermutlich ohnehin schon getan hatte.

Und auf keinen Fall hatte sie vor, diese Bestie entkommen zu lassen.

83

Die verwitterten Flügeltüren waren noch die Originale aus alter Zeit, aus dicken Brettern gezimmert und hoch genug, um einen Berittenen hindurchzulassen. Nachdem Nadia einen Flügel geöffnet hatte, stellte sie fest, dass die Innenseite mit schalldämmendem Material ausgekleidet war.

Eigenartig.

Langsam, zögernd drang sie in die Dunkelheit des Old City Jail ein. Sie gelangte in eine Eingangshalle aus nacktem Beton und verwitterten Ziegeln, in der es nach Schimmel und Moder roch. Die Wände waren fleckig, die Fußböden schmutzig und feucht. An vielen Stellen hatte sich hier, im untersten Geschoss des alten Gefängnisses, Wasser angesammelt, das zu stinkenden Pfützen geworden war.

Rechts waren Paletten gestapelt; dahinter ragten Stahlgerüste auf, die vermutlich erst in jüngerer Zeit hinzugekommen waren und das Bauwerk abstützen sollten. Die modernste Ergänzung innerhalb der großen Halle jedoch war ein Raum in der Ecke. Er war quadratisch, vielleicht fünf mal fünf Meter groß und mit modernen Gipskartonplatten in Trockenbauweise und Dämmmaterial ausgekleidet, das offenbar Schall dämpfen sollte. Die Tür stand offen, und Nadia sah das künstliche Licht mehrerer Computerbildschirme, die den Raum dahinter geisterhaft erhellten.

Mit vorgehaltener Waffe näherte sie sich dem vermutlichen Kontrollraum, wobei sie ständig den Blick durch die Halle schweifen ließ und zugleich darauf achtete, nicht auf Gegenstände zu treten, die verräterische Geräusche verursachen konnten, denn überall lagen Stücke von abgebrochenem Putz und undefinierbare Gebilde aus verbogenem Metall auf dem Boden verstreut.

Noch hatte Nadia das Überraschungselement auf ihrer Seite. Selbst wenn die Personen im Computerraum die Schüsse gehört hatten, konnten sie nicht wissen, dass Nadia gleich bei ihnen sein würde – falls sich überhaupt jemand im Kontrollraum befand.

An der Tür angekommen, beugte Nadia sich vor und schaute in den schummrigen Raum. Sie erblickte Dutzende von Tastaturen, Computermäusen sowie Kästen mit Kontrollreglern und Schaltern, die auf einem umlaufenden Computertisch unter einer Wand aus Bildschirmen standen. Der Geruch nach Pizza hing im Raum. Nadias Wut loderte auf. Allein die Vorstellung, dass hier Leute herumsaßen und pizzakauend zuschauten, wie andere Menschen eines erbärmlichen Todes starben, trieb sie zur Weißglut.

Nur – da waren keine Leute.

Nadia hatte den Blick durch den ganzen Raum schweifen lassen; er wirkte leer und verlassen. Langsam trat sie ein – und fuhr heftig zusammen, als die Wand neben ihr mit lautem Knall zerbarst. In ihren Augen brannten Staub und Gipssplitter. Sie warf sich zu Boden und versuchte, durch den Staubschleier hindurchzuspähen, konnte aber nur das rechte Auge öffnen. Trotzdem entdeckte sie den Angreifer.

Eine Flinte in den Händen, stürmte er brüllend auf sie zu, drehte die Waffe um und holte mit dem Gewehrkolben zu einem vernichtenden Schlag aus.

Nadia feuerte aus der Hüfte und jagte ihm eine Kugel in die Schulter, bevor er sie erreichte, konnte ihn aber nicht stoppen. Laut schreiend rammte der Mann sie mit seinem ganzen Gewicht und warf sie gegen eine Wand aus Rangierfeldern für Computerkabel. Wild schlug er mit der Flinte nach ihr, traf ihre Hüfte, ihr rechtes Knie. Brüllend warf er sich auf sie und schaffte es irgendwie, ihr die Finger um den Hals zu legen.

Ihr Gegner wog mindestens fünfzig Kilo mehr als sie und war viel kräftiger, aber Nadia gab nicht auf und wehrte sich verbissen. Als sie den heißen Atem des Mannes im Gesicht spürte, schaute sie zum ersten Mal in seine Augen, von Angesicht zu Angesicht. Sie sah den Mann vor sich, den Gunny als sandblonden Weißen beschrieben hatte.

Nadia erkannte ihn auf der Stelle. Dieser Mann hatte sie fast ein Jahr lang gestalkt und dann Kameras im Duschraum ihres Verbindungshauses untergebracht.

Sie blickte in das wutverzerrte Gesicht von Benny Pace.

84

Ackerman erwachte von einem Knall, der sich nach einem Gewehrschuss anhörte, doch in seinem Zustand völliger Erschöpfung nahm er an, dass es sich lediglich um das Startsignal für die finale Tortur handelte.

Widerstrebend öffnete er die Augen, rechnete mit dem Anblick neuer, noch schlimmerer Folterinstrumente, sah aber zu seinem Erstaunen, dass sie sich noch immer im ›Was-darf-es-sein‹-Raum mit seinen Tragen, Schläuchen und dem tödlichen Infusionsapparat befanden.

Augenblicklich begriff er, dass genau das eingetreten war, worauf er die ganze Zeit gewartet hatte: die Unterbrechung der Routine, der Fehler, die Chance, das Blatt zu wenden. Ein ungewöhnliches Geräusch – der Knall – hatte ihn geweckt, bevor er eigentlich aufwachen sollte.

Schlagartig war Ackerman hellwach, obwohl sein ganzer Körper wie betäubt war von Schmerz und Müdigkeit. Ackerman wusste, woran es lag: Unter dem Einfluss der Drogen hatte er sich so heftig in den Fesseln aufgebäumt, dass sie ihm tief ins Fleisch geschnitten und das Blut abgeschnürt hatten.

Er ließ den Blick schweifen.

Was jetzt? Wie sollte er vorgehen?

In diesem Moment spürte er es. Die Riemen an der Trage hatten sich bei seinem wilden Aufbäumen um eine Winzigkeit gelockert. Ackerman ballte die Fäuste. Wenn er alle verbliebene Kraft mobilisierte, gelang es ihm vielleicht, die Riemen noch ein bisschen weiter zu dehnen und die Hände herauszuwinden.

Noch einmal prüfte er die Fesseln, spannte die Muskeln, zog, zerrte, suchte nach der Schwachstelle. Tatsächlich konnte er das rechte Handgelenk ein kleines Stück hin und her bewegen.

Black Rose war damit beschäftigt, seine Fans zum neuerlichen Wetten zu animieren; niemand schien die Gefangenen zu beachten. Das würde erst beim großen Finale wieder der Fall sein, wie immer das aussehen mochte.

In dem Wissen, für den Augenblick unbeobachtet zu

sein, verstärkte Ackerman seine Bemühungen. Seine Handgelenke brannten wie Feuer; er spürte sein warmes Blut, als er sich Haut in Fetzen abscheuerte. Schweiß trat ihm auf die Stirn, doch nach und nach wurden die Riemen lockerer; schon jetzt bekam er die rechte Hand fast gänzlich durch die Schlinge.

Weiter, trieb er sich an.

Sein Atem ging schwer. Immer wieder wurde ihm schwarz vor Augen. Er mühte sich, zog und zerrte mit seinen Bärenkräften, bekam die Hand aber einfach nicht frei, weil die Hebelwirkung fehlte, um die nötige Kraft aufzubringen.

Es hat keinen Sinn, hörte er in diesem Moment das geisterhafte Flüstern von Thomas White. *Gib auf. Du bist zu schwach.* White lachte verächtlich. *Was ist nur aus dir geworden, du Schlappschwanz. Du wirst hier unten jämmerlich verrecken, und das ist auch besser so.*

In diesem Moment löste sich Ackermans zerrende rechte Hand mit einem heftigen Ruck aus der Schlinge.

Er schnappte vor Überraschung nach Luft, kniff die Augen fest zusammen und atmete mehrmals tief durch. Die Erschöpfung trieb ihn erneut an den Rand einer Ohnmacht.

Nicht schlappmachen!

Er riss sich zusammen. Mühsam befreite er die rechte Hand aus dem Riemen, dann die linke. Völlig ausgelaugt, ließ er die Hände ein paar Sekunden lang schlaff herabhängen, wartete auf den Infraschall, falls Black Rose doch etwas bemerkt hatte, doch nichts geschah.

So schnell er konnte, befreite er sich von den übrigen Riemen, bis er frei war, blieb aber auf der Trage und tat so, als wäre er noch immer gefesselt. Er schaute zur Tür und spürte, wie sich Wut in ihm aufbaute – grelle, heiße Wut.

Wer immer diese Tür öffnen würde – Ackerman beneidete ihn nicht.

Er war es leid, die Dinge zu nehmen, wie sie kamen. Jetzt würde er zurückschlagen.

85

Nadia sah Benny Pace an, dass ihm dämmerte, wer sie war, doch seine Miene zeigte kein Erstaunen, nur Hass und Zorn. Der eiserne Griff um Nadias Hals wurde nicht lockerer, sondern verstärkte sich. Pace drückte mit aller Kraft zu und rief: »Stirb endlich, du Miststück! Das ist alles deine Schuld!«

Nadia trat, wand sich, schlug nach ihm. Wie lange würde es dauern, bis Carter und Umbridge auftauchten? Die beiden mussten die Schüsse doch gehört haben und dicht hinter ihr sein! Nur konnte Nadia sich leider nicht darauf verlassen.

Ihr wurde schwarz vor Augen, und ihr Schädel pochte. Ihre Gedanken rasten, als sie fieberhaft überlegte, was sie tun konnte.

Das *Messer*, durchzuckte es sie.

Das kleine Springmesser, mit dem sie vorhin die Kabelbinder an Umbridges Händen zerschnitten hatte. Es war jetzt wieder links an ihrem Gürtel festgeclippt. Nadia tastete danach, konnte es aber nicht finden. *Verdammt!* Vielleicht war es beim Kampf abgerissen. Und ihre Pistole? Außer Reichweite …

Sie spürte, wie ihr Bewusstsein schwand. Ihre Gegenwehr erlahmte. Sie bekam kaum noch Luft. Pace zerquetschte ihr erbarmungslos die Kehle. Ihr wurde schwindlig. Ihr Blickfeld verengte sich. Ein letztes Mal bäumte sie sich auf. Sie wusste, wenn sie jetzt nachgab, war es vorbei. Ihre Finger krochen ihren Gürtel entlang. Sie *musste* das Messer finden.

Da ist es!

Nadia riss es heraus, brachte mit dem Daumen die Klinge in Bewegung. Die Feder besorgte den Rest. In greller Wut schwang Nadia den linken Arm in weitem Boden direkt gegen Paces Kopf.

Die Klinge grub sich in seine rechte Schläfe.

Pace erstarrte. Ein beinahe lächerlicher Ausdruck des Erstaunens erschien auf seinem Gesicht. Er gab keinen Laut von sich, blinzelte nur ein paarmal; dann kippte er zur Seite und blieb halb auf Nadia liegen.

Schaudernd vor Ekel schob sie den schweren, verschwitzten Körper von sich und vergewisserte sich, dass Pace wirklich außer Gefecht war. Er hatte keinen spürbaren Puls, doch um ganz sicherzugehen, packte Nadia die Flinte und schleuderte sie an das andere Ende des Raumes. Sie tastete nach ihrer Glock, fand sie ganz in der Nähe, steckte sie ins Holster und rappelte sich auf.

In diesem Augenblick kamen Carter und Umbridge durch die Tür.

»Du liebe Zeit, was ist passiert?«, fragte Carter.

»Ein Scheusal weniger.« Nadia atmete tief durch, starrte auf Pace und zeigte dann auf die Monitorwand. »Suchen wir Frank.«

Die drei betrachteten die flimmernden Monitore. Es war Nadia, die einen Bildschirm mit der Aufschrift »Segment 5« entdeckte. Er zeigte eine Reihe aufrecht stehender Tragen.

Und an diesen Tragen waren Ackerman, Knox, Peretti und November McAllister festgeschnallt.

Nadia schrie leise auf. Es kam ihr vor, als hätte sie soeben in der Lotterie gewonnen. Sie rannte aus dem Raum, während Carter ihr warnend nachrief, dass es Fallen geben könne. Doch Nadia konnte sich nicht mehr zurückhalten. Sie musste Ackerman befreien!

Nadia eilte den Korridor entlang. Irgendwo an diesem Gang, vielleicht ganz in der Nähe, musste der Raum mit Ackerman und den anderen sein. Sie entdeckte eine Stahltür mit einem Schaltfeld, auf dem ein roter und ein grüner Knopf zu sehen waren. Kurz entschlossen drückte sie auf den grünen. Ein Motor surrte. Langsam öffnete sich eine mechanische Tür. Nadia konnte nicht abwarten, bis sie sich ganz geöffnet hatte. Kaum war der Spalt breit genug, zwängte sie sich hindurch.

Und wurde augenblicklich von einem wütenden Gegner attackiert, mit dem sie nicht gerechnet hatte. Der Angreifer war blitzschnell und besaß Körperkräfte, denen Nadia nichts entgegenzusetzen hatte. Er hob sie von den Füßen und schleuderte sie zu Boden. Nadia schlug mit dem Rücken auf. Die Wucht des Aufpralls trieb ihr die Luft aus der Lunge.

Als sie benommen den Blick hob, schaute sie in Franks wutverzerrtes Gesicht.

Er ballte die Faust, holte zum Schlag aus.

Ich bin es, Frank!, schrie es in Nadia, doch sie brachte keinen Ton hervor.

Zum Glück zügelte er sich im letzten Moment. Ein merkwürdiger Ausdruck erschien auf seinem Gesicht. Sie sah in seinen Augen, dass er sich fragte, ob er den Verstand verloren habe.

Nadia holte tief Luft und brachte mühsam hervor: »Frank, ich bin's.«

Er stand auf und schüttelte den Kopf, als könne er noch immer nicht fassen, was er sah. Behutsam half er ihr hoch, nahm sie in die Arme und drückte sie fest. »Ich wusste, dass Sie mich finden«, sagte er.

Nadia merkte, dass ihr Tränen über die Wangen liefen, als sie die Umarmung erwiderte. »Ich dachte schon, wenn ich Sie das nächste Mal sehe, liegen Sie im Sarg.«

»Ich brauche keinen Sarg«, flüsterte er. »Falls von mir irgendwas übrig bleibt, möchte ich, dass es mit Bronze überzogen und in eine Statue verwandelt wird.«

Nadia lächelte und schmiegte sich an ihn. »Pssst, Frank. Sie verderben den Augenblick.«

VIERTER TEIL

Die Plantage

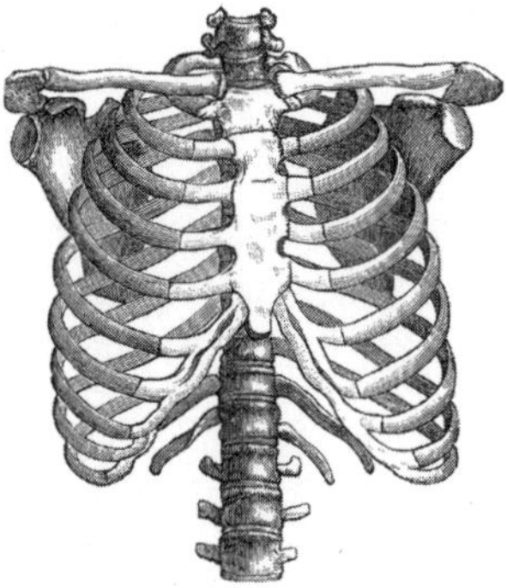

86

Ackerman saß auf dem Beifahrersitz von Umbridges aufgemotztem Dodge Charger. Carter lenkte den Wagen, Knox kauerte müde auf dem Rücksitz. Ackerman und der Marshal waren behandelt und eine Nacht zur Beobachtung in einem verschwiegenen Krankenhaus behalten worden, das dem FBI angeschlossen war. Anschließend hatten sie die Erlaubnis erhalten, an den Tatort zurückzukehren, der seit dem Abend von Kriminaltechnikern überschwemmt wurde. Nadia hatte Ackerman kurz im Krankenhaus besucht, sich aber rasch wieder auf den Weg gemacht, um sich die beschlagnahmten Computersysteme im Old City Jail genauer anzuschauen.

Ackerman hatte sich gefreut, Nadia zu sehen – mehr, als er erwartet hätte – und wieder ihren Duft nach Jasmin und Babyduft in die Nase zu bekommen. In den vierundzwanzig Stunden zuvor hatte er zu viel Blut, Tod und Schmerz gerochen.

»Sehr freundlich von Detective Umbridge«, sagte er nun zu Carter, »Ihnen ihr Auto zu leihen, solange wir in der Stadt sind.«

»Ich habe gestern mit ihr zu Abend gegessen«, entgegnete Carter. »Eine wunderbare junge Dame.«

Ackerman zog eine Braue hoch und sah seinen Vorgesetzten von der Seite an. »War das Essen dienstlicher oder privater Natur?«

Carter schüttelte den Kopf. »Sie ist eine hübsche Frau, aber nur halb so alt wie ich, und für einen Schürzenjäger bin ich zu betagt.«

»Ich will ja nicht behaupten, auf dem neuesten Stand zu sein, was Umgangssprache angeht«, entgegnete Ackerman, »aber ›Schürzenjäger‹ und ›betagt‹ sind ziemlich altmodische Wörter.«

»Finden Sie?«

»Ja. Aber im Prinzip haben Sie recht. Sie sind definitiv zu angestaubt.«

»Vorsicht«, sagte Carter lachend. »Aber ich gebe zu, ich bin nicht gerade der größte Womanizer des FBI.«

»Nein«, sagte Ackerman. »Dieser Ruhm gebührt Special Agent Theodore.«

»Was denn? Ihrem Hund?«

»Theodore hat so ziemlich alles durch, von Bulldog-Bitches, Terrier-Tussis, Labrador-Ludern und Schnauzer-Schnallen bis hin zu Mops-Miezen und Hundedamen größeren Formats. Da kennt er nichts.«

Carter schwieg und gab vor, sich ganz auf den Verkehr in der Innenstadt von Charleston zu konzentrieren. Doch Ackerman merkte ihm an, dass er über irgendetwas nachgrübelte.

»Was ist los, Schürzenjäger?«

»Ich weiß, dass Sie im Krankenhaus über alles nachgedacht haben«, antwortete Carter. »Zu welchem Schluss sind Sie gekommen?«

Ackerman überlegte kurz. »Ich muss mir erst ein paar Dinge im Old City Jail ansehen, bevor ich diese Frage beantworten kann.«

»Na kommen Sie schon«, drängte Carter. »Ich will ja keinen offiziellen Bericht. Nur Ihre Einschätzung.«

Ackerman schüttelte den Kopf. »Ich habe noch keine.«

Carter blickte in den Innenspiegel. »Was ist mit Ihnen, Inspector Knox?«

»Ich bin froh, dass sie tot sind. Die Kerle, die das verbrochen haben, meine ich. Am liebsten hätte ich sie eigenhändig umgebracht.«

Knox' Worte hingen einen Moment lang in der Luft. Carter und Ackerman schwiegen. Beide dachten das Gleiche: Waren diese Verbrecher wirklich tot? War Benny Pace wirklich der Black Rose Killer gewesen? Falls ja, hatte Ackerman ihm gegenübergesessen, um ihn dann laufen zu lassen. Hätte er genauer nachgeforscht, wäre vielleicht alles ganz anders gekommen. Nur glaubte Ackerman nicht daran. Er hatte eine andere Theorie.

»Wir haben nie überlegt, ob sie zu zweit sein könnten«, meinte er. »Ich habe mir Benny Paces Akte angesehen. Wenn ihr mich fragt, hat er dem Profil des Black Rose Killers kein bisschen entsprochen. Er ging nicht methodisch vor. Er hatte weder Beziehungen, noch war er besonders wohlhabend, noch war er intelligent genug. Der Mann erweckte gar nicht den Eindruck, dass er imstande sein könnte, eine Sache durchzuziehen, wie Black Rose sie durchgezogen hat. Aber wir haben nie in Erwägung gezogen, dass Black Rose einen Partner haben könnte. Je nachdem, wie diese Beziehung aussieht, könnte dieser Partner die Unterschiede erklären. Die Charaktermerkmale des Partners könnten die Lücken füllen, wo das Profil nicht mit dem von Pace zusammenpasst.«

»Sie glauben also nicht, dass Pace der Black Rose Killer war?«

»Pace war zweifellos in den Fall verwickelt. Und ja, er hat braune Augen. Ja, er hat Nadia gestalkt. Ja, er hatte das technische Wissen. Es scheint alles zu passen. Außerdem wurde die Maske des Black Rose Killers in Bennys Jackentasche gefunden. Am eindeutigsten ist, dass November McAllister mit völliger Sicherheit Benny Pace als den Mann identifizieren konnte, der sie verprügelt hat, nachdem sie am Farmhaus entführt worden war.«

»Ganz genau«, sagte Carter. »Ich habe sie gefragt, ob sie sich sicher ist, und sie hat es bejaht. Sie sagte auch, dass Black Rose bei allen anderen Gelegenheiten maskiert gewesen sei. Deshalb *kann* eigentlich nur Benny Pace der Black Rose Killer gewesen sein.«

»Ich wäre mir da nicht so sicher«, sagte Ackerman. »Ich muss mir im Old City Jail erst ein paar Dinge anschauen, bevor ich mehr dazu sagen kann. Außerdem reden Sie mit dem Falschen, Carter. Es ist Nadias Fall. Wenn sie mit dem Ermittlungsergebnis zufrieden ist, bin ich es auch.«

87

Ackerman zog mit dem Finger einen Kreis in die Luft und bat: »Noch einmal.« Er beugte sich vor, legte die Hände auf die Luftschläuche, die mit den Säcken verbunden waren, und spürte den Luftstrom in der Vorrichtung, als sämtliche Luft aus den Säcken gesaugt wurde. Er wartete drei Minuten; dann pumpte der mittlere Schlauch wieder Luft hinein, die beiden anderen aber nicht. Die Luft aus dem mittleren Schlauch schien knapp auszureichen, um einen Menschen am Leben zu halten.

Sie waren seit zwei Tagen an der Arbeit. Nadia hatte gute Fortschritte erzielt, was die Computersysteme betraf; Ackerman aber musste erst noch finden, wonach er suchte. Im Zuge ihrer Untersuchungen war Nadia auf eine Reihe von Programmanweisungen gestoßen, die sie für den Tötungsbefehl in Segment 6 hielt; die letzte »Morderlebniswelt« des Wurms, die der Stimme von der Decke zufolge niemand überleben sollte.

In dem letzten Spiel, vor dem Nadia sie alle bewahrt hatte, ging es um den Erstickungstod. Der Raum enthielt drei Behälter, die aussahen wie verstärkte Leichensäcke und mit Schläuchen an eine Maschine gekoppelt waren. Es waren Apparate wie der, mit dem Ackerman nun herumexperimentierte. Vorgesehen gewesen war, dass Ackerman, Knox und November in den Säcken liegen und darin am Ende ersticken sollten. Ackerman wusste, dass ähnliche Geräte in Fetisch-Kreisen für »Atemspiele« benutzt wurden, bei denen die Person ein Erstickungsgefühl durchlebte, ehe sie wieder aus dem Sack befreit wurde; außerdem bestanden die meisten Atemspiel-Säcke aus einem Material, das die Opfer von innen notfalls mit den Fingernägeln zerreißen konnten. Die Säcke aus Segment 6 jedoch waren extrem dehnbar und widerstandsfähig. Die Analysebefunde standen noch aus, doch Ackerman vermutete, dass es sich um eine Art Neopren handelte.

Er verließ das letzte Segment des Wurms und kehrte in den Kontrollraum zurück, wo Knox für ihn den Apparat bedient hatte. Als Ackerman hereinkam, starrte Knox ins Nichts, einen leeren, gequälten Ausdruck auf dem Gesicht.

Ackerman zog sich einen Stuhl heran. »Geht es immer noch nicht besser?«

Knox wich Ackermans Blick aus. »Kennen Sie den alten Witz mit dem Bären und der Wandergruppe?«, fragte er.

Ackerman nickte. »Wenn man in einer Gruppe im Wald unterwegs ist und einem ein Grizzly begegnet, muss man nicht schneller rennen als der Bär, nur schneller als der Langsamste in der Gruppe.«

»Genau. Ich bin das schwächste Glied der Kette. Ich bin der Langsamste und wurde vom Bären gefressen. Deshalb ist Leta jetzt tot.«

»Unsinn.« Ackerman legte ihm eine Hand auf die Schulter. »Es war nicht Ihre Schuld. Selbst wenn Sie nicht das Bewusstsein verloren hätten – Leta wäre auf dem elektrischen Stuhl gestorben. Keiner von uns sollte bei dem Spiel gewinnen, Knox. Wir alle sollten dran glauben. Für Letas Tod waren allein die kranken Irren verantwortlich, die dieses abartige Spiel inszeniert hatten.«

»Die beiden Männer, die Nadia erledigt hat?«

Ackerman nickte. »Und jeder, der mit ihnen zusammenarbeitete.«

Endlich richtete Knox den Blick auf Ackerman. »Leta hat mir die Schuld gegeben. Ich konnte es in ihren Augen sehen, als sie fiel … bevor die Klingen ihr Fleisch zerschnitten … als sie ihren letzten klaren Gedanken hatte. Ihr ganzer Schmerz und all ihre Verzweiflung richteten sich gegen mich. Sie hat mir alles vorgeworfen.«

Ackerman war sich nicht sicher, was er sagen sollte. Es war nicht gerade sein Spezialgebiet, Mitmenschen zu trösten. Er verstand sich viel besser darauf, andere in Furcht und Schrecken zu versetzen. Schließlich sagte er: »Sie haben mit den Mitteln, die Ihnen zur Verfügung standen, das Bestmögliche getan, Knox. Es war nicht Ihre Schuld. Eines Tages werden Sie das selbst erkennen. Bis dieser Tag gekommen ist, müssen Sie einfach nur daran glauben. So habe auch ich es immer gehalten, und ich habe sehr viel schlimmere Dinge getan als das, was Sie sich einreden. Dinge, die sich Ihrem Begreifen entziehen.«

Knox suchte Ackermans Blick. »Sie sind nicht der, der Sie zu sein vorgeben, stimmt's?«

»Und wer bin ich?«

»Francis Ackerman junior.«

Ackerman lächelte. »Wie kommen Sie darauf?«

»Angeblich sind Sie tot …«, flüsterte Knox.

»Ich fühle mich aber ganz lebendig.«

Knox beugte sich zu ihm. »Peretti hatte Sie sofort an Ihren Narben erkannt. Und ich habe Sie kämpfen sehen. Ich habe gesehen, wie unfassbar schnell Sie sind und welche Kräfte Sie entwickeln. So etwas habe ich noch nie erlebt. Und dann noch Ihre Vorgeschichte … alles passt. Und da ist noch etwas. Sie hatten Wassilik von diesen flüchtigen Gesichtsausdrücken erzählt, die bei allen Menschen gleich sind und die verraten, was jemand wirklich empfindet, auch wenn die Worte etwas anderes vermitteln. Immer wenn Sie behaupten, Franklin Stine zu sein, kann ich sehen, dass das nicht stimmt.«

»Tatsache?«

Knox nickte. »Sie haben genauso reagiert wie dieser Wassilik.«

Ackerman lächelte. »Nun ja«, meinte er, »manchmal bin ich halt auch nur ein Mensch.«

88

Tatortermittler von FBI und Charleston Police Department hatten sich auf das Old City Jail gestürzt wie ein Schwarm wütender Hornissen. Auf Carters Anweisung brachten sie eine der modernsten mobilen Kommandozentralen des FBI mit. An Bord dieses Fahrzeugs saß der Deputy Director in einem Ledersessel im Konferenzraum – hypermodern eingerichtet und voller Hightech. Carter hatte die Füße auf den Konferenztisch gelegt und leerte seine Kaffeetasse, ehe er zu

Ackerman und Nadia blickte. »Okay, ihr zwei. Sagt mir etwas, das ich noch nicht weiß.«

Ackerman bedeutete Nadia, als Erste zu antworten. Sie beugte sich vor und schilderte ihre Versuche, die Zuschauerliste des Wurms auszuwerten und anhand des Videomaterials auf den beschlagnahmten Servern abzuschätzen, wie viele Opfer in den jeweiligen Segmenten gestorben waren. Die Anzahl hatte die fünfzig bereits überschritten.

Als Nadia fertig war, wandte Carter sich Ackerman zu. »Okay, Frank, Sie hatten Zeit. Jetzt beantworten Sie meine Frage: Ist die Sache ausgestanden? War Benny Pace der Black Rose Killer?«

Ackerman fuhr sich mit der Hand durchs Haar und stand auf. »Ich gebe zu, ich konnte bisher keinen Beweis dafür finden, dass jemand anders als Benny Pace unser Mörder war. Trotzdem gibt es Anomalien, die darauf hindeuten, dass mehr hinter der Geschichte steckt, als wir wissen.«

»Was für Anomalien?«, fragte Carter.

Ackerman gehörte nicht zu denen, die Notizen und Tagesordnungspunkte vorbereiten; stattdessen sagte er nach kurzem Nachdenken: »Diese Typen hatten ein Drehbuch, irgendeinen niedergeschriebenen Text. Ist das nicht seltsam? Also, mir kommt es merkwürdig vor, dass ein Killer wie Black Rose seine Gedanken aufschreiben muss. Ich meine, das wäre sein großer Augenblick gewesen. Drei seiner Bräute töten, dazu drei Ermittler, die ihn jagen … es war sozusagen der Höhepunkt seiner Karriere. Da hätten ihm doch ganz von allein irgendwelche großen Worte einfallen müssen.«

»Mag sein, aber beweist nichts«, entgegnete Carter. »Außerdem hatte er einen Partner. Vielleicht haben sie gemeinsam am Text gearbeitet und ihn aufgeschrieben. Außerdem war er auf Sendung. Er könnte Lampenfieber gehabt haben.«

»Möglich«, gab Ackerman zu.

»Was ist mit November?«, warf Nadia ein. »Es war Benny Pace, den November in ihrem unterirdischen Gefängnis gesehen hat.«

»Das bringt mich zu meinem nächsten Argument«, erwiderte Ackerman. »Ich vermute, das Spiel im letzten Wurmsegment hätte damit geendet, dass zwei von uns gestorben wären, aber einer hätte überlebt – und das möglicherweise, ohne dass die Zuschauer es ahnten.«

»Und Sie glauben, die Überlebende wäre November McAllister gewesen?«, fragte Carter.

Ackerman nickte, legte die Hände auf den Tisch und suchte den Blickkontakt zu seinem Vorgesetzten. »Wenn Benny Pace gar nicht der Black Rose Killer war und wir alles unter diesem Gesichtspunkt betrachten, gab es einen Drahtzieher im Hintergrund, der Pace als unseren Mörder hingestellt hat. Sein offensichtlicher Grund: Er will auf diese Weise ungestraft davonkommen. Wenn wir es so betrachten, waren Leta und Kirstin folgerichtig die Ersten, die sterben mussten. Sie waren lange in Gefangenschaft und hatten viele Stunden mit Black Rose verbracht. November dagegen war gerade erst angekommen. Sie war zwar schon vorher entführt worden, aber sein Gesicht hatte sie erst jetzt gesehen, und auch nur einmal. Wenn Black Rose es so geplant hatte, wie wir vermuten, hatte er Pace möglicherweise versprochen, dass er November als Bonus für seine Arbeit bekommen sollte oder etwas in der Richtung. In Wirklichkeit aber hätte November überlebt, während Pace von Fedir ermordet worden wäre. Er hätte es nach einem Selbstmord aussehen lassen. November hätte den Black Rose Killer identifiziert, und der Fall wäre sauber abgeschlossen gewesen. Als Nadia auf den Plan trat, hat sie genau das verhindert, und nun hat die Geschichte, die uns präsentiert wird, ein paar Lücken.«

Carter schüttelte den Kopf. »Das sind alles Mutmaßungen, Frank. Haben Sie einen konkreten Hinweis auf einen Drahtzieher oder eine Vermutung, wer es sein könnte?«

Ackerman zögerte. Er hatte tatsächlich jemanden im Sinn. Er hatte es in seinem »Gedächtnispalast« gesehen – eine Gabe, über die er verfügte, seit sein Vater chirurgische Veränderungen am Gehirn seines Sohnes vorgenommen hatte. Ackermans Verstand konnte aus winzigsten Beobachtungen und Erinnerungsfetzen scharfe Bilder erstellen, klare Gedanken formulieren und logische Schlüsse ziehen.

Black Rose war vermutlich der Sohn eines Geschäftsmannes oder Politikers. In dem Zusammenhang wiederum waren Ackerman zwei Personen in den Sinn gekommen: David Crane und sein Sohn Ezra, der ausgesprochen reges Interesse an Nadia gezeigt hatte und obendrein während der Zeit, als Nadia häufig in der Firma ihres Vater gewesen war, bei AIM angestellt gewesen war.

Doch Nadia und Crane hatten am Abend zuvor ein Restaurant besucht. Außerdem besaß Ackerman nichts, was über ein Bauchgefühl und eine oberflächliche Übereinstimmung mit dem Profil hinausgegangen wäre. Deshalb schwieg er vorerst, was Ezra Crane betraf. Falls er völlig falschlag, und Ezra war Nadias Chance auf eine glückliche Zukunft, wollte er keine unnötigen Zerstörungen anrichten. Das bedeutete aber keineswegs, dass er nicht auf sie achtgab und wie ein Bluthund in Ezra Cranes Welt herumschnüffelte.

Ackerman dachte an den vergangenen Abend zurück. Nadia hatte mit Crane im Restaurant ihres Hotels zu Abend gegessen. Ackerman hatte sie die ganze Zeit beobachtet, Ezra heimlich studiert und herauszufinden versucht, ob er der Psychopath war, für den Ackerman ihn hielt. Doch Ezra hatte sich ganz normal verhalten. Er war charmant und ein perfekter Gentleman gewesen. Er war sogar ein Mann, wie Ackerman sich ihn an Nadias Seite vorstellen konnte.

»Was ist mit der Schraube?«, wollte er dann wissen. »Dieser Schlüsselschraube, die uns zu AIM geführt hat. Wie hoch ist die Wahrscheinlichkeit, dass Benny Pace, der nichts mit AIM zu tun hat, später eine Schraube benutzt, wie sie ausschließlich bei AIM hergestellt wird?«

Carter zuckte mit den Schultern. »Das ist verdächtig und definitiv eine offene Frage.«

Ackerman lächelte. »Deshalb suche ich weiter.«

»Gut.« Carter nickte. »Je mehr Distanz dieser Kerl zwischen sich und den Fall bringen kann, desto schwieriger wird es für uns, ihn zu fassen.« Er blickte erst Nadia, dann Ackerman an. »Okay, Leute, wenn ihr nichts mehr habt – das wär's von meiner Seite.«

Ackerman dachte über Carters Worte nach, als er den Konferenzraum verließ. Er hoffte, dass sie nicht schon zu spät waren.

In diesem Fall nämlich hätte Black Rose, falls er noch auf freiem Fuß war, und ob es sich nun um Ezra Crane handelte oder nicht, sie erneut besiegt.

89

Nach der Besprechung kehrte Nadia ins Kontrollzentrum des Wurms zurück, um daran zu arbeiten, sämtliche Bitcoin-Zahlungen zurückzuverfolgen, die auf dem Auktionssystem der Dark-Web-Site getätigt worden waren. Es gab viel zu tun, aber diesen Teil der Untersuchungen mochte Nadia ganz besonders. In dieser Phase ernteten die Ermittler die Früchte ihrer Arbeit. Sie hatten die Haupttäter gefasst und einen Berg an Zusatzinformationen gefunden, die sie zu Mittätern führen würden. Alles in allem hätte aus kriminalistischer Sicht nichts besser laufen können.

Zumindest sagte sich Nadia das. Sie hatte indes das gleiche Bauchgefühl wie Ackerman: dass sie noch immer nicht das ganze Bild kannten. Es gab jedoch Fälle, in denen das Gesamtbild niemals ans Licht kam, wie jeder Ermittler wusste.

In das Abendessen mit Ezra Crane hatte Nadia nur eingewilligt, weil sie hoffte, den Nebel weiter zu lichten. Allerdings hatte sie weder Ackerman noch Carter etwas von ihren Absichten mitgeteilt. Ihnen gegenüber hatte sie es wie ein normales Treffen alter Bekannter hingestellt. Insgeheim aber hegte Nadia einen Verdacht gegenüber Ezra; deshalb wollte sie ihn ein wenig genauer in Aktion beobachten.

Tagelang hatten Nadia, Ackerman und die anderen geschuftet, um jede noch so winzige kriminalistische Erkenntnis zu erlangen, die sich gewinnen ließ. Doch sie kamen einfach nicht weiter, was den Black Rose Killer anging. Dann hatte Ezra angerufen und sie, Nadia, zum Abendessen eingeladen. Diese Chance konnte sie sich unmöglich entgehen lassen.

Leider hatte Ezra sich als perfekter Gentleman erwiesen, ganz so, wie seine Akte ihn darstellte. Er war Nadia wie der geborene Politiker erschienen, und wie bei vielen Politikern hatte alles zugleich unecht und dennoch überzeugend gewirkt. Bei einigen Themen hatte sie versucht, ihn zu provozieren, um zu sehen, wie er reagierte – um wenigstens eine Regung in seinem Gesicht wahrzunehmen, die ihr einen Hinweis auf den Mann hinter der Fassade lieferte. Einen

Riss in der Maske, die den Dämon sichtbar machte, der sich darunter versteckte. Doch Ezra gab nichts preis.

In Nadia waren immer stärkere Zweifel aufgekommen, ob Ezra wirklich der Mann war, der zu sein er vorgab. Während des ganzen Abends hatte nur eines ihr Herz schneller schlagen lassen: das Wissen, dass Ackerman in der Nähe war, irgendwo im Dunkel – ihr persönlicher Schutzengel, der sie keine Sekunde aus den Augen ließ. Zwar hatte Ezra deutlich gemacht, dass er sich zu ihr, Nadia, hingezogen fühlte, aber bei Ackerman war es eine ganz andere Geschichte. Ezra Crane mit Francis Ackerman vergleichen zu wollen war lächerlich.

Ackerman hatte kein Wort über den peinlichen Vorfall im Hotelzimmer verloren. Er war darüber hinweggegangen, als wäre nichts geschehen – und im Grunde war es ja auch so, was Nadia im Nachhinein mehr bedauerte als ihren Schwips. Obwohl sie verständlicherweise froh darüber war, dass Gras über die Sache wuchs, wünschte sie sich gleichzeitig, dass Ackerman die ganze Geschichte zumindest einmal ansprach.

Letztendlich aber war es wohl am besten, wenn sie so taten, als wäre nie etwas vorgefallen. Solange sie zusammen arbeiteten, schien alles in Ordnung zu sein, aber es war nicht zu verkennen, dass Ackerman mehr und mehr Zeit ohne sie verbrachte. Nadia redete sich ein, dass es daran liege, dass sie und Frank unterschiedliche kriminalistische Ansätze verfolgten, aber früher hatten sie zumindest hin und wieder zusammen gegessen. Jetzt schützte Ackerman jedes Mal vor, keinen Hunger zu haben, oder er bat sie, ihm etwas mitzubringen. Vielleicht lag es tatsächlich an dem Fall, machte Nadia sich klar. Vielleicht lag es aber auch daran, dass Ackerman ihr mehr bedeutete, als sie sich einzugestehen bereit war.

Nach zwei Stunden harter Arbeit brauchte Nadia frische Luft. Vor dem Eingang zum Old City Jail mit dem Kontrollraum für den Wurm bog sie ab und ging zur Vorderseite des düsteren alten Gebäudes, von wo aus man in ein normales Wohnviertel gelangte. Nadia trat auf eine Tatortermittlerin zu, eine ältere Frau mit gebräuntem, lederartigem Gesicht und weißen Haaren, die einen Overall mit der Aufschrift *FBI* trug. Sie rauchte eine Zigarette. Als Nadia näher kam, lächelte die Frau sie an. »Hi«, sagte sie und hielt ihr die Schachtel hin. »Auch eine?«

Nadia schaute auf die Zigarettenschachtel, die ihr in diesem Augenblick seltsam verlockend erschien. Sie konnte nicht sagen, wieso stressige Situationen in ihr den Wunsch nach einer Zigarette weckten; sie hatte nie geraucht. »Nein, danke«, sagte sie.

»Gute Entscheidung«, erwiderte die Tatortermittlerin. »Wie lange ist es her, dass Sie aufgehört haben?«

»Hab nie damit angefangen.«

Die Frau mit dem Ledergesicht steckte die Zigarettenschachtel ein. »War 'ne gute Idee«, meinte sie, trat die Kippe aus und kehrte an den Tatort zurück.

Nadia schaute zum Himmel und schloss einen Moment lang die Augen. Sie spürte die Sonne auf dem Gesicht, genoss die frische Luft, hörte die fernen Geräusche der Stadt. Wie schön es war zu leben.

In diesem Moment summte das Handy in ihrer Tasche. Unwillig zog sie es hervor und war überrascht, eine SMS zu sehen, die über die Nummer ihres Vaters gesendet worden war.

Muss dringend mit dir sprechen. Du triffst mich gleich um die Ecke. Du bist doch am Tatort?

Nadia sah, dass eine Positionsmarkierung an die Nachricht angehängt war. Ihr Vater musste außerhalb der Polizeiabsperrung geparkt haben.

Sie überlegte, ob sie Ackerman benachrichtigen sollte,

damit er ihr Schützenhilfe leistete. Aber das wäre wohl ein bisschen übertrieben; schließlich ging es nur um ein Gespräch mit ihrem Vater. Das bekam sie wohl noch allein hin. Sollte ihr Vater etwas zum Fall zu sagen haben, konnte sie die Informationen später dem Team übermitteln.

Nadia klickte die Positionsmarkierung an, die ihr Vater gesendet hatte, und folgte ihr die Straße entlang. Sie passierte die Absperrungen, die das Charleston Police Department errichtet hatte und ging an den Reihen aus Reportern und Gaffern vorüber, die selbst Tage nach der grausigen Entdeckung des Mordhauses noch immer scharenweise herumlungerten.

Eine Querstraße weiter bog sie nach der Wegbeschreibung ihres Smartphones in eine Nebenstraße ab. Hier musste es sein. Sie ließ den Blick schweifen, konnte den Wagen ihres Vaters aber nirgendwo entdecken. Am Straßenrand standen nur ein alter Hyundai, ein neuerer Jetta, ein Lieferwagen mit der Aufschrift eines Catering-Services und ein ramponierter alter Chevy-Pick-up. Keines der Fahrzeuge sah danach aus, als könne ihr Vater sich dazu herablassen, hinter ihrem Lenkrad Platz zu nehmen.

Nadia schüttelte den Kopf. Technik konnte großartig sein – so sie denn funktionierte. Sie nahm ihr Handy heraus und wollte ihrem Vater: *Wo bist du?* simsen, damit er ihr eine neue Position schickte, aber noch ehe sie zu Ende getippt hatte, geschah es.

Zwei Männer, die in den Schatten gelauert hatten, stürmten aus ihrem Versteck auf sie zu. Einer sprühte ihr etwas ins Gesicht, das entfernt nach chemischer Reinigung roch. Nadia schlug die linke Hand vor den Mund und griff mit der Rechten nach ihrer Pistole, war aber nicht schnell genug. Der andere Mann ging auf sie los und packte sie. Nadia versuchte zu schreien, doch die Angreifer hielten ihr den Mund zu. Obwohl sich bereits Schatten vor ihre Augen legten und ihr Blick verschwamm, sah Nadia, wie sich die Tür des Lieferwagens öffnete und zwei weitere Männer heraussprangen.

Bevor die chemische Keule vollends zuschlug, spürte Nadia, wie sie gepackt und in den Van geworfen wurde. Sie merkte noch, wie sie auf den kalten Boden des Lieferwagens prallte, und hörte das Krachen der Türen.

Dann gab es nichts mehr.

90

Sebastian Knox war von den Erlebnissen noch immer wie benommen, als er in der mobilen Kommandozentrale E-Mails beantwortete. Seine Vorgesetzten beim US Marshals Service hatten ihn für seine gute Arbeit belobigt. Es war ihm gelungen, seinen Auftrag zu erfüllen und November McAllister zu finden. Zudem war sie relativ unversehrt davongekommen – zumindest in einem Stück.

Von Leta, Kirstin und Peretti konnte man das nicht behaupten. Knox hatte Peretti zwar nur kurze Zeit gekannt, hatte den Detective aber sympathisch gefunden, weil der Mann ein Herz hatte, das genauso groß war wie sein Bauch. Seine Vorgesetzten nannten Knox einen Helden, weil er zur Aufklärung des Falles beigetragen und seinen Auftrag erfolgreich abgeschlossen hatte, aber er kam sich keineswegs wie ein Held vor, sondern fühlte sich eher als Versager.

Franklin Stine oder Francis Ackerman junior oder wer immer er sein mochte saß am Terminal neben Knox. Stine hatte sich nicht weiter zu Knox' Verdacht geäußert, und Knox hatte nicht nachgebohrt – der Fall hatte sie zu sehr in Anspruch genommen. Jetzt schnalzte Ackerman laut mit der Zunge, während er durch Bilder scrollte, die auf Benny Paces Festplatten und in seinen Social-Media-Auftritten gefunden worden waren.

»Ich dachte, man hätte bereits über alle diese Fotos Gesichtserkennungen laufen lassen«, bemerkte Knox.

»Hat man auch, aber ich selbst hatte die Bilder noch nicht durchgesehen«, antwortete Ackerman. »Und wir sind an einem Punkt, wo ich nach dem sprichwörtlichen Teufel suche, der im Detail steckt.«

»Na dann viel Glück«, murmelte Knox. »Kommt mir so vor, als läge unser Besuch bei Pace eine halbe Ewigkeit zurück. Die Pornofilme, die er sich angeschaut hat. Diese hässlichen Clownsfiguren. Der grässliche Keller. Die vielen Fotos an den Wänden …«

Plötzlich veränderte sich der Ausdruck in Ackermans Augen. Irgendeine Erinnerung im Zusammenhang mit dem Besuch bei Benny Pace war in ihm aufgeblitzt, nur konnte er sie nicht fassen. Was war es gewesen? Einer der Clowns? Irgendein Einrichtungsgegenstand? Eines der Fotos? Ja, da war etwas gewesen. Ein Foto von Benny … auf einem alten Motorrad …

In diesem Moment fiel es ihm ein. »Erinnern Sie sich an die Erinnerungsfotos, Knox?«

»Ja, alles Familienkram«, erwiderte Knox. »Sie sahen aus, als gehörten sie seiner Großmutter. Offenbar hatte er die Fotos nie ausgetauscht – genau wie die Clowns. Wie kommen Sie jetzt darauf?«

»Ich glaube, da gab es ein Bild, auf dem Pace als Highschoolboy in einer Gruppe anderer Schüler zu sehen war. Auf einem Motorrad. Erinnern Sie sich?«

Schulterzuckend erwiderte der Marshal: »Kann ich nicht behaupten.«

»Haben Sie einen Ersatzmietwagen für Ihren gestohlenen Impala beschafft?«

»Ja. Warum fragen Sie?«

»Ich würde gern noch mal zu Paces Haus fahren – in Ihrer Begleitung, versteht sich.«

Knox schaute auf die Uhr. Es wurde spät; die Zeit fürs Dinner war vorbei. »Okay«, sagte er, »aber wir holen uns unterwegs etwas zu essen. Sie bezahlen.«

Als sie Benny Paces Haus erreichten, standen dort ein Streifenwagen des Charleston PD und der Van eines Kammerjägers. Ackerman nahm an, dass sie Bennys Ratten aus dem Keller entfernten. In Anbetracht der Verwicklung Paces in die Geschichte mit dem Wurm fragte sich Ackerman, ob es mit den Ratten mehr auf sich hatte – ob sie irgendeinem düstereren Zweck gedient hatten. Vielleicht gehörten sie zu einem anderen Segment des Wurms und wurden hier aufbewahrt. Möglicherweise aber waren sie einfach nur Bennys Haustiere gewesen. Wie dem auch sein mochte, die neuen Eigentümer wollten wohl kaum, dass Ratten in der Größe von Erdhörnchen durch ihren Keller flitzten.

Ein Polizist hielt sie vor der Tür auf. Ackerman wies sich aus, damit sie ins Haus durften. Er musste zugeben, manchmal hatte es seine Vorteile, auf der richtigen Seite des Gesetzes zu stehen. Im Haus ging er unverzüglich ins Wohnzimmer und suchte nach dem Foto, das er im Gedächtnis hatte. Knox folgte ihm, aber statt sich die Bilder anzusehen, ließ er sich erneut von den Clowns ablenken. »Ein Segen«, sagte der Marshal, »dass wir es im Wurm nicht auch noch mit irgendwelchen Horror-Clowns zu tun bekommen haben.«

Ackerman verzog das Gesicht. »Wir *haben* es mit einem Horror-Clown zu tun bekommen«, murmelte er und suchte weiter nach dem Foto. Eine Sekunde später sah es er. Er riss es aus dem Regal und sagte: »Schauen Sie sich das an, Knox.« Er wies auf einen der Jungen auf dem Foto, der sandblonde Haare und braune Augen hatte. »Das ist Benny Pace.« Dann zeigte er auf einen anderen Jungen mit dunklem Haar und strahlend blauen Augen. »Und das hier«, sagte er, »ist Ezra Crane.«

Beide Jungen waren im Highschoolalter. Zu viert saßen sie auf einer altersschwachen Honda und grinsten unternehmungslustig in die Kamera. Ezra Crane hatte den Arm um Benny gelegt.

»Also waren Crane und Pace schon auf der Highschool befreundet«, meinte Knox. »Das gibt uns definitiv eine Verbindung, nach der wir ihn befragen können. Zusammen mit dieser Schlüsselschraube von AIM bringen wir Crane damit vielleicht sogar ins Schwitzen. Wenn er seinen besten Freund von der Highschool als Sündenbock benutzt, wie lange hat er das alles dann schon geplant?«

Ackerman betrachtete wieder das Foto. »Ich glaube, Benny Pace war immer schon der Sündenbock. Der junge Ezra hatte keine Freunde. Er hatte bloß Marionetten, die er wie Werkzeuge benutzte. Jung-Ezra kannte seine Veranlagung und wusste sehr genau, dass er irgendwann einmal Kapitalverbrechen begehen würde und deshalb später einen Sündenbock brauchte, dem er seine Verbrechen anhängen konnte. Deshalb machte er sich jemanden zum Freund, den er manipulieren, sogar an seinen Taten beteiligen konnte. Dieser Freund war Benny. Sollten ihm jemals die Cops auf die Spur kommen, konnte Ezra den Freund ablegen, wie eine Schlange die Haut abstreift. Ja, genau das war Benny all die Jahre lang für Ezra, wenn der ein Opfer entführte oder ein anderes Verbrechen beging: Ezra trug Benny gewissermaßen wie eine Haut. Schon damals, als er Nadia vergewaltigte, hat er getönte Kontaktlinsen getragen. Ezra Crane hat schon als Halbwüchsiger geplant, seine Verbrechen irgendwann einmal auf Benny abzuwälzen, damit er selbst ungeschoren davonkommt.«

»Eine abenteuerliche Theorie«, meinte Knox.

»Haben Sie eine bessere?«, fragte Ackerman.

»Nein«, gab der Marshal zu. »Aber was sollen wir damit anfangen? Was unternehmen wir als Nächstes?«

Ackerman überlegte kurz. »Hören wir uns an, was Carter und Nadia davon halten.« Auf dem Handy wählte er die Nummer des Deputy Directors. Als Carter sich meldete, erklärte Ackerman, was sie entdeckt hatten und was er dahinter vermutete.

»Und was hält Nadia davon?«, fragte Carter, nachdem Ackerman geendet hatte.

»Ich habe noch nicht mit ihr gesprochen. Ich dachte, dass Sie Nadia hinzuziehen, sodass wir dann entscheiden können, wie wir weiter vorgehen.«

»Das würde ich gern tun«, erwiderte Carter, »nur habe ich Nadia schon eine Weile nicht mehr gesehen. Ich dachte, sie wäre mit Ihnen und Knox gefahren.«

Ein düstere Ahnung erfasste Ackerman. »Nein, sie hat in der Kommandozentrale gearbeitet.«

»Sie ist schon seit zwei Stunden nicht mehr in der Kommandozentrale. Ich war die meiste Zeit hier.«

Ackerman spürte, wie sein Puls sich beschleunigte. Er bat Carter, einen Moment zu warten, und rief eine App auf, mit der er die GPS-Koordinaten von Nadias Handy abfragte. Die Position, die ihm gemeldet wurde, lag zwei Häuserblocks östlich vom Old City Jail. Er machte ein Bildschirmfoto der Örtlichkeit und sendete es an Carter. »Sehen

Sie das?«, sagte er. »Dort lässt sich Nadias Handy orten. Was hat sie da zu suchen? Verdammt, wir müssen es schnellstens überprüfen.«

»Ich schicke jemanden hin.«

Ackerman hörte, wie Carter mehreren FBI-Agenten in der Nähe Befehle erteilte. Während er wartete, fühlte er sich fast so ohnmächtig und nutzlos wie im Bauch des Wurms.

Es traf ihn wie ein Schlag in den Magen, als Carter sich wieder meldete. »Sie haben das Handy gefunden, aber keine Spur von Nadia.«

»Ezra Crane«, flüsterte Ackerman. »Der Mistkerl hat sie entführt.«

»Das können wir nicht mit Sicherheit sagen, Frank. Wir sollten keine voreiligen Schlüsse ziehen.«

»Sie wissen verdammt gut, was passiert ist. Der Kerl hat Nadia dorthin gelockt und sie sich geschnappt.«

»Sie müssen sich irren«, widersprach Carter. »Crane bleibt mit Ach und Krach eine Verurteilung wegen mehrfachen Mordes erspart, weil er die ganze Sache jemand anderem angehängt hat. Wieso sollte er jetzt so etwas Riskantes tun?«

»Weil er immer selbstsicherer wird. Crane hat seine gesamte Existenz im Schatten verbracht. Er hat versucht, nicht aufzufallen und keine allzu hohen Wellen zu schlagen, aber er ist immer dreister geworden. Nach seinem jüngsten Triumph fühlt er sich drei Meter groß und kugelfest. Können Sie Cranes Handy orten? Wenn wir ihn finden, finden wir Nadia.«

Carter schwieg einen Moment. »Geben Sie mir fünf Minuten. Ich rufe Sie zurück.«

Während sie warteten, schritt Knox nervös auf und ab. Ackerman setzte sich aufs Sofa, legte den Kopf ins Kissen zurück, schloss die Augen und malte sich die Schrecklichkeiten aus, die Ezra Crane würde erdulden müssen, wenn er ihm, Ackerman, in die Hände fiel.

Ackerman nahm beim ersten Klingeln ab, als Carter sich drei Minuten später meldete. »Wir haben seine Position«, sagte der Deputy Director. »Wie es aussieht, ist er auf Hill House, einer alten Plantage, die seiner Familie gehört. Er ist im Moment in der Villa. Genauer gesagt, sein Handy ist dort.«

»Schicken Sie mir die Einzelheiten. Wir brechen sofort auf.«

»Langsam, langsam«, sagte Knox. »Wollen wir nicht auf das Charleston Police Department warten? Wir haben nichts in der Hand.«

Carter hatte Knox' Einwurf gehört. »Knox hat recht«, sagte er. »Wir haben keinerlei Beweise, Frank. Ich kann nicht rechtfertigen, die Villa zu stürmen. Mit dem, was wir haben, erhalten wir nie und nimmer einen gerichtlichen Beschluss.«

»Ich habe alle Beweise, die ich brauche«, entgegnete Ackerman. »Ezra Crane ist unser Täter, und er hat unser Mädchen. Ich werde sie zurückholen. Tja, manchmal präsentiert das Leben einem simple Schlussfolgerungen und simple Entscheidungen. Das hier ist so ein Moment.«

Carter seufzte. »Okay, wir treffen uns an der Abfahrt der Route 17. Ich bringe ein paar Spielzeuge aus der Kommandozentrale mit. Ich weiß, dass Sie Ihre gewohnten Waffen nicht mehr haben.«

Als Carter die Waffen erwähnte, durchfuhr Ackerman ein jäher Stich, weil sich das Bowie-Messer mit dem Knochengriff und seine anderen Waffen nun in den Händen Wassiliks und Black Roses befanden.

»Noch kein Glück bei der Wiederbeschaffung?«, fragte er.

»Leider nicht.« Carter schüttelte den Kopf. »Aber keine Bange. Ich bringe Ihnen neues Spielzeug mit. Also, bis gleich.«

Carter legte auf, und Ackerman steckte das Handy zurück in die Tasche und verzog das Gesicht. Vermissen würde er sein Waffenarsenal auf jeden Fall, denn es bestand nicht nur aus Gegenständen, die sich für seine Zwecke perfekt eigneten, sie besaßen für Ackerman auch einen ideellen Wert. Jede seiner Waffen war eine Erinnerung an die Jagd auf ein Ungeheuer in Menschengestalt – die Faustmesser in seiner Gürtelschnalle, die einst dem »Gladiator« gehört hatten, oder die Taurus Judge, die er gegen den »Propheten« und den »Anarchisten« eingesetzt hatte. Das Bowiemesser mit dem Knochengriff hatte Ackerman auf der Jagd nach Thomas White gekauft; es war seinem irrsinnigen Vater sogar tief ins Fleisch gedrungen.

Ackerman zuckte die Achseln. Nichts war von Dauer. Selbst solche liebgewordenen Habseligkeiten konnte man binnen eines Lidschlags verlieren.

Er wandte sich Knox zu. »Ich werde Ihren Wagen brauchen. Nehmen Sie ein Taxi zurück zum Gefängnis, okay?«

Knox sah ihm in die Augen. »Ich begleite Sie. Ich muss diese Sache bis zum Ende mitmachen. Wenn Ezra Crane wirklich der ist, für den Sie ihn halten, muss er sich für den Tod von Leta, Kirstin, Peretti und all den anderen verantworten.«

Ackerman nickte. »Also gut, kommen Sie mit.«

91

Nadia träumte davon, wie sie als Kind mit ihrem Bruder den historischen Angel Oak Tree bei Charleston besucht hatte, eine uralte Virginia-Eiche mit ausladenden Ästen. Es war ein wundervoller Traum, der jedoch abrupt beendet wurde, als ein stechender Geruch sie aus der Welt angenehmer Erinnerungen riss. Es war der beißende Gestank nach Ammoniak, einem Bestandteil von Riechsalz.

Nadia schlug die Augen auf. Sie rechnete damit, ein unterirdisches Gefängnis oder eine Zelle aus Beton zu sehen. Stattdessen sah sie sich von Pracht und Eleganz umgeben.

Sie befand sich in einem altmodischen, viktorianischen Esszimmer. Der Tisch war lang und dunkel und mit kostbarem kobaltblauem Porzellan gedeckt, dessen feine Musterung aus echtem Gold bestand. Über dem Tisch hing ein Kristalllüster, und zu ihrer Rechten entdeckte sie einen massigen, drei Meter hohen Spiegel. Er schien in Mahagoni gerahmt und mit Gold verziert zu sein. Im Zimmer roch es nach Kaminfeuer und Möbelpolitur. Sie sah einen gemauerten Kamin und Vitrinen aus dunklem Holz, die normalerweise das Porzellan enthielten. Wären die Fesseln nicht gewesen, die sie an ihrem Stuhl hielten – Nadia hätte glauben können, zu einem Festmahl eingeladen zu sein.

Neben ihr saß Ezra Crane. Sein Stuhl war ihr zugedreht, sodass er sie betrachten konnte, den Ellbogen auf dem Tisch, den Kopf auf die Hand gestützt. In den Ecken des Zimmers standen zwei Männer mit schwarzen Panzerwesten und Kalaschnikows.

Mit seinem perfekten, aber ausdruckslosen Lächeln sagte

Ezra: »So gern ich dich im Schlaf beobachtete, meine Liebe, unsere anderen Gäste werden bald kommen, und vorher wollte ich ein wenig mit dir plaudern.«

»Wo bin ich, Ezra? Was zum Teufel soll das?«

Er neigte den Kopf zur Seite. »Oh, ich glaube, du weißt genau, was vor sich geht. Du musst wissen, es ist mir sehr zuwider, dass es so weit gekommen ist. Ich hatte ernsthaft erwogen, dich zu umwerben in der Hoffnung, dass du dich in mich verliebst und einwilligst, meine Frau zu werden. Ich glaube, es hätte mir gelingen können. Wenn ich will, kann ich sehr charmant und romantisch sein. Aber bei unserem Dinner gestern Abend wurde mir klar, dass man vor einem wahren Seelengefährten nicht die ganze Zeit eine Maske tragen kann. Vor dir, Nadia, will ich ich selbst sein. Ich will die Maske abnehmen und dir zeigen, was sich darunter verbirgt. Ich möchte, dass du mein wahres Ich kennenlernst. Und mehr noch möchte ich *dein* wahres Ich kennenlernen. Vielleicht glaubst du jetzt, deine Gefangenschaft wird schrecklich sein, aber ich versichere dir, du wirst hier behandelt wie eine gefangene Prinzessin, die du ja auch bist. Du bist wahrhaft meine Helena von Troja.«

Nadia hätte beinahe laut aufgelacht bei dem Gedanken, sie könne als Ezras gefangene Braut enden, die in einem unterirdischen Verlies als seine persönliche Sexsklavin und Therapeutin eingesperrt war. So weit würde es niemals kommen. Denn Nadia wusste, in diesem Augenblick suchte Ackerman nach ihr. Er würde sie befreien und alle, die sich ihm in den Weg stellten, mit der verheerenden Kraft eines Hurrikans beiseitefegen.

Aber davon sagte sie Ezra kein Wort. Er hatte bereits einen blassen Eindruck dessen erhalten, wozu Ackerman imstande war, aber die volle Bandbreite seiner Fähigkeiten konnte er nicht einmal ahnen. Also hielt Nadia den Mund

und hörte zu, wie Ezra seine großen Pläne vor ihr ausbreitete. Sie wollte nicht verderben, was ihm bevorstand. Sie wollte sein Gesicht sehen, wenn er begriff, welch verhängnisvoller Fehler ihm unterlaufen war, als er sich ihren Partner zum Feind gemacht hatte – den wahren, perfekten Killer.

Francis Ackerman.

92

Ackerman trat das Gaspedal durch und überholte in halsbrecherischem Tempo eine Reihe von sieben oder acht Fahrzeugen auf der rechten Spur des Highways. Knapp davor scherte er abrupt wieder ein, um einem riesigen Truck auszuweichen, der mit dröhnender Hupe und grellem Fernlicht auf sie zugejagt kam. Ackerman riss fluchend das Lenkrad hin und her, als sein Wagen ins Schlingern geriet.

Auf dem Beifahrersitz hielt Knox sich krampfhaft am Armaturenbrett und dem Griff über der Seitentür fest, als kämen sie jeden Moment von einer Bergstraße ab und stürzten in eine bodenlose Schlucht.

»Wenn ich noch einen Leihwagen verliere, machen die Erbsenzähler in der Verwaltung mich zur Schnecke«, stieß er hervor. »Also bitte, versuchen Sie, uns in einem Stück ans Ziel zu bringen.«

»Nur die Ruhe, Knox. Leute wie ich, die ihren Führerschein im Lotto gewonnen haben, sind die besten Fahrer.«

»Sehr witzig. Ein Auffahrunfall reicht schon.«

»Keine Sorge. Der gefährliche Teil beginnt erst, wenn wir am Ziel sind.« Die Reifen kreischten gequält, und der Motor heulte auf, als Ackerman erneut ein- und ausscherte. Ein Dreißigtonner donnerte wie ein Güterzug an ihnen vorbei.

Knox hielt sich noch immer so krampfhaft fest wie in einem Kanu vor dem Wasserfall. »Es stimmt wirklich, nicht wahr?«, rief er über den Motorenlärm hinweg. »Sind Sie Francis Ackerman.,«

Ackerman hielt den Blick auf der Straße. »Spielt das eine Rolle?«

Knox schwieg eine Weile. »Wer immer Sie sein mögen«, sagte er schließlich, »Sie sind auf jeden Fall der Mann, der mich in der schlimmsten Lage meines Lebens beschützt und alles getan hat, um sich zwischen mich und den Tod zu stellen. Sie haben mir das Leben gerettet. Mir und allen anderen, die dort waren. Wer immer Sie sein mögen, ich bin Ihnen zu Dank verpflichtet.«

Als sie die Abfahrt zur Route 17 erreichten, auf der man zur Hill-House-Plantage gelangte, parkte Detective Umbridges Charger bereits zwischen den Sträuchern hinter einer baufälligen Imbissbude. Ackerman hielt dicht daneben und stellte den Motor ab. Carter stand mit einem großen schwarzen Plastikkoffer neben seinem Wagen.

»Ist denn schon wieder Weihnachten?«, fragte Ackerman.

Carter öffnete den Koffer und präsentierte den Inhalt. »Sie müssen schon abwarten, bis das Glöckchen klingelt, vorher gibt's keine Bescherung. Aber ein wenig Aufklärung darf jetzt schon sein.« Der schwarze Koffer enthielt eine robust aussehende Drohne. Carter nahm die Fernsteuerung heraus, an der sich zwei Joysticks, mehrere Knöpfe und ein Zehn-Zoll-Display befanden, auf dem angezeigt wurde, was die Drohne beobachtete. Während Carter den Flugkörper zum Start vorbereitete, erklärte er: »Diese Dinger sind erstaunlich. Sie hat sogar eine Wärmebildkamera, die uns verrät, mit wie vielen Gegnern wir es zu tun haben werden. Ich wünschte, wir hätten so etwas in Waco besessen.«

»Sie waren in Waco dabei?«, fragte Knox erstaunt. »Bei der Erstürmung der Davidianer-Ranch?«

Carter ließ die Drohne aufsteigen. Ohne den Blick vom Bildschirm zu nehmen, lenkte er sie über die Bäume. »Reden wir ein andermal über diese Geschichte. Kommt her, Männer, werft einen Blick auf den Monitor.«

Knox und Ackerman stellten sich hinter den Deputy Director, um sich anzuschauen, was die winzige Kamera registrierte. Carter schaltete die Wärmeerfassung der Drohne ein. Kleine rote Flecken auf dem Monitor ließen erkennen, wo sich Personen aufhielten. Außerdem wurde die Landschaft automatisch aufgehellt, sodass sie einen guten Blick auf das Grundstück werfen konnten. Hoch in der Luft schwebend, war die flüsterleise Drohne besser und präziser als Satellitenbeobachtung.

Knox blickte Carter über die Schulter. »Mannomann. Da ist ja eine ganze Armee.«

»Halb so wild«, meinte Ackerman. »Das ist eher ein Spähtrupp.«

Im Wachhäuschen an der Einfahrt zum Anwesen, das eine ganze Meile von der Villa entfernt lag, hielten sich drei Männer auf. Rund um das Grundstück patrouillierten Wächter; sie bewegten sich auf Routen, die sich überschnitten. Es waren ungefähr ein Dutzend Mann.

»Moment mal, was ist das da?« Ackerman zeigte auf einen Fleck in den Bäumen.

»Verdammt«, fluchte Knox, »das ist ein Scharfschütze.« Der rote Fleck befand sich etwa fünf Meter über dem Bodenniveau und überblickte einen großen Teil des Geländes vor der Villa. Das Gebäude selbst stand inmitten einer weiten Grasfläche auf einem Hügel. Carter lenkte die Drohne näher heran, um festzustellen, wie viele Leute sich im Innern des Gebäudes befanden. Soweit er und die anderen es erkennen konnten, waren es mindestens zehn Personen. Vier davon waren im oberen Teil der Villa postiert; offenbar waren es Scharfschützen, die von den Fenstern aus die Umgebung überwachten.

»So ein Mist«, murmelte Carter. »Das müssen alles Wassiliks Leute sein.« Er blickte zu Ackerman. »Sie allein gegen Ezra Crane wäre keine große Sache, mit dem Kerl wären Sie in null Komma nichts fertig, aber Knox hat recht. Crane hat eine kleine Armee bei sich. Wenn ich dicht genug herankomme, um Nadia zu identifizieren, haben wir den Grund, den wir brauchen, um diese Höhle von einem SWAT-Team stürmen zu lassen. Wir müssen auf die schweren Geschütze warten.«

»Tun Sie, was Sie tun müssen, Sam, aber ich warte nicht«, erwiderte Ackerman. »Und wenn ich ehrlich sein soll, ich bin ein bisschen verletzt.«

Carter blickte ihn fragend an. »Wieso?«

»Ich dachte, *ich* wäre das schwere Geschütz.«

»Sind Sie auch, Frank, aber mal ehrlich. Selbst Sie sind nicht so gut, dass Sie es diesmal ganz allein schaffen könnten.«

»Jetzt trampeln Sie aber wirklich auf meinen Gefühlen herum, Samuel. Zeigen Sir mir lieber, welche Waffen der zaghaften Vernichtung Sie mitgebracht haben, bevor Sie mein zerbrechliches Ego noch tiefer in den Staub treten.«

Carter seufzte. »Okay.«

93

Carter öffnete den Kofferraum des Dodge Charger. Gemeinsam hoben sie die schwarzen Waffenkästen heraus und legten sie vor dem Wagen auf den Boden. Als sie fertig waren, sagte Carter: »Viel ist es nicht, aber mehr konnte ich so kurzfristig nicht zusammenkratzen.«

»Sagen Sie mir nur, dass Sie eine anständige Klingenwaffe für mich haben«, entgegnete Ackerman.

Carter griff noch einmal in den Kofferraum und holte ein langes Messer in einer Scheide heraus. Es war in der Mitte geknickt und erinnerte an einen Krummsäbel; der vordere Teil der Klinge fiel breiter und schwerer aus als der Teil am Griff. »Man nennt es Khukuri.«

Ackerman nahm die Waffe, zog sie aus der Schneide und betrachtete sie. Die Klinge war gut dreißig Zentimeter lang und fast wie ein Bumerang geformt. Dadurch erhielt die Waffe eine größere Schlagkraft, vermutete Ackerman, und eine bessere Ausgewogenheit beim Werfen. »Full-Tang«, murmelte er. »Immerhin.«

»Was bedeutet das?«, fragte Knox.

»Die Klinge geht durch das ganze Messer hindurch, von der Spitze bis zum Ende des Griffs. Das macht die Waffe stabiler«, erklärte Ackerman. Er schleuderte das Khukuri aus dem Handgelenk. Es sirrte durch die Luft und bohrte sich mit dumpfem Knall tief sich einen Baumstamm etwa zehn Schritte entfernt. »Gar nicht mal so übel.«

»Nicht wahr?«, sagte Carter. »Ich habe außerdem zwei Panzerwesten, zwei M4, eine taktische halbautomatische Flinte, eine C4-Sprengladung und zwei Glock 21.«

Ackerman schaute neugierig in den Kofferraum. »Was ist denn das?«, fragte er interessiert, griff hinein und brachte eine Art Vorschlaghammer zum Vorschein.

Carter runzelte die Stirn. »Das ist ein Universalhammer, ein Gerber Ding Dong. Teils Vorschlaghammer, teils Türramme, teils Brechstange. Das Dingdong wird für taktisches Eindringen benutzt.«

»Wieso Dingdong?« Ackerman prüfte das Gewicht des schwarzen Hammers, indem er ihn umherschwang.

»Wahrscheinlich macht es für jeden Gegner, den man damit trifft, Ding-dong«, meinte Knox kichernd. »Wie eine Glocke.«

Ackerman grinste. »Sieh mal einer an. Knox, unser Happy Hippo. Liegt jedenfalls gut in der Hand, das Teil. Tja, ich hätte gern ein bisschen Zeit gehabt, um es an einer Schleifscheibe zu schärfen, aber es muss auch so gehen. Was ist das da?« Ackerman zeigte auf einen weiteren Koffer.

Carter verdrehte die Augen. »Das hätte ich beinahe zurückgelassen, aber dann sagte ich mir, was soll's. Es lag schon im Kofferraum. Detective Umbridge zufolge ist es ein Compoundbogen. Sie benutzt ihn zum Fischen.«

Ackerman zog eine Braue hoch. »Sie fischt mit einem Bogen? Eine interessante junge Frau. Kein Wunder, dass Sie auf Umbridge stehen, Samuel. Hat Umbridge auch Sie mit dem Bogen gefischt? Oder hat sie Ihnen eins mit dem Dingdong verpasst und Sie dann in ihre Höhle geschleift?«

Knox kicherte, doch Carter runzelte die Stirn. »Fangen Sie nicht wieder damit an, Frank. Sie halten sich aus meinem Privatleben raus und ich mich aus Ihrem, okay?«

Ackerman lächelte, erkannte aber die direkte Anspielung auf die Gefühle, die er selbst Nadia gegenüber hegte und von denen Carter wusste. »Ich nehme den Bogen, das Khukuri und den Universalhammer. Der Rest ist für Sie, Knox.«

»Stecken Sie wenigstens eine Glock 21 ein, Frank«, bat Carter.

»Ich bin nie ein Fan der Glock gewesen. Außerdem verleihen Schusswaffen mir einen unfairen Vorteil. Okay, wenn Sie mich jetzt einen Moment entschuldigen wollen, ich muss mal pinkeln und für den bevorstehenden Kampf in mich gehen. Halten Sie so lange mein Dingdong, okay?«

Ackerman hörte Knox' Lachen und spürte Carters tadelnde Blicke im Rücken, als er davonging.

94

Ackerman fand eine Virginia-Eiche, die ein Blitz gefällt hatte. Er setzte sich auf den weißen Leichnam des Baumes, der bald vermodern und zu einem Teil des Waldbodens werden sollte, wo er nach seinem Tod Nährstoffe für die nächste Generation freisetzte – der Kreislauf von Werden und Vergehen.

Ackerman lauschte auf die Laute der Natur ringsum – das Zirpen von Grashüpfern und Zikaden, die melodischen Lieder der Singvögel, das Quaken von Fröschen in der Ferne und das leise Rascheln im Gras, das anzeigte, dass irgendein Räuber unterwegs war. Es gab unendlich viel Interessantes, wenn man sich nur die Zeit nahm, in eine Stille zu lauschen, die gar keine Stille war. In der Vergangenheit hatte Ackerman sich gern die Zeit genommen, über Stunden hinweg dazusitzen und dem Wald zuzuhören, und der Wald und dessen Tiere hatten ihm uralte Geschichten erzählt. Gerade mit Tieren in der freien Natur hatte Ackerman immer schon besser umgehen können als mit Menschen.

Umgeben von einem Lebensraum, der noch weitgehend unberührt war, schloss Ackerman die Augen. Diesmal aber war er so sehr mit anderen Gedanken beschäftigt, dass er die Botschaften der Natur nur am Rande erfasste.

Irgendwann bemerkte er, dass jemand sich ihm näherte. Den Geräuschen nach war es Samuel Carter, doch Ackerman sagte nichts, bevor der Deputy Director sich neben ihn auf den Baumstamm gesetzt hatte.

»Sind Sie gekommen, um mit mir Andacht zu halten, Samuel?«, fragte Ackerman ernst. »Das wäre mal eine gute Idee in dieser Kathedrale der Natur.«

»Stimmt, Frank, wir alle können immer wieder mal Hilfe gebrauchen. Aber zuerst muss ich etwas mit Ihnen besprechen.«

Ackerman fuhr sich durch die Haare, die verfilzt und struppig waren. »Versuchen Sie gar nicht erst, mir die Sache auszureden, Samuel. Nadia hat mich aus dem Wurm gerettet. Es wird Zeit, dass ich mich revanchiere. Ich werde nicht zulassen, dass ihr etwas passiert.«

»Okay, aber wenn Sie mit diesem Selbstmordkommando weitermachen wollen, müssen wir über die Regeln sprechen.«

»Es sind die gleichen Regeln wie immer«, sagte Ackerman. »Ich habe den Schwur geleistet, nur zu töten, wenn ich auf eine Weise attackiert werde, dass meine Schutzbefohlenen oder ich selbst dabei umkommen könnten. Wissen Sie, wie man am besten eine Sucht bekämpft, Samuel? Sie müssen nein sagen, und dieses Nein muss endgültig sein, sonst werden Sie den Dämon nicht los. Und für mich ist dieser Dämon das Töten.«

»Trotzdem macht es Ihnen nichts aus, Menschen

Schmerzen zu bereiten oder sie ins Krankenhaus zu bringen.«

»Es macht mir etwas aus. Aber Verletzungen heilen wieder. Ich weiß, wovon ich rede. Wichtig ist, dass man die Möglichkeit behält, sich zu läutern, so wie ich es versucht habe. Ich hatte den Tod tausendfach verdient, und trotzdem wurde ich so lange verschont, dass ich den Weg zurück ins Licht finden konnte.«

»Und wenn einer Ihrer Gegner Sie getötet hätte, einer der Cops oder der Leute, die versucht haben, sich gegen Sie zu verteidigen – sie wären im Recht gewesen, obwohl sie jemanden getötet hätten, nämlich Sie.«

»Sie wären im Recht gewesen? Ich weiß nicht. Mir sind Ihre Gesetze und Einsatzregeln sowieso egal. Ich erkenne nur eine Macht an, und das sind definitiv nicht Sie.«

»Falls Sie sich auf die Bibel berufen: David hat mit Stein und Schleuder Goliath getötet. Simson erschlug tausend Männer mit dem Kieferknochen eines Esels. Judith schlug Holofernes den Kopf ab, als er betrunken in seinem Zelt lag.«

Ackerman grinste. »Ich wusste gar nicht, dass Sie Theologie studiert haben, Bruder Samuel.«

»Lassen Sie den Unsinn, Frank. Es kommt nun mal vor, dass auch gute Menschen von einer höheren Macht aufgerufen werden, das Böse zu bekämpfen, indem sie zum äußersten Mittel greifen.«

»Und die Schwiegermutter rufen.«

»Frank, bitte. Jetzt ist nicht die Zeit für dumme Scherze. Hören Sie zu. Wenn Frank der Veganer zu diesen Verbrechern reingeht, kommen weder er noch Nadia zurück.«

»Was hat das mit Veganer zu tun? Soll ich vom Blümchenkiller zum Kannibalen werden und meine Gegner verspeisen?«

Wider Willen grinste Carter. »Das nicht gerade. Aber ich brauche Frank, das Raubtier. Ich brauche den Frank, der mit den Zähnen Kugeln fängt, der durchs Feuer geht und jeden erledigt, der erledigt werden muss, auf welche Weise auch immer. Diese Mörder müssen aufgehalten werden, Frank. Sie haben uns den Krieg erklärt. Sie haben Kirstin, Leta und Peretti brutal ermordet. Sie hätten auch Sie und Knox eiskalt umgebracht, und jetzt haben sie Nadia entführt. Jeder dieser Mistkerle gehört dem organisierten Verbrechen an und hat grausame Dinge getan, aber das spielt im Moment nicht die Hauptrolle. Wichtig ist, dass Nadia sich in der Villa befindet und dass ihr Leben in Gefahr ist.«

»Ich kann sie retten, ohne jemanden zu töten«, flüsterte Ackerman.

»Es sind zu viele, Frank. Wenn Sie dort hineingehen und sich zurückhalten … nun, wenn das Ihr Plan ist, bleibt mir keine andere Wahl, als ein SWAT-Team zu rufen. Mir gefällt zwar nicht, wie gering Nadias Chancen bei einem Schusswechsel oder einer Geiselsituation wären, aber das ist immer noch besser, als wenn Sie dort hineingehen wie ein Missionar frisch von der Bibelschule, der in die Hölle marschiert, weil er denkt, dass der liebe Gott ihn schon irgendwie vor den Folgen seiner Dummheit behüten wird.«

»Sie können nicht im Ernst von mir verlangen, wieder zu dem zu werden, der ich mal war. Ich will nicht derjenige sein, der diesen Leuten ihre Chance auf Läuterung nimmt.«

Carter seufzte. »Was ist mit Nadia? Was ist mit *ihrer* Chance auf Läuterung? Was ist mit all den Menschen, die diese Männer getötet haben? Sie haben diese Chance nie bekommen. Vielleicht sollten Sie sich nicht so viele Gedanken um das Wohlergehen der Bösen machen und lieber die Guten schützen, Frank. Sie sagen, Sie sind nicht mehr der Mann von früher, aber das stimmt nicht. Wir sind die Summe unserer Erfahrungen. Und Ihre Erfahrungen, Frank, der Lebensweg, den Sie beschritten haben, hat Sie für immer verändert. Er hat Sie zu dem einen Menschen geformt, der es mit Black Rose aufnehmen und Nadia retten kann. Der einzige Ackerman, dem ich gestatten werde, dort hineinzugehen, ist der, der sich nicht zurückhält. Denn er ist der Einzige, der mit einer lebendigen Nadia dort heil wieder rauskommen wird.«

Ackerman überdachte Carters Worte. Als er antworten wollte, unterbrach ihn ein atemloser Knox, der herbeigeeilt kam. »Gerade eben ist ein dunkler Kastenwagen aufgetaucht. Wie es aussieht, fährt er zur Plantage.«

»Wurden unsere Fahrzeuge entdeckt?«, fragte Carter.

»Ich glaube nicht.«

»Okay, befragen wir unser Auge am Himmel und schauen uns an, inwieweit die Lage uns noch mehr entglitten ist.«

Zu dritt kehrten sie zur Fernsteuerung zurück und nahmen die gleiche unangenehme Haltung ein wie zuvor; Ackerman und Knox blickten Carter über die Schultern, während er die Drohne lenkte. Auf dem Zehn-Zoll-Display sahen sie den Van so nahe an die Villa heranfahren, wie es nur möglich war, was noch immer eine Fußballfeldlänge Abstand bedeutete. Die Türen des Lieferwagens öffneten sich, und drei Männer stiegen aus.

»Der eine ist Wassilik, die taube Nuss«, bemerkte Ackerman.

Die drei zerrten zwei weitere Männer, die gefesselt waren und Kapuzen über den Köpfen trugen, aus dem Laderaum des Lieferwagens und führten die Gefangenen zu der Vorkriegsvilla mit ihrer zweistöckigen Veranda und der Ziegelfassade, an der Glyzinien hochrankten.

»Was zum Teufel hat Ezra Crane vor?«, fragte Carter

und drehte sich zu Ackerman um. »Was immer Sie planen, Frank, es muss jetzt geschehen. Sofort.«

»Wie ich schon sagte«, entgegnete Ackerman, »ich hole Nadia zurück.«

»Ich glaube nicht, dass unsere Freunde mit den Schnellfeuergewehren einverstanden sein werden. Wie, um Himmels willen, wollen Sie kämpfen, Frank?«

Ackermans Miene war kalt, als er erwiderte: »Ich heiße Francis, nicht Frank.«

95

Nadia hörte zu, als Ezra über Funk die Meldung vom Wachhäuschen erhielt, dass der Lieferwagen eingetroffen sei. Ezras Miene hellte sich auf. Er legte das Funkgerät weg und wandte sich Nadia zu. »Unsere restlichen Gäste treffen bald ein. Aber bevor sie hier sind, möchte ich dir etwas anvertrauen, was ich bisher noch keinem anderen Menschen anvertraut habe.« Er ging in ein Nebenzimmer und kehrte mit einem dicken Fotobuch zurück.

»Was ist das?«, fragte Nadia.

»Das, meine liebe Nadi, ist unser Familienalbum.«

Er schlug das Buch auf der ersten Seite auf, die unter der Überschrift »Die Geschichte unserer Liebe« Fotos von Nadias und Ezras Hochzeit zeigten. Ezra blätterte um. Von der Hochzeitsfeier ging es weiter zu den Flitterwochen.

Nadia wurde übel. Wer immer die Photoshop-Bearbeitung vorgenommen hatte, musste ein wahrer Künstler sein.

Die Fotos wirkten so echt, dass Nadia eine schwindelerregende, verstörende Angst befiel, das alles könne sich tatsächlich so ereignet haben und sie hätte es nur vergessen. Vielleicht war es eine Nachwirkung der Betäubung, aber für einen Moment kam es ihr vor, als wirbelte der Rest der Welt um sie herum und das Buch wäre ihr einziger Ankerpunkt in der Realität.

Was für eine grauenhafte Realität das wäre!

Ezra blätterte weiter. Nadias seltsamer Trip wurde zunehmend surrealer, bis sie ein Foto ihres ersten Kindes mit Ezra sah, dessen Gesicht ihre und Ezras Züge in sich vereinte. Der Schock verschlug Nadia den Atem. Sie wollte aufspringen und davonlaufen. Doch selbst wenn sie nicht an den Stuhl gefesselt gewesen wäre – Nadia bezweifelte, dass sie auch nur einen Muskel hätte rühren können. Fast schien es ihr, als stünde sie unter einem schrecklichen Bann, so realistisch waren die Fotos.

Doch trotz der hypnotischen Wirkung, die das Fotobuch auf sie ausübte, wusste Nadia mit absoluter Gewissheit, dass sie niemals Kinder mit Ezra hätte. Allein die Vorstellung erweckte den Drang, sich über das feine Tischtuch und das goldgemusterte Porzellanservice zu erbrechen.

»Sie sind hübsch, nicht wahr?«, bemerkte Ezra.

Während er weiterblätterte, verstärkte sich die verstörende Wirkung der Situation durch die Tatsache, dass Nadia sich als Mädchen immer gewünscht hatte, drei Jungen und zwei Zwillingsmädchen zu haben. Sie erinnerte sich nicht, jemandem davon erzählt zu haben. Hatte sie es in einem Tagebuch aufgeschrieben? Selbst wenn – sie bezweifelte, dass sie es Ezra Crane jemals anvertraut hätte.

Und doch, in den aktuellen »Familienfotos«, die von Ezra so geschickt manipuliert waren, hatten sie drei Jungen und zwei Zwillingsmädchen.

»Du kranker Irrer«, flüsterte Nadia. »Begreifst du denn nicht? Als du mich vergewaltigt hast, da hast du mir mein Leben geraubt. Ich könnte heute eine Familie haben, *hätte* sie vermutlich auch, aber nicht mit dir. Niemals mit dir!«

Ezra legte ihr eine Hand aufs Knie, und sie drehte sich so gut weg, wie es ihr in den Fesseln möglich war. »Wenn dieser Unsinn endlich vorbei ist, meine Süße«, sagte er, »werden du und ich die Bilder in diesem Buch zum Leben erwecken. Falls es für dich nicht in Ordnung sein sollte – umso besser. Ich mag es, wenn meine Mädchen sich sträuben. Ich stehe drauf, wenn sie einen eigenen Kopf und ein bisschen Feuer haben.«

Obwohl Nadia vom Chloroform ein Gefühl wie Watte im Mund hatte, spuckte sie Ezra ins Gesicht.

Er grinste sie an.

Als er sich sauberwischte, nach außen hin gelassen, öffnete sich die Haustür, und eine prahlerische Stimme verkündete: »Hi, Süße! Ich bin zu Hause.« Die Stimme besaß einen ukrainischen Akzent. Nadia erkannte sie sofort. Sie gehörte Sergei Wassilik.

»Ich bin hier, mein Schatz«, sagte Ezra. »Bring die Kinder herein. Das Essen steht auf dem Tisch.«

Nadia konnte den Kopf gerade weit genug drehen, dass sie sehen konnte, was hinter ihr in der Eingangshalle vorging. Wassilik kam näher, ging an ihr vorbei und schubste zwei Männer, deren Gesichter von Kapuzen verdeckt wurden, auf zwei Stühle links neben ihr.

»Das wird dir gefallen, Nadi«, sagte Ezra. »Mein Hochzeitsgeschenk an dich. Unsere grässlichen Väter sind gekommen, deiner und meiner, um für ihre Sünden zu bezahlen.«

Wassilik stellte sich hinter die Männer und zog ihnen die Kapuzen hinunter. Die Gesichter von David Crane und Omar Shirazi kamen zum Vorschein.

David blinzelte ins Licht. Dann starrte er seinen Sohn finster an und stieß hervor: »Du undankbarer kleiner Drecksack. Ich wünschte, ich hätte dich in der Wiege erstickt.«

Ezras Lächeln war wie eingefroren. »Das hast du mir schon oft gesagt.« Er schaute zu Nadia. »Siehst du jetzt, womit ich mich abplagen muss, Nadi?« Wieder blickte er zu seinem Vater. »Schauen wir den Tatsachen ins Gesicht, David. Du hast mich nie als deinen Sohn betrachtet, nur als deinen Hauspsychopathen. Sergei war mir immer mehr ein Vater als du.«

»Wie nett, dass du das sagst«, warf der große Ukrainer ein, der hinter Crane und Nadias Vater stand.

»Du wolltest mich immer nur für deine Zwecke ausnutzen und dann entsorgen, Dad«, fuhr Ezra fort. »Von dir hätte ich nie ein Vermächtnis erhalten, obwohl es mein Geburtsrecht ist. Ich bin immer der Bastardsohn eines Königs gewesen, der sich für unsterblich hielt. Aber jetzt geht es für dich in die ewige Dunkelheit. Deine Zeit ist abgelaufen, mein lieber Vater.«

»Ich habe versucht, dich unter meine Fittiche zu nehmen und dir einen Platz am Tisch zu verschaffen!«, platzte David Crane heraus. »Dafür habe ich nur verlangt, dass du die Vergewaltigungen, Plünderungen und Grausamkeiten aufgibst. Du undankbares kleines Aas! Ich habe dich beschützt, habe dir alles gegeben, obwohl ich wusste, was für ein Ungeheuer du bist. Du bist mehr als nur eine Enttäuschung, du bist eine Schande für mich und die Menschheit. Du bist nicht mein Sohn. Du kannst es gar nicht sein, weil du kein normaler Mensch bist, sondern ein perverser Psychopath.«

David Crane setzte seine Tirade fort, doch Nadia hatte die ganze Zeit Ezras Gesicht beobachtet. Trotz aller Beleidigungen und Boshaftigkeiten seines Vaters blieb Ezras Miene starr wie eine Maske. Sein Lächeln war wie eingefroren, während sein Vater ihm an Scheußlichkeiten an den Kopf warf, was ihm nur einfallen wollte. Nadia bemitleidete Ezra in diesem Moment sogar ein wenig. Dennoch musste sie seinem Vater recht geben: Ezra Crane war ein Monster.

Als David fertig war, saß er schwer atmend da, den Mund vor Abscheu verzogen, die Augen voller Hass. Ezra ließ einen Moment verstreichen und fragte dann: »Bist du jetzt fertig? Schön, denn ich wollte dir eine Gelegenheit geben, deinem Herzen Luft zu machen. Du hast sie weidlich genutzt, und das ist gut so. Schließlich sind das mit die letzten Worte, die du von dir geben wirst. Die letzte Ansprache des großen Redners. Die Hasstirade eines müden alten Trottels, der dem Tod entgegensieht.«

Ezra stand auf und trat hinter die beiden Männer. »Lasst mich Schritt für Schritt erklären, was mit euch geschehen wird. Ich glaube, dir wird es ganz besonders gefallen, David.« Er ging hinter den beiden Männern auf und ab. »Du warst immer ein meisterhafter Tatsachenverdreher, der aus einem kleinen bisschen Wahrheit, sogar aus einer Lüge, eine glaubwürdige Geschichte spinnen konnte. Ich fürchte allerdings, dass euer beider Geschichte diesmal tragisch endet. Wie ihr wisst, sind die Vereinigten Staaten und Omars Heimatland heutzutage nicht gerade die besten Freunde, und leider hat Omar Geheimmaterial an iranische Staatsorgane verkauft.«

»Das ist eine Lüge!«, brüllte Omar Shirazi. »Ich bin den USA gegenüber stets loyal gewesen!«

Lächelnd bedeutete Ezra ihm zu schweigen. »Ich weiß, dass es eine Lüge ist, aber seit wann spielt das eine Rolle?«

»Du verdammte Bestie!«

»Tja, mein lieber Omar, du bist nicht ganz schuldlos an

der Fortdauer meiner Schreckensherrschaft. Immerhin hast du den Bunker entworfen, in dem ich meine Opfer festgehalten habe.«

»Du hast mir gesagt, es wäre ein Panikraum und Luftschutzbunker!«

»Auch das war eine Lüge.« Er schaute zu Nadia. »Du hättest den Einfallsreichtum im Entwurf deines Erzeugers mal sehen sollen, Nadi. Die Wände wurden vorgegossen, die Schalldämmung war bereits fix und fertig. Man kam allerdings nicht durch meinen Keller hinein, sondern durch eine Einstiegsluke auf der Rückseite meines Anwesens, verborgen zwischen den Bäumen.«

»Alles an dir ist Lüge!«, stieß Omar hervor. »Weißt du überhaupt noch, was wahr ist und was nicht?«

»Wir alle sind Lügner. Wir tragen alle Masken. Wir alle täuschen andere. Ich kann es nur besser als die meisten. Und wo wir gerade dabei sind … Wir erzählen hier eine Geschichte. Eine Geschichte, die für die Cops und die Nachwelt bestimmt ist. In dieser Geschichte bist du ein Verräter. Dein Geschäftspartner, der ehrenwerte Kongressabgeordnete David Crane, entdeckt deinen Verrat und beschließt, dich hier in seinem Sommerhaus zur Rede zu stellen. Es kommt zu Handgreiflichkeiten. Beim Kampf zwischen euch beiden bricht ein Feuer aus. Einer von euch tötet den anderen, der Überlebende stirbt in den Flammen. So eine Story schreibt sich ganz von allein.«

»Du bist vollkommen irrsinnig«, flüsterte David.

»Und was ist mit mir?«, fragte Nadia. »Wie erklärst du mich in deiner Geschichte?«

Ezra grinste sie an. »Während deine Freude dachten, du wärst vom Black Rose Killer entführt worden, waren es in Wirklichkeit iranische Agenten, die dich als Druckmittel gegen deinen Vater einsetzten. Zu schade, dass du nie aus den Klauen dieser tückischen Ausländer befreit wirst. Ein weiteres Opfer im Krieg gegen den Terror, fürchte ich.«

»Und was hast du davon?«, fragte David. »Was springt für dich dabei heraus?«

»Freut mich, dass du fragst, Vater. Weißt du, ich werde derjenige sein, der heldenhaft versucht, dich zu retten, und der dabei sogar sein Leben aufs Spiel setzt. Du solltest dich freuen, dass ich bald ein Nationalheld sein werde. Dein Sohn ist dein perfekter Nachfolger. Der richtige Mann, um dein Vermächtnis fortzuführen und deinen Sitz im Repräsentantenhaus zu übernehmen.«

»Meine Freunde im Kongress werden dem Gouverneur niemals gestatten, einen Kretin wie dich als meinen ...«

»Deine kleine Clique steht geschlossen auf meiner Seite«, fiel Ezra ihm ins Wort. »Die Gentlemen, denen du Namen aus dem *Zauberer von Oz* gegeben hast – was sie übrigens nicht besonders komisch fanden, als ich es ihnen verraten habe. Sie sind bereit für einen Wechsel. Sie wissen, dass du sie nur benutzt und unter der Fuchtel hältst. Jetzt haben sie *dich* ausgebootet. Du bist ein alter Mann. Du hast erreicht, was du erreichen konntest. Aber indem ich dein Vermächtnis als Starthilfe benutze, kann ich es viel weiter bringen, als es dir je möglich wäre. Ich werde die Wahlen mit einem Erdrutschsieg gewinnen, und von da an steht mir alles offen. Vielleicht kann ich Gouverneur werden, vielleicht sogar Präsident.«

Ezras Frohlocken wurde unterbrochen, als es im Funkgerät knisterte. »Sir? Hier das Haupttor. Wir haben seltsame Aktivitäten. Over.«

Ezra riss das Sprechfunkgerät an sich. »Ist es die Polizei? Nicht vergessen – falls es die Cops sind, ein SWAT-Team oder sonst was, greifen wir nicht an. Wir fragen nach einem Durchsuchungsbeschluss und spielen auf Zeit. Over.«

Die Antwort kam wie aus der Pistole geschossen. »Falls es die Cops sind, fahren sie ein Zivilfahrzeug, einen Dodge Charger. Der Fahrer hat etwa zweihundert Meter vor dem Tor angehalten und lässt immer wieder den Motor aufheulen. Over.«

Ezra schüttelte ungehalten den Kopf und schaute zu Wassilik. »Würdest du dich bitte darum kümmern, Sergei?« Sein Blick schweifte zu Nadia an. »Ich nehme an, es ist dein Partner. Der Typ muss ein Wahnsinniger sein oder eine Art Superman, wenn er uns hier angreift.«

Nadia konnte nicht anders. Sie lächelte, als sie erwiderte: »Zu deinem Pech ist er beides.«

96

Der erste Teil von Ackermans Plan sah vor, dass Knox mit dem Dodge Charger für Ablenkung am Wachhäuschen sorgte. Während die Wächter sich auf den Charger mit dem laut aufheulenden Motor konzentrierten, wollte sich Ackerman von hinten an sie heranschleichen und sie ausschalten, wobei er allerdings damit rechnete, dass die Zwei-Mann-Patrouillen, die über das Gelände streiften, zur Verstärkung zum Wachhäuschen kamen. Deshalb beschloss er, durch den Wald vorzurücken, um sämtliche Patrouillen zu überwältigen, die ihm begegneten, und dann zu den drei Posten am Wachhäuschen vorzustoßen, um sie ebenfalls außer Gefecht zu setzen.

»Und was ist mit der Villa?«, fragte Carter, nachdem

Ackerman ihm seinen Plan dargelegt hatte. »Sie steht auf einer freien Rasenfläche. Die Leute sehen Sie von Weitem kommen, und sie haben genug Waffen, um in jedes Fenster im Obergeschoss einen Schützen zu stellen. Sie bräuchten einen Panzerwagen, um dem Gebäude auch nur nahe zu kommen.«

Ackerman lächelte. »Ich werde direkt zur Vordertür hineingehen.«

Carter zog eine Braue hoch. »Und wie wollen Sie das anstellen?«

»Ich glaube«, antwortete Ackerman, »das wird eine dieser Situationen, in denen es besser ist, hinterher um Verzeihung zu bitten, als vorher um Erlaubnis zu fragen.«

Carter sah ein, dass es keinen Zweck hatte, weiter in Ackerman zu dringen. Wenn es um solche Dinge ging, spielte er in einer eigenen Liga. Carter legte ihm die Hand auf die Schulter. »Passen Sie auf sich auf, mein Junge.«

Ackerman und Knox bewaffneten sich und rückten auf getrennten Wegen durch den dämmrigen Wald vor. Carter kümmerte sich um die Luftaufklärung mithilfe der Drohne, während Ackerman sich in Richtung Wachhäuschen durchschlug. Carter hatte ihm versichert, dass die Drohne sich nicht nur zur Überwachung eigne, sondern notfalls auch als Angriffswaffe einsetzbar sei. Ackerman wusste, worauf Carter anspielte: Dieser neue Prototyp einer Polizeidrohne besaß einen gasdruckbetriebenen Projektilwerfer, der zwei Pfeile mit einer Sprengladung an der Spitze abfeuern konnte. Carter hatte vorgeschlagen, mit dieser Waffe die gegnerischen Scharfschützen auszuschalten, falls es eng werden sollte.

Als Ackerman durch den dämmrigen Wald huschte, lautlos wie ein Schatten und ganz auf sich allein gestellt, fühlte er sich endlich in seinem wahren Element. Er fühlte sich machtvoll, voller Kraft, voller Leben. Es war pure Euphorie, rauschhaft und betörend. Dies hier war *sein* Spiel. Es war einige Zeit her, dass er an einem solchen Einsatz teilgenommen hatte. Der Gedanke, gegen einen übermächtigen Gegner vorzurücken, ließ seinen Puls schneller gehen.

Nachdem er den Grenzzaun des Geländes überklettert hatte, grub er sich mithilfe der Hebelseite seines Universalhammers ein Schützenloch unter einer Reihe aus niedrigen Büschen, ließ sich hineingleiten und vergrub sich vollständig im lockeren Boden, wobei er Wurzeln, Blätter und Pflanzenreste als Deckung benutzte. Er konnte sich sein Werk zwar nicht von außen ansehen, wusste aber, dass keine Patrouille der Welt die aufgegrabene Erde im Dämmerlicht bemerken würde.

Über das Kehlkopfmikrofon des taktischen Kommunikationssystems fragte er Carter: »Wie weit draußen?«

»Aufpassen, Frank!«, drang Carters Stimme da auch schon aus dem Ohrhörer. »Zwei Mann! Sie haben sich zusammengeschlossen und kommen in Ihre Richtung.«

»Wie weit weg?«

»Dreißig Meter.«

»Sagen Sie Bescheid, wenn sie zehn Meter an mir vorbei sind«, verlangte Ackerman.

»Okay.«

Während Ackerman regungslos dalag, bedeckt mit feuchter, verrottender Erde, in der sich Käfer, Würmer und andere Insekten regten, überlegte er, wie er die beiden Wächter am wirksamsten ausschaltete. Die Kerle trugen Helme, also beschloss er, kein Risiko einzugehen und sie mit dem Universalhammer zu attackieren – auch auf die Gefahr hin, dass die Gegner bei dem Angriff starben. Doch ihm blieb keine Wahl.

Wieder hörte er Carters Stimme. »Achtung, Frank. Sie kommen jeden Moment an Ihnen vorbei.«

Drei Sekunden später hörte Ackerman die Wächter lachen und leise miteinander reden. Ihr Stimmen kamen näher, hatte ihn fast erreicht. Offensichtlich rechneten sie nicht mit dem Auftauchen eines Gegners. Vermutlich glaubten sie, dass der Wagen, der noch immer mit aufheulendem Motor vor dem Tor stand, Halbstarken aus der Gegend gehörte, die ihren Freunden oder ihren Mädchen imponieren wollten. Ackerman war froh über diese Nachlässigkeit; es machte ihm die Arbeit leichter.

Wider Willen meldeten sich seine alten Jagdinstinkte. Mit einem Mal sehnte er sich nach einer blutigen Konfrontation, wollte die Wächter leiden lassen und sich an ihren Schreien ergötzen. Schließlich waren sie indirekt für all das Leid mitverantwortlich. Es waren die altvertrauten Stimmen in Ackermans Innerem – Stimmen aus seiner blutigen Vergangenheit, und jede von ihnen klang wie die Stimme seines verhassten Vaters.

Ackerman wehrte sich, den eigenen Instinkten nachzugeben, als er spürte, wie sein innerer Dämon sich regte. Dieser Dämon, hungrig und unberechenbar, lauerte dicht unter der Oberfläche und konnte ihn jederzeit in eine reißende Bestie verwandeln. Die bloße Vorstellung, die Gegner mit bloßen Händen zu erledigen, ließ in Ackerman Urinstinkte erwachen. Wie in seinen düsteren Zeiten malte er sich aus, was er ihnen alles antun würde. Es waren grauenerregende Dinge, die sogar ihn schaudern ließen.

Nein, das durfte nicht geschehen. Falls möglich, sollten die Männer mit dem Leben davonkommen. Waren sie jedoch dumm genug, ihn mit tödlichen Waffen anzugreifen, musste er zurückschlagen.

»Die beiden sind zehn Meter an Ihnen vorbei«, riss

Carters Stimme Ackerman aus seinen Überlegungen. »Worauf warten Sie?«

Ackerman schnellte aus seinem Versteck hoch und verschmolz mit den Schatten. Den Bogen ließ er zurück, zwischen den Bäumen versteckt. Wie ein Gespenst der Todes huschte er durch das Halbdunkel, ein Schemen in der Dämmerung, tödlich und Verderben bringend. Während er sich mit gleitenden Schritten den Gegnern näherte, zog er den Universalhammer aus der magnetischen Halterung an der Rückseite seiner Panzerweste. Fünf Schritte weiter, und Ackerman war an die Männer heran. Sie unterhielten sich noch immer, schienen nicht einmal zu ahnen, dass jemand hinter ihnen war.

Ackerman startete einen überfallartigen Angriff. Wie ein Dämon kam er aus den Schatten, schlug zu und traf den ersten Wächter mit der Flachseite des Hammers seitlich am Schädel. Es schepperte laut, als dem Mann der Helm von Kopf flog. Doch er war härter im Nehmen, als Ackerman erwartet hatte. Mit einem wütenden Aufschrei warf er sich herum. Ackerman hämmerte ihm den Ellbogen mit solcher Wucht an die Gurgel, dass der Mann sich fast nach hinten überschlug. Es krachte, als er im Unterholz aufschlug. Dann lag er lautlos auf dem dämmrigen Waldboden.

Die unerwartete Gegenwehr des Mannes hatte Ackerman ein paar zusätzliche Sekunden gekostet, sodass der zweite Gegner, ein muskelbepackter, untersetzter Kerl mit Skimaske, zu Ackerman herumgewirbelt war und seine AK-47 hochgerissen hatte. Er grinste triumphierend, den Finger am Abzug, und höhnte: »Adios, du Arsch.«

Seine Überheblichkeit kostete den Untersetzten das Leben. Ackerman riss den Universalhammer herum, den der Mann nicht hatte sehen können, und trieb das spitze Ende in den Adamsapfel des Mannes. Dessen Waffe segelte davon und verschwand im Dämmer. Noch im Sterben riss der Mann die Hände hoch und umklammerte Ackermans Hals, hatte aber keine Kraft mehr. Langsam ging er in die Knie und kippte dann lautlos nach vorn.

Als der Mann am Boden lag, nahm Ackerman ihm den Helm vom Kopf, zog ihm die Skimaske ab und löste das Funkgerät vom Gürtel des Gegners. Dann holte er sich die AK-47 des ersten Mannes, die ein paar Schritte entfernt auf dem Waldboden lag, wischte das Blut von der Maske des zweiten Mannes, zog sic sich über den Kopf und setzte den Helm auf.

»Zwei Mann ausgeschaltet«, meldete er Carter. »Rücke zum Wachhäuschen vor.«

97

Es war still und dämmrig. Louisianamoos bedeckte die Eichen, Hickorybäume und Magnolien, zwischen denen Ackerman weiter vordrang, bis das Wachhäuschen mit dem Wellblechdach und das Sperrtor an der Zufahrt des Anwesens in Sicht kamen. Zwei Wächter standen davor. Dank Carters Meldungen wusste Ackerman, dass ein dritter Mann in dem Häuschen saß und dass ein weiterer Wächter, ein Scharfschütze, ungefähr hundert Meter entfernt auf einer Anhöhe Stellung bezogen hatte.

Ackerman beschloss, den Gegnern eine letzte Warnung zukommen zu lassen. Er hob das Funkgerät, das er dem Untersetzten abgenommen hatte, an die Lippen und drückte auf den Sendeknopf.

»He, Drecksäcke.«

Er sah, wie die beiden Männer draußen vor dem Wachhäuschen zusammenzuckten.

»Ihr habt ins Klo gegriffen. Ich bin Franklin Stine, FBI. Ihr habt den Fehler gemacht, uns den Krieg zu erklären. Gebt auf, oder ihr seid im Eimer. Das ist keine leere Drohung. Ich habe mehr Menschen ins Jenseits befördert, als ihr in eurem Leben gekannt habt. Ist das so weit angekommen?«

Am anderen Ende herrschte fassungsloses Schweigen. Dann fragte eine raue Stimme: »Wer sind Sie, verdammt?«

»Ich bin Tod und Verderben. Und ihr seid im Arsch, wenn ihr nicht auf mich hört.«

»Mir schlottern die Knie«, höhnte die Stimme aus dem Funkgerät.

»Das ist auch besser so«, erwiderte Ackerman. »Vielleicht kennt einer von euch die jüdische Tradition beim Passahfest, die Tür mit dem Blut eines Lammes zu bestreichen, damit der Engel des Todes das Haus verschont. Das hier ist eure Chance, das Blut an *eure* Tür zu streichen. Wer will, kann jetzt gehen. Wer bleibt, den muss ich als jemanden betrachten, der mir Böses will, und entsprechend werde ich mit ihm verfahren.«

»Jetzt hör mal zu, du seltsamer Prediger …«, begann die Stimme im Funkgerät.

»Apropos Prediger«, fiel Ackerman dem Sprecher ins Wort. »Denjenigen von euch, die den Weg der Selbstzerstörung wählen, schlage ich vor, zu dem Gott zu beten, an den sie glauben. Wer nicht gläubig ist, hat noch ein kleines bisschen Zeit, über eine der großen Fragen der Menschheit nachzudenken. Gibt es ein Leben nach dem Tod? Ihr werdet es bald wissen, wenn ihr nicht vernünftig seid, ihr Schleimbeutel.«

Über Funk hörte er Carters Kichern.

Nach einer kurzen Pause drang Wassiliks Stimme aus dem Funkgerät. »Mr. Stine! Wie sehr ich mich freue, Ihnen persönlich wiederzubegegnen. An meine Leute – schaltet auf den zweiten Kanal.«

Das war kaum die Antwort, auf die Ackerman gehofft hatte.

»Scheiße«, fluchte er.

»Was für eine Bibelstelle ist das denn?«, fragte Carter.

»Ackermans Brief an die Warmduscher, Vers dreiundzwanzig«, murmelte Ackerman. Er beobachtete die Wächter am Kontrollpunkt, doch sie bewegten sich nicht von der Stelle. »Verdammt, keiner von den Vögeln haut ab.«

»Tja, mein Junge. Ich bezweifle, dass die Kerle Ihnen glauben. Aber wenigstens haben Sie es versucht.«

Ackerman seufzte. Ihm blieb keine Wahl, als die drei Gegner direkt anzugehen. Er verließ seine Deckung und betrat den Hauptfahrweg, der zum Wächterhäuschen führte. Er trug jetzt die Skimaske und den Helm des Mannes, den er ausgeschaltet hatte, dazu das erbeutete AK-47-Sturmgewehr, was ihm das Aussehen eines der Wächter verlieh. Die Panzerweste sah zwar etwas anders aus, und er trug das Khukuri am rechten Bein und den Universalhammer auf dem Rücken, aber es war dämmrig, und er war kaum mehr als ein Schemen vor dem Hintergrund des Waldes. Ansonsten aber glich er den Wächtern äußerlich so sehr, dass er die Männer am Tor eine Zeit lang würde täuschen können, sobald er heran war.

Als Ackerman in Sichtweite des ersten Wächters gelangte, hob der Mann sein Gewehr und zielte auf ihn. Ackerman, der die erbeutete AK-47 gesenkt hielt, hob die rechte Hand und winkte dem Wächter. Der Mann nickte, senkte das Gewehr und verschwand im Wachhäuschen.

Wo steckte der zweite Posten?

In diesem Moment entdeckte Ackerman den zweiten Bewaffneten genau zu seiner Linken. Ein Sturmgewehr vor der Brust, behielt der Mann den Charger im Auge, der auf der anderen Seite des automatischen Tores immer wieder den Motor aufheulen ließ. Das Wachhäuschen selbst erwies sich aus der Nähe als neues Gebäude aus gelben Ziegeln, das den Wächtern und dem Personal der alten Plantage vermutlich auch als Pausenraum diente.

Als Ackerman das Häuschen betrat, entdeckte er Wächter Nummer drei. Der Mann hielt ein Schnellfeuergewehr im Anschlag und spähte aus einem Fenster an der Vorderseite. Er beachtete Ackerman kaum, blickte nur flüchtig zu ihm hinüber.

Ackerman nickte dem ersten Mann zu, der eben erst von draußen hereingekommen war, ein hässlicher Kerl mit ungepflegtem, struppigem Bart, der anderthalb Meter von der Tür entfernt Stellung bezogen hatte.

Ackerman machte sich bereit, wappnete sich für seinen Angriff. Es wusste jetzt, wie er die drei Gegner unschädlich machen konnte. Er nahm den Helm ab, legte ihn auf den Tisch, ließ die Halswirbel knacken und reckte sich, als hätte er einen langen, schweren Tag hinter sich.

In diesem Moment machte der Bärtige ihm einen Strich durch die Rechnung. »Der ist nicht von uns!«, brüllte der Mann und hob seine Waffe. »Legt den Drecksack um!«

Ackerman blieb keine Wahl. Mit der rechten Hand riss er das Khukuri aus der Scheide am linken Oberschenkel, glitt auf den Bärtigen zu und hieb ihm die Klinge in die Schulter. Eine Sekunde später verfehlte die Kugel des anderen Mannes, der am Fenster gestanden hatte, Ackermans Schläfe nur um Haaresbreite.

Ehe der Schütze ein zweites Mal abdrücken konnte, tauchte Ackerman ab, rollte sich über den Boden, glitt nach links, nach rechts und huschte schneller an den Mann heran, als dieser die Waffe herumschwenken konnte. Ackermans Ellbogen traf ihn an der Wange und schlug ihm mehrere Zähne aus. Dennoch feuerte der Kerl. Krachend löste sich der Schuss. Ackerman spürte den Gluthauch der Kugel dicht vor dem Gesicht. Ihm blieb keine Wahl. Bevor der Wächter erneut feuern konnte, nahm Ackerman den Kopf des Mannes zwischen die Hände und brach ihm mit einem Ruck das Genick.

In diesem Augenblick hörte er einen wütenden Aufschrei im Rücken und fuhr herum – genau in dem Moment, als der hässliche Bärtige auf ihn schoss. Erstaunlicherweise war es dem Kerl gelungen, das Khukuri aus seiner Schulter zu ziehen. Seine Kugel riss eine blutige Furche in Ackermans rechten Unterarm. Der Bärtige brüllte triumphierend auf und legte ein zweites Mal auf Ackerman an. Ehe er abdrücken konnte, war Ackerman bei ihm, riss das blutige Messer an sich und rammte dem Mann die Klinge in den Hals. Der Bärtige kippte nach vorn und schlug lang zu Boden.

Mit dem Khukuri in der Hand verließ Ackerman das Wachhäuschen und schritt gelassen auf den dritten Mann zu, einen hünenhaften Kerl, der mit seiner AK-47 den Dodge Charger bedrohte, dessen Motor noch immer laut aufheulte, sodass der Kerl die Geräusche aus dem Wachhäuschen nicht gehört zu haben schien. Zuversichtlich, dass seine Kumpane ihm den Rücken freihielten, bemerkte der riesenhafte Kerl Ackerman erst, als dieser direkt neben ihm stand.

»Soll ich dir mein Dingdong zeigen?«, fragte Ackerman.

»He!«, brüllte der Mann, fuhr herum und holte mit seiner riesigen Faust zum Schlag aus.

Ackerman trat ihm gegen den Oberschenkel. Der Mann

sank nach vorn. Eine krachende Rechte an die Schläfe, und das Gewehr segelte durch die Luft. Dem Mann knickten die Knie ein. Mit der linken Hand packte Ackerman ihm ins Haar, zerrte den Kopf des Gegner hoch und rammte dessen Stirn auf sein Knie, ehe er den schlaffen Körper zu Boden gleiten ließ. Das alles hatte nicht einmal drei Sekunden gedauert.

Ackerman ging zum Tor und winkte Knox heran.

98

Nachdem ein fassungsloser Knox beobachtet hatte, wie Ackerman einen körperlich überlegenen Gegner binnen weniger Sekunden mit der gleichen Beiläufigkeit ausgeschaltet hatte, mit der andere Leute sich Butter aufs Brot schmieren, fuhr er mit dem Charger durch das dämmrige Waldstück langsam bis zum Zaun vor. Nach zwei Minuten hatte er das Wachhäuschen erreicht. Er ließ den Wagen so stehen, dass der Fluchtweg vom Gelände aus blockiert war. Sein Präzisionsgewehr am Gurt vor der Brust, ging er zu Ackerman ins Wachhäuschen.

Drinnen erwartete Knox eine der bösesten Überraschungen seines Lebens. Als er sah, was vor sich ging, prallte er entsetzt zurück. Ackerman saß an einem kleinen Esstisch und schien an etwas zu arbeiten, das verdächtig an den Kopf eines bärtigen Mannes erinnerte.

Knox riss die Augen auf und rief: »Meine Güte, was ist das? Ein Kopf?«

»Und ein besonders hässlicher dazu«, antwortete Ackerman und fuhr fort, die Gesichtshaut vom Knochen zu lösen. »Sie haben ein scharfes Auge, Inspector.«

Knox spürte, wie Übelkeit in ihm aufstieg. »Aber …«, stammelte er. »Warum tun Sie das?«

»Nach dem Motto, unser Dorf soll schöner werden. Diese Gesichtsgrotte hier war nicht gerade einer der Attraktivsten.« Ackerman hielt den Kopf hoch. »Schauen Sie mal. Ein echtes Geld-zurück-Gesicht.«

Knox würgte.

»Keine Bange, ich habe so etwas schon mal gemacht«, sagte Ackerman. »Kleinen Augenblick, mir fällt da gerade etwas ein.« Er aktivierte sein Mikrofon. »Carter? Hier ist so weit alles klar. Was ist mit dem Scharfschützen? Hier war es ziemlich laut. Hat der Kerl was mitbekommen?«

»Sieht nicht so aus. Ist immer noch auf Position, ungefähr hundert Meter von Ihnen.«

»Dann können Sie jetzt die Drohne aktivieren und ihn zu seinen Ahnen schicken.«

»Roger.« Im nächsten Moment hörten sie einen leisen Explosionsknall, und Carters Stimme drang erneut aus ihren Ohrhörern. »Sniper ausgeschaltet.«

»Was ist mit den restlichen Patrouillen?«, erkundigte sich Ackerman.

»Da liegt das Problem.«

»Wieso?«

»Wie es aussieht, nähern die Kerle sich Ihrer Position. Sie haben drei Minuten, bevor die Typen bei Ihnen sind.«

Ackerman hörte mit dem Sägen auf und legte das Messer weg. »Zu schade. Ich hatte gehofft, mit diesem Herrn hier fertig zu sein, bevor seine Spießgesellen da sind.«

»Aber … warum genau machen Sie das?«, fragte Knox mit belegter Stimme.

»Dieser Gentleman hier sollte seinen Kumpanen seine hässliche Larve präsentieren.«

»Was? Soll das heißen, Sie wollten die Gesichtshaut …?« Knox verstummte und würgte erneut.

Ackerman nickte. »Tja, Mr. Knox, da unser bärtiger Geselle hier diesen Zweck jetzt nicht mehr erfüllen kann, hoffe ich umso mehr, dass Sie mit dem Gewehr besser umgehen können als mit Ihrem schwachbrüstigen Magen.«

»Ich bin ein ganz guter Schütze, aber …«

»Okay, dann schnappen Sie sich Ihre Knarre, und legen Sie sich auf das Dach dieses Gebäudes.«

»Was? Wir zwei gegen sechs Männer mit Schnellfeuergewehren?«

»Sie machen das schon«, erwiderte Ackerman. »Sie dürfen nur nicht den Kopf verlieren wie unser Freund hier.«

Knox starrte ihn an. »Sechs gegen zwei? Das sind miserable Chancen.«

Ackerman lächelte. »Ich weiß. Mir tun die Typen fast schon leid. Ich zögere deshalb sogar, den Compoundbogen einzusetzen.«

Knox verließ kopfschüttelnd das Wachhäuschen und murmelte: »Der Kerl ist irre. Ich nehme tatsächlich Befehle von einem Wahnsinnigen entgegen!«

99

Die sechs verbliebenen Wächter näherten sich in einer halbmondförmigen Schützenformation dem Wachhäuschen. Falsch war ihre Taktik nicht, doch in der aktuellen Situation gestattete Ackerman der größere Abstand zwischen den einzelnen Angreifern, sie einen nach dem anderen auszuschalten. Mit ein wenig Glück hätte er den letzten Gegner zur Strecke gebracht, bevor dieser auch nur ahnte, dass der vorderste Mann angegriffen worden war.

Ackerman holte sich den Compoundbogen, den er am Schützenloch zurücklassen hatte, und überzeugte sich unterwegs davon, dass keine weiteren Patrouillen nachrückten. Zurück im Wachhäuschen, zog er einem der Posten, die er ausgeschaltet hatte, das Hemd über den Kopf und machte sich auf den Weg. Die Kunst, sich nahezu lautlos durch den Wald zu bewegen, beherrschte er wie kaum ein Zweiter. Doch es kostete viel Konzentration und Ausdauer, da man die Umgebung nicht nur nach Gegnern abzusuchen hatte, sondern obendrein auf trockene Blätter und Zweige am Waldboden achten musste. Außerdem trug Ackerman diesmal den sperrigen Compoundbogen über der Schulter. Doch er hatte diese Fertigkeiten über Jahre hinweg perfektioniert, auf zahllosen Verfolgsjagden, und konnte sich effektiver durch einen Wald bewegen als ein durchtrainierter US Marine.

Mithilfe der von Carter gesteuerten Drohne fand er einen hohen Baum, der genau auf dem zu erwartenden Weg der Verfolger stand. Mit dem erbeuteten Hemd als Aufstiegshilfe kletterte Ackerman nach Holzfällerart den

Stamm hinauf und war nach wenigen Sekunden so hoch, dass er aus der Sicht möglicher Verfolger am Waldboden verschwunden war. Er nahm den Compoundbogen von der Schulter und wartete.

Aus seiner sicheren Position stellte sich Ackerman nur noch die Frage, wohin er den Pfeil am besten schoss, um den ersten Gegner lautlos auszuschalten. Als der erste Mann etwa zehn Meter unter ihm vorbeikam, spannte Ackerman den Bogen, zielte auf die Schulter und schoss. Der silberglänzende Pfeil schwirrte durch die Luft. Der Mann hatte das Pech, genau in diesem Augenblick nach vorn zu stolpern. Statt seine Schulter treffen, durchschlug der Pfeil seine Schädelkuppe, durchbohrte das Gehirn und tötete ihn auf der Stelle.

Ackerman fluchte lautlos, hob das Mikrofon an die Lippen und meldete: »Carter? Eine Zielperson eliminiert. Haben Sie noch mehr neue Freunde, denen Sie mich vorstellen wollen?«

Die Antwort kam prompt: »Auf ein Uhr. Entfernung dreißig Meter.«

Ackerman erkannte, dass er den nächsten Gegner nicht aus der luftigen Höhe erwischen konnte, also stieg er vom Baum und nahm einen Weg, der ihn in weitem Kreis direkt hinter den Mann brachte. Er blieb kurz stehen, ließ sich von Carter die Richtung bestätigen und bewegte sich dann langsamer weiter, wobei er auf die Schritte des Mannes lauschte, da es inzwischen fast dunkel war zwischen den Bäumen. Wie alle Wächter trug auch dieser Mann eine Helmlampe. Er knipste sie ein und leuchtete damit den Weg aus, ohne dass es ihn zu interessieren schien, dass die Lampe seinen Standort verriet.

Augenblicklich entdeckte Ackerman das Licht zwischen den Bäumen, das die Position des Gegners so deutlich erkennen ließ wie ein Leuchtfeuer. Der Mann vor ihm ging geduckt, die AK-47 schussbereit im Schulteranschlag.

Ackerman handelte rasch und kompromisslos. Er schnellte auf den Gegner zu und rammte ihm den Ellbogen ins Genick. Doch der Treffer war nicht hart genug. Der Mann taumelte nach vorn und stürzte auf den Waldboden. Auf dem Rücken liegend, riss er seine Maschinenpistole hoch und feuerte blindlings ins Halbdunkel. Ackerman war längst zur Seite ausgewichen. Er hörte das Krachen, als die Kugeln in die Stämme der Bäume hinter ihm fetzten. Äste und Zweige rieselten herab. Als das Rattern der Waffe verstummte, sprang Ackerman vor. Sein Fußtritt traf den Mann unter dem Kinn und schleuderte den Kopf in den Nacken.

Ackerman hörte, wie weitere Gegner mit schnellen Schritten herbeigerannt kamen, offenbar alarmiert von den Schüssen. Er drehte er sich in Richtung der Geräusche, nahm den Universalhammer aus der Halterung und hielt ihn locker in der Hand. Kaum war der erste Mann in Sicht, warf Ackerman den Hammer wie eine Axt. Er wirbelte durch die Luft, traf den Gegner vor die Brust und schleuderte ihn in vollem Lauf zurück zwischen die Bäume.

Ackerman stapfte dorthin und ließ den Blick durch das Halbdunkel schweifen. Derzeit war kein weiterer Angreifer in Sicht. Der getroffene Mann lag auf dem Waldboden und rührte sich nicht mehr. Ackerman trat das Gewehr des Mannes zwischen ein paar Sträucher, hob den Universalhammer auf und setzte das Mikro an die Lippen. »Zwei weitere Zielpersonen eliminiert«, meldete er. »Carter, ich brauche die Position des Scharfschütz…«

In diesem Moment peitschte der Schuss eines Präzisionsgewehres durch den Wald, und Knox meldete über Funk: »Scharfschütze ausgeschaltet.«

»Hat sich erledigt, Carter«, sagte Ackerman. »Da waren's nur noch zwei.«

Er nahm dem Mann, den er soeben außer Gefecht gesetzt hatte, das Funkgerät ab, befestigte den Hammer wieder in der Halterung und wollte weiter zur Villa vorrücken, als auch schon die beiden verbliebenen Gegner heran waren. Ackerman fluchte wild. Ehe er zwischen den Bäumen verschwand, entdeckte ihn einer der beiden Männer und eröffnete mit einer AK-47 das Feuer.

Ackerman warf sich in Deckung, während die Kugeln rings um ihn her in die Bäume prasselten, dass Holzsplitter und zerfetzte Rinde durch die Luft wirbelten. Als der Höllenlärm für einen Moment verklang, huschte Ackerman davon und bewegte sich im Schutz der Bäume weiter in Richtung der Villa, um die Verfolger in Reichweite von Knox' Präzisionsgewehr zu locken.

100

Die Männer in Ackermans Rücken hatten den Beschuss wiederaufgenommen und feuerten aus allen Rohren. Die Kugeln umschwirrten Ackerman wie ein wütender Hornissenschwarm. Zum Glück war das Blattwerk dicht genug, dass er seinen Verfolgern kein deutliches Ziel bot, als er sich schnell und geschmeidig zwischen den Bäumen hindurchbewegte.

Im Laufen hob er das Mikro an die Lippen. »Knox?«

»Ja?«

»Ich komme mit zwei ungebetenen Gästen in Ihre Richtung. Hoffentlich sind Sie so ein guter Schütze, wie Sie behaupten.«

»Sie locken die Typen raus, und ich erledige sie.«

»Immer langsam, Knox. Ich brauche einen von denen lebend. Ein Schuss in die rechte Schulter. Ist das machbar?«

»Jetzt werden Sie auch noch wählerisch.«

»Vielleicht bildet der Marshals Service seine Schützen nicht so gut aus wie das FBI.«

»Abwarten.«

Ackerman entschied, dass er genügend Abstand zwischen sich und seine Verfolger gebracht habe. Im Dämmerlicht des Waldes konnten sie ihn zwischen den Bäumen ohnehin kaum mehr erkennen. »In dreißig Sekunden gehören sie Ihnen, Knox.«

Er warf sich unter ein Dickicht am Rand einer Waldlichtung, die zum Wachhäuschen führte. Mit ein wenig Glück würden seine Verfolger genau hier an ihm vorbeirennen und dann auf die freie Fläche gelangen. Dann konnte Knox zeigen, ob er ein so guter Schütze war, wie er behauptete.

Ackerman wartete, bis sein Atem sich beruhigt hatte, und lauerte in der Dunkelheit. Zuerst sah er die Lichter der Helmlampen, dann hörte er die Schritte der Verfolger. Die beiden Männer rannten in knapp zehn Metern Entfernung an ihm vorbei. »Nun mach schon, Knox«, murmelte er. Ein paar Sekunden später hörte er zwei Schüsse aus einem Hochleistungsgewehr, gefolgt von einem gellenden Schrei.

Ackerman schaltete das Mikro ein, während er sich aus dem Dickicht befreite. »Rechte Schulter, Knox?«

Knox antwortete: »Genau wie verordnet.«

»Mann, Knox, wenn Sie so weitermachen, kann ich Sie am Ende noch leiden.«

Ackerman trat auf die Richtung und fand einen Wächter tot vor, während der andere davonzukriechen versuchte, eine Hand an der zerschossenen rechten Schulter. Langsam näherte der Mann sich dem Schutz der Bäume, gab aber sofort auf, als er Ackerman sah. Er schleuderte seine Waffe ins Unterholz und hob die Hände.

Knox war inzwischen von seinem Schützenstand geklettert und kam über die Lichtung auf Ackerman zu, das Präzisionsgewehr in der Hand. »Waren das die letzten beiden?«

Ackerman nickte.

»Was haben Sie mit dem Überlebenden vor?«

»Wir bringen ihn zum Wachgebäude. Ich muss da noch etwas vorbereiten, bevor wir die Villa ins Visier nehmen.«

»Fragt sich nur, wie wir in diese Festung reinkommen sollen«, murmelte Knox düster.

»Ich habe da schon eine Idee«, erklärte Ackerman. »Machen Sie unseren Freund marschbereit.«

»Wie Sie wünschen.« Knox kümmerte sich um den verletzten Wächter, legte ihm einen Stofffetzen als provisorische Schlinge um den rechten Arm und zerrte ihn hoch. Der Mann wehrte sich nicht, als Knox ihn packte. »Komm mit, Kumpel, und keine Dummheiten.«

Kurz bevor sie das Wachhäuschen erreichten, befahl Knox dem Gefangenen, auf die Knie zu gehen, und fesselte ihm sicherheitshalber die Hand- und Fußgelenke. Währenddessen rumorte Ackerman im Innern des Häuschens. Als Knox fertig war, zerrte er den Gefangenen hoch und folgte Ackerman ins Gebäude.

Er war nicht darauf gefasst, dass sein Partner eine weitere böse Überraschung für ihn parat hatte.

Ackerman begrüßte ihn mit der Frage: »He, Knox, ist das nicht krass?«

Der Gefangene stieß einen schrillen Schrei aus und kippte um, während Knox vor Schreck die Knie weich wurden. Ackerman sah aus wie ein Zombie aus *The Walking Dead.* An dem abgetrennten Kopf des Bärtigen, mit dem er sich zuvor beschäftigt hatte, war jetzt der Schädelknochen freigelegt. Ackerman trug die Haut wie eine Maske. Um die Illusion zu vertiefen, hatte er die Säume mit dem Blut des toten Wächters eingeschmiert. Das Ergebnis wirkte überzeugend. Er hatte unverkennbare Ähnlichkeit mit dem hässlichen bärtigen Mann.

Entsetzt wandte Knox den Blick ab und versuchte, gar nicht daran zu denken, dass Ackerman sich mit der Haut eines toten Mannes maskierte. Doch je verzweifelter er sich bemühte, diesen Gedanken von sich wegzuschieben, desto mehr beschäftigte er sich damit, ob er wollte oder nicht.

»Ein Gesicht zum Verlieben, was?«, fragte Ackerman.

Knox schauderte. »Bitte, reden wir von etwas anderem.«

»Haben Sie die Sprengladung dabei?«, fragte Ackerman.

»Klar.«

Knox versuchte krampfhaft, Ackermans Anblick zu vermeiden, als er den zusammengerollten Strang C4-Plastiksprengstoff aus einer Tasche seiner Panzerweste zog und ihn Ackerman reichte. Die ganze Zeit versuchte er, nicht daran zu denken, dass Ackerman das Gesicht eines Toten trug, als wäre es eine Halloweenmaske.

»Hier, der Sprengzünder.« Knox reichte ihm das schwarze Kästchen mit den heraushängenden Drähten und dem Schalter unter der roten Schutzkappe.

»Funk?«, fragte Ackerman.

»Nein, funktioniert nur über Draht. Sie müssen sich in Deckung bringen. Die Ladung reicht, um die Tür der Villa aufzusprengen.«

Ackerman betrachtete den kleinen Zünder, zückte das Khukuri und schnitt die Drähte ab, die aus dem Kästen hingen. »So, jetzt ist er drahtlos.«

»Und nutzlos auch«, meinte Knox.

Ackerman wiegte den Kopf und schaute auf den Gefangenen, der friedlich dalag, die Augen geschlossen, nachdem er vor Erschöpfung und vom Schock über Ackermans Anblick in Ohmacht gefallen war. »Ich werde die Sprengladung unserem Freund hier um den Hals legen und ihm klarmachen, dass ich ihn im wahrsten Sinne des Wortes in einen Knallkopf verwandle, wenn er nicht tut, was wir sagen.«

Knox betrachtete den Gefangenen. »Aber ohne Zündung kann das Ding doch gar nicht hochgehen.«

»Das weiß der Kerl aber nicht.«

»Und was dann?«

Knox verdrängte seine Abscheu vor Ackermans Aussehen und warf ihm einen Blick zu. Das blutige Schreckgespenst, das ihm gegenüberstand, flößte selbst ihm, dem hartgesottenen Marshal, Angst und Schrecken ein. Wie durch Watte hörte er Ackermans Antwort: »Dann werden unser Freund hier und ich zur Villa gehen – die letzten beiden Wächter, die sich zurückziehen, um ihre Wunden zu lecken.«

»Die anderen könnten den Trick durchschauen und Sie erschießen, bevor Sie die Villa erreichen.«

»Das Risiko muss ich eingehen.«

»Und wo komme ich ins Spiel?«

»Sie haben eine sehr wichtige Aufgabe, Knox. Sollte es Black Rose gelingen, mit Nadia zu entkommen, kriegen wir ihn womöglich nie mehr. Er hat die Mittel, sich spurlos abzusetzen. Deshalb müssen Sie, Knox, das Tor bewachen und dafür sorgen, dass er nicht abhaut, sobald ich die Villa stürme.«

Knox schüttelte den Kopf. »Selbst wenn es klappt – sobald Sie drin sind, sitzen Sie mit einem Dutzend bewaffneter Gegner in der Falle.«

Ackerman, der wie die Gestalt aus einem Albtraum neben ihm stand, lachte leise. »Nein. Ich werde nicht mit ihnen in der Falle sitzen, sondern sie mit *mir*.«

101

Mit leerem Blick starrte Ezra Crane aus dem Fenster der Villa, die Zähne zusammengebissen. Er war wütend, weil seine Träume ihm zwischen den Fingern zu zerrinnen drohten. Die Macht und den Einfluss seines Vaters an sich zu reißen war kein leichtes Unterfangen gewesen. Es hatte Jahre der Planung und Vorbereitung bedurft, um Ezra den Weg zum Aufstieg zu ebnen. Jetzt lag alles, was er sich wünschte, in seiner Reichweite. Er hatte die Chance, seine Ziele zu erreichen. Er musste nur entschlossen genug sein und die Gelegenheit beim Schopf packen, solange sie sich bot.

Rückblickend jedoch hatte er einen Kardinalfehler begangen, und der hieß Nadia. Er hätte abwarten und sie sich später holen sollen, doch ihn hatte der Gedanke getrieben, sie zur Frau zu haben, endlich eine Familie mit ihr zu gründen. Er hatte sich so lange ausgemalt, wie es wäre, Nadia zu besitzen, dass er die Beherrschung verloren hatte. Ersatzbefriedigung reichte ihm nicht mehr.

Nadia war jetzt seit einer Woche in seinen Händen. Ihre Nähe verzauberte und berauschte Ezra bis an den Punkt, an dem es für ihn nur noch zählte, sie zu besitzen, und wenn er dafür sein ganzes Königreich niederbrennen musste.

Wassilik steckte den Kopf ins Esszimmer. »Wir haben die Villa abgeriegelt. Keine Lücken. Niemand kommt an das Gebäude heran, ohne dass wir ihn sehen und abknallen können.«

»Haben die Wächter am Zaun schon etwas gemeldet?«

»Ich habe gerade von einem unserer Männer gehört, von Donovan«, antwortete Wassilik. »Er ist übel zugerichtet und zieht sich mit Juri hierher zurück, dem Bärtigen. Juri hat es noch schlimmer erwischt.«

»Wann sind sie hier?«

»In zwei Minuten.«

»Und außer den beiden hatten wir draußen auf dem Gelände keine Leute mehr?«, fragte Ezra fassungslos.

»Donovan behauptet es jedenfalls. Ich weiß nicht genau, wer dieser Franklin Stine ist, aber ich habe den Verdacht, er ist so ein Eisenfresser von den Special Forces oder irgendein Superagent von der CIA. Das kommt dabei herum, wenn die Regierung immer die Stärkste von allen sein will und den dicksten Knüppel haben muss.«

»Wer dieser Stine ist, spielt keine Rolle!«, fuhr Ezra ihn an. »Er blutet genauso wie jeder andere.«

Wassilik musterte ihn kalt. »Warum fragst du nicht deine kleine Freundin nach diesem Kerl?«

Ezra lief rot an. »Und warum tust du nicht deinen verdammten Job und bringst den Typen um? Ober willst du hier sitzen und Däumchen drehen, während dieser Stine bestimmt, wo es langgeht?«

»Ich habe nicht die Absicht, in einen dunklen Wald zu gehen, wo jemand lauert, der jetzt schon mehr Männer ausgeschaltet hat, als wir übrig haben. Hör zu, Ezra. Ich weiß, dass du diese Villa niederbrennen wolltest, während dein Vater darin war, um die Versicherung zu kassieren, aber warum bringen wir Omar und deinen Alten nicht woandershin? Woanders können sie sich genauso gut in die Haare geraten und sich gegenseitig umbringen wie hier.«

»Du meinst, wir sollten fliehen?«

»Ich nenne es taktischen Rückzug.«

»Erst wenn alle anderen Mittel versagen«, erwiderte Ezra. »Ist das angekommen?«

Wassilik fluchte auf Ukrainisch vor sich hin. »Was immer Sie befehlen, Mr. President«, meinte er spöttisch, machte auf dem Absatz kehrt und verließ den Raum.

Ezra setzte sich zu seinen drei geknebelten Gefangenen an den Esstisch, von denen er zwei – Omar Shirazi und seinen eigenen Vater – zu töten gedachte, bevor der neue Tag anbrach. Er nahm Nadia den Knebel ab und strich ihr über die Wange.

Sie starrte ihn an.

»Wer ist dein Freund wirklich?«, fragte Ezra. »Komm schon, sag es mir.«

Ihr Gesicht verzerrte sich. »Er hat es dir doch schon gesagt. Er ist der Todesengel, der dich in den tiefsten Schlund der Hölle schicken wird.«

Ezra hätte sie am liebsten geohrfeigt, behielt aber sein starres Lächeln bei. »So wie dein Freund uns hier einheizt, frage ich mich allmählich, ob eure Beziehung über das Berufliche hinausgeht.«

Nadia gab keine Antwort.

Wieder streichelte Ezra ihr über die Wange. Sie versuchte, sich ihm zu entziehen, konnte sich in den Fesseln aber kaum bewegen. Er zog mit der Fingerspitze die Linie ihres Kiefers nach und liebkoste die glatte, seidige Haut. »Es spielt keine Rolle. Du wirst immer mein sein. Ich hatte dich als Erster. Du wirst mir auf ewig gehören, und du kannst nichts daran ändern. *Nichts.*«

Nadia drehte den Kopf weg, damit er ihre Tränen nicht

sah, und kniff die Augen zusammen. Grelle Wut überkam sie. Als er ihr noch einmal über die Wange streichelte, schnappte sie mit den Zähnen nach seiner Hand. Er zog sie hastig zurück und lachte. »Ich liebe dein Feuer, Süße. Weißt du, als ich dich zum ersten Mal gesehen habe, hast du mein Leben von Grund auf verändert. Ich kann mich noch genau erinnern. Du und eine Freundin von dir, ihr habt im Konferenzsaal von AIM gesessen und über irgendeiner Schulaufgabe gebrütet. Ich kam zu euch und habe so getan, als würde ich nach irgendwelchen Akten suchen, während ich in Wahrheit euch beiden zuschaute, wie ihr gelacht und gekichert habt. Du warst das schönste Mädchen, das ich je gesehen hatte. Du warst makellos, perfekt, wie ein Gemälde. Zum ersten Mal wünschte ich mir, ein normaler Mann zu sein. Der, mit dem du auf ewig zusammen sein möchtest. Ich sehnte mich nach Dingen, an die ich zuvor nie gedacht hatte … eine Familie, ein Haus, Kinder, und alles gemeinsam mit dir als meiner Frau. So ist es über lange Zeit hinweg geblieben. Ich bekam dich einfach nicht mehr aus dem Kopf. Schließlich trug mein Verlangen den Sieg davon. Aber ich möchte, dass du eines weißt: Es war nicht nur Lust, es war auch Liebe. Ich habe dich immer geliebt.«

»Du bist gar nicht imstande, jemand anderen zu lieben als dich selbst.«

Er blickte ihr in die Augen, sah darin aber nichts als Hass und Ekel. Verzweiflung erfasste ihn. Er verzehrte sich nach dieser Frau. Sicher, er konnte sie haben, wann immer er wollte. Sie musste ihn nicht lieben, damit er sie besitzen konnte. Und doch war es das, was er sich am meisten ersehnte. Dass sie Gefühle für ihn hegte.

»Nadi, ich …«, setzte er an, verstummte aber, als in der Eingangshalle Stimmengewirr erklang. Dann hörte er Wassilik rufen: »Ihr zwei da, bewegt euch! Helft den beiden!«

Ezra knebelte Nadia wieder und eilte in die Halle. »Was geht hier vor, Sergei?«

»Sie bringen Donovan und Juri«, antwortete Wassilik.

Donovan wurde zuerst die Treppe hochgeholfen, Juri folgte dichtauf. Als Donovan hereinkam, sah Ezra die Schusswunde an der Schulter des Mannes; er trug den Arm in einer Schlinge. Doch er war weitaus glimpflicher davongekommen als Juri. Der Bärtige sah aus, als wäre er mit dem Kopf in einen Fleischwolf geraten. Sein Gesicht war voller Blut, und er wankte bei jedem Schritt. Bei seinem Anblick prallte sogar Ezra entsetzt zurück.

»Bring die beiden nach hinten, bevor die anderen sie sehen«, wies er Wassilik an.

»Juri muss ins Krankenhaus, verdammt. Du siehst doch selbst, wie dreckig es ihm geht.«

»Erst sorgst du dafür, dass der Mistkerl stirbt, der ihm das angetan hat. Danach besprechen wir, wo wir unsere Wunden lecken.«

Wassilik musterte Ezra mit düsterem Blick, erwiderte aber nichts und folgte seinen Männern zum offenen Durchgang hinter dem Gebäude.

Ezra blieb noch einen Moment im Foyer stehen und versuchte, sein aufgewühltes Inneres zu beruhigen. Wieder überkam ihn das schreckliche Gefühl, dass ihm alles, worauf er sein Leben lang hingearbeitet hatte, zwischen den Fingern zerrann.

Nein, er konnte nicht einfach herumsitzen und abwarten. Er musste sich etwas einfallen lassen, um das Blatt gegen diesen verdammten Franklin Stine zu wenden. Und dazu musste er das stärkste Druckmittel einsetzen, das er besaß: seine drei Geiseln.

102

Die Wächter halfen Donovan und dem vermeintlichen Juri hinter die Villa und brachten die beiden in eine überdachte Pergola mit Wänden und Decke aus weißen Ziegeln. Ein Kamin und mehrere Sofas, Sessel und Tische bildeten die Einrichtung. Die Wächter betteten Juri auf eine Couch, Donovan auf eine andere. Wassilik, der die Wächter begleitet hatte, befahl ihnen, auf ihre Posten zurückzukehren. Er wartete, bis sie verschwunden waren; dann trat er zu Donovan und erkundigte sich, was geschehen war, während er Juri kaum beachtete. Der Bärtige lag nur da und stöhnte leise. Manchmal wand er sich vor Schmerz. Doch der Mafiaboss sprach ihn nicht an und mied den Anblick seines blutigen Gesichts.

Als Donovans kurzer Bericht vorüber war, nickte Wassilik. »Also gut. Ihr ruht euch hier aus. Wir besorgen euch einen Arzt. Beißt die Zähne zusammen, haltet durch.« Damit ließ er die beiden Verletzten allein.

Ackerman wartete einen Augenblick. Dann setzte er sich auf, zog Juris totes, blutiges Gesicht ab und legte es hinter die weiße Korbcouch. Er blickte zu Donovan, der ihn entgeistert beobachtete. »Du tust genau das, was dein Boss befohlen hat, kapiert? Bleib hier und ruh dich aus.« Er ließ Donovan den Zünder sehen. »Denk dran, ich kann dich jederzeit einen Kopf kürzer machen.«

Donovan schaute ihn mit müden Augen an. Er war totenblass, der Verband an seiner Schulter blutgetränkt. »Ich gehe nirgendwohin«, sagte er mit schwacher Stimme.

In diesem Moment knisterte das Funkgerät, das Donovan noch am Gürtel trug, und eine Stimme am anderen Ende rief: »He, Todesengel, hören Sie mich?‹«

Mit der zitternden linken Hand löste Donovan das Gerät vom Gürtel und reichte es Ackerman. »Ich glaube, das ist für Sie.«

»Stine«, meldete sich Ackerman.

Ezra Crane antwortete über Funk: »Ich habe ein wenig von Ihrer Arbeit gesehen. Sie sind offenbar genauso ein Freak wie ich. Sie genießen es, Menschen wehzutun, nicht wahr? Ich habe nachgedacht. In dieser Nacht haben Sie vielen meiner Freunde Schlimmes angetan. Vielleicht wird es Zeit, dass ich mich revanchiere und einige von *Ihren* Freunden ein bisschen … sagen wir, in die Mangel nehme.«

»Vorsicht«, drohte Ackerman. »Die Geiseln sind alles, was mich davon abhält, die Villa mitsamt Ihnen niederzubrennen.«

»Keine Bange. Ich töte nicht alle Geiseln, nur eine. Vorerst. Die Entscheidung, wer sterben soll, wird Nadia treffen. Ich werde ihr eine Pistole in die Hand drücken und ihr die Wahl überlassen. Sie könnte meinen Alten für mich töten. Wenn Nadia es nicht schafft, töte ich *ihren* Vater für sie. Wie es auch kommt – einer von uns erweist dem anderen einen Riesengefallen.« Er lachte auf. »Wir treffen uns auf der Zufahrt. Beeilung, Stine, sonst stirbt eine der Geiseln. Die Uhr tickt.«

Ackerman antwortete nicht. Dieser Irre hatte recht. Die Uhr tickte – und er, Ackerman, musste eine Menge Männer aus der Gleichung kürzen.

Nach einem letzten Blick auf den halb bewusstlosen Donovan, der mit Sicherheit keine Gefahr darstellte, machte Ackerman sich auf den Weg. Es nahm sich vor, zuerst das Obergeschoss zu durchkämmen, an dessen Fenstern Scharfschützen postiert waren, wie er von Carter wusste. Es gab nur ein Problem: Ackermans mehr als dürftige Bewaffnung. Den Universalhammer hatte er zurücklassen müssen, als er in die Rolle des verwundeten Wächters geschlüpft war – die Waffe wäre viel zu auffällig gewesen. Doch er trug noch immer das Khukuri.

Ackerman stellte fest, dass die vordere Treppe zum Gebäude abgeriegelt war. Doch in einer alten Südstaatenvilla wie dieser gab es mit Sicherheit eine Hintertreppe für Lieferanten und Dienerschaft. Sich stets in Deckung haltend, schlich Ackerman im Schutz der Dämmerung zur Hinterseite des Gebäudes und stieg ungesehen durch ein Fenster ein. Tief im Innern der Villa hörte er Stimmen, hatte aber keine Zeit, sich darum zu kümmern. Jetzt galt es erst einmal, die Scharfschützen auszuschalten. Geduckt huschte er durch schummrige Flure und warf rasche Blicke in die Zimmer links und rechts, bis er in eine Küche gelangte, wo er auf die gesuchte Dienstbotentreppe stieß.

Er zückte das Khukuri, als er sich auf den Weg ins Obergeschoss machte. Die Dienstbotentreppe führte auf einen langen, schummrigen Gang mit Reihen von Türen zu beiden Seiten. Zum Glück waren sie gegeneinander versetzt, sodass man von einen Zimmer auf der rechten Seite des Flures aus nicht sehen konnte, was im Zimmer auf der linken Seite vor sich ging.

Ackerman hielt inne, lauschte und ließ für einen Moment suchend den Blick schweifen, ehe er weiter ins Gebäude vordrang. Lautlos nahm er eine weitere kurze Treppe am Ende des Korridors und gelangte an eine offen stehende Tür. Er spähte um die Ecke. Die Tür führte auf einen ausgebauten Dachboden, der vier Fenster besaß, die in alle vier Himmelsrichtungen zeigten.

An den Fenstern, die nach Westen und Osten lagen, stand jeweils ein Scharfschütze, spähte durch ein Fernrohr und suchte systematisch das Gelände ab. Dass Ackerman sich näherte, bemerkte keiner der beiden. Sie rechneten nicht mit einer Gefahr von hinten, sondern vermuteten den Gegner vor sich, um ihn mit kalter, gnadenloser Effizienz zu töten.

In diesem Augenblick ging eine Veränderung mit Ackerman vor sich. Es war zu viel Böses geschehen, als dass er an seinem Vorsatz festhalten konnte, Rücksicht zu nehmen. Stattdessen ließ er zu, dass der Dämon in seinem Innern sich regte. Ohne sich dagegen zu wehren, hieß er ihn willkommen wie einen alten Freund und gab die dunkle Kraft in seinem Innern frei – bereit, die Wünsche des Monstrums zu erfüllen, das in ihm lauerte.

Und warum auch nicht, fragte er sich. Dieser Abschaum war ihm im Weg. Diese Bestien und ihre Handlanger hatten ihre Opfer auf furchtbare Weise getötet, zur Erbauung perverser Gaffer. Warum sollte jetzt nicht *er* ein bisschen Spaß mit diesen Kreaturen haben?

So gefällst du mir besser, Junior, flüsterte die geisterhafte Stimme Thomas Whites dicht an seinem Ohr. *Und jetzt mach sie fertig!*

In diesem Moment entdeckte ihn einer der Scharfschützen und öffnete den Mund zu einem Warnschrei, während der andere bereits das Gewehr herumriss.

Ackerman war so blitzartig an den beiden Gegnern heran, dass sie keinen Laut mehr hervorbrachten, ehe sie starben. Es ging so schnell, dass nicht einmal Ackerman sich an den Ablauf erinnerte, nur an das Gefühl, wie ihm das warme Blut der Getroffenen ins Gesicht spritzte.

Nachdem die beiden Scharfschützen aus dem Spiel waren, eilte Ackerman die Treppe hinunter in den ersten Stock, wo er vorhin die Bibliothek entdeckt hatte – einen großen, prächtigen Raum mit hoher Decke. An den Wänden reihten sich Regale voller ledergebundener Bücher, die man auf einer Bibliotheksleiter erreichte.

Doch Ackerman hatte keinen Blick dafür. Ihm hatte es der Flügel angetan, der in einem kleinen Nebenraum stand. Gedankenversunken tippte er auf ein paar Tasten. Das Instrument war perfekt gestimmt. Der Klang weckte Erinnerungen an die Jahre bei seinem Vater, der ihn das Klavierspielen gelehrt hatte und dessen ebenso genialer wie abnormer Verstand nun für immer Teil von ihm sein würde, sosehr Ackerman sich auch der Illusion hingab, frei zu sein.

Okay, sagte er sich. *Ruf die Typen hierher.*

Er setzte sich auf den Klavierstuhl, überlegte kurz und spielte dann Beethovens *Für Elise*, dessen melancholische Stimmung ihm zusagte.

Nach ein paar Takten hielt er inne, lauschte.

Ein Lächeln legte sich auf sein Gesicht.

Sie kamen.

103

Ezra hielt Kriegsrat mit Wassilik und den letzten vier Bodyguards, als Klaviermusik die Villa erfüllte.

»Was ist denn das für eine Nummer?« Wassilik runzelte die Stirn.

Ezra neigte den Kopf, lauschte und erkannte, dass die Klänge aus der Bibliothek kamen. Wassilik und seine Leute hatten ebenfalls innegehalten und hörten zu. Was da durch die Flure wehte, waren unverkennbar klassische Klänge.

»Hört ihr das auch?«, sagte einer der Bodyguards. »*Der König der Löwen.*«

»Quatsch, du Kulturleiche.« Wassilik erkannte die Melodie als Erster. »Das ist von diesem tauben Typen mit der grauen Mähne … Beethoven.«

Ezra schnippte mit den Fingern und fuhr die Bodyguards an: »Rauf in die Bibliothek! Na los! Schießt auf alles, was sich bewegt!«

Die vier schwarz gekleideten Männer schnappten sich ihre Waffen und rannten los.

Ackerman, der das Ohr an die Tür des Musikzimmers gedrückt hielt und lauschte, hörte die Gegner kommen. Sie stürmten über den langen Korridor heran, der die Bibliothek und das Musikzimmer mit dem Foyer verband. Nach wenigen Sekunden hörte er die polternden Schritte der Bodyguards in der Bibliothek. Vier Mann, erkannte Ackerman. Und er hatte sie da, wo er sie haben wollte.

Ackerman schob lautlos die Tür auf, stand regungslos da und besah sich die Gegner, die ihn noch gar nicht bemerkt hatten. Er hätte jetzt kurzen Prozess mit ihnen machen können, brachte es aber nicht fertig, die Gegner hinterrücks anzugreifen.

»He«, sagte er.

Die Männer fuhren zu ihm herum und rissen die Waffen hoch, kaum dass sie ihn entdeckt hatten. Ackerman vollzog eine Reihe blitzartiger Positionswechsel, um zu sehen, wie die Gegner reagierten. Dann startete er einen überfallartigen Angriff, das blitzende Messer hoch erhoben. Er war so schnell, dass erst jetzt die ersten Schüsse krachten, als die Bodyguards das Feuer aus ihren Sturmgewehren eröffneten. Der Kugelhagel zerfetzte einen Teil der kostbaren alten Bücher und wirbelte Lederfetzen durch die Luft.

Doch Ackerman war längst aus der Schusslinie. Schreie

und Schüsse vermischten sich zu einem Höllenlärm, als er sich einen Weg zwischen den Gegnern hindurchschlug und stieß, hieb und schnitt. Einen Lidschlag später war er am ersten Gegner heran und rammte ihm die Klinge in den Hals. Aus der Bewegung heraus schnellte er herum, riss den schlaffen Körper des Mannes mit sich, schleuderte ihn auf den nächsten Angreifer und brachte diesen aus dem Gleichgewicht. Der Mann prallte gegen einen seiner Kumpane, attackierte dann aber erneut, brüllend vor Hass und Wut. Ackerman rammte ihm den Ellbogen auf die Gurgel. Der wuchtige Stoß brach dem Mann das Genick und trieb ihn so weit nach hinten, dass er halb unter einem der Bücherregale verschwand. Einen Lidschlag später schlitzte Ackerman dem dritten Gegner die Kehle auf. Dann aber war der vierte Angreifer heran, der siegessicher grinsend seine Waffe hochriss, denn Ackerman stand fünf Schritte von ihm entfernt – zu weit weg für einen Angriff mit dem Messer. Der Mann ahnte nicht, wen er vor sich hatte. Er riss die Augen auf, als Ackerman so blitzartig die Position wechselte, dass der Kerl erst zum Schuss kam, als er das gekrümmte Messer funkeln sah. Es war das Letzte, was er in seinem Leben wahrnahm. Das Khukuri traf ihn unter dem Kinn und drang bis in sein Hirn. Die Kugel schlug harmlos in die Decke, und die Waffe segelte durch die Luft. Dem Mann knickten die Knie ein; denn kippte er seitwärts zu Boden.

Kaum waren die Gegner ausgeschaltet, verließ Ackerman die Bibliothek und eilte zurück zur Pergola. Donovan, der verwundete Wächter, lag mit geschlossenen Augen da, offenbar in tiefer Bewusstlosigkeit. Ackerman hatte auf dem Weg hierher nicht beobachtet, dass Wassilik oder Ezra ihm gefolgt wären, ging aber davon aus, dass einer oder beide in Kürze auftauchten. Am Ziel angelangt, legte er das Ohr an die Tür und lauschte in der Hoffnung, dass möglicherweise überlebende Gegner sich genauso unvorsichtig in seine Reichweite begeben würden wie die anderen.

Im Foyer starrten Ezra Crane und Sergei Wassilik in den langen Flur, der zur Bibliothek führte. Ezra hielt eine Beretta vor sich, Sergei hatte sich mit einer AK-47 bewaffnet. Beide hatten gehört, wie die letzten vier Wächter geschrien und das Feuer eröffnet hatten, um dann zu verstummen, einer nach dem anderen.

Es war Ezra, der sich als Erster aus der Erstarrung löste. »Du solltest lieber nachsehen, was da passiert ist«, sagte er.

Wassilik lachte bitter auf. »Vergiss es. Ich glaube, es wird Zeit, dass wir uns absetzen.«

Ezra schüttelte den Kopf. »Ich habe eine bessere Idee. Wir locken den Hurensohn ins alte Cotton-Gin-Haus. Dort lauern wir ihm auf und knallen ihn ab, sobald er sich blicken lässt.«

Wassilik wirkte nicht überzeugt, doch Ezra wusste, dass er am Ende nachgeben würde. Ihm blieb gar keine andere Wahl. Schließlich musste er sichergehen, dass Stine nicht überlebte und ausplaudern konnte, was er gesehen hatte.

Ezra ging ins Esszimmer, band Nadias Füße los und löste die Fesseln, die sie am Stuhl hielten. Nur die Handfesseln ließ er an Ort und Stelle. Dann blickte er über die Schulter. »Keine Bange,«, sagte er zu seinem Vater und zu Omar Shirazi. »Ich bin bald wieder da, um euch zu töten, und ich werde mir sehr viel Zeit dabei lassen.«

Er schlang Nadia den Arm um den Hals und schleppte sie mit sich, klemmte ihr die Luft ab, damit sie keinen Laut von sich gab. Wassilik öffnete die Vordertür, und sie überquerten die ausgedehnte Veranda mit den römischen Säulen und der Treppe vor dem Haus. Kaum waren sie auf dem Hof, hielt Ezra auf die Scheune und das baufällige Gebäude zu, in dem die Cotton Gin stand, die alte Baumwollentkörnungsmaschine. Mit derben Stößen trieb er Nadia vor sich her, in dem Glauben, das Wassilik ihm folgte. Doch als er über die Schulter blickte, war der Ukrainer nirgendwo zu sehen.

Augenblicke später röhrte der schwere Motor eines Vans auf; dann jagte der Wagen auch schon los. Wassilik setzte sich ab. Lauthals verfluchte Ezra den Ukrainer für dessen Feigheit, verstummte dann aber. Im Grunde brauchte er den Kerl nicht mehr. Mit diesem Stine wurde er auch allein fertig. Er würde Erfolg haben, wo alle anderen gescheitert waren. Nicht nur, weil er fähiger war als Stine – nein, er verstand diesen Mann, diesen Killer, und konnte ihn vorausberechnen. Und er war nur zu gern bereit, Rücksichtslosigkeit mit Rücksichtslosigkeit zu bekämpfen.

Nadia wehrte sich und ließ sich auf den Boden fallen, um Ezra zu behindern und ihn langsamer zu machen, doch es war vergebens. Sie war so leicht und zierlich, dass er sie sich kurzerhand über die Schulter warf und weiter auf sein Ziel zuhielt.

In seiner Kindheit war das Cotton-Gin-Haus Ezras Reich gewesen. Er kannte jeden Spalt und jeden Winkel in dem baufälligen alten Gebäude. Drinnen hätte er alles, was er brauchte, um Franklin Stines Leben zu beenden.

Er hatte den Heimvorteil, den perfekten Köder und eine ausgezeichnete Stelle für einen Hinterhalt.

Es konnte gar nichts schiefgehen.

104

Ackerman stand noch an der Tür, die von der Pergola zur Eingangshalle führte. Als er hörte, wie vor dem Gebäude der Motor eines Vans angelassen wurde, verfluchte er sich, zu geduldig gewesen zu sein. Er rannte los, machte einen Umweg über die Bibliothek und griff sich eine Kalaschnikow, die einem der toten Wächter gehört hatte. Als er die Vordertür erreichte, legte er das Sturmgewehr auf den fliehenden Lieferwagen an. Er zielte tief, um die Reifen zu treffen und nicht Nadia, sollte sie in dem Fahrzeug sein, doch keine seiner Kugeln traf.

Ackerman schaltete das Kehlkopfmikrofon ein. »Knox, ein Wagen kommt in Ihre Richtung.«

»Verstanden«, meldete sich Knox.

»Carter?«, funkte Ackerman seinen Chef an. »Ich werde einen der Vans kurzschließen und die Verfolgung aufnehmen, aber Sie müssen mit der Drohne an ihm dranbleiben, bis ich ihn eingeholt habe.«

»Geht in Ordnung.«

Ackerman rannte zu dem nächsten der beiden verbliebenen Lieferwagen, in dem es nach kalter Asche roch. Es steckte kein Schlüssel im Zündschloss. Auch hinter den Sonnenblenden oder unter der Fußmatte war kein Schlüssel zu finden. Mit dem Khukuri stemmte Ackerman die Lenksäule auf und flocht die Drähte zusammen, um die Zündung kurzzuschließen.

Er war fast fertig, als das Funkgerät an seinem Gürtel krächzte. Ezras Stimme erklang. »Halten Sie sich nicht mit Wassilik auf. Der Feigling hat sich zur Flucht entschlossen, aber ich bleibe. Wir bringen es jetzt zu Ende, Stine. Wir treffen uns im alten Cotton-Gin-Haus. Das Loft im Obergeschoss. Sie erkennen das Gebäude an den dicken Stützbalken. Passen Sie auf, wohin Sie treten, und tragen Sie einen Helm. Ich möchte nicht, dass Sie einen Unfall erleiden, bevor ich die Gelegenheit bekomme, Sie kaltzumachen. Übrigens, Nadia wäre Ihnen sehr verbunden, wenn Sie sich beeilen. Warum, fragen Sie? Nun, ich werde sie jetzt aufhängen und schön langsam ersticken lassen. Beeilen Sie sich. Wäre doch ein Drama, wenn die kleine Nadia vergebens darauf wartet, dass Sie ihr zu Hilfe eilen wie der weiße Ritter und sie vom Drachen befreien.«

Ackerman ließ fluchend die Zündkabel fallen, nahm das Khukuri vom Armaturenbrett und die AK-47 vom Beifahrersitz und machte sich auf den Weg zum alten Cotton-Gin-Haus.

Ezra grinste triumphierend. Jetzt hatte er den Kerl genau da, wo er ihn haben wollte.

Nachdem er seine Botschaft gesendet hatte, knotete er aus dem Seil, mit dem Nadia am Esszimmerstuhl festgebunden gewesen war, eine Schlinge. Er warf das Seil über einen Dachbalken des Cotton-Gin-Hauses und legte Nadia die Schlinge um den Hals.

»Tut mir leid, mein lieber Schatz, mir bleibt keine Wahl«, flüsterte er ihr ins Ohr. »Um den großen Fisch zu fangen, braucht man den passenden Köder.« Er strich ihr über die Wange. »Und keine Sorge, ich lasse dich nicht sterben. Wir haben noch viele zukünftige Erinnerungen vor uns. Bald gehörst du mir allein.«

Als er ihr die Wange streichelte, riss Nadia wild den Kopf zur Seite und grub ihm zwischen Daumen und Zeigefinger die Zähne ins Fleisch. Schreiend zog er die Hand zurück, als sie ihm ein Stück Haut abfetzte.

»Treib es nicht zu weit, Miststück«, zischte Ezra und fügte nachdenklich hinzu: »Wenn ich es mir recht überlege … ein kleiner Hirnschaden könnte dich vielleicht fügsamer machen. Außerdem, Strafe muss sein.«

Er riss an dem Seil, zog Nadia vom Boden und band das Ende fest, damit sie an Ort und Stelle blieb. Gemächlich schlenderte er in eine Zimmerecke und kletterte die Wand zu den Dachbalken hoch, wo es eine perfekte kleine Nische gab. Ezra kannte sie aus Kindertagen und wusste, dass er dort vom Boden aus nicht zu entdecken war, selbst aber alles beobachten konnte.

Wenn Stine kam, um Nadia zu retten, war es um den Kerl geschehen. Es würde so schnell gehen, dass Stine gar nicht wüsste, wie ihm geschah.

105

Knox hörte, wie das Sperrtor auffuhr, bevor er den Van sah, der den Weg entlangraste und eine lange Staubfahne hinter sich herzog. Offenbar gab es einen Sensor auf dem Gelände, der das Tor automatisch öffnete. Die Ausfahrt wurde noch immer vom Dodge Charger blockiert, den Knox dort abgestellt hatte, aber er wusste, dass der größere, schwerere Van nicht lange brauchen würde, um den Charger zur Seite zu rammen. Das Einzige, was wirklich zwischen den Insassen des Vans und ihrer Flucht stand, waren Knox und sein Gewehr.

Der Van rumpelte den Weg entlang, den mehr als hundert große Virginia-Eichen säumten. Knox beobachtete das Fahrzeug, den Finger ab Abzug, wartete jedoch bis er sehen konnte, wer am Steuer saß. Als er Sergei Wassilik erkannte, erschien ein Lächeln auf seinem Gesicht.

»Das hättest du wohl gern«, murmelte Knox, richtete das Fadenkreuz auf das Herz des großen Ukrainers und fügte leise hinzu: »Was ich dir jetzt schicke, ist für Leta, Kirstin und Peretti.«

Er hielt den Atem an, drückte ab und spürte den leichten Rückstoß des Gewehrs. Die Kugel sirrte auf das Fahrzeug zu; dennoch hielt Knox das Fadenkreuz auf das Ziel gerichtet, bereit, notfalls noch einmal abzudrücken.

Es war nicht erforderlich.

Knox sah, wie die erste Kugel Wassilik in die Brust traf. Blut spritzte gegen die Frontscheibe. Der Ukrainer sank nach vorn und verzog dabei das Lenkrad nach rechts. Der Van schlitterte in eine Baumreihe, krachte gegen eine der Virginia-Eichen und blieb mit eingedellter Schnauze stehen.

Dampf schoss unter der Kühlerhaube hervor, und die Hupe gellte ohrenbetäubend, weil Wassiliks schwerer Körper nach vorn auf das Lenkrad gekippt war. Knox behielt die Fahrerseite des Wagens im Auge, doch Wassilik ließ kein Lebenszeichen mehr erkennen. Nach einer halben Minute murmelte Knox: »Die Hupe nervt.«

Er feuerte auf den Van, bis das Geräusch verstummte.

106

Ackerman musste fest drücken, um durch die Tür zu kommen, die normalerweise vernagelt war und auf der ein Schild warnte: *Gefahr! Eintritt verboten!*

Nachdem er sich Eintritt verschafft hatte, verharrte er und ließ den Blick durch das Halbdunkel schweifen. Er sah, dass ein großer Teil der Baumwollentkörnungsmaschinen noch an ihren alten Plätzen standen, aber größtenteils zerlegt waren. Überall lagen staubige Maschinenteile, Holzreste und Schrott. Ein süßlicher Geruch nach Verfall hing in der Luft, wie nach altem, feuchtem Heu, das verrottete, und die dichten Staubschleier in dem alten Gebäude erzeugten einen Nebeldunst, in den der trübe Schimmer einer Lampe fiel, die im Obergeschoss brannte.

Ackerman hatte die AK-47 schussbereit im Anschlag und suchte den Raum ab, doch ihm war klar, dass Crane sich an zahllosen Stellen verstecken und aus dem Hinterhalt auf ihn feuern konnte. Gegen einen Gegner, der sich verschanzt hatte, blieb kaum etwas anderes zu tun, als auf die dunklen Ecken und die leisesten Geräusche zu achten und zu versuchen, sich keine Kugel einzufangen. Ackerman entging nicht die Ironie, dass er nun mit einem Schnellfeuergewehr gegen einen einzelnen Mann kämpfte, nachdem er sich bei den anderen Gegnern, die weit in der Überzahl gewesen waren, mit eher primitiven Waffen durchgesetzt hatte.

Er schaltete das Kehlkopfmikro ein. »Carter, ich könnte Luftunterstützung gebrauchen.«

Sofort kam die Antwort aus dem Ohrhörer. »Ist unterwegs. Aber das Ding ist nun mal eine Drohne, keine F-16.«

Ackerman fluchte lautlos. Er konnte nicht so lange warten. Nadia erstickte auf dem Boden über ihm. Mit vorgehaltener Kalaschnikow, den Finger am Abzug, stieg er die Treppe hinauf.

Und dann sah er sie. Nadia wand sich verzweifelt am Seil und trat mit den Beinen in der Luft. Ihr Gesicht war verzerrt, die Haut blau angelaufen. Er durfte keine Sekunde mehr zögern. Obwohl ohne Deckung, rannte Ackerman los, umfasste mit dem linken Arm ihre Oberschenkel, stemmte ihren Körper hoch und löste auf diese Weise den Druck der Schlinge um ihren Hals. Mit dem rechten Arm hielt er die AK-47 schussbereit.

Aber noch immer erfolgte kein Angriff.

Ackerman hatte nicht groß überlegt, was er nun tun sollte. Sein einziger Gedanke war gewesen, dafür zu sorgen, dass Nadia wieder Blut ins Gehirn strömte. Er hielt sie weiterhin hoch, richtete das Sturmgewehr auf die Stelle, wo das Seil über den Dachbalken lief, und feuerte. Er war sich nicht sicher, was zuerst nachgab, das Seil oder das alte Holz, doch er merkte, wie der Zug nachließ. Dann fiel auch schon das zerschossene Ende des Seils herab. Der beißende Geruch von Kordit vermischte sich mit dem Staub und dem Gestank von verrottendem Heu. Pulverschwaden trieben durch die staubige Luft.

Vorsichtig hob er Nadia zu sich herunter und löste die Schlinge. Zu seiner Erleichterung sah er, dass schon jetzt Farbe in ihr Gesicht und Leben in ihre Augen zurückkehrte.

Und dann geschah genau das, womit Ackerman im Stillen gerechnet hatte. Als er sich vorbeugte, um Nadia auf den Boden zu legen, erwischten ihn zwei Schüsse aus dem Hinterhalt. Die Kugeln trafen in beide Oberschenkel.

Ackerman stürzte zu Boden, als seine Beine unter ihm nachgaben, und verlor die AK-47. Hastig griff er nach dem

Khukuri und hielt nach dem Angreifer Ausschau, doch Ezra Crane versteckte sich noch immer irgendwo auf dem Dachboden. Ackerman durchschnitt rasch die Fesseln an Nadias Händen und raunte ihr zu: »Lauf!«, als er spürte, wie zwei weitere Kugeln in die Rückenplatten seiner Panzerweste einschlugen und ihn durchschüttelten.

Nadia gehorchte und stolperte die Treppe hinunter, so schnell sie konnte. Ackerman hielt noch immer das Khukuri in der Hand, hatte es aber ganz nahe an den Körper gezogen, sodass Ezra es nicht sehen konnte, falls er attackierte – und das musste er, wenn er Nadia verfolgen wollte.

Ackerman lag da und tat so, als wäre er ein geschlagener Mann, von Schmerzen überwältigt. Das Khukuri wurfbereit in der rechten Hand, wartete er.

Er hörte, wie Ezra von oben zu ihm heruntersprang. Als sein Körper krachend auf den morschen alten Brettern landete, fuhr Ackerman mit dem Khukuri herum und schleuderte es blind in Richtung des Geräuschs.

Ezra sah die Klinge heranschwirren und versuchte noch, ihr auszuweichen, doch das Messer traf ihn in die linke Schulter. Er kreischte und feuerte zwei Schüsse auf Ackerman, der irgendwo vor ihm in den Schatten lauern musste. Keine der beiden Kugeln traf, doch sie schlugen nur Zentimeter neben seinem Gesicht ein.

Ackermans linkes Bein war vollkommen taub und unbrauchbar. Dem rechten Bein ging es ein wenig besser; dennoch hätte er keinen Schritt tun können. Doch ihm war klar, dass er aus Ezras Schusslinie musste, sonst war alles verloren. Um sich die AK-47 zu holen, fehlte ihm die Zeit, und die Treppe hinunter kam er auf gar keinen Fall.

Ackerman blieb nur ein Weg.

Er schob sich mit dem rechten Bein so weit zur Wand vor, wie er konnte. Mit letzter Kraft zog er sich am Rahmen des offenen Fensters hoch und ließ sich nach vorn fallen, hinein in die Kälte und die Dämmerung.

Glas klirrte, und das Dröhnen von Metall auf einer Stahlstütze klang durch die stille Luft, als Ackermans Körper aufprallte. Er stöhnte dumpf. Von der Strebe rollte er sich auf den Boden und versuchte aufzustehen, schaffte es aber nicht. Doch er musste sich auf irgendeine Weise in Position bringen. Er musste Ezra ins Freie locken, um sich den Hauch einer Chance zu wahren. Denn da war Carters Drohne, die noch eine allerletzte Sprenggranate verschießen konnte.

Ackerman aktivierte das Kehlkopfmikrofon und fragte keuchend: »Carter, wo bleiben Sie?«

»Dreißig Sekunden, Junge. Das Ding ist langsam mit dem ganzen Zusatzgewicht.«

Ackerman ächzte, als er sich mit den Ellbogen durchs Gras zog. Er hatte gehofft, dass Ezra die Treppe im Cotton-Gin-Haus nahm und das Gebäude umging, um an ihn, Ackerman, heranzukommen; das hätte Carter die Zeit verschafft, die er brauchte, um die Drohne in Schussposition zu bringen.

In diesem Moment hörte er hinter sich ein lautes Scheppern, als Metall auf Metall prallte. Ackerman blickte über die Schulter. Er sah, dass Ezra aus dem Fenster gesprungen war und die Strebe hinunterrutschte, wie zuvor er selbst, allerdings sehr viel anmutiger, denn anders als Ackerman konnte Crane seine Beine benutzen.

Ackerman rollte sich auf den Rücken und stemmte sich mit den Ellbogen hoch.

»Carter …«, brachte er mühsam hervor.

»Zwanzig Sekunden, mein Junge. Tut mir leid.«

Dann war Ezra Crane bei ihm und zielte mit der Beretta zwischen Ackermans Augen. »Sie glaubten wohl, Sie hätten mich besiegt? Sie haben heute Nacht nur eines zuwege gebracht. Sie haben mich gezwungen, mir einen neuen Geschäftspartner zu suchen … was vielleicht gar nicht so schlecht ist.« Ezra grinste, während sein Zeigefinger den Abzug seiner Pistole streichelte. »Ich wünschte, ich hätte die Zeit, Sie in kleine Stücke zu schneiden, aber der Mensch bekommt leider nicht immer, was er will.«

Ackerman hielt dem Blick des Black Rose Killers gelassen stand und schwieg. Er verspürte keine Angst, kein Bedauern, keinen Schmerz. *Einmal musste es so kommen*, sagte er sich und lächelte müde, als er in Gedanken hinzufügte: *Dein Abgang hätte allerdings ein bisschen spektakulärer sein können.*

Er tröstete sich mit dem Gedanken, dass Carter im Gegenzug Crane töten würde. Es wäre ein passabler Abgang für Francis Ackerman junior, ebenfalls bei der Explosion der Granate zerfetzt zu werden. Ein Abgang, seiner Legende würdig. Er fürchtete sich schon lange nicht mehr vor dem Tod. Über die Jahre hinweg waren ihm der Schmerz und der Gedanke an den Tod beinahe so etwas wie gute alte Bekannte geworden.

Er dachte an Maggie, an seinen Bruder Marcus und an Liana, als hinter Crane eine helle Stimme erklang.

»Ezra«, rief jemand durch das Fenster, aus dem sie beide gesprungen waren.

Crane drehte sich um und sah Nadia, die AK-47 im Schulteranschlag.

Er lächelte sie an. »Mein Schatz! Was für eine nette Überraschung! Die Frau meines Lebens, das Licht meiner Zukunft. Viele schöne Jahre warten auf uns, meine Süße!«

»Das glaube ich nicht«, sagte Nadia. »Ich mache Schluss mit dir.«

Sie drückte ab. Eine Kugel nach der anderen schlug in

Ezras Brust, ließ seinen Körper beben und zucken. Blut spritzte. Die Einschüsse zogen sich als säuberliche Linie aufwärts bis in seinen Kopf. Black Rose war tot, bevor sein Körper ins Gras schlug.

Ackerman beachtete, wie Nadia aus dem offenen Fenster kletterte und sich an der Strebe hinuntergleiten ließ. Kaum war sie unten, rannte sie zu ihm. »Ist es schlimm?« Sie untersuchte seine Beine, schaute sich hastig nach Material für provisorische Aderpressen um.

»Nur eine Fleischwunde, aber ich kann die Beine nicht spüren …«

Als Nadia ihm die Hose zerriss und aus den Streifen einen behelfsmäßigen Druckverband machte, fügte er hinzu: »Gefällt mir nicht, dass Sie mich andauernd retten. Ich fühle mich allmählich wie die Jungfrau in Nöten.«

»Das mit der Jungfrau passt irgendwie nicht zu Ihnen.« Nadia lächelte müde, ohne beim Verbinden seiner Beine innezuhalten. »Aber dass ich Sie ständig raushauen muss, wird tatsächlich zur Gewohnheit. Ich wüsste allerdings, wie Sie sich revanchieren können.«

»Hey, ich hab gerade ein ganzes Bataillon für Sie ausgeschaltet, schon vergessen? Sie sind ganz schön anspruchsvoll, Lady.«

Sie sah Ackerman in die Augen. »Thanksgiving steht bevor, und mein Vater und ich … Nun ja, er hat Sie, mich und meine Geschwister zum Thanksgivingessen eingeladen.«

»Sie wissen sehr gut, dass ich kein Mann von der Sorte bin, den man mit nach Hause nimmt, damit die Eltern ihn kennenlernen.«

Nadia zuckte mit den Schultern. »Ich bin mir über meine Gefühle zu meinem Dad noch nicht im Klaren, und selbst wenn er sich Mühe geben sollte, nett zu sein, steht ihm noch ein hartes Stück Arbeit bevor. So einfach werde ich es ihm nicht machen nach all seinen Fehlern. Tja, und da habe ich mich gefragt, wen ich zu dem Essen mitbringen könnte. Ich dachte da an jemanden, der ihm die ganze Zeit auf die Nerven geht und ihn so richtig sauer macht.«

Ackerman lächelte und hustete Blut. »Wenn das so ist«, meinte er, »bin ich perfekt für den Job.«

EPILOG

Ackerman schloss die Augen und legte die Hand auf die raue, rissige Haut eines der größten Lebewesen östlich des Mississippi. Das Alter der Angel Oak, die auf Johns Island wuchs, einer kleinen Insel vor der Küste von South Carolina, wurde auf vier- bis fünfhundert Jahre geschätzt. Die riesenhafte Virginia-Eiche ragte zwanzig Meter empor und hatte achteinhalb Meter Stammumfang, und ihre knorrigen Äste breiteten sich fast sechzig Meter weit in sämtliche Richtungen aus.

Auch bei diesem Ausflug fühlte sich Ackerman, so wie bei seinen früheren Besuchen auf der Insel, auf unerklärliche Weise mit dem Wesen des Baumes verbunden. »Na, alter Freund«, flüsterte er in die Krone hinauf, nachdem er zu den beiden jungen Frauen geschaut hatte, die ein paar Meter von ihm entfernt saßen. »Sei bloß nett zu meinen Freundinnen, sonst mache ich ein Sofa aus dir.«

Obwohl die Angel Oak abseits der wichtigen Verkehrswege stand, hatte man einen Park rings um den riesenhaften Baum angelegt. In einem Andenkenladen wurde von Postkarten bis zu Eiscreme alles Mögliche verkauft. Ackerman ging an dem Andenkenladen vorbei zu einer Reihe von Picknickbänken, wo November McAllister und Nadia auf ihn warteten. Beide leckten an Eishörnchen. Nadia hielt ein zweites Hörnchen in der Linken, das sie Ackerman nun hinhielt. Er nahm es und setzte sich neben sie. »Danke.«

Nadia nickte. »Nur Vanille, wie Sie es wollten. Frisch aus der Eismaschine.«

Ackerman leckte an dem Eis und murmelte: »Wie eiskalt ist dies Hörnchen.«

Nadia kicherte. »Nicht mal das Eisessen ist mit Ihnen normal.«

Ackerman zuckte mit den Schultern. »Ich bin mir nicht sicher, ob das Normalsein in jedem Fall erstrebenswert ist. Aber genug von mir und meinen Ansichten. Wie geht es Ihnen, November? Wie kommen Sie mit dem Leben nach Black Rose zurecht?«

Novembers Eiscreme zeigte alle Farben des Regenbogens und enthielt kleine bunte Streusel. Während sie das Eis im Mund zergehen ließ, überlegte sie sich ihre Antwort. »Anfangs habe ich sehr viel geweint«, sagte sie schließlich. »Es fühlte sich nicht danach an, als wäre es vorbei, wissen Sie. Das hat sich erst geändert, als ich erfuhr, dass diese Bestie tot ist. Gut zu wissen, dass dieser Verrückte nie mehr Leid und Tod bringen kann. Inzwischen kommt es mir vor, als könnte ich mit dem Leben weitermachen … vielleicht.«

Nadia legte ihr eine Hand auf die Schulter. »Nicht vielleicht. Ganz bestimmt! Aber ich kann Ihre Gefühle nachempfinden, November. Mir ist es kaum anders ergangen.«

November lief eine Träne über die Wange. Sie wischte sie rasch mit der Hand weg. »Wie geht es mit dem Rest der Ermittlungen voran?«

»Es wird Sie bestimmt freuen, dass wir mehrere Wurm-Bieter verhaftet haben, sowohl hier als auch in Europa mit der Hilfe der Interpol«, antwortete Ackerman. »Ezra Crane besaß außerdem Belastungsmaterial gegen eine Gruppe einflussreicher Persönlichkeiten in mehreren großen Städten bis hinauf nach Washington.«

»Ich habe in den Nachrichten gehört, dass mehrere Kongressabgeordnete verhaftet worden sind. Dann hing es damit zusammen?«

Diesmal gab Nadia die Antwort. »Durch das Belastungsmaterial in Ezras Besitz werden viele mächtige Leute für lange Zeit hinter Gitter wandern, darunter Ezras Vater, Congressman David Crane.«

Novembers Miene hellte sich auf. »Dann hatte das, was wir durchgemacht haben, wenigstens eine Bedeutung.«

»Bedeutung«, meinte Ackerman und schaute auf sein Eishörnchen, »findet sich weder im Erfolg noch im Misserfolg einer Bemühung, sondern darin, bei dem Unterfangen Freude zu entdecken.«

Nadia schmunzelte. »Das muss ich mir fürs Schlafzimmer merken.«

Ackerman musterte sie verdutzt. »Sie machen sich, Agentin Shirazi.«

»Was ist mit Ihnen, Mr. Stine?«, fragte November. »Haben Sie Ihre Waffen zurückbekommen? Ich weiß, dass Sie deswegen ziemlich bedrückt waren.«

Ackerman nickte. »Dieser Wassilik hatte sich sogar mein Dingdong unter den Nagel gerissen.«

»Ihr *was?*« November blickte ihn verwirrt an.

Ackerman grinste. »Kein Bange. Ist eine Art Allzweckhammer. Wassilik muss meinen Geschmack geteilt haben, was die Werkzeuge meines Berufsstandes angeht, denn er hatte mein Eigentum in seine persönliche Waffenkammer aufgenommen. Ich bin froh über die Rückgabe meiner Habseligkeiten, aber deren vorübergehender Verlust hat mich nur in meiner Ansicht bestärkt, dass wir uns an nichts auf dieser Welt binden sollten.«

»An nichts?« Nadia musterte ihn mit vielsagendem Blick. »An *gar* nichts?«

»Na ja, an Theodore vielleicht.«

»Ihr Freund?«, fragte November neugierig.

»Mein kleiner Hund.« Ackerman zwinkerte ihr zu. »Ich freue mich jetzt schon darauf, die Taschenratte wiederzusehen.«

»Sie strotzen heute vor Geistesblitzen, Frank«, lachte Nadia. »Sprechen wir von etwas Erbaulicherem.« Sie schaute zu November. »Was ist mit Ihren Zukunftsplänen? Wollen Sie immer noch Model werden?«

»Ich glaube nicht. Ich bezweifle, dass das Modeln noch ein Beruf für mich wäre.«

Nadia musterte sie betroffen. »Wieso nicht? Das war doch Ihr großer Traum. Sie können sich von dem, was passiert ist, doch nicht davon abhalten lassen, an Ihren Träumen festzuhalten.«

November schüttelte den Kopf und wischte sich Eiscreme vom Kinn. »Was passiert ist, hat meine Träume in den Hintergrund treten lassen. Es muss wundervoll sein, als internationales Model durch die Welt zu jetten, so anstrengend der Job auch sein mag, aber unsere gemeinsamen Erlebnisse haben meine Erwartungen an die Zukunft sehr verändert.«

»Auch wenn die Vergangenheit hässlich war«, sagte Nadia, »jetzt ist sie tot. Ich weiß, wovon ich rede. Die Zukunft aber leuchtet hell – für Sie, für mich, für uns alle. Diese Zukunft kann alles werden, was Sie daraus machen, November. Es liegt ganz in Ihrer Hand.«

Kinder schwärmten um sie herum, und eine Familie setzte sich an den Picknicktisch neben ihrem.

»Was haltet ihr von dem Baum?«, wechselte Ackerman das Thema. »Ist er einen Besuch wert?«

»Definitiv«, sagte November. »Er flößt einem Ehrfurcht ein.«

Ackerman nickte. »Als würde ihn eine unsichtbare Kraft umgeben. Wenn man sich vorstellt, dass dieser Baum schon gelebt hat, bevor die erste Kolonie auf amerikanischem Boden gegründet wurde. Er hat Dinge erlebt, die wir uns nicht einmal vorstellen können.«

»Und wie riesig er ist«, meinte Nadia. »Ein großer alter Baum ist etwas Wunderschönes.«

»Das sagt mein kleiner Hund auch immer, bevor er das Beinchen hebt«, bemerkte Ackerman.

Nadia kicherte. »Ach, Sie!«

Gemeinsam saßen sie noch eine Zeit lang in der untergehenden Sonne; dann machten sie sich auf den Weg zum Ausgang des Parks. Am Tor wurde es Zeit, sich endgültig zu trennen. November umarmte erst Nadia, dann Ackerman. »Ich weiß gar nicht, wie ich Ihnen danken soll«, sagte sie, und wieder wurden ihre Augen feucht. »Zu wissen, dass es Leute wie Sie gibt, die noch Schlimmeres erlebt haben als ich und trotzdem die Kraft gefunden haben, weiterzumachen, hilft mir sehr.«

»Nur Mut.« Nadia lächelte. »Vielleicht klappt es ja doch noch mit der Modelkarriere, und wir sehen Sie auf irgendeiner Fashion Week.«

November zuckte die Schultern. »Wer weiß.«

»Und immer schön auf die Figur achten«, sagte Ackerman. »Zu viele Laufsteaks machen dick.«

»Ich werde daran denken.« November lächelte ihn an.

Nach einer letzten Umarmung verabschiedeten sie sich endgültig voneinander, und Ackerman schlenderte mit Nadia zum Wagen zurück.

Als sie neben dem Fahrzeug standen, lehnte Nadia sich unvermittelt an ihn und blickte in den glutroten Abendhimmel. »Hören Sie sich eigentlich auch mal selbst zu, Frank?«

»Immer. Wieso?«

»Weil Sie jeden Tag mehr wie ein Glückskeks klingen.«

Ackerman lächelte. »Wickel mich schnell wieder ein, dein Anblick macht mich schwach.«

ENDE

»Ich weiß, wie man Serienmörder fängt. Ich bin selbst einer«

Ethan Cross
DIE STIMME DES ZORNS
Thriller
Aus dem amerikanischen
Englisch
400 Seiten
ISBN 978-3-404-17909-1

Den Geschmack an Schmerzen und Qual hat Francis Ackerman jr. nicht verloren. Aber er lebt seine Lust an Gewalt nur noch an grausamen Verbrechern und Mördern aus.
In seinem ersten Fall als Sonderermittler des FBI trifft Ackerman auf einen Täter, der seinesgleichen sucht: Das sogenannte „Alien" hinterlässt sezierte Leichen in Kornkreisen und hat gerade eine Expertin für Außerirdische entführt. Ackermann gibt alles, um das Alien zu fangen, bevor auch dieses Opfer tot in einem Kornkreis endet. Aber das ist leichter gesagt, als getan. Hat Ackerman endlich einen würdigen Gegner gefunden?

Band 1 einer neuen Serie rund um Francis Ackerman jr.

Lübbe